HISTOIRE

DE LA RÉUNION

DE LA LORRAINE

A LA FRANCE

AVEC NOTES, PIÈCES JUSTIFICATIVES ET DOCUMENTS HISTORIQUES
ENTIÈREMENT INÉDITS

PAR

M. LE COMTE D'HAUSSONVILLE

TOME DEUXIÈME

PARIS

MICHEL LÉVY FRÈRES, ÉDITEURS

RUE VIVIENNE, 2 BIS

1856

HISTOIRE

DE LA RÉUNION

DE LA LORRAINE

A LA FRANCE

DU MÊME AUTEUR

HISTOIRE

DE LA

POLITIQUE EXTÉRIEURE DU GOUVERNEMENT FRANÇAIS.

1830-1848

AVEC DES NOTES, PIÈCES JUSTIFICATIVES ET DOCUMENTS
ENTIÈREMENT INÉDITS.

DEUXIÈME ÉDITION

Deux beaux volumes grand in-18.

PARIS. — IMPRIMERIE DE J. CLAYE, RUE SAINT-BENOÎT, 7.

Nous aurions voulu donner plus tôt ce second volume au public; mais les archives des affaires étrangères où se trouvaient les renseignements qui nous étaient indispensables, nous ont été fermées durant quelque temps. Plus tard, lorsqu'elles nous ont été courtoisement rouvertes, nous y avons trouvé, sur le sujet qui nous occupe, tant de pièces curieuses, mais en même temps si confuses, qu'il nous a fallu beaucoup de temps et d'étude pour nous reconnaître au milieu de ces papiers, la plupart autographes, habituellement presque illisibles, souvent chiffrés, et ne portant quelquefois ni suscriptions, ni dates, ni signatures. L'indulgence avec laquelle des critiques qui avaient le droit d'être sévères ont bien voulu juger la première portion de notre travail,

a

nous imposait d'ailleurs l'obligation de redoubler d'efforts afin de mériter leur précieux encouragement. Nous nous serions reproché d'avoir, par trop de hâte, négligé de donner à cette étude toute l'exactitude dont nous sommes capables. C'est la recherche attentive de la vérité dans les détails qui a causé notre lenteur. Il nous a paru nécessaire de suivre avec d'autant plus de soin la marche des événements, et de caractériser avec d'autant plus de précision les circonstances de notre récit que, dans ce second volume, les affaires du petit pays dont nous avons entrepris d'écrire l'histoire, vont se confondant davantage avec les affaires générales de l'Europe, et en particulier, avec celles de la France. Ce n'est plus Nancy qui est le théâtre habituel des scènes qu'il nous faut maintenant reproduire; c'est tantôt l'Allemagne, tantôt la petite cour espagnole de Bruxelles, et plus souvent encore celle de Saint-Germain. Lorsque éclatent les guerres de la Fronde, Charles IV y prend, en 1652, une part importante. Il apparaît tout à coup sous les murs de Paris. Il entre en étroite relation avec les chefs de tous les partis. Il les raille et les trompe tous. Il joue au milieu d'un temps assez singulier un rôle plus singulier encore, et devient l'objet de la curiosité universelle dans une société qui semblait n'avoir plus à s'étonner de rien.

Nous avons donc été forcément conduit à parler de quelques-uns des faits de l'histoire de France les plus connus et les plus souvent racontés. Il nous a fallu introduire dans notre récit des personnages qui ne sont rien moins que nouveaux. Cependant les circonstances, sinon le fond même des choses que nous avons à raconter, s'éloignent parfois des versions accréditées. En maintes occasions, nous avons été obligé de contredire les relations contemporaines, et nous avons dû ne pas nous en rapporter toujours aux souvenirs laissés par les acteurs eux-mêmes. Notre fantaisie ne nous a toutefois jamais guidé. Jamais, afin de rendre notre récit plus pittoresque, nous n'avons avancé un fait dont nous ne nous soyons assuré. Ni l'envie de présenter des héros plus dignes d'admiration ou de pitié, ni la satisfaction de montrer nos personnages plus consistants avec eux-mêmes, ne nous ont détourné de dire la vérité. Tandis que dans leurs Mémoires, la plupart des hommes de cette époque se sont appliqués avec tant d'art et si peu de scrupule, à masquer les côtés faibles de leur conduite, à en faire valoir les beaux endroits, à effacer les contradictions, à dissimuler les inconséquences, nous avons mis tous nos soins à rétablir les événements dans leur plus stricte exactitude. Entre les assertions tardives de ces auteurs intéressés, écrivant à distance leurs hauts faits, pour leur plus grande gloire et pour l'édification de la postérité, et les pièces confidentielles émanées de ces mêmes personnes et de leurs contemporains, écrites au moment même et pendant la chaleur de l'action, nous n'avons guère hésité. Nous avons presque toujours donné la préférence à ces derniers témoignages, les plus anciens, les seuls involontaires, et à ce titre même les plus complétement véridiques. Peut-être cette méthode a-t-elle le tort de détruire certaines façons idéales de concevoir l'histoire, et de s'en représenter les principaux personnages. Il faudra, par exemple, que nos lecteurs lorrains nous pardonnent, si, en dépit des assertions de quelques-uns de ses biographes trop prévenus, Charles IV n'apparaît plus comme le type du parfait chevalier, et le modèle accompli d'un vrai héros de roman, et s'il devient même un peu monotone à force d'être variable. Les écrivains qui ont voulu voir dans Mazarin l'immuable représentant de la nationalité française, voudront bien nous excuser si nous le surprenons parfois donnant la main, dans des vues toutes personnelles, à des arrangements très-contraires aux intérêts du pays. Les admirateurs de Condé nous excuseront si nous avons été, malgré nous, obligés d'attribuer à la conduite de ce prince des motifs qui déparent un peu son grand caractère. Nous n'avons pas plus visé à grandir qu'à diminuer les événements et les hommes. Nous n'avons volontairement dissimulé les mérites ni les torts de personne. Quand il nous a fallu démentir les opinions habituellement admises, nous avons pris soin de mettre au bas des pages ou à la fin du volume les pièces à l'appui de nos assertions. Nous sommes toujours allé chercher de préférence, dans les documents français la preuve des faits désavantageux à la cause française, et dans les histoires et dans les pièces d'origine lorraine, la démonstration des fautes imputables au duc Charles. Nous nous sommes scrupuleusement interdit d'établir entre les événements si multiples et si divers qui font le sujet de ce volume, cette liaison trop logique et trop suivie qu'il est si facile d'y introduire après coup, et qui est elle-même une grave atteinte portée à la vérité historique. Si le lecteur trouve notre récit clair, simple et fidèle, notre ambition sera satisfaite.

Février 1856.

HISTOIRE

DE

LA RÉUNION DE LA LORRAINE

A LA FRANCE

HISTOIRE

DE

LA RÉUNION DE LA LORRAINE

A LA FRANCE

CHAPITRE XIII.

Charles IV envoie par toute la Lorraine des protestations que ses partisans affichent jusque dans Nancy. — Il échappe aux embûches de M. d'Arpajon, et se rend de Besançon à Milan. — Il passe les Alpes avec l'armée espagnole, et assiste au siége de Ratisbonne. — Il reçoit le commandement des troupes de l'armée catholique. — Il joint ses forces à celles du cardinal Infant et du roi de Hongrie. — Il marche avec eux contre les armées suédoises commandées par Gustave Horn et le duc de Weimar — Bataille de Nordlingen. — Charles IV défait le duc de Weimar, et fait prisonnier Gustave Horn et le général Cratz. — Sa courtoisie envers ses captifs.

Les opérations militaires de la campagne du printemps de 1634, en Lorraine, n'avaient pas entièrement absorbé l'attention du cardinal de Richelieu. Il ne lui avait pas suffi de s'être emparé de Nancy et d'avoir dispersé les membres de la famille ducale. Tandis que les armées françaises pressaient le siége

II. 4

de Bitche et de La Mothe (juin 1634), au moment
même où la princesse Nicole, amenée à la cour de
France, y recevait une hospitalité fastueuse, le ministre du roi Louis XIII guettait attentivement une
proie plus importante. Ce fut avec le vicomte d'Arpajon, et probablement pendant la durée des fêtes
données à Fontainebleau en l'honneur de la duchesse
de Lorraine, que Richelieu s'occupa des moyens de
s'emparer de Charles IV. Ce prince, après avoir ab-
diqué en faveur de son frère, le duc François, s'était
retiré en Alsace, suivi des plus fidèles de sa noblesse
et de quelques compagnies de cavalerie [1]. De là, il
s'était rendu dans la Franche-Comté, cherchant à se
rapprocher le plus possible de ses anciens États. Ayant
appris à Besançon l'arrestation violente de François et
de la princesse Claude à Lunéville, et presque aussitôt
leur évasion de Nancy, il s'était cru en droit de reprendre son titre de duc souverain de Lorraine. Un manifeste, scellé de ses armes et contre-signé de son chancelier Lemoleur, avait été répandu avec profusion
parmi les campagnes de la Lorraine et dans les villes de
la frontière. Des copies en avaient promptement couru
de main en main, et le supérieur des cordeliers de
Nancy n'avait pas craint d'en afficher plusieurs exem-
plaires jusques sur les murs de Nancy, sous les yeux
et au grand dépit des nouvelles autorités françaises [2].

1. *Mémoires manuscrits de Forjet,* médecin de Charles IV.
2. « Nous avons enfin découvert qui sont ceux qui ont mis les pla-

Par ce manifeste, dirigé surtout contre les arrêts
royaux émanés du nouveau parlement de Metz,
le duc Charles déclarait « nul , invalide et sans
effet, tout ce qúi a été dit ou fait sous le nom
dudit parlement et de tous autres se disant officiers et commis du roi de France, en ce qui concerne les domaines, finances, justices, juridictions
et tous droits souverains de ses États, comme choses
commandées par personnes destituées de tous pouvoirs et autorités requises à cet effet, et par des voies
injustes, injurieuses, violentes et tyranniques [1]. » Il
défendait surtout expressément de payer aucun subside, de remettre aucun denier aux usurpateurs de
son domaine. Universellement obéies pour tout ce
qui regardait l'acquittement des impôts, les injonctions impérieuses du souverain dépossédé avaient
réveillé sur plusieurs points l'ardeur de ses partisans.
Presque partout les seigneurs des Assises avaient
continué de rendre la justice au nom de Son Altesse
de Lorraine. Dans les églises, le peuple invoquait
publiquement l'assistance du ciel en faveur du prince
qui lui semblait avoir seul droit à ses prières. Tout
cela se passait à Nancy même, malgré les efforts de
M. de Brassac, qui se contentait (juin et juillet 1634)

---

cards; c'est un qui était ici supérieur des cordeliers; il s'est évadé. »
M. de Brassac à M. de Bouthillier. Archives des affaires étrangères.

   1. Placard affiché à Nancy. — Collection Dupuy à la Bibliothèque
Impériale. Archives des affaires étrangères.

d'en gémir et d'en informer assez tristement sa cour[1].

On comprend quel prix le cardinal de Richelieu devait mettre à s'assurer de la personne du chef d'une dynastie restée si chère à ses sujets. Cette capture eût été la revanche la plus éclatante du peu de succès qu'avaient eu ses tentatives contre la liberté du duc François, contre celle de la princesse Claude et de Mme de Phalsbourg[2]. Elle aurait tranché d'un seul coup les difficultés d'une situation qui n'était pas exempte d'embarras et de périls. L'agent zélé du cardinal, M. d'Arpajon, n'eut point à se reprocher d'avoir négligé aucune des précautions qui pouvaient faire réussir son guet-apens. Non content de faire observer par des cavaliers déguisés tous les chemins que le duc pouvait prendre pour gagner la Flandre, où l'on soupçonnait qu'il se voulait rendre; il remplit Besançon de ses espions, et songea même à aller, s'il le fallait, enlever jusque sur le territoire espagnol de la Franche-Comté la proie qu'il convoitait. Une circonstance particulière excitait les espérances de M. d'Arpajon. C'étaient les imprudentes visites que Charles IV allait rendre parfois,

1. « La justice est toujours exercée ici par M. de Pauze (Espagnol s'il en fut jamais) sous le nom de son Altesse; et l'on prie Dieu en quelques églises pour le duc Charles, et en d'autres pour le duc François. Je crois que le roy et monseigneur le cardinal de Richelieu y donneront l'ordre quand il faudra. » M. de Brassac à M. de Bouthillier, juin 1634. Archives des affaires étrangères.

2. Commission et pouvoir donnés à M. le vicomte d'Arpajon pour arrêter M. de Lorraine. Archives des affaires étrangères.

hors de la ville, à Mlle de Cusance, qui, sous le nom
de Mme de Cantecroix, figurera souvent dans cette
histoire, et pour laquelle il avait, dès cette époque,
hautement déclaré sa passion [1]. Si nous en croyons
les mémoires du temps, les embûches de M. d'Arpajon n'étaient pas les seules contre lesquelles le prince
de Lorraine avait eu besoin de se défendre. Une
trame continue l'enserrait de toutes parts. L'infatigable ministre de Louis XIII avait fait garder par
des agents affidés les principaux passages du Rhin,
les défilés du Jura et de la Suisse, et, pour plus
de sûreté, envoyé dans les villes voisines de Besançon, le portrait de celui qu'il prétendait saisir [2]. Charles IV, averti des piéges dressés contre sa
personne, résolut de quitter un séjour devenu trop
dangereux. La veille de la fête du Saint-Sacrement,
il quitta Besançon et partit pour l'Italie en compa-

---

1. « La cavalerie qui est sur les chemins les observe continuellement. Si bien que si le personnage était moins sçavant du pays, j'es-
pérerais beaucoup. ... Ce bon personnage est amoureux, et sort quelquefois de la ville où est son principal séjour, pour aller là où sa
maîtresse va se promener. Peut-être se pourra-t-il trouver moyen de
l'enlever avec vingt maîtres dans le milieu de ce pays. » M. d'Arpajon à M. de Bouthillier, Saint-Dizier, 2 juin 1634. Archives des affaires
étrangères.

« Deux des miens qui sont de retour depuis hier l'ont vu à Besançon où il est presque toujours aux pieds de sa maîtresse. S'il retrouve
ce qu'il a perdu ailleurs, il sera plus heureux en amour qu'en guerre ».
M. d'Arpajon à M. de Bouthillier, 4 juin 1634. Archives des affaires
étrangères.

2. *Histoire manuscrite du P. Vincent* (bibliothèque de M. Noël, à
Nancy). — *Vie manuscrite de Charles IV*, par Jacquemin. — *Vie
manuscrite de Charles IV*, par Hugo, etc....

gnie d'une petite troupe de trente gentilshommes
dévoués que, par surcroît de précaution, il divisa
bientôt en trois petites bandes. Encore, marchait-il
seul de son côté, déguisé et suivi d'un seul d'entre
eux, M. de Vervenne. C'est en cet équipage qu'après
s'être jeté dans les chemins les plus détournés, après
avoir perdu plusieurs fois sa route, traversé non sans
peine le lac de Genève et franchi les sommets du
Simplon, il arriva à Milan.

Les considérations relatives à sa propre sûreté
n'avaient pas seules déterminé le choix de la retraite
de Charles IV. Dans les Pays-Bas espagnols, presque
dégarnis de soldats, il n'eût alors trouvé qu'un asile
assez précaire : c'était à un rendez-vous militaire
qu'il marchait en gagnant la Lombardie. Les cours
catholiques de Vienne et de Madrid tentaient en ce
moment un décisif effort pour combattre en Allemagne la ligue protestante et regagner tout le terrain
que, depuis la mort de Wallenstein, les chefs de
l'armée impériale n'avaient pas su disputer aux généraux suédois, formés à la grande école de Gustave-
Adolphe. Il s'agissait, pour le cabinet de Madrid,
de reprendre sur une plus grande échelle le plan de
campagne que le duc de Feria n'avait pu accomplir
à la fin de l'année précédente. Les vieilles bandes
espagnoles, commandées cette fois par un Infant
d'Espagne, le cardinal Ferdinand, gouverneur du
Milanais, devaient, en passant par le Tyrol, se

joindre à l'armée impériale, conduite par le roi de
Hongrie, fils de l'Empereur. Toutes ces forces réunies avaient pour but de dégager le cours du Danube
et de remonter cette rivière jusque vers le Rhin. Le
duc de Lorraine fut donc reçu à Milan par le cardinal Infant, moins en souverain fugitif qui vient
demander protection, qu'en prince généreux accouru
de loin pour combattre les communs ennemis.
Charles IV n'apportait pas d'ailleurs la seule assistance de sa valeur personnelle déjà signalée à la
bataille de Prague. Son oncle, le duc Maximilien de
Bavière, chef des troupes de la ligue catholique,
avait annoncé l'intention de lui céder un commandement que l'âge et les fatigues ne lui permettaient
plus d'exercer lui-même [1].

Charles ne resta à Milan que le temps nécessaire
pour préparer ses équipages de guerre. Il traversa
les montagnes du Tyrol en compagnie de l'Infant et
à la suite de l'armée espagnole, conduite par Diego
Luzman, marquis de Leganez. Arrivé en Allemagne,
il voulut assister en volontaire au siége de Ratisbonne. Ce ne fut qu'après avoir payé de sa personne dans les nombreux assauts livrés contre cette
place et lorsqu'elle fut tombée au pouvoir des Impériaux, qu'il se rendit à Munich pour saluer sa tante,
l'électrice de Bavière. Il n'y demeura guère, pressé

---

1. *Vie manuscrite de Charles IV*, par Jacquemin; idem par les
P. Hugo, dom Calmet, etc.

qu'il était de prendre la conduite des troupes qu'il
brûlait de conduire à la bataille. Leur nombre s'était
en peu de temps considérablement augmenté. En
apprenant l'arrivée de Charles en Allemagne, nombre
de gentilshommes avaient quitté Nancy et leurs châteaux à demi détruits pour venir venger sur les Suédois alliés de la France la querelle de leur prince et
la leur. La plupart des soldats qui avaient autrefois
formé l'armée lorraine étaient aussi accourus se ranger d'eux-mêmes sous les drapeaux de leur ancien
chef. Charles était donc à la tête d'un corps assez
considérable et plein d'ardeur lorsque, vers les derniers jours du mois d'août, il se présenta devant
Nordlingen pour opérer sa jonction avec les armées
déjà réunies de l'Espagne et de l'Empire. Les opérations militaires qui allaient ouvrir la campagne
avaient une importance qui n'échappait à aucun des
généraux engagés dans ce grand conflit.

Depuis la prise de Ratisbonne, qui s'était rendue
par capitulation, et de Donauwerth, qui avait été en-
levée de vive force par les impériaux, la position des
Suédois, retranchés jusque alors dans les contrées
les plus riches du Wurtemberg et de la Bavière,
devenait assez fâcheuse. S'ils laissaient succomber
Nordlingen, serrée de près par leurs adversaires,
l'ascendant de la ligue protestante allait être à
peu près détruit en Allemagne. Toutefois, le maréchal Gustave Horn et le duc de Weimar hési-

tèrent quelque temps s'ils entreprendraient de dégager cette place. Ils auraient préféré attendre le
Rhingrave Otho qui, des bords du Rhin, s'avançait
pour les rejoindre ; son arrivée eût un peu réparé
la trop grande inégalité des forces des deux
armées. Mais la garnison de Nordlingen avait déjà
soutenu plusieurs assauts ; elle était maintenant aux
abois, et parlait de se rendre si elle n'était promptement secourue.

Cependant, plein de cette confiance trop ordinaire
aux généraux longtemps victorieux, et habitué à
vaincre les Impériaux même supérieurs en nombre,
le duc de Weimar voulut marcher droit aux ennemis. Moins assuré du succès, le maréchal suédois
fit quelques objections, mais céda aux instances
de son collègue. Laissant derrière elles le Rhingrave
Otto, les troupes de Gustave Horn et du duc de
Weimar opérèrent leur jonction à Guntzbourg, et
parurent, le 4 septembre au soir, en vue de Nordlingen [1]. La bataille désirée de part et d'autre, mais
par aucun des chefs autant que par le duc de Lorraine, était imminente. La surprise fut donc grande
au camp impérial quand, le 5 au matin, les batteurs
d'estrade vinrent apprendre que les Suédois paraissaient vouloir retourner sur leurs pas et gagner le

1. Relation de la bataille de Nordlingen faite à M. le grand chancelier Oxenstiern par le maréchal Horn. Manuscrit de Conrart, à l'Arsenal. — Collection Dupuy, à la Bibliothèque Impériale. — Mémoires
pour l'histoire du cardinal Richelieu, par Aubety.

Wurtemberg. Charles IV soutint que cela était impossible, et que les ennemis étaient trop avisés pour abandonner à la fois, sans combat, une place importante et les plus grasses contrées de l'Allemagne. Bientôt rendu aux avant-postes, il ne tarda pas à faire savoir au roi de Hongrie et au cardinal Infant que leurs coureurs, trompés par l'apparence, avaient pris les charrettes du bagage pour le corps même de l'armée ennemie. Le bagage avait en effet filé quelques lieues en arrière ; mais l'armée suédoise s'avançait en grande hâte et toute pleine d'une martiale ardeur. Il ne restait plus qu'à la bien recevoir.

Quittant alors les lignes de circonvallation qu'ils avaient tracées autour de Nordlingen, et emmenant avec eux la plupart des canons tournés d'abord contre la ville, les Impériaux, les Espagnols, et les soldats de la ligue catholique commandés par le duc de Lorraine, marchèrent à leur tour au-devant des Suédois.

Ces préparatifs avaient pris toute la matinée, et le jour était près de finir quand les deux armées se rencontrèrent. Comme plus d'une autre célèbre bataille, la bataille de Nordlingen devait se décider en deux actions successives, à peine séparées par le court intervalle d'une nuit d'été. De la position que prendraient le soir même les chefs des deux corps dépendait probablement l'issue de la journée du lendemain. Une éminence en partie boisée dominait de partout

la vallée où tant de bataillons allaient s'entre-choquer.
Placé à l'avant-garde, Charles IV, avec ce coup d'œil
instinctif qui est le don des hommes de guerre, comprit qu'il n'y avait pas une minute à perdre pour s'en
emparer et y devancer l'ennemi. Il donna ordre au
général Piccolomini de ramasser la cavalerie qui se
trouvait sous sa main (environ quinze cents hommes)
et de couronner cette hauteur [1]. Un même dessein
avait décidé les généraux suédois à faire gravir la
pente opposée par cinq ou six mille de leurs meilleurs
soldats. Ces deux bandes se heurtèrent en arrivant
au sommet. Piccolomini ne pouvait toutefois résister
longtemps avec des forces trop inégales, et l'on vit
bientôt sa troupe se débander devant l'infanterie
ennemie. Si dans la précipitation de leur retraite
tous ces cavaliers s'étaient jetés à l'improviste sur les
lignes de l'armée impériale, ils auraient pu l'entraîner avec eux dans leur fuite et causer un irréparable désordre. Charles IV vit le danger ; il envoya
commander à Piccolomini de faire retirer ses hommes
à droite et à gauche, et, démasquant en même temps
son artillerie, il reçut les Suédois par une volée de
deux cents coups de canon [2]. Ce fut le tour des Suédois de reculer devant des troupes compactes et plus
considérables que les leurs. Alors, lançant à la fois

1. *Mémoires manuscrits de Forjet,* médecin de Charles IV. — *Histoire manuscrite du P. Vincent.* — Guillemin, Hugo, etc., etc.
2. Récit de la bataille de Nordlingen, par le marquis de Bassompierre.

les bataillons espagnols et impériaux, les soldats de
la ligue catholique et les troupes lorraines qu'il conduisait en personne, Charles se jeta en avant pour
reprendre les hauteurs. La nuit était complétement
tombée pendant cette action, engagée vers les cinq
heures du soir. A minuit on se battait encore. Mais
la confusion et les hasards, suites inévitables d'une
lutte de nuit, n'avaient pas été contraires aux Impériaux. S'ils n'étaient point parvenus à déloger entièrement les Suédois de cette éminence tant disputée,
ils y avaient du moins pris pied à côté d'eux, et en
occupaient maintenant les plus fortes positions. Ce
premier avantage était d'un bon augure pour l'action
du lendemain. Nous ne la raconterons pas en détail.
Le médecin Forjet, qui accompagnait Charles IV, et
un auteur plus autorisé, le marquis de Bassompierre,
l'un des principaux commandants de l'armée lorraine, ne sont pas toujours parfaitement d'accord
entre eux sur les nombreux épisodes de cette bataille. Le maréchal Horn, qui nous a laissé de cette
journée si fatale pour lui un simple et noble récit,
avoue n'avoir jamais bien su ce qui s'était passé à
l'aile gauche de sa propre armée. Nous emprunte-
rons seulement à ces différentes relations leurs traits
les plus saillants, et ce qui concerne particulièrement
le duc de Lorraine.

Charles IV ne s'épargna pas plus dans la matinée
du 6 qu'il n'avait fait dans la soirée du 5. Autorisé

par le succès qu'avait eu sa manœuvre de la veille,
il ne prit pas seulement la conduite de ses troupes
lorraines, mais, se multipliant lui-même, il porta sur
tous les points des ordres fermes et précis qu'appuyait surtout l'exemple de son bouillant courage.
L'affaire s'était engagée dès quatre heures du matin.
Les Lorrains avaient les premiers ouvert un violent
feu d'artillerie sur l'aile gauche des Suédois, commandés par le duc de Weimar. Bientôt la mêlée était
devenue générale ; l'infanterie et la cavalerie des deux
armées prirent et reprirent plusieurs fois les sommets
boisés qu'on s'était tant disputés la veille [1]. A cinq
heures et demie, la cavalerie suédoise ayant donné
avec impétuosité sur celle des Lorrains, celle-ci lâcha
pied un peu confusément. « Le duc de Lorraine y court
l'épée à la main, » raconte le marquis de Bassompierre, « contraint l'ennemi à reculer, et le repousse
jusque dans son premier poste. De l'aveu de tout le
monde, » ajoute le même auteur, « cette action sauva
l'Empereur, car enfin, si la cavalerie eût continué de
fuir vers notre canon, dont elle s'approchait déjà, le
reste qui branlait se fût retiré en grand désordre. »
Cette occasion ne fut pas la seule de la journée où le duc
Charles rendit à ses alliés les plus signalés services.
En effet, le maréchal Horn avait, à l'autre extrémité du
champ de bataille, gagné quelque terrain sur les Espa-

1. Relation du marquis de Bassompierre. — Levassor, *Histoire de
Louis XIII.*

gnols. La cavalerie du comté de Bourgogne avait fui
devant la sienne. On avait peine à la ramener au combat. Charles y courut aussitôt. Il avait connu la plupart de ces gentilshommes pendant son séjour à Besançon. Il les apostrophe par leurs noms, et, les ayant
piqués d'honneur, il se précipite à leur tête contre les
rangs ennemis[1]. L'action ainsi engagée dura jusqu'à
deux heures de l'après-midi. Ce fut le corps d'armée
du duc de Weimar qui, malgré les efforts de son
chef, lâcha pied le premier. Blessé à la gorge, le
duc fut entraîné dans la déroute de tous les siens.
Le bruit courut même qu'il avait été tué. Il paraît
qu'un instant arrêté par des soldats qui ne le recon-
nurent pas, il se tira de leurs mains en leur abandonnant quelque argent. Cependant, l'aile gauche
tenait encore. Le maréchal Horn, environné de toutes

1. *Histoire manuscrite du P. Hugo*, Jacquemin, D. Calmet..... « Ce
qui ayant été rapporté à son Altesse, après avoir mis ordre à l'aile
droite, où était la ligne, et plusieurs fois reçu et donné la charge, elle
accourut à toute bride à l'aile gauche où elle rencontra le régiment de
la Tour de six cents chevaux qui s'enfuyait. Elle arrête les fuyards,
appelle plusieurs par leur nom qu'elle avait autrefois connus dans
d'autres troupes, lesquels lui demandent pardon Elle leur dit que l'occasion est pressante pour l'obtenir avec honneur, et qu'elle voulait
être témoin de leur valeur, et les reconduit à l'ennemi. Les officiers
étaient tous gentilshommes bourguignons qu'elle connaissait et étaient
au désespoir que Son Altesse se soit trouvée au point de leur fuite,
ne souhaitant que d'effacer cette tache. Ils arrivèrent à leurs postes où
le reste de la cavalerie ayant vu la présence de son Altesse et l'ardeur
avec laquelle le régiment retournait sous sa conduite, étant en désordre, et sur le point de lâcher pied, l'on renouvela le combat avec plus
de chaleur qu'on avait fait, aux acclamations des Espagnols qui étaient
que l'on ne devait la victoire qu'à la généreuse conduite du duc de
Lorraine. » *Mémoires manuscrits de Forjet*, médecin de Charles IV.

parts, combattait toujours et semblait ne pas vouloir
survivre à sa défaite. Le général allemand Cratz craignant de tomber au pouvoir du parti catholique qu'il
avait autrefois servi, refusait de se rendre et vendait
chèrement sa vie. Las enfin de chercher une mort qu'ils
n'avaient pu rencontrer pendant la chaleur même du
combat, ces deux chefs offrirent de remettre leur épée
au duc de Lorraine [1]. De l'aveu de tous les historiens
Charles IV fut aussi généreux après la victoire qu'il
avait été intrépide pendant l'action. Sitôt qu'il aperçut
l'ancien et glorieux compagnon de Gustave-Adolphe,
il mit pied à terre, et « l'embrassant devant tous les
assistants, l'engagea à ne pas regretter son malheur,
dans lequel il avait mérité plus de gloire que d'autres
dans leurs victoires. Il l'assura qu'il était tombé
aux mains de quelqu'un qui faisait une estime particulière de son mérite ; et, s'excusant de ne le pouvoir mieux recevoir, pour être lui-même si mal logé,
il lui offrit la compagnie d'un de ses principaux officiers, le marquis de Raigecour [2] ». Il fit moins de

1. « Horn et Cratz apprenant l'un de l'autre la perte totale de l'armée
ne pouvaient se consoler. Horn disait qu'en ce seul jour il avait été
si malheureux que de porter des armes, dans lequel il avait reçu
deux coups de mousquet, que, s'il n'en eût point eu, il serait mort
avec honneur, exempt du cuisant regret d'une perte si sensible. Cratz,
au contraire, disait qu'il n'avait jamais été sans armes que ce jour-là ;
qu'il s'était jeté aux mousquets sans considération, et qu'il avait été
si malheureux qu'il n'avait pu être le but de pas un.....»
                    (*Mémoires manuscrits de Forjet.*)
  2. *Mémoires manuscrits de Forjet.*

caresses à son autre prisonnier, auquel il reprochait d'avoir quitté le service de Bavière.

Rien ne manqua au triomphe de cette journée; pendant laquelle la vieille expérience de deux illustres guerriers avait dû céder à la fortune d'un général de trente ans. Lorsque après avoir reçu les chaleureux remerciements du cardinal Infant, et du roi de Hongrie, Charles regagna ses quartiers, il y fut l'objet d'une de ces ovations militaires si douces au cœur d'un vrai soldat. Cent vingt drapeaux et étendards, ramassés par les siens sur le champ de bataille, flottaient autour de sa tente. Occupés à rendre les derniers devoirs à leurs compagnons tombés pendant la lutte, les fantassins espagnols, troupe alors la plus fameuse de l'Europe, se rangèrent respectueusement sur son passage, et le saluèrent de leurs cris. Il entendit ces hommes, vieillis dans tant de combats vanter entre eux son courage et jurer qu'ils le rétabliraient dans ses États ou feraient leurs sépultures dans les fossés des places que la France lui avait prises [1]. Pendant plusieurs années, Charles IV eut

---

1. Charles resta toujours populaire dans l'armée espagnole, mais le cabinet de Madrid oublia assez vite les services qu'il avait rendus à la journée de Nordlingen. Nous avons lu dans d'anciennes chroniques lorraines que, pendant le temps de la captivité du duc en Espagne, 1653-1659, on exposa dans le palais de Bruxelles un grand tableau qui reproduisait la bataille de Nordlingen. Le cardinal Infant d'Espagne et le roi de Hongrie y étaient représentés fort en évidence sur le premier plan. On n'y voyait pas Charles IV. Un Lorrain fit remarquer cet oubli à un officier allemand qui avait pris part à la bataille.

la joie d'être partout, en-Allemagne, reconnu comme
le vainqueur de Nordlingen. C'est un titre que ses
sujets se sont souvent complus à lui donner. Il ne l'a
pas toutefois longtemps porté. Ces mêmes campagnes,
théâtre alors de la défaite des Suédois, furent plus
tard, en 1646, témoins de l'un des plus éclatants
triomphes du grand Condé; et l'histoire oublieuse
de Charles IV, l'a pour jamais décerné à ce non
moins vaillant et plus fameux capitaine.

« Ne vous plaignez pas, repartit celui-ci, quoi de plus naturel! c'est
que votre duc était là, montrant l'endroit du tableau où la mêlée était
la plus forte et la fumée du canon la plus épaisse. »

CHAPITRE XIV.

Conséquences de la victoire de Nordlingen. — Les armées alliées se séparent.
— Charles veut pénétrer en France avec l'appui du duc d'Orléans, réfugié à Bruxelles. — Le duc d'Orléans traite secrètement avec le cardinal
de Richelieu. — Détails au sujet de ce prince et de son entourage. — Il
abandonne sa femme, Marguerite de Lorraine, et retourne en France. — Les
partisans de Charles IV s'agitent à Nancy et dans toute la Lorraine. — Mesures prises contre eux. — Institution d'une cour souveraine à Nancy. —
Prestation du serment de fidélité au roi de France. — De Nordlingen Charles
s'avance vers l'Alsace, à la poursuite du rhingrave Otho. — Il passe l'hiver
en Allemagne. — Au commencement du printemps, 1635, il pénètre dans
les Vosges. — Il prend Remiremont et Épinal. — M. de Lenoncourt s'empare
de Saint-Mihiel. — Arrivée du prince de Condé en Lorraine. — Ses prescriptions sévères contre les gentilshommes lorrains et les habitants du pays.
— L'arrière-ban de la noblesse française convoqué pour faire la guerre en
Lorraine. — Louis XIII vient faire le siége de Saint-Mihiel. — Reddition de
la ville. — Sévérité du roi à l'égard de la garnison lorraine. — Il retourne à
Paris. — Charles IV se rend de nouveau à Besançon.

Les effets de la bataille de Nordlingen ne furent
pas seulement désastreux pour les Suédois et pour
la ligue protestante, dont elle détruisit la prépondérance en Allemagne, ses conséquences se firent sentir ailleurs. La défaite de ses alliés obligeait la
France à prendre part directement avec ses armées,
et non plus seulement par ses subsides, à la guerre
de trente ans. Si au lieu de se diviser après ce grand
succès, les forces réunies de l'Empire, de l'Espagne
et de la ligue catholique se fussent dirigées vers les

bords du Rhin pour menacer les frontières françaises, la partie eût été rude à soutenir, même pour
l'habile ministre de Louis XIII; mais la guerre,
quoique imminente, n'était pas alors officiellement
déclarée entre le cabinet de Paris et ceux de Vienne
et de Madrid. De part et d'autre on voulait laisser à
son adversaire la responsabilité de toute entreprise
qui eût été trop ouvertement hostile. La ville de Nordlingen ne se fut pas plus tôt rendue, peu de jours après
la bataille livrée près de ses murs, que les trois armées alliées se séparèrent. Le roi de Hongrie ramena
ses troupes vers la Souabe et la Bohême où il lui restait quelques villes à reprendre. Le cardinal Infant,
après avoir détaché une portion de ses troupes
qui devait, sous la conduite de Charles IV, gagner
l'Alsace et la Franche-Comté, s'achemina vers
les Pays-Bas. Il n'entre pas dans notre sujet de
nous occuper du mouvement de ces troupes étrangères; nous suivrons seulement la marche du prince
lorrain et du petit corps d'armée rallié autour de lui.

Réduit à ses propres forces, et quand même il eût
pu compter sur l'assistance des troupes espagnoles
commandées par le comte de Gallas, Charles IV
n'était pas en mesure de reconquérir la Lorraine,
dont le cardinal de la Valette lui barrait le chemin,
et qui était fortement occupée par l'armée du maréchal de la Force. Un coup aussi hardi n'eût été possible que s'il eût été secondé par quelques soulève-

ments excités à propos dans l'intérieur du royaume
de France. Le duc d'Orléans, réfugié en ce moment
à Bruxelles, auprès de Marguerite de Lorraine, avait
bien donné à entendre à son beau-frère qu'il se
croyait en état d'opérer, à l'occasion, une pareille
diversion. Personne, mieux que Charles IV, ne savait
tout ce qu'il en fallait rabattre quand il s'agissait
de faire passer Gaston des paroles aux actions. Afin
de le piquer d'honneur, il lui envoya par le baron
de Clinchamps les cornettes prises à la bataille de
Nordlingen. Ce présent tout guerrier fut reçu de
Monsieur avec beaucoup de louanges, et force protestations de bon service. Mais déjà il arrivait trop
tard. Comme à son ordinaire, le duc d'Orléans s'était
vite ennuyé de son exil, et commençait à trouver que
la société de sa nouvelle épouse et les divertissements
d'une petite ville de Flandre ne valaient pas les plaisirs de Paris. C'était d'ailleurs l'influence de Puylaurens qui dominait toujours auprès du prince ; et
ce jeune seigneur, promptement affranchi du joug
de madame de Phalsbourg, charmé maintenant par
mademoiselle de Chimay, se montrait plus fatigué
que flatté de l'obstination avec laquelle la princesse
lorraine, échappée de Nancy, était accourue pour
faire valoir ses anciens droits. Il y avait aussi de
fâcheuses brouilleries entre les serviteurs de Monsieur
et ceux de la reine mère, également réfugiée à
Bruxelles. Entre tous ces jeunes gentilshommes inoc-

cupés, c'étaient des provocations incessantes et des
duels journellement renouvelés, malgré l'intervention
des Espagnols. Un soir, en rentrant chez son maître,
Puylaurens avait reçu, presqu'à bout portant, la dé-
charge d'une espingole tirée par un assassin inconnu,
soudoyé, disaient les uns, par le père Chanteloube,
confesseur de Marie de Médicis, et qui n'était, suivant d'autres, que l'instrument des vengeances de
madame de Phalsbourg[1].

Richelieu n'ignorait aucune des intrigues qui divisaient cette petite cour exilée. Il savait parfaitement
quels moyens il lui fallait employer pour gagner le
favori qui disposait des volontés de Monsieur. Décidé
dès lors à rompre prochainement avec les Espagnols,
aucun sacrifice ne lui paraissait trop coûteux qui,
aux approches d'une guerre sérieuse, pouvait rétirer
d'entre leurs mains la seconde personne du royaume.
Il est vrai que Gaston venait tout récemment (12 mai
1634) de traiter avec le marquis d'Ayetone[2]. Mais ce
n'était pas en ces temps-là, et en particulier pour le
frère de Louis XIII, une raison de n'entendre pas à
d'autres propositions toutes contraires. M. d'Elbène,
agent du cardinal, apportait d'ailleurs des offres
assez tentantes pour décider Puylaurens et son maître.

---

1. *Mémoires de Gaston d'Orléans*, de *Montrésor*. — Levassor, *His-*
toire de Louis XIII.

2. Articles accordés entre le seigneur d'Orléans et le marquis d'Ayé-
tone, pour et au nom de Sa Majesté catholique, collection Dupuy,
vol. 470. *Mémoires du cardinal Richelieu*, collection Petitot, tome VI.

Outre quatre cent mille livres pour payer ses dettes
de Bruxelles, cent mille écus pour se remettre en équipage, et qui devaient lui être comptés quinze jours
après son arrivée en France, Monsieur devait rentrer
en jouissance de tous ses biens, apanages et pensions ;
il obtenait une compagnie de gendarmes de cent maîtres aux ordres de Puylaurens et une autre de cent
chevau-légers commandés par d'Elbène, entretenues
toutes deux aux frais de Sa Majesté. Enfin, ce qui
n'avait pas été accordé sans grande peine, le frère du
roi recevait, pour la première fois, un véritable gouvernement militaire. Il est vrai que, pour le placer loin
des frontières et hors de la portée des étrangers, le
roi et le cardinal de Richelieu n'avaient jamais voulu
lui en offrir un autre que celui de la province d'Auvergne entièrement dépourvue de places fortes. La
question délicate avait été celle du mariage avec la
princesse Marguerite. Louis XIII entendait bien se
réserver le droit de le faire casser ; Monsieur jurait
que l'honneur et la conscience ne lui permettaient
pas d'y consentir. On eut recours à une équivoque.
« Le roi et Monsieur promirent de bonne foy de se
remettre sans délay pour la validité ou nullité du dict
mariage au jugement qui interviendrait de la manière que les autres sujets du roi ont accoutumé d'être
jugés en tel cas selon les lois du royaume [1] ». Par les

---

1. Négociations pour le retour de Monsieur en France. Archives des
affaires étrangères, année 1635. Articles de l'accommodement fait

termes de cet engagement, le roi de France ne renon-
çait pas au droit de porter la question devant le parlement de Paris, dont il était le maître. Monsieur,
résolu au contraire à n'accepter pour juge de la validité de son mariage qu'un tribunal ecclésiastique, se
tenait pour assuré du pape, qui lui avait fait parvenir
les promesses les plus positives. Les stipulations
relatives à M. de Puylaurens ne furent pas insérées
au traité ; elles n'étaient pas les moins essentielles. Le
favori de Gaston devait épouser la nièce du cardinal,
fille du baron de Pontchâteau ; et le ministre s'engageait à donner en dot au jeune couple, outre une somme
de cent mille écus, la duché-pairie d'Aiguillon [1].

Lorsque tout fut convenu, et quand le traité signé
de la main même du roi fut arrivé à Bruxelles, le duc
d'Orléans s'occupa des préparatifs de sa fuite. S'il
ne lui en devait pas coûter beaucoup pour tromper
la tendresse de sa confiante épouse, à qui tout ce
mystère avait été soigneusement caché, il était
plus difficile d'échapper à la surveillance des Espa-

entré le Roi et Monsieur le duc d'Orléans, retournant de Flandre
(1er octobre 1635). Bibliothèque impériale, collection Dupuy, vol. 470.
    1. *Mémoires de Montrésor, Mémoires anonymes sur les affaires de
Monsieur*, etc., etc. Les ennemis du cardinal prétendent qu'il ne fut
jamais de bonne foi dans son traité avec Puylaurens, qu'il fit arrêter
peu de temps après. — Levassor (*Histoire de Louis XIII*) rapporte
que, dans ses conversations familières avec ses confidents Bouthillier et
le Père Joseph, il avait, pendant la durée des négociations, dit souvent
en plaisantant : « Avec le temps nous aurons l'âge. » Le nom de
famille de M. de Puylaurens était Laage : c'était à quoi Richelieu, qui,
dans ses *Mémoires*, ne s'interdit pas toujours le plaisir d'un jeu de
mot, voulait sans doute faire allusion.

gnols, et surtout aux jalouses méfiances de la princesse de Phalsbourg. C'est à quoi Monsieur et Puylaurens réussirent cependant parfaitement, grâce
à beaucoup d'adresse et à un grand fonds de dissimulation naturelle. Le marquis d'Ayetone, averti par
la princesse lorraine, qu'il se tramait sous main
quelque chose entre Puylaurens et la cour de France,
en dit un mot à Monsieur. Gaston se récrie aussitôt,
proteste contre les calomnies semées par les ennemis
avérés de son fidèle serviteur, et se répand en témoignages d'amitié pour le roi d'Espagne ; il se montre
surtout curieux de connaître les détails des réjouis-
sances qui se préparaient pour célébrer la victoire de
Nordlingen ; il s'inquiète particulièrement de savoir
quelles places lui seront réservées pendant la solennité. Ces fêtes devaient avoir lieu le 9 octobre. Le 8
au matin, Gaston sort de bonne heure de son palais,
comme pour aller prendre le divertissement de la
chasse au renard ; il recommande fort haut qu'on dise
au couvent des cordeliers de lui tenir une messe prête
pour son retour. Cependant il gagne promptement la
forêt de Soignies, passe à Nivelle, à Bavay, à Pont-
sur-Sambre ; et après avoir laissé plusieurs chevaux
morts de fatigue sur la route, Gaston et son favori
Puylaurens arrivent de nuit devant les murailles de
La Capelle. Peu s'en fallut que le gouverneur ne fît
tirer sur Monsieur et sur son escorte ; il n'était pas
prévenu ; il fallut lui montrer l'original du traité signé

par le roi [1]. Quelques jours après, Louis XIII et son
frère s'embrassaient devant les seigneurs de la cour
de France, que les relations officielles du temps
veulent nous représenter comme ayant été fort émus
par cette touchante entrevue. En réalité, de semblables scènes n'étaient plus nouvelles; on avait
fini par n'y attacher qu'une assez médiocre importance. Quand il apprit la fuite du duc d'Orléans, le marquis d'Ayetone témoigna de son côté
une indifférence tout espagnole; il exprima seulement « le regret de n'avoir pas été informé du départ
de Son Altesse et de n'avoir pu lui faire rendre
les honneurs dus à un si grand prince ». La princesse
Marguerite ayant reçu, par l'entremise d'un domestique du duc, les plus vives protestations de fidélité,
ne voulut point se plaindre publiquement d'un
époux qu'elle espérait d'ailleurs bientôt rejoindre.
Pendant la durée de leur séparation, plus longue
qu'elle ne l'avait imaginé, elle ne cessa de lui garder
toujours, quoiqu'il le méritât si peu, un tendre et respectueux attachement [2]. Il n'y eut de vraiment désolé

1. Advis certain de l'heureux retour de Monsieur en France, comment et par quel moyen il s'est échappé des mains des Espagnols.
Bibliothèque impériale. L. B. 3039. — La sortie heureuse de Monsieur
le duc d'Orleans, frère unique du Roi, hors la ville de Bruxelle,
ensemble l'industrie et adresse dont il s'est servy pour se délivrer des
gardes Espagnols qui tenaient sa liberté engagée et l'empêchaient de
revenir en France. Bibliothèque impériale. L. B. 3037.
   2. Lettres originales de Madame à Monsieur de 1635 à 1643. Archives
des affaires étrangères.

de ce départ que les Lorrains et Mme de Phalsbourg[1].

Les succès obtenus par le duc Charles en Allemagne, et qui avaient si peu servi les intérêts de sa famille à Bruxelles, ne lui furent pas plus utiles à Nancy. Aux premières nouvelles venues par la Bavière de la brillante victoire remportée à Nordlingen par leur souverain, les Lorrains s'étaient émus au point de donner de sérieuses inquiétudes à M. de Brassac[2]. Il avait cru prudent de retenir quelques régiments qui devaient aller rejoindre le maréchal de La Force, et s'était empressé de supplier le cardinal de lui laisser des forces suffisantes pour déjouer les tentatives des émissaires de Charles IV. Mais là encore Richelieu ne se laissa pas prendre au dépourvu. Déjà, pendant les mois de juillet et d'août, il avait fait écrire à M. de Brassac pour lui recommander de surveiller les démarches des principaux de la noblesse, et à M. le maréchal de La Force pour lui ordonner de procéder le plus tôt possible au désarmement des villes de la Lorraine[3].

Le 5 septembre, c'est-à-dire le jour même où

1. *Mémoires de Gaston d'Orléans. Mémoires de Montrésor. Histoire du Père Griffet et de Levassor.*

2. « La nouvelle qu'a apportée ici M de Miré a été connue en cette ville par la voie de Bavière, une heure après qu'il fut parti. Si cela a relevé le cœur des habitants de Nancy et de toute la province, je vous le laisse à penser. Monsieur de *** (qui est un de ceux dont je me sers), me mande qu'il sait par ses intelligences que ceux de cette ville sont résolus de se perdre ou de se délivrer. » M. de Brassac à M. de Bouthillier, 15 septembre 1634. Archives des affaires étrangères.

3. Dépêche de M. de Bouthillier à MM. de La Force et de Brassac,

Charles IV remportait en Allemagne ses premiers succès contre les alliés de la France, le parlement de Paris, pour punir le prétendu rapt commis sur la personne de M. le duc d'Orléans, prononçait solennellement la déchéance des duchés de Lorraine et de Bar, et les attribuait au roi Louis XIII, à titre de dédommagement, et pour cause de félonie du vassal envers son seigneur[1]. Cet arrêt scandalisa partout les esprits impartiaux et les docteurs en droit féodal. Il était impossible d'oublier qu'il y avait un an à peine le roi de France avait soutenu que ces mêmes duchés n'appartenaient point à Charles, mais à son épouse Nicole. Quel crime nouveau cette princesse, retirée à la cour de France, avait-elle commis pour être privée de sa souveraineté? Ou bien, quel droit inattendu avait tout à coup acquis son mari? C'est ce que les magistrats du parlement de Paris n'avaient pas pris la peine d'expliquer, et ce dont assurément le cardinal de Richelieu s'embarrassait fort peu.

En présence de l'émotion causée par le retentissement du triomphe de Nordlingen, le ministre de Louis XIII n'hésita plus à prendre une mesure propre à convaincre les anciens sujets du duc de Lorraine

26 juillet et 8 août 1634. Archives des affaires étrangères. *Mémoires du cardinal de Richelieu*, collection Petitot, tome VII.

1. Par ce même arrêt il était ordonné qu'une pyramide serait élevée en la principale place de Bar, où l'on transcrirait sur le marbre ou sur le cuivre cette condamnation et ses justes causes. « Pour conserver dans la postérité la mémoire du crime et du châtiment. » *Mémoires d'Omer Talon*, *Mémoires du cardinal de Richelieu*, tome VIII.

qu'ils étaient définitivement placés sous le joug de
leur nouveau maître. En établissant un conseil souverain à Nancy, le cardinal de Richelieu faisait à la
fois acte d'éclatante autorité, et jusqu'à un certain
point de judicieuse condescendance. Les habitants de
la Lorraine redoutaient alors beaucoup d'être placés
sous la juridiction du parlement de Metz, dont les
magistrats, récemment installés, avaient apporté
dans l'exercice de leurs fonctions plus de zèle pour les
intérêts de la souveraineté française, que de ménagement pour les usages locaux et les susceptibilités
de leurs administrés[1]. M. de Brassac avait fort sollicité cette mesure. Elle abolissait, il est vrai, les
vieilles immunités lorraines; elle détruisait implicite-
ment les priviléges de la noblesse, en supprimant le
tribunal des Assises, mais elle avait l'avantage de ne
point déplacer matériellement le siége de la justice;
elle n'introduisait même pas dans les habitudes judiciaires quelque chose de tout à fait inconnu. Lors de
ses démêlés avec les seigneurs du pays, le duc
Charles avait, en effet, établi (1626) une sorte de
cour souveraine qu'il avait au moment de sa sortie de
ses États, emmenée avec lui en Franche-Comté, qu'il
avait plus tard établie à Ulm, puis à Sierk, et qui
n'avait cessé de fulminer dans ces diverses résidences de nombreux arrêts qu'elle prétendait ren-

---

1. Voir l'*Histoire du Parlement de Metz,* par M. Em. Michel. Paris
1845.

dre obligatoires dans toute l'étendue de la Lorraine.
Le ressort du parlement de Saint-Mihiel se trouvait
lui-même conservé. Il s'agissait maintenant de
donner à ce nouveau pouvoir la plus grande autorité possible.

Plusieurs magistrats considérables du parlement
de Paris furent placés dans les charges les plus
importantes du conseil. La présidence en fut dé-
férée à M. le comte de Brassac, gouverneur de
Nancy, qui n'oublia rien pour relever l'éclat de son
installation[1]. Elle se fit, le 12 octobre 1634, avec
grande solennité. « Les députés et commis pour ladite
chambre souveraine, » raconte une relation française
du temps, « furent d'abord de Metz coucher au Pont-
à-Mousson, et le lendemain disner à Champignolles,
proche Nancy, où la compagnie des chevau-légers de
M. de Brassac vint leur faire escorte. On se réunit
plus tard au logis de M. le premier président Char-
pentier, où fut réglé tout l'ordre de la cérémonie. Ces
Messieurs commencèrent à ouïr la messe aux grands
Cordeliers, où, trouvant très-à-propos de se montrer
au peuple, ils se rendirent par la grande rue, flan-
qués de quatre compagnies disposées en haie, aux
deux côtés de ladite rue, qui empêchoient qu'ils ne
pussent recevoir aucune incommodité, à cause du

1. « L'ouverture de la chambre se fit hier. J'y ai fait observer tout
le lustre et tout l'apparat que j'ai pu imaginer, afin de relever cette
action. » M. de Brassac à M. de Bouthillier, 19 octobre 1634. Archives
des affaires étrangères.

grand nombre de peuple qui estoient par les chemins
où Messieurs passoient en ordre. Puis ils retournèrent
au palais, maison qu'avoit le duc de Lorraine et où
se devoit tenir le conseil ; le sieur de Brassac ayant
pris place au-dessus du sieur président fit sa harangue, où, en peu de mots, mais prononcés d'une
grâce et d'une majesté remarquables, il fit entendre la
volonté du roi... Ensuite M. le premier président prit
la parole, et enfin de M. Fourcroi, advocat général,
qui, par un long discours, montra par plusieurs belles
figures de rhétorique et arguments fort puissants,
que les Lorrains se devoient tenir extrêmement heureux d'être maintenant sujets d'un roi si bon, si juste,
si victorieux et si aymé[1]. »

Une des principales occupations du conseil souverain devait être de tenir un registre ouvert pour recevoir les serments de fidélité des Lorrains au roi de
France ; il y procéda dès le lendemain, appelant devant lui les principaux dignitaires du clergé et les
plus qualifiés de la noblesse, descendant ainsi jusqu'aux moindres employés de la province. Parmi
ceux qui étaient demeurés en Lorraine et n'avaient
pas suivi la fortune personnelle du duc Charles, un
petit nombre refusa le serment ; la plupart obéirent

---

1. Relation véritable de ce qui s'est fait et passé à l'établissement
d'une cour souveraine dans la ville de Nancy, par le commandement
du Roi. (Bibliothèque impériale. L. B. 3041.) Dépêche de M. de Brassac
à M. de Bouthillier, 19 octobre 1634. Archives des affaires étrangères.
Lettre de M. Lefebvre à M. de Bouthillier. Archives des affaires
étrangères.

avec grande répugnance, quelques-uns après de longs délais, car certaines signatures ne furent pas données avant la fin de l'année 1637. Les agents de Richelieu, qui tenaient la main à l'accomplissement de cette formalité, n'ignoraient pas que le duc Charles avait mandé à ses partisans : « De n'obéir à autre qu'à lui; mais que néanmoins, afin de conserver leurs charges, ils ne fissent pas difficulté de prêter le serment de fidélité au roy, au cas que Sa Majesté le demandât [1]. » Ceux qui exigeaient par violence de pareils engagements, comme ceux qui les souscrivaient par crainte, savaient-parfaitement de part et d'autre à quoi s'en tenir sur leur véritable valeur.

Obligé, pour le moment, de renoncer à pénétrer dans ses États, le duc de Lorraine s'avança vers l'Alsace. Après avoir été prendre congé, à Stuttgard, du roi de Hongrie, dont l'accueil fut assez froid, ce que Charles attribua à la jalousie du comte de Gallas, il s'attacha (octobre 1634) à poursuivre le rhingrave Otho-Louis. N'ayant pu joindre à temps l'armée impériale, pour prendre part à la bataille de Nordlingen, le rhingrave regagnait précipitamment Strasbourg, emportant avec lui une partie des richesses que le duc de Weimar et les Suédois avaient depuis longues années amassées en Allemagne. Leste et animée par l'espoir du butin, la petite armée, que

1. Lettre de M. de Chamblay à M. de Bouthillier, 3 août 1634. Archives des affaires étrangères.

commandaient, sous le duc Charles, plusieurs seigneurs lorrains, Cliquot, récemment sorti d'Autriche, et le fameux partisan Jean de Wert, atteignit assez tôt les bords du Rhin pour couper la retraite aux ennemis. Les trésors du Rhingrave furent surpris et pillés par les soldats lorrains. Peu s'en fallut qu'il ne tombât lui-même entre leurs mains. Ne se sachant pas serré d'aussi près, le Rhingrave s'était, par une méprise facile en des temps où l'on ne portait point d'uniformes, jeté au milieu d'un parti qui battait le pays, et qu'il avait pris pour l'un des siens. Un soldat, autrefois son prisonnier, le reconnut, et voulut l'arrêter. Le Rhingrave, sommé de se rendre, ne montre aucun trouble; il raille doucement le soldat lorrain, et, toujours marchant à côté de lui, riant et plaisantant, gagne une petite rivière à bords escarpés, y précipite son cheval et rejoint l'autre rive à la nage, non sans avoir reçu force coups de pistolet. Il mourut même plus tard des suites de ses blessures. Charles IV se montra fort courroucé de ce qu'aucun de ces hommes ne se fût précipité dans le fleuve pour saisir le Rhingrave. « Quoi, disait-il, ils n'ont osé se mettre à l'eau pour gagner une si belle proie! Et moi, qui ne sais pas nager, je me suis deux fois jeté, à cheval, dans une rivière plus profonde que celle-ci, une fois pour sauver un homme qui se noyait, et l'autre fois pour en retirer un chien de chasse [1]. »

1. Forjet, *Histoire manuscrite de Charles IV.*

Charles ne pouvait, malgré son ardeur, poursuivre alors de plus considérables avantages. Strasbourg et les places fortes du Palatinat et de l'Alsace avaient été remises par le Rhingrave et par les Suédois au pouvoir de la France ; elles étaient défendues par de grosses garnisons bien approvisionnées ; la saison était avancée ; il ne restait plus qu'à prendre ses quartiers d'hiver. Après avoir établi ses troupes à Subingen, Charles se rendit de nouveau à Stuttgard où, cette fois, le roi de Hongrie lui fit meilleur accueil. Il en reçut beaucoup de caresses et même une magnifique cuirasse qui, au dire du médecin Forjet, « n'avait pas sa semblable en Europe ». Comme le repos était insupportable au prince lorrain, il se chargea, peu de temps après, d'aller lui seul approvisionner Brissach et Fribourg en Brisgau, pendant que les généraux impériaux se remettaient de leurs fatigues. Il passa même dans le Palatinat (décembre 1634) et se mit à guerroyer contre le duc de Weimar, qui avait voulu troubler le siége d'Heidelberg menacé par les Impériaux. Il ne voulut pas d'ailleurs attaquer cette place par égard, dit-il, pour son parent le roi d'Angleterre [1].

Le commencement de l'année 1635 ouvrit bientôt de plus grandes perspectives de guerre à l'impatience

---

1. L'électeur dépossédé du Palatinat, était beau-frère du roi Charles Ier, qui était lui-même, par la princesse lorraine, mère de Marie Stuart, l'allié assez proche du duc de Lorraine.

de Charles IV. Philisbourg, que la France avait,
trois mois auparavant, acheté des Suédois, au prix
de deux millions de livres, venait d'être surpris par
les Impériaux. Ils avaient habilement profité de la
négligence de son commandant, le sieur Arnault,
parent du père capucin Joseph, le plus zélé des serviteurs du Cardinal. Avertis du traité que la France
avait signé le 8 février (1635) avec les Hollandais, ils
avaient également saisi Trèves et emmené l'Électeur prisonnier. Louis XIII leur avait alors déclaré
la guerre. On était donc enfin sorti de cette situation bizarre pendant laquelle deux grandes puissances, tout en se combattant à outrance par toutes
sortes de voies souterraines, avaient pendant longtemps prétendu conserver officiellement dans tous
leurs rapports extérieurs les égards usités entre des
cabinets unis par la plus parfaite intelligence. C'était
sur les champs de bataille qu'elles allaient désormais
se rencontrer. Charles qui, depuis son exil, appelait
cette rupture de tous ses vœux, espérait bien en tirer
quelque avantage pour sa réputation et de notables
profits pour sa cause : comme toujours, il était prêt
à payer de sa personne.

A peine rétabli d'une grave indisposition qui l'avait
retenu à Volfach, le duc de Lorraine passa le Rhin
et se dirigea vers ses États en traversant le comté de
Bourgogne. Arrivé près de Colmar et de Schelestadt,
dans les montagnes des Vosges, il rencontra devant

lui l'armée du duc de Rohan. L'ancien chef des ré-
formés français, retournait prendre dans la Valteline
les mêmes positions militaires qu'il avait, pendant les
années précédentes, si heureusement défendues contre les Espagnols. Peut-être s'il eût été appuyé par les
Impériaux, Charles aurait-il essayé d'arrêter sa marche, mais réduit à ses propres forces, il jugea plus à
propos de céder le terrain à un adversaire qui n'avait
pas pour mission expresse de le combattre ; il se
contenta de suivre sa marche le long du Rhin, en le
harcelant sans cesse [1]. Après l'avoir ainsi escorté
jusque vers les frontières de la Suisse, il retourna
prendre ses logements à Brissach.

La princesse de Phalsbourg s'y était rendue de
son côté, amenant à son frère quelques renforts [2].
Là, le duc Charles hésita quelque temps s'il écoute-
rait les offres de l'Empereur et du roi d'Espagne, qui
lui proposaient de prendre possession du Wurtemberg, dont le duc était en fuite ; c'étaient de riches
contrées où ses troupes eussent trouvé à vivre gras-
sement. Mais Charles ne se laissa pas séduire par
cette facile conquête. Depuis que le duc de Saxe et la
plupart des princes d'Allemagne s'étaient déclarés en

---

1. « Le duc Charles se retire vers le Rhin, menaçant de revenir bientôt plus fort, pour nous combattre. C'est ce qui reste à voir. » Lettre du
duc de Rohan au cardinal de Richelieu, 20 février 1635. Archives des
affaires étrangères.

2. « La princesse de Phalsbourg, comme une nouvelle amazone,
dit Grotius, amena elle-même des renforts à son frère. »

Grotius, *Epistolæ passim*, 1635.

faveur de l'Empire, la situation des puissances alliées
contre la France était devenue beaucoup meilleure.
Le duc de Lorraine pensa qu'il ne devait pas laisser
passer l'occasion de reprendre possession de son
ancienne souveraineté. Il résolut du moins de le
tenter.

M. de Brassac n'apprit pas la détermination de
Charles IV sans une vive inquiétude. Il n'avait aucune illusion sur les vraies dispositions des habitants
de la province et particulièrement de la noblesse.
Ses lettres au cardinal témoignaient assez qu'il ne
faisait fonds, pour se défendre, que sur les soldats
de la garnison de Nancy et sur les troupes de M. le
maréchal de La Force [1]. Les deux commandants
français auraient voulu ne pas attendre le duc de
Lorraine dans un pays dont les sympathies lui étaient
acquises, et préféraient beaucoup lui livrer combat
dans le comté de Bourgogne. Charles les prévint et
se plaça entre Remiremont et Épinal. Il attaqua

1. « L'avis que le duc Charles avait envoyé à ses serviteurs en Lorraine, était plus véritable que je ne pensais, puisqu'il repasse assurément. Il n'y a nulle difficulté que toute la Lorraine l'attend en grande
dévotion. » Monsieur de Brassac à M. de Bouthillier. Archives des
affaires étrangères.

« Je ne crois pas qu'il y en ait pas un seul dans la ville en qui on
se puisse confier... Et quant à ce que S. M. ajoute, que je m'assiste de
la noblesse, je la puis asseurer et Votre Eminence aussi, qu'elle n'a
en toute la Lorraine personne de confiance que les Français qui sont à sa
solde, et je ne sache aucun gentilhomme de ce pays en qui on se puisse
confier. » M. de Brassac au cardinal de Richelieu, 14 mars 1635. Archives des affaires étrangères.

Remiremont qu'il prit d'assaut, « au grand effroi des
dames », dit le chroniqueur Forjet. Bientôt après,
Rembervillers tomba également en son pouvoir. Le
maréchal de La Force avait pris position à Lunéville,
au débouché des vallées des Vosges, dans le plat pays.
Sa présence barrait à Charles le chemin de Nancy ;
le cardinal de La Vallette, assisté de M. de Turenne,
avait également repris possession de Montbéliard,
puis était retourné du côté de Baccarat. Mais ni M. de
La Force ni le cardinal de La Vallette n'avaient pu
garder si bien les passages, que le Duc n'envoyât
par toute la Lorraine et jusqu'à Bar des partis qui
pillaient les convois des Français et appelaient ses
partisans aux armes[1]. Un des gentilshommes les plus
considérables du pays, le marquis de Lenoncourt,
bailli de Saint-Mihiel, « voyant, dit un chroniqueur
du temps, comme toute la Lorraine se trémoussait
pour le duc Charles », avait entrepris avec succès le
plus hardi coup de main. A la tête d'une petite
troupe de mille ou douze cents hommes, il avait
pénétré dans les terres de son ancien bailliage ; et
les habitants de Saint-Mihiel lui avaient aussitôt
ouvert leurs portes. Au même moment, Charles IV
s'emparait de Dieuze, autre ville importante située à
neuf lieues seulement de Nancy ; les petits châteaux

1. « Il n'y a aucune sûreté dans le pays, faute d'une cavalerie suffi-
sante, et les Lorrains se lèvent en troupes pour aller dans l'armée du
duc Charles. » Lettre de M. Barrault, commandant de Lunéville, à
M. de Bouthillier, 1635. Archives des affaires étrangères.

de Clomarts et de Port-sur-Seille s'étaient, à la première sommation, remis également sous son obéissance. Ces succès avaient enflé le cœur du duc Charles. « Il avait eu l'insolence, dit Richelieu dans ses mémoires, de faire fondre des médailles sur lesquelles on voyait un bras tenant une épée qui tranchait trois fleurs de lis avec cette inscription : *Hanc dabit ultro messem.* La France courait risque d'être privée de sa nouvelle conquête, déjà en partie reprise par son légitime possesseur. Louis XIII et le cardinal de Richelieu n'avaient cependant rien omis pour la maintenir fortement sous le joug. Dès le mois de mars 1635, Sa Majesté avait envoyé le marquis de Sourdis à Nancy pour veiller au désarmement des habitants. Elle avait (1er avril) ordonné au prince de Condé de se rendre en Lorraine, en qualité de son lieutenant général représentant sa propre personne. Ses instructions étaient précises et fort sévères. « Il avoit ordre de mettre ladite province en sûreté, chassant de Nancy et autres villes qu'il trouveroit à propos tous les habitants qu'il jugeroit devoir être suspects à Sa Majesté, et faisant savoir aux autres, par telle voie qu'il estimeroit plus propre, que le premier qui feroit quelque acte contraire à l'affection qu'il devoit à Sa Majesté seroit pendu sans rémission... En outre, Sa Majesté ayant trop souvent éprouvé l'ingratitude des Lorrains, et le peu de reconnoissance qu'ils avoient du

bon traitement qu'il leur faisoit, ordonna (22 mai)
qu'en punition de leur désobéissance, toutes ses
troupes de Lorraine qui avoient jusqu'alors payé
leurs vivres et les denrées fournies par les habitants,
seroient désormais entretenues des contributions qui
seroient levées dans ledit pays, en la même manière que celles qui étoient entretenues dans les
pays ennemis, et que les principaux gentilshommes
seroient obligés de venir demeurer en France aux
lieux qui leur seroient ordonnés, et dans le temps
qui leur seroit prescrit par le prince de Condé [1] ».

Pour augmenter les forces françaises qui devaient
garder les frontières de la Lorraine et de la Champagne, le roi avait aussi convoqué l'arrière-ban de
sa noblesse. Mais il ne paraît pas qu'on se fût bien
trouvé de ce retour à une mesure qui remontait aux
temps féodaux, et dont l'usage était dès lors à peu
près tombé. Le duc d'Angoulême ne fit pas merveille
à la tête de ce corps, plus brillant que discipliné.
Tous ces gentilshommes accourus du fond de leur
manoir avec une suite nombreuse et de somptueux
harnais de guerre, montraient plus de bouillante
ardeur que de patience dans les fatigues d'une guerre
d'automne. Ils avaient trouvé d'abord fort mauvais
que le vieux maréchal de La Force ne leur eût pas

1. *Mémoires du cardinal de Richelieu* (tome VIII). Instructions du
cardinal pour M. le prince de Condé se rendant en Lorraine, 17 avril
1635. Archives des affaires étrangères.

permis d'aller attaquer le-duc Charles dans ses propres retranchements [1]. « Toute cette noblesse, que nous tenons très-brave, feroit merveille dans un combat », écrivait le maréchal, « mais en pareilles occasions, où il est impossible qu'il ne faille pàtir, nous craignons bien qu'ils ne le puissent supporter. Ce n'est pas sans peine que nous les contenons [2] ». En effet, les plus impatients ayant voulu entrer en campagne un peu à la légère, s'étaient fait battre à plate couture par les troupes lorraines; Jean de Wert avait fait prisonnier leur chef, M. de Saint-Amour, ce qui avait donné lieu à beaucoup de plaisanteries et de quolibets dans les deux camps [3]. D'autres, au contraire, quittaient l'armée sans congé, et, en dépit des menaces du roi, qui, pour donner l'exemple, en fit arrêter et pendre plusieurs.

« Ils s'imaginoient, » dit Monglat, « que les querelles des rois se vuidoient comme les leurs, et

---

1. « Le maréchal leur répondit qu'ils y pouvoient aller si cela leur faisoit plaisir, et qu'il les soutiendroit, mais que ce n'étoit pas besogne d'un commandant d'armée d'entreprendre ce qui ne peut mener qu'à un mauvais succès. » — Forjet, *Histoire manuscrite de Charles IV*.

2. Lettre de M. de La Force et du duc d'Angoulême au roi.

3. « Messieurs de la noblesse du ban et de l'arrière-ban dévorent tous les vivres, et ont mis la disette partout; ils sont un objet de risée pour les ennemis qui pillent impunément et jusqu'aux portes de Nancy. » M. Barrault à M. de Bouthillier, 27 septembre. Archives des affaires étrangères.

« La noblesse de l'arrière-ban quitte la partie toute déconfite. L'armée du duc Charles trouve à vivre abondamment là où elle se plaignoit de toutes sortes de privations. » Forjet, *Histoire manuscrite de Charles IV*.

qu'aussitôt qu'ils seroient arrivés à l'armée, on enverroit un cartel de défi à Gallas, que le lendemain
on donneroit bataille, et qu'ensuite ils s'en retourne-
roient chez eux... » Les gentilshommes de Normandie, plus impatients que les autres, menaçoient de
s'en retourner si on ne leur faisoit voir leur partie
adverse, jugeant de la guerre comme d'un procès au
parlement de Rouen [1]. »

Mécontent de tant de mauvais succès, décidé à ne
pas se laisser ravir la province qu'il était fier d'avoir
réunie à ses États, Louis XIII voulut alors aller la
défendre lui-même contre le duc de Lorraine. Ce
n'était jamais sans beaucoup d'appréhension que
Richelieu voyait le roi s'éloigner de sa capitale pour
entreprendre des expéditions dans lesquelles il ne
pouvait pas l'accompagner ; or, le cardinal souffrait
en ce moment d'une reprise de la maladie qui avait
failli lui être si fatale, il y avait deux ans à peine. Il
combattit donc tant qu'il put les velléités guerrières de
son maître. Les objections de Richelieu étaient d'autant plus vives que le roi venait tout récemment
de se laisser aller contre lui à des éclats de mauvaise humeur fort remarqués des courtisans ; et qu'il
parlait d'emmener auprès de sa personne un certain
comte de Cramail, contre lequel, à tort ou à raison,
le cardinal témoignait beaucoup de méfiance. Mais

[1]. Mémoires de Montglat.

Louis XIII affirmait « qu'assurément il tomberoit malade de chagrin, si de tant de celles armées qui étoient alors sur pied, il n'en commandoit pas une seule en personne ». Il fallut que Richelieu cédât devant cette obstination royale. Il ne restait plus qu'à placer auprès de Louis XIII quelqu'un qui pût, en cas de besoin, l'assister de ses conseils, et surtout le surveiller dans l'intérêt du cardinal. Il chargea de cette mission le fils de M. Bouthillier connu plus tard sous le nom de comte de Chavigny. Il est douteux que le faible mais orgueilleux Louis XIII eût été fort satisfait s'il eût eu communication des instructions que Richelieu avait remises à son confident, et surtout des lettres que Chavigny adressait en retour à son patron. Le cardinal, prévoyant tous les accidents possibles de la campagne, indiquait impérieusement les opérations militaires que le roi pouvait entreprendre et celles dont il devait s'abstenir; la teneur et la forme de ces prescriptions si formelles n'auraient point été autres s'il eût été question du plus obscur des chefs de corps [1]. A chaque courrier, Chavigny, de son côté, instruisait le ministre des actes et des moindres projets de son royal pupille, comme il eût fait de la conduite d'un enfant confié à sa garde. Rien n'avait d'ailleurs été oublié de ce qui pouvait assurer le succès de l'armée

---

1. « Instructions pour M. de Bouthillier, allant au voyage du roi. » Archives des affaires étrangères.

royale. Outre les troupes que Louis XIII avait em-
menées avec lui, on avait donné rendez-vous à celles
que le comte de Soissons commandait en Champagne. Le roi, qui avait toujours eu du goût pour les
siéges, investit Saint-Mihiel. Il ne doutait pas que le
marquis de Lenoncourt ne se défendît seulement pour
la forme et n'eût hâte de se rendre. On lui dépêcha
du camp français un sieur de la Bobe, son parent,
qui avait promis que la garnison lorraine se retire-
rait sans ouïr le canon. Le seigneur lorrain ne voulut
pas seulement le recevoir. Il fallut dresser les bat-
teries et commencer une attaque en règle. Le roi
alla loger à Kœurs, à une demi-lieue de la place;
Chavigny s'empressa de mander au cardinal : « Que
monsieur de Lenoncourt se vouloit défendre vaillamment, mais que le roy étoit sans mélancholie, et qu'il
se baignoit tous les jours ». Il ajoutait : « Le roy est
ravy de voir que monseigneur ait approuvé les résolutions qu'il a prises, et cela lui donne courage de
bien poursuivre ce qu'il a bien commencé [1]. Mais la
défense de Saint-Mihiel se prolongeait : « M. de
Lenoncourt ne parle point de se rendre, » écrivait un
peu plus tard le correspondant du cardinal ; « le roy a
beaucoup de jalousie de son cousin le comte de Soissons... Le roy auroit de la peine à entendre la nouvelle d'un succès avantageux, si M. le comte en étoit

---

1. Lettre de M. de Chavigny au Cardinal (25 septembre). Archives
des affaires étrangères.

cause, tant il a de jalousie contre luy [1] ». La fierté
royale se sentait en effet blessée d'être aussi longtemps arrêté devant une place sans importance par
l'héroïque résistance d'un homme de cœur. Il lui
répugnait encore plus d'appeler l'armée du comte
de Soissons à son aide. Le dépit du roi était extrême.
Il jura d'avoir la garnison à discrétion ou par force.
Lorsque réduit aux derniers abois, M. de Lenoncourt
dut enfin capituler (3 octobre 1635), à grande peine
put-il obtenir la vie et les biens saufs pour ses soldats
et pour les habitants. Encore le roi exigea-t-il qu'on
lui remît quinze bourgeois pour en faire ce qu'il lui
plairait. Lorsque la ville fut rendue, Sa Majesté résolut d'envoyer toute la garnison aux galères, sous
prétexte qu'elle ne lui avait point promis la liberté.
Cette cruauté causa quelque surprise. M. de Brienne
se vante, dans ses mémoires, d'avoir fortement pro-
testé contre un procédé inouï dans les usages de la
guerre. « J'ai suivi, » dit le roi, « l'avis de tous ceux
de monconseil. — Sire, répondit M. de Brienne, ce
sont avis de gens qui portent la robe; laissez-moi
aller prendre les conseils de ceux qui sont d'épée [2] ».
Ces remontrances ne furent pas écoutées. M. de
Brienne s'en serait montré moins surpris, peut-être,
s'il avait su que cette mesure rigoureuse avait été

1. Lettre de M. de Chavigny au Cardinal (1er octobre). Archives des
affaires étrangères.
2. *Mémoires de M. de Brienne*, collection Petitot, tome II.

expressément recommandée au roi par son ministre.
Elle faisait partie des instructions remises à M. de
Chavigny, qui avait ordre de veiller à leur exécution [1].
Quatre cents hommes de la garnison furent donc conduits aux galères de Marseille; M. de Lenoncourt et
ses lieutenants, les sieurs Vigneul, Salins et Mauclerc
allèrent expier à la Bastille leur énergique défense.

Ces actes d'inutile vengeance parurent avoir épuisé
toute l'ardeur du roi Louis XIII. Le comte de Gallas
venait de repasser le Rhin à la suite du cardinal de
La Vallette; il avait opéré sa jonction avec le duc de
Lorraine sur les bords de la Seille; et tous deux se
trouvaient à douze ou quinze lieues de Saint-Mihiel. Le
roi ne se soucia pas de les aller chercher ni même de
les attendre. Les seigneurs de son entourage et surtout
le comte de Cramail, commencèrent à déclamer contre
la légèreté du cardinal, qui avait, disaient-ils, si incon-
sidérément exposé la sûreté et la gloire de leur maître.
Celui-ci était repris de ces accès de tristesse noire
dont il était si difficile de le tirer, et que Chavigny se
sentait incapable de dissiper. « Le roi », écrivait-il au
cardinal, « a grande envie de s'en retourner; il est en

---

1. « Est à noter qu'il faut avoir de ces rebelles 2 à 3,000 pour les galères, ce dont M. le garde des sceaux aura un soin tout particulier.»
(note mise en marge des instructions envoyées à M. de Chavigny.)
Archives des affaires étrangères. Ma pensée est que les officiers de
guerre méritent un châtiment subit, corporel, et particulièrement
exemplaire; les uns qui seront Lorrains pour être rebelles, les autres
pour avoir attendu un si grand roi dans une si mauvaise place. »
Lettre à M. de Bouthillier Chavigny, *Recueil d'Aubery*, tome II.

grande mélancholie... En un mot, Gallas étant prêt,
M. d'Angoulême et de La Force ayant lâché pied »,
ajoutait assez dédaigneusement le correspondant de
Richelieu, « on ne sauroit retenir davantage ici le roy
sans le mettre en danger d'être beaucoup malade [1] ».
Dans ses perplexités, le roi, recourant, comme d'habitude, au cardinal, se plaignit à lui du découragement de ses troupes, qu'il attribuait à la légèreté
habituelle des Français. Son ministre chercha à l'en
consoler, non sans lui faire un peu la leçon. « Je ne
saurois, écrivait-il à son maître, assez plaindre
Votre Majesté dans les déplaisirs qu'elle a de la légèreté des Français. Si je l'en pouvois soulager par
ma vie, je le ferois de très-bon cœur. Vos prédécesseurs ont eu les mêmes peines. Ceux qui viendront
après les auront encore, et les affaires ne lairont pas
d'aller [2] ». Toutefois il lui permit de revenir. La
présence du roi en Lorraine, quoiqu'elle n'eût abouti
qu'à la prise d'une petite ville, qui n'était même pas
une place de guerre, et la formidable escorte militaire dont il s'était fait accompagner, n'avaient
pas été complétement inutiles. Elles avaient hautement témoigné que ce prince entendait garder soigneusement sa nouvelle conquête. Somme toute,
cependant, cette campagne n'avait pas été très-favo-

---

1. Lettre de M. de Chavigny au cardinal de Richelieu, camp de
Cœurs, 3 octobre. Archives des affaires étrangères.
2. Lettre du Cardinal au Roi, *Recueil d'Aubery.*

rable à la France. Peut-être lui serait-elle devenue
fàcheuse si le général autrichien avait voulu écouter
Charles IV qui, depuis la jonction des deux armées,
ne cessait de supplier son collègue de marcher avec
lui sur Nancy. Gallas n'avait point d'ordre à ce sujet.
D'ailleurs, il se souciait peu de risquer une entreprise
si considérable dans le seul but d'être utile à un prince
contre lequel les historiens lorrains l'accusent d'avoir
toujours entretenu une sourde et violente jalousie. Il
préféra attendre les Français dans ses retranchements. Ceux-ci se gardèrent bien de l'y aller chercher. Peu de temps après, les deux armées décam-
paient presque en même temps, les Français pour
regagner les places fortes de la Lorraine et de la
Champagne, les Impériaux pour repasser de l'autre
côté du Rhin.

Ainsi finit l'année 1635. Pendant que le roi de
France, mécontent de ses généraux, de son ministre
et sans doute aussi un peu de lui-même, s'en retournait à petites journées à Paris, Charles IV quittant
de dépit le commandement de ses troupes, gagnait
Besançon, non sans adresser à ses alliés, le cardinal
Infant et le roi de Hongrie, des lettres toutes remplies de tristesse et de plaintes [1].

1. Lettres interceptées du duc Charles au cardinal Infant, Ferdinand
d'Espagne, et au prince Thomas de Savoie, 18 septembre 1635. Archives
des affaires étrangères.

CHAPITRE XV.

Charles se rend à Bruxelles. — Fêtes et divertissements à la cour de l'Infant.
— Plans et préparatifs pour la prochaine campagne. — Invasion des Espagnols du côté de l'Artois et de la Picardie. — Manque absolu de grands
généraux du côté de la France. — Incapacité militaire du cardinal de La
Valette. — Il laisse le duc de Lorraine passer en Franche-Comté. — Charles
marche au secours de Dôle assiégé par le prince de Condé, et délivre cette
ville. — Manifestations de la reconnaissance des Franc-Comtois envers le
prince lorrain. — Il se joint à Gallas et pénètre dans le duché de Bourgogne.
— Siége de Saint-Jean-de-Losne par les Espagnols et les Lorrains réunis.
— Le siége échoue. — Gallas se retire en Allemagne. — Charles reprend
plusieurs villes de la Lorraine. — Résultats de la campagne de 1636.

L'hiver ayant forcément suspendu les opérations
militaires, le duc de Lorraine se rendit en Flandre
(décembre 1635). Il fut gracieusement accueilli à
Bruxelles par le cardinal Infant, frère du roi d'Espagne et de la reine de France. Là se rencontrèrent
avec lui le prince Thomas de Savoie et le général
Piccolomini, un certain nombre de gentilshommes
lorrains, proscrits de leur pays, le duc d'Elbeuf et Col-
loredo, qui avaient tous deux accepté des commandements dans l'armée lorraine. Cette petite cour était
alors partagée, dit le père Hugo, entre les plaisirs
de la saison et les projets pour la future campagne [1].
Charles prit d'abord sa part dans les divertissements.

1. Père Hugo, *Vie manuscrite de Charles IV.*

Il voulut donner à ces seigneurs étrangers le spectacle d'une de ces fêtes militaires où triomphait son
adresse. Au milieu d'un bal donné par les bourgeois de Bruxelles à l'Infant, les Espagnols virent
tout à coup apparaître vingt tambours et autant de
trompettes habillés à la livrée de Lorraine. Le héraut
qui les précédait, revêtu des plus éclatants habits,
somma le prince Thomas et le comte de Piccolomini
de se rendre dans trois jours sur la place de la ville
pour combattre, en champ clos, le duc de Lorraine.
Au jour fixé, « Charles parut sur la place, précédé
d'un char superbe qui portoit une renommée; il
étoit monté lui-même sur un autre plus magnifique
encore, qu'entouroient une foule de pages et cinquante cavaliers armés de cuirasses d'argent, ayant
des bas de satin blanc et des chaussures à la romaine.
Descendu de son char, après avoir fait le tour de la
place, le Duc revêtit sa cuirasse, monta à cheval, et
combattit ses antagonistes avec la lance, ensuite avec
l'épée, puis après avec le javelot, enfin avec le pistolet. Dans ces joutes successives, comme d'habitude,
il remporta tous les prix. Ravie de sa bonne grâce et
de son adresse, la foule des spectateurs reconduisit
le vainqueur à son palais, à la lueur de mille flam-
beaux et au bruit des plus vives acclamations[1]. »

Après avoir donné le signal des fêtes, Charles fut
encore le premier à entrer en campagne. Ayant

1. Extrait de la vie manuscrite de Charles IV par Guillemin.

rassemblé à Sierk les colonels des régiments qu'il
avait laissés sur les frontières de l'Alsace et de la Lorraine, il se mit à leur tête et repoussa les invasions
que les troupes du duc de Weimar faisaient dans le
Luxembourg. Sur la prière de l'Électeur de Cologne,
il mit le siége devant la ville de Liége, et, assisté du
comte de Mérode, força les habitants de cette ville
rebelle à reconnaître l'Empereur pour souverain, et à
supporter leur part dans les dépenses de l'Empire. Ces
expéditions n'étaient que les préludes de la campagne
dont le plan avait été arrêté à Bruxelles, et que le duc
Charles avait contribué à faire adopter. Les Impériaux devaient attaquer les frontières françaises du
côté de l'Alsace et de la Franche-Comté, les Espagnols entrer par la Guyenne et par la Picardie; le
duc de Lorraine s'était engagé à pénétrer de nouveau
dans ses États, et, suivant les événements de la
guerre, à prêter la main, soit aux troupes de l'Infant
dans les plaines de la Champagne, soit à celles du
comte de Gallas dans les montagnes des Vosges.
Comme il arrive d'ordinaire dans un ensemble
d'opérations combinées entre plusieurs armées, on
s'attendit un peu les uns les autres et l'on entra fort
tard en campagne. Les débuts en furent toutefois
brillants pour les alliés et funestes pour la France.

Plusieurs causes contribuèrent à cet échec mo-
mentané subi par la politique de Richelieu. L'une
était tout accidentelle; ce fut l'inaction imprévue

des États de Hollande qui, en se tenant tranquilles
chez eux, après l'heureuse issue du siége de Schenk,
avaient laissé aux Espagnols la facilité de se jeter en
France avec l'ensemble de leurs forces. L'autre était
plus générale ; elle a pendant toute sa vie fatale-
ment gêné les vastes combinaisons du ministre de
Louis XIII. Moins heureux que Mazarin, Richelieu
n'avait à sa disposition aucun grand général. La
France, toujours si fertile en vaillants capitaines, qui
avait sur pied quatre armées, où Turenne encore
jeune, où Condé presque enfant, faisaient déjà leurs
premières armes, la France ne possédait pas alors un
seul véritable homme de guerre. Peut-être à cause de
ses incurables méfiances, Richelieu était-il mal propre
à former de bons chefs d'armée ? Peut-être, s'il les eût
trouvés sous sa main, aurait-il hésité à s'en servir de
peur de les mettre en trop grande situation. De leur
temps, les amis du duc de Rohan, de Toiras et du
maréchal de Créqui expliquaient volontiers ainsi la
disgrâce de ces braves officiers, et répétaient souvent
que leur mérite plus que les intérêts du service royal,
les avait toujours fait retenir sur le théâtre éloigné
de la Valteline et de l'Italie [1]. Ces noms une fois

1. Le duc de Rohan ne commanda jamais que dans le Tyrol, les
Grisons et la Valteline. Le maréchal de Créqui était habituellement
employé pendant la belle saison à guerroyer dans le nord de l'Italie, et
pendant l'hiver à négocier avec le pape ou les Vénitiens. Il vint rare-
ment à Paris. Toiras, pour lequel le roi avait montré quelque goût,
n'avait pas permission de se présenter à la cour. Ces trois généraux
moururent sur les champs de bataille des suites de leurs blessures.

écartés, le nombre était restreint de ceux qui pouvaient être placés avec confiance à la tête d'un corps de troupes considérable. Parmi les princes du sang royal, le duc d'Orléans, outre son incessante versatilité, avait le tort de n'aimer pas courir les hasards de la guerre. Le prince de Condé, le père du héros, se contentait d'élever soigneusement son fils pour la rude vie des camps, mais il était, pour son compte, plus avide d'argent que de renommée militaire. Le courage du comte de Soissons ne se pouvait contester, mais ce courage était plus impétueux qu'intelligent. Le duc d'Angoulême avait donné en Lorraine des preuves d'une bonne volonté fort douteuse et d'une incapacité trop évidente. Le maréchal de La Force, intrépide soldat, rompu aux fatigues, se faisait vieux, craignait fort la responsabilité, et protestant inébranlable, excitait quelque ombrage. En sa qualité de Lorrain, le comte d'Harcourt en inspirait bien plus encore. Le duc de Saxe-Weimar avait quelques parties d'un grand capitaine : mais c'était un prince étranger, trafiquant de ses troupes comme un simple partisan ; tous les ans il fallait passer avec lui un nouveau traité ; il avait d'ailleurs ses visées particulières, et ne voulait pas être employé trop loin de l'Allemagne où il espérait se ménager, grâce à son épée, quelque établissement souverain. Dans cette pénurie de sujets capables de seconder ses desseins, Richelieu s'était épris d'un goût très-

marqué pour le fils du duc d'Épernon, le cardinal
de La Valette. Ce jeune prélat n'avait pas hérité de
l'orgueil intraitable de son père. A défaut de talents
militaires bien signalés, il était doué d'une prodigieuse activité et faisait en toute occasion parade de
la plus servile obéissance aux volontés du cardinal.
Celui-ci avait ou feignait d'avoir une grande confiance dans sa capacité [1]. Toutes les créatures du
ministre, Bouthillier et Chavigny son fils, Desnoyers,
le Père Joseph prônaient à l'envi le cardinal de La
Valette. On eût dit qu'ils s'attendaient à le voir succéder un jour à leur glorieux maître ; et Richelieu,
qui n'avait pas encore d'intimes liaisons avec Mazarin,
semblait, en effet, vouloir lui préparer les chemins.
Non-seulement le cardinal de La Valette, mort avant
Richelieu, n'arriva point à cette haute fortune,
mais, en cette année 1636, il justifia assez peu les
espérances de son patron.

Au mois d'août les Espagnols laissant derrière eux
les faibles garnisons de la Picardie, avaient inopinément apparu devant les murs de La Capelle, et s'en
étaient emparés presque sans coup férir. Les trois
places de Fonssonne, Fervaques et Le Catelet ayant

1. « Son Éminence a mis en vous sa principale confiance et vous
regarde comme la seule personne capable de soutenir les affaires en
l'emploi que vous avez. » Lettres de M. de Bonthillier (Chavigny) à
M. le cardinal La Valette, 14 août 1635. Archives des affaires étrangères.

« Vous êtes, aux yeux de Son Éminence, le général des généraux. » Lettre du P. Joseph au cardinal La Valette. Recueil d'Aubery.

capitulé, par suite, dit Richelieu, de la lâcheté de leurs gouverneurs [1], l'ennemi avait passé la Somme et ne se trouvait plus qu'à vingt-cinq lieues de Paris. Les mémoires de cette époque racontent avec détail l'émoi causé aux paisibles bourgeois de la capitale par l'approche d'un ennemi qu'ils se figuraient déjà voir à leurs portes, et surtout l'effet produit par l'appareil inusité des mesures militaires ordonnées pour leur défense. Le premier moment d'effroi passé, le sentiment d'un grand devoir à remplir avait pris le dessus, et réveillé tous les courages. A qui revint, en cette crise violente, du roi ou de son ministre, l'honneur d'avoir donné l'élan et sauvé au pays un triste affront? nous ne discuterons pas cette question historique qui a partagé beaucoup de bons auteurs ; elle n'est pas· de notre sujet ; et selon notre habitude, nous nous attacherons à suivre les pas de notre prince lorrain.

Charles IV avait accepté dans le plan arrêté à Bruxelles la mission d'aller délivrer la Franche-Comté envahie, dès le commencement de la campagne, par une armée placée sous les ordres du prince de Condé. Le cardinal de La Valette et le maréchal de La Force étaient chargés de lui en fermer les chemins. Avec cette vivacité d'allure qui lui était habituelle, et qui est d'un si grand prix à la guerre, le duc de Lorraine, au lieu de les attaquer de front, pré-

---

1. Richelieu. Testament politique ou succincte narration.

féra les gagner tous deux de vitesse. Ayant donné rendez-vous aux siens près de Verdun, il les mena lestement à Hatton-Châtel; puis laissant Saint-Mihiel sur sa gauche, il traversa le Barrois du côté de Neufchâteau. Là, il trouva une autre partie de son armée conduite par les sieurs de Clinchamps, Gaspard de Mercy et Sirot. Par cette manœuvre habile, il avait déjoué tous les calculs de ses adversaires, et se trouvait rendu sur le champ de bataille qu'il avait choisi avant même qu'ils eussent deviné ses desseins [1]. Charles n'eut pas plus tôt mis le pied sur les terres de la Franche-Comté qu'il vit arriver au devant de lui une députation des gens du conseil de Besançon, conduite par M. de Cantecroix.

La position des Francs-Comtois, placés entre les puissances belligérantes, était devenue fort critique. Quoique sujets du roi d'Espagne, ils avaient conclu avec la France, en janvier 1611, un traité de neutralité dont les Suisses s'étaient portés garants. Richelieu n'avait pu songer à violer ouvertement cette neutralité sans s'en expliquer devant le public européen. Il avait donc publié au commencement de l'année une déclaration par laquelle il reprochait aux Comtois d'avoir les premiers manqué aux stipulations de 1611. Il se plaignait de l'asile toujours ouvert que les mécontents Français avaient continuellement

1. *Histoire manuscrite de Forjet.*

trouvé dans cette province, des secours d'hommes et d'argent qu'elle avait accordés depuis deux ans au duc de Lorraine, et de plusieurs actes d'hostilité commis contre les troupes du roi. Les habitants du pays ne doutaient pas que ces griefs ne fussent autant de prétextes mis en avant pour s'emparer de leur territoire, qui avait le malheur d'être si fort à la convenance de la France. Le choix de Condé, l'ardeur extraordinaire avec laquelle ce prince pressait une expédition, qui, si elle réussissait, devait probablement ajouter une province de plus à son gouvernement de Bourgogne, leur avait inspiré les plus vives angoisses. Ils ne s'étaient laissé séduire ni par l'espérance qui leur fut alors donnée d'un traitement plus favorable que celui dont on avait usé envers la Lorraine, ni par l'assurance positive que l'on respecterait leurs priviléges provinciaux. Rien ne prévalut contre l'aversion que leur inspirait le seul nom français [1]. Il avait fallu prendre de force leurs moindres places. L'armée du prince s'étant approchée de Dôle, il somma la garnison de rendre la ville dans trois jours. Elle répondit « que rien ne pressait, et que dans un an elle verrait ce qu'elle aurait à dire. » On dut se résoudre à faire un siége en règle. Les opérations en étaient commencées depuis quatre mois, et sans beaucoup avancer, quand

---

1. *Histoire du P. Griffet.*

Charles IV déboucha en Franche-Comté (28 mai 1636).

M. de Cantecroix et les gens du conseil de Besançon qui avaient vainement attendu l'arrivée du général autrichien, le comte de Gallas, n'eurent pas besoin de grandes instances pour décider le duc de Lorraine à tenter le secours de Dôle. L'héroïque défense de ses habitants avait rempli Charles d'admiration. Il résolut donc de les délivrer. M. de Lamboy, sergent de bataille de l'empire, commandait deux mille fantassins de nouvelle formation et environ cinq cents chevaux ; M. de Conflans, seigneur du pays, s'était mis à la tête des milices provinciales. C'était un faible renfort pour l'armée du duc Charles, qui ne comptait pas plus de sept mille fantassins et de trois mille cavaliers. Mais l'animation de ses soldats était si grande, et le courage de la garnison de Dôle si fort excité par la présence des Lorrains, que le duc Charles ne jugea pas impossible de tenter aussitôt un commun effort contre les lignes françaises [1]. Le soir, pendant qu'il prenait position pour préparer l'attaque du lendemain, un trompette fut envoyé à son camp sous prétexte de réclamer quelques prisonniers : « Va dire aux tiens, lui cria le duc, que je suis arrivé en ces quartiers. » Comme le trompette demandait « qui lui donnait cette commission ? — Quelqu'un, répliqua

---

1. Voir le siége de la ville de Dôle, capitale de la Franche-Comté de Bourgogne, et son heureuse délivrance par Jean Boyvin. Dôle, 1637.

Charles, à qui les Français ont ôté son vrai nom, mais qui demain se rebaptisera dans leur sang [1] ».

La nouvelle de la marche des Espagnols jusques auprès de Paris venait, à l'heure même, de parvenir aux deux armées : et les généraux français se trouvaient avoir reçu l'ordre de se rapprocher de la capitale, précisément à l'instant où l'arrivée des troupes lorraines rendait le succès du siége plus que douteux. Dès le lendemain, les troupes françaises quittèrent donc lentement et en bon ordre leurs positions. Charles voulut à toute force les attaquer dans leur retraite. Pendant quelque temps, M. de Lamboy suivit de mauvaise grâce son ardent compagnon. Mais quand les trompettes furent pour sonner la charge, il produisit à l'improviste un écrit du roi d'Espagne qui lui défendait d'engager ses troupes, et lui recommandait surtout expressément, de ne montrer cet ordre qu'à la dernière extrémité. Pour passer sa colère, Charles alla escarmoucher sur les derrières de l'armée française [2]. Il jura qu'à l'avenir il ne servirait plus avec M. de Lamboy ; et il tint rigoureusement parole.

A peine délivrés, les bourgeois de Dôle, qui ve-

---

1. Forjet, *Histoire manuscrite de Charles IV*.

2. « Le prince décampa le 15 à la vue de l'armée du duc de Lorraine, il fut tellement pressé dans sa retraite par le duc de Lorraine et les milices du comté qui chargèrent son arrière-garde, qu'il fut obligé de laisser une de ses plus belles pièces de canon que les Bourguignons firent conduire à Dôle. » *Mémoires du marquis de Montglat.*

naient de repousser si courageusement l'invasion
française, s'assemblèrent en conseil ; et, déclarant
qu'ils ne voulaient pas prendre part dans les querelles des rois de France et d'Espagne, manifestèrent
l'intention de rentrer dans leur ancienne neutralité.
Cette décision mécontenta Lamboy et le parti exclusivement espagnol ; par ce motif, probablement, elle
fut hautement approuvée du duc Charles. Rien n'égalait alors en Franche-Comté la popularité d'un prince
qui s'était montré, à si peu de jours de distance, si
bon champion pendant la lutte et si généreux allié
après le succès. Lorsque, traversant la Franche-
Comté, il se rendit à Salins et à Besançon, Charles
fut partout accueilli avec enthousiasme. Il ne paraît
pas toutefois avoir fait grand fonds sur ces bruyantes
ovations. Les bourgeois de Besançon lui ayant offert
quatre canons de campagne, il les accepta de bonne
grâce. Il témoigna moins de satisfaction quand on
lui présenta sept cents paysans qu'on lui dit prêts à
le suivre jusqu'en France. Il préféra remettre au
lendemain le soin d'en passer la revue. Le lendemain, de tant de soldats il ne s'en trouva plus que
deux. « Le plus gaillard, » dit Forjet, « demanda
quinze jours pour aller au pays, faucher son pré et
savoir des nouvelles [1]. »

Le projet de pénétrer en France par la Bourgogne

---

1. Forjet, *Histoire manuscrite de Charles IV.*

n'était pas cependant une vaine chimère. Le comte
de Gallas, venu trop tard pour secourir la Franche-
Comté, arrivait encore à temps pour profiter de la retraite des Français et remonter la vallée de la Saône
à la poursuite de M. le prince de Condé. Charles IV
n'oublia rien pour persuader au chef de l'armée impériale d'aller chasser de la Lorraine les troupes françaises qui l'occupaient encore. Le comte de Gallas
fit d'abord semblant d'y consentir; mais bientôt sur-
vinrent de Vienne des ordres secrètement sollicités et
qui lui prescrivaient d'entrer dans le duché de Bourgogne. Dégoûté par ce manque de parole, le prince
lorrain songea un instant à se retirer en Flandre. Cependant il ne résista pas à la satisfaction de pouvoir,
tout au moins, porter enfin la guerre au sein même
d'une puissance qui, depuis deux années, ravageait
ses États. Avec son ardeur accoutumée, il marcha
à la tête de l'armée envahissante et toujours porté
vers les plus hardis projets, il proposa d'aller droit à
Dijon et d'occuper toute la Bourgogne. Le comte de
Gallas n'avait pas mission de s'engager si avant et
de tenter une entreprise aussi considérable. Il se
présenta avec son armée de 30,000 hommes devant
la capitale du duché de Bourgogne ; il envoya des
coureurs jusque sous ses portes, prit Mirebeau à
quelques lieues de là, puis retournant brusquement
sur ses pas, alla mettre le siége devant Saint-Jean-
de-Losne. Nous ne savons si le plan de campagne

indiqué par Charles IV eût mieux réussi, mais celui
que le général autrichien avait préféré tourna fort
mal pour les confédérés.

Le prince de Condé, rentré en toute hâte à Dijon,
s'occupa avec beaucoup d'activité de pourvoir à la
défense de la province ; il engagea ses riches domaines pour trouver l'argent qui faisait défaut. Avec
cette hardiesse entreprenante qui distingua sa longue
carrière militaire, le colonel Rantzau était parvenu à
se jeter avec son régiment dans la ville de Saint-Jean-
de-Losne. La ville ne pouvait plus être emportée de
surprise, et la Bourgogne ne courait plus les mêmes
risques. Toutefois, le prince de Condé, « qui était un
grand politique », dit le marquis de Montglat, « mais
qui n'entendait pas la guerre », fut aise de voir accou-
rir à son aide le duc de Weimar et le cardinal de
La Valette. Celui-ci s'était enfin aperçu qu'il n'avait
plus personne devant lui. Furieux d'avoir si longtemps attendu le prince lorrain dans des positions que
celui-ci n'avait pas songé à lui disputer, il arrivait
plein d'impatience, et brûlant de rétablir sa réputation militaire quelque peu compromise, même aux
yeux prévenus de Richelieu. Il eût été naturel qu'en
sa qualité de prince du sang et de gouverneur de la
province, le prince de Condé eût pris le commandement des armées réunies : il fut convenu cependant
que les trois généraux tiendraient conseil ensemble,
mais qu'ils donneraient leurs ordres séparément. Le

duc de Weimar contesta un peu, le prince consentit
à tout, « par respect au service du roi, et préférant »,
dit-il, « le bien de l'État et le consentement de Mgr le
cardinal à toutes choses [1]. » En réalité, le cardinal
La Valette prit la haute direction des opérations de
guerre. Ce ne fut pas lui toutefois qui contribua le
plus à détourner le fléau de l'invasion autrichienne.
L'honneur en revint surtout aux habitants de Saint-
Jean-de-Losne.

La garnison de cette place consistait en six compagnies du régiment de Conti ; le sieur de La Motte-
Houdancourt y avait adroitement introduit cent
mousquetaires de la petite ville de Bellegarde; l'arrivée du colonel Rantzau avait porté l'ensemble de
ces forces à environ 1,500 soldats [2]. La peste régnait
dans la ville. Cependant les esprits étaient très-
montés. Le gouverneur, atteint par l'épidémie, ayant
donné à entendre qu'on pourrait obtenir quelque
capitulation : « Si vous en dites un mot », répondirent
les bourgeois, « nous allons vous jeter dans la rivière. »
On dressa une potence sur la place pour pendre le
premier qui parlerait de se rendre [3]. Il semble que
l'exemple des habitants de Dôle avait piqué d'honneur ceux de Saint-Jean-de-Losne. Ils ne voulaient

1. Lettre du prince de Condé au cardinal de Richelieu, au cardinal
de La Valette. *Recueil d'Aubery.*
2. *Histoire du P. Griffet,* Levassor, etc., etc.
3 Détails tirés d'une relation du R. P. dominicain saint Martenne,
natif de Saint-Jean-de-Losne, cité par dom Calmet, tome VI, p. 219.

pas qu'on pût dire que les Bourguignons de la
Comté savaient seuls se défendre contre les armées
étrangères. La résistance opposée aux Autrichiens
et aux Lorrains, par la première petite ville de
France qu'ils avaient osé attaquer, fut obstinément
énergique comme celle que les Français avaient eux-
mêmes rencontrée en Franche-Comté. Le succès fut
même plus prompt et plus complet. Étonné d'être
sitôt arrêté dans sa marche, Gallas, qui ne s'était
avancé qu'avec beaucoup d'hésitation, se retira en
toute hâte. Abandonnant assez honteusement une
partie de ses canons et de son bagage devant
Saint-Jean-de-Losne, « il rentra en Allemagne », dit
Forjet, « avec plus de vaches que de soldats, mais la
bourse bien garnie. » Ainsi, « de trente mille hommes
avec lesquels les ennemis étaient entrés dans le
royaume », remarque de son côté Richelieu, « ils n'en
sortirent pas avec dix mille[1]. » Quant à Charles IV,
revenant seul, et pour son compte, à son premier
dessein, il se retira dans les montagnes des Vosges ;
ce mouvement n'était pas une déroute comme celle
de l'armée impériale. Chemin faisant, et avant de
se retirer à Besançon pour y passer l'hiver, il avait
repris possession en Lorraine d'Épinal, de Remiremont, de Charmes et de plusieurs autres petites
places.

1. Richelieu, Testament politique ou succincte relation.

Il y a peut-être dans cette campagne de 1636, où les succès et les revers furent à peu près partagés entre la France et ses adversaires, un fait saillant qui n'a pas été assez signalé. Franchissant les frontières du nord, les Espagnols avaient au début, poussé une pointe hardie sur Paris; ils n'avaient trouvé devant eux pour leur en fermer la route, ni une armée nombreuse ni aucun chef habile. Cependant ils avaient dû reculer devant l'effort généreux des populations soulevées pour se défendre. Sur un point tout opposé, les Français avaient essayé d'envahir le territoire d'une province voisine dénuée de soldats et de places fortes; ils avaient été obligés de céder à la victorieuse résistance d'une ville de médiocre importance. Lorsque les Impériaux, enhardis par cet échec des armées françaises, avaient à leur tour voulu pénétrer sur notre territoire, ils avaient, eux aussi, été arrêtés court, non par les manœuvres de quelque fameux général, non pas même à la suite de quelque grande bataille, mais par la patriotique défense d'une faible place à peine connue. Quel sentiment si puissant avait donc soutenu si à propos le courage des habitants de Paris, de Dôle et de Saint-Jean-de-Losne? Le seul amour de la nationalité menacée avait fait toute leur force; et cette force avait détourné le cours naturel des événements. Pareilles manifestations, quand elles se produisent avec quelque éclat sur la scène du monde ne devraient jamais être négligées par l'histoire. Le spectacle des peuples, petits ou grands, qui luttent pour leur indépendance, intéressera toujours profondément le cœur de l'homme. Le sort peut favoriser ou trahir ces nobles combattants. Qu'importe! on les applaudit s'ils triomphent; s'ils succombent, comment ne pas les admirer et les plaindre! (1)

En ce moment, plus que jamais, le sort de la Lorraine était digne de sympathie et de pitié.

(1) Cruelle comparaison avec la conduite des français en 1871......

CHAPITRE XVI.

État intérieur de la Lorraine depuis l'occupation. — Les autorités françaises
débutent par la douceur. — Aux premiers troubles, M. de Brassac proscrit
les principaux seigneurs du pays. — Résultats de cette mesure. — Des
bandes armées parcourent le pays au nom du duc Charles. — Pillages
commis par les soldats suédois du duc de Weymar. — Dévastation du bourg
Saint-Nicolas. — Croates et leurs excès. — Désolation affreuse de la Lorraine attestée par les écrits contemporains — Le P. Caussin et Mlle de La
Fayette reprochent à Louis XIII les malheurs de ses sujets lorrains. — Leur
disgrâce. — La ruine de la Lorraine faisait partie du système de Richelieu,
qui voulait obliger Charles à échanger ses états contre la province d'Auvergne. — Négociations à ce sujet. — Saint Vincent-de-Paul s'émeut du sort
de la Lorraine. — Quelle était sa situation à la cour. — Il envoie des secours
abondants en Lorraine et institue des commissions de charité pour subvenir
aux besoins des Lorrains réfugiés en France.

Les commencements de l'occupation française en
Lorraine n'avaient été marqués par aucun acte de
rigueur inutile. Ainsi que nous l'avons raconté dans
le volume précédent, Nancy, la capitale et la plus
forte place du pays, avait ouvert ses portes à la suite
d'un traité signé sous ses murs par le souverain lui-
même. A l'exception de Bitche et de La Mothe, les
autres villes obéissant, après l'abdication momentanée
de Charles IV, aux ordres de François son frère,
avaient reçu les garnisons françaises avec grande répugnance, mais sans opposition. Aussi longtemps que
le nouveau duc et sa jeune épouse demeurèrent à
Nancy, donnant les premiers le signal de la résigna-

tion, les Lorrains ne songèrent pas à résister ouvertement. Lorsque, par la fuite du duc François et de la princesse Claude, ils se virent livrés sans chefs à la domination étrangère, la stupeur fut extrême et le découragement général.

M. de Brassac était alors gouverneur de Nancy. Tout en prenant les précautions militaires qu'exigeait la sûreté de ses troupes, il n'avait rien négligé non plus pour se faire bien venir des populations. Non-seulement dans plusieurs occasions importantes, comme dans l'affaire du parlement de Metz, il avait appuyé leurs réclamations auprès du gouvernement français, mais il avait osé ne pas suivre toujours les prescriptions sévères du cardinal. Plusieurs fois même, il lui avait fait parvenir de sages remontrances [1]. D'autres agents de Richelieu, saisis de pareils scrupules, avaient, comme lui, essayé de faire prévaloir un système moins rigoureux, et usé, pour ce qui les concernait, d'habiles ménagements [2]. Comme d'habitude, les autorités placées sur les lieux, plus

1. Lettre de M. de Brassac à M. de Bouthillier, 25 juin et 10 juillet 1634. Archives des affaires étrangères.

2. Lettre de M. de Chamblay à M. de Bouthillier, 3 août 1634. Archives des affaires étrangères.

« Il se commet beaucoup de désordres dans le baillage de Saint-« Mihiel, sous prétexte de servir le roi; le service de Sa Majesté en « empire par le désespoir où on réduit l'innocent avec le coupable. Je « croyais que les sujets Lorrains du roi, quoique coupables, n'étaient « traitables en leurs biens par les lois de la guerre, ains par celles de « la justice ». M. de la Grange-aux-Ormes à M. de Bouthillier. Archives des affaires étrangères.

que celles qui commandaient de loin, se montraient
soucieuses de ne pas effaroucher les susceptibilités
des habitants et désiraient acquérir leur confiance.
Un instant M. de Brassac put se vanter, avec quelque
apparence de vérité, du bel ordre qu'il avait établi
dans la province [1]. Ces illusions, toutefois, furent de
courte durée. Le duc Charles n'eut pas plus tôt paru
sur les frontières après la victoire de Nordlingen,
que ses sujets en émoi s'agitèrent de toutes parts
pour secouer le joug étranger et tâcher de rentrer
sous les lois du souverain national.

M. de Brassac avait d'abord affecté de ne voir
dans ce mouvement populaire qu'une conspiration
ourdie par quelques membres mécontents de la noblesse. Par mesure de précaution, il s'était contenté
d'arrêter les gentilshommes les plus compromis, et de
chasser de son gouvernement ceux qu'au jour d'un sou-
lèvement les peuples auraient le plus volontiers pris
pour chefs. Ces prescriptions dictées par la crainte,
exécutées sans choix et avec précipitation [2], avaient

1. « Réduction de la ville et comté de Vaudémont à l'obéissance du
Roi avec l'ordre establi dans la ville de Nancy par M. le comte de ·
Brassac, gouverneur pour Sa Majesté dans la dite ville. » Paris, 1634.
Bibliothèque impériale, L. 36, B. 3974.

2. « J'ai fait mettre dehors les religieux lorrains, et aucuns habi-
« tants que j'ai cru pouvoir nuire. Quant aux dits habitants, ce qui
« me les a fait chasser, est ce que je viens de dire, sans que j'eusse
« preuve particulière d'aucun acte par eux commis, mais seulement
« par une précaution que j'ai estimé très-nécessaire, et par une pré-
« supposition très-assurée de leur mauvaise volonté ». M. de Brassac
au cardinal de Richelieu, 14 mars 1635. Archives des affaires étrangères.

tourné contre leur but. Bannis de leurs châteaux, les seigneurs lorrains étaient allés grossir l'armée du duc Charles IV ; ils avaient appelé auprès d'eux tous leurs vassaux capables de porter les armes ; à la tête des plus déterminés, et favorisés par leur connaissance parfaite du pays, ils avaient partout, et surtout dans les défilés des Vosges, attaqué avec avantage les détachements de l'armée française, harcelé les petites garnisons et intercepté les convois. Ce que les personnages les plus considérables avaient fait par patriotisme et pour défendre leur indépendance, d'autres le firent comme un métier profitable conforme à leurs goûts aventureux, et sans beaucoup se soucier d'ailleurs de la cause qu'ils avaient embrassée. On devine quelle devint bientôt, en pareilles circonstances, la condition des paisibles habitants de la campagne. Maltraités par les troupes françaises à cause de leurs sympathies avérées pour le parti national, ils n'étaient pas beaucoup plus ménagés par les adhérents du duc de Lorraine. « Les officiers de l'armée de Charles IV » écrivait M. de Villarceaux dans un mémoire fort circonstancié adressé au cardinal, « veulent faire fortune, à ce qu'ils disent, leur estant permis de piller où ils voudront. Si c'est en Lorraine, ils répondent aux Lorrains que c'est pour le service de leur prince ; si c'est dans les évêchés, ils disent que ce sont leurs ennemis. Aussi il y a des capitaines qui ont fait mettre pour devise à leurs

étendards : « Frappe fort, prends tout et ne rends
« rien [1] ».

Mais les violences des soldats de M. de Brassac ou
du maréchal de la Force, les pilleries des maraudeurs
lorrains, ne furent rien encore comparées aux excès
commis par les troupes du duc Bernard de Saxe-
Weimar. Tour à tour refoulées de ce côté du Rhin
par les Impériaux, ou ramenées par leur chef vers
l'Alsace et la Franche-Comté afin d'y combattre le
duc Charles, elles s'abattirent à plusieurs reprises
sur le pays entier comme sur une proie dévolue à
leur cupidité. La majeure partie de cette armée était
composée de reîtres et de Suédois. Ils avaient leurs
ressentiments particuliers à satisfaire, et prétendaient
venger sur les habitants de la Lorraine le désastre
de Nordlingen et les barbares traitements infligés
par les soldats de la ligue catholique à plusieurs
villes protestantes de l'Allemagne. Ainsi, comme il
est trop ordinaire, retombait sur d'innocentes populations la triste loi des représailles. Ce n'était partout
que pillages et tueries, dévastations et incendies.
Un incident relaté dans toutes les chroniques du
temps donnera quelque idée de l'état de la Lorraine
à cette époque de son histoire.

A quelques lieues de Nancy, sur la route de Lunéville, se trouvait un bourg aussi fameux alors par son

1. Mémoire de M. de Villarceaux adressé au cardinal de Richelieu,
28 août 1635. Archives des affaires étrangères.

trafic et ses richesses, qu'il est aujourd'hui pauvre et
délaissé. Il avait été de tout temps un lieu de pèleri-
nage très-fréquenté. Depuis le règne de Charles III,
qui y avait établi plusieurs foires franches, il était
devenu le centre d'un commerce de bijouterie très-
actif. Dominant au loin de riches campagnes, l'église
de Saint-Nicolas se faisait remarquer par la hardiesse élégante de sa construction. A l'intérieur, elle
était décorée d'une foule d'ornements qu'y avait
accumulés la piété des fidèles. Tant de magnificences
devaient être fatales à cette petite ville. Ses habitants, fidèles partisans de Charles, s'étaient attiré la
malveillance de M. de Brassac pour avoir plusieurs
fois reçu et hébergé dans leurs murs quelques troupes
de ce prince. Mais, chose étrange ! il ne paraît pas
que leurs premiers maux leur soient venus de la main
des Français. Les partis qui, plus tard, se sont tant
reproché le sac odieux de Saint-Nicolas, y prirent
tous part les uns après les autres. Le seul embarras
historique est de savoir par qui le signal en fut
donné. Si nous nous en rapportons au récit précis et
circonstancié d'un auteur lorrain presque contem-
porain, et le plus souvent bien informé, ce furent les
troupes de Gallaz, allié de Charles IV, qui commencèrent la dévastation. « Ayant appris », dit le père Vincent, « que le pillage de cette ville avait été ordonné
par l'ennemi, le général des Impériaux, chassé de la
Lorraine par le cardinal de La Vallette et par le ma-

réchal de la Force, résolut (décembre 1635) d'en
faire au moins profiter ses soldats. » Ceux-ci procé-
dèrent avec une certaine régularité. Trop peu nombreux pour tout emporter, ils fouillèrent les maisons
et n'enlevèrent que les objets les plus précieux [1]. Un
des habitants, accouru en toute hâte à Nancy, obtint
pour toute réponse du gouverneur de la ville, « qu'il
n'avait point ordre d'employer son monde à défendre
les gens qui ne se défendaient pas eux-mêmes [2] ».
Le soir cependant, touché de commisération, M. de
Brassac envoya quelques hommes de la garnison,
qui se rencontrèrent aux portes mêmes de Saint-
Nicolas avec des coureurs de l'armée de M. de la
Force. Ceux-ci arrivaient en toute hâte, mais dans
une intention bien différente; déjà revêtus de casa-
ques suédoises, ils s'apprêtaient à entrer dans la ville
afin d'achever pendant la nuit, à la faveur de ce
déguisement, l'œuvre commencée par les Impériaux.
Les soldats de M. de Brassac se laissèrent entraîner
par l'exemple, et tous ensemble pillèrent jusqu'au
matin. Ce second pillage, protégé par les ténèbres,
fut plus affreux que le premier. Encore tout n'était-il
pas fini pour la malheureuse ville! Le lendemain, au
point du jour, apparurent les véritables Suédois.
Rien n'égala leur fureur lorsque, se ruant sur la proie

---

1. *Histoire manuscrite du P. Vincent* (bibliothèque de M. Noël, à
Nancy).

2. Lettres de MM. de La Force et d'Angoûleme à M. de Bouthillier.
Id. de M. Gobelin à M. de Bonthillier. Archives des affaires étrangères.

depuis longtemps convoitée, ils s'aperçurent que de plus pressés les avaient prévenus et que le meilleur du butin avait déjà disparu. Leur cupidité déçue se changea en une rage cruelle et réfléchie. Ils résolurent d'avoir au moins la vie de ceux dont ils ne pouvaient plus ravir les biens; ils jurèrent de détruire cette église que d'autres avaient dépouillée avant eux. Saint-Nicolas, cité ouverte et paisible, qui, la veille encore, ne se savait menacée d'aucun danger, connut les dernières horreurs d'une place emportée d'assaut et livrée à la brutalité du soldat. Ses habitants hommes et femmes, vieillards et enfants, furent massacrés dans les rues; les couvents, qui étaient en grand nombre, forcés et saccagés; les religieuses, victimes des plus infâmes outrages, traînées nues à la queue des chevaux; le feu mis à la ville et dans la nef de l'église. Cependant, par la solidité de sa structure, le beau monument bravait l'incendie. Acharnés à sa destruction, les Suédois portèrent jusque sur les galeries supérieures des masses de fagots qu'ils allumèrent tous à la fois. Leur détestable dessein ne s'accomplit encore qu'en partie; dégradées jusqu'au sommet, les hautes tours de l'église de Saint-Nicolas ne croulèrent point; elles gardent encore les traces visibles de la flamme et de la résistance qu'elles lui ont opposée.

Plus qu'un autre, le souvenir de la dévastation de Saint-Nicolas est demeuré vivant en Lorraine; à vrai dire, les autres petites villes ne furent guère autrement traitées. Il n'en est pas une qui n'ait été, tour à tour, prise, abandonnée et reprise par les différents partis ; à chaque fois rançonnée et le plus souvent pillée. Le sort des habitants de la campagne ne fut pas meilleur. Toutes les armées de cette époque traînaient habituellement à leur suite des bandes indisciplinées qui faisaient métier de vivre de violences et de rapines. Les troupes impériales avaient emmené avec elles en Lorraine des masses de Croates qui, ayant trouvé le pays bon à exploiter, s'étaient établis dans les petits châteaux forts à demi rasés et dans les résidences féodales abandonnées par les seigneurs lorrains. De ces châteaux, comme d'autant de repaires, ils mettaient tous les environs à contribution sans acception de partis. A ces étrangers s'étaient joints les maraudeurs de tous les camps et plusieurs des partisans de Charles IV. « Gens non moins dangereux », dit le marquis de Beauveau, « que les Croates naturels. On peut dire », ajoute le même auteur, « qu'ils ont plus fait souffrir de maux à leurs propres compatriotes que n'en ont jamais fait les Français, qui avaient pour eux beaucoup plus d'humanité ; les amis comme les ennemis leur étaient d'une aussi juste guerre, sous prétexte qu'on était rebelle au Duc parce qu'on n'abandonnait pas sa famille pour prendre les armes et pour devenir aussi méchant qu'eux. De sorte qu'ils réduisirent les paysans à une si déplorable misère, que personne n'osant plus cultiver, pour n'y trouver aucune sûreté, toutes les terres restèrent en friche. La désolation vint à un tel point que le menu peuple ne trouva plus moyen de se nourrir que de glands et de racines. Ce désordre causa tant de maladies et de pauvreté, qu'en fort peu de temps les trois quarts du peuple de la campagne périrent ou désertèrent le pays ; et on a vu même plusieurs femmes réduites à la dure nécessité de manger leurs propres enfants, s'entredisant : « Aujourd'hui, je mangerai ma part du tien, et demain tu auras aussi ta part du mien [1] ».

Ce lugubre récit du marquis de Beauveau n'a rien d'exagéré. Ses traits les plus saillants sont exactement reproduits dans une foule de mémoires contemporains [2]. L'histoire manuscrite de l'Université

1. *Mémoires du marquis de Beauveau* pour servir à l'histoire de Charles IV duc de Lorraine. Voir page 56 et suivante.

2. Les terres demeurèrent sans culture, et les campagnes sans habitants. Les glands et les racines devinrent la nourriture ordinaire, et à son défaut, l'on vit des pères de famille réduits à la nécessité de mourir, ou qui, ne pouvant vivre que par la mort de leurs enfants, prirent la résolution terrible de les manger et d'appeler au banquet parricide les compagnons de leurs malheurs ». (Le P. Hugo, *Vie manuscrite de Charles IV*).

Certains villages étaient tellement déserts que les loups faisaient leurs retraites dans les maisons..... Non-seulement ils tiraient de terre les cadavres de ceux qui étaient enterrés, mais habitués à cette nourriture, ils pénétraient dans les maisons habitées, où ils ravissaient et dévoraient principalement les femmes et les enfants. (*Deplocandi Lotharingiæ status ab aliquot annis*).

« Il y avait dans cette malheureuse province plus de cent cinquante mille soldats étrangers, Français, Allemands, Suédois, Croates, Honde Pont-à-Mousson est toute pleine, à ce sujet, d'affreux détails dont la lecture fait frémir, quoique son auteur le jésuite Abram, assure « avoir voulu passer sous silence beaucoup d'abominations qu'il aurait honte », dit-il, « de publier, et que la postérité ne voudra jamais croire [1] ». Telle paraît être en effet la

grois, sans compter les femmes, les valets, les vivandières, qui étaient deux ou trois fois en plus grand nombre que les soldats, en sorte que tous ensemble allaient au nombre de quatre ou cinq cent mille. (*Extrait de l'histoire manuscrite du P. Abram*, citée par dom Calmet.)

« A l'armée du duc, un soldat ayant eu la main fracassée par son mousquet, la gangrène s'y mit, le chirurgien qui la lui coupa la demanda pour ses peines et la mangea. (Forjet, *Vie manuscrite de Charles IV.*)

Voir : dom Calmet, l'*Histoire de la ville de Nancy*, par l'abbé Lyonnais. Nancy, *Histoire et tableau*, par M. Dumast. *Mémoires de M. Noël. Histoire civile et politique de Nancy*, J. Cayon, etc., etc.

1. « Les armées exigeoient tour à tour de grosses contributions, et surtout celles du duc de Weymar, général des Suédois, qui vouloit esteindre même le nom lorrain, parce que, disoit ce général, tant qu'il resteroit des Lorrains, le roy de France ne pourroit réduire leur province et la conserver dans sa jouissance, et qu'il étoit plus facile d'exterminer la nation lorraine que d'ôter du cœur de ses habitants l'amour qu'ils avoient pour leur souverain, ce qui engageoit ces Suédois à ne faire aucun quartier aux Lorrains dont ils n'épargnoient que les femmes et les petits enfants, et à menacer tous ceux qui pouvoient porter les armes. Aussi accumuloient-ils meurtre sur meurtre par tout le pays. On ne voyoit de tous côtés qu'incendies, massacres et pillages, en sorte que dès les commencements, l'agriculture fut abandonnée. Les vivres vinrent ensuite à un prix excessif, et lorsque tout fut consommé, la famine se répandit partout; une grande partie des Lorrains mourut de faim; celle qui resta ne trouvant plus d'herbes pour se nourrir, mangea tout ce qu'il y a de plus sale et de plus dégoûtant, comme les charognes des chiens, des chevaux et des chats, qui souvent étoient pourris et exhaloient une odeur insupportable. Il y en eut même plusieurs qui, pour soutenir leur misérable vie, ne trouvant rien, mangèrent les cadavres des hommes qui avoient été tués ou qui étoient morts de faim. Il y en avoit aussi qui alloient à la chasse des hommes comme on va à la chasse aux lièvres. Ils tendoient des em-

préoccupation des chroniqueurs du temps qu'ils s'imaginent tous ne pas devoir rencontrer de créance parmi les générations futures lorsqu'ils racontent les misères présentes. « On ne voudra jamais s'en rapporter à ce que nous écrivons », s'écrie l'un d'eux, « mais, *quod vidimus testamur* [1] ». Au moment même où elles se faisaient si vivement sentir, ces calamités ont inspiré une sorte d'élégie nationale d'abord écrite en latin, publiée plus tard en français par Jean Héraudel, avocat à Nancy [2]. Elles ont mis le burin aux

buches pour les attraper et pour les manger ensuite. D'autres ouvroient la terre où l'on avoit tout récemment enterré le corps de leurs père, mère et autres parents, les en tiroient et les mangeoient. On trouva auprès de Metz trois têtes d'enfants enterrées et dont on avoit mangé les corps. On condamna à Mirecourt, au dernier supplice, une femme qui fut convaincue d'avoir tué son petit enfant et de l'avoir mangé ensuite. Il se répandit même un bruit que deux jeunes hommes mangèrent leur grand-père après l'avoir tué. Enfin, il y eut tant d'autres abominations, que j'aurois honte de publier et que la postérité ne voudra jamais croire. » (*Traduction manuscrite de l'Histoire de l'université et du collége de Pont-à-Mousson, du P. Abram, jésuite, avec des notes par Marigothus*, page 75 et suivante). Bibliothèque de la ville de Nancy.

1. Cassien Bidot.

2. *Elegie de ce qve la Lorraine a soufert depvis qvelqves années par peste, famine et gverre, svr l'elegie latine de l'avteur, et par soy mesme, tesmoing occvlaire d'vne partie, ayant sceu le reste de cevx qvi habitoient les villes et villages, et de ce qvi s'en disoient commvnément, mis sovbs presse, la paix faicte, et Son Altesse sérénissime de retovr en ses États.* Nancy, 1660.

En vrai lettré du temps, l'avocat Jean Héraudel paraît plus à l'aise dans sa poésie latine que dans sa traduction française. Le mérite principal de l'œuvre est son incontestable exactitude et la vérité des descriptions. Quelques-uns des vers français de l'avocat Héraudel ne sont pas toutefois sans une certaine grâce naïve; lorsqu'après avoir dépeint les malheurs de l'habitant de la campagne, il s'écrie :

Trop heureux quand il peut pourvoir à la saison
De fruitz indifférentz sa chétive maison.

mains de Jean Callot qui, dans la suite des gravures
si connues et qu'il a intitulées « les maux de la
guerre », a voulu surtout retracer les souffrances de
sa contrée natale [1]. Aujourd'hui, quoique graduelle-
ment affaibli, le souvenir n'en est pas encore effacé
de toutes les mémoires lorraines. Au sein des familles
qui habitent la campagne, il est demeuré toujours
assez vif, et défraye parfois quelqu'une de ces conversations populaires, où, pendant les longues soirées
d'hiver, les vieux parents aiment à raconter à leurs
enfants les misères des temps passés. Ainsi répété
avec effroi de génération en génération, le nom des
Suédois n'a pas cessé d'être mal venu aux oreilles
des populations qu'ils ont jadis si cruellement traitées. Et de nos jours encore, plus d'un écrivain

> Qu'esperer en effect d'une terre infertile
> D'un héritage en friche et tout à fait stérile,
> Puisque l'on ne voit plus les laboureurs aux champs
> Entrouvrir les guéretz de leurs coutres tranchants,
> Les sillons abreuvés pour fruict de leur culture
> Pousser de blonds épis du sein de la nature,
> Et dans l'espoir prochain de leur maturité
> Payer tout ce travail par leur fécondité.
> Les veoir. Ah comment! malheur incomparable
> Peste sans parangon, disgrâce sans samblable.....

Voir sur l'élégie de Héraudel le livre de M. Baupré, *Bibliographie
lorraine.* Nancy, 1845. M. Cayon Tiébaut, libraire à Nancy, a réim-
primé un fac-simile de l'édition primitive et l'a fait précéder d'une
notice sur saint Vincent-de-Paul qui contient quelques détails sur les
malheurs de la Lorraine.

1. *Vie de J. Callot*, par M. Méaume, professeur, membre de l'Académie Stanislas à Nancy, 1852.

lorrain ne le prononce jamais sans une vive et patriotique indignation [1].

Les auteurs du pays ne sont pas seuls à témoigner de l'état de la Lorraine à cette époque funeste de son histoire. Sa triste condition émut de pitié presque tous les contemporains, plus que nous cependant habitués au désolant spectacle des maux de la guerre. Les puissances étrangères, le pape à leur tête, se crurent obligées d'adresser quelques représentations à la cour de France. Tout auprès du monarque lui-même, des âmes généreuses se sentirent troublées à la vue de tant de misères. Le confesseur de Louis XIII, le père Caussin, fut de ce nombre. Lorsque aidé de Mᴸˡᵉ de La Fayette, il tenta assez étourdiment de ruiner auprès du roi le crédit de Richelieu, il ne manqua pas, en énumérant les méfaits du cardinal, d'inquiéter la conscience de son royal pénitent sur les traitements infligés à ses sujets lorrains. Jamais, selon lui, pareilles horreurs n'avaient été autorisées sous le gouvernement d'un roi chrétien. Il comparait le sort des habitants de la Lorraine à celui des Juifs de Jérusalem, mais les Lorrains, disait-il, avaient été plus maltraités : *Sola Lotharingia Jerosolymam calamitate vincit* [2]. De son côté, Mᴸˡᵉ de La Fayette, persuadée

---

1. *Esquisses d'un voyage de Nancy à Bourbonne.* Souvenirs lorrains par M. Dumast, membre de l'académie Stanislas, 1846.

2. *Lettre du P. Caussin adressée au général de son ordre.* Elle a été imprimée par H. de Saint-Ignace dans le *Tuba magna mirum clangens sonum.*

par l'évêque de Limoges, insinuait au roi : « Qu'il
blessait sa conscience en retenant injustement le bien
de la maison de Lorraine, et que le peuple, accablé
d'impôts pour la continuation de la guerre, n'avait
plus le même attachement pour Sa Majesté[1]. »

Les scrupules du Père Caussin, et les prières de
Mlle de La Fayette touchèrent un instant, mais n'é-
branlèrent pas le roi. Il était avant tout profondément
résolu à ne pas compromettre la sûreté de sa nouvelle conquête. L'insistance sur un sujet si délicat
servit seulement à précipiter la disgrâce des imprudents conseillers. Quant à Richelieu, il n'avait rien à
apprendre sur le sort actuel de la Lorraine. Ces
rigueurs inouïes, cette complète dévastation qui effa-
rouchaient l'esprit timoré du jésuite, et l'âme tendre
de la favorite, avaient lieu par son ordre. Loin
de lui inspirer aucun remords, elles faisaient partie
de sa politique. Elles étaient nécessaires au succès
d'une combinaison diplomatique dont il n'a point
parlé dans ses Mémoires, mais qui n'en préoccupait
pas moins alors sa puissante imagination. Il s'agissait
de décider Charles IV à céder de bonne grâce son
duché en retour de la province d'Auvergne.

L'idée d'acquérir la Lorraine par simple voie
d'échange s'est souvent produite dans les conseils du
gouvernement français; c'est un arrangement de

1. Levassor, *Histoire de Louis XIII.*

cette nature qui nous a valu plus tard la possession
de cette province. Cependant, comme la plupart des
desseins qui ont eu pour but l'agrandissement du
territoire national, celui-ci remonte encore jusqu'à
Richelieu. Il l'avait non-seulement clairement conçu,
mais il n'avait rien négligé pour en préparer l'ac-
complisement.

M. de Salins, l'un des officiers de Charles IV, enfermé à la Bastille depuis la reddition de Saint-Mihiel,
avait reçu, avec la liberté, la mission d'entretenir son
maître de ce projet. L'abbé de Coursan, l'un de ces
négociateurs subalternes que le cardinal employait en
toutes sortes d'affaires avait été chargé, pendant un
séjour mystérieux qu'il fit à Nancy, de s'aboucher,
comme de lui-même, avec le Père de Véroncourt,.
confesseur de Charles IV, afin de connaître les véritables intentions du prince lorrain, et de les mander
au Père Joseph [1]. Plus tard cette délicate commission
avait été confiée aux soins de M. de Fontenay [2]. Il y
avait une portion commune et presque identique dans
les instructions remises à ces divers agents du cardinal. Ils avaient tous commandement de n'oublier pas
d'insister sur le déplorable état de la Lorraine : « Les
domaines de la Lorraine, disait le cardinal, étant réduits à rien, les Lorrains morts pour la plupart, les

1. Lettre de l'abbé de Coursan au R. P. Joseph, 13 juillet 1636. Archives des affaires étrangères.

2. *Mémoires de M. de Fontenay pour l'accommodement*. Archives
des affaires étrangèies.

villages brûlés, les villes désertes, de telle sorte qu'il
n'y a pas moyen de rétablir la Lorraine d'un siècle entier... Sa Majesté pour donner au duc le moyen de vivre
en homme de sa naissance et de sa condition, lui donnera l'Auvergne en retour de la Lorraine, ayant égard
à la ruine totale d'icelle ; lequel Auvergne est une fois
plus grand que la Lorraine, plus fertile, et abondant
en toutes choses, riche, quantité de noblesse, grandes
villes opulentes, évêchés et grands bénéfices, et lesdits pays conservés de toutes parts et protégés par les
États du roy qui environnent ledit Auvergne, ce qui
est le plus grand avantage que le duc pût jamais désirer. » Comme s'il eût craint que Charles ne fût pas
suffisamment sensible à cette dernière considération,
et pour le tenter par une offre plus séduisante et
plus conforme à ses goûts bien connus, le ministre de
Louis XIII avait chargé M. de Salins d'assurer le
duc : « Qu'il aurait la conduite de l'armée du roy tant
es pays des Allemands, Lorrains, que leurs voisins,
et en cas d'attaque ouverte contre les Espagnols, et
se trouvant à la prise de quelques places de la Franche-Comté avec son armée, le roy lui donnera les
revenus des domaines de ladite Franche-Comté [1] ».

Soit qu'il se méfiât, avec quelque apparence de
raison, de la sincérité des propositions qui lui arrivaient par des voies si détournées, soit qu'il se sentît

---

1. *Réponses aux propositions de M. de Salins.* Archives des affaires
étrangères.

peu tenté d'accepter au centre d'un État étranger
une situation précaire, trop semblable à celle de
ces gouverneurs de province pour lesquels Richelieu
affichait alors si peu de ménagements, soit plutôt
qu'il sentit quelque honte à renoncer des sujets qui
ne le renonçaient pas, Charles parut attacher peu
d'importance à toutes ces ouvertures. Il se contenta
de répondre : « Qu'il entendait rentrer dans ses
États de Lorraine et pays de Barrois, ainsi qu'ils
étaient à la mort de son père ». On était de part et
d'autre bien loin de se pouvoir accorder. La guerre
à laquelle chacun en appelait, reprit avec vivacité,
promenant ses plus impitoyables ravages dans le
malheureux pays, cause et victime de cette longue
querelle.

Un homme pourtant se rencontra, étranger par sa
naissance à la Lorraine, qui ne s'en éprit pas moins
pour elle d'une de ces compassions ardentes que les
grandes infortunes ont parfois le don d'exciter chez les
natures d'élite. Nous voulons parler de saint Vincent-
de-Paul. Le nom de M. Vincent (comme l'appelaient
ses contemporains), se rencontre plus souvent dans
les pieuses chroniques des prêtres de son ordre que
sous la plume des écrivains politiques de cette époque.
Cependant, la discrète autorité qu'il avait acquise par
ses vertus apostoliques, par son active charité, le
respect général qu'il inspirait à chacun, même à Richelieu, n'ont pas été sans exercer sur les affaires de

son temps une certaine influence qui méritait d'être
un peu plus indiquée. Le Père Vincent vivait dans
la presque intimité d'Anne d'Autriche. Il ne faisait
point, tant s'en faut, partie de cet entourage de mécontents qui avait alors pris couleur pour la reine
contre le cardinal, gens un peu brouillons de leur
nature, plus dévoués que réfléchis, qui donnaient alors
assez d'embarras à Richelieu, en attendant ceux que
plus tard ils devaient, pendant la régence, causer à
leur propre maîtresse. Mais il ne comptait pas non plus
parmi les créatures du cardinal; il ne se piquait pas,
comme la plupart de ses confrères du clergé, de tout
approuver dans la conduite des affaires publiques.
Souvent choisi par Anne d'Autriche pour être le dispensateur de ses aumônes, il s'était senti naturellement attiré vers cette reine si peu recherchée de son
mari, presque persécutée par le puissant ministre,
humiliée de n'avoir pas donné encore d'héritiers à la
couronne de France, et qui, pieuse et retirée, s'efforçait alors de trouver dans de secrètes bonnes œuvres
le soulagement à tant de tristesse. La guerre récemment entreprise et poussée avec vigueur contre le
cabinet de Madrid désolait particulièrement la femme
de Louis XIII. Elle n'était pas insensible non plus
aux malheurs du duc de Lorraine, qu'elle avait connu
aux jours heureux de sa jeunesse, et qui n'avait
depuis jamais cessé de professer pour elle un dévouement chevaleresque. La politique, qui tendait à

prolonger indéfiniment ces fâcheux différends, était donc fort sévèrement jugée par tous ceux que la reine avait admis dans son étroite société.

Mais il n'était pas besoin que cette princesse et les personnages considérables avec lesquels saint Vincent-de-Paul se trouvait ainsi en rapport habituel, s'appliquassent à lui faire partager leurs impressions. Sa charité évangélique s'était émue la première des malheurs de la guerre. « Voyant tant de mauvais effets causés par la guerre, dit un de ses biographes (qui, écrivant peu d'années après sa mort, a dédié son ouvrage à la reine Anne d'Autriche), et considérant les horribles péchés, les blasphèmes, les sacriléges et profanations des choses les plus saintes, les meurtres et toutes les violences qu'on exerçoit sur les personnes même innocentes..... Son cœur s'en trouva tellement saisi et comme outré de douleur, qu'il résolut, contre toutes les raisons que la prudence humaine lui pouvoit suggérer, d'employer un moyen dont le succès paraissoit assez douteux, et qui pouvoit lui être fort préjudiciable... Dans ce dessein, il alla un jour trouver M. le cardinal de Richelieu, et après lui avoir exposé, avec toute sorte de respect, la souffrance extrême du pauvre peuple, et tous les autres désordres et péchés causés par la guerre, il se jeta à ses pieds en lui disant : «Monseigneur, donnez-nous la paix. Ayez pitié de nous. Donnez la paix à la France. » Ce qu'il répéta avec tant de sentiment, que ce grand cardinal en fut touché [1] ». Ce n'était pas la seule fois que saint Vincent était intervenu auprès du ministre de Louis XIII.

Dans une précédente entrevue racontée par lui-même, il était allé demander à Richelieu qu'on protégeât la catholique Irlande contre l'Angleterre protestante. « Ah! monsieur Vincent », s'était alors écrié le cardinal, « le roy a trop à faire. » Le saint prêtre ayant assuré que le pape offrirait volontiers cent mille écus : « Cent mille écus, répliqua Richelieu, ne sont rien pour une armée ; il y faut tant de soldats, tant d'équipages, tant d'armes, tant de convois partout : c'est une grande machine qu'une armée qui ne se remue que malaisément ». Cette fois, quand saint Vincent vint lui parler de la Lorraine, il n'entra pas dans d'aussi grands détails ; il se contenta de répondre, si nous nous en rapportons toujours au même biographe : « Que la paix ne dépendait pas de lui seul, mais aussi de plusieurs autres personnes tant du royaume que du dehors » [2].

Saint Vincent-de-Paul déçu dans sa pieuse tentative, ne témoigna aucune humeur. Il ne chercha pas à renverser le redoutable ministre. Il ne s'efforça pas, comme avait fait le Père Caussin, de nouer une cabale ni avec M. le duc d'Angoulême, ni avec celle des filles

1. *La Vie du vénérable serviteur de Dieu, Vincent-de-Paul*, instituteur et premier supérieur général de la congrégation de la Mission par Louys Abelly, évêque de Rodez. Paris, 1664.

2. Ibidem.

d'honneur de la reine qui plaisait le mieux au roi.
Il mit simplement la plus admirable activité à secourir les pauvres Lorrains. Par ses soins, les prêtres
de la Mission se répandirent dans les moindres
hameaux de ce misérable pays, distribuant aux plus
nécessiteux, avec les secours de la religion, les
plus abondantes aumônes. Il assista ainsi, dit-on,
plus de vingt-cinq villes, et un nombre infini de
bourgs et de villages réduits aux dernières extrémités. — « Votre charité est si grande, lui écrivait-on
de Nancy, en 1643, que tout le monde a recours à
elle. Chacun vous considère ici comme l'asile des
pauvres affligés[1]. » On estima l'argent distribué en
Lorraine par saint Vincent-de-Paul à plus de deux
millions de livres, somme énorme pour le temps. Elle
provenait tout entière des dons, qu'à force d'indus-
trieuse charité et de touchante éloquence, il avait su
arracher à la commisération d'un certain nombre de
personnes de condition et de piété[2], et peut-être
bien aussi, quoique d'Abelly n'en parle pas, aux
secrètes sympathies de la reine. Mais là ne s'arrêta
pas son zèle. « La continuation de la guerre et les
misères extrêmes de la Lorraine », poursuit le même
auteur, « ayant obligé une partie des habitants d'en
sortir pour se venir réfugier à Paris, et parmi eux

---

1. *Notice sur l'élégie de Héraudel.* Jean Coyon. Nancy, 1639.
2. Abelly, évêque de Rodez. L'abbé Collet, *Vie de saint Vincent-de-Paul.*

nombre de gentilshommes et de demoiselles nobles,
M. Vincent s'employa à leur procurer un asile... »
Grâce à lui, plusieurs seigneurs français d'une insigne
piété et des dames de la première qualité, s'associèrent
ensemble pour assister cette pauvre noblesse ; quelques-uns s'étant chargés de les aller voir dans leurs
chambres pour reconnaître « plus en particulier leurs
besoins, prendre leurs noms, savoir au vray le nombre des membres de chaque famille... Puis chacun
se cotisait selon la nécessité de ces pauvres réfugiés.
M. Vincent y contribuait toujours de son côté et quelquefois au delà de ce qu'il pouvait [1]. »

Ainsi, les plus généreux secours arrivaient aux
Lorrains du même pays d'où leur provenaient tant
de maux. Des mains françaises leur portaient les
plus rudes coups et pansaient en même temps, avec
le plus de pitié, leurs profondes blessures. Nos histoires les plus circonstanciées ne se sont guère éten-
dues sur les malheurs supportés par la Lorraine avant
sa réunion à la France. Elles n'ont pas daigné davantage rapporter les soins touchants qu'une partie de
la nation victorieuse a charitablement prodigués à
des adversaires trop accablés. Si nous nous sommes
plus longtemps arrêté sur ces détails, c'est qu'ils
font nécessairement partie de notre sujet ; c'est aussi
afin de n'oublier aucun des traits essentiels qui carac-

---

1. Abelly, *Vie de saint Vincent-de-Paul.*

térisent l'époque dont nous nous occupons; époque curieuse, pleine de mélanges et de contrastes, où la civilisation la plus raffinée touche de si près à la plus affreuse barbarie! Période singulière pendant laquelle il semble qu'il y ait eu place pour tous les développements, quels qu'ils fussent, de la nature humaine, pour le mal comme pour le bien, pour les mœurs les plus grossières et pour les plus nobles sentiments, pour les plus effrénées passions humaines, comme pour les plus admirables vertus chrétiennes.

Mais revenons, il en est temps, à notre prince lorrain. Il n'est pas, à coup sûr, le moins bizarre de ces personnages qu'il nous faut mettre en scène, et qui se montraient alors si libres dans leurs allures, si différents les uns des autres, et parfois d'eux-mêmes. Aussi bien nous voici amenés à raconter l'une des plus étranges actions de la vie de Charles IV.

CHAPITRE XVII.

Charles est attiré à Besançon par son amour pour Béatrix de Cusance, princesse de Cantecroix. — Erreurs commises par le duc de Saint-Simon au
sujet de cette dame, et de son mariage avec Charles IV. — Détails sur
Mlle de Cusance. — Sa beauté. — Charles l'avait déjà rencontrée à Besançon et demandée en mariage avant qu'elle épousât le prince de Cantecroix.
— Mort de M. de Cantecroix. — Consultation de plusieurs théologiens sur
la validité de l'union antérieure de Charles IV et de Nicole. — Charles
épouse Béatrix. — Elle le suit à la guerre. — Genre de vie que mène
Charles IV. — Anecdotes à ce sujet. — Béatrix le pousse à faire la paix
avec la France. — Arrivée de Mme de Chevreuse à Bruxelles. — Elle entreprend de réconcilier le duc de Lorraine avec Richelieu. — Elle emploie à cet
effet Mme du Hallier. — Charles mécontent des Espagnols se laisse persuader
d'aller à Paris. — Signature du traité du 2 avril. — Charles proteste en
secret. — Cérémonie de la prestation de foi et hommage pour le Barrois.
Subterfuge de Charles IV en prononçant le serment. — Retourné à Bar, il
proteste de nouveau contre le traité. — Il va chercher Mme de Cantecroix à
Épinal, et s'approche avec elle de Nancy. — Joie des Lorrains en revoyant
leur prince. — Leur accueil enthousiaste.

Nous avons laissé Charles IV à Besançon. Ce n'était
point le besoin du repos qui l'avait conduit dans cette
ville. Il méprisait l'oisiveté, et son corps ne connaissait pas la fatigue. La fortune des armes ne lui avait
pas été si contraire, qu'il n'eût repris possession d'une
partie de ses États. Plusieurs villes lorraines, Charmes, Épinal ou Remiremont auraient pu lui offrir,
pendant l'hiver, un asile assuré. D'autres soins
l'avaient attiré dans la cité espagnole ; il y avait

passé la saison rigoureuse, moins occupé de guerre
que d'amour; et, tandis que la désolation régnait
dans toute l'étendue de son pays, pendant que la
peste sévissait cruellement autour de lui, il se livrait
aux plus joyeux divertissements, prodiguant à l'objet
de sa passion les fêtes les plus galantes. Le nouvel
attachement qu'avait pris l'ancien serviteur de Mme de
Chevreuse n'était alors ignoré d'aucun de ses contemporains. Grande cependant fut la surprise de tous les
siens, et particulièrement celle de la duchesse Nicole
quand elle apprit, à n'en pouvoir douter (avril 1637),
que le duc son mari venait d'épouser, à peu près
publiquement, Béatrix de Cusance, veuve du prince
de Cantecroix.

Le mariage de Charles et de Béatrix est raconté
avec quelques détails par le duc de Saint-Simon.
Suivant Saint-Simon, Charles, amoureux de Mme de
Cantecroix, aurait apposté un courrier pour apporter
à Bruxelles la nouvelle de la mort de sa femme ; sur
quoi il aurait aussitôt pris le grand deuil, fait part de
son malheur à tout le monde, et, quatorze jours après,
épousé sa maîtresse qui, sans avoir été dupe du
manége, avait consenti à s'y prêter. Ce récit est plus
plaisant que véridique. Peut-être aura-t-il été mis en
vogue au siècle de Louis XIV par quelque bel esprit
du temps. Qui sait ? par le duc de Lorraine lui-même,
dégoûté plus tard de son mariage ; mais qui ne s'est
jamais refusé le plaisir d'un bon conte sur les autres et

au besoin sur lui-même. Quoi qu'il en soit, passé des
ruelles dans les mémoires du duc de Saint-Simon, et
sous l'autorité de ce grand nom, entré aujourd'hui de
plain-pied dans l'histoire, il n'en est pas pour cela
plus exact [1]. Dans cette circonstance, comme dans
beaucoup d'autres ayant trait à la maison de Lorraine, qu'il n'aimait guère, M. de Saint-Simon est
tombé dans plus d'une erreur. La vérité, s'il l'eût
connue tout entière, ne lui eût pas plus coûté à dire,
car elle n'est ni moins piquante, ni plus avantageuse
au prince lorrain. Rétablissons-la brièvement.

Ce fut en l'année 1634; après son abdication en

---

[1]. «On connaît encore trop la vie et les diverses fortunes de Charles IV,
duc de Lorraine, pour parler de son génie et des extrémités où il le jeta.
Ami de tous les partis, fidèle à aucun, souvent dépouillé de ses États,
et tantôt les abdiquant, puis les reprenant, tantôt en France avec les
rebelles, puis à la cour, tantôt à la tête de ses troupes, sans feu ni
lieu, qu'il faisait subsister aux dépens d'autrui, y vivant lui-même,
d'autres fois au service de la France, puis de l'Empereur, après de
l'Espagne, souvent à Bruxelles, enfin, enlevé et conduit prisonnier en
Espagne. Toujours marié et jamais avec sa femme la duchesse Nicole.... Charles IV, marié depuis longtemps à la duchesse Nicole,
était à Bruxelles amoureux de Mme de Cantecroix. Il apposta un cou-
rier qui lui apporta la nouvelle de la mort de la duchesse Nicole.
Il en donna part à Bruxelles, prit le grand deuil, et quatorze jours
après épousa Béatrix de Cusance, veuve du comte de Cantecroix, dans
Besançon, aux Minimes, arrivant de Bruxelles, en avril 1637, et en
donna aussi part à toute la ville. Bientôt après la fourbe fut découverte,
et on apprit de tous côtés que la duchesse Nicole était pleine de vie et
de santé et n'avait seulement été malade. Mme de Cantecroix, qui n'en
avait pas été la dupe, fit tout comme si elle l'eût été; mais elle était
grosse. Elle s'apaisa. Ils continuèrent à réputer la duchesse Nicole pour
morte, et de vivre ensemble à la face du monde, comme étant effectivement mariés, sans qu'il ait jamais été question de dissoudre le mariage de la duchesse Nicole, ni devant ni après. »

Mémoires de Saint-Simon, tome II, chap. VI.

faveur de son frère et lors de son premier séjour à
Besançon, que Charles rencontra d'abord. Mlle de
Cusance. La mère de Béatrix de Cusance était Mlle de
Berghes, fille de Jean, marquis de Berghes et de
Marguerite de Mérode, et son père, François de
Cusance, baron de Beauvoir et de Saint-Julien, commandait trois mille Bourguignons au service du roi
d'Espagne. La réputation de cette beauté faisait alors
grand bruit dans la capitale de la Franche-Comté;
Béatrix était âgée de 19 ans. « C'était, sans contredit, »
assure Guillemin [1], l'un des biographes du duc de
Lorraine, « la plus belle personne de son temps. Sa
taille, au-dessus de la médiocre, était libre et parfaitement proportionnée ; elle n'avait d'embonpoint
qu'autant qu'il en fallait pour lui donner une mine
haute et un port majestueux ; son visage, entre l'ovale
et le rond, était d'un teint vif et uni ; ses cheveux,
d'un clair cendré ; ses yeux bleus, bien fendus, à fleur
de tête ; sa bouche, petite et vermeille ; ses dents,
blanches et bien rangées ; la gorge, le bras et la
main répondaient à la beauté d'un visage si parfait,
et ce beau tout renfermait un cœur tendre, capable de
toutes les délicatesses qu'on peut désirer en une personne aimée »... « Elle avait, » ajoute le père Hugo [2],
« un esprit vif, mais paisible ; ses manières, polies et
caressantes, étaient accompagnées d'un air libre,

---

1. Guillemin, *Histoire manuscrite de Charles IV.*
2. Le P. Hugo, *Histoire manuscrite de Charles IV.*

modeste, insinuant… Elle chantait fort bien et accompagnait elle-même sa voix avec un instrument dont elle touchait admirablement. — « Enfin, » dit un autre biographe, le père Vincent, « c'était une beauté si brillante, que le pape Alexandre VII n'avait pu s'empêcher de dire que son visage était digne d'un empire, *facies vere digna imperio* [1]. »

Comme le remarque M. le marquis de Beauveau : « tant de grâce, d'esprit et d'agrément étaient des charmes capables d'émouvoir un cœur moins sensible que celui du prince lorrain. » Charles ne tarda pas en effet à déclarer sa passion pour Béatrix. Elle apparut surtout dans les fêtes brillantes qu'il lui offrit à Besançon, et par les visites fréquentes qu'il faisait au château de Cusance. Ces excursions, épiées par

---

[1]. Le P. Vincent, *Histoire manuscrite des ducs de Lorraine.*

On a plusieurs portraits gravés de Mme de Cantecroix, et, comme il arrive souvent, ils ne se ressemblent pas beaucoup entre eux. Le portrait qui fait partie de la collection de Daret (Paris, 1652) a été gravé du vivant de Mme de Cantecroix et de la duchesse Nicole ; on lit au bas : « La beauté, et les autres belles qualités de cette dame lui ayant trouvé place aux bonnes grâces de Charles IV, duc de Lorraine, Son Altesse contracta mariage avec elle, duquel sont issus un fils et une fille. Elle en esperoit la confirmation du saint siége. Mais Mme Nicole de Lorraine, sa légitime épouse, s'y estant opposé en cour de Rome, il fut déclaré illégitime, le 15 janvier 1653, par le commun suffrage des auditeurs de la Rotte. »

Van Dyck a fait un grand portrait à l'huile de Mme de Cantecroix ; la gravure de ce portrait fait partie de la collection in-folio des portraits gravés de Van Dyck au cabinet des estampes à la Bibliothèque impériale. Elle porte pour inscription : « Beatrix Cusantia, princeps Cantecroyanæ, etc. Ant. Van Dyck pinxit. Pietrus de Iode sculpsit. Missens excudit. Antuerp.

Nous ne savons pas où est le tableau original de Van Dyck.

M. d'Arpajon, n'avaient pas seulement failli lui coûter la liberté, elles mettaient sa vie en danger, s'il
faut s'en rapporter au récit des habitants du pays,
qui montrent encore aux étrangers les étroits sen-
tiers suivis par Charles IV, les rochers abrupts et
les profonds ravins qu'il franchissait à cheval pour
arriver jusqu'à la demeure de Mlle de Cusance. En
même temps qu'il faisait ainsi éclater sa tendresse,
le duc de Lorraine s'efforçait de faire rompre son
mariage avec la duchesse sa femme, afin d'en pouvoir contracter un second plus conforme à ses goûts.
Charles n'avait pas d'ailleurs attendu jusque-là pour
protester de la nullité de cette alliance, qui n'avait,
disait-il, été contractée « que par la seule raison
d'État, à la suite de contraintes exercées sur sa
libre volonté, sa cousine elle-même n'ayant cédé
qu'aux injonctions de ses parents. » Il donnait pour
preuve de l'indifférence de Nicole à son égard le
séjour prolongé qu'elle faisait à Paris au milieu
d'une cour ennemie. La résistance opposée par cette
princesse aux instances de tous ceux qui la pressaient de rejoindre son époux, montrait assez quelle
valeur elle attachait à leur union prétendue et le
dégageait lui-même entièrement[1]. Dépouillé maintenant de la souveraineté que ce mariage lui avait

1. Lettre de la princesse Claude à la duchesse Nicole; réponse de la
duchesse à sa sœur; lettre du duc François à la duchesse Nicole; réponse de la duchesse, 1634, 1635, 1636. Archives des affaires étrangères.

apportée, le duc de Lorraine n'aspirait, aux yeux
de tous, qu'à s'affranchir d'un lien dont le seul bé-
néfice était perdu pour lui. S'il n'avait eu affaire
qu'à des esprits aussi prévenus que le sien, nul
doute qu'il n'eût dès cette époque épousé Mlle de
Cusance. Mais la mère de Béatrix avait jugé prudent
de dérober sa fille à ces dangereuses poursuites ; elle
l'emmena à Bruxelles, peu de temps avant que Charles
ne partît lui-même pour Milan. L'année suivante
(1635), Mme de Phalsbourg, toujours un peu inquiète
des projets de son frère [1], hâta le mariage de cette
belle personne avec le prince de Cantecroix [2], grand
et riche seigneur franc-comtois de la maison de
Granvelle.

Cependant le duc de Lorraine n'avait pas oublié
Béatrix. Il ne lui était pas non plus devenu indifférent [3]. Au séjour qu'après la victoire de Nordlingen

1. Histoire manuscrite du P. Vincent, dom Calmet, etc.

2. Léopold Eugène d'Oiselet, comte de Cantecroix, était héritier de la
maison de Granvelle, dont son père releva le nom et les armes. Il était
appelé Perrenot de Granvelle, dit d'Oiselet. Sa mère était Caroline,
marquise d'Autriche, fille légitimée de l'empereur Rodolphe. — A l'occasion de son mariage avec Béatrix, Eugène Léopold d'Oiselet, Perrenot de Granvelle fut fait prince de Cantecroix.

3. « Béatrix ne lui avait pas laissé faire seul tous les frais de l'a-
mour. Poussée par une secrète sympathie, elle fit elle-même la moitié
du chemin. » Le père Hugo, *Vie manuscrite de Charles IV.*

« Le marquis de Blainville était un des plus qualifiés seigneur de la
cour de Charles IV. Il me mena un jour dîner chez lui, et en nous entretenant, il me conta une aventure de sa vie assez singulière. Au
commencement du séjour qu'il fit à Bruxelles avec le duc (le duc de
Lorraine) il devint fort amoureux de la comtesse de Cantecroix, et fut
assez heureux pour n'en être pas haï. Cela dura quelque temps avec

il fit en Flandre dans la petite cour de l'infant Ferdinand, Charles témoigna à Béatrix les mêmes attentions que par le passé à Besançon, et reprit avec elle le cours de ses premières galanteries. C'était en son honneur, et pour lui en faire secrètement hommage, qu'à Bruxelles il avait donné le branle aux joûtes chevaleresques dont nous avons parlé. Le désir d'apparaître comme un sauveur aux yeux de Mme de Cantecroix et de ses compatriotes n'avait pas été non plus étranger à la résolution qu'il prit, en 1636, de porter tout l'effort de ses armes vers le comté de Bourgogne. Les habitants du pays ne s'y étaient pas trompés; et, voulant presser le duc Charles de marcher au secours de la ville de Dole, ils n'avaient pas manqué de placer M. de Cantecroix à la tête de leur députation. A peine Dole fut-il délivré, au moment où le

toute la satisfaction pour lui qu'on peut aisément s'imaginer. Mais il fut étrangement surpris un peu après, lorsque, sans lui en avoir donné aucun sujet, il la vit se refroidir pour lui. Il lui en demanda la cause plusieurs fois sans qu'elle la lui voulût dire. Enfin, un jour forcée par les instances qu'il lui en faisoit : « Je vous satisferai, dit-elle, mais vous ne le saurez pas par moi. » Elle lui dit ensuite de venir seul chez elle le soir, et qu'il y trouveroit une personne qui le conduiroit en lieu où il seroit éclairci de ce qu'il cherchoit. Il s'y rendit dans le plus grand embarras du monde, ne sachant quelle explication donner à tout ce qu'elle lui avoit dit. Il fut conduit dans un cabinet qui répondoit à la ruelle du lit de cette comtesse. De là, il pouvoit aisément entendre ce qu'on y diroit. Il n'y avoit pas longtemps qu'il attendoit, lorsqu'il vit venir le duc de Lorraine, lequel lui fit mille protestations d'un amant passionné..... Qui eût voulu être à cent lieues de là, c'étoit le marquis de Blainville. Le reste de la conversation lui dura une année. Enfin elle finit, et la comtesse ayant reconduit le duc, revint trouver son prisonnier qui, se jetant à ses pieds, lui demanda mille pardons de l'audace qu'il avoit eue »... *Mémoires de l'abbé Arnaud*, collection Petitot.

duc de Lorraine recevait de toutes les villes du comté
l'accueil le plus enthousiaste, le mari de Mme de
Cantecroix vint à mourir, emporté fort à point par la
peste. Un mois n'était pas encore écoulé, que sa
veuve portait déjà le titre de duchesse de Lorraine.
Ce temps avait suffi pour rassembler les avis de
plusieurs théologiens de Besançon, de Tournay, de
Pont-à-Mousson et de Nancy, qui tous avaient conclu unanimement que le duc était libre de contracter
cette nouvelle union. Le Moleur, chanoine de la
primatiale de Nancy, chancelier de Son Altesse,
démontra par un long mémoire que le mariage entre
Charles et Nicolle n'avait jamais été valable, faute
de consentement mutuel. Le père Cheminot, jésuite,
soutint fort pertinemment la même thèse, et produisit à l'appui une consultation signée par treize
docteurs de sa Société. C'était plus que n'en de-
mandaient les deux amants. La mère de Béatrix,
Mme de Cusance, marquise de Berghes, ne se montra
pas plus difficile; et la bénédiction nuptiale fut, avec
quelque secret cependant, donnée aux nouveaux
époux par un prêtre de la paroisse des Minimes de
Besançon, le 2 avril 1637, en présence du sieur de
Mendre, seigneur de Montureux, de François de
Romecourt, et de Forjet, médecin du duc[1].

1. Le duc de Saint-Simon paraît avoir ignoré quelques-unes des
circonstances de cet étrange mariage, car à coup sûr, s'il les avait connues, sa malveillance pour la maison de Lorraine ne lui aurait pas per-

Aucun des princes de la maison de Lorraine n'avait assisté à la cérémonie et ne voulut d'abord prendre au sérieux le mariage de Charles avec Béatrix. Tous les membres de la noblesse lorraine restés fidèles à leur prince et les personnages les plus distingués du pays en furent désolés. Les plus

mis de les passer sous silence. Mme de Cantecroix était enceinte au moment de la mort de M. de Cantecroix; et du vivant de son mari, elle était convenue de sa grossesse. « Après sa mort, elle ne voulut plus ni la nier ni l'avouer, afin de conserver, » dit dom Calmet, « la liberté de se prévaloir de l'affirmative ou de la négative selon l'occasion, et parvenir au mariage avec le duc de Lorraine » Après son mariage avec ce prince, et par ses ordres, elle alla faire ses couches au château de Scey, residence perdue dans une contrée presque déserte. L'accouchement fut tenu fort secret et même nié pendant assez longtemps. Plus tard cependant, Charles et Béatrix convinrent de la naissance d'un enfant qui était, disaient-ils, mort en venant au monde. La marquise d'Autriche, mère de M. de Cantecroix, soutint qu'il était né bien vivant, et qu'elle l'avait découvert à Gand chez une pauvre femme, à qui on l'avait confié pour s'en débarrasser. Il en résulta un long procès.

Voir, au sujet de la prétendue nullité du mariage de Charles avec Nicole, et de son union avec Mme de Cantecroix, l'*Histoire manuscrite du Père Hugo*; les factums de Charles et de Nicole, et le narré véritable de ce qui s'est passé après la mort de Henri II. (Collection Dupuy, aux manuscrits de la Bibliothèque impériale), et pour les détails du mariage de Charles avec Béatrix, un mémoire imprimé sous le titre : « Droit de filiation et identité du posthume de feu messire Eugène Léopold Perrenot de Grandvelle, dit d'Oiselet, vivant prince de Cantecroix, avéré en la personne de l'enfant retrouvé entre les mains d'Élisabeth van Welten en la ville de Gand, au mois de mars 1641, par un contrepoids de preuves administrées de part et d'autre au procès pendant indécis au grand conseil de Sa Majesté sur ledict subject, entre dame Caroline d'Austriche, princesse du Saint-Empire et de Cantecroix, marquise d'Austriche, etc... En la qualité qu'elle est présentement en cause appelant de ceux du Conseil de Flandres, et messire Jacques Nicolas de la Baume, comte de Saint-Amour, et d'Élisabeth van de Walten, intimée. »

Le seul exemplaire de ce mémoire que nous connaissions, se trouve dans la bibliothèque de M. Noel, à Nancy.

avisés partisans gémirent en secret de voir le chef
d'une souveraineté déjà si compromise, ressusciter de
gaieté de cœur, par une démarche aussi imprudente,
les fâcheuses questions de succession qui avaient
jadis troublé les dernières années du règne de
Henri II. A l'armée de Charles IV, parmi les serviteurs attachés à sa personne, dans le peuple où l'on
ne se piquait pas de juger sainement des choses,
sa nouvelle épouse était très-populaire. On goûtait
fort sa bonne grâce, sa haute mine et ses manières
engageantes; on aimait à la voir en costume de
guerre, accompagner partout son mari et le suivre à cheval jusqu'au milieu des camps; « ce qui
lui fit », dit le marquis de Beauveau, « donner à la
cour de France le surnom de *la femme de campagne
de Charles IV.* »

Le duc de Lorraine mena ainsi pendant plusieurs
années une vie pleine de singularités et d'aventures,
et toute conforme à ses goûts. Guerroyant toujours
contre la France, tantôt sur les bords du Rhin,
tantôt en Lorraine, tantôt en Franche-Comté, il ne
se séparait jamais longtemps de l'objet de sa passion. Après avoir, pendant la belle saison, surpris
quelques garnisons françaises, poussé jusqu'au sein
de ses États quelques pointes inattendues, ou bien,
lorsque la fortune lui était contraire, résisté, dans
les défilés des Vosges et sur les hauteurs du Jura,
à l'effort des armées que dirigèrent successivement

contre lui le maréchal de la Force et le duc de
Weymar, le cardinal de Lavalette et le duc de Longueville, il revenait le plus souvent passer ses hivers,
soit à Besançon, soit à Bruxelles. Telles furent les
occupations de Charles, depuis 1637 jusqu'à la fin de
1640. Pendant ces campagnes, plus profitables à sa
réputation de chef de corps qu'avantageuses à ses
intérêts de souverain, ses chances furent diverses,
mais son rôle ne cessa jamais d'être brillant. Les
expéditions qu'il dirigeait lui-même réussissaient le
plus souvent. Les bataillons qu'il commandait en personne étaient toujours les premiers à l'attaque et les
derniers à la retraite, tant il savait communiquer aux
autres l'entrain de son bouillant courage. Au combat
de Poligny, contre l'armée de M. de Longueville (1638), quand les munitions furent épuisées,
on l'avait vu, disent ses biographes, arracher les
boutons de son justaucorps pour en faire des balles
de mousquets, et les distribuer lui-même aux soldats[1]. Si nous nous en rapportons aux mêmes écrivains, ce fut encore lui qui, prenant entre Salins et
Arbois une position militaire excellente, avait protégé seul, avec quelques régiments, la retraite du
général espagnol dom Antonio Saarmiento, serré de
trop près par M. de La Mothe-Houdancourt[2].

---

1. *Histoire manuscrite de Charles IV*, par le Père Hugo; *Id.*, par
Guillemin, dom Calmet, etc., etc.
2. *Vie manuscrite de Charles IV*, par Forjet.

Un autre incident de cette même campagne de
1638 mérite une mention particulière : c'est la résistance intrépide que les dames de Remiremont oppo-
sèrent à l'attaque du vicomte de Turenne. Depuis
1636, la ville et l'abbaye avaient été reprises par le
duc Charles et tenaient son parti contre les Français.
La dame abbesse était alors une princesse de la
maison de Lorraine, et, comme supérieure du noble
chapitre, souveraine nominale du pays. Elle avait
reçu à Remiremont une petite garnison lorraine qui,
d'après ses ordres, parcourait tous les environs et
enlevait les convois destinés aux places ennemies.
M. de Turenne traversait alors le pays pour rejoindre
le duc de Weymar et l'assister au siége de Brissach.
La Jonchette, qui commandait pour la France à
Épinal, persuada à Turenne de prendre au passage
cette bicoque qui, disait-il, n'attendrait point le canon ; aussi bien, si les bourgeois s'opiniâtraient à la
défendre, on l'emporterait d'assaut[1]. Mais les choses
se passèrent bien différemment. Le marquis de Ville,
qui était dans la place, repoussa assez aisément une
première attaque. Le comte de Ligneville, qui levait
dans les environs un régiment pour le duc Charles, se
joignit à lui : il fallut amener du canon et commencer
un siége en règle. La brèche fut bientôt large de vingt
pas. La garnison et les bourgeois n'étaient pas assez

---

1. Dom Calmet, *Histoire de Lorraine...* Campagnes de Turenne, etc.

nombreux pour la réparer; et les femmes de la ville
ayant refusé d'y travailler, la supérieure de l'abbaye
s'y rendit elle-même avec toutes ses dames. Elle n'eut
pas plutôt mis la main à l'œuvre, qu'à ce spectacle
toutes les femmes et les filles de la ville s'empressè-
rent, dit D. Calmet, d'apporter de la terre, des fagots
et jusqu'au bois et aux matelas de leurs lits, afin de
boucher l'ouverture de la muraille. Les assiégeants
en pratiquèrent une seconde sur un autre point de la
ville; elle fut tout aussi vite rétablie. Une quarantaine
de soldats s'étant introduits dans la place par un
égout, furent faits prisonniers et conduits en triomphe devant la Supérieure [1]. L'attaque n'avançait
point, et cependant le vicomte de Turenne ne pouvait
tarder plus longtemps à se rendre devant Brissach,
où l'appelaient de plus sérieux devoirs. Il ne crut pas
sa gloire intéressée à vaincre la résistance d'une abbesse mitrée, que soutenaient quelques nobles religieuses et une poignée d'intrépides soldats : il leva le
siège au sixième jour. Catherine de Lorraine profita
de son héroïque résistance, pour demander et obtenir
du roi Louis XIII qu'il reconnût la neutralité de l'abbaye et de la ville de Remiremont.

On eut dit que la conduite des dames du chapitre

1. « Les assiégés les ayant surpris, ils contraignirent les officiers et
soldats d'entrer l'un après l'autre dans la ville par cet égout; lesquels
étant présentés à Mme l'abbesse en ce triste équipage, lui dirent : qu'ils
s'assuroient bien de la venir voir ce jour-là, mais non en cet état. » Dom
Calmet, *Histoire de Lorraine.*

de Remiremont avait piqué d'honneur les soldats de
Charles IV, car ils reprirent aussitôt Baccarat et
Deneuvre aux Français ; ils s'emparèrent même de
Lunéville, mais ne s'y maintinrent que peu de temps,
ayant bientôt, à la prière de l'Empereur, traversé le
Rhin pour porter secours à Brissach.

L'année 1639 fut moins heureuse pour les armes
du duc de Lorraine. Les Français ayant repris Brissach, s'avancèrent en forces contre lui ; il fut battu à
Thann par le duc de Weymar, et dut se réfugier à
Trèves et dans le Luxembourg pour y refaire ses
troupes. En 1640, il passa avec elles en Flandres et
se joignit aux Espagnols pour s'opposer au siége
d'Arras, entrepris par les maréchaux de Châtillon,
de Chaulnes et de La Meilleraye. « Il ne tint pas à la
bravoure et aux sages conseils de Charles que les
Français n'y échouassent », dit le père Henriquez,
« mais la timidité du cardinal Infant et la jalousie des
Espagnols, qui ne secoururent pas ce prince lorsqu'il emporta le fort de Rantzau, furent cause de la
prise de la ville [1]. »

Les rapports du duc de Lorraine avec l'Empereur et le roi d'Espagne, devenaient, en effet,
assez compliqués et fâcheux. Ses intérêts étaient,
quant à présent, intimement liés avec les leurs par
suite de la guerre qu'ils soutenaient en commun

---

[1] *Abrégé chronologique de l'Histoire de Lorraine*, par Henriquez,
chanoine régulier.

contre le roi de France ; et peut-être eût-il été naturel, qu'à l'exemple du duc de Saxe-Weymar,
qui recevait alors les subsides et les ordres du roi
de France, le duc Charles se fût mis à la solde de
ses deux puissants alliés. Mais le duc de Weymar
n'était qu'un prince sans apanage ; Charles ne pouvait oublier qu'il était, par lui-même, souverain
d'un petit État indépendant, dont les intérêts pouvaient, à un moment donné, se trouver fort différents de ceux des cabinets de Vienne et de Madrid.
Il avait donc mis un soin jaloux à réserver sa complète liberté d'action. Après son mariage avec Mme de
Cantecroix il avait, il est vrai, accepté de l'empereur
d'Autriche la charge de capitaine général de Bourgogne ; mais il n'avait consenti à recevoir pour ré-
tribution qu'une modique pension. « Sa naissance, »
disait-il assez fièrement, « lui serait trop désavanta-
geuse s'il ne pouvait comme tant d'autres soldats de
fortune vivre de son épée[1]. » En réalité, il ne voulait
pas, pour une médiocre assistance, libérer l'Autriche
de la reconnaissance qu'elle lui devait, et prétendait
se ménager, si l'occasion s'en présentait, le droit de
traiter seul pour son propre compte avec la France.
Cet orgueil, bien ou mal fondé, ne le quitta jamais.
Tant qu'il put demeurer dans le voisinage de ses anciens États, tirant de ses sujets restés fidèles quelques

1. *Histoire manuscrite de Forjet.*

légers subsides, il ne lui fut pas impossible de garder
une semblable attitude; il la soutint même avec quelque dignité. Mais lorsque ces précaires ressources
vinrent à lui manquer, il dut avoir recours à d'autres
moyens qu'autorisaient à cette époque les usages de
la guerre. Recrutant partout, mais surtout en Lorraine, les hommes que sa réputation militaire, les
malheurs des temps, leurs goûts aventureux ou le
seul appât du gain appelaient sous ses drapeaux, il
en formait autant de régiments qu'il mettait tous les
ans, moyennant subside, soit au service de l'Autriche,
soit à celui de l'Espagne, lorsqu'il ne les employait
pas lui-même à combattre les armées françaises.
Plusieurs de ces régiments entraient-ils en campagne à la suite d'une armée impériale ou espagnole, c'était son plus grand plaisir d'en prendre le
commandement et de faire parade de leur valeur,
qui n'était jamais si grande qu'aux occasions où il
marchait à leur tête. S'ils partaient sans lui, l'ordre
que Charles donnait aux colonels, la plupart gentilshommes lorrains, tous formés à son école, était de se
battre furieusement, de s'enrichir tant qu'ils pourraient, mais surtout de revenir à lui au premier mot
qu'il leur ferait dire. Ils n'avaient garde d'y manquer;
car nul général ne s'entendait mieux que leur chef
à fourrager le pays ennemi, à surprendre un con-
voi, à diriger quelques heureux coups de main. Tel
était, en effet, ou peu s'en faut, avant que les Condé

et les Turenne eussent imaginé les grandes manœuvres de la guerre moderne, l'art principal de la tac-
tique militaire. Ces expéditions rapportaient alors
presque autant d'honneur que de profit, et Charles
excellait à les conduire : bon compagnon, d'ailleurs,
aussi facile dans le commerce ordinaire de la vie des
camps qu'il devenait exigeant un jour de bataille ;
d'humeur gaie et railleuse avec les principaux de son
armée, familier à l'excès avec quiconque portait une
pique ou un mousquet, traitant avec un égal mépris
les formalités de l'étiquette et les vétilles de la discipline.

Est-il besoin d'ajouter que, composées de pareils
éléments et sous les ordres d'un tel maître, les troupes
du duc Charles n'étaient pas un parfait modèle de
régularité, et que leurs façons d'agir étaient parfois
assez étranges. Ce n'est pas que la licence, si générale alors, y fût plus grande qu'ailleurs ; mais le caractère de M. de Lorraine se reflétait sur tous les
siens. Officiers et soldats montraient, dans cette petite
armée, des allures particulières qui paraissent avoir
eu le don de frapper l'esprit des contemporains. Des
mémoires du temps nous ont conservé le souvenir de
quelques-uns des procédés du duc de Lorraine à cette
époque... « Ses peuples, dit l'abbé Arnauld, avaient
pour Charles IV une affection extraordinaire, et en
quelque façon aveugle, malgré tous les maux qu'il
leur a causés... Il ne pensait jamais qu'à refaire ses

troupes, et il s'avisa un jour d'un plaisant moyen
pour remonter sa cavalerie. Il assembla tous les curés
du pays, sous prétexte de délibérer des choses qui
regardaient leurs églises. Pendant qu'on les amnsait,
il fit prendre tous leurs chevaux, qu'il fit ensuite distribuer dans ses régiments, disant qu'il n'était pas
raisonnable que des prêtres allassent à cheval, et que
tant de braves cavaliers fussent à pied [1]... Une fois,
sortant de son antichambre, qui était pleine de colonels et d'autres officiers, il vit un cavalier qui s'approchait pour lui parler; et, le prévenant : « Eh bien,
vous venez encore demander de l'argent, n'est-il pas
vrai ? « Puis, se tournant vers ceux qui étaient autour
de lui : — « C'est une chose étrange, dit-il, je n'ai
dans mes troupes que ce seul Français, et il est
sans cesse à me demander de l'argent, comme si
j'en donnais à mes troupes. « N'est-il pas vrai, messieurs, » continua-t-il en parlant à ses officiers, « que
j'ai bien accoutumé de vous en donner? » Il passa
ainsi, laissant ce pauvre officier dans la dernière
confusion. — ...Quelque temps après, ayant battu
M. du Hallier à Lifou, il lui prit tout son bagage.
On trouva dans les coffres une croix du Saint-Esprit
qu'on apporta à M. de Lorraine, qui la prenant par
le cordon bleu et la montrant aux soldats : Eh ! bien,
mes compagnons, leur dit-il, on dit que nous sommes

---

1. *Mémoires de l'abbé Arnauld.* Collection Petitot.

excommuniés ; voyez ! voilà le Saint-Esprit qui se range de notre parti. « Mais c'est assez parler de M. de Lorraine... » ajoute l'abbé Arnauld. Comme lui, nous n'en dirons pas davantage. Ces anecdotes, choisies entre beaucoup d'autres, suffisent à indiquer quel était alors le genre de vie du duc de Lorraine, et les dispositions de son esprit.

Cette existence errante mêlée de bons et de mauvais jours, de succès et de revers à peu près également balancés, n'était pas cependant tellement au gré du prince lorrain que plusieurs fois il n'eût songé à la quitter entièrement. Il avait supporté sans faiblir toutes les privations inhérentes au rude métier qu'il avait choisi, mais il endurait moins patiemment les procédés de ses alliés. Il n'avait pas tardé à s'apercevoir que la restitution de la Lorraine n'était qu'un objet de préoccupation fort secondaire pour la politique impériale. La lenteur systématique des généraux allemands dans toutes leurs opérations militaires, leur mauvaise volonté trop évidente chaque fois que les intérêts de son duché de Lorraine étaient seuls engagés, l'avaient extrêmement mécontenté. Il s'était alors tourné du côté du cabinet de Madrid. Mais là aussi il n'avait trouvé qu'une assistance intéressée, également froide et douteuse. L'arrogance des Espagnols lui était particulièrement devenue insupportable. Deux choses surtout l'avaient choqué dans la récente con-

duite de l'infant Ferdinand après la campagne de
1639 : le refus d'accorder aux troupes lorraines aucun
quartier d'hiver dans les plaines de Flandre, et la
liberté laissée à l'archevêque de Malines de censurer
publiquement son union avec Mme de Cantecroix. En
amenant cette dame à Bruxelles, en exigeant qu'elle
y fût accueillie selon le titre de sa nouvelle qualité,
Charles avait eu pour but de constater indirectement
la validité d'un mariage que le pape n'avait pas voulu
reconnaître. Il ne lui était pas indifférent de pouvoir
opposer les honneurs princiers rendus à Béatrix par
la petite cour de Bruxelles, à ceux que Nicole continuait à recevoir à Paris. Il avait même obtenu à ce
sujet un commencement de satisfaction, car l'infant
d'Espagne n'avait soulevé aucune question d'étiquette, mais plutôt témoigné à Mme de Cantecroix
tous les égards que le prince lorrain pouvait souhaiter. L'excommunication soudainement lancée contre
elle et contre lui par les autorités ecclésiastiques dé-
pendantes du gouvernement espagnol, était venue
ruiner brusquement ses plus chères espérances ;
Charles l'avait profondément ressenti.

Aucun de ces secrets mécontentements n'était
cependant ignoré de Richelieu, qui avait intercepté
plusieurs lettres dans lesquelles le duc de Lorraine se
plaignait de ses alliés. Il semblait que le désir de
s'entendre et de parvenir à quelque accommodement fût égal de part et d'autre. Aussi la guerre,

comme il était fréquent à cette époque, avait-elle
été toujours entremêlée d'actives communications.
Dès l'année 1638, M. de Lorraine avait fait savoir
au ministre de Louis XIII : « que, du jour où il aurait
traité d'une bonne paix avec la France, nombre de
seigneurs allemands et étrangers le suivraient ; qu'il
amènerait plus de vingt mille hommes avec lui, et
qu'assurément l'Autriche ne s'en pourrait relever [1]. »
Dans les premiers mois de 1639, M. de Ville, seigneur lorrain, jouissant de la confiance de Charles IV
et qui était tombé au pouvoir des Français, fut relâ-
ché de Vincennes et, chargé par M. de Bouthillier
de provoquer ce prince à entrer dans quelque pour-
parler [2]. Il emporta même un sauf-conduit signé du
roi pour le cas où son maître préférerait venir à
Paris s'aboucher lui-même avec le cardinal [3]. Cette
ouverture n'aboutit point.

M. de la Grange-aux-Ormes, l'un des ministres
que le cardinal avait accrédités près des petites cours

1. Note sur un accommodement avec le duc de Charles, 1638. Archives des affaires étrangères. — Mémoire de M. l'abbé de Coursan,
envoyé en Lorraine pour le service du Roi, et permission pour traiter
avec le duc Charles de la rançon de son frère, 1638. — Archives des
affaires étrangères.

2. Papiers concernant l'échange du marquis de Ville, prisonnier, et
la négociation auprès de M. de Lorraine. — Mémoire pour M. de Ville,
janvier 1639. — Idem, 14 mars 1639. — Négociation avec le duc
Charles, 14 avril 1639. — Réponse faite par M. de Feuquières aux
ouvertures du duc Charles, 17 mai 1639. — Lettre de M. du Hallier à
M. de Bouthillier, 1er juillet 1639. — Archives des affaires étrangères.

3. Sauf conduit donné au duc Charles, 25 janvier 1639. — Archives
des affaires étrangères.

d'Allemagne, entama, en 1640, une plus sérieuse
négociation. Cet agent perspicace, déjà versé dans
les affaires de Lorraine, rendait, nous le croyons, un
compte exact des dispositions actuelles du prince avec
lequel il traitait, lorsqu'il mandait à sa cour... » Les
causes qui ont ému le duc Charles à rechercher l'honneur des bonnes grâces du roi, sont : la crainte d'une
longue trève avec les ennemis et que, pendant ce
temps, la Lorraine ne demeure aux mains de Sa Majesté... Le procédé tyrannique et le mépris des Espagnols à son égard... Celles qui m'ont paru le rendre
perplexe et irrésolu sont : l'intérêt de Mme de Cantecroix, incompatible, comme il l'écrit, avec celui de
Mme de Lorraine sous une même protection ; — la
tendresse pour ses deux sœurs, les laissant exposées
à l'insolence et au ressentissement des Espagnols ; —
la honte de passer dans l'histoire pour lâche et infâme
s'il faisait volontairement une grande brèche à ses
États et à l'honneur de sa maison ...[1] » Sur les instances de M. du Hallier, nouveau gouverneur de
Nancy, M. de Marcheville, qui avait été précepteur
de Charles IV, avait écrit à son ancien élève pour le
presser de se réconcilier avec le roi de France [2].

Toutes ces tentatives furent infructueuses ; les

1. Relation de la négociation du sieur de La Grange aux Ormes avec
M. le duc Charles de Lorraine, janvier 1640. — Archives des affaires
étrangères.
2. M. de Marcheville à M. de Bouthillier, 8 juillet 1640. — Archives
des affaires étrangères.

méfiances étaient réciproques[1], et, de part et d'autre, les prétentions restées les mêmes que par le passé. Tandis que le duc de Lorraine voulait recouvrer la libre et entière possession de son ancienne souveraineté, le cardinal de Richelieu était bien décidé à ne la lui rendre qu'affaiblie et démembrée. En offrant de lui restituer une portion de ses États, l'inflexible et prudent cardinal entendait garder Nancy en gage, afin de pouvoir, au premier manquement du duc, reprendre facilement tout le reste. Il est probable qu'on ne fut jamais tombé d'accord, sans l'intervention d'une personne qui avait déjà exercé et qui paraît avoir toute sa vie gardé sur le duc de Lorraine une décisive influence.

Mme de Chevreuse venait d'arriver depuis peu à

---

1. « Au fonds le duc de Lorraine n'a rien de moi par écrit qui spécifie les places à restituer, ni celles à réserver, et pourtant, il n'en peut tirer avantage.. .. Ce prince est altier, prompt, et impatient, et partant il lui sera très-difficile de demeurer à Bruxelles sans nouveaux mécontentements. Le vrai moyen de le rendre inutile à l'ennemi, c'est de se prévaloir de cette sienne humeur, et à cet effet de ne lui fermer point la porte, afin qu'il se contraigne moins, et se porte plus vivement aux déplaisirs qu'il recevra des Espagnols. » — Lettre de M. de la Grange aux Ormes à M. de Bouthillier, janvier 1640. — Archives des affaires étrangères.

« Au même temps, M. du Hallier doit chasser de Nancy tout ce qui lui sera suspect, sans épargner les femmes par le moyen desquelles on gagne souvent les esprits, ôter de la garnison tous ceux dont il pourra avoir quelque ombrage, et enfin pourvoir aux mauvais desseins du duc Charles par toutes voyes... il faut être soigneux de découvrir s'il a des troupes à lui proche de Nancy... Observer ses actions et celles des siens. Quand au traicté, il n'en faut pas non plus rompre la trame, etc. » Mémoire du cardinal de Richelieu à M. du Hallier, novembre 1640. — Archives des affaires étrangères.

Bruxelles. Encore belle, toujours active, aussi versée qu'homme de son temps dans les grandes affaires qui agitaient alors les cabinets européens, persécutée à la fois et recherchée par Richelieu, cette dame avait pris tout d'abord à la cour de l'Infant cette haute position que son esprit insinuant, la pénétration de ses vues et la rare intrépidité de son caractère, lui assuraient partout où les bizarreries de sa fortune portaient ses pas. Plus que personne, Charles IV était porté et presque tenu à lui donner sa confiance. Elle ne l'avait jamais abandonné dans ses malheurs; mais au contraire, autant que possible, elle l'avait assisté de ses conseils et quelquefois averti, par de secrets messages, des projets de ses ennemis. La découverte de ces dangereuses intelligences venaient tout récemment d'exciter encore une fois les colères de Richelieu. C'était pour lui être demeurée trop fidèle amie qu'elle avait dû quitter la France et se sauver de Tours (6 septembre 1637) [1]. Ni la disgrâce, ni cette

1. « La reine manda au cardinal... que Mme de Chevreuse était venue trouver deux fois Sa Majesté au Val-de-Grâce lorsqu'elle était reléguée à Dampierre... qu'elle savait que le duc de Lorraine avait envoyé un homme à Mme de Chevreuse... » *Mémoires de Richelieu*, tome X, p. 303. « Le cardinal représenta au roi qu'elle (la duchesse de Chevreuse) était liée avec le duc de Lorraine, avec les Anglais, avec la reine, avec Châteauneuf, avec le chevalier de Jars, avec la Fargis, à cause de la reine, et généralement avec tous les brouillons. . « Il (le cardinal) la pria (Mme de Chevreuse) de vouloir dire quelles nouvelles elle avait reçues du duc de Lorraine depuis qu'elle était hors de cour, et notamment depuis quelques mois, et par qui elle lui avait fait savoir des siennes... mais nonobstant tout cela, sa conscience ne lui permettant pas de prendre confiance, elle s'enfuit de France... » *Mémoires de Richelieu.*

fuite précipitée à travers le royaume, et les incidents
assez étranges dont elle avait été marquée, n'avaient
en rien diminué Mme de Chevreuse[1]. A sa considération, déjà si grande, s'était venu joindre l'intérêt qui
s'attache de préférence aux opprimés, et les pare
volontiers d'une sorte d'auréole romanesque, surtout
si le pouvoir a le malheur de prendre pour victime,
comme il faisait alors, une femme noble, spirituelle
et courageuse. Arrivée en fugitive sur les frontières
des Pyrénées, la confidente d'Anne d'Autriche, la
constante alliée de la politique espagnole, y avait été
reçue avec toute sorte d'honneurs. Philippe IV ne
s'était pas montré indifférent à ses charmes; le cabinet de Madrid, présidé par le comte Olivarès, avait
sollicité ses utiles avis. Le roi et ses ministres avaient

1. Voir pour les détails de cette disgrâce nouvelle et de la fuite en Espagne de Mme de Chevreuse, les *Mémoires de Richelieu*, tome X, p. 222
et suivantes. — Les *Mémoires de Mme de Motteville, Larochefoucauld*, etc., etc., et un extrait de l'information faite par le président
Vignier sur la sortie de Mme de Chevreuse hors de France. Bibliothèque
impériale. — Collection Dupuy, vol. 499, 500, 501. — Voir aussi le
père Griffet. — Le père Griffet a écrit une grande partie de son *Histoire de Louis XIII*, avec le secours des pièces qui lui avaient été fournies par le duc de Richelieu, et qui provenaient des papiers de
la duchesse d'Aiguillon, qui les tenait elle-même du cardinal son
oncle. Pour être agréable à la famille de Richelieu, le père Griffet s'est
appliqué à établir dans le cours de son récit que le ministre de Louis XIII
n'avait pas usé vis-à-vis de la reine Anne d'Autriche des procédés violents et grossiers que d'autres historiens (notamment Levassor) lui ont
souvent reprochés. Il est donc entré, à propos des mesures de rigueur
dont la reine mère fut l'objet en 1637, et de la disgrâce de ses amies
d'alors, Mme de Chevreuse, Mme d'Hautefort, etc., etc., dans des détails
circonstanciés qui paraissent fort exacts et qu'on chercherait vainement
ailleurs.

été fort contrariés de la perdre, lorsqu'elle les avait quittés pour se rendre à la cour d'Angleterre (mars 1638). A Londres, elle avait retrouvé le reine-mère, Marie de Médicis, Montaigu, l'un de ses anciens adorateurs, qu'elle avait de nouveau enlevé au service du roi de France[1]. Elle était habituellement visitée par l'ambassadeur d'Espagne; le comte Olivarès lui écrivait souvent[2]. « Elle était l'âme de cette cabale », dit Richelieu, qui, tout en la maudissant, lui faisait à ce moment même parvenir sous main des paroles de paix[3]. Car, à vrai dire, le puissant ministre ne semblait pouvoir ni la souffrir hors du royaume en relations journalières avec ses ennemis, ni la supporter à la cour auprès de la reine, tant il redoutait partout ses dangereuses menées[4]. Mais sans repousser absolument les ouvertures du cardinal, Mme de Chevreuse n'avait pas voulu entendre parler d'un accommodement particulier qui n'aurait

1. « Montaigu avait été jusqu'a'ors fort affectionné au service de Sa Majesté, mais la venue de ladite dame de Chevreuse le changea, et la passion eut plus de pouvoir sur lui que la résolution qu'il avait prise d'entretenir une continuelle intelligence avec la France ». (*Mémoires de Richelieu*, tome X, p. 486.)

2. « Ainsi était la dite dame de Chevreuse souvent visitée par l'ambassadeur d'Espagne, avec lequel elle s'entretenait fort bien, et le comte Olivarez lui écrivait souvent, la priant d'exécuter les choses dont ils étaient convenus ensemble... » *Mémoires de Richelieu*, tome X, p. 487.

3. Lettre du cardinal de Richelieu à Mme de Chevreuse, apportée à Londres par le sieur de Boispilé. (*Histoire du père Griffet.*)

4. «Cet esprit était si dangereux que, étant dehors, il pouvait porter les affaires à de nouveaux ébranlements qu'on ne pouvait prévoir». (*Mémoires de Richelieu*, tome X. p. 224.)

donné aucune satisfaction ni à la reine sa maîtresse
ni à Marie de Médicis, ni au duc de Lorraine, ni à
aucun de ceux dont elle avait embrassé les intérêts.
Aussi bien était-elle peu tentée de rentrer en France,
avec une simple lettre d'abolition, pour y vivre séparée de biens d'avec son mari et reléguée à Dampierre. Et en effet, tout en lui envoyant force agents
et en lui écrivant nombre de lettres engageantes,
Richelieu ne lui proposa jamais autre chose.

Telles étaient les dispositions avec lesquelles Mme de
Chevreuse était arrivée en Flandre, à la fin de 1639.
Le cardinal Infant, le duc de Lorraine, les autorités
espagnoles lui firent fête à son débarqué, et l'admi-
rent aussitôt à tous leurs conseils. Elle n'avait guère
demeuré à la petite cour de Bruxelles, qu'elle en possédait déjà tous les secrets, et les intérêts différents
de chacun lui étaient parfaitement connus. Ceux de
Mme de Cantecroix, qu'elle n'hésitait pas à traiter
comme la femme légitime du chef de la maison de
Lorraine, lui furent surtout à cœur[1]. Soit qu'elle eût
été particulièrement touchée par les gracieuses pré-
venances de Béatrix, soit qu'elle eût pris en profonde pitié la vie errante du duc son cousin et les

1. Il y a, dans la bibliothèque de Besançon, plusieurs lettres adressées
par Mme de Chevreuse et par sa fille à Mme de Cantecroix; ces deux
dames la traitent d'altesse royale. Les lettres, il est vrai, ne sont pas
datées; mais elles sont écrites de Bruxelles, et ne peuvent guère se
rapporter qu'à l'année 1639, ou tout au plus aux années 1645-46, 47 et
48, époque à laquelle Mme de Chevreuse et sa fille revinrent de nouveau se réfugier à la cour flamande de l'infant espagnol.

malheurs de la Lorraine, soit plutôt, comme l'indique dom Calmet, qu'elle ait désiré complaire en quelque chose à Richelieu, elle conseilla à Charles IV de se réconcilier avec la France. Elle démontra facilement à Mᵐᵉ de Cantecroix que c'était pour elle le plus sûr moyen d'entrer en possession de sa souveraineté. Charles fut à son tour bientôt persuadé par sa maîtresse. Restait à trouver l'intermédiaire capable de mener à bonne fin une affaire épineuse qui avait si souvent échoué. Il se trouva tout à point dans la personne de Mᵐᵉ du Hallier. Tant paraît être vraie cette maxime que nous lisons dans les Mémoires de Richelieu, et qu'il dit avoir empruntée lui-même à Philippe de Commines : « Car les plus grandes et les plus importantes menées qui se fassent en ce royaume », remarque le cardinal, « sont ordinairement commencées et conduites par des femmes »[1].

Mᵐᵉ du Hallier, femme du gouverneur actuel de Nancy, était cette même demoiselle des Essarts, ancienne maîtresse de Henri IV, dont nous avons déjà dit un mot au commencement de cette histoire, et qui avait eu, du cardinal Louis de Guise, archevêque de Reims, plusieurs enfants qu'elle cherchait à faire légitimer et admettre parmi les membres de la famille de Lorraine. A la prière de ces trois dames, Charles rabattit beaucoup de ses premières préten-

---

1. *Mémoires de Richelieu*, tome X. p. 224.

tions. La négociation ne languit point entre leurs
mains, comme elle avait fait dans celles de tant
d'autres agents; elle marcha même si vite, qu'à leur
instigation Charles se décida à aller lui-même à Paris.
Un sauf-conduit lui fut aussitôt expédié par le roi.

Au premier bruit de ce traité, l'alarme fut grande
à Bruxelles. Le cardinal Infant, qui avait naguère
un peu négligé le duc de Lorraine, lui envoya à
Épinal dom Michel de Salamanque, chargé de lui
offrir une somme considérable d'argent, et les meilleurs quartiers d'hiver pour ses troupes, s'il voulait
demeurer constamment attaché à la maison d'Autriche. Il était trop tard; Charles avait déjà pris son
parti. « Que veulent de plus de moi », répliqua-t-il,
« l'Empereur et le roi d'Epagne? J'ai sacrifié pour
eux mon honneur, mes biens, ma vie, j'ai souffert
des maux incroyables; j'ai attiré contre moi le roi de
France et ses alliés; la maison d'Autriche m'a-t-elle
aidé à reprendre seulement un pied de terre dans
mes États? Loin de là; les affaires sont dans une si
mauvaise situation, que je dois me préparer à perdre
bientôt ce qui m'en reste. Cependant je demeure le
jouet des ministres espagnols..... Croyez-vous, monsieur, que personne puisse blamer ma résolution?[1] »

Le 7 mars 1641, le duc de Lorraine était à Paris.
Le comte d'Harcourt alla à sa rencontre. Il ne fut

1. Dom Calmet, tome VI, p.

pas, comme aux voyages antérieurs, logé au palais de Lorraine, parce que la duchesse de Lorraine l'occupait. Il habita le palais d'Épernon. Le lendemain, le duc de Chevreuse le conduisit à l'audience du roi. Louis XIII, qui avait eu grand'peine à croire à la venue du duc[1] à Paris, s'avança gracieusement à sa rencontre. « Mon cousin, » dit-il, « tout le passé est entièrement oublié; je ne pense plus qu'à vous donner à l'avenir des marques de mon amitié. » Quoiqu'on fût en carême, pour divertir son hôte, le roi fit danser de nouveau un fort beau ballet qui avait servi de réjouissance pendant le carnaval[2]. On s'occupa ensuite d'affaires. Charles aurait bien voulu profiter de son ancienne familiarité à la cour pour les traiter directement avec Sa Majesté. Il fut renvoyé à en parler à M. de Bouthillier (Chavigny) et au cardinal. Dans les conversations précédentes, Richelieu avait maintes fois assuré le duc de Lorraine de ses bonnes dispositions, et que s'il voulait prendre confiance en lui, il en ressentirait de bons effets[3]. Mais lorsqu'on en vint à discuter les termes de l'arrangement, ses exigences furent aussi

1. « Je confesse que je ne croyais pas que cette affaire pût réussir, ayant esté tant de fois trompé par le roi Charles. » Louis XIII au cardinal de Richelieu. — Saint-Germain, 17 février 1641.

2. Le 14, fut derechef dansé le balet de la prospérité de la France dans le palais Cardinal pour le faire voir au duc Charles, lequel y assista avec grand nombre de princes, princesses, seigneurs et dames de cette cour. *Gazette de France*, n° 31. Nouvelles de Paris du 16 mars 1641.

3. Dom Calmet, *Histoire de Lorraine.*

rudes que ses paroles avaient été douces[1]. Les bases
du traité furent arrêtées le 21 mars. Il portait en
substance : « Que le duc seroit entièrement rétabli
dans ses États de Lorraine et de Bar, moyennant
qu'il fît hommage du dernier à Sa Majesté, tant en
son nom qu'en celui de la duchesse Nicole, ne l'ayant
jamais voulu faire de son chef, ce qui avoit toujours
été la pierre d'achoppement.

« Que pour les places de Clermont, Stenay, Jamets
et Dun, elles demeureroient en propriété au roy,
moyennant le prix dont on étoit convenu par le traité
desdites places.

« Que les fortifications de Marsal seroient rasées;
que Nancy resteroit encore entre les mains du roy
jusqu'à la paix générale, après laquelle il seroit rendu
au duc, mais démoli de ses fortifications, si bon lui
sembloit; que tout le reste du pays seroit remis entre
les mains du duc incessamment, même La Mothe,
aussitôt qu'il auroit ratifié son traité, lorsqu'il seroit
de retour dans ses États et en pleine liberté. Il fut
encore ajouté qu'il secourroit le roy de ses troupes
toutes les fois qu'il en seroit requis, lui étant libre
néanmoins de les conduire en personne, ou de les
envoyer sous ses lieutenants, ou de rester en repos
dans ses États s'il aimoit mieux[2]. »

---

1. Instructions à M. de Bouthillier (Chavigny, pour traiter avec le
duc Charles. — Archives des affaires étrangères.
2. Extrait des *Mémoires de Beauveau.* « Il faudrait une autre plume

Ces conditions n'avaient pas été acceptées sans débat de la part du duc de Lorraine ; mais la hauteur du cardinal avait brisé toutes les résistances. Le baron Hennequin, dans des mémoires qui ne sont pas venus jusqu'à nous, mais qui ont été communiqués à dom Calmet, prétend qu'il ne fut d'abord question que de la cession de Clermont, Stenay et Jametz. En entendant Richelieu nommer ces villes, Charles, par un mouvement de dépit, se serait écrié : Que ne prenéz-vous aussi Dun ? Le nom de cette place fut aussitôt ajouté aux trois autres[1]. Quant au mariage avec Mme de Cantecroix, il avait été facilement convenu que le roi, de peur de choquer le pape, ne le reconnaîtrait pas, mais qu'il agirait très-fortement à Rome pour faire déclarer la nullité de l'union jadis contractée avec Nicole. C'était l'espérance de cet appui qui avait surtout décidé la démarche du duc de Lorraine.

Ce voyage de Charles IV avait causé quelque

que la mienne, dit le gazetier Renaudot, pour écrire un tel traité ; mais il ne faut point d'autre action pour faire voir à toute la chrétienté combien le roy désire la paix et pour donner exemple aux ennemis de rendre ce qu'ils retiennent à un chacun, sans oublier ce qu'ils ont usurpé sur la France. Ils est à croire que comme l'étonnement de cette nouvelle fera corner les oreilles à quelques-uns, son exemple fera ouvrir les yeux à d'autres. » (*Gazette de France*, n° 40 du 6 avril.) Ces dernières phrases, sans doute insérées par ordre, étaient évidemment à l'adresse des Espagnols, du comte de Soissons, alors réfugié à Sedan, et de la maison de Savoie.

1. Cette anecdote, citée souvent par les auteurs lorrains, ne se rencontre pas ailleurs.

étonnement à Paris; il avait même donné lieu à plusieurs gageures. » Beaucoup de seigneurs français avaient parié », dit le marquis de Beauveau, « qu'il se souviendrait du traité de la Neuville et ne se laisserait plus piper par le cardinal [1] ». Une chose surtout piquait la curiosité des habitués du Louvre : verrait-il la duchesse de Lorraine? et, s'il la voyait, comment la traiterait-il? Charles ne manqua pas d'aller visiter cette princesse ; il l'appela ma cousine, comme il faisait avant son mariage. - Eh! monsieur, ne suis-je donc plus votre femme? s'écria en pleurant la pauvre Nicole. Charles consentit à l'appeller madame, ce qui ne préjugeait rien ; et leurs entrevues furent assez fréquentes, car il s'agissait de fixer le chiffre de la pension de la duchesse.

Lorsque tout fut réglé, Charles dut prêter hommage au roi pour le Barrois. Cet acte lui coûtait beaucoup à accomplir; il eut recours pour s'en tirer à un bizarre expédient. A peine eut-il, agenouillé devant le roi, prononcé les premières paroles de la formule d'hommage que, feignant une faiblesse de cœur qui lui coupait la voix, il se leva en sursaut, se couvrit et s'assit sur un fauteuil, comme pour reprendre ses esprits. — « Je ne crois pas, dit-il ensuite, avoir par cette cérémonie rendu au roi l'hommage d'un vassal. » Louis XIII, qui connaissait l'humeur

1. *Mémoires du marquis de Beauveau.*

plaisante du duc, se prit à rire. Le chancelier Séguier,
moins accoutumé à ses façons, se fâcha très-fort; il
lui reprocha de vouloir user d'une chicane d'avocat.
— « Je ne suis point un avocat, reprit Charles, et il
n'y a jamais eu dans ma maison d'homme de robe
comme vous ». Toute cette scène divertit beaucoup
l'assistance [1].

Enfin, le 2 avril, après des vêpres solennelles
chantées à la chapelle de Saint-Germain-en-Laye,
en présence de la reine, du cardinal de Richelieu, des
ducs de Longueville, de Chevreuse, des ducs et pairs
et des maréchaux de France, le roi de France, à genoux sur son prie-dieu, et le duc, sur un simple car-
reau de velours, jurèrent, la main étendue sur les
saints évangiles, qu'ils accompliraient religieusement
toutes les clauses de ce traité, qui devait cependant
durer si peu qu'il a reçu dans l'histoire de la Lorraine le nom de « la petite paix ». La cérémonie finie,
le roi, le cardinal prodiguèrent au duc de Lorraine
toutes les caresses dont ils purent s'aviser. « Pour lui
faire avaler cette pilule, dit le marquis de Beauveau,
ils y ajoutèrent même les présents, et lui firent cadeau
de quantité de beaux chevaux qu'il accepta. »

Mais Charles était pressé d'aller reprendre possession de sa souveraineté et surtout d'en faire part à
Béatrix; il partit aussitôt pour Bar, d'où la garnison

1. Le Père Hugo. *Histoire manuscrite de Charles IV.*

française était sortie. Arrivé dans cette ville et rentré
en pleine possession de sa liberté, non-seulement il
expédia à Paris la ratification du traité, mais il
adressa au roi et au cardinal lui-même des lettres
toutes pleines des témoignages de sa reconnaissance [1]. Il se rendit ensuite à Épinal. C'est là qu'il
avait donné rendez-vous à Mme de Cantecroix. Par
égard ponr le Saint-Siége, Charles s'était depuis
quelque temps séparé de cette dame : il avait même
promis de ne plus vivre avec elle jusqu'au moment
ou l'autorité aurait prononcé sur la validité de son
mariage. Mais la sentence tardait beaucoup à venir ;
son amour pour sa maîtresse n'avait en rien diminué ;
Béatrix le suppliait avec larmes de la produire en
souveraine aux yeux des populations sur lesquelles il
lui avait promis qu'ils devaient un jour régner
ensemble. L'occasion était pressante. Pour mettre sa
religion à l'abri, car il était très-catholique et même
dévot, le duc de Lorraine déposa une protestation
écrite par devant le chanoine Lepelletier, curé d'Épinal et notaire apostolique ; il y disait : que sa réso-

---

1. « La première chose et la plus importante que j'ai cru devoir faire
icy incontinent après mon arrivée a esté de rendre grâce à V E pour
l'estat où je me trouve et dont ayant l'obligation à ses bonnes volontés,
j'oseray la supplier de m'en continuer les effects .. » — Le duc de Lorraine au cardinal. De Bar, le 24 avril 1641. Archives des affaires étrangères... » Je rends des grâces infinies à V. E. des ordres qu'elle a donnés
pour l'excution du traité, et ne puis que je ne renouvelle à V. E. les sentiments que j'auray toute ma vie d'une faveur si grande que je tiens
de sa bonté.» Le duc de Lorraine au cardinal. Nancy, 2 mai 1641. Archives des affaires étrangères.

lution était de vivre et de mourir très-humble et très-obéissant fils de l'Église, se soumettant, ainsi qu'il s'est toujours soumis, à tout ce qui sera ordonné par sa sainteté ;... mais qu'il ne pouvait demeurer si longtemps séparé de son épouse sans lui faire tort et intéresser sa conscience [1]. » Cette précaution prise, Charles et Béatrix parcoururent la Lorraine; ils avancèrent même jusqu'au près de Nancy. — M. du Hallier ne crut pas que son devoir lui permît de les laisser entrer dans la place dont il était gouverneur [2]; mais, à la porte de la capitale, il y avait une maison de plaisance des anciens ducs, la Mal-Grange, où M. et Mme du Hallier reçurent courtoisement Charles et Béatrix. La joie des Lorrains était extrême; le retour inattendu d'un souverain si populaire avait partout donné lieu aux plus chaleureuses manifestations. Les villes du duché, toutes ruinées qu'elles fussent par les désastres d'une longue guerre, lui dressèrent des arcs de triomphe : on marcha à sa rencontre en habits de fête. Des villages entiers se précipitèrent sur son passage, bannière en tête; le clergé allait le recevoir en procession, avec la croix et l'eau bénite, sur les limites de la paroisse [3]. Il y eut même un curé assez simple pour porter le

1. Protestation de M. le duc de Lorraine au sujet de son mariage avec Béatrix de Cusance. Archives des affaires étrangères.
2. Lettre de M. du Hallier au cardinal de Richelieu. Archives des affaires étrangères.
3. *Mémoires du marquis de Beauveau.*

Saint-Sacrement au-devant de lui. Charles descendit de cheval et le reconduisit respectueusement jusqu'à l'église [1]. L'enthousiasme était universel ; mais il ne connut plus de bornes lorsque le duc de Lorraine approcha de sa capitale, depuis tant d'années privée de sa présence. Tout Nancy sortit de ses murs ; les populations des environs se portèrent en masse vers la Mal-Grange pour voir au moins son visage. Il faillit être étouffé, tant la presse était grande. Quelques femmes, et de la meilleure condition, s'approchaient de lui pour lui baiser les bottes, arracher les aiguillettes de son pourpoint ». — Il y en eut même », dit dom Calmet, « qui déchiraient ses habits, et lui tiraient des poils de la barbe et des cheveux de la tête pour les conserver comme des reliques [2] ». La vue de la belle Mme de Cantecroix ne manquait point d'exciter une émotion générale. Elle faisait porter fièrement tout près d'elle un joli enfant, premier fruit de son union avec Charles IV, enfant qui fut plus tard la princesse de Lillebonne. Ce spectacle touchait profondément le peuple et surtout les paysannes. « Il y en eut plusieurs », ajoute le marquis de Beauveau, auquel nous avons emprunté la plupart de ces détails, « qui, n'ayant point d'encens plus pur à offrir et pour marquer leur vénération envers Son Altesse, criaient à haute voix

1. *Mémoires du marquis de Beauveau.*
2. Dom Calmet, tome VI, p. 304.

en joignant les mains » : « Dieu nous conserve mon -
seigneur le duc de Lorraine, ses deux femmes et son
enfant »[1].

1. *Mémoires du marquis de Beauveau.*

« Enfin, il y en eut qui firent et qui dirent des choses si extraordi-
naires, si particulières, si nouvelles, que les Français, pour nous insul-
ter, les ont tournées en ridicule, et nous en raillent encore tous les
jours. »

Jacquemin, *Histoire manuscrite de Charles IV.*

CHAPITRE XVIII.

Charles cherche à ne pas exécuter son traité. — Il reprend possession des villes qui lui sont remises par les Français, mais ne veut pas se rendre en Champagne pour joindre son armée à celle de M. de Châtillon. — Ménagements de Richelieu envers le prince lorrain. — Il consent à accorder la neutralité de la Lorraine. — Différend entre le duc Charles et les seigneurs de l'ancienne chevalerie qui réclament le rétablissement du tribunal des Assises. — Leur protestation. — Combat de la Marfée et mort du comte de Soissons. — Embarras de Charles IV. — Il sort de la Lorraine, et va trouver les Espagnols. — Ressentiment de Richelieu. — Il reprend possession des places de la Lorraine, à l'exception de la Mothe. — Richelieu insiste à Rome pour faire déclarer nul le mariage de Charles et de Béatrix. — Le duc de Lorraine est excommunié. — Il reprend sa vie errante. — Il pénètre de nouveau en Lorraine, défait M. Duhallier, et vient prendre position jusqu'auprès de Nancy.

Le répit qu'obtint la Lorraine, à la suite du traité du 2 avril 1641, ne fut pas de longue durée. Ni l'expérience ni le malheur n'avaient changé Charles IV. Cette fois encore, comme par le passé, il ne se crut pas engagé par les conditions qu'il venait de souscrire envers la France. Plus embarrassés que de coutume, pour excuser ce qu'ils appellent volontiers son extrême légèreté, les biographes du prince lorrain s'accordent pour soutenir qu'il fut, pendant son séjour à Paris, sous le coup d'une continuelle intimidation; quelques-uns d'entre eux assurent même que, par ordre de Richelieu, M. de Chavigny l'avait plusieurs

fois menacé du donjon de Vincennes [1]; de sa personne, Charles a toujours prétendu qu'il n'avait en
effet cédé qu'à la violence. Si de pareilles contraintes
furent réellement employées contre l'hôte du Roi de
France, il faut avouer qu'elles furent habilement
déguisées aux yeux de tous, sous les dehors d'une
très-courtoise réception ; et c'est vainement qu'aujourd'hui on en chercherait la trace dans les instructions que M. de Chavigny avait directement reçues
du cardinal de Richelieu [2]. Quant au duc, il est malheureusement trop avéré, par le témoignage de ses
propres partisans, et par la teneur des documents
qui sont venus jusqu'à nous, que pendant toute la
durée de cette négociation, il s'appliqua comme à
plaisir à mettre une perpétuelle contradiction entre
ses engagements officiels et ses véritables intentions. Le matin même du jour où il avait publiquement rendu hommage au roi pour le duché de Bar,
il déposait chez un notaire de Paris, en présence de

1. « Chavigny exigea la signature du traité avec tant de hauteur que
Charles n'eut à opter qu'entre la perte de la liberté ou sa souscription. »
Le père Hugo; *Vie manuscrite de Charles IV.*

« Ses amis et les princes de sa maison firent répandre pendant la
nuit dans sa chambre plusieurs billets par lesquels ils lui faisaient
savoir qu'il songeât à sa sûreté; que le cardinal de Richelieu le menaçait de mort ou tout au moins de prison... » Dom Calmet, t. VI, p. 299.

« Le duc s'y résolut toutefois (à signer le traité), craignant qu'on ne
l'arrêtât, sur ce que M. de Chavigny, secrétaire d'État, et une des principales créatures du cardinal, qui était l'entremetteur du traité, lui en
donna quelque appréhension.» (*Mém. du marquis de Beauveau*, p. 73.)

2. Notes du cardinal à M. de Chavigny pour parler à M. de Lorraine. (Mars 1641.) Archives des affaires étrangères.

plusieurs témoins , une secrète protestation par laquelle il se proposait d'infirmer à l'avance l'acte
même qu'il allait accomplir [1]. A peine la ratification
du traité signé à Saint-Germain était-elle partie de
Bar (21 avril), qu'il s'était rendu à Épinal (26 avril),
pour remettre à un autre notaire une seconde protestation toute pleine de récriminations contre le cardinal, auquel il adressait, par le même courrier, les
plus vifs remerciements, et les assurances les plus
positives d'une éternelle gratitude [2]. Chaque jour, depuis sa rentrée en Lorraine, il écrivait au roi, au cardinal et à M. de Chavigny pour les prier de hâter la
restitution de ses places ; et tandis qu'il prenait possession de la Mothe, la plus importante de toutes, on
l'entendait en même temps expliquer à ses confidents
par quel motif il insistait si fort sur la prochaine dé-
molition de Marsal par les Français. « C'était surtout,
dit le marquis de Beauveau, « parce qu'il faisait son
compte aussitôt qu'on y aurait ouvert un bastion de
s'en pouvoir aisément saisir [3]. » Aucune de ces infidélités n'échappait cependant au cardinal de Richelieu, quoiqu'il ne lui convînt pas alors de paraître
s'en apercevoir. En effet, les raisons qui lui avaient

1. Dom Calmet, tome VI, p. 299.
2. Protestation contre le traité signé à Saint-Germain. Épinal,
28 avril 1641. — Lettres de Charles IV au Roi, au cardinal de Richelieu
et à M. de Chavigny; 21, 28 avril, 2 mai et 10 juin 1641. Archives des
affaires étrangères.
3. *Mémoires du marquis de Beauveau*, p. 75.

fait souhaiter une trève avec Charles IV, subsistaient encore plus fortes que jamais.

Retiré à Sedan depuis environ deux ans, fortifié de l'alliance de M. le duc de Bouillon, et secrètement assuré de l'appui du duc d'Orléans et de tous les mécontents du royaume, M. le comte de Soissons avait depuis peu réussi à former un redoutable parti, et menaçait à peu près ouvertement les frontières de l'est de la France. C'était surtout pour faire face à cet ennemi domestique que le ministre de Louis XIII avait suspendu la poursuite de ses anciens desseins contre l'indépendance de la Lorraine. Satisfait d'avoir, du même coup, enlevé au prince rebelle un redoutable auxiliaire, affaibli le parti espagnol, et par la restitution plus apparente que réelle d'une province nouvellement conquise, donné à toute l'Europe une preuve convaincante de la modération française, le cardinal ne croyait pas d'une bonne politique de se montrer, aussi longtemps que durerait le danger, trop exigeant envers son récent allié, l'inconstant Charles IV. Craignant de le rejeter dans le camp opposé, s'il insistait outre mesure sur la formelle exécution du traité de Saint-Germain, il se contenta de recommander à M. du Hallier de bien prendre toutes ses sûretés dans son gouvernement de Nancy, et d'observer les plus minutieuses précautions dans ses rapports avec le prince lorrain.

Ce fut avec de grands ménagements et sans aucune apparence de reproche qu'on rappela à plusieurs reprises au duc qu'il avait, sous la foi du serment, promis de joindre son armée à celle du roi. Les retards et les objections qui arrivaient continuellement de Lorraine n'épuisèrent même pas la patience de Richelieu. M. d'Agecourt, envoyé lorrain, ayant manifesté le désir qu'avait son maître de commander, outre ses troupes, celles que la France entretenait en Champagne, sa demande fut aussitôt accueillie à Paris [1] ; et, par une lettre toute gracieuse et amicale, le cardinal prit la peine d'annoncer lui-même à Charles cette marque insigne de la faveur royale [2]. Cette longanimité motivée surtout par la crainte de la prise d'armes du comte de Soissons dura même encore après la mort de ce prince [3]. Si le combat de la Marfée avait en effet, par un heureux hasard de guerre, débarrassé inopinément Richelieu d'un incommode adversaire, la déroute qui s'était mise dans les troupes de M. de Châtillon n'en avait pas moins con-

1. Instruction à M. le baron d'Agecourt se rendant en France de la part du duc de Lorraine. Juin 1641. — Le duc de Lorraine au Roi. Pont-à-Mousson, 10 juin 1641. — M. de Chavigny au duc de Lorraine (sans date). Le cardinal à M. du Hallier, 17 juin 1641. Archives des affaires étrangères.

2. Le cardinal de Richelieu à M. de Lorraine. Archives des affaires étrangères.

3. « Je ne doute pas que l'accident arrivé à M. de Châtillon (le combat de la Marfée) ne hâte Votre Altesse de venir trouver le roi avec ses troupes, où votre commandement sera d'autant plus honorable qu'il sera sous la propre personne du Roi. » Post-scriptum d'une lettre du cardinal de Richelieu à M. de Lorraine. — Juillet 1641. Archives des affaires étrangères.

sidérablement affaibli la France du côté de la Lorraine. Prenant conseil des circonstances, le ministre de Louis XIII fit même alors un pas de plus dans la voie des concessions. Il ne se montra pas tout à fait éloigné d'accorder la neutralité que le duc Charles réclamait pour ses États. « Afin de témoigner », mandait le cardinal, « que Sa Majesté a eu plus d'égard (en ce qui s'est fait avec Son Altesse) à ses intérêts qu'aux siens propres, Son Altesse suppliant Sa Majesté de trouver bon qu'au lieu de la venir trouver avec ses troupes, il s'occupe présentement à remettre et à rétablir autant qu'il pourrait ce qu'il lui reste de de sujets, en l'état et le repos où ils étaient avant la guerre, Sa Majesté y consent, s'il persévère à estimer que ce soit son bien [1]. »

Que faisait cependant le duc de Lorraine en présence des dispositions de la cour de France? « L'on fortifie la Mothe, » écrivait M. du Hallier au cardinal (28 juin 1641), « le château du Neufchâteau et Épinal, et l'on comble les fossés du château de Pont-à-Mousson, qui sont des marques certaines de la mauvaise intention de M. de Lorraine, faisant travailler aux places qu'il croit pouvoir garder, et mettre hors de défense ce qu'il ne peut conserver [2]. » Les mesures

1. Instructions de Charles de Lorraine à l'un de ses agents. 11 juillet 1641. — Réponse aux propositions du duc de Lorraine. 23 juillet 1641. Archives des affaires étrangères.
2. M. du Hallier au cardinal de Richelieu. 28 juin 1641. Archives des affaires étrangères.

militaires signalées par le gouverneur de Nancy n'é-
taient pas les seuls actes de souveraineté qu'eut
accompli le prince lorrain depuis sa rentrée dans ses
États. Par édit authentique du 2 mai 1641, il avait
reconnu pour légitime et par conséquent admis,
comme princes de la maison de Lorraine, les enfants
issus de Louis de Lorraine, et de Charlotte des
Essarts [1]. L'opinion publique se récria bien un peu
contre cette façon d'acquitter les obligations contrac-
tées envers la femme actuelle de M. du Hallier; mais
un autre édit signé le 7 mai 1641, ne tarda pas à
exciter une plus vive émotion, et jeta même, chez
une portion considérable des sujets de Charles IV,
les germes d'un profond mécontentement.

Nous avons eu occasion de raconter combien la
noblesse lorraine était demeurée fidèle à son prince,
et à quel point cette fidélité lui avait coûté cher. Les
gentilshommes du pays s'étaient en effet presque
partout mis en campagne pour défendre sa cause qui
leur avait paru personnifier celle de l'indépendance
nationale elle-même; ils avaient eu leurs châteaux
occupés et rasés, leurs domaines dévastés; ils avaient
dû la plupart, ou suivre le duc dans son camp et à

1. Reconnaissance du duc de Lorraine pour la légitimation des enfants de Louis de Lorraine avec Charlotte des Essarts. 2 mai 1641.
Archives des affaires étrangères.

Mlle des Essarts, ancienne maîtresse de Henri IV, après avoir eu
plusieurs enfants du cardinal Louis de Lorraine, avait plus tard épousé
M. du Hallier, gouverneur de Nancy.

l'étranger, ou se constituer, à leurs risques et périls, chefs des bandes rebelles. Le rétablissement de leur souverain et la cessation de la domination française les avaient comblés de joie. Fiers des services rendus pendant ces temps d'épreuve, ils ne réclamaient pas des récompenses que dans sa position précaire Charles IV ne pouvait leur accorder. Mais, au moment où celui qu'ils avaient si bravement secondé recouvrait sa couronne, comment n'auraient-ils pas espéré rentrer tout au moins en jouissance de leurs anciens priviléges? Le duc, il est vrai, en quittant ses États (1634), avait institué une Cour souveraine ambulatoire qui s'était promenée un peu partout, à sa suite; tantôt siégeant en Allemagne, tantôt s'établissant dans quelques-unes des villes reconquises de la Lorraine. L'avocat Le Moleur, le plus dévoué des serviteurs de Charles IV, était devenu le complaisant chancelier de cette compagnie, qui avait toujours enregistré sans contestation les actes émanés de l'absolue volonté du duc Charles. Mais cette organisation judiciaire créée au plus fort de la lutte, avait été surtout considérée comme une machine de guerre, employée à titre de représaille contre l'installation d'un parlement français à Nancy.

Les chevaliers des Assises se flattaient donc, avec assez d'apparence de raison, que le cours des événements qui ramenait sur le trône la dynastie nationale, allait en même temps rétablir l'ancienne juridiction

seigneuriale. Quelle ne fut point la douleur de tous
et le ressentiment de quelques-uns, quand ils virent
qu'entre les institutions déjà éprouvées du pays, et
un système inauguré pendant la conquête, leur prince
n'avait pas hésité un instant, et s'était décidé pour
l'importation étrangère! « La nouvelle Cour, » disait
le décret du 7 mai, « devait connaître, juger et décider souverainement, sans longueurs ni annulations
de procès, de toutes appellations et plaintes, tant en
matières civiles que criminelles, dans les duchés de
Bar et de Lorraine. » Cette Cour était composée de
deux présidents, de douze conseillers, de deux pro-
cureurs généraux, de deux greffiers et de douze huis-
siers [1]. Il était impossible de rompre plus ouvertement avec le passé, d'imiter plus servilement la
constitution de la magistrature française, et d'abolir
avec plus d'éclat le tribunal des Assises [2]. Ainsi lésée
dans ses prérogatives les plus chères, la noblesse
s'assembla à la hâte. Elle se sentait comme prise entre
deux grands périls : ou s'abandonner sans défense à
la merci du prince; ou, par une résistance inoppor-
tune et trop vive, compromettre, au milieu de circonstances difficiles, la sécurité même du pays, La résolution sortie de cette délibération improvisée fut à la
fois hardie et circonspecte, parfaitement conforme à

1. *Vie manuscrite de Charles IV*, par le Père Hugo.
2. Voir tome Ier, page 427, la note sur les anciennes institutions du
duché de Lorraine. Du pouvoir de ses ducs. Des trois ordres : le clergé,
la noblesse, le tiers État. Le tribunal des assises.

la nature particulière d'esprit qui caractérisa toujours les gentilshommes lorrains. Ils rédigèrent, séance tenante, une protestation énergique que plusieurs d'entre eux, désignés par le sort, furent chargés de remettre au souverain. En même temps, et comme pour mieux témoigner qu'il n'y avait parmi eux ni chefs ni meneurs, ils apposèrent leurs signatures en rond sur le papier, de façon qu'aucun de ces noms ne frappant spécialement les yeux de Charles IV, il comprît mieux à quel point, dans cet acte de commune résistance, tous les chevaliers des Assises se tenaient solidaires les uns des autres.

Qu'allait devenir cette querelle? Le duc de Lorraine serait-il parvenu à faire peu à peu accepter aux récalcitrants l'innovation radicale qu'il avait subitement décrétée? Si le dissentiment s'était prolongé, quel parti eût embrassé cette portion nombreuse de la nation qui n'y était pas directement intéressée? Aurait-elle favorisé les prétentions du prince ou celles de la noblesse? C'est une question assez oiseuse à débattre aujourd'hui. Une chose toutefois est certaine, c'est que les débuts de la Cour souveraine ne furent pas de nature à donner grande idée de son indépendance. Un serviteur de la maison ducale ayant eu l'imprudence, pendant l'absence de Charles IV, de qualifier Mme de Cantecroix « de femme de campagne de son maître » cette dame l'avait aussitôt dénoncé aux nouveaux magistrats. Quand le prince revint peu de jours après, le malheureux était déjà jugé, condamné et pendu. Charles lui-même trouva cette façon de justice un peu sommaire et trop expéditive; la Lorraine entière en fut grandement scandalisée. Mais le temps manqua pour une plus longue expérience des mérites de la nouvelle institution.

Informé des embarras que le duc de Lorraine s'était gratuitement créés dans ses propres États, remis peu à peu des inquiétudes que lui avait causées l'issue du combat de la Marfée, momentanément réconcilié avec le duc de Bouillon, le plus considérable des anciens partisans du comte de Soissons, le cardinal de Richelieu se fatigua bientôt de sa patience. Il résolut d'avoir enfin le dernier mot d'un allié qui affichait ouvertement la prétention singulière de recevoir exactement la récompense des services qu'il était décidé à ne pas rendre. Les exigences françaises devinrent donc de plus en plus précises et menaçantes. La rupture était imminente. Elle n'éclata pas du côté de la France, mais par la résolution soudaine que prit le prince lorrain de se rendre à Sedan (28 juillet 1641), et peu de jours après, dans le camp des Espagnols.

Ainsi trois mois étaient à peine écoulés, et la Lorraine, un instant délivrée des maux amassés sur elle par huit années d'occupation étrangère, avait de nouveau en perspective devant elle les horreurs de la guerre. Un caprice amoureux avait conduit

Charles IV à signer une paix peu brillante, il est
vrai, mais profitable du moins à ses sujets. Tandis
que pleins de joie et de reconnaissance, ceux-ci sa-
luaient avec confiance l'espoir d'un meilleur avenir,
une autre fantaisie guerrière de leur maître les reje-
tait brusquement dans les hasards d'une lutte qui ne
pouvait plus même être glorieuse, à force d'être inégale. La responsabilité d'une telle résolution était
lourde à porter. Charles le sentit bien; et, de même
qu'il avait voulu s'excuser de la signature du traité
de Paris en prétextant la contrainte exercée sur lui
par le cardinal de Richelieu, cette fois encore il
affirma n'avoir rompu avec la France et quitté ses
États que pour mettre en sûreté sa personne. On
aimerait à pouvoir dire, pour l'honneur des temps
dont nous écrivons l'histoire, que les appréhensions
du prince lorrain n'étaient nullement fondées. En
réalité, elles n'étaient peut-être qu'un peu exagérées.
Ce n'était pas lui qui avait été le premier à les concevoir: c'était Mme du Hallier. Par l'entremise de son
fils, le nouveau chevalier de Lorraine, cette dame lui
avait, à tort ou à raison, dénoncé les projets formés
contre sa liberté[1]; ajoutons qu'informé par quelle voie

---

1. « Il (le chevalier de Lorraine) me dit qu'il n'y avait rien de bon
pour moi, et qu'à la cour on était enragé contre moi, et que je devais
prendre garde..... il répondit que je devais me mettre en sûreté, et
qu'il appréhendait que M. du Hallier ne fût en lieu où il était le plus
fort, et obligé d'entreprendre sur ma personne... Le chevalier lui dit
(à M. du Hallier) de ma part : Il (le duc de Lorraine) a avis que les
ordres vous sont venus d'arrêter M. le duc de Lorraine. Il (M. du

le duc avait reçu cet avis, Richelieu se montra beaucoup moins soucieux de se justifier envers le prince lorrain, que pressé de sévir contre la femme du gouverneur de Nancy. Peu de jours après, Mme du Hallier était reléguée dans une de ses maisons, et son mari recevait ordre de venir à Paris rendre compte de sa conduite.

Quoi qu'il en soit, si Charles IV s'était imaginé qu'une fois sorti de ses États il était maître encore de prolonger à son gré une situation incertaine, qui ne serait positivement ni la paix ni la guerre, cette illusion ne lui fut pas longtemps permise. L'envoi de M. de Saint-Martin à Paris, prouve du moins qu'il en eut la pensée Ce nouvel agent était chargé de proposer à la cour de France de regarder le traité de Saint-Germain comme non avenu. Le duc offrait : « De remettre aux Français les places qu'on lui avait restituées en Lorraine, de rendre les 10,000 pistoles qu'on lui avait données à son départ de Paris, et de renvoyer à Son Éminence les dix chevaux et les trois épées dont il lui avait fait cadeau ». En retour, il « demandait qu'on reconnût la neutralité de Remiremont ». Ces offres étaient faites d'une façon dégagée, du ton d'un homme qui a conservé peu d'es-

---

Hallier) lui répond : J'ai de quoi dans ma poche, frappant de sa main dessus. — Ce que le chevalier me vint aussitôt dire sur les dix heures du soir, et qui m'a fait résoudre de partir le lendemain ». Déclaration du duc de Lorraine, 26 septembre 1641 (envoyée au cardinal de Richelieu). Archives des affaires étrangères.

poir, qui est prêt à tout, et qui s'attend au pire.
« Tant y a », écrivait Charles à M. de Saint-Martin,
« que je suis comme j'étais à Pont-à-Mousson, ayant
donné des preuves signalées de ma foi et de mon
affection. Il suffit; quoi qu'en arrive, je mourrai content. C'est affaire à Son Éminence à chanter; selon
cela je danserai. S'il reveut les places, il les aura.
S'il veut faire périr le reste de ce pauvre peuple par
la force, il trouvera bon, sans être ennemi, que je
me mette de la partie » [1].

Les offres du duc de Lorraine ne furent pas prises
au sérieux par le cardinal. Il avait précédemment
(9 août) envoyé à M. du Hallier les ordres nécessaires pour réduire entièrement la Lorraine; il n'en
révoqua aucun [2]. Le 13 août, le comte de Grancey,
assisté de l'évêque d'Auxerre, investit la ville de Bar,
qui fut presque aussitôt rendue [3]. Le 17, Pont-à-
Mousson ouvrait ses portes. Saint-Mihiel, qui n'avait
pas oublié la sévérité du roi Louis XIII, envoya ses
principaux bourgeois à Bar, prêter le serment de
fidélité. La place de Gondrecourt n'attendit pas l'arrivée des troupes françaises; celle de Neufchâteau fut
de moins facile composition. La garnison résista deux
jours, malgré la tendance des bourgeois à se rendre

1. Le duc de Lorraine à M. de Saint-Martin, 28 août 1641. Archives
des affaires étrangères.
2. Lettre du cardinal de Richelieu à M. du Hallier. 9 août 1641.
Archives des affaires étrangères.
3. Dom Calmet, tome VI, p. 306.

sans coup férir. Forcée dans le château, elle obtint
(20 août) de se retirer à Sierk, les officiers avec
l'épée au côté et les soldats un bâton à la main [1].
M. de Grancey, M. du Hallier et l'évêque d'Auxerre
furent assez longtemps retenus devant Épinal. Il leur
fallut prendre l'une après l'autre la ville basse, puis
la ville haute. Les Lorrains, commandés par le baron
d'Hurback, se retirèrent alors (23 août) dans une
dernière enceinte où les Français firent brèche au
moyen de la mine. Acculés dans le donjon comme
dans une dernière retraite, ils y soutinrent bravement l'assaut, et reçurent (28 août) la permission
d'en sortir la vie sauve. Chatel-sur-Moselle succomba
par la seule faiblesse des habitants, qui entravèrent
la défense. A la fin d'octobre, presque toutes les
places de la Lorraine, à l'exception de Dieuze et de
La Mothe, avaient capitulé, et, de gré ou de force, reconnu de nouveau la domination française. « En quelques mois », dit un historien moderne, « le duc de
Lorraine redevint ce qu'il était avant son traité,
prince sans États et général d'une armée vagabonde;
mais il garda sa maîtresse » [2].

Si Charles IV garda sa maîtresse, ce ne fut ni
pour longtemps ni par la faute de Richelieu. Demeuré jusqu'alors fort indifférent aux droits méprisés
de la légitime épouse, le cardinal, qui avait promis

1. Dom Calmet, tome VI, p. 507.
2. M. Bazin, *Histoire de France sous Louis XIII*, tome III, chap. 2.

de rester ostensiblement neutre et d'appuyer en secret les prétentions de Mme de Cantecroix, se prit tout
à coup de passion pour les intérêts de la duchesse
Nicole. Il chargea son ambassadeur à Rome de les
appuyer chaudement, et d'inquiéter la conscience du
Saint Père sur l'énormité du scandale qu'il souffrait
dans la chrétienté. Sur ce sujet, le ministre de
Louis XIII trouvait facilement des alliés non seulement à Rome, mais ailleurs encore, et surtout dans
la famille du duc de Lorraine. François, réfugié à
Vienne avec sa femme, la princesse Claude, avait,
au grand déplaisir de son frère, provoqué depuis
longtemps les différentes cours de l'Europe à demander au pape de prononcer sur cette affaire.
L'insistance de la cour de France détermina le saint
siége à prendre enfin une décision qui pour personne
ne pouvait être douteuse. Elle ne se fit même pas
beaucoup attendre, les Espagnols n'intercédant plus
que bien faiblement en faveur du prince, dont ils
avaient à leur tour éprouvé la versatilité. Dans les
premiers mois de 1642, parut donc une bulle d'excommunication fulminée par le pape contre le duc
de Lorraine. Elle fut aussitôt publiée en France, en
Lorraine et en Flandre [1]. En vain Charles voulut-il
répondre à la censure du saint-siége [2], en vain or-

1. Bulle d'excommunication contre Son Altesse de Lorraine, à cause
de son prétendu mariage avec Mme de Cantecroix, 23 avril 1642. Archives des affaires étrangères.
2. Réponse du duc de Lorraine à l'excommunication du pape Ur-

donna-t-il au procureur général de son conseil souverain de protester contre la bulle d'excommunication d'Urbain VIII [1], il lui fallut, pour être admis à
faire entendre ses raisons en cour de Rome, se séparer de Mme de Cantecroix. Ils cessèrent donc d'habiter ouvertement ensemble, mais se virent toujours
secrètement.

Plus que jamais brouillé avec la France, non
moins mécontent des Espagnols, auxquels il reprochait d'avoir souffert que l'archevêque de Malines
lui notifiât l'excommunication papale, Charles IV
retourna, avec la même ardeur que par le passé, à
son ancien métier de soldat. Il oublia presque ses
chagrins en reprenant la conduite de sa petite, mais
fidèle armée ; et comme d'habitude, les opérations
qu'il dirigea lui-même furent le plus souvent couron-
nées de succès. C'est ainsi qu'il débloqua la ville de
Dieuze, assiégée par le comte de Grancey et par
M. du Hallier. Pénétrant à travers les armées ennemies jusqu'auprès de La Mothe, il jeta dans cette
place importante quelques troupes valeureuses qui
devaient, durant plusieurs années encore, lui en assurer la possession. Puis tout à coup, comme pour faire

bain VIII, donnée à Vaudrevange; Sierk, 28 mai 1642. Archives des
affaires étrangères.

1. Protestation du duc de Lorraine et de son procureur contre la
bulle d'excommunication du pape Urbain VIII, faite à Vaudrevange
le 31 mai 1642. — Lettre de S. A. de Lorraine écrite à MM. les présidents et conseillers de la cour souveraine de Lorraine et Barrois.
Sierk, 1er juin 1642. Archives des affaires étrangères.

parade de sa parfaite connaissance du pays et braver
les colères de la France, il s'établit pendant vingt-
quatre heures sur la côte de Delme, à quatre lieues
seulement de Nancy. De là, comme s'il régnait encore paisiblement sur son ancien duché, il dépêcha
qnelqu'un vers le cardinal de Richelieu, « pour se
plaindre de la guerre qu'on lui faisait, vu qu'il n'avait
en rien violé le dernier traité, et qu'il était toujours
dans l'intention de l'observer ponctuellement ». Le
cardinal ne voulut pas même recevoir son envoyé.
Mais laissons un moment le duc de Lorraine guerroyer assez inutilement dans son pays pendant tout
le cours de l'année 1642. D'autres événements réclament notre attention ; ceux qui se passaient alors à la
cour de France pouvaient, mieux que les plus brillantes expéditions de Charles IV et ses plus fiers
défis, influer sur le sort de la Lorraine.

CHAPITRE XIX.

Richelieu tourne l'effort principal des armes françaises du côté des frontières d'Espagne. — Ses infirmités l'empêchent de se rendre avec le roi au siége de Perpignan. — Il semble tombé en disgrâce. — La découverte de la conspiration du grand écuyer Cinq-Mars le remet en faveur. — Conférence entre le roi et son ministre. — Résultat de cette conférence. — Exécution de Cinq-Mars et de M. de Thou. — Louis XIII devient de plus en plus isolé et souffrant. — Mort du cardinal de Richelieu. — Mazarin le remplace. — Retour de la plupart des exilés. — La mémoire de Richelieu tombée en grand discrédit. — Pourquoi. — En Lorraine et à l'étranger on s'attend à la paix. — Elle est également souhaitée en France. — Le système de politique extérieure suivi par Richelieu court risque d'être brusquement changé à l'ouverture du prochain règne — Il est maintenu par l'entente secrète de la reine avec le cardinal Mazarin.

La mort du comte de Soissons et la reprise de possession de la Lorraine n'assuraient pas seulement la sécurité des frontières de la France du côté de la Flandre et de la Champagne; elles mettaient en même temps à la disposition de son gouvernement des forces considérables, désormais inoccupées. A peine délivré des embarras suscités par l'importune diversion dont il avait si facilement triomphé, le cardinal de Richelieu ne songea plus qu'à reprendre activement la lutte contre la maison d'Autriche. Certain que les Espagnols n'étaient plus en état de tenter une nouvelle pointe sur les provinces de l'Artois ou de la Picardie, il résolut de porter le principal effort des

armes françaises contre les possessions mêmes de ses
adversaires. Tandis que le comte d'Harcourt et le
maréchal de Gramont avaient mission de veiller à
la sûreté des places fortes du nord, tandis que M. de
Guébriaht était chargé de garder la rive du Rhin, le
duc de Bouillon, que le prudent cardinal n'aimait
pas à laisser trop à portée de sa ville de Sédan, recevait l'ordre de se rendre à l'armée d'Italie. Ces précautions prises, les officiers les plus renommés et les
troupes les plus aguerries avaient été, avec beaucoup
de soins, de diligence et de mystère, dirigés vers les
Pyrénées. C'était là que devaient, en effet, se frapper
les coups décisifs. Le maréchal de La Meilleraye,
assisté des conseils de M. de Schomberg et du vicomte
de Turenne, commandait ces corps d'élite, que le
cardinal avait abondamment pourvus de vivres, de
munitions de toute espèce et d'un grand appareil de
guerre. Tous ces préparatifs avaient pour but de
conquérir définitivement le Roussillon.

Nous n'avons pas l'intention de raconter ici en
détail comment, malgré les défaillances royales et
ses propres souffrances, en dépit des complots tramés
contre sa personne et des intelligences de Monsieur
avec les ennemis du royaume, Richelieu parvint à
conduire à bonne fin sa glorieuse entreprise. Cependant, la campagne de 1642 et les événements qui la
suivirent ont trop d'importance, ils touchent de trop
près à notre sujet pour que nous ne soyons pas obligés

d'en retracer au moins rapidement les circonstances les plus saillantes. Parmi tant d'années laborieusement données, depuis 1625, au gouvernement de l'État, s'il en est une qui, par l'éclat des succès extérieurs, par la petitesse monotone des affaires intérieures et par l'inflexible rigueur des mesures prises contre les ennemis de son pouvoir, semble résumer mieux que toute autre la politique du cardinal de Richelieu, ce fut celle qui vit finir à la fois sa puissance et sa vie.

Les infirmités croissantes et déjà réputées incurables du ministre de Louis XIII ne l'avaient pas empêché de donner pendant tout l'hiver les derniers soins aux formidables préparatifs de la guerre. Au moment même où il aurait eu le plus de besoin de repos et de quelque tranquillité d'esprit, l'inquiétude causée par l'ascendant qu'un nouveau favori venait de prendre sur le roi, l'avait obligé à quitter brusquement Paris (1642) ; il avait dû, avec tout l'attirail d'un infirme, suivre à petites journées la cour, qui se rapprochait du théâtre de la guerre. Bientôt ses forces l'avaient trahi. Pendant que le roi, poursuivant sa marche, s'avançait vers Perpignan qu'assiégeait déjà l'armée française, un fièvre inflammatoire, compliquée d'un abcès au bras droit, avait retenu Richelieu à Narbonne ; il lui avait fallu abandonner la conduite de son maître à son rival, le fantasque et présomptueux Cinq-Mars. En prenant congé

de son ministre, qu'il laissait malade derrière lui,
Louis XIII n'avait montré ni une grande tendresse,
ni de bien vives inquiétudes; et cette froideur avait été
fort remarquée des courtisans. Déjà l'on se disait tout
bas, autour du monarque, que le terrible cardinal
touchait à sa fin. A Paris, au contraire, parmi ceux
qui se croyaient les mieux informés, le bruit était
fort accrédité que la maladie de Richelieu était feinte,
mais sa disgrâce très-réelle.

Tout à coup parurent, dans *la Gazette de France*,
quelques lignes assez courtes, dont la signification
n'échappa à personne. « Le cardinal duc était rétabli », disait le docteur Renaudot à ses lecteurs, « et en
tel état que le bras n'empêchait pas la tête d'agir. »
Un peu plus tard, le même gazetier ajoutait que
Richelieu était arrivé à Arles le 8 juin et à Tarascon
le 11 ; « Sa Majesté envoyant continuellement s'informer de ses nouvelles, et Son Éminence, qui recou-
vre de jour à autre sa vigueur, merveilleusement
satisfaite de voir ses grands services ainsi honorés des
tendres et cordiales affections d'un si bon maître [2]. »
Là ne s'étaient point bornées les attentions du roi
pour son ministre ; il avait inopinément quitté son
camp de Perpignan (11 juin 1642), en apparence
pour aller prendre les eaux de Monfrin, en réalité
pour se rapprocher de Richelieu et conférer avec

1. *Gazette* de Renaudot, n° 72 du 31 mai 1642.
2. *Id.*, n° 81 du 14 juin 1642.

lui. Quelle était la cause de ce brusque retour de la
faveur du cardinal et de ces déplacements inattendus
du souverain ? Les gens avisés purent facilement
s'en douter lorsqu'ils lurent plus tard, toujours dans
la gazette, un autre paragraphe du 21 juin ainsi
conçu : « Nouvelles sont arrivées ici que le roi a fait
arrêter le marquis de Cinq-Mars, grand écuyer ;
M. de Thou, le conseiller d'État ; Chavagnac et quelques autres [1]. »

En effet, pendant qu'accablé sous le poids des plus
tristes misères humaines, disputant péniblement sa
vie à la maladie et aux médecins, qui ne compre-
naient rien à son mal, défendant à grand'peine sa
fortune contre l'humeur d'un souverain plein de
caprices et contre les témérités d'un favori sans
valeur, Richelieu avait mille raisons de se croire à
jamais perdu ; il avait été tout à coup miraculeuse-
ment sauvé par ce qu'il appela lui-même à cette
époque « un coup du ciel. » Du fond de son lit, il avait
eu le bonheur de découvrir un complot ourdi par le
grand écuyer son rival, par Monsieur et par quelques
jeunes et imprudents gentilshommes. Le traité que
ses ennemis avaient étourdiment signé avec les Espagnols était, par une voie inconnue, dont l'histoire n'a
jamais bien percé le mystère, tombé entre ses mains.
La plus dévouée de ses créatures, Chavigny, était

1. *Gazette* de Renaudot, no 81 du 21 juin 1642.

parti en toute hâte pour en informer le roi ; il lui avait apporté comme en triomphe cette preuve palpable de la vigilance de son ministre presque mourant, naguère à peu près oublié de son maître, mais demeuré, malgré la maladie et sa disgràce, le gardien toujours infatigable de la sûreté de l'État. C'était pour témoigner sa gratitude au cardinal, et dans l'espoir d'effacer de son esprit le souvenir de sa récente indifférence, que Sa Majesté s'était montrée si désireuse d'avoir à tout instant des nouvelles de sa santé. Voulant mettre à profit ses précieuses lumières et ne pouvant lui demander de se rendre près de sa personne, le roi avait quitté, pour le joindre, le siége déjà bien avancé de Perpignan et les eaux salutaires de Monfrin. Maintenant, en effet, qu'il s'agissait de percer à jour une ténébreuse intrigue, d'humilier son frère, de faire le procès à son favori, de convaincre tant et de si grands coupables, et surtout de les punir, comment Louis XIII se serait-il passé du cardinal de Richelieu?

Voyant le roi venir timidement à lui, comme l'écolier repentant près du maître dont il a méconnu les avis, Richelieu sentit tout son triomphe ; il en profita pour se faire attribuer un surcroît d'autorité. Le roi était alors malade lui-même et ne pouvait demeurer debout. Les chroniques du temps rapportent qu'il fit porter son lit tout près de celui de son ministre, incapable comme lui de se tenir sur son séant. Personne n'assista au tête-à-tête du monarque valétudinaire et

de son conseiller moribond. Quelles furent leurs réciproques confidences? quel triste échange d'amères
défiances et de noirs soupçons se fit entre l'inexo-
rable vieillard et son craintif interlocuteur? quelles
terribles vengeances furent, d'un côté, fièrement
exigées et, de l'autre, facilement consenties? Nul ne
le sut alors, ou, s'il l'eût deviné, n'eût osé le confier
à son plus sûr ami. On avait seulement remarqué que
le roi, déjà sombre et souffrant avant cet entretien,
en était sorti plus sombre encore et plus souffrant.
On savait qu'en prenant congé de son ministre, pour
retourner non plus au camp de Perpignan mais à
Paris, il lui avait dévolu, par lettres expresses, les
droits les plus étendus. Le cardinal avait pouvoir
« de faire les choses qui regardoient le service de Sa
Majesté avec la même autorité qu'en sa présence,
les ordres qu'il enverroit au dehors, tant aux généraux qu'aux ministres, devant être aussi ponctuellement exécutés que les siens propres. » Donnée en
pareilles circonstances, une telle délégation de la
souveraineté royale indiquait assez clairement que
l'heure des châtiments était proche. Le public attendit dans la stupeur et dans la consternation ce qui
allait suivre. La première nouvelle qu'il apprit fut
l'arrestation du duc de Bouillon. Ses collègues, les
généraux de l'armée d'Italie, sitôt qu'ils avaient reçu
les dépêches du cardinal, n'avaient pas hésité à le
faire arrêter par ses propres soldats; il avait été, pour

plus de sûreté, conduit ensuite de Casal dans la
forteresse de Pignerol, puis à Lyon et à Pierre-
Encise. Un instant, ses amis eurent quelque raison de
redouter pour lui un traitement en tout point semblable à celui qu'avait jadis subi le maréchal de
Marillac; il en eut lui-même la peur entière. Heureusement pour le duc, Mme de Bouillon était femme
aussi habile que dévouée, capable de négocier pour
son mari; et la ville de Sedan, si fort à la convenance de la France, pouvait au besoin racheter sa
tête. L'inquiétude cessa complétement lorsqu'on sut
que, par ordre de Richelieu, le cardinal de Mazarin
était entré en pourparlers avec le duc et la duchesse
de Bouillon. L'anxiété générale se reporta alors tout
entière sur d'autres coupables bien autrement expo-
sés. Les principaux seigneurs, les grandes dames de
la cour naguère encore charmées par la jeunesse et
les bonnes grâces du frivole mais brillant Cinq-
Mars, s'apitoyaient de préférence sur la destinée
réservée à l'infortuné favori de Louis XIII. Dans la
haute bourgeoisie, parmi les magistrats, un intérêt
plus sérieux s'attachait au sort de M. de Thou, fils
de l'illustre historien, lié lui-même par tradition de
famille à tous les beaux esprits de son temps. Ce
dernier avait été conduit de Tarascon à Lyon, par le
Rhône, dans une barque que précédait celle du cardinal. Là, il avait été réuni au grand écuyer; et les
portes de la prison de Pierre-Encise s'étaient refer-

mées sur les deux amis. Qu'allaient-ils devenir? Leur
sort, s'il fut un instant douteux, cessa de l'être du
jour où, pour s'épargner les ennuis d'une nouvelle
disgrâce, le duc d'Orléans se laissa persuader de
témoigner lui-même contre ses complices ; la déposi-
tion du prince était leur sentence de mort ; elle suivit
de près. Cinq-Mars et M. de Thou montèrent sur
l'échafaud le 12 septembre. Le même jour, au matin,
Richelieu toujours alité, obligé de voyager dans une
litière fermée, que portaient, tête nue, dix-huit de ses
gardes, s'éloignait de Lyon pour venir à Paris retrouver son maître.

Le roi l'y avait précédé d'environ six semaines.
Déjà en froid avec la reine, qui ne lui inspirait ni
tendresse ni confiance, et qu'il croyait gagnée de
cœur aux Espagnols ; de plus en plus isolé au sein
de sa cour, Louis XIII avait eu le temps de recevoir, en un si court intervalle, bien des lugubres
nouvelles ; il avait appris, coup sur coup, la mort de
sa mère, expirée loin de lui dans l'exil et le dénû-
ment ; l'humiliation de son frère, tristement relégué
dans la petite ville d'Annecy ; puis, en dernier lieu,
la fin sanglante de son grand écuyer, tombé sous le
fer du bourreau. C'étaient les cruelles sévérités de son
ministre et ses incurables méfiances qui avaient ainsi
fait le vide autour de sa personne ; c'était lui qui avait
excité à dessein et nourri les soupçons du mari contre
la femme, du fils contre la mère, brouillé ensemble les

deux frères et fait périr d'une mort tragique celui de ses
favoris que Louis XIII avait paru le plus aimer.
Mais si la main de Richelieu était dans toutes les afflic-
tions domestiques qui assombrissaient l'intérieur
royal, elle apparaissait bien autrement évidente
dans les événements qni s'accomplissaient du côté de
la Flandre, en Italie, sur les frontières des Pyrénées, et dont les glorieuses nouvelles parvenaient en
même temps aux oreilles du monarque. — Pour sauver son mari, Mᵐᵉ de Bouillon avait consenti à céder
sa forteresse de Sédan; les princes de la maison de
Savoie venaient de rompre avec le cabinet de Madrid
et embrassaient ouvertement notre alliance; Perpignan s'était enfin rendu : le Roussillon appartenait
désormais à la France !

Comme s'il eût épuisé les restes de sa vie dans la
poursuite de son dernier triomphe sur les factieux du
dedans et sur les ennemis du dehors, le cardinal de
Richelieu expirait le 4 décembre 1642, à l'âge de
53 ans. L'épreuve suprême de la mort n'avait pas
paru troubler un instant son âme intrépide; il avait
pris fermement congé du roi, « satisfait de laisser, »
dit-il, « le royaume dans le plus haut degré de gloire
et de réputation. » Ce qui est plus singulier, quoique
attesté par toutes les relations du temps, il conserva
la même impassibilité devant les exhortations de son
confesseur le père Léon, qui l'entretint avec force et
liberté des intérêts de sa conscience ; il déclara par-

donner de bon cœur à tous ses ennemis ; il ne témoigna pas même ressentir le moindre scrupule sur l'emploi des terribles moyens qui, pendant dix-huit années d'incessantes traverses, lui avait servi à établir et défendre son absolu pouvoir.

La plupart des anciens historiens français assurent volontiers, et il est assez d'usage de répéter après eux, que rien ne fut changé en France après la mort du cardinal de Richelieu. Il faut s'entendre. Si l'on veut dire, qu'après la perte de son ministre et jusqu'à sa fin, Louis XIII afficha ostensiblement l'intention de continuer la politique du cardinal, rien n'est plus vrai. Son honneur était engagé à ne paraître point avoir agi par contrainte et donné pendant tant d'années aux affaires du royaume une direction qu'il n'eût pas lui-même approuvée. Ses méfiances à l'égard de certaines personnes qui avaient été les adversaires de son ministre étaient invétérées et conformes à la nature de son caractère ; il n'en dépouilla aucune. Ses habitudes étaient prises avec les créatures de Richelieu qui occupaient les principales charges de l'État ; il les maintint toutes dans leur emploi, sans d'ailleurs les goûter beaucoup. Dans ses déclarations publiques et dans toutes les circonstances d'apparat, le monarque français affecta donc de parler avec éloge et reconnaissance de l'homme éminent qui avait si longtemps présidé à ses conseils. Appelant auprès de lui, le soir même de la mort de Riche-

lieu et d'après ses recommandations expresses, le
cardinal de Mazarin, il prit soin de faire savoir, par
un avis répandu le lendemain (5 décembre), avec
une certaine pompe et beaucoup de profusion :
« qu'il avait résolu de conserver et d'entretenir tous
les établissements ordonnés par le défunt ministre,
de suivre tous les projets arrêtés avec lui pour les
affaires du dehors et de l'intérieur »[1]. Une circulaire
rédigée dans le même sens avait été envoyée à tous
les agents français à l'étranger[2]. Tels furent, en
effet, les actes officiels. Le tort de quelques auteurs
est de les avoir pris trop au sérieux. Si le langage et
les apparences restèrent à peu près les mêmes que
par le passé, beaucoup de choses n'en furent pas moins
changées tout au moins dans le gouvernement intérieur du royaume. Les détentions cessèrent, les biens
confisqués sur les condamnés du régime précédent
furent en partie rendus à leurs familles. Toute cette
vaste et profonde intimidation qui faisait partie inté-
grante de la politique de Richelieu disparut peu à
peu, mais enfin disparut complétement avec lui. Il
avait à peine fermé les yeux, que la clémence du
roi commença à s'exercer tout autour de lui. Monsieur, ainsi qu'il était juste et naturel, fut le premier gracié; il obtint (15 janvier 1643) de revenir

1. Aubery, Pièces relatives au ministère du cardinal de Richelieu.
2. Circulaire aux agents français à l'étranger. 6 décembre 1642.
Archives des affaires étrangères.

habiter la ville de Blois, située tout près de son ancien apanage d'Orléans. Son retour donnant confiance aux plus compromis, la plupart des réfugiés qui avaient fui les poursuites de Richelieu se présentèrent en foule aux frontières. Il y avait ordre ostensible, après la mort du cardinal, de n'en laisser rentrer aucun. Cependant, soit que cet ordre eût été aussitôt révoqué, soit qu'apparemment, les gouverneurs des provinces eussent été informés sous main des véritables intentions du nouveau gouvernement, presque tous les exilés rentrèrent sans grande difficulté; les plus considérables se montrèrent même les plus empressés à venir reprendre leurs anciennes positions. Le duc de Vendôme apparut tout à coup en Vendée; le duc de Beaufort, son fils, arriva presque en même temps et sans plus de mystère dans son château d'Anet. On n'eut pas seulement l'air de s'en apercevoir. Bientôt les uns et les autres, se présentèrent ensemble à la cour. Une autre apparition frappa davantage les esprits : ce fut celle de MM. de Bassompierre et de Vitry. Quand les maréchaux, leurs collègues, s'étaient présentés en corps devant Louis XIII pour solliciter leur grâce, le roi, sans refuser, s'était contenté de répondre qu'il fallait attendre encore un peu, « par respect pour la mémoire du cardinal. » En réalité, ces deux victimes des anciennes jalousies de Richelieu n'attendirent pas longtemps; on les vit, ainsi que le comte de

Cramail, sortir de la Bastille juste à temps pour assister (19 janvier 1643) au service solennel célébré
à Notre-Dame pour le repos de l'âme de leur persé-
cuteur.

La famille ducale de Lorraine eut aussi sa part dans
les actes de mansuétude inattendue que Louis XIII
multipliait avec une sorte d'affectation depuis la mort
de son ministre. La sœur de Charles IV reçut enfin
la permission de venir en France rejoindre son mari.
Jusqu'alors le sort de cette princesse était demeuré
indécis, et son existence était devenue de plus en
plus précaire et douloureuse. A peine son mari, l'inconstant Gaston, l'avait-il abandonné à Bruxelles
(octobre 1635), que la question de la validité du
mariage contracté à Nancy (1632) avait été portée
devant l'assemblée générale du clergé français. Ainsi
qu'il était naturel de s'y attendre, elle y avait été
décidée conformément aux désirs du roi et du cardinal de Richelieu. Mais le pape avait trouvé cette
décision fort mauvaise et attentatoire à ses droits. En
vain l'ambassadeur, M. de Noailles, s'était-il mêlé
diplomatiquement de cette affaire, en vain l'évêque
de Montpellier était-il venu exprès à Rome exposer
au saint-père les raisons d'État qui avaient déterminé
l'opinion de ses collègues [1], Innocent XII s'était ré-

---

1. Harangue ou discours fait au pape le 21 janvier 1636, en la présence de M. de Noailles, ambassadeur de Sa Majesté, par Mgr l'évêque
de Marseille. Collection Dupuy, à la Bibliothèque impériale, vol. 470.

servé de prononcer lui-même, d'après l'avis d'une
congrégation de cardinaux, qui, suivant l'usage romain, ne se pressèrent nullement de rendre leur sentence. Sur ces entrefaites, un nouvel accommodement
était intervenu entre les deux frères (février, 1637),
par lequel le roi accordait à Monsieur : « D'avoir ou
de n'avoir pas la dite princesse pour espouse, Sa Majesté desirant seulement que s'il en prenait la résolution il n'espousât pas les prétentions de la maison de
Lorraine ni les passions du duc Charles » [1]. Une
clause tacite de cet arrangement paraît avoir été que
Gaston ne ferait point venir sa femme en France. A
cette époque, Louis XIII n'avait pas encore eu d'enfants de la reine. Un peu plus tard, quand Anne
d'Autriche l'eut rendu père de deux jeunes princes
aptes à succéder à la couronne de France, le roi avait
paru disposé à se relâcher de cette étrange condition.
Le duc d'Orléans avait eu permission d'appeler la
princesse lorraine auprès de lui, pourvu toutefois qu'il
s'engageàt à contracter avec elle un nouveau mariage
conforme aux lois du royaume. Mais soit que par
honneur Gaston ne voulût pas reconnaître ainsi la
nullité du contrat précédent, soit plutôt qu'il eût,
parmi les plaisirs de la cour, perdu un peu de sa pre-

---

1. Divers actes intervenus de l'accommodement de M. le duc d'Orléans avec le roi pour assurance de sa fidélité et pour le fait de son
mariage avec la princesse Marguerite de Lorraine. Collection Dupuy,
à la Bibliothèque impériale, vol. 472.

mière tendresse pour Marguerite, ce fut lui qui sou-
leva à son tour des difficultés que le cardinal s'était
bien gardé d'aplanir. Elles duraient encore quand il
mourut; mais dès lors tout le monde fut assuré que
Madame ne tarderait guère à venir prendre son rang
dans la famille royale de France. « Dieu soit loué et
béni à jamais », lui écrivait sa sœur, la princesse de
Phalsbourg, « de nous avoir délivrées de ce grand ennemi. Le bon Dieu nous a protégées, reconnaissez-le
bien. Ne perdez pas l'occasion de nous procurer
l'entier repos. Si vous laissez reprendre un nouveau
règne, il nous sera plus difficile » [1]. Les espérances de
Mme de Phalsbourg étaient fondées. Retenue encore
à Bruxelles par ses propres hésitations, Marguerite
de Lorraine n'arriva pas assez vite pour assister aux
derniers instants du roi son beau-frère; mais les obstacles qui l'avaient tenue éloignée de son mari
avaient été levés du vivant du roi, et presque aussitôt
après la mort de Richelieu.

Tous les anciens disgraciés, il est vrai, ne rentrèrent pas en cour. Mme de Chevreuse était maintenue
en exil et Châteauneuf en prison. Leur retour eût été
le signal d'un complet abandon de la politique qui
avait présidé aux relations extérieures du royaume.
C'est à quoi Louis XIII ne songeait nullement.
L'idée que la paix était désormais possible et serait

1. La princesse de Phalsbourg à Madame. 26 décembre 1642. Archives des affaires étrangères.

peut-être prochaine depuis que Richelieu avait cessé
de vivre, n'en était pas moins alors fort accréditée
parmi les puissances qui étaient en guerre avec la
la France. Le duc François de Lorraine, réfugié
alors à Vienne, se laissait aller à espérer de meilleurs jours pour la Lorraine et pour la famille ducale. « Si j'ai jamais eu espoir de ressentir », écrivait-il à Mazarin, « les effets de la justice du roi et
sa bonté à l'égard de notre maison, c'est à cette
heure que j'ai occasion de m'en tout promettre [1]. »

Les princes lorrains n'étaient pas les seuls en
Europe qui avaient conçu quelque espoir de paix en
apprenant la mort de Richelieu et l'avénement au
pouvoir de son successeur. On n'avait point oublié
dans les cours étrangères le négociateur qui, en 1630,
sur le champ de bataille de Casal, s'était, un traité
de paix à la main, jeté entre les deux armées de
France et d'Espagne, déjà toutes prêtes à se combattre. Ce début de la carrière politique de Mazarin
paraissait de bon augure. Il n'était pas le seul. Le
congrès institué à Cologne du vivant de Richelieu
n'avait pas abouti, et tout le monde répétait maintenant volontiers que cela n'avait tenu qu'au mauvais vouloir de l'ancien ministre de Louis XIII.
De nouvelles conférences allaient s'ouvrir à Munster,
et l'on n'ignorait pas que Mazarin avait songé à s'y

1. Lettre du duc François de Lorraine à Mazarin, 16 janvier 1643.
Archives des affaires étrangères.

faire envoyer. Bien plus, si l'on en croit la correspondance de Grotius [1], un religieux était venu secrètement de Vienne « pour tenter le nouveau ministre par des propositions de paix ». C'était quelque chose de nouveau; « car on ne s'avisait guère », remarque un judicieux écrivain, « de vouloir tenter l'autre cardinal » [2]. Les cours étrangères avaient surtout conçu ces espérances de paix en voyant dans quel discrédit la mémoire de Richelieu était tout à coup tombee en France.

Ce n'était pas en effet au lendemain de sa mort que le système du grand ministre de Louis XIII pouvait être apprécié en connaissance de cause, avec équité et sang-froid. Aujourd'hui même encore il semble que cette impartialité ne soit pas devenue moins difficile pour ceux qui ont l'avantage de pouvoir, après tant d'années écoulées, lire à loisir ses curieux mémoires [3] et parcourir sa nombreuse correspondance [4]. On dirait qu'un reste de passion se trouve, comme au vivant du cardinal, toujours mêlé aux jugements portés sur le mérite de sa politique. Seulement, tandis que, parmi les anciens historiens, la plupart ont été presque aussi injustes à son égard

---

1. *Grotii epistolæ.*

2. M. Bazin, *Histoire de Louis XIII*, livre 16, chap. 3.

3. Voir à la fin du volume une note sur les mémoires de Richelieu.

4. La correspondance de Richelieu dont l'impression a été décidée pendant le ministère de M. Villemain, est aujourd'hui presque tout entière recueillie et mise en ordre par les soins éclairés de M. Avenel. Le premier volume seul a paru.

que l'avaient été, de leur temps, ses plus obstinés
adversaires, le plus grand nombre des écrivains
modernes témoignent pour lui une admiration sans
bornes, et quelques-uns même font preuve d'une com-
plaisance que n'avait point autrefois dépassée le zèle
de ses plus dévouées créatures. Somme toute, l'opinion de la postérité s'est trouvée beaucoup plus favorable à Richelieu que celle de ses contemporains.
Cela est naturel. Placées à distance, les générations
nouvelles ont été de plus en plus frappées de la
magnificence des résultats obtenus par ce puissant
génie ; elles sont en même temps devenues de moins
en moins sensibles aux actes de choquante injustice,
de violence souvent excessive et de systématique
oppression qui avaient accompagné toute cette gloire,
mais dont le joug n'avait point pesé sur elles. Les
brillants succès remportés au dehors ont fait aisément
oublier ou absoudre la dureté déployée dans le gouvernement intérieur du royaume. En voyant les supplices marcher toujours de pair avec les triomphes,
et la main, qui constituait l'imposante unité du territoire français, abaisser du même coup les parlements, multiplier les détentions, les exils et les
confiscations, trop de gens en sont venus peu à peu
à penser que c'était là un tout forcément inséparable ;
que ces sanglants supplices, ce mépris des franchises
publiques, ces détentions, ces exils et ces confiscations avaient été le cortége nécessaire et la rançon

pour ainsi dire obligée de notre grandeur nationale. Chose singulière! cette théorie a trouvé faveur non pas seulement chez les prôneurs habituels du despotisme, mais parmi les partisans des doctrines opposées. Répétée sans contradiction par les uns et par les autres, elle a bientôt régné chez nous comme une sorte de maxime d'école, et, de nos jours, on a trouvé moyen de l'exagérer encore. De la justification on a passé à l'éloge des procédés administratifs de Richelieu. Parce que ses plus cruelles sévérités étaient tombées de préférence sur quelques-uns des seigneurs les plus haut placés de la cour, sur les plus grands dignitaires du royaume et sur les princes mêmes de la famille royale, des écrivains, plus amoureux à coup sûr d'égalité que de liberté, ont prétendu faire du ministre absolu de Louis XIII le précurseur providentiel et en quelque sorte le premier patron de la révolution française.

Il faut se méfier de cette façon sommaire et expéditive de considérer les hommes et les choses d'une époque. Outre qu'il n'est pas tout à fait prudent d'établir au profit des grands hommes, ou de quiconque s'imagine les reproduire, une morale exceptionnelle, trop différente de la morale générale et trop commode, ces vues, prises de si haut, ont le tort de se perdre dans les nues, et d'être le plus souvent assez peu conformes à la vérité des faits. Il y a non-seulement quelque relâchement de con-

science, mais aussi beaucoup de paresse d'esprit
à vouloir ainsi confondre ce qui se peut clairement distinguer. Si, parmi les incessantes rigueurs
qui jetèrent une lueur sinistre sur toute la carrière
du cardinal, quelques-unes furent évidemment commandées par l'intérêt de l'État, d'autres, trop nombreuses encore, lui furent surtout inspirées par son
incurable méfiance, par le besoin implacable de dominer, de punir et de se venger. Les hommes sensés
et indépendants de cette époque, ceux qu'on appelait alors communément, par une expression fort
large, mais très-significative, les honnêtes gens,
avaient très-bien su faire, à chaque occasion, ces
distinctions simples et faciles qui ont l'air d'impor-
ter si peu à l'indifférence de notre temps. Malheureusement pour la mémoire de Richelieu, tout ce
qui formait ce grand parti, ceux-là mêmes qui,
à la cour et à la ville, dans la noblesse et dans le
clergé, au sein des parlements et parmi la haute
bourgeoisie, s'étaient le plus réjouis de son arrivée
au pouvoir, qui avaient applaudi de grand cœur à
ses premiers actes, dont il avait eu grand soin de
rechercher d'abord le concours, qui l'avaient fidèlement soutenu de leur adhésion pendant ses luttes
contre l'étranger et contre les factieux ennemis de
l'État, s'étaient, pendant les dernières années de
son ministère, de plus en plus refroidis pour lui. Ils
avaient fini par s'apercevoir avec terreur à quel

point le vindicatif cardinal prenait de plus en plus ses propres passions pour des nécessités d'État. Ils avaient été naguère singulièrement froissés par la cruauté inutile qui avait présidé à l'exécution du grand écuyer Cinq-Mars, et surtout par le supplice de l'inoffensif M. de Thou; ils s'étaient affligés de la situation humiliante faite à Monsieur et à la reine; ils avaient déploré et blâmé ce redoublement de sévérités et d'impérieuses exigences qui avait si tristement marqué l'année 1642, éloigné de la cour jusqu'aux capitaines des gardes de Sa Majesté, et, dans l'intérêt d'un vieillard expirant, créé le vide le plus désolant autour d'un monarque languissant et tout près de voir lui-même éteindre sa misérable existence.

A l'époque où nous sommes maintenant arrivés, la réaction contre le système de Richelieu était donc à son apogée. L'opinion du pays qu'il avait, pendant la longue durée de son absolu pouvoir, si glorieusement, mais si rudement gouvernée, s'était fortement retournée contre lui et contre les traditions qu'il avait voulu léguer à son successeur. Après tant d'années d'abattement, de compression et de silence, c'était une sorte de révolte posthume contre les volontés du terrible oppresseur, dont la redoutable présence n'imposait plus à personne. Le régime de clémence inaccoutumée et de douceur relative qui avait paru s'établir depuis sa

mort ne trouvait donc que des approbateurs; mais,
d'après l'attente générale, le contraste entre le passé
et l'avenir ne devait pas s'arrêter là. Tel était le
déchaînement universel qu'à Paris comme en province et dans toutes les classes de la population,
on souhaitait ardemment que le revirement fût plus
complet encore. Incapable de faire un choix dans
une politique maintenant décriée, la masse de la
nation la proscrivait tout entière; elle en aurait
vu disparaître avec joie jusqu'au dernier vestige[1].
A suivre aveuglément cette impulsion égarée, mais
dominante de l'opinion publique, il aurait fallu ré-
pudier le bien avec le mal, et prendre le contre-pied
du régime précédent dans la direction des relations
extérieures de la France, ainsi que dans le gouvernement de ses affaires intérieures. Comme la guerre,
heureuse et profitable il est vrai, mais difficile après
tout et coûteuse malgré le succès, avait été la der-

---

1. « Le cardinal de Richelieu leur succéda, qui fit pour ainsi parler
un fonds de toutes ces mauvaises intentions et de toutes ces ignorances
des deux derniers siècles pour s'en servir selon ses intérêts, et les
déguisa en maximes utiles et nécessaires pour établir l'autorité royale;
et la fortune secondant ses desseins par le désarmement du parti protestant en France, par les victoires des Suédois, par la faiblesse de l'Empire, par l'incapacité de l'Espagne, il forma dans la plus légitime des
monarchies la plus scandaleuse et la plus dangereuse tyrannie qui ait
peut-être jamais asservi un État. » *Mémoires du cardinal de Retz*, édition Gérusez, tome I, p. 60.
« De même tous les grands du royaume, tout le parlement et tout le
peuple s'en offensa, s'imaginant que les créatures de M. le cardinal de
Richelieu, *du quel la mémoire étoit dans la haine publique* vouloient
se continuer dans le gouvernement contre la volonté de la reine. » *Mémoires d'Omer-Talon*, édition Petitot, tome I, p. 336.

nière et la plus grande préoccupation du défunt cardinal, la paix était devenue l'objet principal du vœu de tous. On la souhaitait avec passion; on l'eût volontiers imposée de force au nouveau ministère, sans se soucier beaucoup qu'elle fût ou non conforme aux intérêts du royaume.

Si Louis XIII fût mort en même temps que son ministre, ou si au contraire il lui eût trop longtemps survécu, dans l'une comme dans l'autre hypothèse, telle était la violence de ces exigences inconsidérées de l'opinion publique qu'elles auraient probablement, tôt ou tard, obtenu un complet et désastreux triomphe. Grâce à Dieu, il n'en fut pas ainsi. Au moment où Richelieu disparut de la scène, Louis XIII était gravement malade, et sa vie déjà menacée. La Providence protectrice de la France permit qu'entre la fin du grand ministre et celle du monarque, qui eût probablement emporté dans sa tombe les derniers errements du passé, il s'écoulât un temps assez court pour ne pas lasser la patience de ceux qui attendaient le pouvoir, assez long toutefois pour maintenir en quelque autorité ceux qui le détenaient encore. Pendant cet intervalle, qui dura autant que la maladie du roi, la reine Anne d'Autriche et le cardinal Mazarin eurent occasion de se pressentir, de se connaître, de s'entendre et de transiger. Par cette heureuse transaction, tout fut à peu près changé au dedans, mais rien ne le fut au dehors.

La France garda les mêmes alliés et les mêmes
adversaires. Il n'y eut pas d'interruption dans ce
que nous avons appelé la politique de Henri IV.
Un instant rejetée par Marie de Médicis, reprise
presque aussitôt par Louis XIII et si fort avancée
par Richelieu, l'œuvre patriotique de l'agrandissement du territoire et de l'abaissement de la maison d'Autriche allait se poursuivre sous le règne du
jeune roi par les soins de sa mère et par les mains
du successeur de Richelieu. C'était le principal, et
le reste n'était qu'accessoire. Arrêtons-nous donc
un instant sur cette époque curieuse. Faisons, il en
est temps, plus ample connaissance avec les nouveaux personnages qui, en prenant actuellement
place sur le devant de la scène, vont influer à leur
tour non-seulement sur le cours des événements
généraux de l'Europe, mais en particulier sur le sort
du petit pays dont nous avons entrepris d'écrire
l'histoire.

CHAPITRE XX.

Origine et début de Jules Mazarin. — Il entre au service du saint-siége comme officier. — Il est employé dans les affaires d'Italie. — Sa conduite à Casal. — Sa première entrevue avec Richelieu. — Il s'attache aux intérêts français. — Il est nommé nonce extraordinaire à Paris pour traiter des affaires de Lorraine. — Comment il s'acquitte de cette commission. — Richelieu lui fait avoir le chapeau de cardinal. — Il passe au service de France. — Il entre au conseil, et s'occupe exclusivement de diplomatie. — Richelieu le désigne à Louis XIII pour le remplacer à la présidence du conseil. — Position de Mazarin à la cour après la mort de Richelieu. — Il ménage également les passions du roi mourant et les intérêts de la future régente. — Anne d'Autriche. — Changements survenus dans son caractère. — Détails sur le petit cercle de personnes qui l'entourent. — La perspective du prochain pouvoir inspire à la reine des sentiments tout français. — Elle incline à conserver Mazarin aux affaires. — Elle lui fait parvenir de secrètes ouvertures. — Comment elles sont reçues. — Entente mystérieuse et complète entre la reine et Mazarin. — Mort de Louis XIII. — Mazarin déclaré chef du conseil. — Étonnement causé par cette nomination. — Désappointement des anciens serviteurs de la reine, et leur dépit. — Pourquoi il faut se défier des mémoires des contemporains et des histoires écrites peu de temps après la Fronde.

A la mort de Richelieu, Mazarin, né à Rome en 1602, avait environ quarante ans. Ses parents, Siciliens et sujets dévoués de l'Espagne, l'avaient de bonne heure destiné à entrer au service de cette puissance ; ils avaient même voulu qu'il allât achever ses études aux universités d'Alcala et de Salamanque. Mazarin, qui ne goûta jamais la nation espagnole, était bientôt revenu en Italie, afin de s'attacher au

service du saint-siége. Sa première vocation fut pour
le métier des armes, et pendant deux ans il fit vaillamment la guerre dans la Valteline, sous les ordres
des généraux d'Urbain VIII. Envoyé souvent par
ses chefs tantôt auprès du duc Féria, général des
troupes espagnoles, tantôt auprès du maréchal d'Es-
trées, qui commandait l'armée française, le jeune
officier avait montré pour la diplomatie des talents si
précoces, que la cour de Rome l'appela aussitôt à
Turin pour l'adjoindre au cardinal Antoine Barberini, légat du pape, et au nonce extraordinaire Pan-
cirolo. Ces deux plénipotentiaires travaillaient alors
à régler pacifiquement la succession du duché de
Mantoue et du Montferrat, et s'efforçaient à grand'-
peine de faire accepter la médiation pontificale aux
cours de France et de Madrid, qui la repoussaient
toutes deux également. Choisi de nouveau pour servir
d'intermédiaire entre les parties et porter de l'une à
l'autre les premières ouvertures, Mazarin, dans une
course qu'il fit à Lyon (janvier 1630), parut pour la
première fois devant Richelieu. Cette entrevue, dit
un ancien historien [1], jeta les fondements de sa prodigieuse fortune. En effet, toujours prompt à discerner le mérite et désireux de s'acquérir ceux qui
pouvaient seconder utilement sa politique, le perspicace ministre de Louis XIII employa, pour charmer

---

1. Levassor, *Histoire de Louis XIII*, livre xxvii.

son interlocuteur, ses plus habiles séductions. On
veut même que, devinant l'avenir, il ait du premier
abord ouvert devant l'ambition étonnée du modeste
agent romain les plus magnifiques perspectives [1].
Quoi qu'il en soit, à partir de ce jour, la liaison la
plus étroite réunit ces deux hommes, et Mazarin s'attacha de plus en plus à favoriser les intérêts français
en Italie. Non-seulement il les servit dans cette brillante journée de Casal dont nous avons déjà parlé,
mais plus efficacement encore, quoique avec moins
d'éclat, dans la conclusion des affaires du Piémont.
Ce fut lui qui décida le duc de Savoie à céder
Pignerol à la France.

Afin d'acquitter sa dette envers le délié négociateur qui réussissait si bien à persuader tout le monde,
Richelieu le recommanda vivement au saint-père.
Mais un obstacle absolu arrêtait la carrière de Mazarin, dans un pays où la profession militaire était
incompatible avec les hautes dignités d'un gouvernement entièrement ecclésiastique. Ce ne fut pas, dit-
on, sans quelque répugnance, qu'afin d'aider aux
sollicitations de l'ambassadeur de France, et pour
seconder la bonne volonté de ses patrons italiens, les
cardinaux Barberini et Bentivoglio, Mazarin quitta

1. On rapporte que Mazarin fut enfermé trois heures avec Richelieu, et que le cardinal dit ensuite à Bassompierre et quelques autres
personnes de qualité, qu'il n'avait pas encore vu de plus beau génie,
ni d'homme qui entrât plus heureusement dans les négociations et
dans les affaires. Levassor, *Histoire de Louis XIII*, livre XXVII. — *Journal de Bassompierre*, tome II. — *Histoire du cardinal de Mazarin*, etc.

l'habit mondain et déposa l'épée qu'au milieu même
de ses pacifiques missions il avait plus d'une fois tirée
pour venger ses querelles particulières [1]. Dès ce moment, le nouveau prélat n'aspira plus qu'à se faire
envoyer en France, et Richelieu redoubla ses démarches afin de l'obtenir du saint-siége. Mais il y avait
à Paris un nonce que le pape ne se souciait point du
tout de rappeler. Il fallait trouver quelque biais pour
accréditer à Paris cet agent, devenu si agréable à
Richelieu qu'il ne voulait plus traiter qu'avec lui. Les
affaires de Lorraine en fournirent l'occasion.

1. Les pamphlets de la Fronde ont fait à Mazarin une réputation
de lâcheté fort imméritée. Il avait, quoique fort tenace en ses desseins,
toutes les apparences de l'irrésolution, et revêtait souvent à dessein
celles de la timidité. C'est ce qui a trompé des écrivains malveillants,
qui ne l'ont guère approché de près, et se souciaient d'ailleurs assez
peu de la vérité; au fond il était très-brave de sa personne. Ses plus
sérieux adversaires lui ont, sur ce point, du moins, rendu complète
justice. Non-seulement, en effet, Mazarin fit preuve de beaucoup de
hardiesse à Casal, en se précipitant son traité de paix à la main, entre
les deux armées, toutes prêtes à se combattre, mais peu s'en fallut
que le médiateur du matin ne mit le soir même l'épée à la main contre
le général de la cavalerie espagnole. Voici ce que nous lisons dans
l'historien Michel Levassor, peu suspect de partialité à l'égard de Mazarin.

« On n'a rien vu de plus extraordinaire, raconte un seigneur de
France, présent à cette action. Deux armées ne furent jamais plus
prêtes à se mêler; et c'est une espèce de miracle que l'entremise d'un
seul homme les ait arrêtées tout court. — Il faut avoir vu la chose
pour le croire... Dom Martin d'Aragon, général de cavalerie espagnole,
reprocha pour lors à Mazarin que sa négociation faisoit autant de mal
au roi d'Espagne que l'avoit fait autrefois la descente des Mores à ses
prédécesseurs. — Piqué d'une injure qui retomboit sur le pape, le médiateur de l'accord met l'épée à la main contre l'Espagnol. Le duc de
Lerme Piccolomini et quelques autres officiers apaisèrent la querelle.»
(Levassor, *Histoire de Louis XIII.*)

Depuis longtemps l'Espagne et la plupart des puissances catholiques reprochaient au pape de se montrer indifférent au sort de la Lorraine, et de laisser la cour de France opprimer une illustre maison dont les ancêtres avaient été pendant si longtemps les plus fidèles champions de ses prédécesseurs [1]. Cédant à ces vœux incommodes, et voulant mettre une si délicate mission aux mains d'un négociateur qui eût tout au moins quelques chances de se faire écouter, Urbain VIII fit choix de Mazarin. Nommé vice-légat à Avignon et nonce extraordinaire en France, le protégé de Richelieu fut officiellement chargé de venir solliciter auprès de son patron le rétablissement de Charles IV. Ce n'avait pas été une des moindres adresses de Mazarin de se faire recommander pour cet emploi par le duc de Lorraine lui-même, par le duc François son frère, réfugié alors en Italie, et par la petite cour de Florence, proche alliée de la famille lorraine. Au fond il était plus qu'indifférent aux intérêts de ces princes, qui se pressaient de lui écrire pour se féliciter [2] de sa nomination, et auxquels il faisait en même temps parvenir les plus vifs témoi-

1. « Votre Sainteté, » dit l'ambassadeur d'Espagne, « n'a pas témoigné même indifférence dans l'affaire de Mantoue. — Avant que le duc eût perdu un pouce de terre, vous avez envoyé des nonces et des légats, quoique le saint-siége n'ait pas à beaucoup près d'aussi grandes obligations à la maison de Mantoue qu'à celle de Lorraine. » (*Histoire du cardinal de Mazarin*, tome I, chapitre 3. — *Mercure français*.

2. Lettre de Charles IV et du duc François à Mazarin. Archives des affaires étrangères.

gnages d'un chaleureux dévouement [1]. Une seule
préoccupation le troublait, c'était la crainte qu'on ne
voulût, par une si fâcheuse commission, le brouiller
avec Richelieu. Son premier soin fut donc d'aller
trouver l'ambassadeur français, M. de Noailles. Il
l'assura « qu'il demeureroit constamment attaché aux
intérêts de la France... qu'il avoit le plus grand
regret d'être chargé d'un emploi aussi désagréable,
et que Son Éminence le cardinal n'auroit jamais de
serviteur plus dévoué que lui » [2]. Si Richelieu conser-
vait encore quelques doutes sur les dispositions de
l'envoyé du saint-siége, ils furent entièrement levés
aussitôt après son arrivée à Paris (novembre 1634).
Non-seulement Mazarin n'insista pas plus que de raison sur le rétablissement des princes de la maison de

1. Lettre de Mazarin au duc François. Arch. des affaires étrangères.
2. » On veut que j'aille à Paris pour faire des instances de la part
de Sa Sainteté en faveur de la maison de Lorraine. — C'est un emploi
pour lequel j'ai une extrême répugnance. — M. le cardinal François
(Barberini) semble me charger à plaisir de la négociation du monde
la plus difficile. Quelle espérance y a-t-il que je puisse fléchir Sa
Majesté justement irritée contre un prince qui l'a réduite à la nécessité
de le punir de son opiniâtreté à traverser de tous côtés les bons desseins du roi, à fomenter les mécontentements de Monsieur, et à empêcher qu'il ne se réconcilie avec Sa Majesté. Faites-moi la grâce
d'écrire à M. de Bouthillier que si j'accepte cet emploi, c'est contre
mon inclination... Je demeurerai constamment attaché aux intérêts de
la couronne de France. — Rien ne m'empêchera de témoigner au roi
que ma plus forte passion c'est de lui plaire, et de le servir...» Conversation de Mazarin avec M. le comte de Noailles.
    « Il va derechef trouver le comte de Noailles, réitère ses protesta-
tions et prie l'ambassadeur d'assurer Richelieu que Son Éminence n'a
point de serviteur plus dévoué que lui. » Levassor, *Histoire de
Louis XIII*, tome XXXVI.

Lorraine, mais il garda si peu de ménagements envers les Espagnols, il montra tant de dévouement pour la France, une si grande déférence envers le cardinal de Richelieu, qu'inquiet de la partialité du ministre d'Urbain VIII le roi catholique demanda instamment son rappel au pape, qui n'osa le refuser (1636).

Personne ne fut donc bien surpris, en France ni à l'étranger, lorsque plus tard, en 1639, révoquant la nomination au cardinalat du Père Joseph, Louis XIII substitua au capucin mourant celui-là même que son ministre avait investi d'une confiance si particulière, et qui allait désormais la posséder tout entière. La ratification du saint-siége se fit quelque peu attendre. Elle n'était pas toutefois encore obtenue que déjà le futur cardinal était envoyé à Turin en qualité d'ambassadeur extraordinaire du roi en Piémont (1640). Ainsi les fictions étaient mises de côté, et Mazarin passait officiellement au service de la France. Dès lors il fut de plus en plus initié à toutes les affaires du royaume, et présida particulièrement sous Richelieu à la direction de ses affaires extérieures. Entré au conseil avec le titre de ministre d'État, il était, quand mourut le cardinal, nommé pour aller à Hambourg suivre les importantes négociations qui s'allaient ouvrir avec l'Empereur et les princes de l'Empire.

Peut-être suffit-il de cette rapide esquisse de la vie antérieure de Mazarin pour indiquer quelle était sa situation au moment de son avénement au pouvoir, et quelles devaient être les dispositions de son esprit. Appelé à la présidence du conseil le soir même du jour où Louis XIII perdait son ministre, il apparaissait aux yeux du public comme le continuateur obligé de la politique du glorieux patron qui venait de le désigner à la confiance royale. Parmi ses collègues, créatures comme lui du défunt cardinal, il n'y en avait pas un qui pût lui inspirer quelque défiance ou lui causer la moindre jalousie. Sa dignité de prince de l'Église lui servait à les primer tous sans les blesser, et s'il les dominait par le rang il ne les surpassait guère moins par les services déjà rendus, par la connaissance approfondie des affaires, par une réputation de capacité que l'esprit de parti ne songeait pas alors à contester. Il était plus avant que personne dans la confiance du maître [1]. De

1. Desnoyers, secrétaire d'État pour la guerre, et Chavigny, fils de Bouthillier, surintendant des finances, étaient, après Mazarin, les hommes les plus considérables du conseil. Desnoyers, ambitieux et dévot, avait ses visées particulières, et s'efforçait beaucoup à plaire au roi. Mais Louis XIII, qui passait volontiers son temps à psalmodier avec lui les offices de l'Église, faisait peu de cas de sa personne. « Si Son Éminence se faisait mahométan, je gage, » disait-il souvent, « que le lendemain Desnoyers prendrait le turban. » Chavigny, plus capable et non moins ambitieux que Desnoyers, avait lié secrètement ses intérêts avec ceux de Mazarin. Il s'était d'ailleurs, dans les derniers temps de la vie de Richelieu, rendu particulièrement désagréable au roi. Chargé par le cardinal d'insister auprès de Sa Majesté pour qu'elle renvoyât de la cour quelques-uns de ses capitaines des gardes, il s'était acquitté de sa commission avec la rudesse maladroite qui lui était ordinaire. Comme Louis XIII se défendait d'y consentir, Chavigny, à bout d'arguments, et mettant entre le ministre et son souverain une complète analogie faite

ce côté, et pour le présent, Mazarin n'avait donc
nulle inquiétude à concevoir ; mais uniquement fondée sur la bonne volonté d'un monarque valétudinaire, cette position n'avait rien de solide qu'en
apparence. Elle ne pouvait être durable ; elle risquait même de devenir compromettante, car le temps
approchait où la pire des conditions pour conserver
l'autorité sous le règne qui s'annonçait serait certainement de l'avoir exercée trop longtemps pendant la
durée de celui qui menaçait de finir. Chacun sentait
cela, mais personne autant que Mazarin. Attentif à
discerner le mouvement de l'opinion et les signes
infaillibles qui présageaient de prochains et considérables changements, il n'avait nulle envie de sacrifier
sa carrière à la défense intrépide d'une politique de
toutes parts battue en brèche. L'adroit Italien qui
avait avec tant de souplesse passé du service du
saint-siége à celui de la cour de France, qui, pour
mieux pousser sa fortune, avait si facilement délaissé
la cause de ses clients les princes lorrains, n'était pas
homme à s'immoler en victime d'un douteux point
d'honneur. Trop circonspect pour continuer à garder aveuglément, comme faisait encore Chavigny, les
rancunes du défunt cardinal ou pour épouser les per-

---

pour blesser étrangement l'orgueil royal, s'était laissé aller à dire :
Votre Majesté doute-t-elle donc que si quelqu'un des serviteurs du
cardinal lui déplaisait, Son Éminence ne le renvoyât aussitôt? « Cela
n'est pas vrai, avait reparti aigrement Louis XIII, car il vous garde,
et vous me déplaisez fort. »

sistantes méfiances de Louis XIII, il était aussi trop
avisé pour suivre l'exemple de Desnoyers, et n'avait
garde de vouloir comme lui donner sa démission afin
d'améliorer ses chances. Il savait parfaitement qu'une
fois hors de place il serait vite oublié, et que la plus
fausse des manœuvres serait de quitter la partie
avant de l'avoir perdue. Mazarin espérait bien d'ailleurs la gagner. Il ne lui semblait pas malaisé de
garder jusqu'au bout la confiance de Louis XIII; il
suffisait pour cela de s'associer, au moins ostensiblement, aux mesures d'ombrageuse précaution que
le roi entendait prendre contre sa femme et contre
son frère pour régler, au plus grand détriment possible de leur pouvoir, l'état de la future régence.
Cette attitude, en éveillant les inquiétudes de la
reine et de Monsieur, avait l'avantage de les porter à
vouloir traiter sous main avec lui. Le plus délicat
était, sans exciter les soupçons du roi, de donner à
comprendre à ceux qu'il avait ainsi l'air de persécuter, qu'après tout il ne leur était pas opposé et ne
demandait qu'à s'entendre avec eux. Ce double manége n'avait rien qui effrayât Mazarin; son génie
s'y prêtait singulièrement. C'était dans de pareilles
complications que triomphaient son adresse à jouer
les rôles les plus différents, son habileté à tout insi-
nuer sans rien dire de compromettant, sa mer-
veilleuse facilité à parler en toute occasion un langage qui avait le don de tout concilier, de convaincre

à la fois, d'éblouir et de charmer. Le duc d'Orléans, dans l'humiliante situation que ses fautes lui avaient faite, n'était plus même un embarras; comme d'habitude, un nouveau favori en disposait entièrement; et l'abbé de La Rivière se pouvait facilement gagner. Mazarin n'avait de souci qu'à l'endroit d'Anne d'Autriche, demeurée à son égard très-réservée et secrète, vivant fort à l'écart, uniquement entourée d'un petit cercle de personnes dont par prudence il s'était lui-même tenu constamment éloigné.

Anne d'Autriche, fille de Philippe III, sœur du roi d'Espagne Philippe IV, était née le 22 septembre 1601; elle avait par conséquent à peu près le même âge que Mazarin. Le temps et les épreuves d'une existence que la jalousie du roi avaient rendue fort malheureuse avaient peu à peu changé ses premiers penchants. Elle avait insensiblement perdu avec le goût de la coquetterie celui même des frivoles dissipations. Depuis l'exil de Mme de Chevreuse et l'emprisonnement de Châteauneuf, elle n'avait guère plus trempé dans aucune de ces intrigues qui lui avaient si mal réussi, et que Richelieu avait si facilement retournées contre elle. De plus en plus renfermée dans son oratoire du Val-de-Grâce, elle avait par inclination et par raison, tourné son cœur vers la religion, qu'elle pratiquait à l'espagnole, c'est-à-dire avec sincérité mais un peu étroitement. Séparée des amies de sa jeunesse, de Mlle de La Fayette retirée au couvent de

Chaillot, de Mmes de Sénecé et d'Hautefort, reléguées toutes deux en province, et n'entretenant de loin en loin que de mystérieuses et difficiles communications avec ses anciens serviteurs MM. de Larochefoucauld, Jarzé et Laporte, elle avait fini par n'admettre plus dans son intimité que des ecclésiastiques connus par leur piété, ou quelques personnages secondaires dont l'insignifiance politique ne pouvait donner aucun ombrage au défiant cardinal. C'étaient, parmi les premiers, le respectable père Vincent, le dispensateur ordinaire de ses aumônes, l'évêque de Beauvais, plus fameux par son zèle apostolique que par les lumières de son esprit, le saint évêque de Lisieux, qui avait coutume d'appeler la reine « sa bonne fille. » Parmi les seconds on comptait le comte de Guitaut Comminges, Beringhen et quelques officiers subalternes de sa maison. Enfin, dans une situation intermédiaire, un étranger, lord Montaigu, semi-dévot et semi-mondain, récemment entré dans les ordres ecclésiastiques, que nous avons déjà rencontré dans cette histoire, et qui, autrefois, agent de Buckingham, ancien adorateur de Mme de Chevreuse, formait comme le trait d'union entre les deux portions si distinctes de la vie d'Anne d'Autriche, et jouissait auprès d'elle d'un évident crédit.

Telles étaient les dispositions de la reine et l'entourage au milieu duquel elle vivait depuis plusieurs années, quand, par suite de l'état.de plus en plus

alarmant du roi, s'ouvrit devant elle cet avenir imposant d'un grand pouvoir à exercer et d'une immense
responsabilité à encourir. Anne d'Autriche voyait
venir lentement à elle, avec tout le temps d'y réflé-
chir et de s'y préparer, la situation qui avait soudainement surpris Marie de Médicis. L'exemple de ce
qui s'était passé alors était fait pour la rassurer.
Cependant les obstacles ne manquaient pas non plus
sur son chemin. Ses anciens confidents politiques,
ceux dont elle eût le plus volontiers pris conseil,
n'étaient pas auprès d'elle. Un groupe d'hommes
considérables et rompus aux affaires qu'à bon droit
elle était fondée à regarder comme ses ennemis, détenaient l'autorité, et pouvaient, après la mort du
roi, prétendre à l'exercer encore. Il n'y avait pas
grand fond à faire sur l'appui de Monsieur, si timide
et si versatile. D'ailleurs, il était lui-même presque un
rival. Le plus capable des serviteurs de la reine,
celui qui était le plus en état de lui donner un bon
conseil, Châteauneuf, était loin d'elle. Mais, eût-il
été présent, il n'eût pas été sûr de lui remettre la
direction des affaires. C'eût été rompre avec la puissante maison de Condé, qui ne lui avait pas pardonné son rôle dans le procès d'Henri de Mont-
morency. Comment, en présence de tant d'embarras,
la reine n'aurait-elle pas songé à s'adresser, au moins
pour le sonder, au chef actuel du conseil, qui se trouvait être à la fois le personnage le plus puissant dans

le présent et l'un des moins compromis dans le passé,
dont personnellement ni elle ni ses amis n'avaient
jamais eu à se plaindre. C'était l'avis du petit cercle
intime qui environnait Anne d'Autriche. Le père Vincent l'y poussait par charité et par amour du bien
public. L'évêque de Beauvais, celui que Retz appelle
la bête mitrée, n'y faisait pas obstacle, persuadé qu'il
était qu'au moment où l'envie lui en viendrait, il
remplacerait aisément Mazarin. L'abbé Montaigu,
celui des serviteurs de la reine qui avait eu le plus
de rapports personnels avec l'adroit cardinal, s'était
porté sa caution, affirmant « qu'il était tout l'opposé
de Richelieu », et cette assurance avait paru frapper
beaucoup la reine.

En rappelant cet ensemble de circonstances dont
chacune eut sans doute son importance, en cherchant à rendre compte des motifs de toutes sortes qui
ont pu influer, dans une certaine mesure, sur la plus
importante action de la vie d'Anne d'Autriche, il
serait souverainement injuste d'oublier la cause principale de sa détermination : nous voulons dire le
sentiment profond de ses devoirs de régente et de
mère. Par un caprice de femme ignorante et légère,
Marie de Médicis avait jadis, à la mort de son mari,
changé complétement la politique extérieure de la
France. Elle avait passionnément souhaité l'alliance
de la cour d'Espagne, et sacrifié pour l'obtenir les
intérêts de la France au dehors. Anne d'Autriche

aurait pu agir comme elle; plus qu'elle, elle avait le droit de détester la guerre qu'il lui fallait poursuivre contre son propre frère. Elle ne céda pas toutefois à cette dangereuse tentation. Une de ces clartés soudaines qui sont, aux instants décisifs, comme une sorte de révélation particulière accordée aux races royales, illumina son esprit et lui traça sa route. Cette princesse, qui avait jadis fait en secret tant de vœux pour Buckingham et pour les Anglais, pour Philippe et pour les Espagnols, pour Charles et pour les Lorrains, songeant à son fils et à l'État, sentit naître et tressaillir en elle une âme désormais toute française. Elle comprit qu'il importait à la gloire du prochain règne et à sa propre réputation que la politique traditionnelle qui avait fait la grandeur de la France en Europe ne parût pas un seul instant abandonnée. Elle devina les fâcheuses espérances que sa qualité d'Espagnole et le souvenir des imprudences de sa jeunesse devaient naturellement donner aux ennemis du dehors et aux mécontents du dedans. Elle se promit de les déjouer toutes, et, pour se confirmer elle-même dans des intentions si droites, afin de marquer plus fermement le but excellent auquel elle allait tendre, afin de couper court par un choix éclatant à ces fâcheuses conjectures, elle résolut de donner sa confiance à celui-là même qui avait été engagé le plus avant dans les dernières transactions diplomatiques du cardinal de Richelieu, au ministre qui, par ses actes personnels et d'après l'opinion commune, devait être considéré comme le plus constant et le plus redoutable adversaire du parti espagnol.

Beringhen fut chargé de porter à Mazarin les premières ouvertures d'Anne d'Autriche. Il en fut reçu d'abord avec quelque froideur, car le circonspect ministre de Louis XIII redoutait fort toute espèce de piéges; mais, quand il eut la preuve que Beringhen lui avait été dépêché par sa maîtresse elle-même, il se confondit en témoignages de profonde soumission et d'infinie reconnaissance; il prodigua les protestations d'une complète obéissance et d'un absolu dévouement. Ce pas fait et la glace rompue, tout alla de soi-même : une étroite et mystérieuse entente s'établit bien vite entre les deux personnes qui venaient de s'assurer, par leur union, l'entière disposition de l'avenir ; et le reste s'ensuivit naturellement. Il n'y avait plus d'inconvénient à laisser le roi donner cours à sa mauvaise volonté contre sa femme et contre son frère. La déclaration solennelle par laquelle Louis XIII prétendait (20 avril) régler la distribution des pouvoirs et l'administration du royaume pendant la minorité de son fils, pouvait être accueillie sans inquiétude par Anne d'Autriche. Le serment que prêtèrent la reine et le duc d'Orléans *d'entretenir et d'observer scrupuleusement l'expresse et dernière volonté de Sa Majesté,* l'enregistrement par le parlement de la déclaration royale et de l'adhé-

sion des membres de sa famille ne furent plus que
de vaines cérémonies, et comme autant d'actes de
cette triste comédie qui se joue d'ordinaire au chevet
du lit des souverains mourants[1]. Il y eut de particu-

1. La déclaration du roi pour la régence, préparée et rédigée, dit-on,
par Chavigny (ce que la reine ne lui pardonna jamais), était habilement conçue. Elle avait l'air de ne rien innover aux coutumes du
royaume; elle faisait ostensiblement à la reine et à Monsieur une
position qui semblait conforme aux droits de leur naissance, et cependant plaçait en réalité le pouvoir effectif dans un conseil de régence qui
était, par le choix des personnes, hors de leur dépendance.

La reine était instituée régente. Monsieur était nommé lieutenant
général du royaume. Il y avait sous eux un conseil de régence composé des ministres d'État. C'étaient le prince de Condé, le cardinal Mazarin, le chancelier Séguier, le sieur Bouthillier, grand trésorier, Chavigny, secrétaire d'État et des commandements. Monsieur était chef du
conseil, en son absence le prince de Condé, et Mazarin à leur défaut.
Les places vacantes du conseil devaient être remplies par la reine sur
l'avis du conseil. La reine ne pouvait disposer des finances, des grandes
charges et des gouvernements des places frontières que sur l'avis du
conseil. Les archevêchés, évêchés, abbayes, devaient être donnés par
l'avis du cardinal Mazarin. La reine ne pouvait permettre aux exilés
de revenir qu'après la délibération du conseil. M. de Châteauneuf
devait rester prisonnier jusqu'à la paix. Défense était faite à Mme de
Chevreuse de rentrer dans le royaume pendant la guerre. — Voici
les termes exprès de l'article qui concernait cette dame:

« La connoissance que nous avons de la mauvaise conduite de
Mme de Chevreuse, et des artifices dont elle s'est servi jusqu'ici pour
mettre la division dans le royaume, les factions et les intelligences
qu'elle entretient au dehors avec nos ennemis, nous font juger à propos
de lui deffendre comme nous lui deffendons l'entrée de ce royaume
pendant la guerre; nous voulons même qu'après la paix conclue et exécutée elle ne puisse retourner dans notre dit royaume que par les ordres
de la dite dame régente avec l'avis du dit conseil, à la charge néanmoins qu'elle ne pourra faire sa demeure ni être en aucun lieu proche
de la cour, et de ladite dame reine. » Déclaration du roi Louis XIII
touchant le gouvernement du royaume après sa mort. — 20 avril 1643.
Collection France aux Archives des affaires étrangères, volume 104.

« Comme on lisait cette déclaration venant à cet endroit, le roi tout molier en celle-ci que le monarque qu'il s'agissait de tromper n'était pas le seul abusé, et qu'excepté les deux principaux acteurs, personne ne possédait au fond le secret du dénoûment. Mazarin, en effet, toujours en faveur auprès de Louis XIII, et qui venait tout récemment de tenir le jeune dauphin sur les fonts du baptême, paraissait rester plus que jamais l'homme du roi. Il évitait soigneusement de s'approcher d'Anne d'Autriche; il témoignait avec tristesse à ses confidents n'être pas sans de grandes inquiétudes sur les dispositions de la reine à son égard; il annonçait l'intention de quitter les affaires et le royaume aussitôt après la mort de son maître. Quant à la future régente, elle affectait une haine égale pour tous les ministres de son époux, et, s'exerçant par avance à la dissimulation, elle la pratiquait déjà si bien qu'elle trompa complétement ses anciens serviteurs, accourus maintenant presque tous auprès d'elle. Parmi eux, les plus intimes et les plus avisés s'imaginaient ne pouvoir faire mieux leur cour à leur maîtresse qu'en témoignant la plus extrême aversion envers celui qui était devenu à leur insu son principal conseiller [1].

Si bien gardé que fût ce mystère, il n'eût pas sans

rihond, craignant ces deux personnes comme les favoris de la reine, se leva sur son séant et dit tout haut : « Voilà le diable cela. » *Mémoires de Mᵐᵉ de Motteville,* édition Riaux, tome I, page 94.

1. Voir les *Mémoires de Larochefoucauld, La Châtre,* etc.

doute échappé longtemps aux regards pénétrants
d'une foule d'observateurs intéressés à le surprendre ; mais la maladie du roi, avec ses alternatives de
danger imminent et de retours inattendus à la santé,
avait jeté quelque trouble dans les esprits. Plusieurs
fois on avait cru Louis XIII tout près de sa fin. La
reine avait alors laissé éclater, avec une émotion bien
naturelle en pareille circonstance, une douleur et des
tendresses qui, pour n'avoir rien de simulé, n'en
avaient pas moins étonné un peu tout le monde, et
que son époux avait accueillies avec sa froideur accoutumée[1]. Il ne montra d'ailleurs de dureté qu'envers la compagne de sa vie. Devenu, aux approches
de la mort, maître aussi indulgent et facile qu'il avait
été autrefois déplaisant et sévère, il édifia tous ses
serviteurs par sa patience, par sa douceur et par sa
pieuse résignation. Ses dernières préoccupations furent celles d'un chrétien et d'un roi. Souvent, au plus

---

1. « Elle (la reine) souffrit à la mort de ce prince (le roi) une véritable douleur ; et m'en ayant parlé souvent, elle m'a toujours dit qu'il
lui sembla, quand elle le vit expirer, qu'on lui arrachât le cœur : ce
que sa sincérité ne lui auroit pas permis de dire, si elle ne l'avoit senti
de cette manière. » *Mémoires de Mme de Motteville*, édition Riaux, t. I,
p. 96.

« J'ai su de M. de Chavigny même, qu'étant allé trouver le roi de
la part de la reine pour lui demander pardon de tout ce qui avoit pu
lui déplaire, elle le chargea particulièrement de le supplier de ne point
croire qu'elle fût entrée dans l'affaire de Chalais, ni qu'elle eût jamais
trempé dans le dessein d'épouser Monsieur... Il répondit à Chavigny
sans s'émouvoir : «Dans l'état où je suis, je dois lui pardonner, mais
je ne suis pas obligé de la croire » *Mémoires de Larochefoucauld*, collection Petitot, tome LI, p. 369.

fort de ses souffrances, on l'avait entendu réciter lui-même les prières des agonisants. Une fois, sorti d'un léger sommeil, il appela le prince de Condé, et lui dit qu'il avait rêvé que son fils venait de remporter une grande bataille contre les Espagnols[1]. Ce fut ce qui s'appela dans le temps la prophétie de la victoire de Rocroi. Peu de jours après (14 mai 1643), Louis XIII s'éteignit paisiblement.

1. Les archives des affaires étrangères possèdent une relation de la maladie et de la mort de Louis XIII écrite par l'un de ses valets de chambre. — Nous en extrairons les passages suivants ayant trait à deux circonstances qui frappèrent les assistants de cette longue agonie et qui sont d'ailleurs rapportés, mais avec moins de détails, dans presque tous les mémoires du temps.

« Après-disner sur les deux heures après midi, il nous confirma bien plus fortement dans la croyance qu'il avoit de sa fin prochaine. — S'estant levé et assis dans sa grande chaise à la romaine, où l'on se peut coucher tout de son long, où bien souvent il se reposoit et faisoit de longs sommeils particulièrement les soirs, et dans laquelle il se soulageoit un peu de la lassitude de son lict, estant donc assis dedans, la teste un peu haute, il nous commanda d'ouvrir les fenêtres, afin qu'il vist, nous dit-il, « sa dernière demeure. » Ce fut une pensée qui nous troubla tous, et nous toucha vivement; parce que estant logé au château neuf de Saint-Germain-en-Laye, il avoit fait faire sa chambre du cabinet de la reine, duquel l'on a la plus belle vue du monde, et particulièrement celle de Saint-Denis qui se descouvre fort à plein; et c'estoit là la demeure qu'il entendoit et nous aussi..... Sur les six heures du soir (dimanche 10 mai) le roi sommeillant, s'éveilla en sursaut, et s'adressant à Monsieur le Prince qui estoit lui dans la ruelle du lict, lui dict : « Je resvois que votre fils le duc d'Enghien estoit venu aux mains avec les ennemis, et que le combat estoit fort rude et opiniastre, et que la victoire a longtemps balancé, mais après un rude combat elle est demeurée aux nostres qui sont demeurés maitres du champ de bataille. » C'est la prophétie du gain de la bataille de Rocroy, qui se fist dans le même temps, ayant entendu ces paroles de la bouche du roy...» *Mémoire fidèle des choses qui se sont passées à la mort de Louis XIII*, fait par Dubois, l'un des valets de chambre de Sa Majesté. Archives des affaires étrangères. Collection France, volume 106.

L'histoire abonde en détails sur les événements
qui suivirent immédiatement, au dedans du royaume,
la mort de Louis XIII ; et la séance solennelle où fut
cassé le conseil souverain institué par le défunt roi,
où la régence libre et entière fut remise aux mains
de la reine, nous a été racontée par une foule d'écrivains du temps. Il n'en est pas un parmi eux qui
n'ait témoigné combien fut grande la surprise du
public, quand, au sortir de la cérémonie, où Mazarin se garda bien de paraître, au milieu des
groupes qui stationnaient encore sur les degrés du
palais, d'où le cortége royal s'éloignait à peine, se
répandit de proche en proche la prodigieuse nouvelle
que la créature de Richelieu et de Louis XIII, l'é-
tranger auquel on ne songeait déjà plus, sinon pour
l'accabler de mépris et le poursuivre d'outrageants
sarcasmes, l'adversaire réputé d'Anne d'Autriche,
celui-là même qu'on croyait à tout jamais disgracié
et perdu dans l'esprit de la nouvelle régente, demeurait, par son choix déclaré à l'improviste, le chef de
son conseil et le principal dépositaire de sa confiance.
Les auteurs de ces mémoires, la plupart serviteurs
éconduits de la reine, ne se sont pas bornés à nous
dire combien ce premier acte du nouveau règne leur
avait causé de désappointement et de colère ; ils se
sont eux-mêmes chargés de nous apprendre comment, leurs espérances survivant encore à leur crédit,
ils avaient d'abord tâché, par mille petits moyens,

de perdre leur ennemi dans l'opinion de la cour et dans l'esprit de leur maîtresse, et par quelle suite de fausses manœuvres, devenus de plus en plus désagréables à celle qu'ils s'efforçaient en vain de regagner, ils furent réduits à se jeter, en désespoir de cause, dans les plus violents partis[1].

Nous avons donc sur les principaux personnages de cette époque, sur leurs intérêts et leurs passions, sur les diverses coteries qui s'agitèrent d'abord assez futilement autour d'Anne d'Autriche, et qui finirent par troubler sérieusement les dernières années de sa régence, mille curieux et utiles renseignements. Malheureusement pour la complète intelligence des faits, sinon pour le charme toujours attachant de la lecture, ceux à qui nous devons ces piquantes informations, repoussés par leurs fautes de la scène politique, se sont presque tous jetés dans la carrière du bel esprit. Prenant la plume à loisir pour satisfaire, sur le déclin de leur vie, une double vanité d'écrivains et d'acteurs, visant de préférence à divertir une génération qui n'avait pas encore eu le temps d'oublier aucun des faits considérables dont elle était si rapprochée, ils se sont montrés plus tentés par le plaisir de narrer une jolie anecdote demeurée inconnue, plus soucieux de révéler le jeu secret de quelque ressort dont ils avaient seuls autrefois possédé le

---

1. Voir les *Mémoires de Larochefoucauld, La Châtre, Montrésor, Laporte*, etc., etc.

mystère, plus empressés surtout à se mettre eux-
mêmes avantageusement en scène, que soigneux de
nous initier à cet enchaînement profond des événements qui est la clef même de l'histoire. Le théâtre
de leurs vifs mais incomplets récits ne s'étend guère
au delà de Paris et de Saint-Germain ; ils vont le
plus souvent de l'oratoire de la reine à la grande
chambre du palais. S'ils s'égarent un instant en
province, soit en Normandie à la suite de Mme de
Longueville, soit en Guienne sur les pas du grand
Condé, c'est pour revenir bien vite chercher leur
dénoûment dans les rues de Paris et sous les murs
mêmes de la capitale. A peine s'il y a place chez eux
pour les grands coups d'épées frappés à Rocroi et à
Fribourg, ou pour les négociations suivies à Osnabruck et à Munster. La journée de Lens ne serait
peut-être point nommée, si elle n'avait pas décidé
l'arrestation du bonhomme Roussel; il n'y aurait
nulle place pour le congrès de Westphalie, si Mme de
Longueville n'y était pas un instant apparue.

Donnant à leur tour dans un excès opposé, les historiens du dernier siècle ont semblé craindre au contraire de compromettre leur gravité s'ils s'occupaient
tant soit peu de ce qui leur apparaissait surtout
comme autant de misérables intrigues de femmes et
de frivoles niaiseries de cour. Ils se sont presque
toujours tenus de préférence aux frontières ou à
l'étranger. Ils décrivent avec beaucoup de soin les

marches èt lès contre-marches des Turenne et des
Condé, mais ils ne veulent point se souvenir que ces
héros avaient des sœurs, des amies, des maîtresses
qui les ont fait plus d'une fois changer de parti et de
drapeau. Ils enregistrent avec beaucoup de méthode et d'érudition les nombreux mémoires rédigés
en Allemagne par MM. Servien et d'Avaux; mais ils
dédaignent de nous expliquer comment les laborieux
efforts des habiles plénipotentiaires français furent
continuellement traversés par les mille cabales qui
s'ourdissaient à Paris, dans les ruelles des grandes
dames du temps, à la buvette des Enquêtes, ou sous
les voûtes de la sacristie de Notre-Dame. De manière
qu'à lire ces mémoires des contemporains, si animés
mais si frivoles, et ces ouvrages historiques, si graves
mais si froids, on a peine à comprendre qu'il s'agisse
de la même époque et d'un même pays. On dirait de
deux peuples différents, ou plutôt d'une même nation scindée en deux classes parfaitement distinctes :
l'une exclusivement appliquée à la diplomatie et à la
guerre, uniquement composée de sages capitaines et
d'imperturbables négociateurs; l'autre tout entière
adonnée au plaisir et à l'intrigue, ne comptant que
des gentilshommes turbulents, d'aventurières princesses, des magistrats brouillons et de factieux pré-
lats. Tandis que les premiers n'apparaissaient qu'incessamment occupés de négociations et de batailles,
comme s'ils avaient été toute leur vie sans préoccu-

pation autre que celle de la chose publique, sans
desseins propres et sans passions, les seconds, tout
pleins de feu et d'ardeur, absorbés par leurs visées
personnelles, semblent s'être continuellement remués
dans le vide, sans but fixe, sans projets généraux,
sans communes tendances. Entre ces deux espèces de
personnages jamais de rapports clairement indiqués,
nulle liaison rendue évidente, point de mélange
signalé, aucune réciproque influence. Voilà qui est,
à coup sûr, bien loin de la vérité.

Comment donner une idée tant soit peu exacte des
temps de la régence d'Anne d'Autriche et des premières années du règne de Louis XIV, si l'on ne
réunit tous les traits épars d'une époque remar-
quable surtout par sa physionomie changeante et par
son infinie diversité? Comment suivre le fil délié des
événements qui se multiplient et se croisent en tous
sens, si l'on ne porte un regard également curieux
sur la marche générale des affaires et sur les menées
des individus qui s'y trouvent mêlés? N'est-ce pas
risquer de ne rien comprendre aux agitations de la
Fronde et à ses luttes un peu confuses, aux intérêts
si variables des partis de cette époque et aux brus-
ques évolutions de leurs chefs, que de ne chercher
pas à éclairer incessamment les obscurités de la
situation intérieure du royaume par les lumières que
projette sur elles l'étude attentive de la politique
extérieure?

A l'époque de notre récit où nous voici maintenant arrivés, une des principales préoccupations du nouveau gouvernement français était de garder possession de la Lorraine. Il avait l'intention bien arrêtée de continuer à l'occuper militairement aussi longtemps que durerait la guerre, sauf, quand viendrait la paix, à n'en retenir qu'une portion, du consentement de l'Europe, et avec l'assentiment volontaire ou forcé du légitime possesseur. Réduit à tout tenter pour rompre un si menaçant dessein, tantôt liant intimement ses intérêts à ceux des Impériaux et des Espagnols, tantôt prêt à s'entendre avec Anne d'Autriche et Mazarin, et plus souvent encore avec leurs adversaires, le duc de Lorraine est venu deux fois à Paris pendant les troubles de la Fronde : chaque fois il a étonné les habitants de la capitale par l'énergie de son caractère, par la verve de ses propos et par l'étrangeté de ses allures. Également choyé par les bourgeois rebelles et par les courtisans restés fidèles à la reine, on le vit, quand la fortune lui souriait d'une façon si inattendue, et dans un moment où il était quasi maître d'imposer soit aux uns, soit aux autres, les conditions de son concours, déserter lui-même à plaisir sa propre cause. — Recherché par les meneurs des deux partis, il préféra les amuser par ses promesses, les railler et les tromper tous. Nos lecteurs ne trouveront donc pas mauvais, si, pour raconter l'histoire d'une province dont le sort dépendait si fort des négociations et des guerres où l'Europe était engagée, nous continuons, comme nous avons fait jusqu'ici, à les entretenir de temps à autre de politique générale. Ils voudront bien nous pardonner aussi si nous les faisons continuellement passer, à la suite de Charles IV, de la petite cour espagnole de Bruxelles à la grande cour de Saint-Germain, ces deux foyers actifs de toutes les intrigues du temps. A cette condition seule, et grâce aux nombreuses correspondances contemporaines que nous ont fournies les archives des affaires étrangères, peut-être nous sera-t-il donné de jeter un jour un peu nouveau sur quelques-uns des incidents des luttes de la Fronde. Appuyé sur des pièces demeurées jusqu'ici complétement inconnues, notre récit servira tout au moins à mettre dans son vrai relief le caractère d'un prince dont nous nous garderons bien de vouloir faire, à l'exemple des écrivains lorrains, un véritable grand homme ni un parfait héros de roman, mais qui fut, à tout prendre, un très-brillant soldat, et l'un des curieux personnages d'un temps fertile en héros singuliers.

CHAPITRE XXI.

Rapports entre la cour de France et la maison de Lorraine après la mort de Louis XIII. — Service célébré par ordre de Charles IV en l'honneur du feu roi. — Échange de lettres entre le duc et la reine. — Accueil fait en France à la princesse Marguerite. — Victoire de Rocroi. — Elle rend le gouvernement français plus exigeant. — La campagne en Allemagne est moins brillante. — Bataille de Tutelingen gagnée par Charles IV. — Il envoie des propositions de paix à Paris par quelques-uns de ses prisonniers.—Instructions remises par Mazarin à MM. de Mangiron et Du Maurier. — Lettres de la reine et du cardinal au duc Charles. — Réponses de ce dernier. — Ses protestations de dévouement à la reine. — Envoi de M. Duplessis-Besançon près du duc de Lorraine. — Charles est tout près de quitter le service d'Espagne, et de s'engager avec la France. — Il change d'avis au dernier moment.— Le duc d'intelligence avec la duchesse de Chevreuse. — Détails sur le retour de Mme de Chevreuse en France. — Mme de Chevreuse entre en lutte avec Mazarin. — Ses tentatives inutiles contre le crédit du cardinal. — Elle songe à s'en défaire violemment. — Rôle qu'elle destinait au duc Charles. — Elle est reléguée à Dampierre, puis à Tours. — Elle se sauve de France. — Charles et Mme de Chevreuse à la cour de l'Infant d'Espagne à Bruxelles.

La mort de Louis XIII (14 mai 1643) n'amena aucun changement officiel dans les rapports de la cour de France avec la maison dépossédée de Lorraine. Cependant quelques symptômes, qui n'étaient pas sans valeur, donnèrent à penser que des deux côtés on regardait un futur rapprochement comme devenu assez possible. Charles n'eut pas plus tôt

appris à Worms la fin du monarque français, qu'af-
fectant de ne se vouloir plus souvenir que de l'in-
imité de leur jeunesse, il fit célébrer un service
solennel pour le repos de l'âme de l'implacable adversaire qui avait, presque jusqu'à son dernier jour,
refusé de reconnaître la validité du mariage de son
frère Gaston avec la princesse Marguerite. Au même
moment, Anne d'Autriche reprenait ostensiblement
avec Charles IV le commerce de lettres amicales que,
pendant les derniers moments du ministère de Richelieu, la prudence l'avait obligée d'interrompre, ou qui
n'avait plus eu lieu que de loin en loin, avec beaucoup de mystère et d'infinies précautions[1]. Elle se
montrait dans ses billets, écrits sur le ton de leur
ancienne familiarité, toute portée à donner satisfaction à celui qui n'avait jamais manqué, pendant les
épreuves passées, de se qualifier à bon droit « son
plus fidèle et plus déclaré serviteur[2]. » Enfin, Mar-

---

1. « Ils (Anne d'Autriche et Charles de Lorraine) s'écrivaient souvent
sans se qualifier de Monsieur, ni Madame, parce qu'ils connaissaient
leurs écritures »... Raulin, un des secrétaires de Son Altesse étoit le
porteur de leurs billets qui rouloient partie sur les affaires d'État et
partie sur la galanterie. » Dom Calmet, tome VI, livre xxxvii, p. 313.

2. Lettres autographes de Charles IV à la reine Anne d'Autriche.
Archives des affaires étrangères..

« Lorsque la reine, après la mort de son époux, fut régente du
royaume, elle fit tous ses efforts pour accommoder les affaires du duc
Charles d'une manière qui lui fût également glorieuse et avantageuse;
et elle y auroit réussi si le duc avoit voulu répondre à la passion qu'elle
avoit de l'obliger, et de l'attirer dans ses intérêts avant que le cardinal
de Mazarin se fût affermi dans le ministère ». Dom Calmet, tome VI,
livre xxxvii, p. 313.

guerite de Lorraine, relevée de son long exil, était,
par ordre de la régente, accueillie avec grande
pompe aux frontières de France, à son entrée à Paris,
et, dans le sein de la famille royale, par mille aimables
et délicates attentions. La gazette, autorisée à l'appeler pour la première fois du nom de « Madame, »
ne se contentait pas de vanter les vertus de la princesse lorraine, mais parlait avec force éloges de l'excellence du choix de Monsieur le duc d'Orléans[1].
C'étaient autant de courtois procédés qui faisaient
contraste avec l'attitude de l'ancien gouvernement.
Nous ne voyons cependant pas qu'ils aient été suivis
d'aucun effort pour arriver à quelque sérieux accord.
Un instant, il est vrai, pendant les premières joies
de son heureuse arrivée et de sa brillante installation au palais du Luxembourg, toute pleine encore
de reconnaissance pour l'hospitalité qu'elle avait

1. « Le 17 de ce mois, Madame est arrivé à Péronne où la duchesse
de Chaulnes a eu l'honneur de la recevoir après avoir été au-devant
d'elle à moitié chemin de Cambray, accompagnée de plusieurs dames
de condition. » *Gazette* du 23 mai 1643.

« Le 26, mon dit seigneur le duc d'Orléans est ici venu trouver Madame qui y est arrivée le même jour venant de Bruxelles jusqu'en ce
lieu : dans lequel, comme elle a fait partout le chemin, la beauté, sagesse et modestie de cette vertueuse princesse trouvent autant d'admirateurs que de personnes qui la voyent. Ce qui ne se fait pas aussi
sans louer hautement le choix qu'a fait Mgr le duc d'Orléans d'un objet
digne des affections d'un si grand prince, et sans faire de puissantes
réflexions sur la puissance divine qui semble n'avoir permis que tant
de traverses servirent si longtemps d'obstacles à l'indissoluble union
de ces deux cœurs, sinon pour rendre leur constance plus illustre aux
siècles à venir, et plus exemplaire au nostre. » *Gazette* du 30 may
1643.

trouvée chez les Espagnols[1] et touchée de la gracieuse réception que lui faisait la patrie de son époux,
mais demeurée Lorraine avant tout, la nouvelle duchesse d'Orléans se flatta de l'espoir de ménager une
heureuse paix entre des pays qui lui étaient tous si
chers. Cette illusion, toutefois, ne lui dura guère;
elle la perdit tout à fait quand elle apprit le résultat
de la bataille de Rocroi[2]. Un si magnifique succès,
obtenu au début même de son ministère, ne pouvait
qu'aider Mazarin à gagner de plus en plus la reine à
ses idées belliqueuses. Il se sentait plus que jamais
autorisé à lui conseiller la continuation d'une guerre
si profitable à la fois et si glorieuse.

La grande et décisive victoire par laquelle le jeune
prince de Condé venait d'inaugurer le nouveau règne
mettait le comble à la fortune de la France : elle
constatait une fois de plus l'affaiblissement graduel
de la monarchie espagnole. Tous les champs de bataille étaient également funestes à cette puissance.
Après avoir si mal défendu contre nous sa frontière
du Roussillon et laissé Perpignan tomber entre nos
mains, elle venait d'exposer et de perdre sa plus
belle armée en essayant de pénétrer en Champagne.
En Flandre, en Italie, en Allemagne et partout, elle

1. Lettre de Marguerite de Lorraine au roi d'Espagne. Archives des
affaires étrangères.

2. « Madama Stordita dell Aviso della bataglia che riceve à Compiègne. » Carnets de Mazarin : III carnet, p. 14. Bibliothèque impériale.

cédait le terrain devant notre croissante supériorité.
Inquiétée dans ses possessions du Milanais, de Naples
et de Sicile, privée du Portugal, incapable de remettre sous le joug les révoltés de la Catalogne, elle
semblait expier enfin cruellement, sous le sceptre de
leurs successeurs incapables, les rêves de domination
insensée qui avaient flatté l'ambition de Charles-
Quint et de Philippe II. Mazarin avait beau jeu pour
faire comprendre à la reine quels devoirs lui imposaient ces heureux commencements de sa régence,
comment l'Europe entière avait les yeux fixés sur
elle, toute prête à la juger sur la détermination qu'elle
allait prendre; il lui représenta avec force que, si elle
laissait voir un désir intempestif de la paix, il n'y
aurait personne qui ne s'imaginât qu'elle la souhaitait moins en mère de roi de France qu'en sœur du
roi d'Espagne;... elle devait, dans l'intérêt du
royaume et pour le soin de sa propre gloire, se prononcer publiquement pour la guerre, et dire bien
haut qu'elle n'entendait faire aucune restitution : tout
au plus pouvait-elle entrer en quelques pourparlers
avec le duc de Lorraine, mais surtout afin de l'amuser
et de l'empêcher de secourir Thionville, qu'assiégeait
le prince de Condé[1]. Telles étaient les considérations

---

1. « Affectar di parlar della guerra contro gli Espagnuoli. Conservar
el titolo di madre del re, perche non si parli mai di quello di sorella
del re di Spagna. Non si dichiari nelle cose di pace, non s'impegni in
cosa alcuna nelle cose di guerra, e mostri di non voler consentir alla
restituzione per l'interesse del re et per la justizia, e parli allo sopra

que le nouveau président du conseil, maintenant mieux assuré de la confiance de sa maîtresse, lui développait chaque jour dans des conversations intimes, dont ses carnets nous ont conservé les précieux et authentiques témoignages.

Non-seulement Anne d'Autriche était digne d'entendre de pareils avis, mais elle était déjà résolue à les prendre pour règle constante de sa conduite dans les affaires du dehors. Charles, qui recevait de sa sœur et des nombreux amis qu'il avait à la cour de France les plus exactes informations, ne fut pas longtemps sans être averti des dispositions réelles de la reine et de son ministre. Convaincu qu'il n'avait plus rien à attendre de la seule qualité d'allié du roi d'Espagne, il résolut de montrer qu'il était aussi quelque chose par lui-même, capable avec ses propres forces de jouer un rôle considérable dans la guerre, et digne au moins qu'on voulût bien prendre la peine de traiter directement avec lui. C'est pourquoi il se prépara à frapper quelque coup d'éclat, « assuré, » disent assez fièrement ses historiens, « de se faire au moins craindre par ceux qui ne le voulaient plus aimer [1]. »

La campagne des Français en Flandre et en Cham-

---

di cio, prevenga Madama... per le cose di Lorena e parli con vigore. Trattenere destramente in negotiazioni il duca Lorena, affinche non s'impegni con le truppe contro di noi durante l'assèdio di Thionville Extraits des carnets de Mazarin. I carnet, p. 86, 89, 102, 109.

1. *Histoire manuscrite de Charles IV*, par Jacquemin. — *Idem*, par l père Hugo.

pagne, si magnifiquement inaugurée par la victoire
de Rocroi, avait non moins brillamment fini par la
prise de Thionville ; mais l'armée d'Allemagne n'a-
vait pas obtenu d'aussi considérables succès. Obligé
de repasser le Rhin (2 septembre 1643) afin d'attendre en Alsace les renforts que lui envoyait le duc
d'Enghien, le maréchal de Guebriant venait de retourner une seconde fois en Souabe, vers la fin d'octobre, afin de mettre le siége devant Rothweil. Ses
forces étaient maintenant à peu près égales à celles
des Bavarois et des Lorrains réunis, que commandait
Charles IV. Peut-être l'habile chef des troupes françaises allait-il recueillir à son tour quelques-uns des
avantages que méritaient ses talents et sa courageuse
entreprise, lorsqu'un coup de fauconneau, parti à
l'improviste de la place presque réduite, l'avait
soudainement frappé (7 novembre). Pendant que
le maréchal de Guebriant se faisait transporter
déjà mourant dans la ville impériale, qui venait
(19 novembre) de lui ouvrir ses portes, ses troupes,
laissées à elles-mêmes, allèrent imprudemment chercher leurs quartiers d'hiver en pays ennemi. Divisées
en autant de corps qu'elles reconnaissaient de chefs
différents, les unes, parce qu'elles étaient récemment
arrivées de Champagne, sous la conduite du comte
de Rantzau, prétendaient n'avoir d'ordre à recevoir
que de cet intrépide lieutenant du duc d'Enghien ;
les autres, vieillies dans les guerres d'outre-Rhin,

ne voulaient suivre que leur ancien maréchal de
camp, le marquis de Montausier. Quant aux régiments weimariens, c'est à peine s'ils consentaient à
obéir à leurs propres colonels, allemands ou suédois.
Les conséquences d'une telle confusion ne pouvaient
qu'être funestes aux Français, et Charles IV n'était
pas homme à n'en point profiter.

Afin de s'approvisionner plus facilement, Rantzau
s'était logé à Tutelingen, en Souabe, pendant que le
général suédois de Roze s'était établi à Misingen, à
quelque distance de Tutelingen. Ces deux généraux
n'avaient pas songé à se garder soigneusement, car
ils savaient le duc de Lorraine éloigné d'eux de plus
de deux journées de marche. « On était d'ailleurs au
cœur de l'hiver, et la gelée si forte », dit le marquis
de Beauveau, « qu'il semblait qu'il n'y eût que des
démons qui pussent tenir la campagne »[1]. Cependant
Charles IV était instruit par ses espions de la mésin-
telligence qui régnait entre ses adversaires; il n'ignorait pas non plus à quel point leurs précautions
étaient mal prises. Appelant donc auprès de lui Mercy
et Jean de Wert, il marcha deux jours et deux nuits
sans s'arrêter, par des routes connues de lui seul, et
sa diligence fut telle que le 25 novembre au matin,
avant que Roze et Rantzau pussent avoir soupçon de
son approche, il se trouva posté entre eux, de façon

1. *Mémoires du marquis de Beauveau*, page 24.

à leur couper toute espèce de communication. Toujours habile à tirer parti des hasards de la guerre, il profita même d'un épais brouillard pour s'emparer avant tout engagement des canons que, dans leur confiante sécurité, les Français avaient laissés hors des portes de la ville de Tutelingen. Le bruit de ses propres pièces tonnant avec fracas contre son camp endormi apprit à Rantzau qu'il avait le duc de Lorraine sur les bras. La bataille était perdue pour les Français avant même d'être engagée, et leur chef le sentit bien. Vainement il chercha d'abord à se frayer un chemin du côté de Roze; tous les passages étaient gardés. Reconnaissant alors qu'il n'avait nulle chance de se pouvoir défendre, et ne voulant pas laisser périr inutilement tant de brave noblesse qu'il avait sous ses ordres, Rantzau demanda à capituler. La seule grâce qu'il put obtenir fut d'être reçu prisonnier de guerre avec tous les siens [1]. Ils n'étaient pas moins de six mille soldats et de quatre cents officiers : c'était la fleur de l'armée de Condé.

Le succès de l'entreprise ne se borna pas à cette seule affaire. Roze, entendant tirer le canon à Tutelingen, et ne doutant pas que Rantzau ne fût surpris, avait précipitamment quitté son quartier pour se jeter dans une forêt voisine. Mais Charles avait prévu son dessein. Une partie de sa cavalerie, passant le Da-

---

1. *Mémoires du marquis de Beauveau.* — *Vie manuscrite de Charles IV* par le père Hugo. — *Idem,* par Jacquemin, dom Calmet, etc.

nube, alla couper les fuyards et leur boucher toute
retraite. Ils étaient alors retournés vers Mesingen et
firent d'abord mine de s'y vouloir défendre. Cependant le duc de Lorraine ayant menacé les colonels
allemands de les faire tous pendre s'ils ne se rendaient, ils livrèrent leurs armes, comme avaient
fait leurs camarades du corps d'armée de Rantzau.
Tous les autres chefs durent imiter leur exemple. Un
seul régiment se tira de la bagarre; ce fut celui qui
portait le nom de Mazarin et que commandait le
comte de Saint-Germain. Dans cette seconde action,
Charles ramassa encore trois mille cavaliers et trois
cents officiers, sans compter les morts, au nombre
d'environ trois ou quatre mille, et le butin, « qui fut
d'autant plus beau », dit le marquis de Beauveau,
« que la magnificence des Français fait toujours de
grands efforts pour paraître à la guerre, et particulièrement dans les pays étrangers » [1]. Quant à l'infanterie de Roze, elle avait lâché pied dès le commencement du combat; une partie même de sa cavalerie
avait fui jusqu'au delà de la Forêt-Noire : peu de
jours après Rothweil était repris [2].

La victoire de Tutelingen n'était pas un insigni-
fiant triomphe; sa valeur était encore rehaussée par
l'éclat du nom de ceux que le sort des armes venait
de remettre au pouvoir de Charles IV. C'étaient

1. *Mémoires du marquis de Beauveau.*
2. *Gazette de France.* — *Mercure français,* XXV.

MM. de Rantzau et Sirot, ces deux lieutenants du duc d'Enghien, avec eux quelques-uns de leurs compagnons, les brillants héros de Rocroy, puis une foule de gentilshommes faisant partie de l'armée d'Allemagne, et parmi eux quatre des principaux maréchaux de camp de l'armée royale, les ducs de Vitry et de Noirmoutiers, le comte de Maugiron et le marquis de Montausier.

Le duc de Lorraine se montra généreux envers tous ces prisonniers. Il renvoya Rantzau et Maugiron sur leur simple parole, les priant seulement de s'employer à le remettre bien avec la cour de France [1]. Comme ces deux seigneurs étaient liés avec Mlle d'Hautefort, amie de la reine, il ajouta même galamment : « Qu'il ne leur demandait d'autre rançon que l'honneur de savoir qu'ils avaient baisé de sa part le bas de la robe de cette belle demoiselle » [2]. Écrivant à la reine, il s'excusa presque de sa victoire. Il lui manda « qu'il était désolé de lui avoir causé du chagrin au commencement de sa régence, mais que les troupes qu'il venait de battre lui avaient fait l'effet d'être beaucoup moins françaises que suédoises » [3].

Il était difficile de repousser constamment un adversaire qui savait, à si peu de jours de distance, donner des marques de tant de vaillance et de tant

---

1. *Histoire manuscrite de Charles IV,* dom Calmet, etc.
2. *Vie de Madame d'Hautefort,* à la Bibliothèque impériale.
3. Dom Calmet, *Histoire de Lorraine,* tome VI, p. 316.

de courtoisie. Dès les premiers jours de 1644, un mois environ après la défaite de l'armée française à Tutelingen, le conseil du roi se réunit pour délibérer sur l'accueil qu'il convenait de faire aux propositions de M. de Lorraine [1]. Il fut résolu qu'on renverrait près du duc de Lorraine quelques-uns des prisonniers qui avaient été particulièrement chargés par

1. « ... Le duc de Lorraine fait de nouvelles propositions d'accordement. On doit en parler aujourd'hui au conseil. » (Correspondance de M. Gaudin). Archives des affaires étrangères. France.

Nous n'avons pu nous procurer aucun renseignement historique sur M. Gaudin, dont nous aurons souvent occasion de citer la correspondance. Il semble avoir été ce que l'on appelait alors l'un des domestiques de M. de Lyonne, et peut-être, à en juger du moins par l'exactitude de ses informations sur les événements du dehors, employé sous ses ordres au ministère des affaires étrangères. Toutes ses lettres sont adressées à M. Servien, oncle, comme on sait, de M. de Lyonne, et qui était alors plénipotentiaire de France au congrès de Munster. Il l'entretient avec le dernier détail et la plus grande ouverture, non-seulement des affaires extérieures dont il lui envoie chaque semaine un bulletin complet, mais des moindres intrigues qui s'agitent soit à la cour soit autour de la reine. Ses nouvelles sont toujours exactes, mais le mérite principal de cette correspondance est toutefois de donner les dates précises et irréfutables d'une foule de petits faits intéressants et de curieuses anecdotes que les mémoires du temps nous racontent, la plupart du temps, sans indiquer au juste quand ils se sont passés. M. Gaudin, paraît avoir excité, par son commerce assidu de lettres avec M. Servien les ombrages de Mazarin, car nous le voyons jeté pendant un instant à la Bastille. Il en est tiré par la protection de ses deux patrons, et sa correspondance reprend et se poursuit quoique de plus en plus rare, jusqu'à la fin du congrès de Munster. M. Gaudin se montre dans ses lettres grand ennemi de Chavigny, impartial à l'égard de Mazarin, toujours fidèle partisan de la reine, et d'ailleurs assez froid dans ses jugements et très-circonspect. — Pendant les troubles de la Fronde, il sollicite la permission d'imprimer une *Gazette de France* pour faire concurrence à la feuille de Renaudot qui avait abandonné le parti de la cour pour passer aux Frondeurs. — Il n'y a plus trace de cette correspondance après 1652. — Elle peut être utilement consultée pour tout ce qui regarde les premières années de la régence.

lui de porter à Paris l'assurance de sa bonne volonté. Le choix du conseil tomba sur M. Du Maurier et sur le comte de Maugiron. Les instructions
données à ces messieurs et les lettres que, par leur
entremise, la reine et son ministre adressaient à
Charles IV, sont curieuses à connaître. Non-seulement elles indiquent clairement les dispositions du
nouveau gouvernement français à l'égard du souverain de la Lorraine, mais elles révèlent du même
coup quelle idée dominante allait désormais présider
à la direction des relations de la France avec les gouvernements étrangers.

Mazarin n'avait pas rédigé les instructions de
MM. Maugiron et Du Maurier sans s'être préalable-
ment fait remettre sous les yeux le détail de ce qui
s'était jadis passé entre le duc et son prédécesseur[1].
Il avait même consulté, par l'intermédiaire de Chavigny, quelques-uns des agents expérimentés qui
avaient autrefois traité avec ce prince[2]. Profondément
décidé à ne laisser avorter entre ses mains aucun des
desseins que Richelieu avait formés pour l'agrandissement du territoire, il ne voulait se relâcher à aucun
degré des dures conditions imposées naguère au sou-

1. « Déduction des raisons du roy sur tout ce qui s'est passé entre lui
et le duc de Lorraine. » Mémoire de la fin de 1644. Archives des affaires
étrangères.

2. Avis concernant M. de Lorraine. Mars 1644. — Archives des
affaires étrangères. — Mémoire sur M. de Lorraine. *Idem.* — Discours
dans lequel on voit le bien et le mal que le duc de Lorraine peut faire
à la France, et si l'on doit se fier aux promesses de ce prince. *Idem.*

verain d'un petit État placé si près de nos frontières.
MM. Maugiron et Du Maurier avaient donc reçu ordre
de proposer à Charles IV de revenir purement et
simplement à ce même traité de Paris que, rentré
dans ses États, il avait, en 1641, refusé d'accomplir [1]. Cette offre n'avait en elle-même rien de bien
séduisant; c'est pourquoi les deux gentilshommes
français étaient chargés de lui bien expliquer que c'é-
tait un véritable sacrifice de la part de la reine de
consentir à traiter avec lui, à la veille d'un accommodement général dans lequel elle pouvait légitimement
prétendre de grands avantages pour ses alliés et pour
elle-même [2]. Ces messieurs devaient surtout bien faire
sentir à Charles IV « que si Anne d'Autriche ne faisoit rien davantage, quant à présent, c'est qu'en
réalité elle ne le pouvoit pas, dans l'intérêt de sa
réputation, et de peur de donner aux Français occa-

---

1. « Nonobstant tout ce que dessus, la reine a résolu de conclure un
nouvel accord avec lui, moyennant qu'il ne prétende présentement
d'autres avantages que ceux que lui donne le traité de Paris. » Instruction pour MM Maugiron et Du Maurier allant trouver le duc de Lorraine (29 mars 1644). Archives des affaires étrangères.

2. « Il faut aussi lui faire remarquer que la négociation pour la paix
générale étant ouverte avec grande apparence de conclusion à cause de
la faiblesse des ennemis, et de la sincérité avec laquelle on fait traiter
de notre côté, Sa Majesté sacrifie en s'accommodant avec lui tous les
avantages qu'elle pourroit légitimement prétendre dans le traité général pour soi ou en faveur de ses amis ou alliés; et le duc doit aussi
considérer que si les Espagnols n'ont pas changé de maximes, ils pourroient bien aisément dans le traité de la paix, abandonner ses intérêts
à la discrétion de la France, pour s'avantager dans ceux qui les touchent de plus près. »

sion de la blâmer..... » « Et la reine », ajoutait l'instruction, « avoit si bonne opinion de la probité de Son
Altesse, et s'assuroit tant de son affection, qu'elle se
promettoit qu'il seroit le premier à ne le vouloir pas
et à ne le pas prétendre..... Mais du jour où il se
seroit détaché des ennemis par des actions qui le
rendissent irréconciliable avec la maison d'Autriche,
alors elle pourroit à l'avenir, avec l'approbation d'un
chacun, gratifier le duc selon qu'il l'y obligeroit par
sa conduite »[1]. Les intérêts de Mme de Cantecroix
n'étaient pas non plus oubliés, et cette dame recevait l'assurance que la reine était toute portée à lui
donner satisfaction. Les lettres particulières d'Anne
d'Autriche et de Mazarin n'étaient pas moins expli-
cites. « Je vous tiens, Monsieur, pour si équitable et
si ami de la raison », écrivait le ministre de la reine »,
« que quand on remettroit le tout absolument à la
disposition de Votre Altesse, elle ne voudroit pas se
procurer des avantages qui pussent blesser d'ailleurs
la réputation de la conduite du gouvernement de Sa
Majesté ». Il professait la plus haute admiration « pour
sa suffisance et pour sa valeur », vantait très-haut
« les derniers succès remportés en Allemagne », et
témoignait considérer Charles IV comme « l'un des
plus grands capitaines de son siècle... S'il vouloit
s'attacher aux intérêts de la couronne de France, on

1. Instructions pour MM. Maugiron et Du Maurier. Archives des
affaires étrangères.

avanceroit de beaucoup les siens, et enfin on ne lui
promettoit rien qu'on n'eût le désir de faire beaucoup
au delà » [1]. La lettre de la reine était plus positive
encore. Elle parlait avec noblesse et dignité de ce
qu'elle devait au service du roi son fils et du tort
qu'elle ferait à sa gloire si elle accordait quelque
chose de plus. C'était le même appel confiant au
propre jugement du duc et à son ancienne affection.
« Je m'assure », disait Anne d'Autriche, « que vous
concevrez vous-même qu'il ne m'est pas possible d'en
user autrement sans donner lieu de condamner ma
conduite avec apparence de raison, auquel cas le
préjudice que j'encourrois rejailliroit encore, en quelque façon, à votre désavantage. Je vous confesse
qu'en ne me portant pas ouvertement à tout ce que
vous pourriez désirer, je fais violence à l'affection
que j'ai pour vous et pour ce qui vous regarde, et
toute autre considération que celle du service du roi
mon fils ne seroit pas capable de m'en empêcher... »
« Je souhaite pourtant et j'espère », continuait la
reine, « qu'en vous donnant moyen de rendre de
grands services à la France j'en aurai aussi de vous
faire ressentir de plus en plus, sans que personne
y trouve rien à redire, des marques de mon estime
et de mon affection » [2].

1. Lettre de Mazarin au duc de Lorraine (31 mars 1644). Archives
des affaires étrangères.
2. Lettre de la reine au duc de Lorraine, 29 mai 1644. Archives des
affaires étrangères.

Les envoyés français trouvèrent Charles malade à
Worms, et soigné avec beaucoup d'affection par
Mme de Cantecroix. Il se montra à eux plus surpris
que satisfait des offres qu'ils apportaient. Il protesta
avoir toujours la même passion de servir la reine, et
les assura que, s'il n'était pas retenu au lit par ses
souffrances, il n'aurait rien de plus pressé que de se
rendre auprès d'elle à Paris. Mais, puisqu'on voulait, disait-il, s'entendre sérieusement avec lui,
comment osait-on lui parler du traité qu'il avait sous-
crit par violence et qu'il avait, par ses proclamations
publiques et par les déclarations solennelles de sa
cour souveraine, déclaré nul et contraire à son honneur? Il avait, lui aussi, une réputation à garder ; il
était tenu de satisfaire à ceux de sa maison, à ses
vassaux, à ses soldats et à sa conscience. Ne pour-
rait-on pas, à bon droit, l'accuser de folie et lui
reprocher à jamais une lâcheté sans exemple, s'il
faisait la guerre sans dessein de se rétablir en ses
États[1]?... Ce n'était pas qu'il se souciât aucunement
de la Lorraine : il souhaiterait n'y avoir pas un pouce
de terrain, pourvu que tout le monde crût qu'il la
possédait... En la lui rendant, on ne lui restituait
pas d'ailleurs ce qu'on lui avait ôté; il ne restait
plus aucune marque dans ce pauvre pays de ce qu'il

---

[1]. « Sentiments de M. de Lorraine touchant son accommodement
avec la France, qu'il a désiré que M. Du Maurier représentât à la Cour
avec plusieurs choses considérables. » Archives des affaires étrangères.

avait été autrefois, les troupes weimariennes ayant
achevé de détruire cette année ce qui s'y trouvait de
bon,... la Lorraine n'étant plus présentement qu'un
squelette, et le lieu où elle était autrefois[1]... S'adressant à son tour aux sentiments d'amitié qu'Anne
d'Autriche assurait avoir gardés pour lui, il la suppliait « de ne le vouloir pas rendre infâme à jamais...
Il trouvait un peu étrange qu'on voulût se servir de
lui, et en même temps le déshonorer et le réduire au
point de ne s'oser jamais présenter devant Sa Majesté,
étant certain qu'amis et ennemis, sujets, soldats et
tous ses officiers l'abandonneraient, perdant, par
cette seule action, tout crédit et honneur d'être utile
à la reine et de recevoir l'honneur de ses commandements... Il demandait donc, après y avoir bien pensé
et repensé, qu'on ne lui fît jamais mention du traité
de Paris; qu'on lui rendît présentement la Lorraine,
à l'exception de Nancy, Clermont, Jametz et Stenay,
qui lui seraient remis plus tard, dans un temps défini
et certain, comme, par exemple, à la paix générale,
afin que, si on lui retient son bien, l'espérance de le
recevoir un jour lui reste. A ces conditions, il est prêt
à prendre congé de l'Empereur... Mais il insiste pour
qu'on se hâte de lui envoyer une réponse favorable,
parce que le temps de la campagne s'approche et

---

1. L'état des sentiments où se trouve le duc Charles de Lorraine écrit
tout entier de sa main pour être remis à la reine. Archives des affaires
étrangères.

que les ennemis de la France le pressent tous de les
assister encore cette année. Si on laisse écouler le
temps et qu'on néglige ses offres, il proteste que la
faute ne viendra pas de sa part. Il sera alors tenu de
servir les ennemis de sa personne et de ses troupes,
et de faire tout ce à quoi un homme d'honneur est
tenu[1]... » Dans un papier écrit de sa main, que
Charles remit, en les congédiant, à MM. de Maugiron
et Du Maurier, il redoubla ses protestations de dévouement à la reine. « Il croyait, » disait-il, « à sa
parole comme à l'Évangile. Qu'elle dise un mot, et
il accourra à Paris. En un mot, il ne trouvera rien
de difficile lorsqu'il s'agira de la contenter. Il donnera dans le feu et dans l'eau ; il la servira sur la
terre et sur la mer ; il marchera enfin contre Madrid
et contre Vienne, pourvu que la reine le commande[2]. »

Ainsi que l'avaient prévu les hommes du métier[3],
cette négociation, entamée et conduite par deux gentilshommes assez étrangers aux affaires, après avoir
donné lieu de part et d'autre à tant et de si belles
protestations, traîna encore quelque temps, et n'a-
boutit point[4]. Bientôt l'on apprit à Paris que le duc

1. « État des sentiments où se trouve M. le duc de Lorraine. » Archives des affaires étrangères.

2. L'état et les sentiments où se trouve M. le duc de Lorraine. Écrit
de la main de M. le duc, pour être remis à la reine.

3. Lettre de M. de La Grange aux Ormes à M. de Chavigny. Archives
des affaires étrangères.

4. « L'on ne sauroit que juger de l'accommodement du duc Charles,
quoiqu'il ait mandé de Lorraine que bientôt on y auroit d'agréables

de Lorraine s'était à peu près accordé avec les
Espagnols (6 mai)[1] ; mais jamais rien n'était absolument fini avec Charles IV ; et Mazarin, de
son côté, n'était pas moins porté que le prince lorrain à entremêler incessamment la diplomatie et la
guerre. Ce fut le ministre français qui voulut bien
cette fois faire les principales avances. Il chargea
un homme déjà éprouvé d'aller, sous prétexte d'un
échange de prisonniers, trouver M. de Lorraine.
Les instructions qu'emportait M. Duplessis-Besançon
(13 mai 1644) étaient plus larges que celles précédemment remises à MM. de Maugiron et Du Maurier.
Le gouvernement de la reine consentait à se relâcher, sinon quant à présent, du moins pour l'avenir,
de la rigueur de quelques-unes des clauses de l'ancien traité de Paris : mais l'envoyé français avait
recommandation expresse de parler à Charles IV un
très-ferme langage, et de lui donner à bien comprendre « que toutes les diligences qu'on faisoit pour
le remettre dans le bon chemin, et lui faire sentir les
effets de la protection de la couronne de France,
partoient de la bonté de la reine, les affaires de ce
royaume estant en si grande prospérité et avec tant

nouvelles ; car il a deux fortes passions à satisfaire, à savoir : sa dame
et ses troupes. » 17 avril, correspondance de M. Gaudin. Archives des
affaires étrangères.

1. « Le traité avec le duc de Lorraine est rompu. Le dit duc s'estant
accommodé avec les Espagnols. Il est allé rassiéger le château de ***. »
Correspondance de M. Gaudin.

d apparence de progrès considérables, et les ennemis en si foible estat, et avec si peu d'espérance de ressources, qu'on étoit assuré qu'il recoignoîtroit bien lui-mesme que son bien, plus qu'aucune autre considération, obligeoit Sa Majesté à prendre tous ces soings [1]. »

M. Duplessis-Besançon avait préparé à l'avance un traité complet et tout rédigé, dont Charles IV finit enfin par accepter à peu près toutes les clauses (24 juin 1644)[2]. Restait à s'entendre sur un dernier point, dont les longues dépêches de M. Duplessis-Besançon et les rares billets de Charles IV ne parlent jamais que fort vaguement, le plus souvent par sous-entendu, et qui, selon toute apparence, regardait les intérêts de Mme de Cantecroix [3]. Afin de lever ce dernier obstacle, l'agent français repartit pour Paris, em-

1. Instruction au sieur Duplessis-Besançon, maréchal de bataille allant trouver le duc Charles IV (mai 1644). « Avec un article secret adjousté à l'instruction en date de Ruel le 8 juin. » Dépêche de M. Duplessis-Besançon. — A la Bibliothèque impériale. — Fonds Saint-Germain, 744.

2. Ce traité que nous avons trouvé aux Archives des affaires étrangères avait été provisoirement paraphé par le duc de Lorraine, ainsi que cela résulte d'une lettre de M. Duplessis-Besançon à Charles IV. Il renfermait plusieurs articles, par lesquels l'ancien allié de la maison d'Autriche s'engageait à servir contre elle, et devait faire prêter serment à ses troupes de servir fidèlement le roi de France, envers et contre tous ses ennemis. Ce projet de traité est daté de Germiny (24 juin 1644.) Archives des affaires étrangères.

3. « Les principaux points entre M. Duplessis-Besançon et moi étant acceptés ainsy que la reyne l'a trouvé bon, restant d'estre esclaircì sur le sujet du 16e, qui est croisé, j'envoie un de mes gens à M. le marquis de Mouy pour l'instruire de mes intentions. » Charles de Lorraine 25 juin 1644. Archives des affaires étrangères.

portant avec lui les lettres que le duc de Lorraine adressait au cardinal et à la reine. Elles étaient si pleines du
témoignage de sa reconnaissance, si vives dans l'expression de son dévouement, si précises dans les promesses de son prochain service, qu'à la cour de France
on ne douta pas que tout était enfin conclu cette fois,
et que la maison d'Autriche allait bientôt perdre un
allié et compter un ennemi de plus[1]. Plus méfiant
que la reine et même que le cardinal, M. Duplessis-
Besançon conçut quelques soupçons, lorsque, revenu
à Metz (19 juillet) avec les pleins pouvoirs de son
gouvernement, il n'y trouva aucun des agents du duc
de Lorraine, mais simplement un billet de ce prince,
qui lui disait de ne pas s'inquiéter de ce qu'il enten-
drait dire. Il s'adressa alors à Mme de Cantecroix :
elle lui répondit qu'elle ne savait pas exactement où
était son mari, « mais, à coup sûr, il ne tarderait pas
à avoir de ses nouvelles[2]. » Bientôt celles qui arrivè-

---

1. « J'ai trop d'impatience à rendre mes humbles devoirs à Sa Majesté pour ne pas prendre avantage de l'en assurer par ces lignes, et du
ressentiment éternel que j'aurai de toutes ses bontés. » Le duc de Lorraine à la reine. Archives des affaires étrangères.

« Je dois tant aux soins que Votre Éminence prend de mes intérêts,
que je m'estimerai le plus malheureux de la terre si je ne pouvois un
jour lui témoigner par des véritables marques de mon obligation combien passionnément j'embrasseray toutes les occasions de son service,
n'ayant jamais mérité les bontés que la reine a pour moi. J'en demeure
confus et dans les sentiments de respect et d'obéissance que je lui rendrai toute ma vie. » Charles de Lorraine au cardinal Mazarin. Archives
des affaires étrangères.

2. Dépêches de M. Duplessis-Besançon. — Bibliothèque impériale.
— Fonds Saint-Germain, 744. Archives des affaires étrangères.

rent de toutes parts ne laissèrent plus aucun doute à
personne. Charles IV s'était décidément arrangé avec
les Espagnols. Il avait joint ses troupes à celles du
général Beck vers la Meuse, et tous deux marchaient
du côté de Gravelines[1].

Ce dénoûment ne donnait que trop raison aux
hommes du métier qu'avait d'abord consultés Mazarin. Tous lui avaient également représenté combien
était grande la mobilité d'esprit, sinon même la mauvaise foi du duc de Lorraine[2]. Ils n'avaient pas hésité
à prédire que ses intérêts le porteraient de préférence
du côté de la maison d'Autriche, qui lui promettait
toutes choses, plutôt que vers la couronne de France,
qui lui détenait son bien, et ne voulait pas même
s'engager à le lui rendre. La plupart avaient même
averti le gouvernement de la reine de se bien tenir
sur ses gardes, de ne pas accorder trop de confiance

1. Dépêche de M. Duplessis-Besançon à Mazarin. 19 juillet 1644. Archives des affaires étrangères.

2. « Quand on parle aujourd'hui de M. de Lorraine, chacun se demande si on peut se promettre qu'il veuille sincèrement traiter de son
rétablissement, et s'il est expédient de faire encore un essai, vu ses
procédés passés...

« Quant à son esprit, il est vif, colère, ambitieux, ombrageux, soup-
çonneux, facile à croire le mal, et jamais arrêté aux choses présentes,
mais toujours inquiet pour les choses absentes ou futures, irrésolu en
apparence, néanmoins fixe en ses premières impressions, et conséquem-
ment dissimulé et adroit à couvrir ses pensées... Si on considère les
irrésolutions et inconstances passées de ce prince et la diversité de ses
intérêts qui ne se peuvent sauver par un traité, on se portera aisément
à lui refuser toute foi, créance et confiance... *Mémoire anonyme sur
M. de Lorraine*, 1644. Archives des affaires étrangères.

aux plus belles protestations du duc, « vu qu'il n'avoit probablement pas d'autres intentions que de donner quelques inquiétudes aux ministres espagnols, afin d'obtenir d'eux un plus favorable traitement et de plus grosses sommes d'argent[1]. » Il n'y avait rien que de fondé dans ces appréhensions, et l'événement les a justifiées. Cependant l'hésitation de Charles IV fut plus grande, nous le croyons, que ne le supposèrent alors quelques-uns des négociateurs qui avaient jadis tant de fois traité avec lui, et qu'il avait le plus souvent trompés. S'il ne pensa jamais très-sérieusement à s'accommoder avec Mazarin lui-même, il y eut plus d'un moment où, croyant à la chute prochaine de ce ministre, il avait songé à faire la paix avec la France. Il s'était même bercé de l'espoir d'être appelé à jouer dans les affaires de ce pays un rôle aussi avantageux à sa gloire que profitable à ses intérêts.

Pour expliquer ce rêve téméraire de Charles IV, il nous faut retourner un instant à la cour de France, et nous occuper de nouveau de ces autres présomp-

---

1. « La suite vous fera voir qu'il (le duc Charles) ne sera jamais tellement attaché d'un côté qu'il ne traite encore en trois autres lieux..... S'il vous plaît considérer que son vrai intérêt est de regagner la souveraineté, vous jugerez bien qu'il n'affectionne jamais de bon cœur la chute de la maison d'Autriche, de peur de se voir réduit à dépendre de notre discrétion. Il ne demande qu'à gagner du temps et un bon fond d'argent, au moyen duquel il estime qu'il fera une armée puissante, etc., etc... »

M. de La Grange-aux-Ormes à M. Chavigny. 1644. Archives des affaires étrangères.

tueux qui n'avaient pas cessé d'entourer la reine ni
de vouloir la dominer, qui, en ce moment plus que
jamais, se flattaient d'élever bientôt leur crédit sur
la ruine de Mazarin. Cette coterie, qui s'appuyait
principalement sur la masse des catholiques et des
dévots, gens naturellement portés pour les Espagnols
et liés, par tradition de parti, avec la maison de Lorraine, était très-favorable à Charles IV. Elle se composait non-seulement des cadets de cette famille
établie en France, mais de toutes les anciennes victimes de Richelieu, maintenant liguées contre son
successeur. MM. de Vendôme y tenaient grande
place, et surtout M. de Beaufort, tout fier de présider
aux secrets conciliabules « de quatre ou cinq mélan-
coliques, qui avaient, » dit le cardinal de Retz, « la
mine de penser creux. » La plupart avaient connu le
duc de Lorraine soit à la cour de France pendant sa
jeunesse, soit en Flandre, pendant leur disgrâce.
On les appelait « les Importants ». Le véritable chef
des Importants, la personne qui faisait à elle seule
leur véritable force, c'était la même dame que
nous avons déjà si souvent rencontrée dans ce récit,
la première amie d'Anne d'Autriche, l'adversaire
la plus constante et la plus intrépide de Richelieu,
celle que ce ministre avait tant redoutée, à qui
Louis XIII avait expressément défendu l'entrée du
royaume, l'ancienne maîtresse de Charles IV, celle-là
même qui l'avait la première brouillé avec la cour de

France, qui avait ménagé pour lui la paix éphémère de 1641, et qui toujours toute-puissante sur son esprit, lui faisait alors entrevoir les plus brillantes perspectives. On voit que nous voulons parler de la duchesse de Chevreuse.

Mme de Chevreuse, que nous avons laissée proscrite à Bruxelles, avait à peine attendu la mort de Louis XIII et l'invitation de la reine pour s'acheminer vers Paris. Elle était partie des Pays-Bas espagnols avec un cortége de plus de vingt voitures. Son arrivée aux frontières de France, son entrée dans les principales villes situées sur son passage, avaient été une suite de continuelles ovations. Montaigu, l'un de ses anciens adorateurs, était allé au-devant d'elle lui porter les messages particuliers d'Anne d'Autriche [1]. Il avait été en même temps chargé de la part du cardinal Mazarin : « De toutes les avances qui la pouvaient engager dans son amitié et ses intérêts [2]. » Par ordre de la reine, un personnage plus considérable, M. de La Rochefoucauld, avait été à sa rencontre jusqu'à Roye. Mais c'était moins pour lui faire honneur que pour l'avertir des profonds changements qu'elle allait trouver en cour. » M. de La Rochefoucauld, si l'on s'en rapporte à ses Mémoires, ne lui épargna pas les sages avis. Il l'exhorta surtout : « à ne pas laisser imaginer à la

1. *Mémoires de Laporte,* collection Petitot.
2. *Mémoires de La Rochefoucauld,* collection Petitot, t. LI, {p. 378.

reine qu'elle revînt dans l'intention de la gouverner, puisque c'était le prétexte dont ses ennemis se servaient pour lui nuire; qu'elle devait uniquement s'appliquer à reprendre dans son esprit et dans son cœur la même place qu'on avait essayé de lui ôter, et se mettre en état de protéger ou de détruire le cardinal, selon que sa conservation ou sa ruine seraient utiles au public [1]. » Plus loin, elle avait trouvé son mari; M. de Chevreuse était trop avisé, et surtout trop bon courtisan pour lui donner d'autres conseils.

Aucun de ces avertissements ne persuada cependant Mme de Chevreuse. Elle n'hésita pas à venir descendre droit au Louvre. Elle ne s'aperçut point, ou ne voulut point s'apercevoir de l'accueil un peu froid et même assez contraint de la reine [2]. Le lendemain, quand Mazarin se présenta chez elle afin de lui offrir ses services [3], et lui parler d'affaires, il connut bien vite à quel point l'ancienne favorite d'Anne d'Autriche était persuadée que sa seule présence

1. *Mémoires de La Rochefoucauld*, collection Petitot, t, LI, p. 379.

2. « ... Mais si elle s'en aperçut (de la tiédeur de la reine) au moins s'en cacha-t-elle à ses plus intimes... » *Mémoires de La Châtre*, collection Petitot, volume XXXI, page 225.

3. « Le cardinal l'alla voir le lendemain, et pour premier compliment lui dit, que venant d'un long voyage, peut-être avoit-elle besoin d'argent, et qu'il étoit venu lui offrir et lui apporter cinquante mille écus. Mais comme il savoit qu'une ambition comme celle-là se laisseroit moins toucher à ces belles offres qu'à des actions d'éclat, il lui demanda quelques jours après ce qu'il pouvoit faire pour gagner son amitié, et lui protesta de n'y rien épargner. » *Mémoires de Montglat*, collection Petitot, volume LI, p. 225.

allait suffire à rétablir tout son crédit [1]. Dans ses entrevues avec le chef du conseil. Mme de Chevreuse ne demanda rien pour elle-même ; elle ne fut exigeante que pour les Vendôme, pour M. d'Épernon, pour La Rochefoucauld, pour tous ses amis et surtout pour Châteauneuf. Il ne lui suffisait pas qu'ils obtinssent des gratifications sur l'épargne, ou de grandes charges de cour ; elle réclamait en même temps pour eux des gouvernements importants et des situations considérables. Elle voulait enfin qu'ils eussent leur part dans le pouvoir. Mais ce n'était pas tout. Mme de Chevreuse entendait imposer à Mazarin un complet changement dans le système des alliances de la France. Chose singulière ! Tandis qu'absorbés par la préoccupation de leurs propres intérêts, les hommes de la cabale des Importants n'avaient guère entretenu Mazarin que de leurs prétentions individuelles, c'était une femme connue surtout par sa beauté et par sa galanterie, qui, la première, lui parlait sérieusement des affaires de l'État. Seule dans son parti, elle avait une politique. Cette politique, il est vrai, lui était dictée par ses sentiments personnels. L'affection, la reconnaissance, tous les souvenirs de sa vie passée, l'attachaient à la cause des Espagnols et des Lorrains.

1. « Mme de Chevreuse ne remarqua pas cette différence (dans l'accueil de la reine), et elle crut que sa présence détruirait en un instant tout ce qu'avaient fait ses ennemis? » *Mémoires de M. de La Rochefoucauld,* collection Petitot, tome LI, page 380.

Elle mettait son honneur à les faire profiter de son crédit. Et de même, qu'en réclamant le gouvernement du Havre pour M. de La Rochefoucauld, et celui de Bretagne pour M. de Vendôme, le rétablissement de M. d'Épernon dans toutes ses charges, et les sceaux pour Châteauneuf, elle se plaisait à payer glorieusement sa dette à de constants et généreux serviteurs jadis compromis pour elle, de même en demandant la paix avec le roi d'Espagne, et la restitution de la Lorraine pour Charles IV, elle voulait reconnaître avec éclat l'hospitalité jadis reçue à Madrid, à Bruxelles, et dans la petite cour de Nancy.

Parmi ces impérieuses exigences de Mme de Chevreuse, il en était quelques-unes auxquelles Mazarin se serait volontiers soumis. Mais il en était d'autres sur lesquelles il était bien résolu à ne rien céder. Ouvrir les portes du conseil à un ambitieux aussi capable que l'ancien garde des sceaux Châteauneuf, c'était, pour le cardinal, s'ôter désormais toute sécurité et tout repos. Traiter séparément avec l'Espagne, c'était ruiner lui-même de fond en comble la politique qu'avec tant d'application il avait réussi à faire adopter par la reine. Sur tout le reste, l'accord eût été possible; sur ces deux points, l'ancienne amie d'Anne d'Autriche, déjà un peu oubliée de sa maîtresse, et son conseiller actuel, dont le crédit grandissait chaque jour, ne parvinrent jamais à s'entendre; la brouille fut bientôt éclatante.

Nous n'avons pas à raconter les détails de cette lutte trop inégale. Sortie à peine de la petite cour espagnole de Bruxelles, et rapportant avec elle les illusions ordinaires aux exilés, Mme de Chevreuse s'imaginait trouver encore toutes choses à peu près au même état où elle les avait laissées, et la reine dans les mêmes dispositions que par le passé. Elle se persuada qu'elle se rendrait d'autant plus agréable qu'elle prendrait avec plus de feu les intérêts du roi d'Espagne : « Mais elle se trompait, » dit la judicieuse Mme de Motteville. « Elle trouva la reine mère de deux princes et régente, par conséquent, elle n'étoit plus si bonne sœur. Son cœur suivant son devoir, elle n'avoit plus de désirs que pour les prospérités de la France. Si bien que l'amour que Mme de Chevreuse rapportoit pour le roi d'Espagne, n'avoit plus guère de charmes pour Anne d'Autriche, parce que les intérêts de son fils occupoient son âme. »

Ce ne fut pas la seule ni la plus fâcheuse des méprises de Mme de Chevreuse. En entretenant trop souvent la reine des intérêts du roi d'Espagne, elle ne risquait que de la trouver un peu froide et indifférente ; elle la blessait au plus profond du cœur, lorsque, attaquant directement Mazarin, elle cherchait par ses propos railleurs à tourner en ridicule l'esprit, la tournure, et les manières italiennes du ministre qu'Anne d'Autriche avait choisi d'abord par politique, pour des raisons générales et publiques, mais qu'elle soutenait maintenant par estime, par affection et par goût [1]. Toutes ces insinuations et toutes ces moqueries n'avaient pas ému la reine, ou plutôt elles l'avaient seulement aigri contre son ancienne favorite. Il était impossible à celle-ci de faire plus fausse route. Quand elle s'en aperçut, furieuse de voir ses inutiles efforts tourner contre elle-même, Mme de Chevreuse résolut d'attaquer son ennemi avec de plus terribles armes. Elle se ressouvint alors des mille complots où avait été élevée et nourrie sa jeunesse. C'était en passant sur le corps sanglant du favori d'une autre reine, que son premier mari, le duc de Luynes, avait marché à la fortune, Chalais, son premier amant, le comte de Soissons, Monsieur, le propre frère du

---

1. Les lettres écrites par Mazarin à Anne d'Autriche pendant son éloignement de la cour (1652), lettres aujourd'hui publiées par la société de l'Histoire de France, ne peuvent, à notre avis, laisser aucun doute sur la nature de la liaison qui était alors établie entre la reine et son ministre. — Le langage de Mazarin est celui d'un homme qui éprouve ou qui feint d'éprouver une violente passion; on sent qu'il se tien pour assuré que son hommage est agréable à celle à qui il est ouvertement adressé. Il y a même dans cette correspondance, chiffrée, comme presque toutes celles de cette époque, un signe affecté à exprimer précisément le sentiment de Mazarin pour la reine, et un autre celui de la reine pour Mazarin. A quelle époque faut-il faire remonter les commencements de cette liaison? Toutes dates nous paraissent hasardées en pareilles matières. Cependant, il y a dans les carnets de Mazarin que possède la Bibliothèque impériale, des expressions et des passages entiers, qui donnent à penser que peu de temps après son avénement au pouvoir, le ministre d'Anne d'Autriche, se croyait déjà en mesure de faire de fréquents et efficaces appels à ce qu'il appelle lui-même l'amitié de la reine... L'amistad obliga a comunicar todas cosas, y asi mi podre creer de averla ganada... (IIIe carnet, p. 52). Si fanno alcune cose senza me, e così si pregiudica all' amicizia. (IVe carnet, p. 5.)

roi, n'avaient-ils pas tous essayé d'attenter à la vie
d'un autre cardinal? Elle-même, aux années les
plus brillantes de sa vie, n'avait-elle pas été, sous
Louis XIII, l'héroïne d'une cour où les opposants
avaient coutume d'attaquer par le meurtre, et le pouvoir de se défendre par l'échafaud? Les hommes de
violence qui avaient trempé dans ces entreprises
désespérées, les Beaupuis et les Saint-Ibar, les Montrésor et les Campions menaçaient maintenant Mazarin de leurs épées, comme jadis ils en avaient menacé
Richelieu. Ils étaient tous revenus à Paris, et s'offraient encore à elle aussi exaspérés, aussi résolus,
et plus dévoués que jamais? Quoi d'étonnant si,
humiliée et vaincue, pleine de ressentiment et de
dépit, Mme de Chevreuse songea à faire assassiner
celui dont elle n'espérait plus triompher! Ce fut
elle qui en souffla le premier dessein à Beaufort. Le
chef bruyant des Importants était bien l'homme
qu'il fallait pour embrasser avec ardeur une pareille
idée, pour se charger du coup et pour le faire manquer.

Aucune des menées de Mme de Chevreuse n'avait
cependant échappé à Mazarin. Il avait eu l'œil constamment ouvert non-seulement sur les mauvais
offices que cette dame cherchait à lui rendre auprès
de la reine, mais sur les trames tout autrement dangereuses qu'elle préparait contre sa personne. En même
temps que M. de Beaufort était arrêté et mis à Vin-

cennes, pour avoir essayé d'entreprendre sur la personne du cardinal, Mme de Chevreuse était reléguée à Dampierre, puis à Tours. Mais comme il eût été un peu ridicule d'accuser publiquement une femme d'avoir voulu attenter à ses jours, Mozarin se contenta de lui reprocher d'être en continuelle intelligence avec les ennemis du royaume, c'est-à-dire avec les Espagnols et avec le duc de Lorraine. C'était là un crime qui ne pouvait être traité d'imaginaire. Mazarin en possédait les preuves, et Mme de Chevreuse avait à peine envie de s'en défendre. Elle n'avait pas, en effet, cessé un seul instant de correspondre avec le duc de Lorraine ; elle l'avait tenu au fait de ce qui se passait à la cour et de tous ses vains projets [1]. Lui avait-elle également fait part du complot médité contre le cardinal? Rien ne le prouve, quoiqu'une note des carnets de Mazarin donne à penser qu'à tort ou à raison, celui-ci en eut au moins quelque soupçon. Parmi les personnages dont Mazarin prend soin d'inscrire les noms, parce qu'il les croit enrôlés par la duchesse, et mandés à Paris afin d'agir contre sa vie, se rencontre celui de Clinchamps, l'un des plus déterminés officiers de Charles IV [2].

---

1. « M. del Opital : che si prendi cura al duca di Lorena perchè ingannerà e farà molte cabale incerte, intendendosi enteramente con Mme di Ceverosa. » IIIe carnet de Mazarin, p. 55. A la Bibliothèque impériale.

2. « Bòregard e a Parigi. Cargret, Clinchan con un Paggio. » IIIe carnet de Mazarin, page 82. Bibliothèque impériale.

Mme de Chevreuse avait plus d'une raison de vouloir s'attacher fortement le prince lorrain. Elle n'était pas en bonne intelligence avec les Condé, parce qu'elle protégeait Châteauneuf; la rupture survenue entre sa belle-mère, Mme de Montbazon et la duchesse de Longueville, les scènes de violence et d'éclat qui s'en étaient suivies, avaient encore envenimé les rapports des deux familles. Si la faction de Mme de Chevreuse l'emportait, il était trop probable que le jeune duc d'Enghien et tous les siens se mettraient aussitôt avec les mécontents. Il était impossible d'exposer la reine à perdre un tel appui sans lui offrir au moins celui de quelque autre homme de guerre. Ce n'était pas M. de Beaufort qui pouvait prétendre à commander les armées françaises. Mme de Chevreuse le sentait bien. Elle mettait en avant M. de Lorraine, que ses lauriers d'Allemagne venaient de mettre en grand renom. Le souverain étranger à qui tant de seigneurs de la meilleure noblesse française avaient dû rendre leurs épées, ne lui paraissait pas un rival trop indigne à opposer au prince français. Avec cet engouement naturel aux femmes, et qui est le propre de l'esprit de parti, elle comparait volontiers aux grandes journées de Rocroy et de Fribourg le succès plus récent de Tutelingen.

La partie était donc intimement liée entre Charles IV et Mme de Chevreuse : c'était pour seconder les folles chimères de cette dame et les intrigues des Impor-

tants que le prince lorrain, tout en repoussant les
propositions de Mazarin, prodiguait incessamment
à la reine les chaleureuses protestations de son
dévouement personnel. Si dans ses lettres de cette
époque, si dans ses conversations avec les agents
français, il semble décidé à ne pas tomber positivement d'accord de rien, il paraît bien plus résolu
encore à ne jamais rompre absolument. Il ne se lasse
pas de ce jeu étrange. Non-seulement il le joue après
avoir traité avec les Espagnols, mais il le continue
après l'arrestation de Beaufort, et même après l'exil
de Mme de Chevreuse à Dampierre. On dirait que
tant que cette dame garde un pied en France et à
la cour, il ne désespère de rien, et qu'il s'attend à
recevoir d'un moment à l'autre quelque importante
communication. « Si la reine s'ennuie de traiter avec
lui, » répète-t-il sous toutes les formes dans les lettres
nombreuses qu'il lui faisait alors parvenir, « qu'elle
dise seulement un mot; il volera à Paris; il lui sera
passionné serviteur envers et contre tous[1]. »

Tout à coup cependant, cet étalage d'un si grand
zèle vient à tomber. Les lettres de Charles IV à
la reine cessent complétement avec l'année 1644.
C'est qu'à cette époque (novembre 1644), Mme de
Chevreuse venait de quitter brusquement la France.
Devenue de plus en plus suspecte, l'ancienne amie

1. Lettres et papiers écrits par Charles pour être communiqués à la
reine. Archives des affaires étrangères.

de la reine avait vu arrêter le contrôleur de sa maison ; puis son secrétaire particulier avait été enfermé à la Bastille [1]. Enfin, un jour qu'elle se promenait aux environs de Tours, des agents de Mazarin avaient, à l'improviste, entouré son carrosse. Son médecin, placé entre elle et sa fille, avait été saisi et emmené de vive force, malgré les protestations et les cris de ces deux dames. Un coup de pistolet était même parti dans la bagarre, ce qui avait tant effrayé Mlle de Chevreuse qu'elle s'en était trouvée mal [2]. Ces rigueurs dirigées contre ses plus intimes domestiques, ne lui présageant rien que de fâcheux, Mme de Chevreuse s'était décidée à quitter encore une fois la France en fugitive. Sa fille l'accompagna. Déguisées toutes deux, elles gagnèrent les côtes de la Bretagne, et se jetant dans une misérable barque que leur procura un gentilhomme du pays, le marquis de Coetquen, abordèrent à l'île de Wight. Grâces à l'intervention du comte de Pembroke qui les protégea auprès des autorités parlementaires, elles purent bientôt après se rendre en Flandre [3]. — L'hiver suivant (1645), Charles IV et

1. Le contrôleur et le secrétaire de Mme de Chevreuse ont été emprisonnés dans la Bastille... le duc de Lorraine tire vers Valenciennes... Correspondance de M. Gaudin. Archives des affaires étrangères.

2. Lettre de Mme de Chevreuse à la reine, 20 novembre 1644. Archives des affaires étrangères.

3. Lettre écrite de l'île d'Ouit au comte de Pembroke pour solliciter de MM. du parlement une lettre pour se rendre à Douvres et de là en Flandres. Archives des affaires étrangères.

Mme de Chevreuse se retrouvaient à la petite cour de l'infant d'Espagne.

Près de vingt années s'étaient écoulées depuis le jour où tous deux, jeunes alors, étourdis et confiants, s'étaient follement jetés ensemble dans une première entreprise contre le gouvernement de la France. Ni le temps ni l'expérience ne leur avaient beaucoup profité. Mme de Chevreuse était de nouveau bannie de cette cour où elle avait prétendu dominer. Le duc de Lorraine était plus éloigné que jamais de rentrer dans ses États. A leur grand étonnement, ils avaient tous deux rencontré, dans le conseiller actuel de la régente, dans le rusé Italien, qui se faisait si petit et si humble, et qu'ils avaient tant méprisé, un adversaire tout aussi habile et non moins redoutable que l'avait jadis été pour eux le terrible et imposant ministre de Louis XIII.

CHAPITRE XXII.

État intérieur de la Lorraine. — M. de La Ferté-Senneterre nommé gouverneur. — Son avarice. — Siége de la ville de La Mothe. — Son énergique résistance. — Elle est entièrement dévastée malgré les termes de la capitulation. — Retour de Charles à Bruxelles. — Il se sépare de Mme de Cantecroix.
— Il s'éprend d'une simple demoiselle de Bruxelles. — Ses galanteries avec
elle. — Il lui promet mariage, et n'en est pas écouté. — Il veut se réconcilier avec la duchesse Nicole. — Hésitation de Nicole. — Charles retourne
avec Mme de Cantecroix. — Mariage de Mme de Phalsbourg avec le marquis
de Sallerio. — Congrès de Munster. — Détails sur les intérêts de la France,
des Espagnols et de l'Empire. — Attitude prise au début des négociations
par chacune de ces puissances, au sujet de la Lorraine. — L'Empereur commence par exiger la restitution de la Lorraine à son souverain légitime. —
Réponse de la France. — Mazarin, d'abord incertain, repousse absolument
toute idée de restitution. — Il propose d'indemniser pécuniairement le duc
de Lorraine. — Le duc de Lorraine se montre, au début, indifférent à ce qui
se passe aux conférences. — Il agit quand il est trop tard. — Il proteste, et
se plaint de la maison d'Autriche. — Les colléges d'Allemagne déclarent
que l'Empire et les Électeurs ne s'occuperont pas de la question de la
Lorraine. — Le duc de Lorraine est abandonné par l'Empereur. — Ses lettres à Mazarin. — Il est plus mécontent de l'Empire que de la France. —
Sa conduite à l'égard des Espagnols. — Il pense à se faire élire empereur,
puis à passer en Angleterre pour remettre Charles Ier sur le trône.

Les événements arrivés en France depuis la mort
de Louis XIII, et les négociations tentées pendant
les années 1643 et 1644, n'influèrent pas beaucoup
sur l'état intérieur de la Lorraine. Elle avait toujours été fortement maintenue sous le joug. Les places
occupées par la France avaient dû continuer à sub-

venir sur leurs propres ressources à l'entretien des
lourdes garnisons qui leur étaient imposées. Le passage continuel des gens de guerre qui allaient, pendant la belle saison, rejoindre les armées françaises
en Allemagne, et après chaque campagne revenaient
le plus souvent établir leurs quartiers d'hiver de ce
côté du Rhin, n'avaient pas cessé de porter la désolation dans les campagnes et la ruine dans les petites
villes du pays; Nancy était plus que jamais abandonnée et déserte. Il semblait qu'une telle misère fût
à son comble, et qu'il ne s'y pût désormais rien
ajouter. Cependant ce pauvre pays était destiné à
ressentir encore plus cruellement le contre-coup des
contestations auxquelles sa possession donnait lieu.
Jusqu'alors il avait plutôt souffert des malheurs de
sa situation que de la dureté de ses gouverneurs.
M. de Brassac avait toujours traité les habitants du
pays avec beaucoup de ménagement et de douceur.
Lié par sa femme avec une portion des membres de
la famille ducale, M. Du Hallier s'était plusieurs fois
porté le défenseur des Lorrains contre les sévérités
de Richelieu, et n'avait rudement sévi qu'à l'égard
des rebelles et des adversaires trop déclarés de la
domination française. On l'avait vu avec quelque regret (16 mars 1643) quitter son gouvernement de
Lorraine pour le gouvernement de la Champagne et
de la Brie[1]. Le marquis de Lenoncourt lui avait

1. Le 23 avril suivant, le roi nomma M. Du Hallier maréchal de

succédé. C'était l'un des grands seigneurs du pays ;
et ce choix avait causé quelque espérance. Mais
M. de Lenoncourt, blessé au siége de Thionville
(août 1643), était mort presque aussitôt après sa
nomination. La reine avait alors mis en sa place
le marquis de La Ferté[1]. Il eût été difficile de trouver un militaire plus actif, plus vigilant, plus capable de s'opposer aux entreprises de Charles IV.
Malheureusement pour la Lorraine, c'était aussi le
plus avide et le plus impitoyable des hommes[2]. Son
avarice était proverbiale. Il en donna tout d'abord

France, et l'adjoignit comme une sorte de mentor militaire au jeune
duc d'Enghien. M. Du Hallier prit alors le nom de L'Hôpital. C'est
ainsi qu'il est appelé dans toutes les relations de la bataille de Rocroy
et dans la plupart des mémoires du temps. Il était gouverneur de Paris
pendant les troubles de la Fronde. Ayant perdu sa première femme
(1631, il épousa en secondes noces (1653) Marie Mignot, fille d'une
blanchisseuse, et déjà veuve d'un conseiller du parlement. Il mourut
en avril 1660.

La première Mme Du Hallier (Charlotte des Essarts), outre les enfants
du cardinal Louis de Lorraine qu'elle fit légitimer en 1641, avait eu de
Henri IV deux filles qui furent les abbesses de Chelles et de Fonte-
vrault, non moins connues que leur mère par leur galanterie. Quant à
Marie Mignot, mariée plus tard secrètement à l'ancien roi de Pologne
(Jean-Casimir), elle survécut plus d'un demi-siècle au maréchal, et
mourut en 1711.

1. Henri de Senneterre, plus connu sous le nom de La Ferté. Son
père avait été ambassadeur du roi en Angleterre et à Rome ; il avait le
titre de ministre d'État.

2. « Celui-ci (M. de La Ferté) ayant une furieuse avidité pour les
richesses, n'oublia, pendant près de vingt ans que dura son gouvernement, ni invention de contributions, ni rigueur pour épuiser le plus
pur sang, non-seulement du pauvre peuple, mais de ceux qui pouvoient
en avoir de reste dans les veines, c'est-à-dire des nobles qui n'étoient
pas encore réduits à la misère comme le peuple. — *Mémoires du marquis de Beauveau.*

des marques signalées. Une députation des bourgeois de Nancy lui ayant fait présent à son arrivée
dans la capitale de la Lorraine, d'une bourse de
jetons d'or où ses armes étaient gravées d'un côté
et de l'autre l'effigie de la ville. « Qu'est ceci ? » dit-il.
On lui répondit que c'était Nancy. « Quoi ! une si
petite empreinte pour une si grande ville ! Faites-
moi faire des jetons plus gros, et vous verrez qu'on
la reconnaîtra mieux[1]. »

M. de La Ferté ne fut pas plus tôt installé dans son
gouvernement, qu'il pressa vivement Mazarin de lui
donner commission de s'emparer de La Mothe. Il y
avait déjà deux années, qu'en vertu de son traité de
Paris, Charles IV était rentré en possession de cette
place. Il s'était hâté de la bien munir en approvisionnements de toutes sortes. Il y avait jeté une vail-
lante garnison dont il avait donné le commandement
à l'un de ses plus intrépides lieutenants, le colonel
Cliquot. Depuis ce temps, non-seulement La Mothe
avait résisté aux efforts de plusieurs généraux français qui avaient essayé d'y pénétrer par surprise,

---

1. *Vie manuscrite de Charles IV*, par Guillemin. « M. de La Ferté
avait récemment donné à Metz une autre preuve assez plaisante de
son goût pour les riches cadeaux. A son entrée dans cette ville, les
chefs de la synagogue juive avaient demandé à lui présenter leurs
hommages. « Je ne veux pas, » dit-il en colère, « voir ces marauds-là ;
ce sont eux qui ont fait mourir mon maître. » Mais quand on lui eut
appris qu'ils apportaient un présent de quatre mille pistoles. « Ah !
faites-les entrer, » dit-il, « après tout, ils ne le connaissaient pas quand
ils l'ont crucifié. »

mais les troupes lorraines qu'elle abritait, faisant au loin de rapides excursions, n'avaient pas cessé d'inquiéter le pays, et d'infliger de rudes échecs à tous les détachements français qu'elles avaient rencontrés en rase campagne. Lorsqu'il fut démontré à Mazarin qu'il n'y avait plus nulle chance de s'entendre avec Charles IV, il résolut d'avoir enfin raison de cette petite ville qui avait déjà (en 1634) bravé si longtemps la puissance de la France. A son grand déplaisir, M. de La Ferté ne fut pas toutefois chargé de cette opération importante. Mazarin en donna la direction à l'un de ses compatriotes dont il poussait alors la fortune, et qui avait la réputation d'un homme habile dans l'art des siéges. Magalotti, s'il réussissait, devait, la ville prise, obtenir le bâton de maréchal de France. Animé par l'espoir d'une si belle récompense, le général italien investit la place au milieu même de l'hiver. Le temps lui fut si favorable qu'il put faire travailler aux lignes de circonvallation pendant les mois de janvier et février 1645. Au commencement de mai, il était déjà en état d'ouvrir les tranchées.

Suivant quelques auteurs lorrains, Cliquot aurait pu facilement retarder ces travaux, que la situation dominante de La Mothe lui permettait d'apercevoir parfaitement du haut de la citadelle. Mais il manquait d'ingénieurs. Suivant d'autres historiens, il n'avait pas voulu faire de dehors à la place afin d'en

venir plus tôt aux mains avec les ennemis. Quoi qu'il
en soit, Magalotti n'avait pas tardé à se rendre maître de la contr'escarpe. Il avait alors fait jouer la
mine contre un des bastions, qui avait entièrement
sauté. Cette explosion avait ouvert une large brèche
(21 juin), qui permettait de donner l'assaut. La
forteresse n'était plus tenable pour les assiégés.
Déjà les bourgeois parlaient d'obliger la garnison
à capituler, lorsque Magalotti tomba grièvement
blessé dans une attaque qu'il conduisit lui-même
avec trop d'ardeur. Sa mort donna quelque répit au
commandant lorrain, et lui permit de réparer la
brèche.

Cependant Charles s'était mis en campagne pour
secourir La Mothe. On s'était bien douté à la cour
de France que le belliqueux souverain de la Lorraine ne laisserait pas succomber sans coup férir
une place si importante, la dernière qui lui res-
tât dans son pays. Mazarin avait donc résolu de
lui opposer le plus redoutable adversaire. Le duc
d'Enghien marchait alors à la tête d'une imposante armée pour aller secourir Turenne, que le
lorrain Mercy, l'un des anciens lieutenants de
Charles IV, venait de battre à Marienthal[1]. Le
prince français reçut l'injonction de s'arrêter en

1. Mercy, né à Longwy, était Lorrain d'origine; il avait servi longtemps sous les ordres directs du duc Charles. Il était alors avec ses
troupes, en partie lorraines, à la solde de l'Empereur et de l'électeur
de Bavière.

Lorraine afin de barrer le chemin au duc Charles [1].

Au même moment, le marquis de Villeroy arrivait avec de nouveaux renforts devant La Mothe pour remplacer Magalotti. Par suite de ses dispositions, Cliquot se trouvait sans aucune espérance de secours, en présence d'une nouvelle armée de siége, appuyée elle-même sur un corps de troupes considérable ; une plus longue résistance devenait impossible. Il se décida à rendre la place. Les conditions obtenues témoignent assez de la haute opinion que la garnison et son chef avaient su inspirer à leurs ennemis. Suivant les clauses de la capitulation : « les officiers et soldats qui étaient dans la place devaient en sortir mèche allumée, balle en bouche, enseignes déployées, tambour battant, avec deux pièces de canon et de quoi tirer dix coups chacun. » Non-seulement les meubles appartenant à son altesse le duc de Lorraine devaient être laissés en la possession des Lorrains, mais aussi les canons et les bagages, et l'armée française s'engageait à fournir des chariots et des chevaux pour les mener jusqu'à Longwy [2]. Une preuve non moins convaincante et plus fâcheuse de l'effet produit à la cour de France par la défense héroïque de la population de La Mothe, fut l'ordre exprès envoyé peu de jours après de démolir non-seulement la cita-

1. Lettre du duc d'Enghien au cardinal Mazarin (mai 1645). Archives des affaires étrangères.
2. Articles 4 et 5 de la capitulation de La Mothe.

delle et ses fortifications, mais aussi tous les édifices
de la ville, les églises elles-mêmes, et jusqu'aux plus
modestes demeures des moindres habitants.

Cette terrible mesure fut ponctuellement exécutée.
En vain l'un des plus énergiques défenseurs de la
place, l'intendant Dubois de Riocour, celui-là même
à qui nous devons un récit circonstancié des deux
siéges de La Mothe, alla plaider à Paris la cause de
ses concitoyens, et solliciter pour eux un moins rude
traitement; ses instances furent repoussées. Ni l'esprit ni la lettre de l'art. 15 de la capitulation, qui
laissait le choix aux bourgeois de La Mothe de continuer à demeurer dans leur ville ou de s'aller établir
ailleurs, n'arrêtèrent Mazarin. Aussi inflexible que
le fut jamais Richelieu, plus injuste que lui, car il
se jouait insolemment des plus formels engagements,
le chef des conseils de la régente envoya des bandes
de paysans ramassés sur les frontières françaises
détruire pierre à pierre, et la pioche à la main, ce
qui restait encore de la malheureuse petite ville.
Si l'on s'en rapporte à quelques auteurs, le cardinal aurait ainsi voulu venger les injures que, pendant la chaleur du combat, les soldats lorrains de
Cliquot avaient proférées contre la reine et contre
lui. Nous croyons que ces écrivains se trompent. La
politique plus que le ressentiment avait déterminé
la résolution de Mazarin. Si au lieu d'être une bar-
rière contre la France, La Mothe avait été un poste

avancé du côté de l'Allemagne, jamais probablement
la forteresse lorraine n'eût été rasée. Mais deux fois
en dix ans, la Lorraine occupée, et la capitale du
duché déjà soumise aux étrangers, cette forte place
était devenue le dernier boulevard de l'indépendance
nationale. Cet honneur amena sa ruine. La cause en
fut si glorieuse qu'elle eut pendant de longues années
le don d'éveiller en Lorraine les plus fiers et les plus
patriotiques souvenirs. Aujourd'hui même, ils ne
sont pas tout à fait oubliés. Sur une éminence ro-
cheuse et nue, demeurée, malgré le temps, rebelle
à la culture, les rares habitants de ces tristes contrées montrent encore avec un certain orgueil la place
où fut la ville qui brava si intrépidement l'effort de
deux armées françaises.

La reddition de La Mothe était un rude coup porté
à la cause du duc de Lorraine; cette perte lui fut
d'autant plus sensible que déjà M. de La Ferté avait
réussi à lui enlever plusieurs positions qu'il avait jusqu'alors occupées sur la frontière du Luxembourg.
Telle était la vigilance déployée par le nouveau
gouverneur, que Charles avait dû renoncer à pénétrer de nouveau dans ses anciens États, et n'avait
pu renouveler sur aucun point de la Lorraine ses
excursions accoutumées. Il était alors retourné en
Flandre chercher un peu de consolation auprès de
Mme de Cantecroix; mais il n'y avait trouvé que de
nouveaux ennuis. Les sévères admonitions du nou-

veau pontife, Innocent X, et les représentations re-
doublées des membres de sa famille avaient presque
aussitôt obligé Charles IV à se séparer de cette dame.
Béatrix avait dû s'établir à Gand, avec promesse de
n'en point sortir. Le duc de Lorraine fut obligé de
s'engager à n'entrer jamais sous aucun prétexte dans
cette ville, et même de n'en approcher point de plus
d'une demi-lieue[1]. A ces conditions seules, Innocent X avait bien voulu relever Charles et Béatrix de
l'excommunication lancée contre eux par son prédécesseur. « Le 21 décembre 1645, les deux amants, »
dit le père Hugo, évêque de Ptolémaïde, « compa-
rurent en présence des commissaires apostoliques, et
reçurent l'absolution avec l'appareil et dans la posture des excommuniés, l'un et l'autre prosternés aux
pieds de leurs juges, au milieu d'une assemblée de
seigneurs de la cour et de douze pères jésuites, ayant
demandé pardon et conjuré la miséricorde de l'Église
de la leur accorder. » Ils montrèrent beaucoup de
piété pendant cette cérémonie. Mais il en coûta des
pleurs à l'un et à l'autre, et « l'amour, » ajoute le
révérend auteur, « ne pouvait à moindres frais consentir à une rupture si violente[2]. »

L'amour, pour nous servir des expressions du
pieux évêque de Ptolémaïde, jetait presque à la

1. Bref du pape Innocent X à l'évêque de Gand, et à Antoine Chigi,
abbé de Sainte-Anastasie, nonce en Flandre, 22 novembre 1645.
2. Le père Hugo évêque de Ptolémaïde, *Vie manuscrite de Charles IV*

même époque dans d'assez étranges démarches un autre membre de la famille lorraine, la propre sœur de Charles IV. Henriette de Phalsbourg, que nous avons laissée en Flandre, n'avait pas suivi à Paris sa sœur, la princesse Marguerite ; mais elle était, par l'entremise de la nouvelle duchesse d'Orléans, rentrée en grâce avec la cour de France. Mazarin lui avait même permis (1644) de venir établir sa résidence en Lorraine. Elle était tout aussitôt apparue dans quelques-unes des villes du duché, traînant après elle un équipage assez mesquin et délabré, ayant à la tête de sa maison un gentilhomme italien, Charles Guasco, marquis de Sallerio, général de l'armée catholique, que le bruit public lui donnait pour époux. Ce mariage si inégal s'était effectivement accompli en Flandre avec quelque mystère, au grand scandale du généalogiste Chifflet, confesseur de la princesse, et par une sorte de guet-apens dressé à l'archevêque de Malines.

Feignant de se rendre aux représentations du prélat, Mme de Phalsbourg s'était, vers la fin de 1643, retirée dans un couvent de filles où l'archevêque de Malines avait une de ses parentes religieuses. De cette retraite, elle lui écrivit un jour pour le prier de la venir trouver. Celui-ci s'en défendit d'abord ; il céda cependant sur de nouvelles instances, persuadé que la princesse lorraine voulait surtout l'entretenir des intérêts de sa conscience. Elle le mit bientôt sur le chapitre de son mariage projeté. Tandis que l'archevêque lui en démontrait les inconvénients, insistant auprès de sa pénitente pour qu'elle repoussât loin d'elle une pareille idée, tout à coup une porte s'ouvrit; le marquis de Sallerio apparut dans la chambre, et salua respectueusement l'évêque. Alors Henriette, élevant la voix, déclara qu'elle prenait le marquis de Sallerio pour époux, « et moi, » dit le marquis en présence de ses domestiques, « je vous déclare que je prends Mme la princesse pour ma femme. » Suivant un usage catholique qui avait alors la même autorité en Italie et en Flandre, de telles paroles dites en présence d'un prêtre sans qu'il ait eu le temps de se retirer ou d'interrompre ceux qui les prononçaient, suffisaient à rendre un mariage valide aux yeux de l'Église. La princesse et le marquis n'eurent pas plus tôt forcé ainsi le malheureux évêque de Malines à consacrer malgré lui leur union, que, tombant à genoux, ils lui demandèrent humblement sa bénédiction. Le prélat les menaça de sa malédiction. Vainement ils lui demandèrent de leur garder tout au moins le secret. Par son indiscrétion ou par celle des témoins de cette scène singulière, la vérité fut bientôt divulguée. Elle causa d'abord à Charles IV quelque colère. Il ne tarda pas toutefois à se radoucir. On le vit même pendant les années 1645 et 1646 se rapprocher de son beau-frère, recommander ses intérêts à la cour de Vienne et reprendre avec sa sœur

Henriette les anciennes habitudes d'une tendre familiarité[1].

C'était justice si le duc de Lorraine ne se montrait pas en cette circonstance trop sévère pour Mme de Phalsbourg, Non-seulement il sollicitait alors officiellement en cour de Rome la confirmation de son mariage avec Mme de Cantecroix, mais dans ce moment même il étonnait tout Bruxelles par la passion violente qu'il venait tout à coup d'afficher pour une simple demoiselle de cette ville. « Ingénieux à charmer ses chagrins », dit le père Hugo, « et cherchant à se dédommager de la perte de Mme de Cantecroix, il ne se piqua point de ces bienséances scrupuleuses qui doivent régler le commerce de l'amitié ; la naissance ni la qualité ne décidèrent de son choix. Guidé par le plaisir d'aimer et par l'espérance d'être aimé, il s'attacha à la fille d'un bourgmestre de Bruxelles qui avait eu le don de lui plaire et de lui inspirer de l'amour[2].

« Il ne pensait qu'à la courtiser, » dit le marquis de Beauvau, et, « comme il cherchait tous les jours l'occasion de la voir et de l'entretenir de la passion qu'il avait pour elle, sa mère ne la quittant pas, lui en faisait éviter les rencontres autant qu'il lui était possible... Comme l'amour est inventif, » poursuit le

1. Voir, pour le détail sur le mariage de Henriette de Phalsbourg et du sieur Guasco, marquis de Sallerio, *Histoire manuscrite de Lorraine* du père Vincent. (Bibliothèque de M. Noel à Nancy.)

2. *Vie manuscrite de Charles IV,* par le père Hugo.

même auteur, « et que le duc était d'une qualité à ne
se pouvoir fuir aisément, on raconte que cette fille
étant un jour à un festin où elle avait été conviée avec
sa mère et plusieurs dames de la ville, il se rendit, sur
la fin du repas, au logis où ce festin se faisait. La
mère lui servait toujours d'obstacle, et ne voulait
point permettre à sa fille de lui parler seul à seul,
quelque protestation qu'il fît à l'une et à l'autre que
sa passion ne buttait qu'au mariage, en quoi elles ne
trouvaient pas de sûreté, le voyant déjà pourvu de
deux femmes. Il conjura toutefois la mère qu'elle lui
en donnât la liberté pour seulement autant de temps
qu'il pourrait tenir un charbon ardent dans sa main.
La compagnie, qui trouva cette proposition aussi plaisante que passionnée, pria cette mère qu'elle jugeait
un peu trop sévère, de ne lui point refuser cette petite
satisfaction, puisqu'elle ne pouvait être de longue durée, ni hasarder la réputation de sa fille en leur présence. L'instance pressante que Charles en faisait lui
ayant enfin été accordée, il prit un charbon ardent, et
l'éteignit dans sa main à force de le serrer et de se
griller la peau; et parla si longtemps à cette demoiselle qu'il ennuya très-fort la mère et divertit d'autant la compagnie[1]. »

Cette amourette, comme l'appelle M. de Beauvau,
fut d'abord considérée de chacun comme une plai-

---

1. *Mémoires du marquis de Beauvau*. Édition P. Marteau, 1690,
p. 91.

santerie, et comme une distraction passagère. Grande fut donc la surprise des ministres espagnols quand, aux approches de la campagne de 1646, voulant à leur ordinaire, traiter avec Charles de ses troupes, ils entendirent ce prince leur déclarer que pour cette fois, « outre l'argent, il y fallait ajouter les prières de cette demoiselle, ou qu'ils ne les auraient pas, et même qu'il fallait qu'elle les lui vînt faire jusque dans son logis. Du commencement, ils crurent que ce n'était qu'un jeu de l'humeur du duc ; mais son opiniâtreté devenant sérieuse, et les Espagnols se trouvant en nécessité de ses troupes, sans quoi ils ne pouvaient rien entreprendre, ils usèrent enfin d'autorité sur la mère et sur la fille pour lui aller faire cette prière[1]. »

Cette circonstance ne fut pas la seule où Charles donna des preuves publiques de son extravagante passion. De même qu'il avait autrefois, pour amuser Mme de Chevreuse, organisé à Nancy des jeux chevaleresques, et plus tard pour faire honneur à Mme de Cantecroix, défié en champ clos à Bruxelles les seigneurs de la cour de l'infant, de même pour plaire à sa nouvelle maîtresse, il résolut de paraître avec éclat devant elle dans quelque galante cérémonie. Il y avait alors en Flandre un divertissement populaire qui consistait à tirer à coups de flèches sur un oiseau attaché au haut d'un mât. Cela s'appelait la fête

1. *Mémoires du marquis de Beauvau.*

du papegay. Celui qui abattait le papegay, portait
le titre de roi du papegay ou de la Kermesse. Son
adresse était célébrée par une marche triomphale et
de splendides festins. Si c'était un pauvre artisan qui
remportait le prix, la ville faisait les frais de la cérémonie, mais si la personne était riche et de qualité,
elle en payait la dépense. Charles se mêla parmi les
tireurs, abattit le papegay du premier coup, et fut,
aux acclamations universelles du peuple, élu roi de
la Kermesse. Pour célébrer dignement sa victoire, il
représenta quelques jours après dans les rues de
Bruxelles l'entrée de Godefroy de Bouillon à Jérusalem. Rien n'égala, disent les biographes du prince
lorrain, la beauté de ce cortége où l'on vit défiler
une suite infinie de chariots étincelants d'or, de chevaux brillamment caparaçonnés, une foule de machines ingénieusement décorées et les plus somptueux
costumes. Plus richement habillé que personne,
Charles représenta le personnage de Godefroy de
Bouillon. A la tombée de la nuit, des tables furent
dressées dans tous les carrefours pour l'usage du
public ; et pendant trois jours, les fontaines de la ville
ne cessèrent de verser à tout venant, d'abondants flots
de bière et de vin. Les auteurs à qui nous empruntons quelques-uns de ces détails, ont oublié de nous
dire quel effet toute cette magnificence produisit sur
la personne à qui le duc de Lorraine entendait surtout en faire hommage. Nous lisons toutefois dans

M. de Beauvau, que lassée de cette poursuite opiniâtre, la mère de la demoiselle la maria à un parti
notable de la ville de Bruxelles, et l'envoya avec son
mari dans quelque maison de campagne éloignée.
« Et ainsi s'éteignit la passion du duc[1]. »

Séparé de Mme de Cantecroix, et abandonné en
même temps de la fille du bourgmestre de Bruxelles,
Charles prit une résolution qui fit à chacun l'effet de
lui avoir été surtout inspirée par le désespoir. Il
annonça vouloir reprendre sa première femme. De
sérieuses conférences eurent aussitôt lieu à l'hôtel
de Guise à Paris. Les princes et surtout les princesses de la maison de Lorraine résidant à la cour
de France s'employèrent à faire réusir un si édifiant
dessein. Les conditions du rapprochement furent
arrêtées dans une grande assemblée de famille. Le
sieur Vincent, agent du duc, les accepta toutes au
nom de son maître. Ce prince adressa même à la
duchesse de Lorraine plusieures lettres qui n'étaient
pas dépourvues de raison, et sans un certain mélange
de tendresse. — « Bien que la conscience, lui écrivait-il, soit le fondement de toutes nos actions, celle-
cy ne doit pas se faire sans quelqu'affection et bonne
volonté qui nous apporte contentement et satisfaction. Si V. A. n'est pas dans ce sentiment, je la conjure de ne rien faire qui la peine, car je ne veulx
point ma satisfaction au préjudice de la sienne.

1. *Mémoires du marquis de Beauvau.*

Qu'elle se consulte elle-même avec son bon petit cœur, et que franchement et promptement elle fasse sans plus de retard ce qui sera de son contentement; je le lui souhaite tout entier avec passion. Si vous revenez, vous me rebaptiserez et prendrai tel nom qu'il vous plaira[1]. » Chose singulière ! Nicole conseillée par le père Dumoulin, eut le tort d'accueillir les avances de son mari avec plus de dignité que de douceur et de prudence.

Ce qui relevait démesurément la confiance de la duchesse de Lorraine et de son confesseur, c'était la connaissance qu'ils avaient de la brouille survenue entre Charles IV et Mᵐᵉ de Cantecroix. Béatrix n'avait pas en effet supporté sans impatience, les attentions publiques du duc de Lorraine pour la fille du bourgmestre de Bruxelles. Charles de son côté s'était montré mécontent du séjour prolongé qu'un certain prince palatin, Radziwil, avait fait à Gand. « Ce seigneur polonais, dit le père Hugo, était beau, bien fait, poli et galant plus que ceux de sa nation n'ont coutume d'être parmi les dames. Il avait été touché au dernier point des larmes que les infidélités du prince lorrain arrachaient à Mᵐᵉ de Cantecroix, et il était devenu peu à peu son consolateur et son ami[2]. » C'était moins qu'il n'en fallait pour exciter les jalou-

---

1. Lettre de Charles à Nicole, 27 juillet 1647, insérée dans la *Vie manuscrite de Charles IV*, par le père Hugo.
2. *Vie manuscrite de Charles IV*, par le père Hugo.

sies du duc Charles ; car si, pour son compte, il était
peu scrupuleux en ces matières, il était au contraire
très-ombrageux à l'endroit de la conduite des dames.
Madame de Cantecroix eut donc grande hâte de lui
écrire pour se laver entièrement d'une aussi injuste
accusation. Il lui fit aussitôt réponse. Mais les lettres
n'avaient pas suffi, et l'on se rapprocha davantage pour se mieux expliquer. Menée par Charles IV
en personne, cette seconde négociation marcha un
peu plus vite que celle du sieur Vincent et du père
Dumoulin. Ces messieurs en étaient encore à discuter entre eux, par-devant les membres de la maison
de Lorraine, les clauses de la réunion prochaine
des anciens époux, lorsqu'on apprit tout à coup à
l'hôtel de Guise à Paris, que Charles IV avait pris
domicile à Gand, et que Mme de Cantecroix était
grosse. Ce ne fut pas sans railler un peu la pauvre
duchesse, que dans une dernière lettre Charles prit
congé d'elle. Nicole ayant donné pour motifs de son
hésitation et de ses retards, la nécessité où elle était
de justifier pleinement sa conduite devant Dieu et
devant les hommes ; « pour moi », répondit le duc,
« je n'entreprendrai point la même chose, parce que
je suis pécheur devant Dieu, et bien impur devant
les hommes ; et c'est ce qui me fait penser que je ne
suis pas digne d'approcher d'une si sainte personne [1]. »

---

[1] Lettre de Charles IV à la duchesse Nicole, insérée dans la *Vie
manuscrite de Charles IV*, par le père Hugo.

Le temps que Charles avait dépensé dans les fêtes de Bruxelles, celui qu'il avait employé à courtiser la fille du bourgmestre, à traiter avec la duchesse Nicole et à se réconcilier avec Béatrix, avait été presque entièrement perdu pour les opérations de la guerre. Il n'avait pas, il est vrai, manqué de payer de sa personne au siége de Courtrai (1646). Après la prise de cette ville par les Français, il avait appuyé la retraite de l'archiduc, et avec sa fermeté ordinaire, contenu les Hollandais qui s'avançaient du côté de Bruges et du Sas de Gand[1]. Mais il n'était pas resté aussi tard que de coutume sur le champ de bataille; son corps d'armée mis en sûreté, il était vite revenu chercher les distractions de la petite cour flamande. « Le délicieux séjour de Bruxelles avait quelque peu amolli son humeur guerrière ; de sorte qu'on le rencontra pendant plusieurs années, » dit le marquis de Beauvau, « plus souvent parmi les dames, qu'à la tête de ses troupes[2] ». Au printemps de 1647, et pour la première fois de sa vie, le duc de Lorraine n'entra même pas en campagne. Personne ne douta, en voyant cet absolu repos d'un prince si passionné pour la guerre, qu'il n'eût alors tourné ses pensées et porté toute son activité vers les négociations qui se poursuivaient en Allemagne, et qui semblaient alors approcher de leur terme.

1. Le père Hugo, Guillemin, dom Calmet.
2. *Mémoires du marquis de Beauvau.*

Charles aurait eu en effet grande raison de s'inquiéter de ce qui allait sortir des longues conférences de Munster et d'Osnabruck. Ses intérêts étaient au plus haut point engagés dans les questions qu'agitaient en Westphalie les plénipotentiaires de tous les grands États européens. C'était au sujet du sort futur de la Lorraine que s'étaient tout d'abord produites les prétentions les plus contraires et les plus fermement soutenues. Maintenant qu'il s'agissait d'aboutir, et par conséquent de transiger, qu'allait-il advenir? Depuis qu'il avait eu ses États envahis et sa capitale occupée, depuis qu'il avait si follement rompu ses traités avec Richelieu et refusé étourdiment de s'entendre avec Mazarin, perdu La Mothe et ses dernières places en Lorraine ; depuis que par ses revers répétés sur les champs de bataille et dans les affaires de cabinet, il avait acquis, en diplomatie comme à la guerre, la triste preuve de son évidente infériorité vis-à-vis de la France, Charles n'avait plus qu'une seule chance de salut ; et le maintien de sa souveraineté dépendait à peu près uniquement de l'intervention des cours représentées au congrès. Parmi elles, l'Espagne et l'Autriche étaient par leurs intérêts propres engagées dans sa cause et l'assuraient de leur appui. Mais les efforts de ses deux protecteurs répondraient-ils à leurs protestations? Et s'ils étaient sincères, seraient-ils les plus persévérants et les plus forts? Leur puissance serait-elle au niveau de leur bonne volonté ?

C'était pour établir la prépondérance de la maison
d'Autriche en Europe, que le duc de Lorraine avait
successivement servi l'Empire et l'Espagne sur les
rives du Rhin, dans la Souabe et en Alsace, en
Franche-Comté et dans les Flandres. C'était pour
grossir leurs armées qu'il avait épuisé d'hommes et
d'argent les malheureuses contrées qui lui étaient
demeurées fidèles. C'était pour les intérêts de ces
deux couronnes qu'il avait pendant quinze années
sans cesse vaillamment combattu avec des fortunes
si diverses, tantôt vaincu à Thann, à Saint-Jean-de-
Losne, à Courtrai, tantôt vainqueur à Nordlingen,
à Dôle et à Tutelingen. Quel allait être le prix de
tant de services? Serait-il sauvé par ses alliés, ou li-
vré par eux en victime à ses adversaires? On le voit,
Charles avait à la fois tout à craindre, et tout à espérer de l'issue du congrès de Munster, et malheureusement pour lui, maintenant que la conclusion approchait, beaucoup plus à craindre qu'à espérer.

Rappelons rapidement quel cours avaient suivi
les négociations de Munster et d'Osnabruck, et
précisons le point où elles en étaient actuellement
arrivées.

L'ouverture du congrès avait été longtemps à
l'avance fixé au 15 juillet 1643. Comme il s'agissait
d'aboucher ensemble les plénipotentiaires de plusieurs puissances dont les unes étaient catholiques,
les autres protestantes, et que ces derniers n'a-

vaient pas voulu traiter par l'entremise officielle du
saint-siége, il avait été convenu que les conférences
se tiendraient partie à Munster et partie à Osnabruck.
Les envoyés des puissances catholiques devaient se
réunir à Munster sous la médiation du Pape et de
Venise ; les représentants de l'Empereur et de la
Suède négocier à Osnabruck par la médiation du
Danemark ; les Hollandais et les Espagnols traiter
directement entre eux à Munster sans intermédiaires,
et les affaires de l'Empire se régler dans l'une et
l'autre ville. Ce programme, arrêté à la Diète de
Ratisbonne, n'avait pas été ponctuellement exécuté.
D'abord les négociateurs se firent quelque peu attendre, et les plénipotentiaires français plus que tous
les autres. Partis de Paris en octobre, MM. d'Avaux
et Servien s'étaient arrêtés à La Haye pour renouveler l'alliance de la France avec les Provinces-
Unies ; ils avaient mis dans leur marche une lenteur
étudiée et si grande, que le premier arrivé, le comte
d'Avaux, ne fut rendu à Munster qu'au printemps
suivant (mars 1645). A Osnabruck, ce fut pis encore : le Danemark, quittant sa position de médiateur, avait, pendant l'hiver, déclaré la guerre à la
Suède. Cette circonstance suspendit toute négociation non-seulement dans la ville protestante, mais à
Munster, les ministres français ayant déclaré qu'ils
ne traiteraient de rien en l'absence de leurs alliés les
Suédois. Ce temps perdu par les diplomates ne l'avait

pas été par les commandants des armées. La guerre
avait été désastreuse pour l'Empire, fâcheuse pour
les Espagnols, et, grâce aux victoires de Rocroy, de
Fribourg et de Nordlingen, glorieuse et profitable à
la France. Les coups portés par l'épée du duc d'Enghien avancèrent plus la négociation que n'avaient
pu faire encore les habiles Mémoires de MM. Servien
et d'Avaux, la venue (30 juin 1645) du duc de
Longueville, ou même la présence de la jeune et
brillante Mme de Longueville. On en était enfin venu
sinon à dire sa véritable pensée, du moins à produire ces prétentions nécessairement exagérées sur
lesquelles s'établissent d'ordinaire les premiers dé-
bats, et que chacun se réserve le droit de pouvoir
plus tard restreindre ou modifier à son gré. Indiquons brièvement les dispositions des principales
puissances.

Celles de la cour de France ressortaient avec évidence de la situation que les derniers événements lui
avaient faite. C'était elle qui avait le moins souffert
et le plus gagné durant cette longue lutte, qu'on a
depuis appelée la guerre de trente ans. Mazarin entendait recueillir le fruit de la politique si laborieusement inaugurée et si fermement pratiquée par son
glorieux prédécesseur, qu'il avait lui-même avec
tant de peine réussi à préserver de toute atteinte, et
qui, depuis son avénement au pouvoir, poussée avec
vigueur et succès, était près d'obtenir son plus écla-

tant triomphe. Il était donc bien résolu à garder le
plus qu'il pourrait des nouvelles conquêtes de la
France. S'il consentait à restituer les plus éloignées,
il ne voulait à aucun prix rendre celles qui, placées
à portée de nos frontières et sous le coup même de
notre puissance, pouvaient être réunies avec sûreté
au territoire français. Il n'était pas éloigné de restituer à l'Espagne la Catalogne, séparée de nous
par les Pyrénées ; mais à condition qu'elle renonçât
au Roussillon. Il ne lui semblait pas impossible
d'abandonner quelques-unes des villes occupées en
Italie, de l'autre côté des Alpes, sauf à prendre en
échange Pignerol, qui était plus facile à garder.
L'Alsace devait rester à la France par droit de
conquête sur l'Empire, et la Lorraine à cause des
manquements du Duc à ses traités. Quant à la frontière du côté de la Flandre, il se réservait de la
reculer plus ou moins, suivant les chances de la
guerre ; mais les récents succès de nos généraux
avaient été si grands, qu'il ne désespérait pas de
la rapprocher assez près de Bruxelles. De pareils
avantages ne se pouvaient obtenir qu'avec le ferme et
cordial appui de tous nos alliés et par l'intermédiaire
des puissances neutres, s'entendant pour exercer en
vue de la paix une sorte de contrainte collective sur
les cours de Vienne et de Madrid. Les efforts des
plénipotentiaires français à Munster et à Osnabruck
tendaient vers ce but. Souvent divisés entre eux,

quelquefois contrecarrés par leur chef ostensible , le duc de Longueville, mais toujours habilement et minutieusement dirigés par Mazarin, MM. Servien et d'Avaux s'appliquèrent à lier de plus en plus les intérêts de leur cour avec ceux des Hollandais et des Suédois, des électeurs protestants ou catholiques que pouvait effaroucher l'antique prépondérance de la maison d'Autriche. .

Les intérêts des Impériaux et des Espagnols étaient à peu près identiques, et rien ne leur importait tant que de se tenir fortement unis contre la France, la commune ennemie. La maison d'Autriche avait trop perdu aux derniers événements de la guerre pour accepter l'état de choses actuel comme devant servir de point de départ aux futurs arrangements. Les deux cabinets de Vienne et de Madrid proposaient donc d'en revenir purement et simplement au traité conclu à Ratisbonne en 1530, et de rendre ce qui avait été pris de part et d'autre. Ils étaient d'accord pour en appeler continuellement au droit contre le fait ; ils soutenaient avec opiniâtreté la cause des vieilles nationalités et des anciennes circonscriptions territoriales. Leurs ministres ne négligeaient aucune occasion de jeter la division dans le camp de leurs adversaires. Tandis que les ministres de l'Espagne cherchaient à détacher les Hollandais de la France en les attirant dans un traité séparé, les plénipotentiaires de l'Empereur s'efforçaient d'en faire autant

des Suédois. Ils s'appliquaient surtout à donner satisfaction aux électeurs, de peur qu'ils ne se laissassent
gagner par les ministres français.

Dans ce croisement de démarches opposées, les
succès furent divers, et nul parti ne put se vanter
d'avoir complétement réussi. La France fut abandonnée par les Provinces-Unies, qui traitèrent séparément avec les Espagnols, leurs anciens maîtres;
mais elle resta, malgré les ministres de l'Empire et
de l'Espagne, parfaitement unie avec ses vieux alliés,
les Suédois. Bientôt il fut évident que les plénipotentiaires français étaient sur le point d'obtenir parmi
les électeurs une majorité contre l'Empire. Ainsi la
position n'était plus parfaitement égale entre la cour
d'Espagne, débarrassée de l'un de ses ennemis, et
l'Empereur, menacé de voir les petits États allemands,
ses appuis naturels, se tourner contre lui-même. Dès
lors il fut évident pour tous les esprits perspicaces
que les deux alliés du duc de Lorraine allaient être
contraints de suivre une ligne de conduite différente.
Tout affaiblie qu'elle fût, la cour de Madrid ne désespérait pas de pouvoir lutter encore. Épuisée par
une guerre plus longue et plus terrible, l'Autriche
acceptait secrètement avec tristesse la nécessité de
céder à la France. Les concessions successives faites
par les ministres impériaux, à propos de la Lorraine,
devinrent de plus en plus considérables.

Au début de la négociation, 23 septembre 1645,

les plénipotentiaires de l'Empereur, répondant aux
propositions préliminaires des Français et des Suédois, « avaient spécialement réclamé la réintégration
du duc de Lorraine dans sa souveraineté indépendante. » Au mois de décembre suivant, M. de Traut=
mansdorf, grand-maître de la maison de l'Empereur,
celui des ministres allemands qui passait pour jouir
près de son maître du crédit le mieux établi, était
arrivé à Munster, apportant ce qu'il assurait devoir
être les dernières conditions de l'Autriche. Ses
instructions lui imposaient encore l'obligation d'insister fortement pour la restitution de la Lorraine [1].

A cette prétention deux fois reproduite de la maison d'Autriche, les plénipotentiaires français n'avaient
pas manqué d'objecter (16 janvier 1646) : « que la
Lorraine était bien et dûment acquise à la France par
les violations de traité qu'avait commises Charles IV ».
Tel était le langage officiel et public. Au fond cependant, le cabinet français n'était pas si résolu ; il avait,
sur cette question, plus d'incertitude qu'il ne se souciait d'en laisser voir à ses adversaires ou même à
ses alliés [2]. Mazarin n'était pas si persuadé qu'il feignait de l'être de la validité du droit de conquête

1. « Maj. sua jura et ante omnia postulat sibi, federatis et adheren-
tibus, et nominatim Carolo duci lotaringiæ totique ejus domni occupata
à corona Franciæ in certum terminum restitui. » Instruction latine
pour le comte de Trautmansdorff.

2. La cour de France fut assez longtemps dans l'incertitude du
parti qu'elle prendrait par rapport au duc de Lorraine. *Histoire du
traité de Westphalie,* par le père Bougeant, t. IV, p. 320.

qu'il revendiquait sur la Lorraine. « Il y a des droits »,
dit judicieusement le père Bougeant dans son histoire du Traité de Westphalie, «dont l'usage quoique
légitime est odieux. Un prince dépouillé fait toujours
pitié, quoiqu'il mérite de l'être; et une justice rigoureuse est toujours traitée d'inhumanité. » C'était sans
doute une considération de cette nature qui avait
porté Mazarin à se relâcher quelque peu de sa première rigueur, et à souffrir que des passe-ports, pour
se rendre à Munster, fussent accordés aux députés
de Charles IV, si les plénipotentiaires de France le
jugeaient à propos. Plus rigoureux que le ministre
de la régente, ceux-ci s'y étaient obstinément refusés
(17 mars 1646). Leur principale raison était « de
réduire Charles IV à chercher en France un traité
particulier, se voyant exclu du général [1]. »

Ce n'est pas que Mazarin fût, plus que MM. d'A-
vaux et Servien, disposé à ménager le duc de Lorraine.
Il n'avait pas oublié que ce prince, après l'avoir
leurré de l'espérance d'un traité, s'était tout à coup
(1644) jeté dans les bras des Espagnols, et à peine
engagé avec eux, lui avait, plus tard, fait offrir de
les abandonner pour servir la France. Il avait mandé
tout ce détail aux plénipotentiaires de France : « Jugez par là-», leur écrivait-il, « de l'assurance que l'on
peut prendre en la foi d'un homme qui a tant de lé-

---

1. Réponse des plénipotentiaires français au mémoire de Son Éminence, 17 mars 1646.

gèreté, et qui n'est jamais plus à la veille d'abandonner un parti que quand il s'y lie par un nouvel
engagement [1] ». Il redoutait non moins qu'eux la
rentrée du Duc dans ses États. Ce n'était pas seulement le caractère particulier de Charles IV qui était
à ses yeux un obstacle à ce rétablissement, c'était sa
qualité de prince lorrain. « Un souverain de cette
humeur, inconstant, brouillon et hardi seroit plus à
craindre dans une minorité étant rétabli, avec quelques retranchements que ce puisse être dans la Lorraine, qui est contiguë à ce royaume, où il a tant de
parents, que n'est à présent le roi d'Espagne avec
toute sa puissance, étant certain que si quelques
Français sont mal intentionnés pour l'État, ils auront
toûjours plus d'aversion et de remords de se jeter
entièrement dans les bras des Espagnols qu'ils con-
sidèrent comme ennemis naturels de la nation,
qu'ils n'en auroient de se joindre à un prince dont la
maison depuis si longtemps est comme française [2]. »

Il n'y avait rien que de fondé dans cette vue du
cardinal Mazarin. Soit qu'elle lui fût inspirée par le
souvenir de ce qui s'était passé au temps de Richelieu,
soit peut-être par le pressentiment d'un avenir déjà
prochain, elle présida surtout à la rédaction des
instructions adressées à MM. Servien et d'Avaux

---

1. Mémoire du cardinal Mazarin aux plénipotentiaires français,
23 février 1645.
2. *Idem, ibid.*

(24 octobre 1646) au sujet de l'affaire du duc de Lorraine. « Deux choses sont très-constantes », disait le ministre dans son mémoire, « l'une que le Duc a plus offensé la France, l'autre qu'il est beaucoup moins considérable qu'il n'étoit avant le décès du feu roi[1]. » « Il n'y avoit donc aucune raison de consentir à son retour dans ses États... Cependant Sa Majesté voyant que les ministres de la maison d'Autriche ont tant de peine à signer la paix, sans avoir fait quelque chose pour ledit duc qui est actuellement à leur service, et ayant grande passion pour l'avancement de cette paix, comme aussi beaucoup d'affection pour plusieurs princes qui sont sortis de cette maison..... pourvu que ledit duc désarme, et qu'il établisse son séjour en Italie, ou en Allemagne au delà du Rhin, ou en d'autres lieux dont on pourra convenir, et que

---

1. « ... Il a plus offensé parce qu'outre que le roi doit prendre part et avoir le même ressentiment que le feu roi de toute sa conduite passée qui a été si préjudiciable à cette couronne, ayant empêché plusieurs progrès qu'on auroit pu faire sur les ennemis, il a encore abusé de la bonté de la reine qui, s'étant par diverses considérations, portée à lui accorder des conditions plus avantageuses que celles du traité de Paris, le succès de cette négociation fut, qu'après avoir contresigné de sa propre main les articles du traité, et en avoir témoigné grande satisfaction, comme le sieur Duplessis-Besançon retourna avec les ratifications, l'argent et tout ce qui étoit nécessaire au traité, au lieu d'être à Metz, comme il avoit promis, il le trouva parti avec toutes ses troupes pour aller au secours de Gravelines...

« Il est moins considérable, parce que ses protecteurs n'ont ni la force ni la volonté de l'assister, parce qu'il ne possède rien en Lorraine, parce qu'il a perdu les ports du Rhin, et que ses troupes sont notablement diminuées. » Mémoire à Messieurs les plénipotentiaires touchant l'affaire du duc Charles. 24 octobre 1646. Archives des affaires étrangères.

la maison d'Autriche promette de ne l'assister point
directement ou indirectement, Sa Majesté se portera
à lui donner un entretènement sortable à sa qualité,
qui pourroit être de 100,000 écus par an, 40,000 au
duc François, 40,000 à la duchesse de Lorraine qui
est ici... et pour les princes qui ont droit à la succession, Sa Majesté étant parvenue à l'âge de vingt
ans, on leur rendra ce qui est seulement de l'ancien
duché de Lorraine, les places démolies, et non pas
ce qui est mouvant de France ni ce qui dépend des
Trois Évêchés; ou bien Sadite Majesté leur donnera
un État aussi en souveraineté, d'égale valeur à l'ancien duché de Lorraine, et le choix de ces deux partis
dépendra purement de Sa Majesté, le tout moyennant qu'il se conduira, et ceux qui ont droit de prétendre à sa succession, en sorte qu'ils ne se rendent
pas indignes de cette grâce [1]. »

Cette nouvelle proposition de la France, si funeste
aux intérêts de Charles IV, arrivait à Munster précisément à l'époque où les succès répétés de Condé
et de Tortenson rendaient chaque jour meilleure la
situation de la France et de la Suède son alliée. Les
plénipotentiaires de l'Empire étaient amenés à comprendre qu'il leur serait difficile d'insister plus longtemps en faveur de leur protégé, le duc de Lorraine,
s'ils ne voulaient compromettre en même temps l'éta-

---

1. Mémoire pour Messieurs les plénipotentiaires touchant l'affaire du
duc Charles, 24 avril 1646. Archives des affaires étrangères

blissement d'une paix qui leur était devenue à peu près indispensable. L'idée d'abandonner complétément la cause de la Lorraine gagnait surtout du terrain dans les trois colléges d'Allemagne. Les députés des petits États ne cessaient point de répéter qu'il serait souverainement imprudent de hasarder le repos de l'Empire entier pour la seule considération d'un prince qui n'en faisait plus partie, sinon pour quelques fiefs sans importance[1].

Que faisait cependant Charles IV, afin de conjurer un si éminent péril? Il était jusqu'alors, en apparence du moins, demeuré assez indifférent à tout ce qui s'était passé à Osnabruck et à Munster. Il n'avait point semblé se soucier beaucoup du refus qu'on avait fait d'admettre ses députés aux conférences, et, de même qu'en 1641, il avait laissé au duc François le soin d'établir, par un long mémoire à l'assemblée de Ratisbonne, les droits de la famille de Lorraine à la protection spéciale de l'Empire[1]. Cette fois encore, soit par négligence ou par fierté, il préféra abandonner à son frère, depuis quelques années fixé à Vienne, le rôle ingrat de solliciteur près de la maison d'Autriche. En vain, pour combattre une si singulière insouciance, François écrivit plu-

1. « L'opinion, Monsieur, est ici que l'empire ne se doit pas mêler de l'affaire de Lorraine, et qu'il la faut démêler dans le traité d'Espagne, puisque le duc Charles est à son service. » Dépêche de M. Servien.

2. Mémoire présenté à l'Assemblée de Ratisbonne en 1641. Il est inséré tout entier dans la *Vie manuscrite de Charles IV*, par Guillemin.

sieurs fois à son frère; en vain il voulut un instant,
pour exciter la jalousie de Charles IV, persuader à
à la duchesse Nicole de se faire représenter elle-même
à Munster, comme étant de son chef souveraine du
duché de Lorraine, Charles ne s'en émut en aucune
façon. Non-seulement il ne jugea pas à propos d'envoyer sur les lieux quelque agent de mérite capable
de parler en son nom, ou tout au moins de le ren-
seigner sur la marche des négociations où s'agitait
son sort, mais il souffrit à Munster, sans le vouloir
jamais autoriser ni désavouer, un nommé Rousselot
d'Hédival, qui prenait le titre de son secrétaire,
allait et venait pour représenter aux médiateurs les
intérêts de son maître, personnage actif, hardi, mais
subalterne, «d'une physionomie si désagréable»,
ajoutent les biographes de Charles, « et si impropre
à un pareil emploi, qu'il étoit beaucoup plus fait
pour gâter les affaires que pour les accommoder [1]. »
Quand les choses en furent arrivées à ce point où sa
cause était déjà à peu près perdue, et sinon encore
ouvertement reniée, du moins tacitement abandonnée
par ses alliés, Charles sortit tout à coup de sa profonde apathie. Il envoya au sieur Rousselot d'Hédival un écrit fermement et habilement rédigé, par
lequel il protestait contre cette prétention étrange du
congrès de vouloir disposer de la Lorraine sans sa
participation, factum tout rempli d'amers et trop

---

1. *Vie manuscrite de Charles IV,* par le père Hugo, dom Calmet, etc.

justes reproches contre la maison d'Autriche [1]. Il
s'adressa en même temps aux Provinces-Unies pour
qu'elles lui prêtassent leur médiation. Cette idée de
recourir, pour sa défense, à d'anciens adversaires parut fort singulière à tout le monde, et les plénipotentiaires hollandais n'accueillirent sa demande qu'avec
beaucoup de froideur. « Ils bornèrent leurs bons
offices », dit l'historien du traité de Westphalie, « à
en parler aux plénipotentiaires français, moins pour
les solliciter que pour leur donner avis de la démarche
qu'on avoit faite auprès d'eux [2]. »

Il était trop tard; Charles n'avait déjà plus aucune
chance raisonnable de rétablir ses affaires. Son sort
fut irrévocablement fixé le jour où, dans l'assemblée
d'Osnabruck (septembre 1647), les trois colléges
d'Allemagne déclarèrent que l'Empereur et l'Empire
ne se mêleraient plus des intérêts du duc de Lorraine. La cour de Vienne n'attendait plus que cette
déclaration, afin d'y conformer sa conduite et abandonner avec moins de honte le malheureux prince
qu'elle ne pouvait plus défendre. Dans le traité final
(octobre 1648), il était dit au sujet du duc de Lorraine «que l'Empereur et les Électeurs, princes et
États, se réservoient seulement le droit d'avancer

1. Lettre du duc Charles de Lorraine, à ce qu'on ait égard à ses intérêts au traité de la paix générale. Bruxelles, 10 mars 1646. Archives
des affaires étrangères.
2. *Histoire du traité de Westphalie,* par le Père Bougeant.

par offices pacifiques l'accommodement du différend
qui seroit décidé par arbitres ou par le traité à intervenir entre la France et l'Espagne [1]. » Il était difficile
de moins sauver les apparences.

Un tel résultat ne surprit personne ; Charles lui-
même s'y était attendu, depuis l'instant où s'étaient
officiellement produites les fières exigences de la
France. Ce rude traitement l'avait affligé, mais non
blessé, venant d'une puissance son ennemie publique
et déclarée. Il n'y avait donc nulle trace d'empor-
tement ni de colère dans les lettres que, vers la fin
de l'année 1646, il avait adressées à Mazarin. Ses
plaintes étaient tristes, mais douces, presque tou-
chantes, lorsque, parlant de l'état déplorable où ses
anciens sujets et les membres mêmes de sa famille
étaient alors réduits, il s'écriait : « Quoi qu'il en soit,
je ne veux pas importuner la reine de cette paix
générale, où elle ne veut pas qu'on me nomme, où
aussy ceux de mon parti m'oublient absolument, ce
qui n'est pas étrange, puisqu'ils s'y oublient eux-
mêmes. J'ose pourtant, Monsieur, vous conjurer de
lui représenter l'estat misérable de ceste pauvre Lorraine, afin que, par sa bonté ordinaire, elle lui veuille
procurer quelque repos. C'est une action de charité
extraordinaire pour la maison ; et ceux de mon nom
seront peut-être plus considérables et plus utiles à

1. Traité de Westphalie. Archives des affaires étrangères.

son service que moy, C'est pourquoy j'espère que Sa Majesté ne voudra pas les priver d'un chef et d'un souverain, et qu'elle leur rendra ce pauvre morceau de terre si elle m'en juge indigne [1]. »

Ce qui révoltait principalement Charles IV, c'était de voir sa ruine consentie par cette maison d'Autriche, à laquelle il avait autrefois tant sacrifié. Ses griefs à ce sujet étaient mieux fondés encore que le public, et lui-même peut-être, ne le pouvaient savoir alors. Ce n'était pas en effet la seule cour de Vienne qui, sous le coup de ses revers, épuisée par la guerre et pressée par les Colléges de l'Empire, avait mis en oubli les services rendus à la cause de l'Allemagne catholique par le vainqueur de Tutelingen. Les ministres de l'Espagne ne l'avaient pas mieux traité. Dans un moment où ils avaient sérieusement songé à faire leur paix, ils n'avaient pas davantage hésité à livrer à la France l'ancien allié dont ils avaient tiré tant de secours, le vaillant général auquel ils devaient la conservation de la Franche-Comté et qui venait à l'heure même de mettre à leur service son épée et ses troupes. Revenus plus tard à des résolutions moins pacifiques et décidés à continuer la guerre pour des motifs qui leur étaient tout personnels, les mêmes ministres, afin de déguiser leur faiblesse, avaient, il est

1. Lettre du duc Charles au cardinal Mazarin, 24 novembre 1646. Archives des affaires étrangères.

vrai, mis en avant, comme motif principal de la rupture des négociations, la ferme volonté où ils étaient
demeurés d'obtenir avant tout la restitution de la
Lorraine. Mais rien n'était moins vrai que cette prétention d'inaltérable fidélité à la cause du duc de
Lorraine. Les pièces échangées pendant les conférences, et demeurées dans nos archives, démon-
trent la fausseté de cette allégation. Il est probable
qu'averti par la France, Charles IV n'en fut pas
longtemps la dupe. Quoi d'étonnant s'il éclata alors
en violentes récriminations contre l'Empire et les
Électeurs[1] !

Le dépit qu'un si funeste abandon lui causa eut
pour effet d'assombrir singulièrement l'humeur du
duc de Lorraine et d'aigrir son caractère. A partir
de ce moment, on le vit donner à ses allures, déjà
un peu bizarres et inattendues, quelque chose de
rude et de farouche. « Changeant de manière de
vivre, » disent ses biographes, « il eut un égal mépris
pour toutes les nations : Allemands, Français et
Espagnols, tout lui devint ennemi. » Il ne voulut plus permettre à ses troupes de s'engager au
service des Espagnols, avant que ceux-ci n'eussent traité avec lui de quelques sommes considérables d'argent, tant pour leur entretien que pour
sa subsistance particulière. « Mais, comme il rete-

1. Lettre de Charles IV aux États de l'Empire, juillet 1648. Archives
des affaires étrangères.

noit tout l'argent pour lui, » ajoute le marquis de
Beauvau, « le payement de ses troupes ne consis-
toit plus qu'en la licence d'en prendre où elles pourroient, de sorte que les frontières des Pays-Bas, du
côté de Liége, de Cologne et de Trèves furent contraintes de s'armer pour se défendre de leurs pillages.
Outre ce trafic, dont aucun prince ne s'étoit avisé
avant lui, pour amasser toujours plus d'argent, il
imagina de vendre quelques-uns de ses régiments
entiers aux Espagnols et les propres quartiers d'hiver qui leur étoient assignés dans les Flandres, les
envoyant en chercher d'autres à la pointe de leurs
épées... Il trouva même moyen de s'emparer du
château d'Hermestein, situé sur le Rhin et appartenant à l'électeur de Trèves, de sorte qu'il tiroit un
profit considérable du passage des bateaux. Un jour,
comme il étoit allé visiter un de ses quartiers appartenant à l'électeur de Cologne, on vint l'avertir que
ce prélat avoit amassé quelques troupes pour le venir
charger ; sur quoi il sortit de son logis, un pot de
cuisine en tête et une broche à la main, disant qu'il
n'étoit pas besoin d'autres armes pour se défendre
contre les gens d'Église [1]. »

Mais c'était surtout contre les ministres espagnols
que le duc de Lorraine aimait à tourner ses railleries. Désireux de faire éclater le ressentiment qu'il

1. *Mémoires de Beauvau*, p. 59.

gardait de la manière dont il avait été abandonné
par l'Empire, il n'épargnait pas toujours l'archiduc,
qui commandait alors en Flandre. Un jour, au début
de la campagne de 1648, ce prince lui ayant fait
demander ses troupes, Charles répondit : que l'affaire était d'importance et qu'il fallait qu'il en parlât
à son conseil. Peu de temps après, l'archiduc étant
venu le trouver lui-même, et le priant de vouloir bien
convoquer son conseil, Charles appela un certain
Allemand nommé Hans, qui lui servait de cocher.
C'était tout son conseil, dit-il au prince; et là-dessus
il demanda à Hans, devant l'archiduc, ce qu'il pensait de la proposition qu'on lui faisait de prêter ses
troupes pour servir dans la prochaine campagne
contre la France. Celui-ci, qui connaissait bien l'humeur de son maître, répondit brusquement qu'il ne
les fallait pas accorder sans argent. « De quoi l'archiduc étant convenu », dit le marquis de Beauvau,
à qui nous empruntons cette anecdote, « les troupes
servirent[1]. » Mais l'archiduc n'en fut pas moins piqué
au vif.

Tandis que, faute de pouvoir témoigner autrement
son mécontentement, Charles insultait les Espagnols
par ces plaisantes fantaisies, il roulait dans sa tête les
plus aventureux projets. Nos lecteurs seront étonnés
d'apprendre qu'il ne songeait alors à rien moins qu'à se

1. *Mémoires du marquis de Beauvau*, p. 61.

faire élire empereur. Plus d'un Électeur, assure le
père Hugo, lui avait sous main promis qu'il appuie-
rait volontiers sa candidature si elle était hautement
produite. Mais sans doute le duc de Lorraine ne
l'avait mise en avant que pour inquiéter quelque peu
la cour de Vienne ; il ne lui donna pas d'autre suite.
Un autre dessein plus extraordinaire encore, qui traversa son esprit, et dont nous oserions à peine parler
s'il n'avait pas pour garant la grave autorité de Bossuet, consistait à se rendre avec sa petite armée en
Angleterre afin d'y rétablir Charles Ier sur le trône[1].
A coup sûr il était presque ridicule à un faible souverain dépossédé de ses États, jouet et victime des
grandes puissances de l'Europe, de se vouloir poser
comme le rival d'un empereur et le sauveur d'un roi.
C'était là, s'il en fut jamais, une chimère extravagante
et un rêve insensé. Mais que dire, si au lieu de se vouloir mêler des affaires d'Allemagne ou d'Angleterre,
Charles eût alors follement aspiré à jouer dans le
royaume même de France un rôle considérable ?
Telle était cependant la chance prodigieuse que lui
ménageait la fortune. Encore quelques années, et
le chef des conseils de la reine, le puissant ministre

1. « Elle ranime les Écossais qui arment trente mille hommes; elle
fait avec le duc de Lorraine une entreprise pour la délivrance du roi
son seigneur, dont le succès paraît infaillible, tant le concert en est
uste. » Oraison funèbre d'Henriette de France, reine d'Angleterre,
par Bossuet.

qui avait arraché à l'Empire une paix si glorieuse, Mazarin, allait se présenter en fugitif aux portes de Cologne, et le duc de Lorraine, le petit prince abandonné de tous, que chacun avait méprisé à Munster, allait conduire à deux fois son armée jusque sous les murs de Paris.

Hâtons-nous de retourner nous-mêmes dans cette ville pour démêler les causes qui allaient prochainement amener de si singuliers événements.

CHAPITRE XXIII.

Situation de Mazarin à la cour. — Embarras financiers. — État misérable des habitants des campagnes et des classes inférieures de la population des villes. — Mesures fiscales de l'intendant d'Émery. — Réprobation qu'elles soulèvent dans le parlement. — Sédition de Paris. — Mazarin obligé de se mettre sous la protection de Condé. — Il lui donne en souveraineté les villes de Dun, Jamets, Clermont et Stenay. — Protestation de la duchesse Nicole. — Mazarin traite avec Charles IV directement au moyen de la reine, et indirectement par Mme de Chevreuse. — Retour de cette dame en France. — Ses dispositions raisonnables. — Elle sert sincèrement et utilement Mazarin. — Arrestation des princes. — Joie qu'elle cause au duc Charles. — Succès des armées lorraines. — M. de Ligneville reprend possession d'une partie de la Lorraine. — Charles attend son rétablissement plutôt de la négociation que de la guerre. — Il espère rentrer en possession de sa souveraineté tout entière. — M. de Ligneville battu à Rethel en même temps que M. de Turenne. — Mazarin délivré des princes et réconcilié avec les Frondeurs, ne veut plus restituer la Lorraine. — Les princes mis en liberté. — Mazarin arrive en fugitif à l'armée du duc de Lorraine. — Accueil qu'il y reçoit. — Situation des partis en France. — Mazarin souhaite vivement la paix générale, et conseille un accommodement particulier avec Charles IV. — Ce prince est sollicité par le duc d'Orléans de se joindre au parti du parlement et des princes. — Il traite à la fois avec tout le monde. — Il n'est de bonne foi avec personne, et personne n'est de bonne foi avec lui. — Il se rend avec son armée sous les murs de Paris. — Son entrée dans la capitale. — Ovation dont il est l'objet. — Il inspire une curiosité universelle. — Il refuse de s'expliquer sur ses intentions et raille tout le monde. — Il traite avec la cour par le moyen de M. de Châteauneuf et de Mme de Chevreuse. — Il fait lever le siége d'Étampes à l'armée royale, et promet de se retirer du royaume. — Ses hésitations au dernier moment. — M. de Turenne l'oblige à remplir son traité. — Il abandonne ses positions de Villeneuve-Saint-Georges, et se retire hors de France.

Mazarin avait triomphé sans peine de la faction des Importants. L'arrestation de M. de Beaufort, si

aisément conduit à Vincennes, avait fort déconte-
nancé tout le petit cercle de courtisans bruyants qui
s'agitaient autour de ce prince vaniteux. Il n'avait
guère été plaint que par la généreuse Mme de Hautefort[1], et la disgrâce de cette dame, survenue bientôt
après, n'avait pas tardé à faire comprendre que la
régente entendait n'accorder à aucune de ses plus
anciennes et plus fidèles amies le droit de censurer
sa conduite[2]. Enfin la fuite de Mme de Chevreuse
hors de France avait mis fin aux dernières intrigues
de la cabale et affranchi le nouveau ministre de toute
inquiétude un peu sérieuse. Son crédit sur la régente ne pouvait plus être révoqué en doute; il
était clairement établi aux yeux de tous, non-seulement par l'adoption définitive de sa politique dans
les relations extérieures du royaume, mais par les
marques nombreuses qu'il recevait de la bonne
volonté de sa maîtresse, par la familiarité dont elle

1. « Une des principales raisons de la disgrâce de Mme de Hautefort
est pour avoir parlé en faveur de M. de Beaufort, lorsque la reyne
alla, il y a quelque temps, au bois de Vincennes, où ladite dame luy
dist que c'étoit la première fois que Sa Majesté y estoit venue, depuis
que ce pauvre garçon y estoit; et s'il n'y auroit point quelque grâce
à espérer pour luy. Mais elle n'en eut aucune réponse; et la reyne
estant à la collation, ladite Hautefort lui dist qu'elle ne sauroit manger, et qu'il lui sembloit manger la soupe de ce pauvre garçon. »
Correspondance Gaudin, 23 avril 1644. Archives des affaires étrangères.

2. « Mme de Hautefort a eu son congé hier pour avoir parlé avec peu
de respect à la reyne, et avoir censuré ses actions à cause des hommes
que Sa Majesté avoit introduit en son carosse, allant à la monstre au
bois de Boulogne, ce qui appresta bien icy à discourir. » Correspondance de M. Gaudin. Archives des affaires étrangères.

usait envers lui et par les cadeaux qu'elle lui faisait[1] ;
faveurs précieuses dans toutes les cours, plus précieuses et plus remarquées sous le règne d'une
femme, qui, plus que d'autres affaires vraiment
importantes, avaient le don d'exciter alors la curiosité de tous, l'envie de quelques-uns et la malignité
du plus grand nombre. Ainsi le triomphe de Mazarin
était complet, son pouvoir reconnu et accepté par
tous les courtisans. Il ne rencontrait point de rival en
face de lui, nul obstacle sur son chemin ; et la mode
même était pour lui. « C'était une de ces époques
où, » comme le dit le coadjuteur de Retz, « il eût été
malséant à un honnête homme d'être disgracié.

Nous avons vu dans les chapitres précédents que
Mazarin n'avait pas mal employé, en diplomatie
comme en guerre, les années de loisir que lui avait
laissées l'apaisement des partis. Mais s'il avait hérité
à l'extérieur d'une heureuse situation qu'il avait
encore améliorée, le successeur de Richelieu avait
aussi recueilli à l'intérieur plusieurs embarras sérieux
qu'il s'était montré tout à fait inhabile à surmonter.
Richelieu, que Mazarin s'efforçait de continuer, avait
été lui-même plus glorieux ministre qu'habile ménager de la fortune publique. Les guerres soutenues
contre l'Espagne et l'Empire avaient, du vivant du

---

1. « Sa Majesté a donné un lit au cardinal Mazarin qui fournit icy
matière d'une belle méditation en ces temps. » 26 mai 1644. Correspondance de M. Gaudin. Archives des affaires étrangères.

feu roi, déjà fort appauvri quelques-unes de nos
provinces, épuisé les ressources ordinaires du trésor,
et porté une sérieuse atteinte au crédit de l'État;
cependant l'autorité de Richelieu était toujours
demeurée si grande, sa connaissance des affaires
était si profonde, sa sévérité si connue à la fois et
si redoutée, que s'il avait mis la pénurie dans les
finances il n'y avait pas du moins introduit le désordre. Le désordre commença avec Mazarin. Comme
Richelieu, Mazarin avait dû employer des sommes
énormes à l'entretien des armées, à l'approvision-
nement des places fortes, à l'augmentation de la
marine ; mais il n'avait pas su, comme Richelieu,
tenir en bride la rapacité des fermiers et les mal-
versations des sous-traitants. Moins avide que ne
l'avait été son prédécesseur et qu'il ne le fut lui-même
plus tard, car il affecta également, pendant les premières années de son pouvoir, le désintéressement
et la modestie, Mazarin avait été beaucoup plus prodigue que lui des deniers de l'État. La crainte de
mécontenter et de déplaire l'avait empêché de s'opposer aux largesses d'Anne d'Autriche. Il n'avait mis
non plus aucun frein aux dépenses de la cour[1].

---

1. « On ne refusoit rien, et Laffeuillade, frère de celui que vous
voyez à la cour, disoit qu'il n'y avoit plus que quatre mots dans la
langue françoise : « La reine est si bonne. » *Mémoires du cardinal
de Retz.*

En pleine pénurie du trésor, Mazarin avait imaginé de mettre à la
mode en France les représentations théâtrales avec machines et décors,

La continuation de la guerre et les besoins d'argent qu'elle avait créés, les ruineuses combinaisons que les donneurs d'avis [1] avaient chaque jour inventées pour procurer d'éphémères ressources aussitôt épuisées, le mélange d'insouciance et d'incapacité qui avait présidé au maniement des finances, cette portion si essentielle du gouvernement d'un État, n'avaient pas tardé à causer un malaise général. Les souffrances étaient grandes parmi les classes soumises à l'impôt, c'est-à-dire dans la bourgeoisie et dans le peuple; elles y avaient produit beaucoup de désaffection et un sourd mécontentement.

Incessamment préoccupé, à son début, du désir de se faire pardonner son élévation, plus porté à tourner les difficultés qu'à les vaincre, s'amusant à leurrer les gens par de vaines espérances afin de n'avoir pas à leur résister en face, Mazarin avait été encore plus prodigue de promesses que de faveurs. Il avait excité au plus haut point les convoitises de tous les personnages considérables ou médiocres avec lesquels il avait traité; il avait ainsi donné à chacun

pareilles à celles qui se donnaient en Italie (ce qu'on appela alors l'opéra); l'établissement n'en coûta pas moins de 500,000 écus.

1. On appelait « donneurs d'avis » ceux qui venaient proposer au gouvernement quelques nouveaux modes d'impôts : taxations, prélévations de droits, établissement de monopoles, concessions ou priviléges quelconques dont ils étaient les inventeurs. Habituellement, quand leur idée était adoptée, ils étaient intéressés dans la perception du nouvel impôt. On comprend que le nombre des donneurs d'avis devait être considérable.

une idée exagérée de sa propre importance, et s'était
laissé à l'aveugle entraîner dans mille engagements
que, dans l'état actuel des finances, il n'avait ni la
volonté ni le pouvoir de remplir. Pour conjurer les
périls d'une situation fâcheuse, qui ne lui était pas
entièrement imputable, mais que sa déplorable facilité avait singulièrement empirée, Mazarin eut recours au surintendant Émery, qu'il avait connu pendant ses négociations d'Italie[1]. Il serait parfaitement
injuste de reprocher à Michel Particelli d'Émery de
n'avoir pas eu, en matière de fisc et de finances, des
idées plus·avancées et plus justes que celles de ses
contemporains. Comme nous l'avons dit plus haut, les
habitants des campagnes étaient alors absolument
ruinés et hors d'état d'acquitter les impôts ordinaires ;
c'eût été pitié que de les charger encore ; les artisans des villes n'étaient guère moins misérables ; on
ne pouvait puiser dans leur bourse. En proposant à
la signature de Mazarin une quantité innombrable
d'édits qui atteignaient les transactions commerciales
à leur source, qui créaient une foule de charges judiciaires ou administratives parfaitement inutiles, qui

1. Michel Particelli d'Émery était un homme d'esprit singulièrement adroit, insinuant et souple vis-à-vis des grands, souverainement arrogant avec ses inférieurs, et grand contempteur de l'opinion
publique. Un jour, Bautru lui· présenta un poëte de ses amis, en lui
disant : « Voilà un homme qui pourra vous donner l'immortalité,
mais il faut le faire vivre. — Volontiers, répondit Émery, mais à la
condition qu'il ne me louera pas. — Les intendants sont faits pour être
maudits. »

mettaient à contribution les mâgistrats en les for-
çant d'acheter le droit de transmettre leurs charges,
le surintendant violait, il est vrai, toutes les règles
d'une saine·économie politique, il épargnait au moins
les plus malheureux, et ses inventions fiscales n'a-
vaient rien de contraire aux doctrines de son temps.
« Mais si Émery, » remarque judicieusement un moderne publiciste, « faisait peut-être le métier de
surintendant en allant prendre l'argent là où il y en
avait encore, Mazarin ne faisait pas celui de premier
ministre en permettant de telles mesures. Multiplier
les coups d'État judiciaires en même temps qu'il
attaquait la bourgeoisie parisienne, c'était placer de
sa propre main toute la magistrature du royaume à
la tête d'une agitation qui se révélait sous les formes
les plus menaçantes, parmi les commerçants et les
rentiers, dans les parloirs des marchands et les
tavernes de la basoche, en attendant qu'elle passât
dans la chambre de Saint-Louis pour envahir toute
la France » [1].

C'était en effet de la part de Mazarin une grande
imprudence que de placer ainsi lui-même le parlement à la tête des mécontents. Son ignorance des
coutumes du royaume et des mœurs françaises,
qu'explique à peine sa qualité d'étranger, avait cette
fois mis sa circonspection en défaut. Il commit une

---

1. Études sur le cardinal Mazarin, par M. de Carné.

seconde et plus lourde méprise lorsque, pour abattre
une résistance imprévue, il résolut d'user de rigueur
et de recourir à l'intimidation. Les mesures de sévère
répression ne valent que par la crainte qu'inspirent
ceux qui les prennent. Aux jours de ses plus difficiles
épreuves, quand les étrangers pénétraient au cœur
du royaume, au moment où chacun croyait à sa
prochaine disgrâce, Richelieu aurait pu, sans que
Paris s'en émût beaucoup, sans que le parlement
bougeât, faire conduire, en plein jour, à Vincennes
les chefs les plus considérables de la magistrature
française. Parvenu au faîte de la faveur, maître
absolu de la cour de Saint-Germain, arbitre de l'Europe à Munster, au sortir du *Te Deum* chanté pour la
victoire de Lens, l'inoffensif Mazarin, pour avoir fait
sans bruit arrêter, à la nuit tombée, deux obscurs
conseillers, faillit à bouleverser le royaume. Il apprit
ce soir-là, pour la première fois, ce que peuvent en
France la violence des émotions populaires et la force
de l'esprit de corps.

Nous regrettons qu'il n'entre pas dans notre sujet
de raconter un peu en détail les luttes de la Fronde, et
nous l'avouons, nous aurions aimé à trouver l'occasion de parler avec justice et impartialité du rôle joué
en ces difficiles circonstances par les magistrats du
parlement de Paris ; il nous aurait été agréable, sans
rien exagérer, sans grossir la valeur des discours prononcés à la Chambre des Enquêtes, sans outrer la

portée des harangues débitées par les présidents de
la chambre de Saint-Louis, et tout en faisant la part
de la routine chez les uns, de la violence chez les
autres, de l'inexpérience chez tous, de pouvoir mettre
en quelque relief la masse d'idées lucides et sages,
mesurées et hardies, qui fut produite dans ces fameuses réunions. Qui sait si plus d'un de nos lecteurs
n'eût pas été surpris en reconnaissant à quel point ces
nobles esprits, possédés surtout, quoi qu'on en ait
dit, d'un sincère amour du bien public, avaient été
le plus souvent d'accord pour résoudre, sinon conformément aux théories maintenant usitées, du moins
d'une façon praticable, la difficile question de la
pondération à établir entre le pouvoir et la liberté?
C'est la verve moqueuse du cardinal de Retz qui,
dans l'opinion de la postérité, a fait aux parlementaires du temps de la Fronde un tort peut-être
irréparable. Il est prouvé aujourd'hui que pour rendre
ses récits plus piquants, cet impitoyable railleur a
tantôt interverti l'ordre des temps, tantôt rapporté
des circonstances imaginaires, et le plus souvent prêté
aux déterminations des principaux personnages de
son temps et aux siennes propres des motifs de pure
fantaisie inventés après coup. Avec un peu de soin
et d'étude, il ne serait pas plus malaisé de démontrer
qu'il a de même défiguré sans cesse la physionomie
des réunions tenues dans les salles du Palais de Justice, et jeté sur les orateurs de ces solennelles et par-

fois émouvantes délibérations un ridicule qu'ils n'ont
pas mérité. Cette réhabilitation de l'ancienne magistrature française, si elle était entreprise avec
bonne foi, ne serait pas sans intérêt historique, et,
nous l'osons dire, sans un certain mérite d'à-propos.
Quel moment fut plus opportun pour parler avec
impartialité de ces hommes trop calomniés, qui ont
eu le tort si grand de nos jours de n'avoir point réussi,
mais dont les vues, après tout, étaient justes, les
cœurs droits, et les intentions excellentes. A l'heure
qu'il est plus que jamais, il semble que nous soyons
tenus à l'indulgence envers eux, et notre sort est
devenu trop semblable au leur pour que nous ne leur
accordions pas un peu de sympathie. Privés des
libertés dont la jouissance nous enivrait naguère, il
nous siérait mal de mépriser les générations qui nous
ont précédés, et de parler légèrement des efforts
infructueux que d'autres ont avant nous tentés pour
conquérir un bien qui nous a, comme à eux, échappé.
L'exemple de nos pères ne nous a point si bien profité que nous ayons le droit de relever durement leurs
fautes[1]. Mais hâtons-nous de couper court à des

---

1. Tous les historiens français n'ont pas été également sévères pour
les magistrats du parlement de Paris. Voici ce qu'écrivait M. le comte
de Sainte-Aulaire, en 1843, dans la préface de la 2e édition de l'*Histoire
de la Fronde* :

« Les chefs de la magistrature française, honorables représentants
de la bourgeoisie française, réclamèrent une part du pouvoir politique
que Richelieu venait d'enlever à la noblesse. La noblesse tenta de res-
saisir ce qu'elle avait perdu, et le cardinal Mazarin ne voulut partager

considérations qui nous entraîneraient trop loin, et
disons bien vite quelle fut l'influence des troubles de
Paris sur la direction générale de la politique française, et en particulier sur les affaires de la Lorraine.

Du jour où Mazarin vit se former, dans l'intérieur du royaume, un parti aussi dangereux pour
son pouvoir, il s'appliqua soigneusement à se for-
tifier contre lui de l'appui du même prince qu'avec
tant d'avantage il avait déjà opposé aux ennemis du
dehors. Louis de Bourbon, duc d'Enghien, devenu
prince de Condé, avait en 1648, à peu près vingt-sept
ans. Il occupait alors à la cour de France la situation
la plus considérable. La mort de son père (26 décembre 1646) l'avait mis à la tête d'une immense

avec personne ce que son prédécesseur avait conquis pour l'autorité
royale. Le parti de la cour prévalut, et soixante ans de gloire ont com-
pensé la perte de toute liberté. On sait que la France semble quelquefois souscrire à de tels marchés..... Je ne puis cependant accepter le
reproche d'imprévoyance et de frivolité pour les hommes qui résistèrent
à l'établissement d'une autorité purement et absolument despotique
jusqu'alors inconnue en France..... Limiter l'autorité royale, consacrer
les principes de la liberté civile et en confier la garde aux compagnies
souveraines, c'était le plan que se proposaient les magistrats assemblés
dans la chambre de Saint-Louis, au mois d'août 1648. » Aucune taxe
et impositions ne devaient plus être recouvrées, si elles n'avaient été
librement délibérées en parlement. *Aucun sujet du roi, de quelque
qualité qu'il fût, ne pouvait être emprisonné ou exilé arbitrairement,
ni soustrait à ses juges naturels.* (Préface de la 2e édition de l'*Histoire
de la Fronde,* 1843.)

M. de Sainte-Aulaire avait raison de rappeler en 1843, ces principes
fièrement proclamés en 1648, dans la chambre de Saint-Louis. Il est
toujours à propos de tenir en éveil le sentiment de la justice et du droit.
Aujourd'hui, en 1856, parmi les chefs de la magistrature française,
combien en est-il qui oseraient seulement les citer dans les délibérations du sénat ou à la tribune du corps législatif ?

fortune. Au gouvernement de la Champagne, qu'il possédait déjà par lui-même, était venu s'ajouter, par héritage, le gouvernement de la Bourgogne. De si riches récompenses et une telle puissance n'étaient pas, à vrai dire, au-dessus des services rendus par le vainqueur de Rocroy et de Fribourg, de Nordlingen et de Lens; mais son ambition aussi égalait ses mérites. Du vivant de son père, il avait non-seulement demandé et obtenu déjà Mézières et la Champagne, mais il avait réclamé le gouvernement de Metz et les Trois-Évêchés [1]. Il apirait presque ouvertement à une principauté indépendante, que, suivant les occasions de la guerre, il espérait se composer tantôt en Lorraine, tantôt en Franche-Comté, ou dans les pays des Espagnols [2]. Mazarin avait lutté tant qu'il avait pu contre cette soif d'agrandissement de la maison de Condé, s'aidant pour la contenir de la jalousie qu'elle inspirait au duc d'Orléans et de toutes les inventions que son fertile génie pouvait imaginer. C'est ainsi qu'à la mort d'Armand de Brézé, afin de déjouer les pré-

---

1. « M. le prince dimanda per suo figlio, la Champagne et Mézières. Suo figlio ha dimandato li tré Vescovati. » IVᵉ *Carnet de Mazarin,* page 72. Bibliothèque impériale.

2. « Indifférent à la fortune et n'aspirant qu'à la gloire, il tenait moins à se rendre puissant en France, qu'à se faire quelque part une principauté. Il rêva tour à tour une principauté en Franche-Comté, en Lorraine, dans les Pays-Bas, et plus tard le trône de Pologne » (des carnets autographes du cardinal Mazarin, conservés à la Bibliothèque impériale), par M. Cousin, 3ᵉ article, *Journal des Savants,* page 600.

tentions du prince, son beau-frère, qui demandait
sa charge, il avait suggéré à la reine la singulière
idée de se donner à elle-même le brevet de grand
amiral. Condé avait pris le parti d'en rire, ne
voulant pas s'en fâcher. Mais, brouillé avec le parlement, Mazarin ne pouvait plus recourir à de semblables expédients. Il le sentit vers la fin de 1648,
lorsque, sorti de Paris et retiré à Saint-Germain avec
la cour, il lui fallut traiter avec le vainqueur de
Rocroy, devenu le chef de la petite armée qui faisait
toute la force du parti royal. Le prince du sang qui
consentait à prendre sous sa protection le ministre
impopulaire de la reine, le vaillant soldat qui parlait
si gaiement d'ôter pour quinze jours le pain de
Gonesse aux Parisiens, l'intraitable négociateur qui
recevait avec tant de fierté les députés de la chambre
de Saint-Louis, n'était pas un homme facile à refuser
ni qu'il fût prudent de mettre alors contre soi. Le
cardinal, du moins, en jugea ainsi ; et, tandis qu'au
nom de l'intérêt de la couronne il marchandait à de
modestes et respectueux magistrats l'octroi de quelques sages garanties et le redressement d'assez légitimes griefs, il livrait aux exigences impérieuses du
prince de Condé une notable portion du territoire
naguère enlevé au duc de Lorraine. Par lettres
patentes datées de décembre 1648, ce prince recevait, « pour en jouir souverainement comme jouissait
Sa Majesté elle-même », les places de Jametz, Dun,

Clermont, et cette même ville de Stenay où, peu de temps après, Turenne, son lieutenant, et sa sœur, Mme de Longueville, devaient organiser la révolte contre l'autorité royale.

Stenay, Jametz, Dun et Clermont n'étaient pas des conquêtes nouvelles faites sous le ministère de Mazarin. C'étaient les mêmes places que, par son traité conclu en 1641, traité qu'il avait toujours refusé d'accomplir, le duc de Lorraine avait cédées à la France. Non-seulement ce prince les revendiquait alors comme lui appartenant par un droit inaliénable, mais plusieurs fois pendant le cours des négociations entamées avec la France, il avait réussi à faire à peu près reconnaître la justice de ces réclamations. La rétrocession au prince de Condé donnait à ce premier démembrement de la Lorraine un caractère définitif et presque irrévocable. La duchesse Nicole se crut donc fondée à faire opposition par-devant le parlement de Paris à la vérification des lettres patentes [1]. L'opposition faite par la

---

1. Sur l'avis du procureur général, le parlement arrêta l'expédition des lettres patentes. Cette opposition de la duchesse Nicole causa beaucoup d'ombrage au prince de Condé, qui soupçonnait la reine d'être d'accord avec elle; il exigea qu'Anne d'Autriche intervînt auprès de la duchesse de Lorraine. Celle-ci avait dû se désister non pas toutefois sans protester (3 septembre 1649) entre les mains du marquis de Bagni, nonce du pape en France. « Le consentement qu'on lui avoit extorqué, disait-elle dans cette protestation, étoit sans valeur comme étant contraire au traité fait avec le duc Charles; le tout étant l'effet d'une force majeure à laquelle nous n'avons pu résister. » *Histoire manuscrite de Charles IV*, par le père Hugo.

duchesse Nicole et la protestation qu'elle y joignit plus tard ne contrariaient pas Mazarin; il n'était pas si bien avec Condé qu'il lui déplût beaucoup de savoir ce prince un peu inquiété dans la jouissance des possessions nouvelles qu'on avait dû lui concéder. Ce n'était probablement pas non plus sans calcul, qu'au début des luttes difficiles qui s'annonçaient, Mazarin avait voulu donner aux Condé ces premières dépouilles enlevées à la Lorraine. Si tel fut son dessein, s'il eut surtout pour but de jeter une cause de jalousie entre deux vaillants capitaines dont l'union aurait pu lui être fatale, la suite de cette histoire fera voir qu'en effet il ne se trompa point. La possession des villes lorraines que Charles entendait recouvrer, dont le prince de Condé ne voulut jamais se défaire, demeura l'obstacle invincible qui sépara longtemps les chefs des deux maisons, et les empêcha de s'entendre assez complétement pour pouvoir consommer en commun la perte du ministre d'Anne d'Autriche.

C'était d'ailleurs l'habitude de Mazarin de ne jamais se lier si bien d'un côté, que de l'autre il ne s'engageât presque aussitôt dans quelque démarche opposée. Précisément à l'époque où il venait de disposer d'une portion du patrimoine du duc de Lorraine en faveur du prince de Condé, il entrait avec Charles dans une nouvelle série de négociations. Les lettres patentes qui regardaient Stenay, Clermont, Dun et Jametz étaient à peine expédiées que M. de Brancas

partait pour aller trouver le souverain de la Lorraine.
(décembre 1648). Il était porteur des propositions
les plus avantageuses et les plus faites pour flatter
l'amour-propre de Charles IV. La cour de France lui
laissait le choix « soit de faire traiter de ses intérêts
en Allemagne par les ministres de l'Espagne en
s'employant lui-même à décider le cabinet de Madrid
à conclure une paix générale, soit de venir lui-même
à Paris signer un arrangement particulier, auquel
cas, on lui rendroit volontiers tous ses États, terres,
seigneuries et biens pour les posséder en droit de
souveraineté, ainsi qu'il les possédoit avant la guerre,
à l'exception des dépendances des Trois-Évêchés et
du duché de Bar. Quant aux villes de Clermont,
Stenay, Dun et Jametz, qui resteroient à la France,
Sa Majesté lui en donneroit volontiers récompense [1]. »
Cependant Mazarin se savait suspect à Charles IV ;
il n'ignorait pas non plus que, dans tous les pourparlers antérieurs, le prince lorrain n'avait jamais
cessé de répéter avec affectation qu'il serait toujours
prêt à obéir aux commandements directs de la reine,
si elle daignait les lui faire parvenir elle-même. Il
conseilla donc à la régente d'essayer de nouveau son
pouvoir sur l'esprit de son ancien serviteur. La lettre
qu'Anne d'Autriche lui adressa à cette époque témoi-

---

1. Mémoire pour le comte de Brancas, pour la réponse qu'il aura à
faire à M. de Lorraine. 18 décembre 1648. Archives des affaires étrangères.

gne assez combien la reine, alarmée par les dangers
que couraient son ministre et sa propre autorité, souhaitait alors passionnément de s'entendre avec le duc
de Lorraine. Les paroles qu'elle adressait à Charles
étaient toutes pleines d'amitié et d'une certaine recherche de sentiment. « Comme vous m'avez plusieurs
fois assuré, » disait-elle, « qu'en quelque état que vous
fussiez vous vous rendriez où je désirerois en voyant
un mot de ma main, la conjoncture est arrivée d'accomplir votre parole, et vous devez faire état certain
que, dans les intentions que j'ai de vous obliger, nous
n'aurons pas grande peine à tomber d'accord..... Je
vous écris à mon accoutumée, quoique je doute si
vous connoîtrez encore ma lettre... J'ai voulu en user
de la sorte pour vous témoigner mon affection, et je
veux croire que la vôtre n'est pas encore tout à fait
effacée pour moi ; et cependant je mets ici mon nom,
afin que, si vous avez oublié ma lettre, il vous en
fasse souvenir [1]. »

Le jour où la reine envoyait à Charles IV cette
missive si affectueuse et si pressante était précisément
celui-là même (11 janvier 1649) où le second prince
du sang , M. de Conti, le duc de Longueville son
beau-frère, les ducs d'Elbeuf, de Chevreuse, le
maréchal de La Mothe et nombre des plus grands
seigneurs de France , venaient, avec beaucoup de

1. Lettre de la Reine à M. de Lorraine. 11 janvier 1649. Archives
des affaires étrangères.

bruit et d'apparat, de mettre leurs épées au service de la cause du parlement. C'était l'instant où, aux applaudissements des Parisiens enivrés, le coadjuteur de Retz, cet habile metteur en œuvre de toutes les principales scènes de la Fronde, conduisait Mme de Longueville prendre possession de l'Hôtel de Ville. Mais cette négociation, dont la reine elle-même était chargée, n'était pas la seule que Mazarin avait entamée avec le souverain de la Lorraine : il en poursuivait encore une seconde avec le même prince par l'intermédiaire de Mme de Chevreuse.

Mme de Chevreuse venait de rentrer dans le royaume (avril 1649) par une voie inattendue, à laquelle certainement, si inventive qu'elle fût, elle n'avait jamais songé. C'était l'autorité du parlement qui l'avait rappelée en France[1]. Elle n'eut pas plus tôt mis le pied à Paris qu'elle s'y était vue, comme par le passé, entourée de serviteurs et recherchée à peu près également par tous les partis[2]. Cependant le premier moment d'enivrement calmé, elle s'était montrée animée de sentiments fort sages, et qui faisaient

1. Requête présentée (fin de décembre 1648, par M. de Chevreuse, pour le retour de sa femme en France). Collection France. Archives des affaires étrangères, tome CXIX, pièce 211.

2. Mme de Chevreuse est fort visitée, laquelle publie qu'elle a parole de la part des Espagnols, que si on veut donner une trève de quatre mois, qu'on traitera la paix, et qu'elle se fera; et comme elle est très-artificieuse, elle ne manquera jamais de faire une cabale puissante dans cette ville..... Mme de Chevreuse tire vanité d'être venue quarante heures à cheval avec sa fille. Correspondance de M. Gaudin, 15 avril 1649. Archives des affaires étrangères.

un heureux contraste avec ceux qu'elle avait rapportés de ses exils précédents. Corrigée cette fois
par l'expérience, peu soucieuse de reprendre le chemin de l'étranger, elle avait soigneusement évité
de se donner aucun air de triomphe. Elle s'était au
contraire étudiée à se montrer modeste, respectueuse
et soumise envers la reine. Elle avait renoncé à
braver le cardinal Mazarin, que sa présence effa-
rouchait toujours, et qui eut d'abord quelque peine
à la croire devenue si différente d'elle-même. Elle
le ménageait en effet extrêmement, tout en ayant
soin de l'obliger à compter sérieusement avec elle.
Elle ne niait pas avoir traité avec l'étranger, mais elle
demandait comme une grâce de n'être pas plus
sévèrement punie que ceux qui, dans les derniers
mouvements, avaient publiquement conféré avec les
Espagnols. — « Nul doute que le parlement, toutes
chambres assemblées, ne reconnût la justice de ses
réclamations; cependant c'étoit de la bonté de la
reine qu'elle vouloit obtenir d'être dispensée de se
rendre à sa maison de Dampierre. Elle auroit l'air
d'être plus rudement traitée que qui que ce soit, et
elle appréhendoit ce séjour, qui avoit été la première
étape de son long exil [1]. » Déjà avant l'arrivée de

---

[1]. D'après l'ordre que M. Letellier lui a fait parvenir de la part du
cardinal, *** a vu M. le premier président et Mme de Chevreuse; il résulte des longs détails qu'il donne de sa conversation avec ladite dame
et le premier président, que Mme de Chevreuse ne se défend pas d'avoir
traité avec l'étranger, mais demande comme un grâce de n'être pas

Mme de Chevreuse, et probablement sur sa recommandation, le duc son mari avait fait savoir à Mazarin « qu'il souhaitoit beaucoup plus le retour de ladite dame sa femme par l'entremise de Son Éminence que non pas par l'autorité d'un arrêt. Il supplioit le cardinal de lui vouloir procurer cette grâce qu'elle pût revenir du consentement de la reine [1]. »

Tant de sagesse et de modération venant d'une personne qui n'en avait guère fait preuve jusqu'alors, touchèrent la reine et son ministre. Mme de Chevreuse n'avait pas d'ailleurs manqué d'amis qui avaient plaidé sa cause à la cour [2]. Sa conduite demeurait

soumise à d'autres conditions que ceux qui, dans les derniers mouvements, ayant conféré publiquement avec les Espagnols, ont été compris dans les lettres d'abolition données par le roi. Nul doute que le parlement, toutes les chambres réunies, ne reconnoisse la justice de ses réclamations ; cependant c'est de la bonté de la reine qu'elle veut obtenir d'être dispensée de se devoir rendre pendant un mois à sa maison de Dampierre. Elle auroit l'air d'être traitée plus durement que qui que ce soit, et elle appréhende ce séjour qui a été la première étape de son long exil. Lettres de M. de l'Aulne, au cardinal de Mazarin. 23 avril 1649. Collection France. Archives des affaires étrangères.

1. « M. de Luynes ayant dans son accommodement avec la cour mis pour condition le retour de la duchesse de Chevreuse, sa mère, le parlement ayant été requis par ledit duc de Luynes, de faire comprendre la duchesse de Chevreuse, sa mère, dans ses remontrances et dans la déclaration du parlement, le duc de Chevreuse fait savoir au cardinal Mazarin, que souhaitant beaucoup plus le retour de ladite dame, sa femme, par l'entremise de Son Éminence, ainsi qu'il a fait par le passé que non pas par l'autorité d'un arrêt, supplie Son Éminence de lui vouloir procurer cette grâce, que ladite dame, sa femme, puisse revenir du consentement de la reine. » Collection France. Archives des affaires étrangères, tome CXXII.

2. « Mme de Chevreuse proteste de son innocence passée, et de son

parfaitement habile et mesurée. Tenant un certain milieu entre le parti du roi et celui des mécontents, liée par sa fille avec le coadjuteur sans s'être laissé entraîner dans toutes ses intrigues, qu'elle connaissait à fond, elle était devenue de plus en plus considérable par les relations étroites qu'elle entretenait avec tous les personnages un peu importants de cette époque [1]. Aussitôt qu'il fut rassuré sur ses véritables intentions, Mazarin n'hésita plus à se servir d'une personne qui avait tant de moyens de lui être utile. Il l'employa surtout à traiter sous main avec les Espagnols, et plus particulièrement avec le duc

---

présent attachement pour la reine et pour le cardinal. — On ne peut éloigner que des coupables. — Elle ne l'est pas. — Les femmes, d'ailleurs, parlent et crient plus que les hommes. » M. de Chalais, au cardinal Mazarin, 25 avril 1649. Collection France. Archives des affaires étrangères.

1. « Le maréchal d'Hocquincourt a pris cœur aux intérêts de cette dame (Mme de Chevreuse). Elle préfère lui devoir son accommodement plutôt qu'à tout autre ; une de ses principales raisons pour désirer devoir son accommodement à M. d'Hocquincourt plutôt qu'à Votre Éminence auquel elle a tant souhaité le devoir depuis son retour, est la créance qu'elle a de pouvoir ensuite rendre quelques services à la reine, en ramenant les autres à leurs devoirs..... Elle cherche l'appui de sa protection, blâme M. de Beaufort de sa conduite chez Renard; lui conseille de n'aller pas à l'assemblée de l'Hôtel-de-Ville, pour éviter les acclamations du peuple qui pourraient aigrir la reine. Elle y est invitée, mais elle n'ira pas. » M. de l'Aulne, au cardinal, 22 juin. Collection France, tome CXXII. Archives des affaires étrangères.

« M. d'Hocquincourt soupa avant-hier chez Mme de Chevreuse, avec laquelle il a eu des conférences si longues et si particulières, que les principaux de son parti en ont quelque ombrage, dans l'appréhension que ledit Hocquincourt ne travaille à détacher l'esprit de la duchesse de leur parti, et à faire courir le coadjuteur qui fut trois fois chez elle. » *Ibidem.*

de Lorraine. Les pièces nombreuses que nous avons parcourues nous ont paru établir parfaitement deux choses également honorables pour Mme de Chevreuse : dans les négociations délicates qu'il avait entamées avec les Espagnols et le duc de Lorraine , jamais Mazarin ne fit un pas un peu important sans la consulter; et cette ancienne ennemie , sans se donner entièrement à lui , lui fut toujours bonne conseillère , et ne cessa point d'agir avec une complète bonne foi [1]. Elle lui envoyait régulièrement les lettres qu'elle recevait de Charles IV, et se laissait suggérer les réponses qu'il convenait de lui faire [2].

---

1. « Je vis ensuite Mme de Chevreuse qui reçut à grande obligation le souvenir que Votre Éminence a d'elle. L'ayant fort entretenue des affaires présentes, je la trouvai fort bien disposée pour le service du roi, mesme en ce qui touche M. de Lorraine, comme aussy pour tout ce qui concerne les intérêts de Votre Éminence. M. Letellier, au carninal Mazarin, 4 février 1630. Collection France. Archives des affaires étrangères.

Lettres de Mme de Chevreuse, au duc de Lorraine, 25 février 1650. Collection Lorraine. Archives des affaires étrangères.

« Mme de Chevreuse m'envoya quérir hier pour me faire voir la lettre qu'elle a reçue de M. de Lorraine, et savoir ce qu'elle auroit à dire à Madame qui la pressoit extrêmement de la venir voir pour en conférer avec elle..... Nous attendons ce qu'il plaira à Votre Éminence de nous prescrire, touchant la réponse que Mme de Chevreuse doit faire au duc Charles. » (M. Serven, au cardinal Mazarin, 11 mars 1650.) Collection France. Archives des affaires étrangères.

Mme de Chevreuse paraît persuadée de nos raisons et agit comme on peut désirer. M. Letellier, au cardinal Mazarin, 11 mars 1650. Collection France. Archives des affaires étrangères.

2. J'ai vu la lettre que le duc Charles a écrite à la duchesse de Chevreuse, et trouvé très-judicieuse la réponse que M. Servien a suggérée à Mme de Chevreuse. Le cardinal Mazarin à M. Letellier, 14 mars 1650. Collection France. Archives des affaires étrangères.

En retour, le cardinal la chargeait de faire passer ses propositions au duc Charles, ou commandait à Letellier de prendre sur les affaires de Lorraine les directions de Mme de Chevreuse.

Cependant, malgré les efforts de l'habile négociatrice, ces essais d'accommodement traînèrent pendant près de trois années, de 1648 à 1651, et n'aboutirent point. Charles IV et Mazarin en étaient cause, et non pas la duchesse ; car ni l'un ni l'autre n'étaient complétement sincères, ou plutôt tous deux changèrent tour à tour d'avis et de penchant, tantôt abaissant, puis reprenant leurs premières prétentions, suivant qu'ils se sentaient plus ou moins favorisés par le cours général des événements et par les chances de la guerre, qui, pendant ces longs pourparlers, n'en avait pas moins continué.

Un instant toutefois Charles IV parut vivement souhaiter de s'entendre avec la cour de France : ce fut pendant l'année 1650. L'arrestation des princes (18 janvier 1650) avait causé une grande joie au duc de Lorraine [1]. Voyant la régente tenir enfermé dans le donjon de Vincennes ce même prince de

---

1. « Jamais nouvelle ne put être plus agréable que celle que vous m'avez donnée (l'arrestation de MM. le prince de Condé et de Conti, et du duc de Longueville), étant non-seulement assez considérable, ainsi que vous me mandez, mais parfaitement agréable, mon opinion étant qu'elle va apporter une suite de bien et de repos à tout le monde. J'en ai une parfaite joie dans la croyance que la personne qui l'a donnée y va trouver son entier repos. » Lettre de M. de Lorraine à Mme de Chevreuse, fin de janvier 1650. Archives des affaires étrangères.

Condé auquel elle venait tout récemment d'accorder
une partie de ses dépouilles, Charles IV se flatta que
le moment était enfin venu de recouvrer non-seulement les villes de Clermont et Jametz, de Dun et
Stenay, mais de rentrer en possession de tous ses
États. Les chances de la guerre tournaient alors fort
mal pour le cabinet français. Mme de Longueville,
échappée par mer de la Normandie, traversant rapidement la Hollande, était arrivée à Stenay. Elle
avait gagné M. de Turenne à la cause des princes,
traité avec M. de Lorraine et les Espagnols, et avait
introduit sans hésitation leurs troupes dans le royaume
de France. Pendant que les forces de l'archiduc
s'emparaient, sans beaucoup de résistance, du Catelet, de la Capelle, de Rethel, du château Porcien,
de Mouson et de Damery, la petite armée du duc
de Lorraine, conduite par le comte de Ligneville,
pénétrait en Lorraine. D'éclatants succès marquaient
tous les pas de ce grand seigneur lorrain, l'un des
plus dévoués serviteurs et des plus habiles lieutenants
de Charles IV. A Chaté-sur-Moselle, il défit quinze
cents Allemands que Roze - Worms conduisait en
Champagne, et fit prisonnier le général suédois.
Chaté s'était rendu après la bataille. Bientôt après,
les villes d'Épinal, de Mirecourt, de Neufchâteau,
de Commercy, ouvrirent leurs portes au vainqueur;
les châteaux de Void, d'Haroué, de Tonnoy et de
Savigny tombèrent également entre ses mains. Enfin

la ville de Bar-le-Duc, depuis si longues années
occupée par les troupes françaises, rentrait au pouvoir de son légitime souverain. La capitale du duché,
Nancy lui-même, que M. de La Ferté avait quittée
pour se rendre à l'armée royale, était menacée.
Jamais, depuis 1634, les affaires de la Lorraine
n'avaient été en si heureuse situation. Les biographes
de Charles IV se montrent grandement surpris, avec
assez d'apparence de raison, de ce qu'au lieu de
marcher à la tête de ses troupes, le duc se soit alors
obstinément enfermé à Bruxelles. Ils ne savent comment interpréter cette étrange inaction de leur prince,
d'ordinaire si empressé à paraître sur les champs de
bataille, et, malgré les galantes distractions qu'il
s'était permises à Bruxelles, demeuré toujours si actif
et si belliqueux. C'est qu'à cette époque Charles attendait beaucoup plus son rétablissement de la négociation que de la guerre. Un gentilhomme lorrain était
venu trouver de sa part le duc d'Orléans (septembre 1650). Sous couleur de porter à ce prince les
félicitations de son beau-frère pour la naissance d'un
premier fils, l'envoyé du duc de Lorraine était en
réalité chargé de traiter de son accommodement avec
la France. Quoiqu'il se fut déclaré publiquement
pour les princes, quoiqu'il eût traité avec Mme de
Longueville, fourni à M. de Turenne plusieurs régiments placés sous les ordres de Fauges, l'un de ses
généraux, Charles IV n'était pas éloigné de changer

de parti. Il faisait donc savoir à la cour de France, par l'intermédiaire du duc d'Orléans, qu'il était obligé, par son traité avec les Espagnols, de leur laisser ses troupes seulement jusqu'à la fin d'octobre. « Après quoy, il seroit en liberté de les engager au service du roy. Il offroit de le servir de sa personne avec lesdites troupes, composées de dix mille hommes, même pendant que M. de Turenne sera joint avec eux, parce qu'il suppose que ce sont des rebelles, et qu'il feroit de même partout ailleurs contre des rebelles. Et, M. de Turenne venant à se séparer des Espagnols, il donnera ses troupes pour agir contre eux... Mais pour tout cela il désireroit qu'on lui rendît tout son pays, mesme Clermont, Jametz et Stenay, et encore que le roy ne fût pas maître de cette dernière place [1]; ce ne seroit pas une difficulté, parce qu'il s'obligera de la reprendre [2]. »

Malheureusement pour le duc Charles, pendant qu'il faisait parvenir à Paris ces propositions un peu fières, la fortune abandonnait ses drapeaux. M. de La Ferté était parvenu à jeter un secours dans Nancy. Il avait battu M. de Ligneville à Saint-Mihiel. Charles ayant dû, par suite de son traité avec les Espagnols, mettre ses troupes sous les ordres de M. de Turenne [3],

---

1. Stenay était alors au pouvoir de Mme de Longueville.

2. Lettre de M. Letellier au cardinal Mazarin, 29 septembre 1650. Archives des affaires étrangères.

3. Dans le traité fait entre Charles IV, l'archiduc Charles et le vicomte de Turenne, il était porté, entre autres choses, que l'on ne po-

elles furent complétement défaites à la bataille de
Rethel, où Mazarin se trouva en personne. Le brave
M. de Ligneville fut lui-même atteint d'une mous-
quetade dans le bas-ventre, et ne dut sa vie, disent
les chroniques du temps, qu'à l'intercession de Notre-
Dame de Benoît-de-Vau, à laquelle il s'était voué[1].
Peu de temps après, Neufchâteau était repris ; Bar,
Épinal et presque toutes les places des Vosges retour-
naient au pouvoir des Français. Mazarin, victorieux,
à peu près réconcilié avec les frondeurs, débarrassé
du prince de Condé et de ses deux beaux-frères,
qu'il avait transférés de Vincennes à Marcoussis,
puis au Havre, n'avait nulle envie de se laisser imposer la loi par Charles IV. Il est même douteux,
malgré les protestations de zèle et d'affection tant de
fois prodiguées depuis deux ans, qu'il eût jamais
songé à traiter sérieusement avec lui, sinon pour
l'amuser et le rendre suspect aux Espagnols. En
effet, dès le mois de février 1650, c'est-à-dire pendant que le cardinal pressait la reine d'écrire au
prince lorrain les lettres si amicales que nous avons
citées, de Normandie, où il était engagé à la poursuite de Mme de Longueville, il avertissait confidem-
ment M. Letellier qu'il ne croyait pas à propos de

---

serait pas les armes que Son Altesse fût rétablie dans ses États, et la
maison de Bouillon dans la souveraineté de Bouillon (Gualdo Priorato).
Histoire de la Révolte de France, page 38. Année 1650.

1. *Mémoires du marquis de Beauvau...* Hugo, Guillemin, etc., etc.

faire aucun accommodement particulier avec le duc
de Lorraine [1].

Ainsi Charles semblait retombé en aussi mauvaise
situation que jamais. Ses biographes nous racontent
qu'à cette époque de sa vie il était revenu à l'idée
d'aller tenter au loin quelque grande aventure, et à
peu près décidé à céder aux instances que les évêques
catholiques d'Irlande lui faisaient continuellement
adresser par le pape, afin qu'il leur vînt en aide
contre la tyrannie de Cromwell. Ils nous le repré-
sentent comme occupé à signer aux Irlandais réfugiés à Bruxelles des patentes de colonels et d'officiers
dans son armée de secours, armant des vaisseaux
pour passer le détroit, et déjà tout prêt à s'embar-
quer. Ce furent les nouvelles de France qui le retin-
rent sur le continent. Les péripéties s'y succédaient
en effet avec une inconcevable rapidité. L'année précédente s'était ouverte (15 janvier 1650), par cette
arrestation des princes qui avait causé tant de joie à
Charles IV. Il apprenait cette année (janvier 1651),
avec une surprise non moins grande et une satisfaction sans doute égale, que ces mêmes princes
venaient de sortir triomphalement de leur prison;
que son dangereux ennemi, le chef des conseils de

1. « Je vous dirai seulement en passant que faisant un accomodement
particulier avec M. de Lorraine, nous nous priverions des moyens de
faire la paix générale, et des avantages principaux que nous pourrions
avoir dans ce traité.... » Le cardinal Mazarin, à M. Letellier. Roué,
19 février 1650.

France, le favori d'Anne d'Autriche, le ministre
opiniâtre qui avait décliné toutes ses offres de paix,
se présentait en proscrit aux avant-postes de son
armée.

Sorti déguisé de Paris, afin d'échapper à la malveillance publique, Mazarin s'était rendu d'abord au
Havre, où il avait fait un dernier acte d'autorité en
relâchant les princes. Il avait ensuite traversé à la
hâte la Picardie et la Champagne ; puis s'était arrêté
à Clermont en Argonne, où il avait été magnifiquement reçu par le marquis de La Ferté. De là il s'était
plus lentement acheminé vers Bouillon. Il arrivait
maintenant avec un passe-port espagnol du comte de
Fuensaldaña, se rendant à Cologne, escorté d'un régiment de Croates, commandé par Pimentel, gouverneur de Nieuport. L'officier espagnol avait ordre de
le conduire jusqu'à Rochefort. Charles IV ne voulut
pas se montrer moins courtois que les Espagnols. Il
se hâta d'envoyer écrit de sa main le passe-port que
Mazarin lui demandait [1]. Il donna ordre au colonel
Malvoisin d'aller complimenter de sa part le cardinal
et de se mettre à sa disposition. Malvoisin l'accompa-

---

[1]. « J'ai reçu celle que Votre Éminence m'a écrit, suivant laquelle
j'ai aussitôt fait dépêcher le passe-port que vous désirez de moy. Je sou-
haiterois, en l'état où je suis, qu'il fût meilleur, et mis en telle considération qu'il puisse servir à la considération de Votre Éminence,
désirant de faire connoître en cette occasion et en toutes autres..... »
(Charles de Lorraine au cardinal Mazarin.) Bruxelles, 23 mars 1651.
Archives des affaires étrangères.

gna avec un détachement de cavaliers lorrains pendant son voyage à travers Huy, Aix-la-Chapelle, Ju-
liers, et ne le quitta point qu'il ne fût rendu en sûreté
à Bruhl, près de Cologne. A Cologne, Mazarin rencontra un autre membre de la famille ducale. Le
prince François, évêque de Verdun, le combla d'honneurs sans témoigner le moindre ressentiment de tout
le mal que pendant la durée de son ministère il avait
fait à la maison de Lorraine [1].

La sortie inattendue de Mazarin hors du royaume,
la mise en liberté des princes, le triomphe des frondeurs à Paris, et l'affaiblissement notoire qui en ré-
sultait pour la cause royale, créait subitement, au
profit de Charles IV, une situation nouvelle assez
compliquée et bizarre. Afin que nos lecteurs s'en
puissent mieux rendre compte, indiquons rapidement
quel était l'état des partis à la cour de France, les
rapports de leurs chefs avec le prince lorrain et ses
dispositions à leur égard. Nous ne nous aiderons
pas seulement pour cela des mémoires des contemporains, composés après coup, mais surtout et de
préférence des pièces du temps, des dépêches officielles ou secrètes, des lettres originales et des billets
autographes, écrits dans le moment de l'action par
des personnages trop occupés alors de leurs intérêts
et de leurs passions pour songer à se poser en héros

1. Dom Calmet, tome IV, page 357.

devant la postérité ; documents historiques peu connus
et trop peu recherchés, qui sont pour l'écrivain sincère d'une valeur incomparable, les seuls vrais, les
seuls irréfutables, et dont l'étude est pleine à la fois
d'enseignements et d'attraits.

Mazarin, arrivé en fugitif sur les bords du Rhin,
chassé hors du royaume par un arrêt du parlement
que la reine avait dû solennellement approuver, n'était
pas à beaucoup près dans la condition désespérée où
ses ennemis l'auraient souhaité. S'il avait perdu le
pouvoir, il n'avait perdu ni la confiance ni l'affection
de la reine. Il avait lieu d'espérer que son absence,
sans être trop longtemps prolongée, suffirait à amor-
tir l'animadversion irréfléchie de la population de
Paris. Quelque brusque qu'eût été son départ, il avait
eu le temps de mettre ordre à ses plus importantes
affaires et s'était assuré les moyens de pouvoir correspondre sûrement et confidentiellement avec la reine,
de recevoir ses nouvelles et lui faire parvenir ses conseils. Tout était réglé pour qu'il fût promptement et
exactement informé des moindres détails qu'il pouvait
avoir intérêt à connaître. A peine était-il hors de
Paris, que Le Tellier, secrétaire d'État à la guerre, lui
faisait tenir un chiffre pour son usage particulier, et
entamait avec lui une correspondance détaillée et
suivie qui ne cessa qu'à son retour[1]. MM. Servien

---

1. Lettre de Le Tellier au cardinal Mazarin. 12 février 1651. (Ar-

et de Lyonne [1] avaient mission de le tenir au fait des
moindres incidents de la politique extérieure, dont
Brienne, secrétaire d'État pour les affaires étrangères, lui rendait également compte régulièrement,
mais avec moins de détails. Colbert était particulièrement chargé du soin de ses affaires privées. Tous
ces messieurs, demeurés à leurs postes, lui servaient
tour à tour d'intermédiaires auprès de la reine.
C'était, en partie, par suite des avis de Mazarin que
les sceaux avaient été donnés à M. de Châteauneuf,
puis remis au premier président Molé. Il avait con-
seillé de nommer le chancelier chef du conseil. C'était
lui qui avait suggéré à la reine de mettre également
dans le conseil son plus grand ennemi, Chavigny,
« de qui on ne dira pas au moins qu'il est Mazarin [2]. »
Au-dessus des hommes considérables que nous venons de nommer, il y avait encore quelques subalternes dévoués, MM. Ondedei, Bartet, Bluet, Brachet [3], qui avaient le don de plaire à Mazarin, et dont
il se croyait, avec raison, beaucoup plus sûr que des

chives des affaires étrangères.) Les lettres de M. Letellier sont de vraies
dépêches, presque toujours chiffrées.

1. Les lettres de MM. de Lyonne et Servien sont d'un grand intérêt
et la plupart du temps chiffrées, mais le déchiffrement est écrit au-
dessous des chiffres.

2. Lettre de Ondedei au cardinal Mazarin. Avril 1651. Archives des
affaires étrangères. Collection France.

3. M. le duc d'Orléans, qui avait l'esprit plaisant, avait coutume de
dire, en parodiant les règles de la grammaire latine en usage dans
ce temps : Bartet, Bluet, Brachet, Carnet, *et nomina in* ET *sunt generis
Mazarini.*

trois secrétaires d'État. Ces quatre derniers personnages lui écrivaient, dans le dernier détail, et avec
le plus grand secret, tout ce qui se passait à la cour,
et se relayaient le plus souvent entre eux pour porter
les messages de la reine à son ministre et lui rendre
ses réponses. Plusieurs dames de la cour, et parmi
elles, au premier rang, la princesse Palatine, joi-
gnaient leurs informations particulières à cette masse
de correspondances. Ainsi soutenu par tant et de si
considérables amis, chaque jour assuré par eux du
maintien de son crédit sur l'esprit de la reine, accueilli avec tant de considération à l'étranger, demeuré en intime liaison avec la plupart des chefs de
l'armée royale et avec tous les gouverneurs des places
voisines du Rhin, Mazarin ne désespérait nullement
du succès définitif. Ce serait cependant se tromper
que de s'imaginer qu'il fût sans inquiétude et sans
trouble dans sa retraite de Cologne. Son esprit était
singulièrement agité. Il avait grande hâte de voir
cesser son exil, et avec lui une séparation qui risquait, en se prolongeant, de livrer la reine à d'autres
influences. Rien ne lui coûtait en soins et en démarches de ce qui pouvait contribuer à hâter son retour.
Attentif, comme il avait toujours été, à paraître modeste, même pendant la prospérité, il se fit tout
naturellement humble pendant les jours de sa disgrâce. Accusé par ses adversaires d'avoir voulu la
continuation de la guerre dans un but tout personnel,

il s'appliqua soigneusement, pendant son séjour à
Cologne, à donner l'idée qu'il souhaitait au contraire
passionnément la paix, et qu'il était plus que personne en état de la donner à l'Europe. Il chercha à
se mettre en rapport avec le comte de Fuensaldaña,
auquel il fit, par l'intermédiaire de Mme de Phalsbourg, parvenir mille protestations pacifiques, force
compliments et toutes sortes de politesses recher-
chées [1].

Il reprit aussi l'idée d'un accommodement particulier avec le duc de Lorraine, et lui adressa plusieurs lettres toutes pleines des témoignages de sa
reconnaissance, de sa soumission et de son respect [2].
Il écrivait en même temps à Paris pour qu'on traitât
ce prince avec égard et qu'on lui fît de bonnes conditions. Il se portait presque sa caution auprès de la
reine [3]. L'impatience de sa position actuelle avait

1. Lettre du cardinal Mazarin à la princesse de Phalsbourg, 15 décembre 1652. Archives des affaires étrangères. Collection France.
Cette lettre, assez longue et curieuse, est, comme la plupart de celles
que Mazarin a écrites pendant son exil, humble et presque obséquieuse.
— Mme de Phalsbourg n'était pas d'ailleurs pour lui une nouvelle connaissance. Depuis qu'il lui avait gracieusement permis de venir en
Lorraine (1644), il était entré avec elle dans une correspondance réglée
assez intime, et s'était servi d'elle (1645, 1646, 1647) pour être tenu au
fait de ce qui se passait à Bruxelles, et surtout des menées de Mme de
Chevreuse dans cette cour. — Voir les lettres de Mazarin à Mme de
Phalsbourg, 24 juin, 22 juillet, 2 décembre, 23 décembre 1645. — Correspondance manuscrite de Mazarin, à la Bibliothèque Mazarine.
2. Lettre du cardinal Mazarin à M. de Lorraine, 27 novembre 1651.
Archives des affaires étrangères. Collection Lorraine.
3. « Il semble que 76 (le duc de Lorraine) a beaucoup d'amitié
pour 22 (la reine), et je sais que 56 (Mazarin) craint d'être obligé

évidemment contribué à ce soudain revirement dans
les opinions de Mazarin. On s'en aperçut à Paris ; et
M. de Brienne, qui n'aimait pas le cardinal, quoiqu'il
lui obéît avec beaucoup de docilité, le lui fit doucement sentir, lorsque répondant, au nom d'Anne d'Autriche, à ses pressantes recommandations en faveur
des offres du duc Charles, il lui disait, « Sa Majesté
n'en a pas reçu l'impression que vous pourriez croire,
s'estant souvenue que souventes fois la même offre a
été faite par le dit sieur duc, *et qu'elle a toujours esté
conseillée de la rejeter,* ne croyant pas qu'il puisse
rendre de services assez considérables pour mériter
qu'on lui restitue son pays [1]. » Cependant Mazarin
insista. La reine alors céda, et Brienne se mit à
traiter avec le duc de Lorraine.

Ce n'était pas seulement du côté de la cour que
Charles recevait alors des propositions. Les princes,
en ce moment maîtres de Paris et du parlement, lui
envoyaient messages sur messages. C'était M. le duc
d'Orléans et Marguerite sa femme qui lui faisaient
passer les offres du parti. Les chefs des mécontents
tenaient d'autant plus à s'assurer l'assistance de M. de
Lorraine qu'en réalité ils manquaient de soldats. Ceux
dont ils disposaient étaient pour la plupart des déserteurs qui avaient quitté le service royal, des artisans

d'en avoir jalousie. » — Lettres du cardinal Mazarin à la reine, etc., etc.,
avec note et explication par M. Rovenel. Page 448.

1. M. de Brienne au cardinal Mazarin. 18 septembre 1651. Archives
des affaires étrangères. Collection France.

enrôlés dans la population oisive des villes insur-
gées, ou des recrues à peine formées. Il ne fallait
rien moins que la réputation du prince de Condé et
la valeur des seigneurs qui suivaient sa cause pour
donner figure d'armée à un ramassis de pareilles
troupes. Peu de gens parmi les rebelles eussent, à
cette époque, osé parler de réclamer le secours des
Espagnols. Cette proposition, si elle eût été mise
en avant, aurait fait frémir d'horreur le parlement.
Les timides s'en effrayaient; les habiles craignaient
d'en souffler mot, de peur de mettre contre eux
l'opinion publique. Mais, comme l'avait si bien prévu
Mazarin, au congrès de Munster, ces mêmes gens
n'avaient pas répugnance à s'allier avec le duc de
Lorraine : il n'était pas un ancien ennemi de la France ;
à peine faisait-il l'effet d'un étranger. Les plus scrupuleux désiraient donc beaucoup qu'on s'entendît
avec lui. Gaston d'Orléans, chef nominal du parti,
le souhaitait plus que personne ; parce qu'il espérait,
grâce à son beau-frère, se dérober à la tutelle du
prince de Condé qu'il détestait fort, qu'il redoutait
encore plus, dont la prépondérance militaire lui causait mille ombrages.

Charles avait grand'peine à faire son choix entre
les deux partis qui se disputaient son assistance. Son
embarras était extrême ; et cela se conçoit. Il n'avait
eu, depuis 1634, qu'un seul dessein au fond du cœur,
dessein conduit, il est vrai, sans habileté ni mesure,

mais poursuivi avec une opiniâtre ténacité, celui de
rentrer dans la possession intégrale de ses anciens
États. — Au jour où par une rare fortune cette prétention n'avait plus rien de trop chimérique, il se
trouvait que ses domaines n'étaient plus tout entiers
aux mains du ministre qui avait maintenant si bonne
volonté de les lui rendre. S'il se donnait à la cour, il
devait renoncer à Stenay, à Dun, à Jametz et à
Clermont, que détenait le prince de Condé. Si, en retour de son alliance avec les princes il obtenait d'eux
ces places fortes, il ne lui fallait plus rien attendre
de Mazarin. Ni l'un ni l'autre des partis avec lesquels
il se pouvait engager n'était en état de lui offrir une
complète satisfaction. Résolu à n'aliéner aucune de
ses chances, Charles préféra amuser chacun avec
de belles paroles. Tous les moyens lui paraissaient
bons, dont l'effet pouvait être de lui ouvrir les frontières de la France, et le chemin de Paris. Une fois
rendu sur ce grand théâtre d'action, il pensait devenir si considérable par son armée, qu'il se faisait fort
de contraindre amis et ennemis de compter avec lui.

La méfiance des Espagnols faillit à faire manquer tout ce dessein. Le comte de Fuensaldaña
avait en effet pris ombrage non-seulement des communications fréquentes de Charles avec le cardinal
Mazarin, mais aussi des rapports qu'il avait établis
avec les princes français. Le gouverneur des Pays-
Bas regardait les troupes lorraines comme engagées

avant tout au service du roi d'Espagne. Il ne voulait
pas absolument les laisser sortir de Flandre, même
pour aller porter secours à l'armée du duc d'Orléans,
car c'était le prétexte dont se servait Charles IV vis-
à-vis du ministre d'Espagne [1]. En vain, pour calmer
les soupçons de Fuensaldaña, le duc de Lorraine
l'avait fait assurer par le comte de Ligneville qu'il
agissait d'accord avec l'archiduc et pour le plus grand
bien des affaires du roi d'Espagne, Fuensaldaña
avait répondu « qu'il n'en avait jamais rien su, qu'il ne
le pouvait souffrir sans ordre positif de son maître ou
par un traité ; à quoi la nécessité et cette tyrannie nous
obligeront peut-être, » mandait à Mazarin le sieur
Raulin, secrétaire d'État du duc de Lorraine, « mais
ce sera en sorte que comme ministre il aura regret
d'en être venu à cette extrémité. »

En effet, Charles IV déjà lié avec le parti de la
cour, par l'intermédiaire de Mazarin, avec celui des
princes, par son beau-frère Gaston, n'hésita pas à
contracter un troisième engagement avec les Espagnols. « Nous les avons bien fait passer pour dupes
après beaucoup de contestations, » écrivait de nouveau le sieur Raulin en envoyant au cardinal (10

1. « Il ne faut pas vous alarmer si l'on sort d'ici sous prétexte d'aller
à l'assistance de son altesse royale le duc d'Orléans; l'on ne peut trouver
un plus favorable moyen pour éviter toutes fausses prophéties, et la
crainte que Votre Éminence m'a tant de fois représentée. » — Lettre
entièrement chiffrée de M. Raulin, secrétaire d'État du duc de Lorraine, à M. le cardinal Mazarin. Bruxelles, février 1652. Archives des
affaires étrangères. Collection France.

mars 1652) copie de l'écrit signé par son maître.
« Notre traité n'est pas seulement ridicule, mais il
ne nous oblige à rien, car nous aurons toujours besoin de nos troupes [1]. » Charles avait pendant un
instant songé à passer la frontière en même temps
que Mazarin, et à le ramener lui-même au roi à la
tête d'un corps de dix à douze mille hommes, « ce
qui étourdiroit singulièrement les anciens ennemis
du cardinal, et feroit de prodigieux effets [2]. » Mais les
difficultés suscitées par Fuensaldaña avaient con-
trarié ce beau projet.

Mazarin impatient, et gourmandé lui-même par la
reine plus impatiente encore, avait pris les devants.
Il n'était pas rentré en France sans se faire officiellement ordonner par le roi « de se rendre sans réplique
auprès de sa personne [3]; » il avait eu soin aussi de

1. Lettre de M. Raulin au cardinal Mazarin. Bruxelles, 10 mars 1652.
Archives des affaires étrangères. Collection France, volume CXXXV.
Par le traité passé avec le comte de Fuensaldaña, il était convenu
que le duc de Lorraine ferait entrer au service du roi d'Espagne, pendant la campagne, deux mille hommes de pied et deux mille chevaux,
au cas que sa dite altesse n'en auait pas besoin ailleurs. C'est à cette
dernière clause que faisait allusion la lettre du sieur Raulin.
2. Lettre chiffrée de M. Raulin au cardinal Mazarin. Bruxelles,
29 décembre. Collection France. Archives des affaires étrangères.
3. Dans sa lettre au roi et à la reine, Mazarin explique dans des
termes qui ne sont pas sans quelque noble orgueil, pour quelles raisons
il entre en armes dans le royaume, « afin d'ayder au roy dans la
guerre civile et étrangère qu'il soutient présentement. »
Voir cette lettre, celles adressées à Madame, au prévôt des marchands, au premier président, et aux présidents des parlements de
France. Tome CXXXV, Collection France, aux Archives des affaires
étrangères.

semer partout sur sa route une sorte de manifeste
adressé au roi et à la reine, par lequel il expliquait
avec dignité les motifs de son retour. Il écrivait en
même temps (23 décembre) des lettres particulières
également fières et respectueuses à la duchesse d'Orléans, au prévôt des marchands de Paris et aux pre-
sidents des parlements de tout le royaume. Mais ce
qui devait ajouter à la confiance du cardinal plus que
ses manifestes, si bien rédigés qu'ils fussent, plus
même que l'assistance du duc de Lorraine, si assuré
qu'il s'en crût alors, c'était l'escorte des troupes
qu'il avait ramassées à Cologne, et qui l'accompa-
gnaient maintenant en portant ses couleurs [1] ; c'était
surtout la présence autour de lui de plusieurs amis
déjà éprouvés, du brave M. de Fabert, gouverneur de
Sedan, et de deux vaillants maréchaux de France,
MM. de La Ferté et d'Hocquincourt. Cependant tout
en gagnant Poitiers, où il allait porter à la reine,
séparée de la capitale par l'armée des princes, un
secours devenu fort nécessaire, Mazarin n'oubliait
rien pour lui en ménager bientôt un second non
moins important. Il ne désespérait pas de pouvoir
enrôler au service du roi les troupes lorraines, commandées par Charles IV en personne. Il attendait
un grand effet de cette intervention inattendue du

---

1. Les troupes du cardinal Mazarin portaient l'écharpe jaune, tandis
que le bleu était la couleur du duc d'Orléans et la couleur isabelle celle
du prince de Condé.

prince lorrain en faveur de la cause royale. Il ne
doutait pas qu'elle ne jetât une grand désarroi dans
le camp de ses adversaires. C'est pourquoi il avait
laissé près du prince un agent sûr, M. de Beaujeu,
qui était chargé d'entretenir les bonnes dispositions
de Charles IV et d'expliquer aux populations éton-
nées que ces soldats étrangers ne venaient pas dans
le royaume avec de mauvais desseins, mais pour le
plus grand bien du service du roi. Il envoyait en
même temps aux gouverneurs des villes de la Lorraine et de la Champagne l'ordre de laisser également passer un autre corps lorrain que M. de Fauges,
lieutenant de Charles IV, amenait des bords du Rhin,
et qui devait venir opérer dans le Barrois sa jonction avec l'armée principale, commandée par le duc
lui-même.

Charles se sentait alors tout près d'atteindre le but
qu'il s'était tant de fois proposé; chaque pas qu'il
faisait au delà des frontières rendait en effet sa position plus considérable. Plus il avançait, plus les
partis qui divisaient le royaume se disputaient son
alliance. Il ne mettait pas le pied dans une ville française qu'il n'y rencontrât aussitôt une foule d'agents
qui lui étaient à la fois dépêchés par la reine et par
le cardinal Mazarin, par M. le duc d'Orléans et par
les princes. M. de Bregy, envoyé de la cour, se
présenta le premier, porteur d'un projet de traité en
bonne et due forme, qui donnait à peu près toutes

les satisfactions que Charles IV pouvait raisonnablement souhaiter [1]. Il lui remettait en même temps
une lettre officielle du roi [2] et une lettre particulière
de la reine. Charles remercia d'abord Anne d'Autriche. Il se répandit en actions de grâces et renouvela ses protestations accoutumées... « Je n'ai pas
assez de paroles pour vous répondre, vous conjurant
de faire que sans retard je puisse aller me sacrifier à
tous vos intérêts. Tout ce que feray n'ira qu'à ce
but... Voulez et faites ce que j'ai proposé, et je suis
à vous à pendre et à dépendre, comme vous l'ordonnerez, ne désirant rien que pour me donner moyen
de vous servir sans honte... Ou l'on rompra avec
l'homme qui me tient mon bien (le prince de Condé),
ou je rompray avec lui moi-même, et c'est à vous à
juger si je suis utile à votre service... Il y a six mois
que j'ai avisé que l'on conspiroit contre vous à la
personne qui fut jadis chez moi... Il ne faut pas se
flatter, on en veut à vous et à un autre vous-même
(le cardinal Mazarin), et je veux donner vie et biens
pour tous deux [3]. » Les concessions nouvelles que le

1. Projet de traité entre le roi et M. de Lorraine, 18 février 1652. —
Pouvoirs donnés à MM. de La Ferté-Senneterre et Bregy pour traiter
avec le duc de Lorraine. Scellés à Giers le 25 avril 1652. Archives des
affaires étrangères. Collection Lorraine.

2. La lettre du roy escrite au duc de Lorraine pour la jonction de
ses armes à celles de Sa Majesté. 25 février 1652. Imprimée à Paris,
jouxte la copie imprimée à Bruxelles par Isaac Bellaire. Bibliothèque
imp. L. B. 37, 2272.

3. Lettre chiffrée du duc de Lorraine à la reine. 10 mars 1652. Archives des affaires étrangères. Collection Lorraine.

duc demandait en retour de ses promesses de service
n'étaient pas sans importance. Il voulait qu'en
échange de Stenay, qu'on ne pouvait lui rendre
actuellement, puisque cette ville était aux mains de
Condé, on le mît dès à présent en jouissance de Toul,
de Vaucouleurs et dépendances ; qu'on lui restituât
immédiatement Jametz, et qu'on lui donnât Moyenvic
en dépôt en attendant qu'on pût lui rendre Marsal [1].
Peu de jours après l'arrivée de M. de Brégy, M. de
Marcheville était venu le trouver de la part de M. le
duc d'Orléans, et le conjura, au nom de sa sœur
et de son beau-frère, « de n'abandonner pas le parti
des princes, sans quoi ils étoient perdus [2]. » Mais
Charles avait reçu M. de Marcheville avec assez de
froideur ; il avait même écrit à Monsieur « qu'il avoit
tort de s'opiniâtrer à faire la guerre au roy, qui étoit
un jeune prince qui en pourroit avoir du ressentiment, et cela dans l'intérêt du prince de Condé, qui
étoit le grand ennemi de sa maison [3]. » Condé lui-
même, pour lequel Charles IV professait dans le

1. Propositions de M. de Lorraine. 14 mars 1652. Archives des
affaires étrangères. Collection France.

2. « Il (le duc de Lorraine) a reçu par l'ordinaire deux lettres de
M. et de Mme d'Orléans qui le conjurent, avec des instans et des submissions qui ne se peuvent exprimer de ne point abandonner leur party
et intérêt, qu'autrement ils sont perdus. M. de Marcheville, envoyé de
son altesse royale le duc d'Orléans, ne gagnera rien sur l'esprit de Son
Altesse, voulant demeurer constant aux choses promises. » Lettre entièrement chiffrée de M. Raulin à M. le cardinal Mazarin. Février 1652.

3. Lettre de M. Raulin au cardinal Mazarin. 17 mars 1652. Archives
des affaires étrangères. Collection France.

moment tant de mauvais vouloir, avait aussi son agent auprès de lui : c'était Laroque, capitaine de ses gardes; et plus tard il y envoya le sieur de Ravenel, marquis de La Sablonière [1]. Ces deux derniers messieurs s'aidaient surtout du crédit de Mme de Cantecroix [2]. Enfin, pour que tous les intéressés fussent également représentés près du duc de Lorraine, les Espagnols lui avaient adressé une espèce de ministre chargé en apparence de lui remettre une lettre du roi d'Espagne [3], mais ayant en réalité mission d'épier soigneusement toutes ses démarches.

Le marquis de Brégy rendait à Mazarin un compte assez fidèle du spectacle qu'il avait sous ses yeux, lorsqu'il lui écrivit de Châlons (8 mai 1652) : « J'ai eu quatre ou cinq conférences avec M. de Lorraine, et toutes assez longues, et je commenceray à vous dire que c'est un esprit incertain, parlant pour et contre, et qui demande plus que je n'ai ordre de lui accorder, sous prétexte qu'on le lui a promis, et il augmente sans cesse. Il a grande impatience de rejoindre le corps de M. de Fauges... Il traite aussi

---

1. Dom Calmet. Tome VI, page 361.

2. *Ibidem.* Dom Calmet paraît avoir tiré quelques-uns de ces détails des papiers du père Donat. Les papiers du confesseur de Charles IV sont aujourd'hui à peu près perdus; ceux que possède la bibliothèque de Nancy sont fort incomplets.

3. Lettre du roy d'Espagne envoyée au duc de Lorraine sur la frontière de France, pour le prier de s'avancer pour le soulagement de MM. les princes, en date du 2 avril 1652. Imprimé à Paris, chez Jacob Chevalier, proche Saint-Jean-de-Latran. Bibliothèque impériale. L. B. [37], 2370.

confidentiellement avec l'agent espagnol, avec l'envoyé de M. d'Orléans, avec Beaujeu et avec moi. Il ne quitte pas l'un qu'il ne parle à l'autre, qu'il ne lui fasse une histoire et quelquefois une fable sur ce qu'on lui dit de tous côtés... Enfin c'est un malheur qu'il soit venu si avant. Il se sent fort avec une armée de sept mille hommes au milieu de la France, et il laisse assez entendre qu'il sera à quy plus lui donnera. Toutefois, quoi qu'il arrive, je pense que, s'il n'est pour nous, il ne sera point pour les Princes, mais pour les Espagnols et pour luy-mesme... Il seroit fort à souhaiter qu'il fût encore à Bruxelles, parce que c'est une humeur inconstante, bizarre, violente, où il n'y a pas grande sûreté[1]. »

Rien n'était plus singulier en effet que cette situation d'un chef d'armée engagé par traité officiel au service de la cour de Madrid, recevant alors patemment la solde de ses soldats des mains des agents espagnols, et les faisant en même temps, et non moins publiquement, héberger et nourrir par les soins des commissaires français, qui, au vu et au su de chacun, et sans chercher à s'en cacher, traitait à la fois avec deux partis actuellement en guerre ouverte, qui cheminait ainsi tranquillement à travers le royaume et s'acheminait vers Paris, également recherché et aussi vivement attendu de tout le

1. Lettre de M. de Bregy au cardinal Mazarin. 8 mai 1652. Archives des affaires étrangères. Collection France.

monde. Ce qui était plus étrange peut-être, c'était
la présence officielle d'un agent de la cour de
France dans le camp du prince qui venait de se prononcer hautement contre la cause royale et contre
Mazarin. Charles.IV venait en effet (29 avril 1652)
de publier un manifeste adressé à tous les bons Français, et qui n'était d'un bout à l'autre qu'une violente
déclamation contre le cardinal. « Après avoir exposé
les injustices qu'on lui avait faites et les violences
inouïes commises dans ses États, après avoir rappelé
les villes et les châteaux rasés en Lorraine, les bourgs
et les villages saccagés, les monastères pillés et
brûlés, les églises violées et dépouillées, ces lieux
autrefois respectables réduits en solitude et en un tas
de ruines et de pierres, il déclarait avoir pris les armes
pour se joindre aux Princes afin de réunir la maison
royale, de rétablir la paix dans le royaume, de
rendre au roi la liberté par la punition du cardinal,
l'ennemi de la paix et l'auteur de tous les troubles[1]. »

1. Manifeste du duc de Lorraine publié à Tugny, 29 avril 1652. Le
père Hugo. Dom Calmet. Tome VI, page 365.

Lettre du duc de Lorraine, avec la déclaration de ses bonnes intentions sur son entrée en France pour le secours de la ville de Paris et
la conclusion de la paix générale, à tous les bons et véritables Français. Datée de Tugny 29 avril, et imprimée à Paris chez la veuve Guil-
lemot. L. B. ₈₇, 2467. Bibliothèque impériale.

Lettre du duc de Lorraine à Mme la duchesse d'Orléans, sa sœur,
touchant la marche de son armée et les assurances qu'il luy donne
qu'il vient se joindre à Son Altesse Royale pour esloigner le Mazarin.
En date de Langres 30 avril. Imprimé à Paris chez Jacob Chevalier,
1652. L. B. ₈₇, 2468.

La déclaration du duc de Lorraine à Son Altesse Royale et MM. les

Cette proclamation ne diminua rien cependant de
la bonne volonté du cardinal envers Charles IV. Ce
prince avait pris soin de faire savoir à Mazarin que,
s'il ne se déclarait pas d'abord pour le roi, c'était
afin de se ménager les moyens de faciliter la paix
générale et de rendre plus tard de plus signalés services [1]. Cette assurance avait suffi à Mazarin. Le
ministre d'Anne d'Autriche était trop habitué aux
injures pour se faire un point d'honneur de les ressentir. Il lui était indifférent qu'on l'insultât, pourvu
qu'on le servît. M. de Brégy, son agent, continua
donc, comme par le passé, à demeurer auprès de
Charles IV, à procurer à son armée des vivres et
des logements, à lui faire passer des lettres de la
reine, toujours également affectueuses et pressantes,
par lesquelles elle le remerciait de ce qu'il annonçait vouloir faire pour elle et pour celui qu'elle ne
manquait pas d'appeler « un autre moi-même » (le
cardinal Mazarin) [2]. Elle le pressait surtout de mettre ses promesses à exécution. Mais, tandis que
la reine et son ministre se montraient toujours si
confiants ou feignaient une sécurité que peut-être
ils n'éprouvaient déjà plus, M. de La Ferté ne se

princes sur l'approche de ses troupes es environs de Paris, ensemble sa
lettre escritte à MM. du parlement sur ce sujet. Datée de Meaux, 26 mai
1652. Imprimée à Paris chez Claude Leroy. Bibliothèque impériale.
L. B. [37], 2565.

1. Mémoire touchant M. de Lorraine.

2. Lettres de la reine à Charles IV ; 30 mars, 20 mai, 1er juin 1652.
Archives des affaires étrangères. Voir aux pièces justificatives.

cachait pas pour blâmer Mazarin de rechercher cet
accommodement; il lui rappelait qu'il fallait y regarder beaucoup avant de se fier au duc de Lorraine[1].
Tout en obéissant à l'ordre qu'il avait reçu de laisser
passer le corps lorrain de M. de Fauges, il ne négli-
geait aucune précaution militaire; il mettait ses
troupes ensemble, et les plaçait dans une position
avantageuse entre la Meuse et la Mozelle. Le circonspect M. de Turenne semblait aussi ne pas compter
beaucoup sur l'assistance de cet étrange auxiliaire,
qui s'avançait avec des allures si mystérieuses, qui
se promettait sans cesse et ne se donnait jamais.
Peut-être les méfiances de MM. de La Ferté et de
Turenne gagnaient-elles un peu de terrain dans l'esprit du cardinal? Peut-être, depuis qu'il était arrivé
sans encombre au milieu de l'armée royale, compromise un instant par l'échec éprouvé à Bléneau, mais
bientôt après remise en assez bonne posture par les
succès obtenus à Étampes, Mazarin avait-il cessé
d'attacher grande importance à l'assistance de Charles IV? Toujours est-il que de la cour il n'arrivait
plus personne au camp lorrain, sinon un négociateur, lord Jermyn, qui n'apportait que d'assez vagues paroles du cardinal, des lettres de la reine
toujours pleines de tendres reproches, mais nulle
réponse aux dernières propositions du Duc, si pres-

1. M. de La Ferté a grande méfiance que ledit duc ne se veuille accommoder. M. de Brégy au cardinal Mazarin. Arch. des affaires étrangères.

santes cependant et si formelles[1]. Du côté opposé,
c'était au contraire un redoublement de sollicitations
incessamment renouvelées par des envoyés, qui se
succédaient rapidement les uns aux autres. Le comte
de Fiesque, le comte de Rieux, M. de Langeron,
M. le chevalier de Guise de la part des Princes, Don
Gabriel de Toledo pour les Espagnols, lui représen-
taient à chaque instant qu'il était temps d'agir enfin;
que, s'il tardait encore, Étampes allait succomber[2].
Sur ces entrefaites, Charles intercepta un courrier de
M. de Turenne au cardinal. « J'ai mis si bon ordre à
tout, » écrivait le maréchal, « et tellement bouché les
avenues, que Son Altesse de Lorraine, prudente
comme elle est, ne se hasardera jamais à la vosouloir
passer. » Ce défi porté à sa hardiesse comme chef
d'armée leva, plus que tout le reste, les dernières

---

1. « Le milord Germain rendra compte des dispositions de Son Altesse. M. Raulin au cardinal Mazarin. 13 mai 1652. Archives des
affaires étrangères. Collection France.

2 « Votre Excellence verra la marche de M. de Lorraine et son procédé. — M. Raulin m'écrit que son maître a pris la résolution d'avancer
sur ce qu'il a sçu que l'on prenoit Étampes, et qu'il a creu qu'on
l'amusoit du côté de la cour, et qu'il étoit obsédé de tant d'envoyés des
princes, et surtout des Espagnols, et qu'il n'a pu s'en défendre. » (M. de
Brégy au cardinal Mazarin. La Ferté-sous-Jouarre, 1er juin 1652.)
Archives des affaires étrangères. Collection France.

« Monsieur avoit envoyé plusieurs fois à M. de Lorraine, M. le prince
y envoyoit aussi; enfin M. le comte de Fiesque arriva et dit qu'il vien-
droit tout de bon. — Ce fut à la considération des Espagnols, et point
du tout à celle de Monsieur ni de M. le Prince. Un beau matin on vint
dire : M. de Lorraine est à Dammartin, qui n'est qu'à huit lieues de
Paris, sans qu'on l'eût su seulement en chemin. » *Mémoires de Mlle de
Montpensier*, collection Pétitot, tome XI, page 242.

hésitations de Charles IV. Il mit sur le dos de la lettre : « M. de Lorraine passera en dépit de tout le monde. » Puis, renvoyant le courrier, rompant toute négociation avec M. de Brégy, il franchit la Marne à trois lieues de Châlons, par un gué connu de lui, fit passer son armée à Lagny pour la diriger sur la Brie[1]. Quelques jours après, le dimanche 2 juin, à dix heures du soir, il était de sa personne à Paris.

La venue de Charles à Paris, et la présence de l'armée lorraine sous les murs de la capitale du royaume, était un événement considérable. Cette armée se composait d'environ huit mille hommes « de vieilles et bonnes troupes[2]. » Le Duc, en se réunissant à Condé ou à Turenne, dont les forces étaient à peu près égales, « pouvait à son gré faire pencher la balance en faveur de l'un ou de l'autre parti »[3]. — Paris attendait le secours de M. de Lorraine comme le salut du parti[4]. » On devine à quel point ce prince, déjà si recherché quand il venait de mettre à peine le pied sur la frontière, fut alors ardemment courtisé par tous les partis. La reine multiplia ses lettres amicales ; elles se succédaient de jour en jour. « Je vous regarde » lui écrivait-elle de Corbeil (1er juin 1652),

1. Gualdo Priorato, livre VII, page 92. — Dom Calmet, tome VI, page 366.
2. *Mémoires du cardinal de Retz.*
3. Loret, *Musée historique*, livre III, page 92. — Lettre en date du 21 juillet. — Walckenaer, *Mémoires touchant la vie et les écrits de Mme de Sévigné.*
4. *Mémoires de M. de La Rochefoucauld*, tome II, page 159.

« comme une des personnes du monde que j'estime le plus, et que je croys le moins capable de me manquer. —Vous estes en estat de faire mes affaires avec beaucoup de gloire, d'avantage et de réputation, et d'obliger le roy à estre à jamais votre meilleur amy toujours.[1] » Et toujours de Corbeil (le 2 juin). « Quelque chose qu'on me puisse dire, j'ay trop d'estime pour vous et trop de confiance dans vos paroles et dans l'amitié que vous m'avez toujours témoignée, pour croire que vous vous soyez engagé de votre personne et de votre armée à ceux que vous savez bien qui ont mauvaise intention contre moy, après vous avoir fait accorder les choses que vous m'avez fait connaître que vous souhaitiez le plus[2]. »

Ces lettres de la reine étaient remises au duc de Lorraine au moment même où, pour lui faire honneur, le duc d'Orléans et M. le Prince arrivaient à sa rencontre au Bourget. Ils avaient traversé Paris en grande pompe, avec des trompettes qui sonnaient devant eux, et l'attendaient depuis déjà quatre heures. Après les compliments d'usage, accompagnés de forces embrassades, on s'était remis en route pour traverser Paris avec le même appareil, car le Duc avait tenu à faire son entrée à cheval. Il marchait à la gauche du duc d'Orléans, M. le Prince de l'autre

---

1. Lettre de la reine au duc de Lorraine, 1er juin 1652. Archives des affaires étrangères.
2. *Idem.*, 2 juin 1652.

côté du ruisseau[1]. Quoique l'heure fût très-avancée, la foule se pressa de toutes parts sur le passage du cortége; « et les applaudissements du peuple furent incroyables.[2] » Le soir, le Duc alla souper au Luxembourg ; les affaires furent remises au lendemain.

Charles, qui n'avait pu se mettre d'accord avec la cour, allait-il mieux s'entendre avec les Princes? Cela parut tout de suite assez douteux. Une querelle d'étiquette faillit tout arrêter. Comme premier prince du sang de France, Condé ne voulait point céder la préséance au duc de Lorraine. Charles la réclamait en sa qualité de prince souverain. Il trouvait un peu étrange cette prétention de Condé, de vouloir obtenir ses troupes « en détenant son bien et en lui refusant ce qui lui était dû.[3] » On convint que le prince lorrain et Condé ne se visiteraient point, que lorsqu'ils se rencontreraient ils se salueraient et se donneraient mutuellement la main, sans conséquence pour l'avenir. Mais cette picoterie, venant s'ajouter à l'ancien fond de malveillance, rendit le prince de Condé plus hautain, et Charles plus intraitable. Il devenait fort difficile de les faire marcher d'accord.

Ce qui ajoutait à l'orgueil de Charles IV c'était l'engouement dont il se sentait l'objet depuis son entrée à Paris. En effet, la populace n'avait pas

1. *Mémoires de Conrart*, collection Petitot, tome LXVIII, page 77.
2. *Mémoires du cardinal de Retz.*
3. Guillemin, *Vie manuscrite de Charles IV*.

été seule à lui faire fête; l'admiration avait gagné
toute la belle société de Paris. Les politiques ne se
lassaient pas de louer le rusé négociateur qui avait,
par ses belles promesses, si bien joué Mazarin, l'ennemi commun. Les hommes d'épée admiraient en
lui le chef d'armée qui avait si habilement fait passer
ses soldats à travers les troupes de MM. de Turenne et de La Ferté, et les avait si prestement conduites des plaines de la Flandre sur les hauteurs de
Villeneuve-Saint-Georges. Sa réputation de galanterie, son inconstance et ses deux femmes ne parurent
pas lui nuire auprès des héroïnes de la Fronde. Les
plus belles, les plus fières et les plus délicates se laissèrent charmer par sa noble tournure, par ses façons
dégagées et par ses plaisants propos. Mlle de Montpensier, pour laquelle il professa tout d'abord beaucoup
de considération, « à cause, » disait-il, « de son affaire
d'Orléans, » assure dans ses Mémoires qu'elle le
trouva « le plus agréable du monde... et qu'il l'étoit
tout de bon en tous ses discours...[1] » « Mme de Chatillon, » nous dit-elle, « eût été bien aise de faire encore
cette conquête, ou du moins qu'on l'eût cru[2]. » Cette
dame, qui passait alors pour avoir captivé le prince
de Condé, « mouroit d'envie de donner dans la vue de
M. de Lorraine, » et ne négligea aucune avance pour y

1. *Mémoires de Mlle de Montpensier*, collection Petitot, tome II,
page 242.
2. *Ibidem.*, page 246.

parvenir [1]; toutefois il avait trouvé Mme de Fontenac plus à son gré [2]. Du reste, s'il aimait la société des dames, ce n'était pas pour leur parler affaires; il préférait leur faire des contes un peu libres, dont quelques-unes se montraient scandalisées, mais qui paraissaient divertir beaucoup le plus grand nombre [3]. Il prenait plaisir à les effrayer en leur racontant les façons d'agir de ses soldats. Il les assurait qu'à son armée on ne mangeait pas seulement les chiens et les chevaux morts, mais aussi les hommes... Ses soldats en avaient déjà mangé plus de dix mille. Et un jour, ayant trouvé dans un couvent deux vieilles religieuses, qui n'étaient pas bonnes à autre chose, ils en avaient fait du bouillon... [4]. « Il disoit tout cela sérieusement, comme si c'eût été des vérités incontestables, et sans

1. « Mme de Châtillon mouroit d'envie de donner dans la vue de M. de Lorraine. Elle vint un jour chez moi, parée, ajustée, et la gorge découverte, et disoit : Au moins je ne suis pas bossue; — ma robe est-elle bien faite? — Je ne vous le demande pas, Monsieur, les hommes ne s'entendent pas à cela. — Pour aux pierreries; vous vous y connaissez; je vous prie de me dire comme vous trouvez mes perles. — Il ne prit quasi pas la peine de lui répondre. Il me disoit : Ne la retenez pas à souper. Je voudrois qu'elle s'en fût déjà allée. » *Mémoires de Mademoiselle*, tome II, page 326.

2. « Il (le duc de Lorraine) trouva Mme de Fontenac fort à son gré. » *Mémoires de Mademoiselle*, tome II, p. 243.

3. « Le duc de Lorraine se va souvent promener au Cours avec Mademoiselle (de Montpensier) on Mlle de Chevreuse, devant lesquelles il dit des ordures qui les rendent honteuses le plus souvent, et dont la comtesse de Fiesque, Mme de Puisieux et autres dames semblables sont fort scandalisées. » *Manuscrits de Conrart*, tome XVII, page 797 et suivantes, à la Bibliothèque de l'Arsenal.

4. *Ibidem*... *Mémoires de Chavagnac*, histoire des temps présents, etc.

rire de façon quelconque. [1] » Si au lieu d'écouter les
histoires les dames voulaient le mettre sur la politique, « il chantoit et se mettoit à danser en sorte que
l'on étoit contraint d'en rire. [2] » Un jour, Mme de Chevreuse et Mme de Montbazon vinrent chez Madame et
voulurent lui parler ; il prit une guitare. « Dansons,
mes dames, dansons, cela vous convient mieux que
de parler affaires. »

Ce n'était pas seulement avec les dames que le duc
Charles s'amusait à rire et à se moquer. Il paya de la
même monnaie le Cardinal de Retz qu'il rencontra
deux fois, une première fois chez Madame et l'autre
dans la galerie de Monsieur. Le prélat s'étant mis à lui
parler guerre et intrigues de cour, Charles tira son
chapelet de sa poche, et commença à réciter ses pate-
nôtres, disant : « C'est le métier des prêtres de prier
Dieu, et de faire prier Dieu aux autres ; mais puisque les prêtres faisoient son métier, il falloit bien
qu'il fît le leur. [3] » Il n'épargna même pas le grand
Condé. Un jour, s'étant rencontrés dans la rue, après
s'être fait les compliments d'usage, les deux princes

---

1. *Manuscrits de Conrart* à l'Arsenal.
2. *Mémoires de Mademoiselle*, tome II, page 244.
3. *Mémoires de Mlle de Montpensier*, tome II, page 244. — *Manuscrits de Conrart*, tome XVII, page 797 et suivantes.
Le cardinal de Retz parle de cette entrevue dans ses Mémoires. Mais
d'ordinaire assez enclin à raconter les railleries qu'il fait des autres, il
n'a pas le même goût à rappeler celles dont il fut lui-même l'objet.
Il se contente de dire : « La conférence ne se passa qu'en civilités et en
railleries, dans lesquelles il (le duc de Lorraine) était inépuisable. »
Mémoires du cardinal de Retz, collection Petitot, tome III, page 112.

s'étaient mis à parler des affaires du moment. Pendant qu'ils causaient ainsi familièrement, Charles avait avisé un grand tas de boue derrière son interlocuteur: Il fit tomber la conversation sur le siége d'Étampes et sur la situation présente des troupes du Prince fort menacées alors par celles du roi. Il pressa Condé de questions, et toujours marchant, gesticulant, et faisant l'échauffé, il manœuvra de façon à forcer M. le Prince à reculer jusque dans le tas de boue; quand celui-ci y fut entré tout à plein : « Ah! » dit-il, « je m'aperçois que vous êtes dans un bien mauvais pas; » ne laissant pas deviner s'il avait voulu parler de la position actuelle du Prince, ou de celle où il avait engagé ses troupes [1]. Dans une autre conversation il lui fit au contraire, sur le ton plaisant qui lui était ordinaire, les plus grands compliments. « Il lui dit que ces jours passés il avoit vu quantité de personnes avec lesquelles il n'étoit point propre; force dames galantes et raffinées qui ne s'accommodoient pas d'un soldat lourdeau et malpropre comme lui; des blondins poudrés et parfumés qui lui faisoient honte par leurs beaux habits et leurs galanteries, des ministres d'État si fins et si subtils qu'il n'étoit pas capable d'entendre leur politique; mais qu'aujourd'hui il croyoit trouver au lieu où il venoit toutes sortes de sujets d'admiration, un grand héros,

1. *Vie manuscrite de Charles IV*, par Guillemin.

un conquérant, un homme consommé pour les conseils et pour les affaires [1]. »

La procession faite à Paris pour obtenir la paix
lui parut tout à fait ridicule; et il ne s'en cacha guère.
Lorsqu'on descendit la châsse de sainte Geneviève,
où tout le monde courait en foule, où M. le Prince fit
de si belles génuflexions, il dit : « qu'il étoit venu
pour faire la paix générale, mais puisque les Parisiens aimoient mieux s'adresser à sainte Geneviève
qu'à lui, il falloit la laisser faire [2]. »

Le siége d'Étampes, où les meilleures troupes des
Princes risquaient d'être à chaque instant forcées
par l'armée de M. de Turenne, était alors le sujet de
la préoccupation générale. « Une petite motte de terre
qui avoit quelque figure de demi-lune, » dit Montglat, « avoit été prise et reprise plusieurs fois dans la
même journée [3]. On y avait perdu près de cinq cents
hommes. Les assiégeants étoient déjà attachés à la
muraille, et les assiégés manquoient de poudre [4]. »
Cependant quand on demandait à M. de Lorraine s'il
n'irait pas secourir Étampes, il s'en étonnait et disait : « qu'il ne savoit pas ce qui l'y pourroit obliger;
que Clinchamps l'avoit servi, mais qu'il l'avoit
chassé, et qu'il n'avoit par conséquent aucun sujet

1. *Manuscrits de Conrart*, à la Bibliothèque de l'Arsenal.
2. *Manuscrits de Conrart* à l'Arsenal.
3. Monglat, collection Petitot, tome II, page 245.
4. *Manuscrits de Conrart*, à la Bibliothèque de l'Arsenal.

de l'aimer; qu'il avoit nourri Tavannes l'année passée pendant deux mois, sans qu'il ait reçu de ses nouvelles depuis, et que cela ne l'obligeoit pas à prendre tant de peine pour lui; qu'à la vérité Valon y estoit, et que, quoiqu'il ne le connût point, étant serviteur de son Altesse royale et galant homme; à ce qu'il avoit appris, il pourroit bien l'aller secourir [1]... » « Voilà de quelle sorte il se divertit, » ajoute Conrart, « et si l'on avoit recueilli tout ce qu'il a fait et dit le recueil en seroit trop gros [2]. »

La vérité était que Charles était blessé des procédés de Condé, qui ne voulait pas s'engager à restituer à leur ancien souverain les places lorraines jadis obtenues de Mazarin. Il trouvait la situation des Princes assez fâcheuse, celle du duc d'Orléans presque ridicule entre un général d'armée qui prenait toutes ses mesures militaires sans le consulter, et un parlement qui lui obéissait si mal qu'il venait de refuser de recevoir le prince lorrain son beau-frère. Malgré ses bouffonneries, Charles IV parlait donc un langage assez raisonnable, lorsqu'il disait à Gaston : « Quand vous m'avez fait venir, vous m'avez mandé que vous aviez dix mille hommes et de l'argent pour les entretenir; et cependant vous

---

1. MM. de Clinchamps et de Tavannes commandaient les troupes des Princes à Étampes, et Valon celles du duc d'Orléans.

2. *Manuscrits de Conrart,* tome XVII, page 797 et suivantes, à la Bibliothèque de l'Arsenal.

êtes sans argent et vous n'avez que quatre mille
hommes. D'ailleurs vous vous êtes lié avec M. le
Prince qui traite sans vous avec la cour, et qui est
tout prêt à s'accommoder pourvu qu'il y trouve son
compte pour lui et pour ses amis, sans se soucier de
vous. Pour moi, je ne suis pas venu servir M. le
Prince qui me retient mon bien injustement; je suis
venu pour faire la paix ou la guerre pour vous. Si
vous voulez vous détacher de M. le Prince, j'irai à
la cour; sous quatre jours je vous rapporte la paix
signée, avec l'éloignement du cardinal. Si vous ne
voulez pas ce parti, résolvez-vous à la guerre tout
de bon; trouvez moyen de faire huit mille hommes;
je vous en fournirai quatre mille, et vous donnerai
de l'argent pour les entretenir six mois [1]. » Ces
conseils qui étaient bien le fond de l'âme de Charles IV, étaient trop hardis pour plaire à son timide
et incertain beau-frère. Le duc d'Orléans n'osa
jamais séparer ses intérêts de ceux du prince de
Condé. Charles résolut alors de traiter pour son
compte avec la cour. Il en était sollicité ardemment
par les anciens agents du cardinal qui avaient traité
avec lui, avant son arrivée à Paris. M. de Brégy
l'en pressait chaque jour dans des lettres tout aimables dictées peut-être par la reine elle-même :
M. de Brégy « souhaitoit passionément que le séjour

---

1. *Manuscrits de Conrart*, à la Bibliothèque de l'Arsenal, tome XVII,
page 997.

de Paris fût aussi agréable à son altesse que celui de Bruxelles, mais il fallait que du Luxembourg il allât bientôt loger au Louvre, et que ce fût le roi qui fît les honneurs de sa ville à un prince qui lui était si cher. » — Charles se sentait fort ébranlé; il ne cherchait plus qu'un intermédiaire. Avons-nous besoin de dire qu'il le trouva tout à point dans la personne de Mme de Chevreuse?

Ainsi que nous l'avons raconté plus haut, depuis sa rentrée en France, Mmes de Chevreuse s'était prudemment rapprochée de la cour; elle avait pris une sorte de position intermédiaire entre les frondeurs et Mazarin, mais plutôt favorable à la cause royale. Elle était, comme le duc Charles, fort opposée au prince de Condé qui avait fait manquer le mariage de sa fille avec le prince de Conti. Mlle de Chevreuse venait elle-même de rompre avec le coadjuteur, et cette circonstance les avait de plus en plus rejetées toutes deux du côté de la reine [1]. Mme de Chevreuse était déjà utilement intervenue auprès du Duc pour lui persuader de retarder la marche de son armée. Elle en avait tiré parole qu'il ne la ferait avancer que lentement vers Paris; et Charles lui avait pendant son séjour à Paris, témoigné plus de confiance qu'à personne [2]. Pour donner entièrement ce prince à la

1. « Je n'étois plus en ce temps-là du secret de la mère et de la fille (Mme et Mlle de Chevreuse), comme vous l'avez vu ci-dessus. » *Mémoires du cardinal de Retz*, collection Petitot, tome III, page 114.

2. « Mme la duchesse de Chevreuse a tiré parole de M. de Lorraine

cour, Mme de Chevreuse voulut l'aboucher avec M. de
Chateauneuf, qu'elle protégeait toujours, qui avait
récemment quitté le ministère et, demeuré toujours
fort actif, était plus que personne désireux de se rendre utile à la reine, afin de regagner ses bonnes
grâces et de pouvoir, le cas échéant, remplacer
le cardinal s'il venait à quitter une seconde fois le
royaume. Restait à ménager cette entrevue si secrètement que le parti des princes n'en eût aucun soupçon. Ce fut Mlle de Chevreuse qui s'en chargea.

Rien n'était moins extraordinaire en ces jours
d'extrême liberté que de voir les dames mêlées à
toutes sortes d'affaires, et malgré ses propos railleurs, Charles en usait fort galamment avec elles,
surtout quand elles servaient ses desseins. Lorsque
Mlle de Montpensier était venue avec les princes visiter à cheval son camp de Villeneuve-Saint-Georges, il
l'avait reçue avec force gracieusetés et toutes sortes
de politesses. Il est vrai que la fille de Gaston n'avait

qu'il seroit six jours dans sa marche, qu'après demain il séjourneroit
tout le jour, et qu'aujourd'hui il ne feroit passer que la moitié de son
armée à Paris, quoiqu'il lui fût aisé de faire le tout; que si en ce
temps on pouvoit achever l'affaire d'Étampes il en seroit ravi; qu'il
étoit tout à fait dans les intérêts de la reyne, mais que si on ne pouvoit en ce temps-là, qu'il étoit aisé de faire une proposition pour la
paix générale de concert avec lui; et qu'il serviroit la reyne de la manière dont elle pouvoit souhaiter. — Mme de Chevreuse dit qu'il seroit
bien que la reyne l'en remerciât par écrit. Elle dit aussi que si l'on
envoyoit icy M. de Laigues avec une résolution certaine sur Vic et
Moyenvic, assurément on en auroit contentement... » (Correspondance
anonyme avec la reine ou avec le cardinal Mazarin, 4 juin 1652.)
Archives des affaires étrangères. Collection France.'

pas oublié de se faire suivre par les plus jolies personnes de la cour, non-seulement par la duchesse de
Sully, par la comtesse de Fiésque et par Mme d'O-
lonne, mais aussi par cette comtesse de Frontenac
qui avait eu le don d'apprivoiser Charles IV. Le
duc de Lorraine avait fait défiler son armée devant
la princesse [1]. Il avait même poussé la recherche
jusqu'à donner à tout ce beau monde le divertissement d'un petit combat. — « Je me meurs, » dit-il
à Mademoiselle, quand elle arriva, « et j'allois me
faire saigner ; mais comme j'ai su que vous m'ame-
niez des dames, je suis allé voir si je n'attraperois
pas quelque courrier qui fût chargé de lettres, afin
d'avoir de quoi les divertir, car que feront-elles à
l'armée [2]. » Quelques jour auparavant il avait envoyé
à son armée de Lagny un ordre de marche écrit et
signé de la main de la belle Mme de Guémené [3]. Il se
promenait souvent au cours avec cette dame, ou avec
Mme et Mlle de Chevreuse. — On était donc fort
habitué à le voir dans leur compagnie. Il courait
avec elles les divertissements et les bals ; car les

1. Liste des troupes du duc de Lorraine et les noms de tous les régiments, tant de cavalerie que d'infanterie, suivant la revue qui en a été
faite en présence de Son Altesse Royale, de M. le prince de Condé, du
duc de Beaufort et autres seigneurs. Imprimé à Paris, 1652. Bibliothèque impériale. L. B. 37, 2568.

2. *Mémoires de Mademoiselle*, collection Petitot, tome II, page 245.

3. « L'ordre de marcher que nous avons reçu est écrit de la main de
Mme de Guémené. Voilà un brave secrétaire, et comme il nous en faut. »
M. Raulin à M. de Bregy, 6 juin 1652. Archives des affaires étrangères
Collection France.

violons servaient en ces temps d'intermèdes aux
combats; et les seigneurs qui s'étaient battus la veille
à Étampes, ou le matin dans la plaine de Charenton ne manquaient guère de se retrouver le soir
auprès de leurs maîtresses soit au Luxembourg,
dans les salons de Madame, soit au faubourg Saint-
Germain chez Mme de Chevreuse, soit au Marais, à
l'hôtel de Saint-Géran ou de Carnavalet.

Mme de Bois Dauphin, Mlles de Rambouillet et
d'Haucourt ne furent donc que médiocrement sur-
prises lorsque, un soir, passant en carrosse sur la
place Royale à Paris, elles y rencontrèrent Mlle de
Chevreuse dans la compagnie d'une autre dame couverte d'une longue écharpe qui lui couvrait le corps
et à peu près tout le visage. Mettant pied à terre,
Mlles de Rambouillet et d'Haucourt lièrent conversation avec Mlle de Chevreuse et ne manquèrent pas
de lui demander qui était cette grande dame toute
noire qui l'accompagnait et se tenait si fort à distance. Mlle de Chevreuse répondit tout haut que c'é-
tait sa sœur, l'abbesse de Pont-aux-Dames qui l'avait
priée de la mener voir les violons à la place Royale.
Mais, tous bas, elle leur glissa à l'oreille que c'était
M. de Lorraine qui, ne voulant pas être connu, s'était
fait couvrir de cette écharpe que lui avait prêtée
Mme de Maugiron. — Et appelant M. de Lorraine :
« Ma sœur, pourquoi vous tenez-vous si loin; ces
dames vous font-elles peur? Ce sont de nos meilleures

amies qui ont grande envie de vous dire bonsoir. —
Sur cela M. de Lorraine dut approcher du carrosse;
faisant de grandes révérences à la façon des religieuses; mais ne soufflant le mot. — Mlle de Rambouillet, qui avoit envie de lui jouer une pièce et qui
étoit la plus spirituelle de la troupe, disoit toujours à
Mlle de Chevreuse qu'il n'y avoit point d'apparence
qu'elle fût ainsi sur le pavé et elle en carrosse; et que
madame l'abbesse de Pont-aux-Dames les trouveroit les plus inciviles personnes du monde. Et disant
cela elle appeloit toujours les laquais pour venir
lever la portière, afin que les deux sœurs montassent
dans le carrosse. Le dessein de Mlle de Rambouillet
étoit quand elles y seroient montées de faire lever
la portière et de crier : « Touche, cocher, droit
au Pont-Neuf; nous sommes toutes mazarines et
nous tenons M. de Lorraine; il faut résolûment le
jeter à l'eau. » Mais il n'y eut pas moyen de les faire
monter, la prétendue religieuse témoignant encore
plus de résistance que sa sœur [1]. » Ainsi échappa

1. *Manuscrits de Conrart,* tome XVII, page 997 et suivantes, à la
Bibliothèque de l'Arsenal.

Loret, dans sa *Muse historique* ou recueil de lettres en vers, con-
tenant les nouvelles du temps, dédié à Mlle de Longueville, ne manque
pas d'entretenir cette jeune dame des faits et gestes du duc de Lorraine. Comme d'habitude son récit est fort exact; il rend ainsi compte
de l'entrée du duc à Paris :

> Dimanche à dix heures du soir,
> Qu'on ne pouvoit presque rien voir,
> Charles, prince et duc de Lorraine,
> Sans ordre de roy ni reyne,

M. de Lorraine au seul danger qu'il eût couru pendant tout son séjour à Paris. Mlle de Rambouillet n'aurait pas d'ailleurs rendu à Mazarin le service qu'elle s'imaginait, si elle eût fait noyer Charles IV;

> Sans patente ni passeports
> (Au moins qui parussent alors),
> Venant d'espagnolle contrée
> Fit dedans Paris son entrée
> Avecque Gaston et Condé,
> Les deux, dit-on, qui l'ont mandé;
> On vit comme il passoit les rues
> Plus de cent mille testes nues
> Qui sans redouter le serain
> Saluoient ce grand duc lorrain...
> . . . .

Il ne manque pas de raconter la rencontre de Charles IV sur la place Royale avec Mlle de Rambouillet :

> Puis sur les onze heures de nuit
> Il fut en certain lieu conduit
> Par la dite infante Chevreuse,
> En habit de religieuse
> Qui lui venoit jusqu'aux talons,
> Pour entendre des violons.
> Avec cette veste sacrée
> Il faizoit la sainte sucrée,
> Que l'on eût dit, en vérité,
> Que c'étoit une mère abbesse
> Ou quelque grande moinesse.

Loret fait aussi mention des efforts que le duc de Lorraine tentait alors pour amener une paix générale :

> . . . .
> Quand il alloit par rue ou place
> De grands troupeaux de populace
> Accourus de la halle exprès,
> Le suivant et courant après,
> Et criant à perte d'haleine,
> Luy disoient : M. de Lorraine,
> Pour abréger notre tourment,
> Donnez-nous la paix promptement.

ce n'était pas au bal que Mlle de Chevreuse conduisait alors la soi-disant abbesse de Pont-aux-Dames,
mais chez M. de Châteauneuf pour traiter avec la
cour. Le même soir, en effet, à minuit, quelques

> Luy, pour aucunement leur plaire,
> Avec un souris populaire
> Les regardant entre deux yeux,
> Leur disoit d'un ton gracieux :
> Vous l'aurez, Messieurs de la Halle,
> Voir même la générale.
> Par ma foy, raillerie à part,
> Si cet illustre goguenard
> Procuroit la paix à la France,
> Ce prince vaudroit d'assurance
> Trente millions d'or et plus
> Quoiqu'il ne soit qu'un Carolus.

Les vers suivants sont plus plaisants et plus libres. Nous espérons
toutefois qu'ils n'effaroucheront pas trop nos lecteurs, et nous croyons
pouvoir les rapporter puisqu'ils étaient adressés à une jeune dame
très-considérée à cette époque, très-digne de l'être, et qui était dans
ce moment même retirée dans un couvent.

> . . . .
> Les soldats du duc de Lorraine
> Ont enfin traversé la Seine,
> Et plusieurs gens de Paris,
> Loin d'en avoir les cœurs marris,
> Après avoir mangé leurs soupes
> Allèrent voir passer ces troupes.
> Avant hyer qu'il faizoit beau
> Dans la plaine de Long-Boyau;
> Ils ont brulé cinq cents villages,
> Ravy douze cents pucelages,
> Fait deux mille marys cornus
> Et, pourtant, sont les biens venus.
> . . . .

La *Muse historique* ou recueil de lettres en vers écrites à Son Altesse Mlle de Longueville Loret. — Lettre 22e, du 29 juin.

heures après cette rencontre, M. de Châteauneuf
pouvait écrire à la reine que tout était fini, et l'accommodement signé avec le duc de Lorraine[1].

C'était Mme de Chevreuse qui avait fourni l'idée
première du traité. « Elle avoit dit au Duc plutôt en
riant que sérieusement : qu'il pouvait faire la plus
belle action du monde, s'il faisoit lever le siége
d'Étampes, en quoi il satisferoit pleinement Monsieur et les Espagnols, et si au même moment, il
ramenoit ses troupes en Flandre, en quoi il plairoit
extrêmement à la reine. Ce parti qui tenoit comme
des deux côtés, plut à son incertitude et il le prit sans
balancer »[2]. Telles étaient en effet les conditions dont
le duc de Lorraine était convenu avec Châteauneuf.
Suivant le traité conclu entre eux, l'armée royale,
qui était devant Étampes, devait le lundi suivant se
retirer à quatre lieues de cette ville. Par une adresse
dont il se savait beaucoup de gré, M. de Châteauneuf avait obtenu de Charles IV que le mot de lundi
s'entendît de la journée entière, du lundi, jusqu'à
mardi à quatre heures du matin. La reine s'engageait
à une trêve de six jours à partir du jour de la levée
du siége. En retour, le duc de Lorraine promettait
de sortir du royaume dans les quinze jours. Communication de ce singulier arrangement fut aussitôt

1. Voir aux Pièces justificatives la lettre de M. de Châteauneuf à la
eine, datée du 5 juin 1652 à minuit, et la copie du traité passé entre
M. de Châteauneuf et le duc Charles.

2. *Mémoires du cardinal de Retz*, tome III, page 113.

donnée à M. de Turenne, avec invitation de prendre
la ville si faire se pouvait avant mardi matin. M. de
Turenne répondit que cela n'était point possible, en
un espace de temps aussi court, les assiégés espérant
le secours de M. de Lorraine [1].

Il ne restait plus qu'à exécuter ce qui avait été
convenu entre Charles IV et M. de Châteauneuf.
L'armée royale leva le siége d'Étampes au jour et à
l'heure convenus. Mais comme il n'était pas convaincu de la parfaite sincérité du duc, M. de Turenne, en se retirant, passa la Seine à Corbeil, et
vint se poster du côté de Villeneuve-Saint-Georges,
en face de l'armée lorraine. A Paris où le secret de
la négociation, quoique ébruité, n'était pas encore
entièrement connu, on s'étonna beaucoup de la marche de M. de Turenne; on ne douta pas qu'il ne
fût venu chercher Charles IV afin de le combattre.
La force des deux armées était à peu près égale.
Elles n'étaient séparées que par la petite rivière
d'Yères que M. de Turenne ne tarda pas à passer
dès le lendemain; toutes deux étaient fortement
retranchées, toutes deux aguerries, pleines d'ardeur, et conduites par des chefs renommés. On
s'attendait à une sanglante bataille. L'émotion était
extrême; et peu s'en fallut que cette émotion ne fût
complétement justifiée. En effet, Charles n'avait pas

1. Lettre de M. de Turenne au cardinal, 6 juin 1652. Archives des
affaires étrangères. Collection France.

plutôt signé son traité qu'il se sentit embarrassé
et comme un peu honteux des conditions qu'il avait
acceptées. Il trouvait que M. de Turenne lui mettait
trop l'épée dans les reins et que l'approche de l'armée royale si près de son camp, lui faisait, devant
le public, une trop fâcheuse situation. Il demandait, pour exécuter son traité, des délais que M. de
Turenne ne voulait pas accorder. M. de Lorraine
résolut alors de demeurer et de se défendre. Il se
posta avec tout l'avantage que le terrain pouvait
lui donner. « Il fit faire pendant la nuit, avec une
diligence extrême, cinq redoutes pour couvrir le
front de son armée; il mit la plus grande partie de
son infanterie dans ces cinq redoutes, et le reste en
arrière formant un gros bataillon. La plupart de son
canon étoit sur une hauteur au-dessus de la ville,
proche d'une justice; sa cavalerie étoit sur deux
lignes derrière les redoutes; il avoit un grand bois
à sa droite, la ville à sa gauche par où on ne pouvoit
l'attaquer, parce qu'il y avoit une hauteur fort
escarpée. Dans cette situation, où il montra beaucoup d'expérience et d'habileté, il attendit le combat [1]. » Un matin il arriva même que les fourrageurs
des deux camps vinrent à se mêler; il y eut quelques
coups de pistolet de tirés et un commencement d'action. M. de Beaufort était aussitôt arrivé de Paris

1. *Mémoires du duc d'York, faisant suite à l'Histoire de Turenne*,
par Ramsay, tome II, page 19.

avec un groupe de cavaliers de bonne volonté ramassés dans la capitale et quelques troupes appartenant au duc d'Orléans et à M. le Prince. Il demandait la bataille à grands cris. Sa présence gênait
extrêmement M. de Lorraine. Un instant on entendit
Charles dire à M. de Joyeuse, envoyé de la reine,
qui lui rappelait ses promesses, « qu'il en étoit bien
fâché, mais que la comédie étoit trop bien commencée et qu'il falloit l'achever [1]. » Sur ces entrefaites,
le duc d'York, qui servait dans l'armée de Turenne,
apparut à Villeneuve-Saint-Georges, et le roi d'Angleterre accourut en toute hâte de Paris. Ces deux
princes étaient liés avec le duc de Lorraine par les
liens du sang et par ceux de l'amitié. Ils se jetèrent
pour ainsi dire entre les deux armées prêtes à en
venir aux mains ; et Charles consentit à les accepter
pour médiateurs entre lui et M. de Turenne. Ils
firent plusieurs allées et venues d'un camp à l'autre.
Grâce à leurs soins, il fut convenu que le duc de
Lorraine exécuterait purement et simplement la
convention précédemment arrêtée avec M. de Châteauneuf. Quels ne furent pas, le 16 juin au matin,
la surprise et le désappointement, la colère et l'indignation des bourgeois de Paris quand ils surent
qu'ils n'auraient pas le plaisir de lire dans la gazette
du lendemain le récit de la bataille sur laquelle ils

1. Mémoires du duc d'York.

avaient si bien compté, mais que les deux adversaires avaient préféré ne pas risquer.

Le 15 au soir, en effet, M. de Turenne, après avoir
donné deux de ses généraux en otages, s'était reculé
d'une marche vers Melun, emmenant avec lui, pour
gages de sa sûreté, deux des lieutenants de Charles IV. Le duc de Lorraine, de son côté, reprenait à
travers la Brie le chemin par lequel il était venu en
France. Lorsque cette nouvelle fut devenue publique
dans la capitale, peu s'en fallut que le logis du roi et
de la reine d'Angleterre ne fût insulté par la populace
en fureur. Pas un de leurs gens n'osa de huit jours se
montrer dans la rue[1]. Comme compensation à son
dépit, la fille de Gaston eut le plaisir, dit-elle, « de
gourmander sa belle-mère comme un chien et de lui
dire pis que pendre de son frère[2]. » M. de Beaufort
se donna aussi la joie de faire crier dans les rues ce
qu'il appelait « la trahison du duc Charles, tramée
par le roi d'Angleterre et le cardinal de Retz, découverte par M. de Beaufort[3]. Pendant ce temps le
duc de Lorraine s'acheminait à petites journées vers
les Pays-Bas, repassant à peu près par les mêmes
étapes qu'il avait déjà parcourues. Comme à leur

---

1. *Mémoires de Mlle de Montpensier*.
2. *Ibidem*.
3. « La trahison du duc Charles tramée par le roy d'Angleterre et le
cardinal de Retz, coadjuteur de Paris, et descouverte par monseigneur
le duc de Beaufort, le 16 juin 1652. » Imprimée à Paris chez Simon Le
Porteur, 1652. Bibliothèque impériale. L. B. 37, 2652.

arrivée, ses troupes étaient strictement payées par
l'Espagne et non moins fidèlement hébergées et
nourries par la France. Seulement à leur retour,
elles pillèrent et rançonnèrent le pays encore un peu
plus que de coutume. En passant près de Bar, Charles
somma la ville de se rendre à lui. Le gouvernement
français refusa. Alors, sans qu'on se soit jamais bien
rendu compte de son intention, il fit tirer deux coups
de canon en l'air du côté de ses États, puis il continua sa route. Quelques jours après, vers la fin de
juin, il était sans encombre rentré en Flandre.

CHAPITRE XXIV.

Interprétations diverses données à la retraite de Charles IV en Flandre. —
Ses réponses aux reproches du parti des princes. — Efforts tentés à Bruxelles,
par le duc de Lorraine, afin d'amener une paix générale. — Il y échoue. —
Il se met pour deux mois au service d'Espagne et s'engage à conduire trois
mille Wurtembergeois au secours des princes. — Turenne lui ferme les
chemins de Paris. — Charles entre en négociation avec Mazarin, et demande
que le cardinal laisse passer les troupes wurtembergeoises. — Mazarin y
consent. — La reine et ses ministres s'y refusent. — Pendant les pourparlers,
Charles se glisse à travers l'armée de Turenne. — Il arrive à Paris; détails
sur son second séjour dans la capitale. — Il se lie avec les princes, et négocie avec la cour. — Ascendant du parti royal à Paris. — Charles s'engage de plus en plus avec les princes. — Son intimité avec Condé. — Il tâche
de procurer l'accommodement de ce Prince avec la cour.—Rupture des négociations. — Rentrée du roi à Paris. — Charles retourne en Flandre avec le
prince de Condé. — Détail sur la situation et les dispositions actuelles du
prince de Condé. — Pourquoi il s'était épris de la façon de vivre indépendante du duc de Lorraine. — Il ne peut s'entendre avec le duc de Lorraine.
— Il prétend commander ses troupes, et ne lui donner aucune part dans les
conquêtes à faire sur les Français. — Désappointement de Charles IV. — Il se
plaint au roi catholique.—Il est dénoncé à Madrid par Condé.—Fuensaldaña
fait arrêter Charles IV à Bruxelles.—Effet produit par cette arrestation sur
les troupes lorraines. — Leur indignation est contenue par l'arrivée du duc
François. — Caractère de ce prince. — Il s'engage au service d'Espagne. —
Translation de Charles, d'Anvers à Tolède. — La duchesse Nicole s'emploie
à lui procurer la liberté. — Elle somme les colonels lorrains de quitter le
service d'Espagne. — Leur hésitation.—Envoi de MM. Du Chatelet et Dubois
de Riocour à Madrid. — Traité fait par Charles IV avec les Espagnols afin
de leur céder complétement ses troupes. — Répugnance du duc François à
exécuter ce traité. — Les troupes lorraines passent en France. — Charles
demeure prisonnier à Tolède.

« Il faut convenir », dit dom Calmet, après avoir
raconté la retraite du duc de Lorraine vers la Flan-

dre, « que la conduite de Charles IV en cette occasion a toujours fait, et fait encore aujourd'hui
l'étonnement des meilleurs esprits et des plus éclairés
politiques »[1]. Le savant bénédictin, qui à toujours
fort à cœur de justifier les actions de Charles IV,
aurait dû s'en tenir à cette simple remarque. Il
a tort, nous le croyons; lorsque voulant expliquer
ce qu'il a peine à comprendre, il donne à entendre
que le Duc aurait pu se rétablir par la force dans
ses États qui étaient alors, dit-il, assez mal gardés,
mais qu'il en avait été détourné par une somme de
quatre cent mille écus, que lui compta la cour de
France. Ces deux suppositions ne reposent, à nos
yeux, sur aucun fait ayant quelque valeur historique.
Il n'est pas exact que les places de la Lorraine fussent alors sans défense. M. de La Ferté, qui n'a-
vait jamais partagé les illusions de Mazarin à l'égard
du traité avec M. de Lorraine, y avait mis très-
bon ordre. Quant à l'octroi des quatre cent mille
écus, cela n'est guère vraisemblable. La cour à
cette époque eût été tellement embarrassée de trouver pareille somme, qu'il est fort à croire qu'elle
ne se serait même pas risquée à la promettre.
Parmi les documents que nous avons consultés,
nous n'avons rien trouvé qui indiquât qu'il en eût
jamais été question. Non-seulement il n'y a pas

1. Dom Calmet, tome VI, page 371.

trace de cette offre dans les nombreuses lettres, et
dans les billets confidentiels qui furent, du 6 au
15 juin 1652, échangés entre Charles et les agents
de la cour de France, mais plus tard, quand vint
le moment de la rupture et des récriminations,
parmi tant de reproches que la reine et son ministre adressèrent à Charles IV, quand ils lui rappel-
lent les engagements qu'il a pris et violés, les avantages qu'il a reçus de la cour et si mal reconnus,
jamais ils ne parlent d'une somme d'argent quelconque touchée par le duc Charles ou promise par
la cour de France. Ce n'est pas que suivant les idées
du temps, une condition de cette nature, stipulée
par traité, aurait eu d'ailleurs quelque chose d'extraordinaire ou de choquant. Charles aurait, sans plus
de façon et tout aussi volontiers, reçu ce subside de
la France que de l'Espagne. A quelques jours de
là, son secrétaire d'État, M. Raulin, ne se sentait
nullement embarrassé d'écrire au cardinal Mazarin,
probablement avec l'assentiment de son maître :
« que Son Éminence devroit offrir de l'argent à
M. de Lorraine, comme faisoient les Espagnols, et
que cela estoit l'unique moyen de gaigner ce prince[1]. » Les bruits que dom Calmet a rapportés fu-

---

[1] « Il faudroit aussy offrir de l'argent à M. le duc de Lorra ne,
comme font les Espagnols, et c'est l'unique moyen de gaigner ce
prince. » Lett e de M. Raulin au cardinal Mazarin, 25 juillet 1652. Archives des affaires étrangères. Collection France.

rent, il est vrai, mis en circulation par les Princes
désappointés de l'abandon où les avait laissés Charles IV. Des raisons de partis qui se conçoivent aisément portaient les adversaires de Mazarin à parler
avec exagération des concessions faites par le cardinal. Ils ne se firent point faute d'imprimer et distribuer dans les rues de Paris les copies d'un soi-
disant traité suivant lequel, outre ces quatre cent
mille livres en argent, le ministre de la reine aurait
remis au prince lorrain une partie des pierreries de
la couronne[1]. Ces libelles publiés au temps de la
Fronde, avec une apparence de caractère officiel,
ont souvent induit en erreur des lecteurs peu attentifs. C'est cependant le moindre devoir des historiens de se tenir en garde contre d'aussi puérils
mensonges, et de ne pas prendre pour des documents historiques des pièces aussi évidemment apo-
cryphes[2].

1. Articles du traité accordé entre le duc de Lorraine et le cardinal
Mazarin pour retirer son armée d'avec celle de Son Altesse royale.
Imprimés à Paris, chez Jean-Brunet, 1652. L. B. [37]. 2641. A la Bibliothèque impériale. Cette pièce est supposée.
2. Dom Calmet a écrit son histoire de Lorraine avec beaucoup de
bonne foi, mais sans aucun esprit de critique. Il admet indifféremment,
et sans preuve, presque tous les faits qu'il rencontre n'importe où.
Il lui arrive souvent de raconter plusieurs fois les mêmes événements
à quelques pages de distance ; il le fait alors d'autant de manières différentes, et sans se donner la peine de concilier entre elles des versions qui se contredisent évidemment; il rapporte comme avérées des
assertions si étranges qu'elles auraient besoin d'être établies sur des
autorités plus fortes que celles qu'il invoque à leur appui. C'est ainsi
qu'il prétend qu'en 1652, au moment où il avait paru vouloir se ranger

Pour ce qui nous regarde, nous ne chercherons
nullement à expliquer la conduite de M. de Lorraine
en cette rencontre. Nous avons trop présente à la
mémoire cette réflexion du cardinal de Retz : « qu'il
y a des points dans les affaires, qui sont inexplicables, et inexplicables même dans leurs instants. »
Moins que personne, le duc de Lorraine pouvait
prétendre à la tenue dans le caractère et à la con-
sistance dans la conduite. Il donnait toutefois, nous
le croyons, les motifs réels de sa démarche et révélait ses véritables sentiments, lorsque, blessé des
injurieux propos que les partisans du duc d'Orléans
tenaient sur son compte, il écrivait à ce prince
(25 juin 1652) : « Rappelez-vous que M. de
Condé n'a pas voulu, quoiqu'il eût promis, me re-

---

du côté de la cour, Charles IV aurait surtout été déterminé par l'espérance qu'Anne d'Autriche lui avait alors donnée de marier la princesse
Anne à Monsieur, frère de Louis XIV. Cette promesse aurait même
été, dit-il, remplacée plus tard par l'assurance, donnée par la régente
qu'elle songeait à faire épouser au roi lui-même cette fille de Mme de
Cantecroix. Dom Calmet ajoute que le duc de Lorraine ayant surpris, sur un envoyé de Mazarin à la reine, le sieur Zongondradi,
une instruction secrète qui contredisait cet engagement, cette découverte l'avait rejeté du côté des Princes rebelles. Tout cela est donné
comme tiré des papiers du père Donat, confesseur de Charles IV, lesquels papiers sont aujourd'hui à peu près complétement perdus. Est-i
besoin de faire remarquer combien il est peu probable que, du vivant
de la duchesse Nicole, alors que le mariage de Charles avec Béatrix
était déclaré contraire aux lois de l'Église, nul et adultérin, la reine
ait pu songer sérieusement à une pareille alliance pour un de ses enfants, ou seulement permettre à qui que ce soit d'en émettre en son
nom la proposition? Ce sont là des assertions qui ne valent même
pas la peine d'être réfutées.

mettre les places de Clermont et Stenay. Et malgré cela, et dans l'intérêt des princes, je n'en ai
pas moins fait marcher mes troupes jusqu'à Paris,
et obtenu la levée du siége d'Étampes et sauvé ainsi
votre armée... et cependant je suis un infâme!.....
Je vous assure, au contraire, que je suis si religieux
de ma parole, que la cour m'ayant offert autant et
plus que je n'espérois, je n'y ai pas voulu écouter,
marchant sur les frontières pour mieux prendre mes
mesures... Je défie toute la terre de dire qu'on m'ait
vu fléchir ni foiblir pour empêcher l'ennemi d'en
venir aux mains. J'ai fait ce que j'ai dû, et s'il vous
plaît vous en informer, vous trouverez que je n'ai
rien fait dont vous ne deviez être satisfait[1]. » La
lettre qu'il adressait en même temps à Mlle de Montpensier, répétait à peu près les mêmes assertions,
mêlées aux plaisanteries qui lui étaient habituelles.
« J'ai vu, Mademoiselle, la déclaration que vous
avez faite d'avoir pesté contre le duc de Lorraine.
C'est donc vous qui vous êtes tournée sur le perron
du Luxembourg pour haranguer le peuple, et avez
vomi toutes les rages imaginables contre moi. Vous
êtes la même qui vouliez la première, non-seulement
déchirer mon honneur, mais aussi mon pauvre corps
qui s'est tant fatigué pour le salut de votre parti, et
pour tirer de la dernière extrémité votre belle gen-

1. Lettre du duc de Lorraine au duc d'Orléans, 25 juin 1652. *Vie
manuscrite de Charles IV*, par le père Hugo. Dom Calmet, etc.

darmerie... et moi je reste misérable, non pour être
traître ni lâche, mais pour n'être pas à la portière
de votre carosse à servir et à admirer Mme de Fontenac[1]. »

Les reproches du parti des frondeurs n'étaient
pas les seuls que Charles eût à cœur de repousser.
Il tenait bien plus encore à persuader Anne d'Autriche qu'il n'avait pas été en son pouvoir de rien
faire davantage en sa faveur. Dans ses lettres à la
reine, afin de l'apaiser un peu et pour se rendre
plus agréable, il parlait avec ironie et mépris des
chefs de la Fronde[2]. Faute de mieux, la reine était
réduite à se contenter des moqueries qu'il faisait des
ennemis du parti royal. Cependant, par d'autres

1. Lettre de M. de Lorraine à Mlle de Montpensier, 25 juin 1652.
Dom Calmet, livre vi, page 375.
Il avait paru à Paris même plusieurs écrits imprimés qui défendaient le duc de Lorraine contre les médisances de ses ennemis. Un de
ces écrits portait ce titre assez singulier : « le généreux *Tout-Beau* du
brave Cola de l'hostel de Chevreuse, imposant silence aux faiseurs de
libelles contre M. le duc de Lorraine. » Cola était tout simplement un
perroquet de Mme de Chevreuse qui était censé réfuter les calomnies
répandues au sujet de la conduite du Duc. Imprimé à Paris, chez
Jean Baptiste Bouche-d'Or, 1652. Bibliothèque impériale, LB. ³⁷. 2657.
2. « Ces honnêtes gens sont dignes d'une remontrance publique que
leur action mérite. Je viens d'écrire sur ce subjet à M. notre beau-
frère, homme de grand renom. Son adjoint (Condé ou le cardinal de
Retz) est bien mauvais. » — Lettre de Charles IV à la reine, 20 juin
1652.
« Je vois par les éloges que vous donnez de certaines personnes que
vous les avez fort bien connues en peu de temps, et je ne doute point
que leur conduite ne vous confirme toujours davantage dans le désir
d'être avec nous. » — La reine à M. de Lorraine. — 20 juin 1652. —
Archives des affaires étrangères.

lettres, il assurait Anne d'Autriche que « s'il ne la
venoit pas trouver, il s'en vouloit à lui-même beaucoup de mal. L'état présent des choses s'y opposoit »,
disait-il, « mais dans peu de jours elle auroit de ses
nouvelles si tout n'alloit à rebours [1] ».

Ces dernières paroles du duc de Lorraine avaient
trait à l'espoir qu'il avait alors conçu de ménager
une bonne et solide réconciliation entre les couronnes de France et d'Espagne. La paix, tel était
en effet le but où tendaient tous ses vœux, car la
paix seule pouvait lui rendre la possession de ses
États. Plus d'une fois, la cour de France avait offert
de lui rendre la Lorraine, mais toujours à la condition qu'il se compromettrait avec l'Espagne en faisant contre elle quelque acte d'hostilité flagrante.
Charles n'avait jamais voulu y consentir par honneur, vu ses anciens engagements avec cette puissance; mais aussi par prudence, à cause de la
sûreté de Mme de Cantecroix et de ses enfants demeurés à Bruxelles, peut-être aussi par précaution pour son argent déposé à la banque d'Anvers.
Entre l'Espagne, si publiquement liée avec lui, qui
n'avait jamais eu aucun projet sur la Lorraine, et la
France, depuis longues années envieuse de ses États,
qui les lui avait ravis et les détenait encore, son
choix ne pouvait être douteux. Toutes les fois qu'il

1. Lettre de M. de Lorraine à la reine (sans date), doit être du 15 au
25 juin. Archives des affaires étrangères. Collection Lorraine.

avait été obligé de se prononcer, il n'avait jamais réellement hésité. Il n'avait donc pas été sincère dans ses promesses, tant de fois répétées, de se prononcer pour la France contre l'Espagne, ou seulement contre les Princes rebelles alliés de l'Espagne, mais il avait toujours été de bonne foi, et il l'était particulièrement en cet instant, lorsqu'il promettait de tenter les derniers efforts afin de décider l'Espagne à un accommodement qui, seul, pouvait donner toute leur efficacité aux arrangements dont il était maintenant convenu avec Mazarin [1].

Mais Charles n'avait pas plus tôt remis le pied en Flandre qu'il lui avait fallu reconnaître combien étaient vaines les illusions dont il s'était bercé pendant son séjour à Paris. La perspective d'une longue guerre civile qui promettait d'épuiser pour longtemps les forces de la France, avait enflé le cœur des ministres espagnols. Les propositions avantageuses qu'ils recevaient des différents partis, la chance chaque jour plus grande d'attirer dans leur camp le prince de Condé, avaient singulièrement haussé les prétentions de l'archiduc et du comte de Fuensaldaña. Loin d'écouter les ouvertures du duc de Lorraine et de le vouloir accepter pour médiateur, ils se montrèrent fort courroucés de l'attitude indécise qu'il avait prise pendant son excursion en France; ils la lui reprochèrent

---

1. Articles à insérer dans le traité avec M. de Lorraine, 4 juillet 1652. Archives des affaires étrangères.

comme une sorte de trahison, et l'accusèrent d'être
la cause de la défaite que M. le Prince venait d'es-
suyer sous les murs de Paris. Ils le sommèrent de
se prononcer hautement pour eux et pour les Princes
contre le parti royal de France; et pour le mieux
compromettre par une démarche éclatante, ils résolurent de le charger de la conduite du secours qu'ils
destinaient aux rebelles de Paris. Charles s'en défendit un peu; tout juste peut-être ce qu'il fallait
pour les porter à insister davantage et à lui faire
des conditions plus avantageuses. Il était décidé,
dit-il, à ne prêter ses soldats que pour deux mois.
Cette condition fut acceptée. Alors Charles promit
d'amener aux Princes, outre ses troupes, un corps
de trois mille Allemands, commandés par le duc de
Wurtemberg.

Pendant que, conformément à ce nouveau traité
conclu avec les Espagnols, le duc de Lorraine s'acheminait une seconde fois vers l'intérieur du royaume
de France, les événements survenus dans la capitale changeaient encore une fois notablement l'état
général des affaires. Après le combat meurtrier du
faubourg Saint-Antoine, le prince de Condé avait
été reçu triomphalement à Paris par Mlle de Montpensier, qui lui en avait ouvert les portes malgré la
milice bourgeoise. A peine entré dans cette ville à
la tête de ses bataillons, Condé s'y était posé en
maître. Faisant alliance avec la portion la plus com-

promise des anciens Frondeurs, il avait employé sans
hésitation, pour assurer le triomphe de son parti,
les plus odieux moyens. Le massacre des députés
convoqués à l'hôtel de ville avait momentanément
supprimé toute velléité de résistance contre la volonté d'un dominateur qui usait indifféremment, à
son profit, de la puissance du sabre ou de la licence
des émeutes populaires. Cependant, toute la saine
population de Paris avait été profondément indignée
des scènes sanglantes qui lui avaient trop rappelé
les plus mauvaises journées de la Ligue. L'occupation de Paris continuait à donner à Condé et aux
Princes rebelles une supériorité militaire incontestable ; mais les violences qu'ils s'y étaient permises
leur avaient fait, en même temps, dans l'opinion de
la bourgeoisie, un tort irréparable. La considération
de l'ancien vainqueur de Rocroy et de ses partisans
en fut profondément atteinte. La cour ne s'était pas
plus tôt aperçue de la réaction provoquée par les
fautes de ses adversaires, qu'elle en avait habilement profité pour prendre plusieurs mesures propres
à développer dans les esprits des sentiments plus
favorables à sa cause. Cessant de ravager les environs d'une capitale où déjà le jeune monarque pouvait compter des partisans presque déclarés, M. de
Turenne recevait l'ordre de s'aller directement opposer aux armées étrangères que les Princes rebelles
appelaient alors ouvertement à leur secours. — Le

parlement de Paris était officiellement convoqué à
Pontoise. On ne lui interdisait même pas d'ouvrir,
selon son usage, ses séances par une déclaration en
forme contre le cardinal Mazarin. Enfin le roi, pous-
sant plus loin les concessions, voulait bien annoncer
que, « prenant en considération les pressantes instances de son fidèle ministre, il n'était pas éloigné
de lui permettre de se retirer en quelque lieu hors
des frontières. »

Au moment où il pénétrait de nouveau en France
(fin de juillet 1652), Charles trouvait donc les esprits
beaucoup moins bien disposés pour lui qu'à sa première entrée dans le royaume. Ce qui était plus
fâcheux encore, il rencontrait sur son chemin l'armée de Sa Majesté, commandée par Turenne, fortement campée à Dammartin, et lui barrant les approches de Paris. La position du duc de Lorraine
était assez embarrassante. A coup sûr, il aurait eu
grande peine à faire honneur à la parole donnée aux
Espagnols et à conduire au secours des princes sa
petite armée lorraine et les trois mille Wurtembergeois s'il eût été laissé seul en tête à tête militaire
avec M. de Turenne. Mais non loin du vaillant chef
des troupes royales, il y avait dans les plaines de la
Champagne le conseiller errant de la reine Anne, le
ministre influent qui continuait toujours, même de
loin, à diriger les conseils de la France; cette circonstance sauva Charles IV. Ce qu'il n'aurait cer-

tainement pas gagné à force ouverte, l'épée à la
main, le duc de Lorraine sut l'obtenir par la négociation. Cette négociation est si singulière, elle
est demeurée si complétement inconnue, que nous
ne saurions nous dispenser d'en dire ici quelques
mots.

Quittant la cour de son propre mouvement, dans
les circonstances que nous avons indiquées tout à
l'heure, Mazarin demeurait à vrai dire le maître de
la situation. Ses adversaires le sentaient si bien,
que tout en continuant à le poursuivre ostensiblement de leurs attaques ordinaires, ils lui offraient
sans cesse sous main de consentir à son retour.
L'habile condescendance dont en ce moment même
il donnait, en s'éloignant momentanément, une
preuve si peu coûteuse, assurait au cardinal un
prochain et définitif triomphe. Il n'avait à ce sujet
ni doute ni inquiétude. Mais une chose lui importait
avant tout : c'était de mettre de plus en plus les
rebelles dans leur tort; c'était de les perdre dans
l'opinion des honnêtes gens (le nombre en était plus
grand chaque jour), qui étaient sincèrement indignés
de voir les princes du sang royal convier les étrangers à prendre part à nos troubles civils, et les appeler à leur aide jusque dans le sein de la capitale.
Cette idée dominante de Mazarin n'était pas ignorée
du duc de Lorraine. Il résolut de l'exploiter à son
profit.

M. de Joyeuse, qui était demeuré comme une
espèce d'agent secret près de Charles IV, alla de sa
part trouver le cardinal qui venait d'arriver à Château-Thierry, en route pour se rendre à Bouillon.
M. de Joyeuse était chargé de lui expliquer que le
prince lorrain était au service du cabinet de Madrid
pour deux mois seulement; qu'il s'était engagé à
mener au prince de Condé le corps wurtembergeois.
Ce secours une fois conduit à Paris, et les deux
mois expirés, le duc redevenait libre et pouvait disposer de sa personne et de ses troupes; rien ne l'em-
pêcherait alors de passer au service de France. Mais
pour rendre possible cette évolution du duc de Lorraine, il fallait que Mazarin envoyât secrètement à
M. de Turenne l'ordre de laisser passer le corps des
Wurtembergeois [1]. Charles offrait expressément de

---

1. « Me souvenant bien de l'ordre que vous m'avez donné de faire
mettre par écrit à M. de Lorraine ses sentiments sur les affaires; Son
Altesse écrivit elle-même les choses que voici :

« Que les troupes de Wurtemberg passeront ou ne passeront pas;
si elles ne passent pas, par toutes les raisons que j'écris aux Princes
pour m'empêcher de les conduire, il n'y a rien à dire, les choses res-
teront en l'état où elles sont; si elles passent, premièrement elles ne
passeront pas qu'ils ne m'envoyent une déclaration qu'ils les veulent
et qu'ils les demandent, et, par conséquent, qu'ils ne veulent pas la
paix mais la guerre et la ruyne de l'Estat, et que ce n'a été qu'un prétexte pour l'éloignement de M. le cardinal Mazarin; qu'il est constant
que trois mille hommes n'arriveront jamais près de Paris, le nombre
présent n'étant pas de quatre mille, et qu'il se débanderont.

« Quant à ce qui me touche, dans le mois de septembre je suis
libre, ainsi je puis ajuster et agréer mes affaires, en cas que dans ce
temps là la paix générale ne soit pas faite. J'offre tout ce que j'ai
présentement de troupes, et de plus, si l'estat des affaires du roi le

ne laisser partir les Wurtembergeois que sur la demande formelle des Princes ; cette demande serait
livrée elle-même au cardinal. Par cette heureuse
combinaison le duc de Lorraine serait dégagé vis-à-
vis des Espagnols, et Mazarin en possession d'une
pièce accablante contre les Princes. Cette proposition plut singulièrement au cardinal. Il remercia
avec effusion Charles IV des bonnes intentions et
des favorables sentiments qu'il voulait bien lui faire
l'honneur d'avoir pour lui... « En l'état où je suis,
ajoutait-il modestement, ce n'est pas à moi de résoudre les affaires dont il lui a plu de me faire
part... Ce que je puis est d'écrire à la cour, et de
contribuer par mon avis et mes offices à ce que
LL. MM. prennent là-dessus les résolutions qui
peuvent être plus avantageuses au bien de l'État et
à celui de S. A. ; et je la supplie de croire que je
n'ai rien oublié pour ce regard là[1]... » Cependant,
comme il était difficile de recommander trop positivement l'adoption d'un tel projet, Mazarin envoyait
le sieur Bartet à Paris avec mission de le faire
adopter par la cour. Singulier entraînement de l'esprit de parti ! ce ministre, qui mettait son honneur
à pratiquer la politique la plus nationale, qui, dans

veut, de mettre encore quatre mille hommes sur pied pour être employés où il conviendra. » M. Bluet au cardinal Mazarin. 31 août
1652. Archives des affaires étrangères. Collection France.

1. Lettre de Mazarin au duc Charles, 27 août 1652. Archives des
affaires étrangères.

le moment même, n'imaginait rien de plus odieux
à reprocher aux Princes que leur entente avec
l'étranger, trouvait simple et licite de livrer les
provinces françaises et les abords même de la capitale à une bande de pillards allemands.

Cette fâcheuse défaillance d'un esprit ordinairement mieux inspiré, ne gagna point la reine. Anne
d'Autriche se montra dans cette rencontre plus honnête et plus politique que son conseiller. Les modestes
secrétaires d'État que Mazarin avait laissés à Paris,
firent preuve de plus de sens, de patriotisme et de
prudence que le chef dont ils avaient coutume de
suivre aveuglément les ordres. MM. Servien et Letellier refusèrent de donner les mains à un si coupable
arrangement [1]. M. Letellier ne cacha même pas au
cardinal que le bruit qui avait couru à la cour, du
passage accordé aux troupes de Wurtemberg, avait
produit le plus fâcheux effet, laissant à penser au cardinal : « à quel blâme on s'exposeroit si l'on témoignoit tant soit peu y vouloir entendre [2]. » Alors

1. « MM. Letellier et Servien n'ont pas voulu entendre au projet
de laisser passer les troupes de M. de Lorraine moyennant qu'il laisseroit l'écrit par lequel les princes l'appèlent à Paris ; ils disent qu'ils
espèrent faire prendre au duc l'engagement de retourner à la frontière. »
M. Bartet au cardinal Mazarin. Compiègne, 8 septembre. Archives des
affaires étrangères. Collection France.

2. « Lorsque nous apprimes, par M. Bartet, la proposition que MM. de
Joyeuse et Raudin devaient porter, nous jugeâmes très-nécessaire de
la tenir fort secrète et en donner nos sentiments à la reyne. Cela n'a
pas empêché qu'à l'arrivée de ceux-ci la chose n'ait été rendue si
publique qu'aujourd'hui plusieurs jeunes gens de la cour sont venus

Mazarin, qui avait eu grand soin de ne rien écrire qui le pût compromettre, se défendit d'avoir eu seulement une telle pensée ; il n'hésita pas à déclarer hautement au même M. Letellier que « dans toutes les négociations qu'il pourroit y avoir là-dessus, le bien de l'État, l'autorité et la dignité du roy devoient être considérés comme le point principal, et son retour comme l'accessoire, qu'autrement il n'y consentiroit jamais et qu'en cela seul il étoit capable de désobéir à LL. MM. [1]. » On ne pouvait se tirer d'une plus fausse démarche par de plus fières paroles.

demander, en se moquant, s'il étoit vrai qu'on eût a cordé un passeport aux troupes de Wurtemberg pour aller joindre celles des princes. Votre Excellence pourra juger par ce discours l'opinion qu'on en a dans le monde, et à quel blasme on s'exposeroit si l'on témoignoit tant soit peu y vouloir entendre. » M. Letellier au cardinal Mazarin. Compiègne, 1er septembre 1652. Collection France.

1. Le cardinal Mazarin à M. Letellier. Sédan, 8 septembre. *Correspondance manuscrite de Mazarin*, à la bibliothèque Mazarine.

C'est en vain que dans la *Correspondance manuscrite de Mazarin*, conservée en plusieurs volumes in-folio à la bibliothèque Mazarine, on chercherait le détail de cette négociation avec le duc de Lorraine, qui est pour la première fois, nous le croyons, révélée au public. Le cardinal n'en parle qu'en termes vagues et généraux ; la seule indication qu'on y trouve est la lettre de créance remise à M. Bartet lorsqu'il alla trouver M. Letellier pour l'en entretenir. Peut-être Mazarin aura-t-il cru prudent de ne pas confier au papier une affaire aussi delicate, ou bien peut-être aura-t-il plus tard fait supprimer celles de ces lettres qui se rapportaient à ce singulier épisode de son exil. Malheureusement pour lui, si cette dernière hypothèse est la mieux fondée, il a oublié d'ordonner une pareille recherche dans les volumineux documents renfermés aux Archives des affaires étrangères. C'est là que, mêlées à une foule d'antres papiers du temps également authentiques, nous avons trouvé les pièces que nous venons de citer, et qui confirmeront suffisamment au yeux de tous l'exactitude de notre récit.

Malheureusement le mal était fait. Ces malencontreux pourparlers avaient amené une sorte de trêve entre les deux armées. Avec sa prestesse accoutumée, le duc de Lorraine en avait profité pour se glisser à travers les fortes positions de M. de Turenne. Celui-ci se mettait en vain à sa poursuite. Le 6 septembre, la petite armée lorraine apparaissait de nouveau dans la plaine de Charenton. Son chef, dont la popularité était un peu diminuée, mais qui avait toujours le don d'exciter la même curiosité, traversant une seconde fois la capitale étonnée, se présentait derechef sur les degrés du palais du Luxembourg [1].

Nous ne nous arrêterons pas longtemps sur ce second séjour du duc de Lorraine à Paris. Il y reprit toutes ses allures précédentes; mais elles n'avaient plus le même charme de nouveauté, et son succès ne fut plus aussi grand parmi les dames. Cependant ses façons galantes trouvèrent toujours grâce auprès de Mlle de Montpensier devant laquelle il se mit à genoux en pleine rue, près la porte Saint-Germain. Elle lui pardonna facilement sa défection passée. Elle continua même à le trouver « le plus divertissant du monde, à cause de ses contes qui étoient admirables. » Et, ce qui plaisait peut-être autant à Ma-

1. On dit qu'abordant sa sœur, la princesse Marguerite, duchesse d'Orléans, Charles lui dit : « Eh bien! Margot, tu ne m'attendais pas si tôt. »

demoiselle, il l'entretint fort au long du mariage qu'il voulait ménager entre elle et l'archiduc d'Autriche, « qui seroit bien le meilleur des maris, » lui assurait-il, « étant tout le jour avec les Jésuites, ou à composer des vers ou à les mettre en musique, et cependant elle le gouverneroit et seroit la plus heureuse personne de la terre. » Comme elle avait fait trois mois auparavant Mademoiselle ne manqua pas de mener au camp du duc de Lorraine maintenant réuni à celui des Princes les plus fameuses beautés de la cour. Elle eut même le plaisir de donner le mot d'ordre aux deux armées. Comme il y a trois mois aussi, Charles n'oublia pas non plus d'entrer en rapport avec M. de Châteauneuf, et de s'informer s'il n'y aurait pas moyen, par son entremise, de traiter encore une fois avec la cour[1]. Anne d'Autriche ne lui tenait pas plus rigueur que Mademoiselle. Elle s'était même remise à lui écrire gracieusement de sa main sur l'invitation expresse qu'elle en avait reçue de Mazarin. « Car si ces lettres ne sont pas capables de l'obliger à faire ce qu'on voudroit, » avait mandé le cardinal, » tout au moins empêcheront-elles souvent qu'il ne fasse ce que veulent les autres[2]. Seuls les habitants des faubourgs de Paris gardaient rancune à Charles IV

---

1. Lettre de M. Letellier au cardinal Mazarin, 12 septembre 1652. Archives des affaires étrangères. Collection France.

2. Lettre du cardinal Mazarin à M. Letellier, 19 septembre 1652. *Correspondance de Mazarin*, à la bibliothèque Mazarine.

à cause de leurs maisons brûlées et de leurs jardins naguère pillés par ses soldats. Ils ne se gênaient point pour dire tout haut que ce méchant prince les trahirait encore une fois. Passant dans la rue Saint-Antoine, le Duc fut publiquement insulté. Ses jours même avaient été menacés. Il ne s'était tiré des mains de la foule qu'en entrant dans une église à la suite du saint Sacrement [1].

Ce qui causait surtout alors la colère des masses, c'était de voir se prolonger indéfiniment une situation incertaine pendant laquelle elles entendaient chaque matin prédire un accommodement comme infaillible et le soir annoncer la lutte comme imminente. Elles avaient pris en grand mépris ces généraux qui se menaçaient sans se combattre et ces négociateurs qui s'abouchaient sans conclure. Ces avortements continuels de la paix et de la guerre profitaient surtout au parti royal. Pendant quelques instants, le corps de Turenne avait été resserré dans une position assez fâcheuse entre la Seine et la petite rivière d'Yères. Les troupes des Princes avaient sur elles un avantage assez marqué, assurées qu'elles étaient de leurs approvisionnements du côté de Paris, tandis que les soldats de Turenne souffraient beaucoup du manque de vivres. Il arriva précisément qu'à cette époque

---

1. *Vie manuscrite de Charles IV*, par le père Hugo. Dom Calmet, etc.

Condé tomba malade, pour s'être, dit Guy-Joli, trop
approché d'une comédienne. Un jour donc que Charles
s'était rendu de son camp à Paris, Turenne trouva
moyen de repasser l'Yères avec son armée. De là il
avait gagné Corbeil, puis Melun. Son armée était hors
d'atteinte. A partir de ce moment les deux armées
restèrent fort à distance l'une de l'autre. La cour, qui
avait pour elle tout le benéfice du temps et de l'inaction, se gardait bien de rechercher un engagement.
Elle continuait à négocier, plutôt afin d'amuser ses
adversaires, et dans le but d'exciter leurs réciproques
défiances, que par aucune envie sérieuse de rien conclure. Elle laissa exprès Charles se leurrer de l'espoir
qu'il pourrait être le médiateur d'une paix générale
entre la France et l'Espagne, entre le parti du roi et
celui des Princes. M. de Joyeuse toujours accrédité
auprès du de duc Lorraine n'avait guère d'autre mission que de l'entretenir dans cette illusion[1]. Le Duc
s'y attacha longtemps comme à sa dernière chance
de salut. Lorsqu'il lui fallut y renoncer, il fit ce que
chacun avait prévu ; il prit parti pour les Princes et
pour les Espagnols. On raconte qu'avant de tomber
d'accord entre eux des conditions qui allaient régler
leur union, Charles s'adressant à ses confédérés leur

1. Relation de ce qui s'est passé à la cour dans la négociation du
sieur de Joyeuse, envoyé de S. A. de Lorraine, etc., etc. 26 septembre 1652. Imprimée à Paris, chez Jean Bresnes. Imprimerie impériale,
L. B. 37. 3096.

aurait dit ; « Messieurs, chacun sait que nous autres
princes nous sommes de grands fourbes, si nous met-
tions par écrit et si nous signions ce dont nous allons
convenir. » Aucun d'eux ne voulut rien signer. Cependant malgré sa boutade Charles demeura le plus
ferme dans l'alliance. Il s'employa avec ardeur pour
la paix, et sollicita instamment la cour pour qu'elle
fît de bonnes conditions au duc d'Orléans et à M. le
Prince. Quand la paix fut reconnue impossible,
quand le parlement eut fait sa soumission, lorsque
le roi fut rentré en triomphe dans sa capitale, Monsieur retiré prudemment dans sa retraite de Blois,
Charles demeura fidèle aux Espagnols et partit avec
Condé.

Qui ne penserait aujourd'hui en voyant ces deux
personnages naguère presque ennemis prendre une
même résolution et se jeter tous deux ensemble aux
bras des Espagnols, que l'exemple du vainqueur de
Rocroy avait entraîné le petit souverain dépossédé
de la Lorraine? Il n'en est rien cependant. D'après
MM. de Turenne et de La Rochefoucauld, c'était le
spectacle de l'existence aventureuse de Charles IV
qui avait enchanté et séduit l'imagination du grand
Condé. « Il lui vint, dit M. de La Rochefoucauld,
une vue démesurée d'imiter M. de Lorraine en plusieurs choses de sa façon de vivre libre et indépendante, et particulièrement en la manière de traiter
ses troupes ; et il se persuada que si M. de Lor-

raine dépouillé de ses États et avec de bien moindres avantages que les siens s'étoit rendu si considérable par son armée et par son argent, qu'ayant
des qualités infiniment au-dessus de lui, il formeroit
aussi à proportion un parti plus avantageux, et
mèneroit cependant pour y parvenir une vie extrêmement conforme à son humeur [1]. » Cette vue démesurée, pour nous servir de l'expression de l'auteur
des *Maximes*, ne devait guère être profitable à la
gloire du prince français, et nous allons voir comment elle devint non moins fatale au prince lorrain.

La liaison entre Charles et Condé s'était formée
pendant les derniers conciliabules de la Fronde, tant
à Paris, dans les cabinets du Luxembourg, que hors
de la capitale, dans les entrevues militaires du camp
de Villeneuve-Saint-Georges [2]. Elle avait eu pour

---

1. *Mémoires de M. de La Rochefoucauld*, collection Petitot, t. II, p. 163.

2. « A présent le théâtre est changé par l'arrivée de M. de Lorraine.
Je le vis hier au Luxembourg où il dîna. Lui et Mᵣ de Chavigny
furent assez longtemps ensemble... J'apprends que le duc de Lorraine
et le prince sont venus ensemble après la jonction de leurs troupes. Et
que le duc de Lorraine lui avoit offert de lui laisser le commandement,
de venir seul à Paris, de donner le combat, en un mot la carte blanche.

« M. de Langlade m'a reporté aujourd'hui que M. de Larochefoucauld a dit à un homme de ses amis que personne n'avoit plus de
crédit auprès de M. le Prince que M. de Lorraine, et qu'ils faisoient
leurs affaires ensemble sans entremetteur. » M. Letellier au cardinal
Mazarin. 1ᵉʳ octobre 1652.

« On ajoute de Paris que M. de Lorraine est tout puissant sur l'esprit de M. le Prince, et beaucoup plus que sur celui de Son Altesse
royale. » M. Letellier au cardinal Mazarin. 11 octobre 1652. Archives
des affaires étrangères. Collection France.

point de départ un arrangement dont le duc d'Orléans s'était fait l'intermédiaire, et par lequel il avait
été convenu « que M. le Prince remettroit Clermont
entre les mains du duc de Lorraine afin qu'il pût y
faire retirer Mᵐᵉ de Cantecroix et ses enfants. » Gaston
et M. le Prince s'étaient en outre engagés vis-à-vis
de M. de Lorraine à ne point poser les armes que
ce prince ne fût effectivement rétabli dans ses États[1].
Depuis le jour où il avait enfin obtenu cette satisfaction, Charles n'avait rien épargné, comme nous
l'avons dit plus haut, pour servir utilement Condé[2].
C'était pour les intérêts du Prince plus encor que
pour les siens qu'il avait envoyé nombre de fois
M. de Joyeuse, à Melun, à Saint-Germain et à Pontoise. Il avait même agi avec une ardeur si visible

1. « Nous avons eu nouvelles qu'il a été convenu que M. le prince
déposeroit Clermont entre les mains de Son Altesse royale, afin que
M. de Lorraine pût y retirer en sûreté Mᵐᵉ la princesse, sa femme, et
ses enfants; que Son Altesse royale s'est obligée avec M. le prince à ne
la point commettre à M. de Lorraine que le roy ne lui ait donné une
récompense convenable; que Son Altesse et M. le prince ont promis
à M. de Lorraine de ne point poser les armes qu'il ne soit effectivement rétabli dans ses États, et que moyennant cela M. de Lorraine
s'est engagé à se joindre à eux et de faire agir ses armes conjointement avec les leurs. » M. Letellier à M. le cardinal Mazarin, 13 septembre 1652. Archives des affaires étrangères. Collection France.

2. « M. de Lorraine, qui va et vient de son camp à Paris, envoya le
15 au matin M. de Joyeuse à Compiègne pour savoir si l'on vouloit
donner à MM. les princes, aux cours souveraines et à l'Hôtel-de-Ville
les satisfactions qu'ils souhaitoient; et en cas qu'on le refuse, Son
Altesse royale sera obligée d'entrer en traité avec M. de Lorraine. »
M. Letellier au cardinal. 15 septembre. Archives des affaires étrangères. Collection France.

. et une bonne foi si entière, qu'il s'était fait reprocher par la reine « d'être devenu le solliciteur des affaires de M. le Prince[1]. » Quand toute négociation avait été rompue, au moment où il avait pris avec son nouvel allié le chemin de la Champagne et de la Flandre (15 octobre 1652), Charles s'était efforcé de faire étendre aux troupes du Prince la trève de dix jours accordée pour les siennes[2]. Tant de fidélité gardée à sa cause, tant de soins donnés à ses affaires auraient dû porter le prince de Condé à montrer quelque gratitude ou tout au moins quelques égards au duc de Lorraine. Il n'en fut rien.

Rien n'égalait la hauteur naturelle de M. le Prince, sinon la fierté de ses manières et la rudesse habituelle de ses propos. Le sentiment de la fausse position où il s'était placé par sa faute, la patriotique douleur qu'il ressentait en se voyant réduit à mettre au service des ennemis cette même épée tant de fois

1. « La reine a répondu à M. de Lorraine, se plaignant de ce qu'il est devenu le solliciteur des affaires de M. le prince », 19 septembre 1652. Archives des affaires étrangères. Collection France.

2. « Hier soir M. de Lorraine ayant écrit à M. le bailly de Souvré qu'il désiroit savoir si la trève que le roy lui accordoit ne s'étendoit pas pour les troupes de M. le prince, le roy résolut d'envoyer M. de Souvré à Paris avec une instruction portant ordre de dire au duc que Sa Majesté lui accorde une trève de dix jours... Si M. de Lorraine insiste à la trève pour les troupes du prince, et qu'il se propose de les faire marcher avec lui, le dit sieur de Souvré lui répondra qu'il s'adresse pour la trève avec M. le prince aux généraux qui ont tout pouvoir pour cela. » M. Letellier au cardinal Mazarin, 12 octobre 1652. Archives des affaires étrangères. Collection France.

illustrée par leurs défaites, avaient encore ajouté à
la violence de son caractère. Ce n'était pas exclusivement l'admiration pour le duc de Lorraine, ni
l'engouement pour une vie d'indépendance et d'aventures qui avaient motivé la détermination de M. le
prince de Condé. Il était alors très-ennuyé de la contrainte perpétuelle que, depuis le commencement des
troubles de la Fronde, il avait dû, comme chef de
parti, s'imposer à lui-même. Rien n'était plus contraire à son humeur que l'obligation où il s'était
trouvé de traiter incessamment avec la foule des
seigneurs français qui avaient, au début de la guerre
civile, épousé sans hésiter sa querelle, mais qui,
pour continuer maintenant à le servir contre le roi,
commençaient à vouloir être quelquefois consultés,
qui prétendaient être toujours traités avec égards et
courtoisie; lieutenants intrépides, mais non moins
orgueilleux que vaillants, partisans dévoués, mais
incommodes, aussi peu disciplinés pendant le combat,
qu'ils devenaient exigeants après la victoire. Déjà
brouillé avec Chavagnac et Clérembault, qui avaient
quitté ses drapeaux, prêt à rompre avec Tavannes,
qui lui avait rendu tant d'utiles services, M. le Prince
avait été surtout frappé de la parfaite obéissance
que Charles IV obtenait facilement de ses officiers.
Il aspirait vivement à s'affranchir de tous liens, et
surtout de ceux de la reconnaissance. Il souhaitait
ardemment pouvoir imposer à qui bon lui semblerait

son absolue volonté. Il lui tardait de n'avoir plus
à compter avec personne. Comment, animé de semblables dispositions, Condé, qui avait tant de peine
à s'arranger avec ses inférieurs, aurait-il pu s'entendre longtemps avec un prince non moins fier et
non moins susceptible, qui se croyait son égal et en
droit de prétendre de lui quelque reconnaissance.
Bientôt, il fut évident que la bonne intelligence était
impossible entre eux, et les deux princes ne tardè-
rent pas à séparer leurs armées, ne pouvant tomber
d'accord du plan à suivre pour leur première campagne. Tandis que Condé allait tenter sur Reims
un coup de main qui ne devait point réussir, prenait
Réthel d'assaut et mettait le siége devant Sainte-
Menehould, Charles IV se dirigea vers la Lorraine,
menaçant Toul et Pont-à-Mousson. En même temps,
le chevalier de Guise et le général de Fauges s'emparèrent de Bar-le-Duc. Cependant, vers les premiers jours de novembre, Charles était déjà rendu
à Bruxelles. C'était le besoin de défendre ses plus
légitimes intérêts qui avait décidé M. de Lorraine à
devancer le prince de Condé dans la petite cour
flamande. Charles n'avait pas tardé à s'apercevoir,
qu'en procurant à l'Espagne un si utile auxiliaire il
s'était donné à lui-même le plus redoutable rival.
Dans les arrangements qui étaient maintenant sur le
tapis et qui devaient régler l'association établie entre
la cour de Madrid, le duc de Lorraine et Condé,

celui-ci s'était attribué la part du lion. Non-seulement
il s'était fait nommer généralissime des troupes espagnoles, mais il avait stipulé dans son traité particulier que toutes les conquêtes à faire sur la France
lui seraient dévolues.

Charles, à qui déjà il déplaisait beaucoup d'avoir
à servir sous les ordres du prince français, se récria contre cette dernièré clause. Il représenta avec
assez de raison, que si le roi d'Espagne ne se réservait pas quelques-uns des gages que les chances de
la guerre pouvaient mettre entre ses mains, il ne
serait plus en état, quand on traiterait de la paix,
de rien céder à la France en retour de la Lorraine
qu'il s'était engagé à faire rendre à son légitime
possesseur. Il demanda que tout au moins on lui
abandonnât la moitié des conquêtes qui se pourraient faire en commun. Enfin, il insista avec chaleur pour qu'on lui remît celles de ses places dont
le prince de Condé était détenteur et qu'il avait jadis
reçues de Mazarin. Ces réclamations étaient hautement repoussées par Condé, et l'Espagne ne voulut
jamais les admettre. Ce fut avec beaucoup de répugnance qu'au début de la campagne de 1653,
Charles consentit à se rendre au conseil de guerre,
tenu à Avesne par les alliés; mais il refusa obstinément d'aller combattre de sa personne pour la gloire
et le profit de son rival. Il consentit seulement à
prêter ses troupes, qu'il plaça sous les ordres du che-

valier de Guise. Quelques mois plus tard (26 juillet
1653), il écrivit au roi d'Espagne une lettre où,
rappelant en termes respectueux, dignes et mesurés,
ses services passés, il se plaignait des ministres
d'Espagne, et annonçait, sans menace ni colère,
l'intention de se retirer d'une alliance qui lui était
trop peu profitable[1].

La position de Charles IV était, en effet, devenue
de plus en plus fausse, insupportable, et presque
dangereuse. La guerre, dont il n'avait pas voulu se
mêler, avait mal réussi. Vervins, Réthel et Commercy s'étaient rendus aux Français. La pointe tentée
sur Paris par M. le Prince n'avait rien produit. La
prise de Rocroy n'était qu'une médiocre compensation pour la perte de Sainte-Menehould, reconquise
par M. de Turenne. Cependant les Espagnols avaient
trouvé très-mauvaise l'inaction du duc Charles.
Condé se plaignait que les troupes lorraines, privées
de leur chef, l'avaient mal secondé et n'avaient pas
fait preuve de leur ardeur accoutumée. Il aurait voulu
que Charles exposât sa personne pour procurer à la
cause commune des avantages, dont par avance ses
alliés l'avaient exclu. Selon Guillemin, d'ordinaire
bien informé, non-seulement M. le Prince se déchar-
geait sur le duc de l'insuccès de sa première campagne contre son pays, mais il dénonçait au roi

1. Lettre de Charles IV au roi d'Espagne. 28 juillet 1653.

d'Espagne le prince lorrain comme prêt à trahir
le parti, et déjà décidé à se donner à la France.
Si nous en croyons le biographe de Charles IV, ce
fut Condé lui-même qui aurait le premier suggéré l'idée d'arrêter le souverain de la Lorraine.
Il n'était pourtant point nécessaire que Condé se
chargeât de ce rôle assez fâcheux. Les instances du
comte de Fuensaldaña auraient suffi à déterminer le
cabinet de Madrid. Le grave ministre espagnol n'avait
jamais pardonné à Charles IV ses sanglantes railleries. Il s'était de longue main résolu à en tirer une
vengeance éclatante; le moment lui paraissait alors
singulièrement propice. Non-seulement Charles IV
n'était plus un auxiliaire indispensable au cabinet de
Madrid, depuis que la défection de Condé avait procuré aux armées espagnoles un plus fameux commandant, mais le duc de Lorraine était un embarras
par la jalousie qu'il causait au prince français. Les
griefs trop fondés de leur ancien allié, et ses plaintes
trop vives devenaient de plus en plus incommodes aux
Espagnols. Il n'avait donc pas été malaisé au comte
de Fuensaldaña de persuader au roi catholique que
l'inconstant Charles IV était disposé à le trahir et
tout prêt à s'accommoder avec la France. Le hasard
voulait cependant que cette accusation, qui avait
tant de chance d'être véritable, ne fût pas fondée à
cette époque. Comme il arrive souvent, Charles était
victime de sa mauvaise réputation, dans un instant où

il ne la méritait pas[1]. Le comte de Fuensaldaña
avait eu plus de peine à obtenir le consentement de
l'archiduc Léopold. L'Archiduc éprouvait quelque
scrupule à autoriser l'arrestation d'un souverain
étranger sur lequel il ne se sentait aucun droit, et
qui résidait à la petite cour flamande de Bruxelles
sous la sauvegarde de la bonne foi publique. Léopold était un prince sans fiel, qui n'en avait jamais
beaucoup voulu à Charles IV de ses excentricités
et de ses moqueries; Charles avait plus d'une fois
fait preuve de quelque goût pour lui. Cependant,
lorsque le comte de Fuensaldaña eut assuré l'Archiduc qu'il n'aurait à paraître en rien; que d'ailleurs sa résolution était inébranlable; que le duc de
Lorraine arrêté, ses troupes n'en continueraient pas
moins à servir pendant la campagne prochaine, le
facile Archiduc discuta faiblement, plaignit son pauvre ami le prince lorrain, et se prêta à tout ce qui
était nécessaire.

1. Il y a peu d'années, depuis 1634 jusqu'à 1654 où l'on ne trouve
trace, aux Archives des affaires étrangères, de négociations plus ou
moins sérieuses suivies entre la cour de France et le duc de Lorraine.
Au mois d'octobre 1653 Charles avait fait écrire et écrivait à Mazarin des
lettres où il parlait positivement de faire quitter Bruxelles à ce qu'il a
de plus cher (probablement ses enfants) et de passer au service de la
France; mais cette ouverture nouvelle paraît être restée sans réponse
de la part de la cour de France. Nous avons vainement cherché, de
novembre 1653 à février 1654, époque de l'arrestation du duc, des
pièces indiquant qu'il y ait eu quelque communication échangée entre
Charles IV et la cour de France. Il n'est donc pas probable que cette
arrestation ait eu lieu pour empêcher la réalisation d'un accord conclu
ou tout prêt à conclure avec la France.

Ces pourparlers entre le prince autrichien et le gouverneur espagnol avaient pris trop de temps pour qu'il ne s'en ébruitât pas quelque chose. Les desseins de Fuensaldaña sur la liberté du duc de Lorraine ne furent guère plus un mystère pour les observateurs attentifs, quand ils virent les troupes lorraines éparpillées dans des quartiers d'hiver fort éloignés les uns des autres, de sorte qu'il n'y avait pas deux régiments du duc Charles placés près l'un de l'autre, et qu'ils étaient tous placés hors de sa portée. Comme d'ordinaire, de nombreux avis ne manquèrent pas de parvenir à celui que ces préparatifs menaçaient; mais Charles n'y fit pas grande attention. Lorsque tout fut prêt, et quand vint le moment de l'exécution, le comte de Fuensaldaña ne se mit pas en grands frais d'imagination. Il procéda exactement pour arrêter Charles IV, comme avait fait Mazarin, quelques années auparavant, pour s'assurer du prince de Condé. Le 26 février 1654, Charles fut informé qu'il y aurait conseil le soir à cinq heures, et que l'Archiduc le priait de n'y point manquer, parce qu'on y traiterait d'affaires qui regardaient ses troupes. Au moment où le Duc sortait de chez lui pour se rendre à cette invitation, accompagné seulement de deux officiers, un de ses gens lui présenta son épée. Il refusa de la prendre, disant qu'il y avait des temps où les armes étaient inutiles. En arrivant au palais, Charles rencontra sur les degrés le comte de Garcia et le duc d'Arscott. Ces deux messièurs le prièrent de monter à la chambre du conseil, où l'Archiduc ne tarderait pas à le joindre. Charles les précéda sans défiance. A peine eut-il traversé un premier appartement, que la porte en fut aussitôt fermée derrière lui. Ayant passé dans la pièce suivante, il entendit une seconde porte se refermer également sur son passage, il en demanda la raison ; on lui répondit que c'était par ordre du roi. Au moment où il pénétrait dans la chambre du conseil, le duc d'Arscott lui déclara qu'il avait mission de l'arrêter. Le duc de Lorraine ne s'en montra nullement troublé. Il pria qu'on voulût bien lui apporter de l'encre et du papier pour écrire à l'Archiduc ; mais sa lettre demeura sans réponse. — Quelque temps après, on le conduisit à l'appartement du prince Thomas. D'après quelques récits, Charles aurait alors éclaté en violents reproches contre l'indignité du procédé de Fuensaldaña, et rempli le palais du bruit de ses plaintes. D'autres auteurs que nous croyons mieux informés affirment au contraire qu'il serait demeuré parfaitement impassible. Tous s'accordent à dire qu'il soupa d'assez bonne humeur et dormit fort tranquillement. Pendant que ces choses se passaient au palais, La Boulay, capitaine des gardes du Duc, courait vite chercher une cassette remplie d'argent et de pierreries, et la portait à l'hôtel de Berghes. La remettant à la princesse Anne, fille de Charles IV, il lui dit « de la bien garder, qu'elle était à son père, et que ce serait peut-être tout ce qu'elle aurait jamais de lui. » En sortant d'auprès de la princesse, La Boulay voulut retourner au secours de son maître ; il ramassa par les rues quelques officiers lorrains, et s'apprêtait à forcer avec eux la garde du palais, lorsqu'il fut lui-même arrêté. Le lendemain, une forte escorte de cinq cents hommes conduisit le duc de Lorraine à la citadelle d'Anvers.

La violence du procédé des Espagnols surprit tout le monde. Cette arrestation d'un souverain indépendant par un gouvernement son allié, choqua grandement toutes les cours de l'Europe. Mazarin s'empressa d'en écrire au duc François à Vienne. « L'accident arrivé à M. de Lorraine étoit si inouï », disait-il, « et les circonstances dont il avoit été accompagné en rendoient les auteurs si odieux que Sa Majesté n'avoit pu apprendre son malheur sans le plaindre, et sans que sa générosité eût été touchée de voir qu'un prince qui avoit rendu des services si considérables à l'Espagne, et à qui chacun sait qu'elle étoit principalement obligée de la conservation des Pays-Bas, ait été si indignement traité[1]. » On peut juger, par ces paroles du ministre de la reine, et par l'effet produit à la cour de France, de la stupeur et de la désolation que l'emprisonnement du Duc pro-

---

1. Lettre du cardinal Mazarin au duc François de Lorraine. Paris, 12 mars 1654. Archives des affaires étrangères.

duisit à Nancy et dans toute la Lorraine. Les habitants de ce malheureux pays, depuis tant d'années
soumis à la domination étrangère, n'avaient jamais
cessé de suivre avec la plus vive anxiété toutes les
démarches du prince dont ils attendaient chaque
année leur délivrance. Lorsqu'ils apprirent son arrestation, il leur sembla perdre une seconde fois leur
nationalité. Mais ce fut surtout dans les quartiers de
la petite armée lorraine que la colère et l'indignation
furent à leur comble. « Qu'allons-nous faire? » s'é-
crièrent officiers et soldats ; « souffrirons-nous que ces
traîtres nous enlèvent notre prince? Permettrons-
nous que ces ingrats mettent en oubli la protection
qu'il leur a donnée, et le sang que, pour leur service,
nous avons répandu sous ses ordres. Resterons-nous
avec les ennemis de notre maître, ou si nous retour-
nons en Lorraine, comment supporter la vue d'un
peuple désolé? Que répondrons-nous à ceux qui nous
demanderont ce que nous avons fait de notre maître
et de leur souverain[1]? » Un cri unanime de vengeance
s'échappait alors de toutes les poitrines. Charles avait
bien compté sur l'explosion de cette vive colère,
lorsque arrivant à Anvers il avait eu l'adresse de gagner un de ses gardiens, et de glisser dans un pain
de munition, pour le remettre à M. de Ligneville, un
billet ainsi conçu : « Qu'il ne soit pas dit dans le

1. Guillemin, *Vie manuscrite de Charles IV.*

monde que je n'aie tenu à mon service que des traîtres et des coquins. Vous avez une belle occasion de
faire sentir qui je suis. Demeurez unis ensemble ; ne
soyez pas en peine des menaces qu'on vous fera de
me faire mourir. Mettez tout à feu et à sang, et sou-
venez-vous avec ardeur et fidélité de Charles de Lorraine [1]. » Il est difficile de prévoir ce qui serait arrivé, si cette proclamation était parvenue à son
adresse, et quel effet eussent produit sur des soldats
ainsi animés, ces paroles d'un chef dont ils étaient
idolâtres. Mais quoique M. de Remnecourt ait depuis
assuré avoir fait parvenir à M. de Ligneville le billet
de Charles IV, M. de Ligneville a toujours soutenu
qu'il ne l'avait jamais reçu. Au reste, dispersées
comme elles l'étaient, et séparées les unes des autres,
par les nombreux canaux qui découpent le sol des
Pays-Bas, les troupes de Charles IV auraient eu
peine à tenter aucune sérieuse entreprise. Dans chaque quartier, les avis furent même très-partagés sur
ce qu'il convenait d'essayer. Les uns voulaient tout
réduire à feu et à sang dans les Flandres » afin de
faire sentir le danger qu'il y avait à désespérer de
braves soldats », les autres proposaient de marcher
droit sur Anvers pour délivrer leur chef. Plusieurs
soutinrent qu'il y aurait plus de facilité à s'emparer
de Bruxelles, et qu'il fallait se saisir de l'Archiduc et

1. *Mémoires du marquis de Beauvau.* Dom Calmet, etc., etc.,

de Fuensaldaña pour les garder en otage. Tous ces projets étaient d'une douteuse exécution. Pendant qu'on les discutait sans les résoudre, Fuensaldaña fit annoncer, dans les différents quartiers lorrains, la nouvelle de l'arrivée prochaine du duc François de Lorraine. Il y répandit en même temps avec profusion les copies d'une lettre qu'il avait arrachée à son captif, et par laquelle Charles, en donnant à entendre que sa détention ne serait sans doute pas de longue durée, commandait à ses soldats d'obéir désormais aux ordres de son frère [1]. La lettre de leur souverain, l'assurance qu'ils recevaient d'être bientôt placés sous le commandement d'un autre prince de la famille lorraine, calmèrent un peu la première irritation des soldats; les officiers se trouvèrent également d'accord pour attendre, sans se prononcer, l'arrivée du duc François [2].

Le duc François qui venait prendre ainsi, à défaut de son frère, le commandement de l'armée lorraine, était de longue date établi à Vienne. Depuis qu'il avait perdu la princesse Claude sa femme, il y avait vécu assez retiré avec les deux princes ses fils, et dans une intimité fort étroite avec la famille impériale. Il n'hésita guère sur le parti qu'il lui convenait de prendre. Non-seulement comme membre de la

---

1. Lettre de Charles IV au comte de Ligneville, 7 avril 1654.
2. Lettre déjà citée du cardinal Mazarin au duc François, 12 mars 1652.

branche régnante de Lorraine, il était l'ennemi naturel de la France, mais il était depuis plusieurs années assez mal avec son frère. Il avait fort dés-
approuvé le mariage de Charles avec Béatrix. Il
appréhendait, non sans motifs, que, mettant en
l'oubli les droits des princes ses neveux, le duc de
Lorraine ne songeât à faire passer la couronne aux
enfants naturels qu'il avait eus de Mme de Cantecroix. Cette cause profonde de division avait fort
altéré les rapports des deux frères. S'il est injuste
d'admettre sans preuves que l'arrestation de Charles IV ait été probablement concertée avec le duc
François, il serait un peu puéril d'imaginer que
celui-ci en fût très-sincèrement affligé. Quoi qu'il en
soit, il se montra peu disposé à écouter les propositions de Mazarin, qui lui offrait de joindre les troupes
lorraines et françaises ensemble, afin de tenter un
commun effort pour la délivrance du duc son frère [1].
Il ne se fit nullement prier pour recevoir de la main
des Espagnols les pierreries et l'argent qu'ils avaient
fait saisir dans la demeure du duc Charles. Il
s'empressa de recueillir l'héritage militaire, que lui
avait réservé l'Archiduc et le comte de Fuensaldaña. Lorsque, rendu au quartier général de l'armée lorraine, à Rocatoire, près d'Aire en Flandre, il harangua, pour la première fois, les troupes

1. Lettre de Mazarin au duc François, 12 mars 1654. Archives des
affaires étrangères.

maintenant placées sous ses ordres, il leur annonça que, pour obtenir la liberté du Duc, il fallait redoubler plus que jamais leurs services au
roi d'Espagne. Il leur présenta en même temps une
déclaration dressée à Bruxelles, par laquelle il défendait à ses officiers, vassaux et sujets, de reconnaître, recevoir ou exécuter aucun ordre ou commandement que les siens ou de ceux qui seraient
par lui établis[1]. Cette déclaration fut lue et signée
par les généraux et par tous les officiers subalternes.

L'affaire des troupes lorraines ainsi réglée à
leur satisfaction, les Espagnols ne songèrent plus
qu'à éloigner davantage le duc Charles; car leur
appréhension était montée à un tel point « qu'ils le
redoutoient encore, tout prisonnier qu'il étoit[2] ». Ils
le firent donc conduire d'Anvers à Dunkerque, afin
de l'envoyer par mer en Espagne. Cinq mois de
captivité n'avaient en rien abattu la fermeté de
Charles IV. Il avait même affecté de conserver son
entrain ordinaire et son humeur railleuse. Un Espagnol, fort laid de visage, s'étant rencontré sur son
passage pendant qu'on le conduisait à Dunkerque :
« Hé! mon ami », lui cria le Duc, « je vais probablement être mené au Canada, où je verrai bon nombre
de singes tes parents. N'aurais-tu rien à leur faire

1. Dom Calmet, *Histoire de Lorraine*.
2. *Mémoires du marquis de Beauvau*, p.

dire[1] »? En arrivant à Dunkerque, il demanda à aller entendre la messe au couvent des Cordeliers de cette ville. A peine eut-il passé la porte de la clôture qu'il feignit d'être pris d'un accès de dévotion singulière. Il protesta qu'il voulait se faire moine, prendre l'habit, prononcer tout de suite ses vœux et passer le reste de ses jours dans le couvent. Les Espagnols, qui n'entendaient pas raillerie, s'apprêtaient à l'enlever de vive force, lorsqu'il sortit lui-même de son plein gré en se riant d'eux[2]. Toute cette gaieté était un peu factice. Charles ne s'y livrait que pour faire bonne contenance contre le malheur. L'inaction où ses troupes étaient demeurées après son emprisonnement l'avait fort désappointé. L'attitude de son frère et sa liaison avec les Espagnols le blessaient profondément. La perspective d'une longue prison le jetait dans un morne désespoir. Tous ces ressentiments éclatèrent dans une conversation qu'il eut avec le père de Veroncourt, qui vint le visiter à Dunkerque de la part du duc François. Charles écouta d'abord avec assez d'indifférence et d'incrédulité les assurances un peu exagérées que le pieux abbé lui donnait de la bonne volonté de son frère. Il se contenta de répondre en secouant plusieurs fois la tête avec des gestes assez méprisants; puis tout

1. *Vie manuscrite du père Hugo,* Guillemin, marquis de Beauvau, dom Calmet, etc., etc.
2. *Ibidem.*

à coup s'asseyant sur un banc de bois qui était près
de lui : « Ah! père de Veroncourt! » s'écria-t-il, « se
peut-il un prince plus malheureux que moi? Je ne
me plains pas de ce que les Français me dépouillent
de mes États; de ce que les Espagnols me privent
de ma liberté. J'ai vu mes proches me persécuter,
ma femme servir mes ennemis, mes sujets m'abandonner, mes soldats me trahir; j'ai vu, dis-je, toutes
ces choses d'un visage assez ferme; mais je ne puis
voir, sans le dernier chagrin, mon frère causer la
ruine de ma maison en séparant ses intérêts des
miens... J'ai soutenu l'État nonobstant mes traverses. Mon frère croit avoir le même succès; il se
trompe. Il se perd en me perdant. En prenant le
commandement de mes troupes, où il faut qu'il
s'attache servilement aux Espagnols, et alors il se
rendra méprisable; où, s'il veut se maintenir dans
l'estime dû à sa naissance, ils en prendront ombrage
et le traiteront ainsi qu'ils m'ont traité... Mon frère
a de la science et du courage, mais il n'a pas l'expérience qu'il faut pour se conduire parmi tant d'écueils,
et pour commander à mes troupes qui ne prendront
pas en lui la même confiance qu'en moi. Ma prison
servira de prétexte à tous ceux qui voudront l'abandonner. Dites-lui pourtant que je lui souhaite un bon
succès, et que je ne doute pas qu'il ne cherche les
moyens de procurer ma liberté, comme son honneur,
son intérêt et celui de ses enfants l'y obligent; qu'il les

élève bien et qu'il ait grand soin de leur éducation [1] ».

Peu d'instants après cet entretien, Charles IV était embarqué sur le vaisseau amiral de la flotte espagnole qu'escortaient, pour plus de sûreté, deux frégates armées en guerre. Vers les premiers jours de juillet, il mit pied à terre à Saint-Sébastien. Le cabinet de Madrid lui laissa le choix d'être conduit à Grenade, à Ségovie ou à Tolède. Sur l'avis de son médecin, le duc de Lorraine préféra Tolède. Il y arriva le 5 septembre. On lui assigna pour logement une tour antique avec trois chambres malsaines, éclairées de fenêtres étroites et munies de forts barreaux de fer. Charles se récriant contre cette inhumanité, on lui répondit : « qu'il fallait avoir patience et s'accommoder aux temps ». On lui retira ses domestiques, de manière qu'il n'avait aucun des siens pour prendre soin de sa personne et préparer ses aliments. Charles affecta de ne point laisser voir aux Espagnols qu'il fût affligé d'un si indigne traitement, auquel, disait-il, on n'aurait pas soumis un simple capitaine d'infanterie. Mais sa tristesse se faisait jour dans les lettres adressées à sa fille, la princesse Anne. « Je suis ici », lui écrivait-il, « un peu plus bas que les limbes, où l'on n'entend rien de ce monde; je lan-

---

1. Conversation de Charles IV avec le père de Veroncourt avant son départ pour l'Espagne. Le père de Veroncourt affirma, dans le temps, avoir pris soin de mettre par écrit les propres paroles du duc aussitôt après leur séparation. Voir Guillemin, *Histoire manuscrite de Charles IV*, le père Hugo, dóm Calmet, etc., etc.

guis, et n'étoit pour le petit ménage (Béatrix et ses enfants), je me serois fait assommer il y a déjà longtemps. On me tient de si près, qu'encore que j'aille me promener, personne ne me parle que de- vant tout le monde... Les comédies et les reli- gieuses sont mes seules distractions [1]. »

A l'ennui d'être si étroitement gardé se joignait le chagrin de se croire oublié de tous les siens. En effet, par un surcroît de précaution inexplicable à l'égard d'un prisonnier si bien gardé, les Espagnols ne laissaient pas arriver jusqu'à lui les lettres de sa famille, ou bien ne les lui remettaient qu'après des délais infinis quand elles avaient perdu presque tout leur intérêt. Charles n'avait d'ailleurs que trop raison lorsqu'il soupçonnait son frère de prendre peu de part à son malheur, et de se soucier médiocrement de sa délivrance. Les sentiments que le malheur de son frère avaient fait naître chez le duc François ne peuvent faire l'objet d'un doute. Vainement de pieux et fidèles serviteurs de la famille lorraine, le mar- quis de Beauvau et le conseiller d'État Dubois de Riocour, se sont portés garants des efforts tentés par François afin d'obtenir la liberté de Charles IV. Ces efforts n'étaient pas sincères. Les instructions secrètes remises à un abbé de Sainte-Catherine envoyé en mission auprès du roi catholique en four-

1. Lettre de Charles IV à la princesse Anne, 13 décembre 1654.

nissent la preuve la plus évidente. L'abbé ne parvint pas, il est vrai, jusqu'à sa destination, ayant péri dans un naufrage pendant sa traversée de Flandre en Espagne. Mais la copie des instructions qu'il emportait à Madrid fut surprise plus tard sur la personne du propre secrétaire du duc François, fait prisonnier par les Français. Cette copie envoyée à Mazarin, et communiquée par lui à la duchesse Nicole, est demeurée dans les Archives des affaires étrangères. Il en résulte que tout en sollicitant officiellement pour son frère, le duc François s'appliquait en même temps à rappeler à la cour d'Espagne les anciens torts de Charles IV envers elle, son inconstance et sa mauvaise foi. Il faisait ressortir tous les inconvénients qu'il y aurait à rendre la libre disposition de ses actions à un prince aussi ambitieux et remuant; il représentait à Dom Luis de Haro combien il serait plus avantageux à l'Espagne de s'entendre avec lui et avec ses enfants, héritiers directs et incontestables du duché de Lorraine [1].

Pendant qu'il rencontrait ainsi un rival et presque un dénonciateur là où il aurait pu s'attendre à trouver un utile avocat et au besoin un vengeur, Charles

---

1. Instructions pour M. l'abbé de Sainte-Catherine envoyé de la part de Son Altesse M. le duc François vers le roy catholique. (Écrit en marge) : Ce papier a été trouvé parmi ceux du sieur Dubois, secrétaire du duc François de Lorraine, lorsque nous l'avons fait prisonnier et le bagage des ennemis pris. » Archives des affaires étrangères. Sans date. Classé année 1654.

vit tout à coup surgir pour sa défense un auxiliaire
sur lequel il ne comptait pas. L'inoffensive épouse
qu'il avait si ouvertement dédaignée et depuis les
jours de sa jeunesse si constamment et si mortelle-
ment offensée, la duchesse Nicole oubliant ses justes
ressentiments s'employa avec ardeur à tirer son mari
des mains des Espagnols. Un jugement rendu à
Rome, en date du 23 mars 1654, venait de casser
récemment le mariage de Charles avec Mme de Cantecroix. Cette dame elle-même était tombée dans la
disgrâce du duc de Lorraine, qui à son retour de
France à Bruxelles lui avait, à tort ou à raison, reproché avec beaucoup d'éclat et de violence ce qu'il
avait appelé les légèretés de sa conduite. La rupture
entre eux était devenue complète et publique. Il parut
sans doute à la duchesse Nicole que le moment où
ses droits venaient d'être solennellement reconnus,
où sa rivale succombait sous une double humiliation, était heureusement choisi pour reprendre son
rôle de femme légitime et dévouée. Elle s'y donna
tout entière, et trouva à Paris, dans Mazarin, l'appui
le plus empressé. Il entrait dans la politique du cardinal, sinon de travailler à l'élargissement du duc de
Lorraine qui, au fond, lui importait assez peu, du
moins d'aider la duchesse à le venger des Espagnols.
Par ses conseils Nicole se mit en rapport avec son
mari au moyen d'un abbé Saint-Martin qu'elle envoya à Madrid. Le Duc, touché de la généreuse con-

duite de sa femme, lui dépêcha par une voie détournée
un pouvoir signé de sa main qui lui donnait qualité
pour régler et ordonner pendant son absence tout ce
qui regardait l'administration de ses États et la direction de ses troupes. Il avait joint à cette pièce un
ordre adressé de Tolède au comte de Ligneville
(1er avril 1655) ; par lequel il enjoignait à son armée
de quitter le service de l'Espagne[1]: Munie de cette au-
torisation du duc de Lorraine, et assistée des princes
de sa maison résidant en France, la Duchesse était
aussitôt entrée en accommodement avec la cour de
France[2]. Depuis ce moment ses efforts n'eurent plus
qu'un but, celui d'attirer en France les troupes lorraines restées en Flandre sous les ordres du duc
François. Elle avait dans cette intention fait parvenir
aux différents chefs des corps lorrains la copie des
pleins pouvoirs que le Duc lui avait envoyés. Elle y
avait joint les sommations les plus pressantes d'obéir
à des ordres convenus avec son mari.

La position de la malheureuse armée lorraine
devenait de plus en plus incommode et violente.
Officiers et soldats n'osaient faire un choix entre les

1. « Ordre pour nos troupes, au comte de Ligneville, généraux, colonels, officiers et soldats, par Charles de Lorraine. » Tolède, avril 1655.
Archives des affaires étrangères.

2. Articles et conditions accordés entre le roi et Mme la duchesse
de Lorraine, agissant tant au nom de M. le Duc, son mari, qu'au sien
propre, comme ayant l'administration des biens du sieur Duc pendant
sa détention par les Espagnols, et suivant l'avis et conseil des princes
de sa maison. 30 avril 1655. Archives des affaires étrangères.

prescriptions opposées du frère et de la femme du
souverain auquel ils étaient tous demeurés si profondément attachés. Pendant quelque temps ils
avaient mis leur soin principal à rester du moins unis
entre eux, jugeant qu'ils ne pouvaient rien faire de
plus contraire aux intérêts de leur nation et de leur
prince que de se diviser Mais cet accord si diffici-
lement maintenu venait d'être tout à coup rompu.
Deux régiments de cavalerie lorraine commandés
par M. de Remnecourt et par le comte de Mauléon
avaient, au commencement de l'année 1655, passé
tout à coup la frontière et s'étaient donnés à la
France [1]. Il était résulté de ce premier démembrement de l'armée lorraine les plus déplorables
conflits. L'animosité était devenue extrême entre ces
anciens camarades tous animés du plus vif désir
d'accomplir leur devoir, mais qui avaient le malheur de le comprendre différemment. Pendant que
MM. de Remnecourt et de Mauléon adressaient aux
officiers restés au service de l'Espagne des lettres
toutes pleines des plus sanglants reproches, ils étaient
eux-mêmes traduits à l'Egmine de l'armée [2], et condamnés comme déserteurs. Quelques-uns des hommes

1. Articles et conditions que le roi a trouvé bon d'accorder, par l'entremise du sieur Letellier, au sieur de Remnecourt et de Mauléon,
colonel chacun d'un régiment de cavalerie de l'armée lorraine, venant
se rendre au service de Sa Majesté avec les régiments qu'ils commandent. 3 janvier 1655. Archives des affaires étrangères.
2. On appelait l'Egmine une sorte de tribunal militaire qui prononçait sur les questions de discipline et d'honneur militaire.

qu'ils avaient emmenés avec eux étant tombés entre
les mains des Lorrains du duc François, ceux-ci les
avaient impitoyablement fusillés. Par représaille,
M. de la Ferté avait fait pendre un malheureux capitaine de l'armée qui était resté sous les ordres du
prince lorrain. Alors le duc François avait menacé
de le venger à son tour sur la personne de M. le comte
de La Feuillade, que le sort de la guerre avait remis
entre ses mains [1].

Les embarras que Charles avait prédits à son frère
surgissaient de toutes parts. Le duc François n'a-
vait pas seulement à lutter contre l'influence croissante du parti de la duchesse de Lorraine, contre la
méfiance et l'insubordination toujours menaçante de
ses troupes. Ses rapports avec le prince de Condé
et les ministres espagnols étaient devenus pleins de
difficultés et d'aigreur. M. le Prince avait vu avec
beaucoup de chagrin l'arrivée du frère de Charles IV. Il s'était refusé à lui rendre aucun devoir.
Il affichait pour lui un insultant mépris. En même
temps qu'il prétendait disposer à son gré des forces
lorraines, il ne voulait même pas prendre la peine
de les demander à leur chef. Ces exigences et les
contestations qu'elles faisaient naître nuisaient beaucoup au succès commun. Ainsi au début de la campagne précédente, Condé avait annoncé l'intention

1. Le duc François à M. de la Ferté-Senneterre, 12 juillet 1655.
Archives des affaires étrangères.

d'employer les soldats du duc François à secourir Stenay qu'assiégeait l'armée française ; celui-ci y avait consenti, mais à condition que la place, qui était lorraine, serait remise entre ses mains. Condé avait repoussé bien loin cette demande. Pendant ce temps, la ville qu'on se disputait était tombée au pouvoir des Français.

Les Espagnols avaient aussi leurs griefs contre le nouveau commandant de l'armée lorraine. Ils trouvaient qu'il n'avait pas sur ses soldats le même ascendant que son frère ; ils lui reprochaient de ne pas savoir se faire obéir. François était en effet sans grande autorité parmi les siens. On en était venu à reconnaître assez généralement dans le camp lorrain, qu'il était mal séant aux troupes du Duc de rester au service de ceux qui avaient si perfidement arrêté leur maître, et qui refusaient si obstinément de le remettre en liberté. Cette opinion commençait à prévaloir non-seulement au sein des états-majors, parmi les officiers et les soldats, mais aussi dans toutes les classes de la population lorraine. La cour souveraine instituée par Charles IV établie alors dans le Luxembourg, et qui avait jusqu'alors appuyé de tout son pouvoir le parti du duc François, commençait à être elle-même assez ébranlée. Conviés par la duchesse à se rendre à Bitche en Lorraine, ces fidèles magistrats ne s'étaient pas crus en droit de désobéir formellement à des ordres positifs signifiés au nom et

avec l'approbation de leur maître. Les puissances
étrangères avaient trouvé fort étranges les raisons
que l'Espagne avait données pour justifier l'arrestation du duc de Lorraine [1]. Provoqués par les agents
de Nicole, plusieurs cabinets amis de la France n'é-
taient pas éloignés d'intervenir en faveur du duc son
époux. La république de Venise avait même positivement témoigné s'intéresser à la liberté de Charles IV [2]. Le saint Père avait offert de le recevoir à
Rome et de se porter garant de sa conduite à
l'égard de la cour de Madrid. Tout le monde tombait
d'accord que le duc François avait pris un assez
fâcheux parti, et qu'il était de son honneur de quitter
le service des oppresseurs de son frère. Ce prince
le sentait bien lui-même. Il demandait seulement
à ceux qui le pressaient trop vivement de vouloir
bien comprendre toutes les difficultés de sa situation, d'avoir un peu patience, et d'attendre, avant
de prendre une résolution, le retour de deux agents
qu'il venait d'envoyer à Madrid auprès du Duc son
frère et du roi catholique.

M. le baron du Châtelet, l'un des plus grands
seigneurs de la Lorraine, et M. Dubois de Riocour,
ancien conseiller d'État du Duc, personnage grave
et important parmi ceux qui étaient restés fidèles à
la dynastie nationale [3], étaient partis pour Madrid

1. *Vie manuscrite de Charles IV*, par le père Hugo, Guillemin, etc.
2. Dom Calmet, *Histoire de la Lorraine*, tome VI, p. 410.
3. M. Dubois de Riocour, à qui nous devons un récit détaillé des

dans les premiers jours de l'année 1655. Ils avaient
ordre, de la part du duc François, de voir le roi
d'Espagne et le duc de Lorraine. Ils étaient en même
temps chargés de solliciter l'élargissement de Charles IV, et de conclure avec le cabinet de Madrid les
arrangements qu'ils jugeraient les plus avantageux
à la maison de Lorraine. Mais, outre cette mission,
qu'ils avaient reçue du frère de leur souverain, ces
deux messieurs, considérables comme ils l'étaient
parmi leurs concitoyens, s'en étaient donné à eux-
mêmes une autre plus délicate encore. Ils s'étaient
promis de démêler quelles étaient au vrai les intentions de Charles IV et de les faire, à leur retour,
connaître à son armée. Cette volonté une fois déclarée
devait suffire à lever toutes les hésitations et à triompher de tous les obstacles. Malheureux et captif,
Charles était plus que jamais cher à ses soldats.
Il n'avait qu'à commander ; et le mot d'ordre donné
du fond de la prison de Tolède serait universellement
obéi.

Cependant le voyage de M. le baron du Châtelet
et de M. Dubois de Riocour avait été retardé par
mille traverses, et leur empressement déjoué par
les lenteurs étudiées et les graves formalités de la
politique espagnole. Ils n'avaient obtenu qu'à grand'

deux siéges de La Mothe, a aussi écrit la relation de son voyage à
Madrid sous le titre de l'*Histoire de l'emprisonnement de Charles IV*
Elle est ordinairement imprimée à la suite des *Mémoires du marquis
de Beauvau.*

peine la permission d'être admis à visiter leur souverain. Parvenus à Madrid le 9 juin, ils ne purent
voir le duc de Lorraine que dans le mois de juillet.
Charles IV avait vu arriver ces deux messieurs avec
quelque méfiance, car il s'imaginait qu'ils venaient
plutôt pour favoriser les intérêts de son frère que
les siens propres. Toutefois, les lettres que M. Dubois de Riocour avait réussi à lui faire passer secrètement, avaient en partie dissipé ces ombrages. Le
vendredi 2 juillet, lorsque ces deux fidèles serviteurs
pleins de trouble et de respect pénétrèrent dans le
misérable réduit qui servait d'habitation à leur
prince, Charles en les apercevant se sentit lui-même
profondément ému. MM. du Châtelet et Dubois de
Riocour se précipitèrent aux pieds de leur prince.
Le Duc les releva avec bonté, et les embrassa ten-
drement ; tous trois alors fondirent en larmes. Cette
première émotion passée, quand ils purent reprendre
la parole, les deux envoyés lorrains expliquèrent à
Charles IV, quels efforts ils avaient déjà faits pour
obtenir sa liberté, et de quelles commissions ils
étaient chargés par son frère, tant pour lui que pour
le roi d'Espagne.

Charles n'approuva pas beaucoup le plan que ses
deux serviteurs lui développèrent. Il était persuadé
qu'une seule chose importait à la cause lorraine :
c'était de le tirer le plus promptement possible de
prison. Il ne fallait pas se montrer difficile sur les

conditions de son élargissement, et accorder tout
ce qui pouvait tenter le cabinet de Madrid. Une fois
en liberté, Charles se faisait fort d'annuler toutes les
concessions faites. Les envoyés lorrains assurèrent
Charles IV qu'ils étaient prêts à exécuter ses ordres,
et à suivre scrupuleusement ses instructions. Alors
commença une nouvelle négociation, dont le duc de
Lorraine prit lui-même la conduite et qu'il pour-
suivit avec dom Luis de Haro, quelquefois par l'intermédiaire de MM. du Châtelet et Dubois, le plus
souvent par des agents de son choix. L'arrangement
projeté était fort simple. Le cabinet de Madrid,
depuis longtemps ennuyé de ne pouvoir jamais disposer des troupes lorraines que par l'intermédiaire
d'un prince de cette maison, et dans ce moment
presque aussi mal satisfait du duc François qu'il était
naguère mécontent de son frère, souhaitait beaucoup d'avoir ces excellents régiments à sa solde, et
il aurait voulu leur faire prêter serment de fidélité
au roi d'Espagne. Après quelques hésitations réelles
ou feintes, Charles y consentit. Il s'était seulement
réservé quatre régiments de cavalerie, ses gardes et
ses chevaux-légers, qui devaient rester auprès de sa
personne sous le nom d'*étendard lorrain*. Les choses
ainsi réglées, M. du Châtelet partit (octobre 1655),
porteur des instructions de Charles IV pour son frère
et de ses ordres pour l'armée lorraine. M. Dubois
de Riocour resta seul à Madrid auprès du Duc.

Est-il besoin de dire que le duc de Lorraine n'é-
tait pas complétement de bonne foi dans sa négociation. La duchesse Nicole avait toujours par devers
elle le plein pouvoir que son mari lui avait envoyé;
Charles espérait bien qu'elle saurait s'en servir à propos pour empêcher ses troupes de demeurer au service de l'Espagne. D'ailleurs il ne doutait pas, une
fois hors de prison, avec le noyau d'armée qu'il
s'était ménagé, de pouvoir, en dépit du serment,
regagner aisément tout le reste. C'était afin de présider en personne à cette difficile évolution qu'en ce
moment même il suppliait ardemment le cabinet de
Madrid de lui accorder sur-le-champ sa liberté; mais
les ministres du roi catholique se défiaient trop de lui
pour s'y prêter. Il fallut qu'il se résignât à rester à
Tolède. Pendant six semaines Charles attendit dans
la plus vive anxiété les nouvelles de Flandre. Ces
nouvelles devaient tromper à la fois les prévisions
des Espagnols et les siennes.

Monsieur le baron du Châtelet n'avait pas encore
mis le pied en Flandre que déjà le duc François
était averti du traité signé par son frère. Son premier soin fut de protester contre son exécution. Il
se hâta d'envoyer à Madrid un Mémoire qui représentait fortement les nombreuses impossibilités et
les déplorables inconvénients d'un pareil accommodement. Dans son opinion il n'était pas seulement
inutile, mais préjudiciable au service et à la répu

tation de S. A. et de ses ministres, à son honneur, à celui de toute la nation et au rétablissement de la maison et des États de Lorraine[1]. A peu près dans le même temps, sans avoir communiqué avec M. du Châtelet, sans avoir même été informé de son arrivée, le marquis d'Haraucourt, sollicité par la duchesse et par Mazarin, passait (13 novembre), au service de France, à la tête de quatre régiments de sa brigade[2]. Cette défection inattendue mit le comble à la mauvaise humeur de Fuensaldaña. Il ne douta pas un instant que le marquis d'Haraucourt n'eût agi d'accord avec les deux frères. Il accueillit donc très-mal M. du Châtelet. Lorsque ce seigneur lui fit mention du traité signé à Madrid pour la mise en liberté du duc de Lorraine, le ministre espagnol lui répondit qu'il ne savait pas ce qu'il voulait dire, et qu'il n'en avait pas ouï parler; il savait seulement que les troupes lorraines allaient être tenues de prêter serment au roi d'Espagne. Quand l'envoyé de Charles IV voulut désigner les régiments de cavalerie que son maître entendait se réserver, le comte de Fuensaldaña, s'emportant de colère, « l'envoya à tous les diables. Le duc, » dit-il, « n'avait qu'à prendre les régiments que M. d'Haraucourt avait amenés avec lui. »

1. Dom Calmet, *Histoire de Lorraine*.
2. Lettre du cardinal Mazarin à la marquise d'Haraucourt. Archives des affaires étrangères, novembre 1635.

François ne fut pas lui-même plus ménagé par le ministre espagnol. Le comte de Fuensaldaña lui témoigna une injurieuse méfiance et usa envers lui des plus méprisants procédés, donnant l'ordre à ses valets de démeubler l'appartement que le Prince occupait au palais de Bruxelles. Des mesures furent en même temps prises pour vaincre la résistance des corps lorrains si l'idée leur venait de refuser le serment à l'Espagne. On les sépara les uns des autres. On les éloigna de leurs magasins d'armes et de leurs approvisionnements ; on les fit, sans qu'il y parût trop, envelopper de toutes parts par les troupes espagnoles. — Les passages de rivière et les gués du côté de la France furent minutieusement gardés. Quand tout fut ainsi préparé, on exigea soudainement le serment des officiers et des soldats. Nulle résistance n'était possible. La formule du serment portait simplement : « Que les soldats lorrains juraient fidélité au roi d'Espagne, à la condition que Son Altesse Royale leur maître et souverain serait mis en liberté ». Les Lorrains étonnés obéirent tristement. Cependant, ils espéraient que le duc François les conduirait bientôt, soit en Lorraine, soit en France. Telle était en effet maintenant l'intention du Prince. Mais restait la difficulté d'exécution, qui était grande. Il fallait de toute nécessité s'entendre avec les principaux chefs de corps. Parmi eux, un des plus influents était M. de Ligneville. Ce seigneur lorrain, le pre-

mier des lieutenants de Charles IV, passait pour
favorable aux Espagnols. Tous ses intérêts étaient en
Flandre; et sa fortune était placée presque entière
sur la banque d Anvers. Un instant les conseillers
du duc François songèrent à le faire arrêter. M. de
Beauvau, son beau-frère, s'y opposa. M. de Ligneville, dit-il, était un homme d'honneur, et ferait
son devoir. M. de Ligneville fut en effet prévenu
par le prince lorrain; il blâma sa résolution, promit
toutefois de la seconder et tint parole. L'occasion
qu'on cherchait se présenta bientôt d'elle-même.
L'Archiduc ayant envoyé (10 décembre) au duc
François l'ordre de marcher en avant pour seconder
le siége de Condé, qu'allait entreprendre l'armée
d'Espagne, les troupes lorraines se mirent en route.
Elles s'avancèrent jusqu'à la commanderie de Saint-
Simon, précédant de quelques lieues les Espagnols,
dont elles formaient l'avant-garde. Arrivées près de
la commanderie, elles changèrent soudainement de
direction et tirèrent droit à Landrecies, qui était la
première place française. Passant le lendemain à travers les bois de Mortale, de là, sur le pont de l'abbaye
de Lobe et sur celui du château d'Émery, elles eurent
bientôt mis la rivière de Sambre entre elles et l'armée espagnole. Le jour d'après, tous les régiments
lorrains étaient rendus sans encombre à Guise,
n'ayant mangé ni dormi pendant trois jours de
marche. Le marquis de Beauvau prenant les de-

vants, s'était acheminé vers Paris, afin de s'entendre, de la part du duc François, avec Mazarin, qu'on
n'avait pas même eu le temps de prévenir. Lorsque
l'envoyé du prince lorrain parla pour la première
fois au cardinal de régler ce qui concernait le logement et la subsistance des troupes lorraines, il en
fut assez froidement reçu. Le chef des conseils de
France sentait parfaitement qu'après une telle démarche, le duc François et l'armée lorraine étaient
entièrement à sa discrétion. L'accueil de la reine et
du jeune Louis XIV fut plus gracieux. On convint le
lendemain que le roi prendrait les régiments lorrains
à son service, sans les fondre dans son armée; qu'il
leur laisserait leurs couleurs et que ces troupes continueraient à recevoir les ordres du duc François,
des princes ses fils et de leurs anciens officiers. Plus
tard, quand le prince lorrain arriva à la cour, il y
fut l'objet de toutes sortes d'attentions gracieuses et
de beaucoup de courtoisie.

On s'imagine aisément la colère de Dom Luis de
Haro et le désappointement du duc de Lorraine
lorsqu'ils apprirent tout à coup que le traité signé
à Madrid avait porté des conséquences si différentes
de celles que chacun d'eux s'en promettait. La colère
du ministre espagnol fut extrême, et les portes de la
prison de Tolède, un moment entr'ouvertes, se refer-
mèrent mieux gardées que jamais sur le malheureux
prince lorrain.

Pendant les quatre longues années qu'il eut encore à demeurer prisonnier en Espagne, plus d'une fois Charles IV dut reporter avec amertume sa pensée sur le cours de sa vie déjà longue et remplie de tant d'événements. Depuis le jour où, par une fatale imprudence, il était entré avec la France dans une lutte irréfléchie, que de maux étaient venus fondre sur lui, sur sa famille et sur son malheureux pays! Rien ne lui avait réussi, ni la paix, ni la guerre. En vain il avait montré sur les champs de bataille une rare valeur et une habileté incontestable. Ces victoires n'avaient servi qu'à ses alliés. En vain il avait déployé dans ses négociations d'infinies subtilités. Ses traités, aussitôt rompus que signés, avaient toujours tourné au profit de ses adversaires. Après tant de combats, tant de fatigues, tant de souffrances, quel résultat, pour le chef d'une petite souveraineté indépendante, de n'avoir pu réussir à recouvrer une seule parcelle de ses États! Quelle destinée pour l'ennemi obstiné de la cour de France, pour l'infatigable allié de la maison d'Autriche, de voir, au bout de vingt années, ses troupes au service des Français, et sa personne au pouvoir des Espagnols!

Charles de Lorraine n'était pourtant pas encore arrivé au terme de ses bizarres aventures.

APPENDICE

NOTES

NOTE A.

Les *Mémoires de Richelieu*, qui nous avaient été d'une si grande utilité au commencement de cette *Histoire de Lorraine*, nous ont encore beaucoup servi pour la composition des premiers chapitres de ce second volume. Malheureusement, ce document d'une si incontestable valeur, si curieux et si détaillé, que le cardinal a pris soin d'offrir lui-même à la postérité, finit avec l'année 1638. On ne possède sur les dernières années du règne de Louis XIII aucune information émanant directement de son puissant ministre. Peut-être rendrons-nous quelque service aux personnes érudites, ayant comme nous le goût de cette grande époque historique, si nous leur indiquons comment nous avons pu combler, en partie du moins, cette lacune, et si nous les mettons à même d'entreprendre utilement sur l'ensemble de la politique de Richelieu, pendant cette période de temps, un travail semblable à celui que nous avons cherché à faire de notre mieux sur la portion de cette politique qui regardait la Lorraine.

Les *Mémoires de Richelieu* n'ont été publiés qu'en 1825 par M. Petitot. Jusque-là on en avait à peu près ignoré l'existence. Il y avait même eu, à la fin du xviiie siècle, une polémique littéraire assez vive au sujet d'une *Histoire de la mère et du fils*, attribuée à Mézeray, et que plusieurs écrivains du temps avaient dès lors soutenu devoir être de Richelieu; supposition que Voltaire avait traitée avec assez de dédain, et que, sur la foi de Voltaire, le public avait rejetée bien loin. Dans la notice qu'il a mise en tête de son édition des *Mémoires de Richelieu*, M. Petitot constate que cette *Histoire de la mère et du fils* formait la première partie du manuscrit authentique des Mémoires qu'il avait trouvé aux Archives des affaires étrangères, et que M. de Torcy avait autrefois retiré des papiers de la succession de Mme la duchesse d'Aiguillon, nièce du cardinal de Richelieu. Il donne ensuite, avec l'historique du manuscrit, les raisons péremptoires qui prouvent qu'il ne pouvait émaner que de Richelieu lui-même. Il termine en affirmant que les recherches qu'il a faites aux Archives lui donnent la conviction qu'il faut renoncer à l'espoir de trouver une continuation au manuscrit qui finit, comme nous l'avons dit, à l'année 1638.

Nous croyons que M. Petitot a raison dans sa notice, et qu'il y a peu de chance de trouver, aux Archives des affaires étrangères ou ailleurs, une suite aux *Mémoires de Richelieu*, que ce ministre n'a probablement pas eu le temps de pousser plus avant. Peut-être, cependant y aurait-il moyen, sinon de suppléer absolument à cette fâcheuse lacune, du moins d'y remédier en partie. Si l'on n'a pas aux Archives des affaires étrangères la suite même des *Mémoires de Richelieu*, on y possède, nous sommes fondés à le croire, les importants matériaux avec lesquels Richelieu se proposait de continuer son travail. Voici en effet comment ont été composés les *Mémoires du cardinal de Richelieu*.

Le cardinal de Richelieu, dont l'esprit était incessamment occupé des affaires publiques, avait coutume d'en entretenir le roi avec beaucoup de soin et de détails. Il savait Louis XIII assez jaloux de son autorité pour n'aimer pas à adopter un avis qui lui aurait été trop évidemment imposé. Lorsqu'il voulait porter son maître à quelque démarche décisive, sa méthode habituelle consistait à lui soumettre à la fois plusieurs plans de conduite dont il énumérait longuement les avantages et les inconvénients, s'arrangeant de façon à laisser en apparence à Sa Majesté la liberté du choix, mais ayant soin de disposer les choses si habilement qu'il était à peu près sûr de déterminer la volonté royale dans le sens où lui-même inclinait. Le plus souvent il ne se contentait pas de simples conversations avec le roi ; car il aimait à donner quelque solennité à ses conseils. Pendant les longues heures d'insomnie que lui causaient ses souffrances, il dictait à des secrétaires qui veillaient près de son lit, de volumineux écrits qu'il remettait à Sa Majesté, ou que, dans les circonstances particulièrement graves, il lisait au conseil des ministres. Ces écrits portaient ordinairement ce titre uniforme : « Avis donné au roy sur l'estat présent des affaires. » Lorsque Richelieu résolut de composer ses Mémoires, il ne se donna pas la peine de les écrire ou de les dicter lui-même tout entiers ; il se fit représenter par ses secrétaires la suite des avis qu'il avait jadis donnés au roi ; il les fit mettre en ordre, les corrigea et les annota quelquefois de sa main, ajoutant, en façon de récits divisés par chapitre et par année, les principaux événements racontés à leur date, intercalant çà et là ses réflexions, surtout au commencement et à la fin des chapitres.

Nous ne faisons pas une hypothèse. Nous avons découvert aux Archives des affaires étrangères, dans les volumes de la collection Lorraine, ces « avis au roi » diminués ou augmentés, et tous annotés, par une main qui parait être celle de Richelieu lui-même, ou de quelqu'un de ses secrétaires ; puis nous les avons retrouvés ainsi corrigés, textuellement reproduits dans les *Mémoires de Richelieu*. La plupart du temps les changements sont assez insignifiants. Richelieu ou ses secrétaires se contentent d'une simple interversion du temps des verbes exigée par la forme du récit, substituant seulement l'imparfait au

présent Parfois le cardinal supprime des considérations auxquelles
les événements n'ont pas complétement donné raison. Il efface volontiers les jugements favorables jadis portés sur des personnages qui
sont plus tard devenus ses ennemis, et il ajoute seulement, sur les
événements et sur les hommes, des réflexions qui lui sont surtout inspirées par ses sentiments du moment. Pour ce qui regarde les affaires
de Lorraine, les seules que nous ayons pu étudier, « les avis donnés au
roy sur l'estat présent des affaires » renferment à peu près tout ce
qu'il y a d'essentiel dans les *Mémoires de Richelieu.* Nous sommes
bien loin d'oser assurer qu'il en soit ainsi pour toutes les affaires du
temps, et que si on allait chercher dans les nombreux dossiers où ils
sont maintenant dispersés par ordre de matières, aux collections Espagne, Autriche, Angleterre, Suède, Italie, etc., etc., on retrouverait,
avec la suite des avis au roi, quelque chose d'équivalent et d'aussi
précieux que la continuation des *Mémoires de Richelieu,* mais on
obtiendrait probablement, sur les dernières années de l'administration
de ce grand ministre, des renseignements qu'on chercherait vainement
ailleurs, et qui ne sont pas dans les Mémoires demeurés incomplets.
Pourquoi un travail de cette nature ne serait-il pas un jour tenté?
Nous croyons que d'intéressantes découvertes récompenseraient les
peines de celui qui voudrait l'entreprendre.

NOTE *B.*

DES DOCUMENTS RELATIFS A LA FRONDE, QUI SE TROUVENT AUX ARCHIVES DES AFFAIRES ÉTRANGÈRES.

Les écrivains qui ont le goût de la vérité dans l'histoire, qui vou-
draient pouvoir rendre avec exactitude la physionomie générale d'une
époque, dans tous ses faits principaux, et reproduire en même temps,
avec une fidélité non moins scrupuleuse, les traits particuliers des plus
considérables et des moindres personnages, qui aiment à indiquer avec
un soin égal les motifs des événements les plus saillants et l'enchaine-
ment des circonstances ordinaires, et, en apparence seulement, insi-
gnifiantes, savent par expérience combien cette tâche est difficile.
Lors même qu'ils parviennent, moyennant beaucoup de recherches et
d'études, à donner à leurs écrits un degré de clarté et de vraisemblance
qui inspire confiance à leurs lecteurs, il est rare qu'ils arrivent à
se satisfaire complétement eux-mêmes. La multiplicité des relations
contemporaines, l'abondance des mémoires émanés de ceux qui ont
été acteurs ou témoins dans les événements qu'ils racontent, ne sont pas
toujours d'une aide aussi grande que le public se l'imagine. Nous possé-
dons, par exemple, beaucoup de mémoires sur les troubles de la

Fronde ; mais ces mémoires ont été écrits, la plupart du temps, après coup, par des personnes beaucoup moins soucieuses de la vérité que de leurs propres passions, de celles de leur parti, et surtout des intérêts de leur vanité. Tel qui a joué un rôle important mais fâcheux s'applique de préférence, comme le cardinal de Retz, à se mettre en scène de la façon la plus pittoresque, semant çà et là son récit d'admirables tableaux, n'épargnant personne dans ses impitoyables railleries, ni ses adversaires, ni ses amis, ni lui-même ; mais il brouille les dates, confond les faits et invente souvent des circonstances qui n'ont jamais existé que dans son imagination. Tel autre, comme M. de La Rochefoucauld, est un narrateur plus fidèle ; sa vanité plus contenue ne l'emporte dans aucun excès ; il juge avec perspicacité les fautes des autres, mais il dissimule habilement ses propres torts et semble ignorer, de parti pris, toutes les choses auxquelles il n'a pas été mêlé. Il y a ensuite les chroniques des subalternes. Les uns, comme Gourville et Lenet, s'attachent à peu près exclusivement à grossir l'importance des maîtres qu'ils ont servi ; tandis que d'autres comme Guy Joly s'appliquent au contraire à décrier les chefs dont ils croient avoir eu à se plaindre. La judicieuse Mme de Motteville, guide toujours si sûr et si bien informé, s'impose sur tous les sujets délicats une discrétion désespérante. Les historiettes de Tallemant des Réaux pèchent par l'excès contraire, mais elles ne méritent qu'une fort douteuse créance. Essayer de concilier ensemble des récits si divers et des appréciations si opposées, n'est-ce pas risquer de se tromper beaucoup ? Ne serait-ce pas la pire des méthodes que d'appliquer aux événements passés une sorte de calcul des probabilités ? Il y a dans les actions des hommes, en général, et en particulier dans celles des héros de la Fronde, beaucoup moins de logique et beaucoup plus d'inconséquences que plusieurs ne sont disposés à en admettre. Combien d'anciens historiens de la Fronde se sont égarés, nous le craignons, pour avoir voulu chercher des motifs trop raisonnables à des conduites qui ne l'étaient guère. C'est à eux sans doute que pensait le coadjuteur de Retz lorsque se moquant par avance des efforts que l'on ferait un jour pour expliquer une foule d'incidents qui demeuraient pour lui-même inexplicables, il dénonçait : « ces historiens vulgaires qui « croiraient, » dit-il, « se faire tort s'ils laissaient dans leur ouvrage un « seul événement dont ils ne démêlassent pas tous les ressorts, qu'ils « montent et relâchent presque toujours sur des cadrans de collége [1]. » Peut-être une saine critique ne devrait-elle reconnaître pour documents vraiment sûrs et dignes de confiance que les souvenirs personnels, les mémoires, les lettres et les billets confidentiels écrits, au moment même de l'action, par les gens considérables directement

---

1. *Mémoires du cardinal de Retz*, tome II, p. 294. Collection Petitot.

engagés dans les affaires dont ils parlent. Mais que de pareilles pièces
sont rares! Ce n'est pas le propre des grands personnages de l'histoire
d'avoir continuellement la plume à la main; ils n'ont pas coutume
d'entretenir avec leurs amis et leurs serviteurs des correspondances fort
intimes; ils ne confient pas volontiers au papier leurs plus secrètes pensées. Les carnets de Mazarin sont un monument historique non-seulement très-curieux, mais surtout d'une nature fort exceptionnelle.
C'est une rare bonne fortune que ces feuilles fugitives soient venues
jusqu'à nous, et un non moins grand bonheur qu'elles aient trouvé
un si habile écrivain pour les commenter avec tant de discernement
et d'autorité; mais les carnets de Mazarin ne sont pas les seules pièces
authentiques que l'on puisse consulter. Par un concours de circonstances assez singulier, les Archives des affaires étrangères renferment,
sur les épisodes les plus intéressants de la Fronde, une masse de
documents, on ne saurait plus complets et plus suivis, qui jettent sur
les plus grands et les plus petits événements de cette époque, si con-
fuse les plus vives lumières.

Les Archives des affaires étrangères ne possèdent pas seulement la
suite complète des dépêches adressées aux agents français à l'étranger, depuis Richelieu jusqu'à nos jours, et les lettres de ses agents;
elles recèlent encore de non moins importants papiers, accumulés par
différentes voies dans ce précieux dépôt, et qui sont comme autant
de trésors-historiques demeurés à peu près inconnus, excepté des fidèles
et intelligents gardiens à qui le soin en est confié. Pendant tout le
temps, en effet, où les différents départements ministériels étaient à
peu près confondus ensemble sous la direction suprême de Richelieu, et
plus tard de Mazarin, les pièces les plus importantes relatives soit à la
diplomatie, soit à la guerre, soit à la marine, soit aux finances, tous
les documents qui, à un titre quelconque, regardaient le maniement
de l'État, tous les documents qui intéressaient personnellement l'un de
ces deux grands ministres, tous les mémoires, les lettres, les billets,
les mémoires écrits, de quelque nature qu'ils fussent, qui leur étaient
adressés ou qui émanaient d'eux, ont été conservés dans une volumi-
neuse collection intitulée « France. » La collection « France » contient,
rangées à peu près par ordre de dates, les lettres autographes de presque toutes les personnes qui ont joué un rôle dans les affaires du
royaume depuis le xviie siècle. La valeur de ces correspondances varie
avec les temps; mais elles acquièrent une importance extrême pendant
certaines périodes des troubles de la Fronde. Il en est à peu près, si
nous osons le dire, de cette collection France, comme des romans par
lettres; lorsque les héros de ces romans sont rapprochés les uns des
autres, l'intérêt languit; il reprend sitôt que les événements les séparent. Ainsi, pendant tout le temps que le parti de la cour demeure,
à Paris ou à Saint-Germain, maître de la capitale et de tout le royaume,

les lettres adressées à Mazarin ou écrites par lui, quoique le plus souvent fort curieuses, n'apprennent rien de bien nouveau; mais dès que le premier ministre quitte la capitale soit pour suivre Mme de Longueville en Normandie, soit pour combattre l'insurrection de Bordeaux, ces mêmes lettres abondent aussitôt en renseignements précieux pour l'histoire. Plus tard, lorsque, deux fois exilé, le cardinal sort du royaume, ce sont d'inappréciables révélations sur les rapports qui continuent à subsister entre lui et la reine, plus que jamais subjuguée, avec les secrétaires d'État et le monde officiel toujours docilement soumis au ministre fugitif mais resté tout-puissant. Les correspondants de Mazarin si intéressé à savoir exactement ce qui se passe à la cour et dans le royaume, sont innombrables. Ce sont d'abord les propres ministres de la reine et M. de Lyonne, son secrétaire des commandements Letellier l'entretient des affaires de la guerre; Brienne, et Servien le mettent au courant de tout ce qui se fait au dehors; Colbert lui rend un compte minutieux de ses intérêts domestiques; une foule de grands seigneurs tenant pour le parti royal, la princesse Palatine et nombre de dames de qualité ne lui laissent rien ignorer de ce qui se passe à la cour et lui servent d'intermédiaires auprès des chefs de partis avec lesquels il négocie sans cesse. Au-dessous de ces personnages considérables s'agite une quantité d'agents moins connus dont l'activité est infatigable et pour lesquels Mazarin paraît professer un goût et une confiance particulière. C'est avec son savant et dévoué bibliothécaire Naudé, les Ondedei, les Bartet, Bluet, Brachet, et beaucoup d'autres individus complétement ignorés de l'histoire. La plupart de ces lettres, ainsi que les réponses de Mazarin, sont chiffrées; il n'est pas rare d'en trouver cinq ou six écrites le même jour, sur les mêmes sujets, de manière qu'elles se contrôlent et se vérifient elles-mêmes les unes les autres. Nous avons compulsé toutes ces pièces avec un soin extrême et un plaisir infini, mais nous n'avons fait usage que de celles qui rentraient directement dans notre sujet. Plus d'une fois nous avons regretté qu'il ne nous fût pas possible de relater quelques curieuses circonstances qui nous étaient pour la première fois révélées, et qui auraient peut-être excité la curiosité du public. Le but que nous nous sommes proposé en écrivant cette courte note a surtout été d'indiquer aux personnes érudites, occupées des mêmes études que nous, une source d'informations incomparable, dont elles sauront sans doute mieux que nous tirer parti.

FIN DES NOTES.

DOCUMENTS HISTORIQUES

ET

PIÈCES JUSTIFICATIVES

I.

PLACARD AFFICHÉ SUR LES MURS A NANCY PAR LES AGENTS DE CHARLES IV.

13 juin 1634.

Charles, par la grâce de Dieu ***. . . . . . : savoir faisons que sur l'advis qui nous a été donné que depuis le
dépôt de nos meilleures places entre les mains du roi de
France, certaines gens se qualifiant conseillers au parlement
prétendu établi en la ville de Metz appuyés des armes du
dit roi, se sont jettés dans nos pays, et y font tous les jours
de nouveaux attentats, usurpations et entreprises de juridiction sur plusieurs de nos villes, villages et vassaux au préjudice de l'autorité souveraine qu'il a plu à Dieu de nous
mettre en main par droit successif et indispensable, violant
en cela la sûreté de la foi publique et contrevenant à la parole du dit roy et au traité solennel d'entre lui et nous ; que
quelques autres prenant qualité de commis et députés du
dit roy ont été si osés que de s'emparer de l'administration
de nos finances, domaines, provinces, et d'en disposer contre notre volonté, Nous désirant de pourvoir à la conservation de nos droits souverains, repousser l'injustice de ces
attentats et obvier aux désordres et inconvénients qui en

peuvent arriver contre nous et nos successeurs, et contre
tous nos bons fidèles vassaux et subjets, avons déclaré et
déclarons par ces présentes et de notre autorité souveraine,
nul, invalide, sans effets, tout ce qui a été dit ou fait, se
dira ou fera tant sous le nom du dit parlement et de tous
autres se disant officiers et commis du dit roy en ce qui concerne les domaines, finances, justice, juridictions et tous
droits souverains de nos États comme choses commandées
par personnes destituées de tous pouvoirs et autorités requises à cet effet, et par des voies injustes, injurieuses, violentes et tyranniques ; si défendons très-expressément, sous
peine de désobéissance et rebellion, tous nos officiers vassaux ci-devant nommés de reconnaître autre puissance ni
souveraineté que la nôtre, recevoir commandement, com-
paraître aux assignations données sous d'autres noms et
par autres officiers qu'iceulx lorsqu'ils sont établis et insti-
tués légitimement de notre part, payer aucune rede-
vance, tailles, impôts, et toutes autres levées de deniers,
grains ou farines, ni délivrer aucun denier que de notre ordre et commandement bien reconnu et à d'autres officiers
que les nôtres, et généralement d'obéir ou déférer en façon
que ce soit à aucun des prétendus droits, mandements,
ajournements, procédures, actes, sentences et arrêts,
comme aussi à aucune saisie, perception, et exaction de
deniers et administration de nos dits domaines, finances et
toutes autres entreprises qui leur auront été ou seront ci-
après faites, publiées, exécutées directement ou indirectement sous quelle couleur ou prétexte que ce puisse être
par les dits prétendus de Metz et autres portant titres de
commissaire du dit roy ou de quelle qu'autre part qui ne
soit adnoncée de nous, auxquels partout avons interdit,
prohibé, interdisons et prohibons d'attenter désormais aucune chose contre nos dits pays, droits, vassaux et subjets,
leur enjoignant de plus de réparer effectivement et présentement ce qu'ils y ont déjà attenté cy-devant, à peine de
nullité de toutes les susdites actions, et d'en être punis

comme usurpateurs et criminels de lèse majesté envers nous et nos successeurs, nous assurant que Dieu protecteur des princes souverains et puissances légitimes nous donnera assez de moyens de délivrer nos vassaux et sujets des oppressions et calamités qu'ils souffrent présentement, et d'ôter des mains des dits usurpateurs ce de quoi ils se sont emparés contre toute sorte de droits divins et humains, et afin que personne n'en prétende cause d'ignorance des clauses, mandements et défenses portées au présent édit, nous avons ordonné et ordonnons à nos dits officiers que chacun à son égard et selon leur ordre, en forme et en cas accoutumé, ils la fassent publier, afficher et enregistrer aux lieux de leur juridiction. Car ainsi nous plaît. Expédié à Besançon, le 13e juin 1634, signé Charles, et plus bas, de par Son Altesse, et contresigné : J. LE MOLEUR.

(Collection lorraine, à la bibliothèque impériale.)

II.

M. DE BRASSAC A M. DE BOUTHILLIER.

Nancy, 13 juillet 1634.

Monsieur,

. . . .

. . . Comme j'écrivois celle-ci, Solyman m'est venu voir, qui m'a prié de vous mander qu'entre autres déclarations qu'il croit être nécessaires que le roi fasse, celle-ci doit être proclamée en toutes les villes et bourgades de Lorraine, à sçavoir que S. M. défend à tous gentilshommes et autres, de quelque qualité et condition qu'ils soient, d'aller treuver le duc Charles, ni se mettre avec lui doresnavant, à peine non-seulement de confiscation des biens, mais de rasements de maisons, et autres plus pressantes, s'il est jugé à propos, estimant que cela fera grand plaisir aux uns, pour leur servir de prétexte de n'y aller point, et intimidera les autres de façon que personne ne s'esmouvera pour lui. Autrement, il appréhende que tous s'y achemineront à son mandement. Voilà son avis qu'il croit être de conséquence.   BRASSAC.

(*Archives des affaires étrangères.*)

III.

LETTRE ÉCRITE PAR LA PRINCESSE CLAUDE A MADAME LA DUCHESSE DE LORRAINE, SA SOEUR, POUR LA CONVIER A SORTIR DE FRANCE.

9 juin 1634.

Je ne puis m'empêcher d'advertir Votre Altesse des discours qui se tiennent par toute l'Italie à son préjudice...... Son malheur étant si grand que personne ne se contente des raisons qu'elle pourroit dire pour sa justification, que le seul remède étoit de sortir du lieu où elle étoit, parce que quelque bonne mine que l'on fît en France, l'on vouloit la ruiner d'honneur; que pour nouvelle, elle lui donnoit avis qu'un gentilhomme françois avoit empoisonné son mary par le moyen d'une lettre, laquelle aussitôt qu'il l'eut ouverte, il se sentit si fort saisi au cœur qu'il le fallut mettre au lit, qu'il en étoit maintenant guéri. Dieu merci, que ce Français étoit arrêté, qu'on disoit qu'il accusoit le cardinal qui le lui avoit fait faire; qu'elle devoit manquer en cette occasion de témoigner le sentiment qu'elle en avoit, et se retirer devers son mary pour justifier ses actions passées...... Je vous écris ceci la larme à l'œil et avec peine. Mais je croirois manquer à l'étroite amitié qui est entre nous, si je ne vous mandois les choses qui vous touchent de si près. Nous sommes arrivés à Florence fort heureusement après avoir évité par la grâce de Dieu les piéges que les ennemis de notre maison nous avoient dressés, qui ne tendent qu'à la vie de S. A. M. mon mari : lequel m'a prié, sachant que je vous écrivois, de vous assurer qu'il est votre serviteur. Il ne vous écrit pas, parce qu'il ne sait si vous

l'aimez encor, comme vous avez fait autrefois. Je crois que
V. A. prendra en bonne part la franchise dont j'use avec
elle, puisqu'elle part de pure affection.

(Archives des affaires étrangères.)

IV.

A M. D'ARPAJON.

1634.

De par le roy,

Il est ordonné au sieur vicomte d'Arpajon de se transporter sur la frontière de Champagne et de Lorraine, pour
prendre garde au passage du duc Charles de Lorraine que
Sa Majesté a eu advis devoir aller en Flandres, de faire tous
ses efforts pour se saisir de sa personne et la tenir sous
bonne et sûre garde, et en lieu où il ne puisse se sauver,
jusques à ce que le sieur vicomte ait reçu les ordres de Sa
Majesté à laquelle il ne manquera pas de donner avis de ce
qui se passera sur ce sujet, mandant Sa Majesté très-expressément à tous ses lieutenants généraux, gouverneurs, maires
et échevins de ses villes et places, prevosts et autres, ses
officiers et sujets, de donner au dit sieur vicomte d'Arpajon
pour l'exécution de ce que dessus, tout le secours, main-
forte, aide et assistance dont ils seront requis.

(Archives des affaires étrangères.)

V.

M. D'ARPAJON A M. BOUTHILLIER. — MESURES POUR ARRESTER
M. DE LORRAINE.

Saint-Dizier, 2 juin 1634.

Monsieur,

Les advis que nous avons ici sont que le personnage n'a
point encore passé. Je viens de Toul pour trouver le maré-

chal de La Force, auquel j'ai dit que le roi m'avoit fait l'honneur de me dire que l'allant trouver à ***, où Sa Majesté le
croyoit, j'observasse les chemins que pourroit tenir le personnage, et que si j'en savois des nouvelles, je tâchasse de
l'arrêter. Ce qui a fait résoudre M. le maréchal d'avoir
agréable que la cavalerie qui est logée sur divers chemins
les observe continuellement, si bien que si le personnage
estoit moins sçavant du pays, j'espérerois beaucoup. Mais
s'il n'entreprend de passer bientôt, ayant été contraint de
dire aux officiers d'arrester ceux qui passeront, même ceux
dont est question, il est à craindre que cela se publiera,
et ainsi qu'il n'entreprendra de passer qu'il n'ait de retraite
où il passera tout le jour. Nous ferons, monsieur, tout le
possible en cette affaire.

Ce bon personnage est amoureux, et sort quelquefois de
la ville où est son principal séjour pour aller là où sa maîtresse se va promener. Peut-être se pourroit-il trouver
moyen de l'enlever avec vingt maîtres dans le milieu de ce
pays. Si vous le jugez à propos, je tâcherai de disposer les
choses nécessaires à cet effet. Cela est bien incertain; mais
nous ne l'entreprendrons pas mal à propos. Je vous supplie
très-humblement, monsieur, de me faire l'honneur de me
continuer vos bonnes grâces. Je les tiendrai toujours plus
chères que ma vie, et vous rendrai toute l'obéissance que
vous voudrez recevoir, Monsieur, de votre très-humble et
très-obéissant serviteur.   ARPAJON.

(*Archives des affaires étrangères.*)

VI.

POUR M. LE MARÉCHAL DE LA FORCE.

8 août 1634.

Il faut faire une dépèche à M. le maréchal de La Force,
par laquelle le roi lui mande que le sieur marquis de La

Force son fils, lui ayant fait connoître combien il est à propos de désarmer toutes les villes de Lorraine, Sa Majesté lui fait la présente dépêche pour lui dire que, mettant l'armée en garnison pour se rafraîchir, il sera à propos qu'il fasse faire ce désarmement plus tôt qu'il ne sera prévu; qu'il commet cette affaire à sa discrétion et à sa prudence, lui remettant à exécuter tout ce qui sera nécessaire pour l'effet de cette résolution, qu'il faudroit faire porter les armes aux lieux qu'il estimeroit plus à propos de ceux auxquels le roi seroit contraint de tenir garnison pour les garder; qu'il fît entendre à toutes les villes et communautés que ce que le roi en faisoit étoit pour leur propre bien, parce qu'autrement il seroit difficile d'empêcher que l'humeur remuante de quelques-uns d'entre eux n'obligeât le roi à des choses qui seroient à charge à ceux mêmes qui sont les meilleurs, et que par ce moyen il ne seroit pas obligé à tenir toujours de grosses garnisons dans le pays, à quoi il seroit contraint, s'ils demeuroient puissamment armés.....

(Archives des affaires étrangères.)

VII.

M. DE BRASSAC AU CARDINAL DE RICHELIEU.

Monseigneur,

J'ai reçu celle qu'il a plu à V. E. de me faire l'honneur de m'écrire en date du 4 mars, bien aise qu'il lui plaît approuver ce que j'ai fait en mettant dehors les religieux lorrains et aucuns habitants que j'ai cru pouvoir nuire. Comme quelques-uns qui avoient été capitaines des quartiers, ceux qui avoient eu charge dans les gardes du duc Charles, et les agents de la princesse de Phalsbourg. Je ne faudrai point d'observer qu'il n'en entre en cette ville de la profession des premiers qui ne soient Français. Et quant aux dits habitants, ce qui me les a fait chasser est ce que je viens de dire, sans que j'eusse preuve particulière d'aucun acte par eux commis, mais seulement par une précaution que j'ai estimée nécessaire, et par une présupposition très-assurée de leur mauvaise volonté, et de quoi j'ai donné toujours avis à M. Bouthillier pour le faire savoir à V. E. Et pour dire la vérité, je ne crois pas qu'il y en ait pas un dans la ville en qui on se puisse confier ; ce qui me tient attaché ici et me fait veiller incessamment et procurer sans cesse que la garnison ne souffre point et n'attende les monstres.

..... J'ai aussi reçu le commandement du Roi, lequel enjoint aux gouverneurs particuliers de se tenir dans leurs charges que je leur ferai savoir en la forme qui m'est commandée. Et quant à ce que S. M. ajoute que je lui fasse rapport de ceux de qui dans la province elle peut faire état, et qu'aux occasions, je m'assiste de la noblesse, je la puis assurer, et V. E. aussi qu'elle n'a en toute la Lorraine personne de confiance que les Français qui sont à sa solde, et que je ne sache aucun gentilhomme en qui on se puisse confier, au moins si peu que le nombre n'est pas considérable...   — BRASSAC.

Nancy, ce 14 mars 1635.

(*Archives des affaires étrangères.*)

VIII.

INSTRUCTIONS POUR MONSIEUR LE PRINCE.

17 avril 1635.

Le roi considérant combien la conservation de la Lorraine est importante au bien de ses affaires, a estimé ne pouvoir mieux y remettre toutes choses en l'état qu'elles doivent être pour son service que d'y envoyer M. le prince, lequel autant par l'autorité de sa personne que comme par celle que S. M. lui donne pour y commander, et par les moyens qu'elle lui met aux mains, jointe à la grande expérience

qu'il a acquise tant dans le commandement des armées que
dans la conduite et maniement des grandes affaires, saura
rétablir un si bon ordre dans la province pour la conserver
sous l'obéissance de S. M., qu'il n'y aura plus sujet d'appré-
hender que les ennemis y puissent faire des entreprises
contre son service.

S. M. ayant vu que la douceur et grande modération
dont elle a ordonné à tous ses officiers d'user envers le
peuple du dit pays, ne les a pas détournés de conserver une
très-mauvaise volonté et une perpétuelle intelligence avec
le duc Charles, ennemi déclaré de la France au préjudice
du serment de fidélité qu'ils ont fait à elle, estime qu'il faut
employer à l'avenir soigneusement la sévérité des lois contre tous ceux qui se trouveront coupables d'avoir intelligence directement ou indirectement avec lui ou aucun autre
de son parti...... y ayant lieu d'espérer que deux ou trois
exemples de justice un peu rigoureuse contiendront au devoir tous les habitants du pays.

Outre la diligence dont il faut user pour la punition des
coupables, mais encore en ordonnant que tous ceux qui
entreprendront quelque voyage pour plus de deux jours,
devront avant leur départ déclarer devant le magistrat du
lieu le sujet de leur voyage et le lieu où ils vont, dont le dit
magistrat donnera avis de temps en temps...... pour éviter
qu'ils ne fassent, comme ils ont fait jusque lors par un
abus trop longtemps dissimulé, servir leurs affaires particulières de prétexte pour avoir moyen de s'aller joindre
aux troupes du duc Charles, ou autres ennnemis de S. M.

Pour ce qui regarde le gouvernement de la province, il
prendra un soin particulier des places dans lesquelles S. M.
entretient garnison, non-seulement pour voir si les officiers
y font bien leur devoir, et si les garnisons sont en bon état,
mais pour en chasser tous les habitants contre lesquels il
y aurait le moindre soupçon de mauvaise volonté. Car
comme la sûreté des places doit être le principal but de
ceux qui en doivent répondre à S. M., il vaut mieux en éloi-

gner tous ceux qui seront soupçonnés, quoique peut-être à
tort, sous prétexte de vouloir trop justifier leur méfiance,
de laisser dans ces places quelques personnes le moins du
monde suspectes qui pourroient donner moyen aux ennemis
d'y entreprendre, comme il a été fait en quelques autres
endroits par trop grande la confiance que l'on a donnée aux
étrangers qui ont récompensé par la trahison le système de
modération avec laquelle on les avait traités.

Cela étant fait, S. M. désire que M. le prince advertisse
le sieur maréchal de La Force de se rendre près de lui au
lieu qu'il jugera plus commode, pour leur entrevue, sans
s'éloigner beaucoup des troupes qu'il commande.

(*Archives des affaires étrangères.*)

· IX.

MÉMOIRE POUR M. DE FONTENAY POUR L'ACCOMMODEMENT.

Sans date, paraît être de 1636.

Le sieur abbé de Coursan écrira comme de lui-même au
père de Veroncourt, que ses affaires ne lui permettant pas
de retourner à Nancy, et désirant que la peine que le dit
père a déjà prise pour l'affaire dont ils ont parlé ensemble,
ne soit infructueuse, il a jugé à propos de lui faire savoir
qu'il fera bien de s'ouvrir sur ce sujet avec M. le marquis
de Fontenay qu'il trouvera disposé de l'entendre, tant sur
ce qui s'est passé que pour contribuer ce qui sera nécessaire au parachèvement de ce bon œuvre de paix.

M. de Fontenay enverra cette lettre au dit sieur père de
Veroncourt qui est à Nancy, et quand il viendra le voir, et
qu'il lui montrera la lettre que lui écrit le dit sieur abbé de
Coursan, il lui dira que Son Éminence en partant lui a dit
le déplaisir qu'elle avait de voir N. en si mauvais état, et
lui avoit donné charge que s'il se présentoit par delà quelque bonne occasion de lui faire connoître la disposition de

Son Eminence pour lui tendre la main, et lui aider à sortir de ce malheur en se remettant aux bonnes grâces du roi, que le dit sieur de Fontenay le pouvoit faire, ce qu'il dira sans affectation ne témoignant pas au dit père de l'ardeur pour cet emploi, mais seulement qu'il est prêt d'écouter ce qu'il lui voudra dire. Et si le dit N. étoit en volonté d'entrer avec le roi en quelque bon commandement, le dit sieur de Fontenay s'y employeroit avec secret et affection.

Cette conférence se doit terminer à ce point que le dit sieur père s'offrant d'aller vers N. pour l'informer de ce que dessus, le sieur de Fontenay lui dira qu'il le lui permet, mais que plusieurs allées et venues ne se pouvant faire sans soupçon, le dit père de Veroncourt doit dire à N. que s'il est résolu de s'accommoder avec le roi, il doit considérer en quel état il est, et faire entendre au dit sieur de Fontenay par le dit père ce qu'il peut raisonnablement désirer, d'autant que les propositions sans apparence et hors de propos ne serviroient à rien qu'à éloigner l'affaire, et d'autant que les choses ne pourront peut-être s'accommoder dès la première fois, le dit père saura de N... par qui il veut que cette négociation soit continuée, choisissant pour cela quelqu'un bien intentionné.

Monsieur de Fontenay fera savoir ce qu'il apprendra de la résolution du père de Veroncourt, et ce qu'il apprendra de N., s'il va le voir.

Si N. veut que cette affaire passe entièrement par les mains du sieur de Fontenay, S. M. l'aura bien agréable, pourvu que ceux que N. enverra n'entrent pas dans Nancy ni autre lieu de soupçon.

(*Archives des affaires étrangères.*)

X.

MÉMOIRE EN RÉPONSE AUX PROPOSITIONS DE SALINS DE LA PART
DU DUC DE LORRAINE.

Sans date, parait être de 1636.

..... Mais pour faire voir au duc que le roi veut agir avec
lui de bonne foi; en cas que le duc veuille se bien remettre
avec S. M. et lui être fidèle, le roi lui donnera tous les
avantages possibles et pour lui donner moyen de vivre en
homme de sa naissance et condition, du jour que le susdit
traité sera passé avec le roi, il lui donnera l'Auvergne en
échange de la Lorraine, ayant égard à la ruine totale
d'icelle; lequel il lui lairra en tous droits égaux à ceux
qu'il avoit en ladite Lorraine, et tout ainsi que le roi en
jouit, lequel Auvergne est une fois plus grand que la Lorraine, plus fertile et abondant en toutes choses, riche,
quantité de noblesse, grandes villes opulentes, évêchés et
grands bénéfices, et les dits pays conservés de toutes parts,
et protégés des États du roi qui environnent le dit Auvergne,
qui est le plus grand avantage que le duc peut jamais desirer.

Remettant au dit Salins de dire les autres avantages que
le roi peut et veut faire au duc, en cas qu'il fasse l'accommodement franchement avec lui, le tout suivant les entre-
tiens qu'il a eus avec Coursan, comme de lui donner la
conduite de l'armée du roi, tant ès pays des Allemands,
Lorrains que leurs voisins, et en cas d'attaque ouverte
contre les Espagnols, et se trouvant à la prise de quelques
places de la Franche-Comté avec son armée le roi lui donnera le revenu des domaines de la dite Franche-Comté; le
roi se réservant seulement le lieu que l'armée entoure; et
l'autre qui est à sept lieues de là, et lui donnera part aussi
de toutes les choses que l'armée fera et gagnera après qu'il
aura fait l'accommodement avec le roi et à son consentement.

(*Archives des affaires étrangères.*)

XI.

LETTRE DU PRINCE DE CONDÉ AU CARDINAL DE RICHELIEU.

Dijon, 6 novembre 1636.

Monsieur,

Je vous envoie par ce porteur ce qui s'est passé au vray à St Jehen de Laune où vous verrez que le régiment de Conty, assisté seulement d'un lieutenant et de soixante hommes de M. de la Motte Oudancourt qui les envoia à leur secours de Bellegarde soustindrent trois assauts en deux endroits diférens, repousserent l'ennemi et en tuerent plus de cinq cens sur la place, après quoy M. de Ranssaut arriva avec toutes mes troupes qui en une sortie sur les ennemis, et en son retour vers nous en a défait, ou pris, ou tué plus de mille tant de cavallerie qu'infanterie. Le secours mené par M. Descoutures est aussi arrivé heureusement dans St Jehen de Laune. Le siege est levé, et les ennemis à notre face défillent et passent une rivière; ce sont les files presqu'à la nage. Nous ne pouvons sortir M. de Veymar ny ses troupes des bons quartiers, et rien ne les meut jamais, ny eut si belle occasion de défaire les ennemis ou au moins grande partie, et avoir leur canon et bagage. M. le cardinal de La Vallette a envoyé des couriers à M. de Veymar et fait ce qu'il peut. En l'honneur de Dieu prenes bien garde à ses actions, et qu'il n'aie point ses quartiers d'hiver en France surtout en ce pays lequel il brusle et désole pis que les ennemis. Faut dissimuler, mais je meurs de voir depuis deux jours l'ennemi filer estonné et perdu, et en nostre puissance, et qu'une telle occasion se perde. Je vous puis assurer que sans ma venue, il serait maistre de St Jehen de Laune, et placé en Bourgogne pour tout l'hiver. Toute ma vie je feray sans destour ce que doit un homme de bien pour le service de son maistre, et mettray toujours le tout pour le tout pour vous servir et

tesmoigner mon afection. J'envoie aussy à M. de Nesmon
mon obligation pour emprunter argent en mon nom pour
l'entretien des troupes cet hiver. 10 lieues à la ronde de
Dijon tout est perdu bien plus par les Suédois que par les
ennemis. Je vous supplie de me croire pour jamais, Monsieur, votre bien humble et tres affectionné serviteur,

HENRY DE BOURBON.

(Archives des affaires étrangères.)

XII.

EXTRAIT DE L'INFORMATION FAITE PAR LE PRÉSIDENT VIGNIER
DE LA SORTIE DE Mme DE CHEVREUSE HORS DE FRANCE.

15 novembre 1637.

Le président Vignier commençant à Tours son information exposa à l'archevesque du dit lieu sa commission, puis
l'interrogea s'il n'avait pas veu passer madame de Chevreuse.
L'archevesque dit qu'ouy, qu'elle était venue chez luy,
disant qu'elle avait eu advis par deux différentes personnes
venues exprès la trouver qu'on voulait attenter à sa liberté;
puisqu'une compagnie de cavalerie avait ordre de la prendre
p^r la mener à la Bastille, et sans cela elle n'eust pas sorti
de France, qu'elle était fort pressée de se sauver et qu'il
fallait qu'elle s'en allast tout à l'heure, et p^r cela qu'elle
se retirast en Espagne. L'archevêque lui offrit 500 pistoles;
elle n'en voulust pas disant que son éminence lui avait
depuis peu fait toucher dix mille escus. Pour son carrosse,
elle s'en servit deux journées pour aller jusques auprès
d'une maison du prince de Marsillac. Dit aussi l'archevesque qu'au sortir de Tours son cocher lui a rapporté
qu'elle fut disner à une maison appartenant à M. de Mont-
bason.

Le prince de Marsillac interrogé s'il a veu ladite dame,
il dit que non, mais qu'il a reçeu une lettre d'elle soubs

un nom incogneu, et la donna. La teneur est à peu près telle : Monsieur, je suis un gentilhomme français et demande vos services pour ma liberté, et peut-estre p^r ma vie. Je me suis malheureusement battu; j'ay tué un seigneur de marque; cela me force de quitter la France promptement, parce qu'on me cherche. Je vous croi assez genereux pour me servir sans me cognoistre. J'ai besoin d'un carrosse et de quelque valet pour me servir.

Marsillac advoue lui avoir donné son carrosse et un nommé Poter, qu'il se doutait que c'estait elle; mais qu'il ne le sçavait pas assurément.

Poter interrogé respond qu'il avait trouvé à cent pas de là un jeune gentilhomme, qui avait la perruque blonde, lequel s'estait mis seul dans le carrosse, où il s'estait couché paroissant fort las, et qu'il l'avait conduit jusques à une autre maison de M. de Marsillac où demeurait un gentilhomme aussi à lui, nommé Malbasti, et que le gentilhomme à la perruque blonde avait deux hommes avec lui qui l'avaient suivi à cheval, l'un nommé Renaud, l'autre Hilaire.

Malbasti interrogé a dit que madame de Chevreuse arriva chez lui à trois heures de nuit, lui n'y étant pas, que sa femme se leva pour ouvrir, à cause qu'elle connust Poter qui lui dit que madame de Chevreuse estait un seigneur de qualité, ami intime de M. de Marsillac, qui s'enfuyait pour s'estre battu en duel. Malbasti arriva là-dessus auquel fut dit la même chose; il demanda le nom de ce jeune seigneur, et qu'il désirait sçavoir qui il devait servir. L'inconnu lui répondit qu'il lui dirait le lendemain, cependant qu'il l'accompagnerait une journée ou deux, parce qu'il craignait que les deux gentilshommes qui estaient à lui ne fussent cogneus, qu'il les lairrait là jusques à un nouvel advis de lui. On renvoia le carrosse du prince de Marsillac et la dite dame monta sur une haquenée qui se trouva là. Malbasti et Poter la suivirent. Elle estait vestue d'une casaque noire, les chausses et le pourpoint de mesme;

elle avait la teste bandée, et un morceau de taffetas noir
par dessus, et dit au dit Malbasti que c'estait un coup
d'espée qu'elle avait receu en son combat, et que cela
l'empeschait d'ôter son chapeau, et aussi qu'elle en avait
un à la cuisse qui l'empeschait de monter légèrement à
cheval. Comme ils arrivèrent à la disnée, la selle de la
haquenée se trouva pleine de sang, et Malbasti lui dit qu'il
en estait fort en peine, qu'il fallait que sa plaie se fust
ouverte, que l'on devroit envoier quérir un chirurgien. Elle
ne le voulut pas et prit deux chemises qui estaient au dit
Malbasti, dont elle dit qu'elle ferait des linges pour se
bander; car sa playe lui faisait fort mal. On a remarqué
que le dit Poter couchait dans sa chambre, soubs le prétexte de lui panser ses playes, et qu'à cette heure là mesme
elle l'y mena disant que c'estait pour le même service.
Les lits de l'hostellerie lui semblèrent mauvais; elle se
coucha sur du foin dans une grange et se reposa paroissant
extrêmement affaiblie et pour toute chose on lui apporta
à disner le quartier d'une oye bouillie dont elle ne put
manger.

Une bourgeoise de ce bourg là passa fortuitement et la
veid couchée sur ce foin et s'escria : Voilà le plus beau
garçon que je vis jamais. Monsieur, dit-elle, venez vous en
reposer chez moy, vous me faites pitié. » Elle la remercia.

S'excusa de ce qu'elle avait haste, ne parlant néant-
moins que fort bas, par ce qu'elle disait avoir un rhume
qui l'empeschait de hausser la voix. La dite bourgeoise lui
fut quérir chez elle demi-douzaine d'œufs frais, et lui en
fit prendre quatre.

Malbasti pressa la dite dame de lui dire son nom,
comme elle lui avait promis, elle lui dit qu'elle estait le
duc d'Anguyen, et que pour un service qu'elle ne pouvait
déclarer, il fallait qu'elle sortist de France pour un temps.

Malbasti et Poter déposent encore qu'il vint un nommé
Rousseau, vestu de rouge, lequel de loin qu'il l'aperçeut
descendit de cheval et lui fit de grandes inclinations; elle

lui fit signe de la main comme en colère, et lui dit moitié entre ses dents qu'elle n'estait pas en estat qu'on lui fist tant d'honneur : elle s'escarta avec l'homme susdict et parla avec lui environ demi-heure, et puis s'en retourna.

Poter dépose avoir veu encore une fois le mesme homme sur les chemins la venir trouver en une hostellerie où il lui parla en particulier environ une heure ou deux.

A une heure de là, un laquais aussi vestu de rouge lui amena une haquenée en bride, et elle monta dessus, et lui remmena la sienne. Comme ils furent au second giste, Malbasti dit à madame de Chevreuse : Monsieur, vous ne m'avez demandé que deux jours; permettez que je m'en retourne. Elle lui dist que tout de bon elle lui voulait dire son nom, qu'elle estait la duchesse de Chevreuse, qu'il lui renvoyât ses deux gentilshommes en un lieu qu'elle lui nomma; qu'il lui envoïat aussi son fils, qu'elle avait jugé qu'il avait de l'esprit, et qu'elle se servirait de lui. Malbasti lui dist qu'elle se perdroit, qu'elle rencontreroit mille voleurs, qu'elle n'avoit qu'un homme avec elle, qu'il craignoit qu'on lui fist du deplaisir. Elle lui dit que le gouverneur de la première ville d'Espagne lui enverroit son carrosse en relais, et que le vice-roy de Saragosse avoit ordre de la reine de la servir, qu'elle l'assuroit qu'elle ne desserviroit pas le roi ni son éminence, qu'elle leur avoit trop d'obligation, qu'elle ne verroit ni le roi ni la reine d'Espagne, et qu'elle passeroit bientost en Angleterre, que si les passages par la France ne lui eussent été bouchés qu'elle y auroit esté et non pas en Espagne, offrit au dit Malbasti un grand rouleau de pistoles qu'il refusa et n'en prit que sept pour s'en retourner.

Malbasti interrogé pourquoi il lui avait baillé son fils a respondu qu'il ne l'avait pas envoyé, que sa femme étant en peine pourquoi il mettoit tant à revenir l'avoit envoié, et qu'il falloit que la duchesse l'eust emmené.

Avant que le dit Malbasti se séparast de Mme de Chevreuse, ils rencontrèrent 10 ou 12 hommes à cheval, dont le marquis d'Antin en estait un; elle se destourna un peu, appréhendant d'estre cogneue. Malbasti accosta un de ces hommes à cheval qui lui dist qu'ils venaient de prendre un homme qui avait tué une demoiselle de ce pays-là.

La reine est citée deux ou trois fois dans ces informations; mais l'on n'a pas peu se souvenir comment, car cet extrait n'est que de memoire, et neantmoins très veritable, p^r les temps, les lieux, les circonstances. L'on ne s'en est pas souvenu comme aussi de plusieurs choses qui se sont eschappées de la mémoire.

Monsieur le president Vignier a porté l'abolition en allant faire les informations, et n'ayant pas peu entrer en Espagne, il y a envoyé un trompette ou héraut à la duchesse de Chevreuse lui faire sçavoir qu'il lui portoit son abolition, et que si elle vouloit revenir, le roi lui promettoit toutes sortes de grâces, et M. le cardinal toute assistance.

Le roi a fait commandement au prince de Marsillac de le venir trouver. On ne donne pas cecy p^r certain, comme tout le reste.

(*Collection Dupuy*, à la Bibliothèque impériale, vol. 499, 500, 501.)

XIII.

MARGUERITE DE LORRAINE AU CARDINAL DE RICHELIEU.

Bruxelles, 12 mars 1638.

Mon cousin,

Croyé, je vous prie, que je ne vous escrips point ny avec contraincte ou autre considération que de ma pure disposition à vous vouloir aimer, si vous avés la mesme à m'obliger. Je prens à la verité l'occasion de vous dire cecy sur celle de l'heureuse grosesse de la royne où il me semble que je m'oublirois moy-mesme et ce que j'ay l'honneur d'estre à leurs majestés, si je ne me conjouissois comme je fais avec elles de leur parfait contentement. Et pleust à Dieu que le roy monseigneur vist mon cœur, il y recognoistroit clairement comme je lui dit que ce n'est pas la bienséance; mais une véritable affection qui m'a portée à ce devoir. Ainsi vous puissié dire librement que comme pour l'honorer et le servir, il ne se peut rien adjouster à la parfaicte volonté que j'en ay, que de mesme pour luy complaire, je suis tousiours preste de donner mon estime et amitié à ceux qu'il luy plaist honorer de ses bonnes grâces. Je dis ce dernier sur votre subject, pour vous mieux faire veoir que cette mienne disposition à vostre endroit n'est ni feincte ni forcée, et qu'il ne tiendra qu'à vous de vous l'asseurer pour toujours, si aujourd'huy que vous le pouvés, vous me voulez donner l'obligation de mon repos. Je prye Dieu que dans cette joye generale de la France, la bonté du roy daigne regarder avec le bon sentiment qui m'est necessaire, l'amertume où je vis, et qu'à cest effet, je vous donne la volonté entière d'y contribuer aussy franchement vos soins, comme volontiers je vous asseure par advance de m'en advouer le reste de ma vie votre obligée, et me faire veoir en tous vos interets, combien je suis, mon cousin, votre bien affectionnée cousine,

MARGUERITE.

(Archives des affaires étrangères.)

XIV.

MARGUERITE DE LORRAINE A MONSIEUR.

Bruxelles, 19 mars.

Mon tres cher cœur,

Vous m'avés extrêmement consolé par vos lettres, mais je vous prye de me pardonner sy je me plains à vous, hélas! à qui me plaindrais-je qu'à vous. Je plains plus tot

mon malheur que me plaindre de vous; car vous jugerés
facilement avecq le reste des personnes que je suis la plus
déplorable femme du monde. Non, je ne crois pas qu'il y
en aye une plus misérable que moy. Il y a tant d'années
que je suis en ung estat le plus chetif qui aye jamais esté,
ne sacchant à qui me tourner ny à qui m'adresser sinon à
Dieu et à mes larmes. Ce qui m'afflige davantage est que
ceste vye préjudicie à vostre honneur. Car le bruict est
commun que si vous me demandiés, qu'il n'y aurait aucune
difficulté. Mais, Monsieur, pendant que vous n'agirés de
vous mesme, nous ne ferons rien. Il est assés croyable que
monsieur le cardinal veut que nous lui ayons l'obligation à
luy seul et non aux autres. Je voudrois lui escripre, si me
le permettez; mais je ne feray chose sans ordre de vous,
maintenant qu'estes bien avec luy. Hélas, mon cher cœur,
je n'y doibs estre mal ne l'ayant jamais offencé, et seray
toujours avec lui tout ce qu'il plaira me commander.
Que sy d'autres l'ont désobligé, je n'en puis rien, et suis
preste de prendre en tout son party avecq vous en exclusion de tous autres. J'eusse bien désiré que vous luy eussiez
donné mes lettres, afin qu'il veoie le désir que j'ay de
recevoir ceste obligation de ses bonnes grâces. Je vous
prye de le faire et pour l'honneur de Dieu; hastés-vous de
m'ayder. Ceste campagne me donne une telle craincte que
je suis de rechef retombée et bien esloignée de jeuner ce
caresme. Ces maux ne me suffisaient pas; car j'en ay
encore d'autres avecq mes gens. Comme vous savés que
je n'ay aucun maistre d'hôtel sage, ni aucune dame, je
doibs faire tout et veiller partout. Plusieurs mésusent du
grand respect que je vous porte, disant qu'ils ont des bre-
vets bien faicts de vous, et que je ne les puis chasser,
néanmoins je ne les puis conduire autrement estant trop
insolents. Mandés-moi, ce que je puis faire en chose semblable qui soit à vostre gré et sans vous offenser. Car je ne
veux avoir pensée qui ne soit toujours conforme à vos
volontés, ce que je vous prye de croire. Et aussi sy vous

avés contentement et honneur par mes souffrances, je
désirerois de bon cœur les prolonger. Car enfin je vous
ayme et honore du fond de mon cœur. Je sçay aussi que
vous m'aimés bien. Certes, vous en avés sujet. Faites-le
donc paraître, mon très aimé cœur. Je vous en prye, afin
que je sois bientost auprès de vous, pour faire une vye
selon Dieu, et qui soit d'édification au monde. Voilà mon
desseing; car je ne songe qu'à plaire à Nostre Seigneur, et
à vous agréer en tout. Adieu, Monsieur, puis continuez à
m'aymer, puisque je ne désire vivre que pour vous, qui
suis de tout mon cœur, vostre

MARGUERITE.

(Archives des affaires étrangères.)

XV.

LA PRINCESSE MARGUERITE A MONSIEUR.

31 décembre 1639.

Mon cher cœur,

J'ay toujours attendu quelque bonne nouvelle de vous
selon que m'en aviez donné l'espérance; mais maintenant
je veois bien que je me dois désormais contanter de parolles
et me résoudre à demeurer ce que je suis, la risée et la
plus malheureuse femme de la terre, puisque Dieu le permet. Sa volonté soit faite. Mes maux sont incomparables.
Neantmoins l'offence de Dieu et vostre deshonneur me
sont encore plus sensibles. Tous en general ont pityé de
moy; vous seul, mon cher cœur, qui m'avez mis en ceste
déplorable posture, vous ne pensez à moy. Je vous prye
au nom de Dieu, cher cœur, de me detromper et me mander simplement vos sentymens. Tous disent que vous vous
mocquez de moy, désirant passer vostre temps sans songer
à Dieu, ny à l'honneur. Cher cœur, sy je ne vous aymois,
je n'en serois dans le désespoir où j'en suis. Considérez,
s'il vous plaist, où vous portent ceux qui vous conseillent

de vivre de ceste sorte,... sans emploi d'honneur ny d'aucune réputation. Je suis misérable par vous, mais dans l'affection que je vous porte, mes maux ne sont rien au regard des vostres. Je vous prye derechef me parler simplement. Si vous n'avez non plus de volonté pour moy que n'avez tesmoigné et que le monde veoid, je donneray ordre à une nouvelle vye, pryant Dieu pour vous et pour moy qu'il vous pardonne le tort que vous m'avez faict et me donne patiance, vous demeurant toujours très-affectionnée. MARGUERITE.

(*Archives des affaires étrangères.*)

XVI.

LE ROI AU CARDINAL DE RICHELIEU.

De Saint-Germain, ce 17 février 1641.

Je suis extrêmement aise de ce que mande Le Halier; je confesse que je ne croyois pas que cette affaire pût réussir, ayant esté tant de fois trompé par le duc Charles, nous en serons encor plus aseurés quand nous le verrons icy, je parle en ces termes estant toujours en défiance de ce costé-là. J'ay eu un peu de goute cette nuit, à cette heure je n'ay plus de douleur; songés à vous et à votre santé et rien ne sauroit mal aller. LOUIS.

(*Archives des affaires étrangères.*)

XVII.

CHARLES DE LORRAINE AU CARDINAL.

De Lunéville, ce 18 février 1641.

Monsieur,

Je serois le plus ingrat de tous les hommes, si après les tesmoignages que vostre Eminence me donne de ses bonnes volontez, je croiois la pouvoir remercier assez dignement par des paroles. Ce que jay donc à respondre à celle qu'elle me baille de sa protection, sera de lui confier entièrement ma vie et mon cœur que je vay luy porter aussi tost que j'auray achevé de loger mes troupes, ensuite de la permission que S. M. m'en a donnée. Cependant j'ay cru estre de mon debvoir d'en rendre compte à V. E. comme je fais par le comte de Ligneville qui l'asseurera plus particulièrement de l'estat où je me trouve et de la passion que jay de me faire voir sans réserve,

Monsieur, votre très-affectionné serviteur.

CHARLÈS DE LORRAINE.

(*Archives des affaires étrangères.*)

XVIII.

LE CARDINAL A M. DE LORRAINE.

23 février 1641.

Monseigneur,

V. A. prend une si bonne résolution de venir trouver lê roy pour se jeter entre ses bras que je ne doute point que les suites ne lui fassent voir qu'elle n'en pouvoit former une meilleure, et que c'estoit le seul moyen qui luy pouvoit aporter une véritable satisfaction. La mienne, monseigneur, n'est pas petite de veoir par la lettre què S. A. m'a fait l'honneur de m'escrire qu'elle agrée les soins que jay pris de la servir en ceste occasion. J'essayeray de les continuer en d'autrès, et de luy faire connoistre que j'ay souhaitté toute ma vie dè la veoir auprès du roy pour luy tesmoigner que je suis, etc.   RICHELIEU.

(*Archives des affaires étrangères.*)

XIX.

LE ROI AU CARDINAL.

De Saint-Germais, ce 14 mars 1641.

Je suis bien fâché des longueurs que M. de Lorraine
aporte à son traité; je croy comme vous me mandés que
en laissant aler les afaires de longue, il se portera à la raison; j'ai péur que votre long sejour à Paris porte préjudice
à votre santé, je vous prie d'avoir soin de vous sur toutes
choses; cela est bien estrange que il y ait des prelats qui ne
facent pas ce qu'ils doivent en ceste occasion il s'en faut
resouvenir en temps et lieu. Vous m'avez fait plesir de me
faire savoir les nouvelles d'Allemagne. Je vous donne le
bonsoir et vous recommande d'avoir toujours soin de vous.

Louis.

(Archives des affaires étrangères.)

XX.

LE CARDINAL AU DUC DE LORRAINE.

17 juin 1641.

Monsieur,

Après avoir ouï M. le baron d'Agecourt, j'ai représenté
au roi ce que vous lui avés donné charge de me dire. S. M.
se tient si assurée de vostre affection à son service qu'elle
vous envoie la patente de general de son armée. Comme
j'ai été caution de V. A. en les choses qu'il a fallu obtenir
cet hyver de S. M., je lui assure encore dans l'occasion
présente que vous agirés avec la vigueur et l'affection qu'il
fault pour son service, et l'ay supplié de trouver bon que je
vous envoie aussi l'un des miens comme je fais pour vous
dire plus particulièrement mes sentiments et apporter des

nouvelles à S. M. du temps auquel vous vous rendrés avec
vos troupes à son armée de Champagne pour la commander. Je m'assure que vous n'y perdrés pas un moment de
temps et je vous conjure de croire qu'en toutes occasions
vous me connaîtrés...   RICHELIEU.

(*Archives des affaires étrangères.*)

XXI.

M. DE RICHELIEU AU DUC DE LORRAINE.

Sans date.

Monsieur,

Le malheur arrivé aux sieurs de Vigneulles et de Grave
qui nous ôte à mon grand regret le moyen de rendre réponse par eux-mêmes à V. A. n'empêche pas que vous ne
receviés par cette voie la même satisfaction qu'ils vous eussent portée. Cette lettre est donc pour vous assurer que vous
pouvés venir servir le roi en toute sureté ; que S. M. ne
tiendra point le délai qui est arrivé jusqu'ici de votre parte-
ment pour une infraction du traité. Enfin, que vous aurez
en France la même sureté pour vous et pour les vôtres que
vous auriés dans vos propres Etats, et que vous y recevrés
de moi des effets de la même amitié que je vous ay témoignée à Paris, laquelle je veux conserver à jamais avec tant
de sincerité et de franchise qu'en vous avertissant de ce
que j'estimerai qui sera utile et nécessaire à votre bien,
j'entrerai dans vos propres intérêts pour vous aider à le
faire : vous le croirez, s'il vous plaît....

(*Post scriptum.*)

Monsieur, j'ajoute ces trois lignes à ma première lettre,
que je vous ai écrite pour vous dire que je ne doute point
que l'accident arrivé à M. de Chatillon ne hâte V. A. de
venir trouver le roi avec vos troupes, où votre commandement sera d'autant plus honorable qu'il sera sous la propre

personne du roi. Vous donnerés lieu par ce moyen à S. M.
de vous témoigner de plus en plus son affection et à moi
de reconnaître que la parole d'un prince comme vous est
inviolable.   RICHELIEU.

(*Archives des affaires étrangères*)

XXII.

LE DUC DE LORRAINE A M. DE CHAVIGNY.

11 juillet 1641.

Monsieur,

J'ai veu par celles que le sieur de Matharel m'a données
de vostre part, ce que l'on désire de moy. Je serai toujours
très-aise de lui donner toute la satisfaction qu'il me sera
possible, ainsi que le dit sieur de Matharel vous fera plus
particulièrement entendre, et de vous temoigner.

(*Post-scriptum.*)

Monsieur,

Etant comme ceux qui ne peuvent longtemps demeurer
en un lieu faute de bien, je m'en vais à Longwy où le roi
d'abord avoit désiré que j'aille. J'espère d'y avoir ses sentiment et ceux de S. E. affin, selon cela de m'y gouverner
dans les choses présentes, et ne manqueray de vous aviser
de tout.   CHARLES LORRAINE.

(*Archives des affaires étrangères.*)

XXIII.

LE DUC DE LORRAINE AU ROI.

3 septembre 1641.

Monseigneur,

De tous les déplaisirs que je puis jamais avoir, celui de
perdre l'honneur des bonnes grâces de V. M. sera toujours
sans comparaison le plus grand; c'est pourquoi je ne lui

dirai rien de plus pressant ni de plus sensible que de lui
protester que toutes les persécutions que j'ai jamais souffert, et que même j'endure présentement me sont toujours
souffrables, hors d'être mal dans l'esprit de V. M., consentant de bon cœur à toutes les extrémités et miseres, si ainsi
elle ordonne, pourvu qu'elle m'avoue la qualité de

Votre très-humble et obéissant cousin et serviteur,

Ch. Lorraine.

(Archives des affaires étrangères.)

XXIV.

LE DUC FRANÇOIS DE LORRAINE A MAZARIN.

Vienne, 6 janvier 1643.

Monsieur,

Si j'ay jamais eu espoir de ressentir les effets de la justice du roi et de sa bonté à l'endroit de notre maison, c'est
à cette heure que j'ai occasion de m'en tant promettre.
V. E. ayant la part qu'elle a au maniement de ses affaires,
et comme il n'y pouvoit succéder pour le bien du service
de S. M. et de nos interêts, personne plus digne que V. E.;
aussi en ai-je ressenti une joie particulière en mon âme,
m'assurant qu'ayant été autrefois choisi pour procurer
notre retablissement, elle ne le voudra pas detourner,
maintenant qu'elle a les moyens de l'avancer, et en vous
obligeant, s'acquérir et à la France à jamais toute ma
maison. Je supplie donc V. E. de nous departir la faveur
de ses bons offices, et commençant par une si bonne action, accroître les gloires de S. M. par notre retablissement,
pouvant être assurée qu'outre celle qui en demeurera à
V. E. merci, je lui en restérai en mon particulier étroitement obligé, et avec desir de lui en faire paraître en toutes
occasions de son service mes sentiments.

Le duc François de Lorraine.

(Archives des affaires étrangères.)

XXV.

LA REINE AU DUC DE LORRAINE.

29 mars 1644.

Mon cousin,

Vous apprendrez par la bouche des sieurs de Maugiron
t du Maurier tout ce que je puis faire à présent pour vous
obliger, et je m'assure que vous avouerez vous-même qu'il
ne m'est pas possible d'en user autrement, sans donner
lieu de condamner ma conduite avec apparence de raison,
auquel cas le préjudice que j'encourrois rejailliroit encore
en quelque façon à votre désavantage. Je vous confesse
qu'en ne me portant pas entièrement à tout ce que vous
pourriez désirer, je fais violence à l'affection que j'ai
pour vous et pour ce qui vous regarde et toute autre considération que celle du service du roi M. mon fils ne me seroit pas capable de m'en empêcher. Je souhaite pourtant et
j'espère qu'en vous donnant moyen de rendre de grands
services à la France, j'en aurai aussi de vous faire ressentir
de plus en plus, sans que personne y trouve à redire, des
marques de l'affection et de l'estime que j'ai pour vous.
Sur quoi je n'ai pas donné charge aux dits sieurs de Maugiron et du Mansier de vous entretenir particulierement,
parce que je suis assurée que vous n'en doutez pas. Je me
promets qu'aussitôt que vous serez tombé d'accord de ce
qu'ils vous diront de ma part, vous ne perdiez pas un moment de temps pour nous venir voir, ce que je désire extrêmement, pour vous témoigner plus particulièrement de
vive voix ce que je vous mande dans cette lettre. Priant
Dieu qu'il vous ait, mon cousin, en sa sainte et digne garde.

ANNE.

(Archives des affaires étrangères.)

XXVI.

LE CARDINAL MAZARIN AU DUC DE LORRAINE.

31 mars 1644.

Monsieur,

Je ne puis voir partir MM. de Maugiron et du Maurier
sans prendre cette occasion d'assurer V. A. de mon service
très-humble et de la passion extrême que j'aurois que les
resolutions qu'elle trouvera bon de prendre me fournissent
les moyens de luy en donner des preuves effectives. V. A.
aprendra de leur bouche tout ce à quoy la reyne se peut
porter, et les considerations qui ne lui permettent pas de
faire davantage. Je vous tiens, Monsieur, pour si equitable
et si amy de la raison, que quand on le remettroit absolument à la disposition de V. A., elle ne voudroit pas se procurer des avantages qui puissent blesser d'ailleurs la réputation de la conduite du gouvernement de S. M. Tout ce dont
je puis asseurer V. A. est qu'on ne luy promet rien qu'on ait
desir d'en faire au delà, et que s'attachant inséparablement
aux intérets de cette couronne, elle advancera de beaucoup
les siens, et aura bien plus de sujet de se louer des traictés
qu'elle recevra qu'elle ne peut faire de celuy qu'elle a eus
jusqu'ici du party contraire, lequel pourtant ne doit recog-
noitre beaucoup d'avantages, mais particulièrement les
derniers qu'il a remportés en Allemagne. Quant à la haute
suftisance et la valeur de V. A. la connaissance que j'en ay
m'obligeant à la considerer comme un des plus grands
capitaines de notre siècle, je la supplie très-humblement
de croire qu'une de mes plus fortes passions seroit de pouvoir si bien unir les intérêts de cette couronne à ceux de
V. A. que je pusse en même contribuer temps à l'advantage
et à l'accroissement de la gloire de tous deux, satisfaisant
aux obligations que j'ai à S. M. et à l'inclination que j'ay

d'honorer et servir S. A. à laquelle après avoir baisé très-humblement les mains, je demeure...

(Archives des affaires étrangères.)

XXVII.

LE DUC DE LORRAINE AU CARDINAL DE MAZARIN.

25 mai 1644

Monsieur,

La continuation des soins dont V. E. veut prendre pour les choses qui me touchent, sont des marques de sa générosité qui sont au delà de tout ce que je pouvois jamais espérer de tous les services que je pourrois lui rendre toute ma vie. Quant aux bontés de la reine, elles ont toujours paru si parfaitement, et particulièrement aux choses qui me touchent, qu'à moins d'être le plus ingrat de la terre, je ne puis avoir pensée ni souhaits que de mériter l'honneur de ses commandements, et de sacrifier pour son service tout ce que je tiens de Dieu à ma disposition, ainsi que j'ai prié M. de Plessis–Besançon de faire entendre à V. E., comme aussi touchant les prisonniers de Tutlingen et particulièrement la passion qu'elle me croie...

CH. LORRAINE.

(Archives des affaires étrangères.)

XXVIII.

CHARLES DE LORRAINE A LA REINE.

Madame,

J'ai trop d'impatience de rendre mes humbles devoirs à V. M. pour ne prendre cest avantage de lui en assurer par ces lignes, et le ressentiment éternelle que j'auray de toutes ses bontés, M. du Plessis-Besançon m'ayant assuré qu'elle n'aura pas desagréable cest effronterie, n'estant que pour la faire souvenir de celuy qui est plus que personne du monde, de V. M., Madame, le très-humble et tres-obeissant serviteur.   Ch. Lorraine.

(Port-scriptum.)

Les principaux points entre M. du Plessis-Besançon et moi étant acceptés ainsy que la reyne l'a trouvé bon, restait d'estre eclairci sur le subsjet du 16e qui est croisé, j'envoie un de mes gens à M. le marquis de Mouy pour l'instruire de mes intentions, et affin qu'il les face entendre à S. M. et à Votre Eminence, pour par après les conclure et signer, ainsy que je luy mande, ce que je ratifieray.

                                        Ch. Lorraine.

Fait ce 25 de juin.

                 (*Archives des affaires étrangères.*)

XXIX.

LE DUC DE LORRAINE AU CARDINAL DE MAZARIN.

                                    25 juin 1644.

Monsieur,

Je dois tant aux soins que V. E. prend pour mes interêts que je m'estimerois le plus malheureux de la terre, si je ne pouvais un jour lui temoigner par de veritables marques de mon obligation combien passionnément j'embrasseray toutes les occasions de son service. N'ayant jamais merité les bontés que la reine a pour moi, j'en demeure confus, et dans les sentiments de respect et d'obeissance que je lui rendrai toute ma vie, ainsi que j'ai prié M. du Plessis-Besançon de lui en assurer, et particulièrement à V. E...

                                        Ch. Lorraine.

                 (*Archives des affaires étrangères.*)

XXX.

L'ETAT ET LES SENTIMENTS OU SE TROUVE LE DUC CHARLES DE LORRAINE.

Sans date.

(Écrit tout entier de la main du duc Charles.)

Malade au point de ne pouvoir faire une heure de chemin en carosse et moins à cheval, l'etat où il est lui et ses troupes dans l'Empire ; et la necessité où elles sont, ce qui ne lui permet pas de se rendre tout présentement aux·pieds de la reine ainsi qu'elle agrée, ce qui sera aussitôt que ces obstacles seront levés, si S. M. a continué le desirer.

Pour le point dont il est question, S. M. considerera s'il lui plait, qu'etant constant qu'il est non-seulement contre son honneur, mais que même il a été si publiquement déclaré par les protestations imprimées par et au nom de ses parents, confirmées par lui-même, enregistrées dans ses conseils et cours de parlements qui sont lieux publics et mémoire pour toute la posterité, comme pourra-t-il à jamais se laver d'une lâcheté de pareille nature dans laquelle il ne peut éviter de s'ensevelir et se reduire au point de ne s'oser présenter devant les yeux de S. M., étant certain que amis et ennemis, sujets, soldats et officiers l'abandonneront, perdant par cette seule action tout credit et honneur, et par consequent inutile à tout ce qui souhaiteroit de ser--vir, et infâme pour jamais.

Toutes ces veritables et épouvantables conditions ne paraitroient pas devant ses yeux, s'il y alloit du seul service et interets de S. M., mais s'agissant de son retablissement en ses Etats et de quelque bien et repos, il s'estimeroit le plus lâche de la terre, si rien de pareil lui tomboit dans l'âme, esperant de la générosité de la reine qu'elle trouvera ses ressentiments assez justes pour les approuver, et qu'il puisse se conservant l'honneur, se conserver aussi les moyens de la pouvoir servir et de ne se rendre pas indigne de recevoir l'honneur de ses commandements, auxquels il rendra éternellement entière obeissance.....

Se trouvant extrêmement deplaisant de ce que on lui ait proposé des quatre traités avec la France, celui-là lequel on lui avoit assuré que l'on ne feroit jamais mention ni état, et qu'il le met au point représenté ci-dessus. Que si on lui en eût offert quelqu'un des autres, il les auroit acceptés sans réplique, même les dernières propositions qui lui ont été envoyées par M. le marquis de Mouy, au mois de septembre dernier, ainsi qu'il se peut connoître par son ecrit, laissant à S. M. à considérer et à messieurs les ministres combien il a été surpris par un aussi grave changement dans cette proposition, qui pouvoit faire croire au duc de Lorraine que c'etoit plutôt une déclaration de mauvaise satisfaction qu'on lui fait donner, que de chercher quelque ajustement qui lui puisse être souffrable, et étant à considérer combien est diminuée la Lorraine depuis ce temps, et par conséquent augmentée sa misère, qui ne peut obliger le duc de s'y voir en cet état, où il ne peut avoir ni honneur ni bien. Aussi, pour ce respect, rien ne l'oblige à se revoir dans cette possession, son seul but aussi est fondé dans le dessein de servir et faire connoître à S. M. qu'il n'a d'interets que les siens.....

(*Archives des affaires étrangères.*)

XXXI.

LE SIEUR DU PLESSIS—BESANÇON AU CARDINAL.

Metz, le 26 juillet 1644.

Monseigneur,

..... Pour moi, monseigneur, ce que je puis juger de tout ceci est que S. A. etoit engagée de longtemps avec les ennemis, qu'il veut se tenir de tous côtés pour prendre le parti de ceux qui le lui feront le meilleur, et cependant profiter de l'occasion et se rendre necessaire aux uns et aux autres, demeurant indéterminé le reste de la campagne, pendant laquelle il croit qu'il arrivera diverses choses qui le rendant de plus en plus considérable lui feront obtenir de meilleures conditions que celles qu'on lui offre maintenant. Il faut nécessairement qu'il s'explique, le pressant comme je fais par ma dernière. Cependant, monseigneur, je suis obligé de dire à V. E. qu'un maréchal des logis des gendarmes de Mgr le duc d'Enghien, revenant de prison de Luxembourg, a dit à M. le duc que le gouverneur de ville, qui etait lors probablement Beck lui avoit fait connoître que S. A. brisoit aussi en cette rencontre, parce qu'on ne lui vouloit pas donner Marsal en l'etat où il est pour La Motté, et qu'il avoit reçu plusieurs avis de la cour qui lui donnoient beaucoup d'ombrage. Le sieur Thomas me dit la même chose nonobstant la proposition de Jamets au lieu de Marsal, et M. d'Epernon me l'a encore confirmé, disant que Mme l'abbesse de Juvigny, sœur du sieur de Ville, lui avoit parlé en mèmes termes. Je supplie tres-humblement V. E. de me vouloir donner ses commandements sur ce que j'aurai à faire après la réponse du sieur Thomas, ou en cas qu'il ne m'en donne pas dans le dernier de ce mois, qui est le temps que je lui ai donné. Cependant, monseigneur, je prendrai la liberté de dire à V. E. que cette occasion de traiter avec S. A. perdùe, il n'y a pas de meilleur moyen de mettre ce prince à la raison que de le pousser jusques au bout, en achevant de le chasser des places et postes qu'il tient, par le moyen de quoi il maintient son armée et se rend considérable; car autrement nous l'aurons toujours pour obstacle perpetuel à tous les desseins d'Allemagne et de Luxembourg, à moins d'y employer les principales forces de l'Etat.

(Archives des affaires étrangères.)

XXXII.

LETTRE DU DUC CHARLES DE LORRAINE, A CE QUE L'ON AIT ÉGARD
A SES INTÉRÊTS, AU TRAITÉ DE LA PAIX GÉNÉRALE.

Bruxelles, 10 mars 1646.

Nous avons ci-devant donné assez de preuves de notre
affection au bien du saint Empire et laissé assez de marques du désir que nous avons de ne nous point séparer de
ses intérêts communs avec ceux de la maison d'Autriche,
qui nous ont été si chers que toute l'Europe a vu que la
France s'est déclarée par ses armes contre notre personne
et nos États, pour nous y être attaché. Nous avons mieux
aimé exposer mille fois notre vie en abandonnant duché,
pays et sujets, que de nous en retirer nonobstant plusieurs
semonces qui nous en ont été faites d'accepter par cette
retraite notre repos, celui de nos sujets, et le rétablissement en nos États. Les moins savants des choses passées
depuis vingt-sept et tant d'années en savent le détail, et
l'histoire, à moins que d'être ingrate, ne manquera pas d'en
écrire les diverses occasions où par des véritables effets,
nous avons fait voir la grandeur de nos services, sans qu'il
soit besoin de nous avantager de ceux de nos prédécesseurs. Nous voyons pourtant avec un regret sensible qu'en
l'assemblée qui se tient à Munster pour le traité de la paix
générale, nous y sommes si peu considérés par ceux qui
en ont toutes sortes de raisons, et pour leur propre intérêt
doivent nous procurer la pleine et entière restitution de
nos États, qu'ils ne nous ont pas seulement moyenné les
passeports et sauf-conduits nécessaires pour y envoyer de
notre part, mais bien plus se sont avancés de traiter et
disposés à conclure une paix, en laquelle nous et plusieurs
princes et États de l'Empire sont oubliés, ou par la cession
honteuse de leurs terres et pays se trouvent méprisés et

abandonnés; ce qui nous oblige de rendre connus nos sentiments sur ce sujet, publiant la présente déclaration, par
laquelle nous sommons et invitons de rechef Messieurs les
plénipotentiaires de LL. MM. Impériale et Catholique et
ceux de tous les princes et États du saint Empire, assemblés à Munster, de nous faire traiter comme leur confé-
déré, de nous moyenner. promptement les passeports
nécessaires, afin de pouvoir librement envoyer de notre
part à ladite assemblée, ni de rien conclure que nos députés n'y soient présents et consentants, d'y prendre et
porter nos intérêts et nous y faire rendre la justice que
nous nous sommes promise, et avons sujet d'espérer du
susdit traité.

Et à faute de ce, et qu'il soit passé plus avant, sans
nous ouïr, nous protestons que ledit traité et la paix qui
pourrait ci-après intervenir et toutes cessions, accords et
renonciations qui se pourraient faire à ladite assemblée,
où nous pouvons prendre intérêt à raison de nos duchés
et pays, ne nous pourront préjudicier en aucune manière,
non plus qu'aux autres princes des États intéressés, nos
amis et alliés, prenant le ciel à témoin que si un si indigne
traitement nous fait quitter ci-après la résolution qu'avons
prise de demeurer ferme au soutien de l'Empire et de la
maison d'Autriche, que la cause ne s'en devra imputer
qu'à un si lâche abandonnement, et au mépris que l'on
aura fait de notre affection et de nos services.

En foi de quoi, nous avons écrit ces présentes lignes de
notre main et contresignées par l'un de nos conseillers
d'État, etc.

Donné à Bruxelles, le 10 mars l'an 1646.

CHARLES DE LORRAINE.

Plus bas.

ROUSSELOT-D'HEDIVAL.

(*Archives des affaires étrangères.*)

XXXIII.

24 novembre 1646.

Monsieur,

Ayant su de celui qui vous donnera cette lettre que vous ne trouveriés pas mauvais que j'ose vous prier d'assurer la Reine de ma part de la continuation de mon très-humble service, et que sy je suis esté chassé de sa présence, et contraint de me tenir parmy ceux qui portent le nom de ses ennemis, je n'ay jamais esté dans le dessein de la desplaire, sy j'estois assés heureux d'estre utile à son service, soit en paix ou en guerre, je m'estimerois le plus heureux de la terre, et je sacrifierois avec grande joie ma vie et tout ce qui me reste pour luy en donner des preuves, qui seroit bien peu de chose pour mon affection. Je ne la veux pas importuner de ceste paix générale, où elle ne trouve pas bon que l'on me nomme et où aussi ceux de mon parti m'oublient absolument, ce qui n'est pas estrange, puisqu'ils s'y oublient eux-mêmes. J'ose pourtant, Monsieur, vous conjurer de luy représenter l'estat misérable de ceste pauvre Lorraine, afin que par sa bonté ordinaire, elle lui veuille procurer quelque repos. C'est une action de charité extraordinaire pour la maison; et ceux de mon nom seront plus considérables et plus utiles à son service, que moy. C'est pourquoi j'espère que S. M. ne voudra pas les priver d'un chef et d'un souverain dans leur maison; et qu'elle leur rendra ce pauvre morceau de terre. Sy elle m'en juge indigne, pourvu qu'elle me fasse la condition de son très-obéissant et très-fidèle petit valet, je m'en consoleray et n'y contredirai pas. J'ose encore ajouter ma prière d'assurer M. le cardinal Mazarin de mon très-humble service, et que sy il auroit affaire d'un pauvre soldat bien désintéressé, il me trouvera aussi opiniastre et aussi

ferme à ma parole que homme qui aie jamais vescu et sans
reserve. Pardonnés cette liberté et me croiés, Monsieur,

Votre affectionné

Ch. de Lorraine.

J'ay hasardé cette lestre sans chifre, mais si il vous plaist
me répondre, vous pourés vous servir du chifre de O, et
l'on fera de même, autrement ne se pourroit escrire ce que
l'on pense sans quelque disgrâce.

(*Archives des affaires étrangères.*)

XXXIV.

PROPOSITIONS DE LA FRANCE POUR LE DUC CHARLES.

Janvier 1647.

Encoré que le duc Charles de Lorraine ait toujours employé sa personne et ses forces pendant cette guerre dans
le parti contraire au roi très-chrétien, qu'il ait contrevenu
à tous les traités qui ont été faits avec lui par le feu roi
Louis XIII, de glorieuse mémoire; qu'en vertu desdits
traités et notamment de celui fait à Paris le 29e mars, en
l'an 1641, ratifié par ledit seigneur Duc, à Bar-le-Duc, le 21e
jour d'avril en ladite année, tous les États dudit seigneur Duc
seront justement acquis à la couronne de France, non-seulement ceux qui relèvent et dépendent de ladite couronne,
ou des Trois Évêchés, Metz, Toul et Verdun, mais encore
ceux de l'ancienne duché de Lorraine; néanmoins ledit
seigneur Roi très-chrétien voulant user de modération dans
la prospérité dont il a plu à Dieu de bénir ses armes, ayant
égard aux services et à la fidélité de quelques princes de
cette maison, et désirant de voir la paix dans la chrétienté
tellement établie qu'elle ne puisse être troublée ci-après;
S. M. déclare que pourvu que le seigneur duc Charles de
Lorraine désarme entièrement et qu'il établisse son séjour

en Italie ou en d'autres lieux dont on pourra convenir, elle lui donnera un entretiennement de 100,000 écus par an, ensemble 40,000 écus aussi par an au duc François, son frère, et autres 40,000 écus que l'on continuera à payer par chacun an à Mme la duchesse de Lorraine qui est en France, et dans dix ans à compter du jour et date du présent traité, ledit seigneur Roi très-chrétien fera remettre entre les mains des princes qui ont droit en la succession de qui est de l'ancienne duché et souveraineté de Lorraine, les places démolies, en quoi ne s'entend pas être compris ce qui est mouvant de la France, et ce qui dépend des Trois Évêchés de Metz, Toul et Verdun, lesquelles choses demeureront unies et incorporées à la couronne de France ; ou bien le seigneur Roi très-chrétien leur donnera un État, aussi en souveraineté, d'égale valeur à l'ancienne duché de Lorraine, et le choix de ces deux partis dépendra purement de S. M., le tout, moyennant que ledit seigneur Duc et ceux qui ont droit à la succession se comportent en sorte qu'ils ne se rendent pas indignes de cette grâce. Que si ledit seigneur Duc refuse une office si avantageuse, ledit seigneur Roi catholique promettra ne donner aucune retraite, secours ou assurance directe ou indirecte audit seigneur Duc, sous quelque prétexte ou occasion que ce soit, mais il sera encore permis audit seigneur Roi très-chrétien, de poursuivre ledit seigneur Duc partout où il se retirera, encore que ce fût sur les terres de l'obéissance dudit seigneur Roi catholique pour contraindre ledit seigneur Duc à mettre bas les armes, à l'effet de quoi sera obligé ledit sieur Roi catholique, de joindre ses forces, s'il est besoin, et courir sus audit Duc, jusqu'à ce qu'il ait entièrement désarmé.....

(Archives des affaires étrangères.)

XXXV.

MAZARIN AU DUC CHARLES.

19 avril 1647.

.....M. de Lorraine est trop juste pour désirer rien de la Reine dont elle puisse recevoir présentement du blâme et des reproches à l'avenir, comme il voit bien que S. M. s'y exposeroit manifestement si elle le remettoit dans les États de Lorraine, sans qu'au préalable, il eût rendu quelque service considérable à cette couronne qui pût justifier dans le public la résolution qu'on auroit prise en sa faveur. S. M. donc consentira de faire dès à présent un traité avec M. de Lorraine, tel qu'il aura sujet d'en être content, pourvu qu'il soit stipulé qu'il ne commencera d'avoir son effet qu'après que M. de Lorraine aura exécuté quelque entreprise importante sur les Espagnols à l'avantage de la France.

Et pour la qualité de l'entreprise on attendra de savoir de lui-même quelle conquête il est en état de pouvoir faire sur les Espagnols, et tant que l'on peut toutes lés provinces qu'ils ont contestées à ce royaume.....

MAZARIN.

(Archives des affaires étrangères.)

XXXVI.

NOTE DES PLÉNIPOTENTIAIRES DE FRANCE AU SUJET DU DUC CHARLES.

.....Les plénipotentiaires de France n'ayant jamais eu intention ni pouvoir de traiter de la paix avec l'Espagne qu'à condition qu'elle promettra de n'assister ni directement ni indirectement le duc Charles, et l'ayant plusieurs fois déclaré de vive voix et par écrit tant à Messieurs les médiateurs qu'à Messieurs les ambassadeurs des Provinces-

Unies, lorsqu'ils ont employé leur entremise, ils n'eussent pas pu entrer en négociation avec Messieurs les ministres d'Espagne, sans l'assurance qui a été donnée de leur part à ceux de la France que ce différend n'empêcheroit pas la conclusion du traité quand on seroit d'accord de tout le reste et qu'on expliqueroit alors plus clairement en quoi on a toujours compris les paroles qui ont été portées, et tenu pour assuré que : l'intention desdits seigneurs ministres d'Espagne étoit de s'accommoder au désir de ceux de France, et de consentir à leur demande mais d'en différer seulement la déclaration expresse jusqu'à la fin du traité, étant aussi une chose inouïe et dont on ne sauroit trouver d'exemple dans tous les traités précédents, comme étant incompatible avec l'unité et bonne intelligence qu'on doit établir par la paix; qu'en la faisant avec un prince, on se réserve la liberté d'assister un autre qui veut attaquer celui avec lequel on se remet, qui seroit proprement lui continuer la guerre sous le nom d'autrui. C'est pourquoi les plénipotentiaires de France sont obligés avant que passer plus outre de savoir si lesdits ministres d'Espagne ne persistent pas de bonne foi dans la même intention qu'ils ont ci-devant fait entendre; à faute de quoi, le reste de la négociation qu'on pourroit faire seroit inutile.

(Archives des affaires étrangères.)

XXXVII.

EXTRAIT DES ESCRYPTS DONNÉS ET REÇUS DANS LA NÉGOCIATION DE LA PAIX ENTRE LA FRANCE ET L'ESPAGNE.

Demande de la France touchant le duc Charles, faite aux termes suivants par l'article 13 du premier écrit, donné le 22 septembre 1646 :

Le Roi catholique promettra de n'assister directement ni indirectement le duc Charles :

Réponse de l'Espagne, donnée le 1ᵉʳ octobre suivant.

Les plénipotentiaires d'Espagne ont toujours insisté et insistent encore que le duc Charles soit compris dans le traité en la sorte et manière que les ambassadeurs de l'Empereur ont déclaré.

Réplique de la France, donnée le 3 octobre.

Il est impossible de faire la paix avec le roi d'Espagne, s'il demeure en liberté de faire une autre guerre au Roi sous le nom du duc Charles.

C'est pourquoi on répond à cet article, comme on a fait au second, n'étant pas permis aux plénipotentiaires de France d'entrer en traité, si le roi d'Espagne ne promet de n'assister ni directement, ni indirectement, le duc Charles.

*Deuxième réponse de l'Espagne, donnée
le 11 octobre 1646.*

On répond que sur ce point on donnera part en Flandre, pour savoir les intentions du duc Charles, comme aussi on pourra communiquer avec les ministres impériaux, lorsqu'il sera possible de découvrir le présent traité, sans néanmoins retarder le surplus du saint traité.

Deuxième réplique de la France, 14 octobre.

Encore qu'on comprenne bien l'intention de MM. les plénipotentiaires d'Espagne touchant cet article, il seroit nécessaire de s'en expliquer plus clairement pour avancer la conclusion du traité.

Troisième réponse de l'Espagne, donnée le 22 octobre.

Le numéro 13, touchant le duc Charles, demeure en suspens.

Troisième réponse de la France, 25 octobre.

On a bien consenti que la déclaration expresse n'en fût pas faite si tôt ; mais on a supposé que la résolution en fût prise, conformément à ce que la France a demandé.

Quatrième réponse de l'Espagne, 12 novembre 1646.

Le treizième, touchant le duc Charles, sera réservé pour s'en déclarer avant la conclusion du traité.

Quatrième réplique de la France, donnée
le 16 novembre 1646.

On présuppose toujours que Messieurs les entrepositeurs ont assurance que cette affaire n'empêchera pas la conclusion du traité, et que les plénipotentiaires d'Espagne promettront que le roi leur maître n'assistera ni directement, ni indirectement le duc Charles.

(*Archives des affaires étrangères.*)

XXXVIII.

LA REINE A M. DE LORRAINE.

Le 11 janvier 1649.

Vous avez reconnu, par ce que vous a dit dernièrement de ma part le comte de Brancas, la continuation de mon affection. J'ai reçu les réponses que vous m'avez faites, et après les avoir examinées, considérant qu'il se consommeroit un grand temps en allées et venues, ce qui seroit également désavantageux aux intérêts du Roi et aux vôtres, je me suis résolue de vous écrire celle-ci en toute diligence pour vous prier de vous en venir ici sans perte

de temps et de faire avancer vos troupes aux frontières où
on donnera ordre qu'elles soient reçues, vous engageant
ma parole que vous pouvez venir en toute sûreté, et
comme vous m'avez fait assurer plusieurs fois qu'en
quelque état que vous fussiez, vous vous rendriez où je
désirerois en voyant un mot de ma main, la conjoncture
est arrivée d'accomplir votre parole; et vous devez faire
état certain que dans les intentions que j'ai de vous obli-
jer, nous n'aurons pas grande peine à tomber bientôt d'accord sur les points qui sont indécis. Je vous écris à mon
accoutumée, quoique je doute si vous connaîtrez encore
ma lettre, j'ai voulu en user de la sorte pour vous témoigner mon affection, et je veux croire encore que la vôtre
n'est pas tout à fait effacée pour moi. Je mets ici mon nom,
afin que si vous avez oublié ma lettre, il vous en fasse
ressouvenir.   ANNE.

(Archives des affaires étrangères.)

XXXIX.

M. DE LORRAINE A LA REINE.

Le 11 janvier 1649.

De tous les bonheurs de la terre celuy de vous servir et
de vous plaire m'a tousjours esté le plus considérable,
celuy que j'ay aussy plus parfaitement souhaité. Vous ne
pouviez me faire plus de grâces ni de bien qu'en m'ordonnant d'aller porter ma vie et ma fortune à vos pieds,
puisque c'est là où je la crois estre au plus haut degré que
Dieu la peut mestre en ce monde. Tout estoit en marche,
ainsi que vous l'aviez ordonné, et ce porteur estoit dépêché avec un de mes gens, quand son camarade est arrivé,
lequelle m'a apporté un mystere plus relevé, et de sursoir
le premier projiet, ce que j'ai fait, non sans prendre modi-
fication dans l'impatience où je suis de vous faire con-

noître que ce n'est pas sans raison si j'ay prétendu le
titre du plus obéissant et plus passionné de tous vos serviteurs.   .   Ch. de Lorraine.

(*Archives des affaires étrangères.*)

XL.

LETTRE DE M. DE LORRAINE A Mme DE CHEVREUSE.

Fin de janvier 1650.

Jamais nouvelle ne put être plus agréable que celle que
vous m'avez donnée, étant non-seulement assez considérable, ainsi que me mandez, mais parfaitement agréable, mon opinion étant qu'elle va apporter une suite de
bien et de repos à tout le monde. J'en ay une parfaite
joie dans la croyance que la personne qui l'a ordonnée
y va trouver son entier repos et fermeté dans son royaume.
Je vous jure que cela m'est mille fois plus considérable
que l'intérêt que l'on croit que j'y puisse avoir. Je crois
que vous y trouverez votre compte entièrement, ce qui
parfait l'ouvrage. Pour moi j'aurois mauvaise grâce de
m'offrir après la bataille donnée et que tout est fait. Néanmoins si l'on pouvoit être encore bon à quelque chose, je
ne tiens à rien du tout. Assurez-le où il convient, et que
partout où l'on ordonnera que je me trouve, j'y serai en
un instant. Pour le gros de mon fait, pourvu que je sois
sans reproche et que je n'encoure pas honte pour moi et
ce qui porte mon nom, je serai ravi d'être en lieu où je
puisse vous assurer que je suis à vous pour jamais. Celui
qui a été où vous êtes y sera aussitôt que cette lettre, qui
vous en dira davantage et s'adressera à celui qui lui bailla
une lettre quand il est venu ici. Assurez, je vous en conjure, que si l'on croit que je puisse servir, je quitterai
tout pour m'aller sacrifier sans retardement quelconque.

Ch. de Lorraine.

XLI.

LE CARDINAL MAZARIN A M. DE LORRAINE.

. Saint-Germain, 8 mars 1650.

Monsieur,

Je ne puis rendre assez de grâces à V. A. des favorables sentiments qu'elle a voulu me faire témoigner pour ce qui me regarde en particulier. Je le prie de croire que j'ai grande passion de m'en ressentir par quelque service, ne souhaitant pour cela, sinon qu'elle-même ne m'en ôte pas les moyens. Cependant le *** pourra lui rendre compte des assurances bien expresses que la Reine l'a chargé de donner à S. A. de son affection, et la disposition entière où est S. M. de lui en faire éprouver des effets solides quand V. A. voudra contribuer de sa part ce qu'elle peut pour les recevoir; ce qui est souhaité extrêmement par S. A. R. qui n'oublie rien pour faire paraître la passion qu'elle a pour ce qui regarde V. A. Pour venir donc enfin à une conclusion d'affaires, je la supplie de la même chose que je lui ai fait dire depuis peu par une autre voie, qui est de faire savoir précisément ce qu'elle désireroit présentement et avec le temps pour achever son accommodement avec cette couronne; et ce qu'elle veut faire aussi de sa part pour LL. MM., tant de sa personne que de ses troupes, afin qu'étant une fois bien informés des véritables sentiments de V. A. sans qu'il y ait plus rien à remorer, on puisse lui faire entendre la dernière et finale résolution que pourront prendre là-dessus LL. MM. de voir si on peut conclure. Je tiens l'éclaircissement que je lui demande d'autant plus nécessaire que je ne sais par quel malheur il faut que ceux qui ont traité aient pris quelque équivoque, puisqu'il n'a de rien servi d'avoir donné les mains à ce que V. A. avoit demandé au comte de Brancas. Et pour continuer à lui parler avec toute franchise, je lui dirai qu'il seroit très à propos que nous sussions comment elle pense de pouvoir conclure un traité avec la France et être en état de l'exécuter, pendant que les Espagnols font entendre assez hautement qu'il n'y a rien de sy éloigné, prétendant de l'avoir engagée depuis la fin du mois dernier pour les servir cette campagne avec ses troupes. J'attendrai sur tout ceci des nouvelles, et souhaite qu'elles soient telles que je puisse avoir lieu de lui faire connoître.....

Cardinal MAZARIN.

(Archives des affaires étrangères.)

XLII.

LETTRE DE Mme DE CHEVREUSE A M. LE DUC DE LORRAINE.

25 février 1650.

.....Il semble qu'on pourroit écrire à M. de Lorraine à peu près en ces termes :

Lui faire présentement connaître qu'on n'ignore pas en quel état est demeuré le corps de ses troupes après les quatre mille hommes effectifs qu'il a vendus aux Espagnols et qu'ils ont choisis eux-mêmes, comme ils ont voulu tant officiers que soldats, et les deux mille autres qu'il leur vend encore pour envoyer en Espagne.

Lui dire ensuite que pour lui parler avec une entière sincérité on ne veut pas lui voiler que la Reine estime ne pouvoir le traiter à beaucoup près si favorablement dans un accommodement particulier, qu'elle pourroit le faire dans le général parce qu'en celui-ci les avantages qu'en tireroit, et la joie aussi qu'auroit tout le monde d'une paix universelle conserveroient tout et exempteroient S. M. du blâme d'avoir trop accordé à M. de Lorraine, et au contraire, cela se faisant par un traité particulier toute la chrétienté désespéreroit d'abord de la paix, et il n'y auroit Français qui ne crût que LL. MM. n'ont au-

cun dessein de la faire, et que toutes leurs pensées ne
vont qu'à continuer la guerre plus fortement, puisqu'elles
seroient privées d'un des plus efficaces moyens qu'elles
ont de porter les Espagnols à la raison dans les conditions de la paix, et les Espagnols même diroient, comme
ils ont fait ci-devant, que pendant qu'ils traitent avec nous
de bonne foi, on ne songe ici qu'à débaucher leurs alliés.

Ce fondement établi, il semble que M. de Lorraine ne
peut rien faire de plus avantageux pour lui que de s'appliquer de tout son pouvoir à porter les Espagnols à la
paix, et à se rendre lui-même l'entremetteur, et comme
le juge des conditions, mais afin qu'il ne le reçoive pas
comme une chimère et comme un échappatoire que l'on
cherche de ce côté-ci pour s'empêcher de conclure, et
pour faire voir par une preuve démonstrative et sans réplique avec quelle sincérité on désire la prompte conclusion de la paix, et avec quelle modération aussi on agit
dans un temps que la France n'est pas seulement dans
un plein calme; mais que la passion des peuples et des
gens de guerre pour le Roi se voit visiblement redoubler,
en sorte que l'on pourroit commencer la guerre avec la
même apparence de bon succès qu'on a eu les cinq premières années de la régence; on déclare que la France est
prête d'accepter les conditions que M. de Lorraine lui-
même dit à M. de Vautorte au mois de février dernier qu'il
estimait que les Espagnols devaient se contenter, et que
si M. de Lorraine obtient de l'Espagne son consentement
pour lesdites conditions, comme il témoigna audit seigneur
de Vautorte qu'il lui sera facile, on signera de notre part
le traité sans délai, en quoi M. de Lorraine n'auroit pas
seulement beaucoup d'avantage en son particulier, mais
aussi la gloire d'avoir procuré par son autorité le repos à
toute la chrétienté.

On laisse à juger après cela à toute personne désinté-
ressée, si la France peut faire davantage pour la paix que
de consentir en un temps, où les affaires sont dans toutes

les prospérités qui se peut souhaiter, aux mêmes conditions, que M. de Lorraine lui-même a jugé qu'il étoit fort
raisonnable que les Espagnols acceptassent, lorsque le
siége étoit devant Paris, et que tout le royaume étoit en
coalition avec un péril évident du bouleversement entier
de cette monarchie.....

(Archives des affaires étrangères.)

XLIII.

M. DE LORRAINE A Mme DE CHEVREUSE.

9 mars 1650.

J'ai parlé à ces Messieurs, bien que je vous avoue d'a-
voir en aversion de me mêler d'une affaire un peu trop
embarrassante pour ma cervelle; ils m'ont prié de vous répondre qu'ils souhaitent la paix tout de bon, et que s'il
vous plaisoit de leur donner les conditions de M. de Vantorte, qu'ils se porteroient à toutes les choses possibles,
mais que ledit seigneur de Vantorte ne s'était pas ouvert
à eux, et que depuis son départ d'ici l'on n'étoit pas
tombé d'accord de ses propositions les désavouant, qu'il
seroit nécessaire de les remettre sur le tapis; vous me
direz que je les pourrois dire, puisque cela est passé par
mes mains. En une matière de cette nature on ne sauroit
se fier à sa mémoire. Pour mon affaire, je suis au bout de
ma patience..... Si vous m'écriviez pour cette affaire de la
paix générale, je vous prie que ce soit à part, et en sorte
que je puisse le faire voir. Je suis pour jamais à vous.

CHARLES DE LORRAINE.
(Archives des affaires étrangères.)

XLIV.

CHARLES IV AU CARDINAL MAZARIN.

Bruxelles, 23 novembre 1651.

Monsieur ,

Je ne sçay pourquoy V. E. est si prodigue de sa bienveillance envers une personne qui n'a jamais eu de bonheur
assés pour la servir. C'est une générosité qui me rend si
estroitement son obligé qu'il n'y a rien à adjouster aux
ressentiments que j'en ay. Je luy envoie exprès le même
personnage, qui lui en donnera des asseurances plus particulières et je prie V. E. d'y prendre véritable et entière
créance, et à tout ce qu'il luy dira de ma part au subjet
de mes intentions. Je n'auray jamais de joie plus parfaite
que celle qui me donnera lieu de faire connaître à V. E.
partout où il s'agira de son intérêt, que je suis de cœur et
d'affection..... CH. DE LORRAINE.

(*Archives des affaires étrangères.*)

XLV.

LE CARDINAL AU DUC CHARLES.

Dimanche, 27 novembre 1651.

Je m'estime le plus heureux homme du monde, me
voyant si favorablement traité de V. A., de qui j'ay toujours fait une estime singulière, et je suis très-marri d'a-
voir été jusqu'à présent inutile à son service, quoique j'aie
souhaité avec passion la contenter. Peut-être que ce malheur changera et que je pourray avoir la satisfaction de
m'assurer ses bonnes grâces, répondant à la générosité
qu'il plaît à V. A. d'avoir à mon égard dans le temps de
ma persécution. J'ai entretenu au long la personne qui

aura l'honneur de luy rendre cette lettre. C'est pourquoi
je m'en remets à ce que V. A. apprendra d'elle, la suppliant de croire que je n'ay plus forte passion que de lui
faire connaître avec une entière sincérité que je suis véritablement et du meilleur de mon cœur.....

MAZARIN.

(*Archives des affaires étrangères.*)

XLVI.

LE CARDINAL MAZARIN A LA PRINCESSE DE PHALSBOURG.

Dinan, 15 décembre 1651.

J'ai reçu vos deux lettres en même temps. Il n'y a rien
de si sensé que ce que vous me marquez pour ces affaires
ni rien de si obligeant que ce qu'il vous plaît de dire de
moi. Je profiterai de l'un en tout ce qui peut dépendre de
moi, vous protestant du meilleur de mon cœur que je don-
nerois volontiers ma vie pour rétablir la paix entre les
deux couronnes, de laquelle dépend le repos universel.
Et pour l'autre, je vous supplie de croire que je n'en per-
drai jamais le souvenir, et que si je suis jamais assez heureux pour vous pouvoir donner des preuves de mon très-
humble service, vous avouerez qu'on ne sauroit avoir
de plus forte passion de vous le rendre que celle que j'ai,
et que je conserveray toujours en quelque état de fortune
que je puisse être.

Il ne faut pas se mettre en peine de l'endurcissement de
M. le duc d'Orléans et de la facilité qu'il trouve à tenir
son esprit en une assiette qui ne peut être utile qu'aux
intérêts de ceux qui le conseillent, et qui fondent tout
leur avantage sur le trouble. Les bons Français ne peuvent comprendre sa conduite. Il prétend que rien n'est
capable de le détourner du service du Roi, et ceux en qui
il a croyance lui ont persuadé qu'il n'y sauroit plus contri-

buer qu'en favorisant M. le Prince qui fait la guerre au Roi, qui excite la sédition dans le royaume et qui par sa levée de boucliers a empêché l'avancement de la paix entre les deux couronnes, et en mettant toutes pièces en œuvre, il excite un chacun contre le cardinal qui n'a et n'aura jamais d'autre but que de servir le Roi, et dont toutes les pensées sont toutes portées au calme du royaume et à la tranquillité publique par le moyen de la paix.

Je suis persuadé que M. le comte de Fuensaldagne y serait très-disposé, et qu'il ne recevroit aucun ordre de son maître avec plus de plaisir que d'y travailler. Et en vérité après la gloire qu'il a su acquérir pour les signalés services qu'il a rendus au Roi catholique en commandant ses armées depuis un si long temps, il ne lui manque autre chose, pour comble de son bonheur et pour relever sa réputation, que d'être le ministre de la paix.

Il est vrai que je suis fort obligé à M. le comte et que je ne saurois, sans manquer de reconnaissance, laisser passer aucune occasion de le servir. Je vous supplie de croire que la haute opinion que j'ai de lui n'est pas fondée sur cette obligeance, mais sur la connaissance que j'ai de sa vertu, et de ses sentiments pour le bien public.

Je ne doute point qu'il n'ait été ravy pour l'intérêt de son maître de voir un si grand parti que celui que M. le Prince a formé se déclarer pour l'Espagne et agir de concert avec elle contre la France; mais j'oserois répondre que sa joie n'aura pas été parfaite s'il a cru que cela pût apporter de l'empêchement à la paix. Si j'eusse eu le bonheur d'en traiter avec lui, je crois que malaisément nous nous serions séparés sans avancer les choses au point d'une infaillible conclusion et dans les intentions que j'ai toujours eues de servir M. le duc de Lorraine; ses parents n'y eussent apporté aucun obstacle.

Je ne sais pas les intentions du Roi et de la Reine en ce

qui est de mêler les intérêts de M. le Prince dans le traité
de paix avec l'Espagne. Mais par toutes sortes d'apparences, j'ai peine à croire que LL. MM. y puissent consentir, et je n'en dirai pas les raisons, car elles tombent aisément sous le sens d'un chacun. Et d'autant plus qu'on a
vu avec quelle fermeté les ministres d'Espagne ont longtemps refusé de vouloir rien écouter sur les intérêts du
Portugal. Sur quoi je puis dire avec vérité, que reconnaissant de servir un grand obstacle à la paix, si on entroit
dans de nouveaux engagements avec le Portugal, et
même si on s'obligeoit à ne point faire de paix sans l'y
comprendre, je m'y suis toujours opposé sans que toutes
ces propositions avantageuses qu'on faisoit de ce côté-là
de grandes assurances d'argent et de vaisseaux si le Roi
entroit dans ces engagements, aient été jamais capables de
me faire changer d'avis.

M. le Prince a la porte toute ouverte pour entrer dans
les bonnes grâces du Roi, et recevoir des marques de sa
bonté comme par le passé, sans avoir aucun besoin de la
médiation du roi d'Espagne, et prenant une si sage résolution, il pourvoiroit non-seulement à son repos avec réputation et avantage, mais il donneroit lieu à la conclusion
de la paix entre les deux couronnes; il en tireroit encore
de la gloire.

Le temps qui est le remède de toutes sortes de maux en
pourra peut-être fournir pour celui qui empêche présentement de travailler à un ouvrage si nécessaire, après lequel
la chrétienté soupire depuis tant d'années. Si cela arrive,
et que M. le comte Fuensaldagne en reçoive les ordres, en
quelque lieu ou état que je puisse être, je tiendrai à un
souverain bonheur, si je puis partager avec S. E. la gloire
d'en venir à bout. Mais mon vaisseau étant extrêmement
agité, et s'élevant tous les jours de nouveaux orages, je ne
sais s'il ne se perira pas, plutôt que de faire une navi-
gation aussi heureuse que celle-là. Je suis entièrement
résigné à ce qu'il plaira à Dieu d'ordonner, et pourvu que

par mes actions, je satisfasse à ce que je dois à mon honneur et au service de LL. MM., je recevrai avec une très-
grande tranquillité d'esprit toutes les choses qui me pourront arriver. Je vous rends très-humblement grâces du
conseil que vous me donnez d'adresser mes prières à saint
Antoine de Padoue, afin que par son intercession il plaise
à la divine bonté me donner la force et l'esprit de pouvoir agir utilement pour sa gloire, et j'écrirai en divers endroits pour tâcher de recouvrer quelqu'une de ses reliques
et vous l'envoyer.

Je finirai en vous assurant de mes respects et de mon
très-humble service.   Mazarin.

(*Archives des affaires étrangères.*)

XLVII.

LE CARDINAL MAZARIN AU MARÉCHAL DUPLESSIS.

Dinan, le 21 décembre 1651.

......Il est tout à fait nécessaire que le Roy m'escrive
une seconde lettre contresignée par un secrétaire d'État
par laquelle il m'ordonne que, sans autre réplique, je me
rende auprès de sa personne et lui mène les troupes que
j'aurai mises sur pied, car, soit pour l'intérêt de sa dignité
et de son authorité, soit le mien particulier, il faut absolument que cela paroisse, et que toute la France ne puisse
pas croire que j'aie pris la résolution d'y entrer contre la
volonté du Roy.

Si la Reine prend la peine de parler comme il faut à
M. de Brienne, il fera sans doute la lettre de bonne grâce
et gardera le secret, car après tout je ne crois pas qu'il
soit si ennemi de luy-même qu'il ne soit bien aise en se
conformant à la volonté de LL. MM. de se conduire en ce
rencontre en sorte que j'aie lieu d'oublier le mauvais traitement qu'il m'a fait, ne pouvant pas douter que d'une

façon ou d'autre je ne me rende bientôt à la cour, puisque de la manière que j'y vais, il n'y a personne qui m'en puisse empêcher.

(*Archives des affaires étrangères*.) — Collection France.

XLVIII.

M. RAULIN AU CARDINAL MAZARIN.

2 janvier 1652.

Je serois parti il y a trois ou quatre jours sans les contestations et hautes parolles qui sont intervenues entre les Espagnols et les hauts officiers de M. le Prince et M. de Lorraine sur le soupçon que les uns et les autres ont de son traité, et sur les avis qu'ils en ont de Paris et d'ailleurs nonobstant quoy j'ai ordre de vous mander qu'on est absolument à la Reine et à vous, et que vous n'en doutiez aucunement, mais il est question de sortir sans risque et tout d'un coup, et je suis observé très-exactement.

Tous les billets et duplicatas ont été remis et rendus par son adresse, et M. de Lorraine les a tous receus; le style est toujours plus rude pour Paris, à S. A. R. à Madame, et les derniers sont pleins de conjurations qui ne se peuvent exprimer à M. de Lorraine de ne se point engager. Ils ont fait partir un envoyé pour le venir trouver et lui faire connaître l'avantage de leur parti; l'on vous advisera de tout — l'on veut faire toutes les choses possibles pour ramener S. A. R. du party où il est, et c'est par où l'on veut commencer à rendre un service notable à la France, à la Reyne et à V. E., et il y a beaucoup d'espérance qu'on y réussira. Vous me verrez bientôt instruit de toutes choses. M. de Lorraine m'a fait loger à la cour pour éviter les risques de la nuit et les mauvais événements des menaces qu'on me fait.

(*Archives des affaires étrangères*.) — Collection France. (chiffrée.)

XLIX.

18 février 1652.

M. le duc de Lorraine ayant fait entendre au Roy le désir qu'il a de rentrer aux bonnes grâces de S. M. et de s'attacher aux intérêts de la France, ayant de plus assuré S. M. que l'union dans laquelle il s'est trouvé engagé pendant plusieurs années avec les ennemis de son État, n'a jamais rien diminué dans son cœur du respect et de l'affection que lui et ses prédécesseurs ont toujours eus pour la couronne de France [1] ; et S. M. ayant été très-aise de se voir en état par cette assurance de pouvoir témoigner audit seigneur Duc l'estime qu'elle fait de sa personne et de la disposition où elle sera toujours de lui donner des marques de sa bienveillance, donne pouvoir au seigneur maréchal de la Ferté-Senneterre de traiter sur ce sujet avec ledit Duc. Entre le maréchal et ledit seigneur Duc, a été accordé et arrêté ce qui s'en suit.

M. le duc de Lorraine promet de demeurer toujours inséparablement uni aux intérêts du Roy, de servir S. M. de sa personne, de ses États, et de ses forces envers tous et contre tous sans nul excepter, et à renoncer à toutes associations, confédérations, traités et engagements contraires, et spécialement à ceux où il pourroit être ci-devant avec l'Empereur, le roi d'Espagne ou autres princes de la maison d'Autriche, et tous autres de quelque condition et qualité qu'ils soient.

Ledit seigneur Duc promet d'amener au service de S. M. toutes les troupes tant de cavalerie que d'infanterie qu'il a sur pied, et pour cet effet de retirer celles qu'il a ci-devant données aux Espagnols.

1. Et que s'il plait à S. M. lui restituer ses États, il essaiera par ses services et sa conduite d'effacer le souvenir de toutes ses actions passées.

Ledit seigneur Duc s'oblige d'augmenter présentement à ses dépens le nombre de ses troupes jusqu'à 10,000 hommes d'effectif et de les entretenir en ce nombre et en bon état pendant tout le temps qu'il plaira à S. M. de s'en servir.

Lesdites troupes pourront être employées en corps ou séparément selon qu'il plaira à S. M. soit dedans ou dehors de son royaume, et commenceront à marcher huit jours après la signature du présent traité pour s'avancer nuitamment vers les lieux où elles auront ordre de se rendre, à la charge de ne commettre aucun désordre et de vivre avec discipline quand elles seront dans les terres de l'obéissance de S. M.

Lesdites troupes étant jointes à celles de S. M., ceux qui les commandent présentement obéiront sans difficulté à celui qui commandera le corps auquel elles seront jointes.

En cas que S. M. veuille que le seigneur Duc commande en personne quelqu'une de ses armées, dedans ou dehors de son royaume, le maréchal de France qui sera joint à lui aura ordre de lui obéir. Il le fera de bon cœur, en quelque lieu, contre qui que ce soit et en tous cas, et le lieutenant dudit seigneur duc obéira au maréchal de de France de S. M.

Tandis que les troupes du seigneur Duc seront en action pour le service du Roi, dedans ou dehors le royaume, elles seront traitées comme celles de S. M. .

Moyennant ce, le Roi fera rendre au Duc tous ses États pour en jouir comme ses prédécesseurs ont eu droit d'en jouir avant la première rupture armée entre le feu Roi, de glorieuse mémoire, et le seigneur Duc, à la charge toutefois que les terres qui relevoient autrefois médiatement ou immédiatement de l'Empire relèveront ci-après de la couronne de France ensuite du traité fait à Munster, le 24 octobre 1648, et que ledit seigneur Duc a rendu les mêmes hommages et devoirs au Roi et à ses successeurs en la couronne de France que les prédécesseurs du seigneur Duc ont autrefois rendus aux Empereurs et à l'Empire.

A la charge aussi que la place de Nancy demeurera au pouvoir du Roi pendant deux ans après lesquels elle sera restituée au seigneur Duc, et à ses fins il y sera mis une garnison de Suisses dont les officiers seront choisis par S. M., lesquels feront serment de garder fidèlement la place pour le service de S. M. pendant ce temps, et celui expiré, de la remettre entre les mains dudit seigneur Duc, et sera ladite garnison entretenue aux dépens du pays comme elle est à présent.

Le reste des places et du pays qui a ci-devant appartenu au seigneur Duc et que S. M. promet de lui rendre lui sera remis aussitôt que ses troupes seront arrivées dans les États de S. M., laquelle fera délivrer tous les ordres nécessaires pour reconnaître ledit seigneur Duc et pour dispenser les habitants du service de fidélité qu'ils ont ci-devant prêté à S. M.

Et d'autant plus que les places de Stenay, Clermont et Jametz sont maintenant occupées par les rebelles de S. M. et qu'il n'est pas en son pouvoir de faire présentement la restitution, S. M. promet de les rendre audit seigneur Duc aussitôt qu'elles pourront être reprises ; à quoi les armées communes seront employées, lorsque l'état des affaires de la France le pourra permettre ; et en attendant que ladite restitution puisse être faite, S. M. promet que si Bellegarde ou toute autre place tenue par les ennemis peut être prise, elle sera donnée en dépôt au Duc pour demeurer entre ses mains jusqu'à ce que la restitution de Nancy, Clermont et Jametz puisse être faite ; et néanmoins ledit seigneur Duc s'est obligé d'en faire l'échange à conditions raisonnables, si S. M. le désire, avant ou après ladite restitution.

Les traités ci-devant faits entre le feu Roi et le Duc demeureront en leur force et vertu en tous les points et articles auxquels le présent traité ne déroge pas.

Le seigneur Duc s'est obligé de ne faire aucun mauvais traitement et de ne témoigner aucune sorte de ressentiment à ceux des habitants du pays et contre ses vassaux ou sujets qui ont servi S. M. depuis la naissance des mouvements de Lorraine, et a promis en foi et parole qu'il n'y aura aucune contravention de sa part au présent article.

(*Archives des affaires étrangères.*)

L.

M. RAULIN AU CARDINAL MAZARIN.

6 mars 1652.

Le gentilhomme qui a veu S. E. est arrivé heureusement, et la lettre délivrée à M. de Lorraine qui l'a reçeu avec une grande joie et satisfaction, et je vous asseure qu'il estait à propos que cela soit. Nous sommes à présent dans de hautes contestations pour sortir d'ici. S. A. a fait avertir par le comte de Ligneville le comte de Fuendelsagne de l'instance que l'Archi-duc lui avait faite pour le bien des affaires du roi d'Espagne d'assister de sa personne et de ses troupes M. le duc d'Orléans. Il a respondu qu'il n'en avait jamais rien su, et qu'il ne le pouvoit souffrir sans ordre de son maistre ou par un traité, à quoi la nécessité de cette tyrannie nous oblige, mais ce sera en sorte que comme ministre il aura regret d'en être venu à cette extrémité. L'Archi-duc prend notre party, mais il n'est pas absolu quoy qu'il avoue avoir esté de ce consentement, et porte S. A. à donner sa parole au duc d'Orléans. Voilà le détroit où nous sommes, qu'une constante générosité nous fera franchir...

... Nous avons rendu vos billets et duplicata tant celuy qu'apporta ce gentilhomme jusques à Paris que l'autre. S. A. seroit bien aise d'avoir les articles que je vous ai envoyé signés avant que d'aller en cour non pas, ce sont ces mesmes termes, qu'il se méfie de la Reyne et de V. E., mais pour ne plus encourir le mesme blasme de son dernier voyage de Paris, il y a onze ans, auquel il se porta par de belles paroles et asseurances du feu cardinal, et que s'il tomboit dans pareil inconvénient, le reproche d'une seconde faute en seroit éternel à la postérité...

(*Archives des affaires étrangères.*) — Collection France.

LI.

BILLET (CHIFFRÉ) DU DUC DE LORRAINE A LA REINE.

10 mars 1652.

J'ay reçu le billet qu'il vous a plu m'écrire. Je n'ai pas de paroles pour y répondre, vous conjurant de faire que sans retard, je puisse aller me sacrifier à tous vos intérêts. Tout ce que je fais n'ira qu'à ce but, ayant réduit l'affaire de l'homme qui vous est également proche, au point de rompre avec tout le monde, pour vous rejoindre, ou de rompre avec lui. Cependant, voulez et faites ce que j'ay proposé et dont il semble qu'on était convenu, et je suis à vous à pendre et à dépendre, comme vous l'ordonnerez, ne désirant rien, que pour me donner moyen de vous servir sans honte et blâme, souhaitant mille fois de n'avoir rien à prétendre en ce monde, afin que je puisse vous faire connaître comme je suis à vous, et de quelle sorte. Et si je me remets à vous-même d'en disposer après plus absolument que tout ce qui vous parait à vous, cependant je vais continuant notre affaire qui finira dans fort peu, et qui fera éclat. Ou l'on rompra avec l'homme qui me tient mon bien, ou je romprai avec lui-même, et c'est à vous à juger si je suis utile à vous servir. En ce cas ordonnez que mon affaire s'achève. Sans cela vous voyez bien que j'ai les bras liés, et faut pour ma mauvaise fortune que mon hon-

neur soit attaché à des choses dans quoi je n'aurois ni
égard ni pensée. Il y a six mois que j'ai avisé de tous ces
desseins, que l'on conspiroit contre vous, à la personne qui
fut jadis chez moi, et ici, je crois qu'elle vous auroit avertie;
mais il ne se faut point flatter, on en veut à vous, à un autre vous-même, et je veux donner vie et biens pour tous
deux.   CHARLES DE LORRAINE.

(*Archives des affaires étrangères.*)

LII.

MINUTE DU BILLET DE LA REINE AU DUC CHARLES.

Sully, ce 30 mars 1652.

J'ai grande impatience de voir l'accomplissement de ce
qui est contenu au billet, non-seulement parce que je suis
persuadée qu'un autre moi-même en recevra de l'avantage,
mais parce que aussi vous y trouverez le vôtre avec beaucoup de gloire, et je pourrai en mon particulier recevoir
toutes les marques de votre amitié desquelles vous m'assurez si obligeamment. J'espère que nous pourrons nous entretenir bientôt et en détail de toutes choses, et que vous
aurez une parfaite joie de vous être lié par mon moyen et
de celui qui y a travaillé depuis longtemps d'une sincère
amitié avec la personne du monde qui l'aime le plus. Je
puis répondre qu'elle aura une entière confiance en vous.
Je vous prie de ne perdre pas un moment de temps pour
achever l'ouvrage que vous avez commencé, afin que si la
malice des autres se prenoit par malheur à l'affection que
vous avez pour notre parent, vous pourriez sans retardement agir en la manière que vous me mandez, et de là
m'expédier les ordres qu'il faut pour vous donner le moyen
de le faire avec honneur et une entière satisfaction. Prenez
seulement garde que les artifices de Paris ne nous obligent
insensiblement à (*illisible*).... sur quoi je me remets à ce qu'é-
crit mon confident et à ce que vous dira le porteur que je

vous dépêche exprès. Au surplus, je vous prie de faire tout
ce qui pourra dépendre de vous pour nous donner lieu de
vous voir au plus tôt, et de vous dire qu'on ne sauroit rien
ajouter à l'estime que je fais de vous, et à la passion que
j'ai aussi bien que cet autre moi-même de vous en donner
des marques de plus en plus.   Anne d'Autriche.

(*Archives des affaires étrangères.*)

LIII.

PROPOSITIONS DE M. DE LORRAINE.

14 mai 1652.

1.

.... S. A. demande la pleine et entière restitution de tous
ses États, droits et dépendances, comme ses prédécesseurs
les ont possédés et lui ont laissés, déclarant nul tout ce
qui s'est fait au contraire.

2.

Qu'elle consent que la ville de Nancy demeure en dépôt
pour la garder entre les mains des Suisses catholiques pour
un an, qui s'obligeront envers S. M. et S. A. de la rendre
à S. A. ou à ses successeurs, après l'année passée.

3.

Qu'en attendant qu'on lui puisse rendre Stenay, il jouira
dès à présent par échange de la ville de Toul, Vaucouleurs
et dépendances, ainsi que ses prédécesseurs et lui jouis-
saient de Stenay par ci-devant.

4.

Que dès à présent l'on rendra à S. A. la forteresse de
Jametz.

5.

Qu'on lui mettra en dépôt la ville de Moyen-Vic en attendant qu'on puisse lui rendre Marsal.

6.

Que S. M. promet de rendre Clermont et ses dépendances ou lui donner satisfaction par un dépôt équivalent, et fera sortir de toutes les places les garnisons et autres officiers établis de sa part.

Plus pour les 45,000 livres du maréchal de La Ferté, elle ne consent pas de les avoir promis, ni de les vouloir donner. Et quand cela arriveroit, l'on veut de grands nantissements.

Si l'on traite, j'ai stipulé que l'on romperoit avec les Espagnols ; mais il ne le feroit pas sans être bien placé. Il proteste qu'il ne veut rien diminuer ni rabattre de ce qui est contenu au mémoire ci-dessus, moyennant quoi l'on aura de lui les choses nécessaires, et à la volonté suivant que l'on en conviendra; mais je n'en vois pas de grandes cautions.

Je n'envoie pas les conditions et les choses que nous demandons de lui parce que ce sont les mêmes que vous savez et moyennant ce que dessus. Il en tombe d'accord, et même de la pension de Mme la duchesse de Lorraine.....

(Archives des affaires étrangères.)

LIV.

MÉMOIRE TOUCHANT LE DUC DE LORRAINE.

20 mai 1652.

Le duc de Lorraine dit qu'il ne trouve pas à propos de se déclarer d'abord pour le roi, d'autant qu'il s'ôteroit les moyens de lui rendre un plus grand service, à savoir de lui faciliter la paix de son royaume, et par conséquent la paix générale.

M. de Lorraine s'assure d'obtenir de M. le duc d'Orléans, non-seulement de faire départir M. le Prince de l'inclination qu'il témoigne d'avoir d'être député pour la paix générale; mais de faire en sorte que M. le Prince n'apportera aucune opposition à la paix; mais au contraire qu'il y travaillera en ce qui dépendra de lui, tout de même que s'il y alloit. M. de Lorraine se promet d'obtenir de M. le duc d'Orléans son consentement pour la demeure de M. le Cardinal à la cour; moyennant seulement quelque petit voyage pour satisfaire au public. M. de Lorraine tâchera d'obtenir de M. le duc d'Orléans que M. le cardinal pourra aller député à la paix et se promet d'en venir à bout, mais ne le peut pas absolument assurer.

Pour venir à bout de ce qui est dit ci-dessus, il propose que le roi de la Grande-Bretagne lui ayant donné connoissance de ce qui s'est passé dans le traité commencé par son entremise, et combien le succès du traité lui importe, le prie de venir à Paris pour l'assister à acheminer une si bonne œuvre, et que le roi d'Angleterre obtienne pour cet effet ses passe-ports et sûretés nécessaires.

Il dit que ses troupes demeureront huit jours de temps sur la rivière d'Aisnes sans avancer pour avoir la réponse de ceci. Qu'après, durant le voyage à Paris, elles demeureront de même audit lieu, pour le temps qui sera convenu, sans avancer.

Il dit n'être point engagé en nulle manière avec les Princes, ni en prendre aucun engagement, devant la réponse qu'il attend dans huit jours, quand même on lui voudra rendre ses places de Clermont et Stenay.

Il dit qu'il dépendra de la reine d'ajuster son traité présentement pour ses États ou de les rendre au temps que la paix générale se fera, et qu'il se contente de ce qui lui a été offert, moyennant qu'il en puisse avoir l'exécution présente. Il est content pour Nancy de l'article qui regarde les Suisses catholiques, mais souhaiteroit, si cela se peut, qu'il fût mis entre les mains du roi d'Angleterre; pour Clermont il est content qu'il lui soit récompensé, si on ne le lui peut rendre, et pour Stenay, Toul et Vaucouleurs si Marsal n'est pas repris, qu'on lui donne récompense.

Si la paix ne se fait pas par les moyens proposés, et qu'il ait la satisfaction qu'il demande à l'égard de ses États, et que Vic et Moyen-Vic lui puissent être donnés francs; il se déclarera pour le roi, et joindra ses armes à celles de S. M....

(Archives des affaires étrangères.)

LV.

LA REINE A M. DE LORRAINE.

De Corbeil, 1er juin 1652.

J'ay esté bien ayse d'aprendre ce que vous avés dit au secrétaire du sieur de Brégy, et à la verité vous seriés bien injuste, si après tout ce que je vous ay fait dire et la confiance entière que j'ay en vous, les artifices prévaloient à mes bonnes et sincères intentions, et à la véritable envie que j'ay de vous obliger entièrement et vous faire connoître que je vous regarde comme une des personnes du monde que j'estime le plus, et que je crois le moins capable de me manquer. Vous estes en estat de faire mes affaires avec beaucoup de gloire, d'avantage et de réputation, et d'obliger le roy à estre à jamais un de vos meilleurs amis. Je m'assure que vous en profiterez et que nonobstant les diligences qu'on fait au contraire, vous vous conduirés en sorte que je serai exempte des reproches que le roy me pourroit faire, et que j'aurai sujet de vous tesmoigner avec une entière passion mon amitié. Je m'en remets du surplus au porteur.   ANNE D'AUTRICHE.

(Archives des affaires étrangères.)

LVI.

LA REINE A M. DE LORRAINE.

Corbeil, 2 juin 1652.

Quelque chose que l'on me puisse dire, j'ai trop d'estime pour vous, et trop de confiance dans vos paroles et dans l'amitié que vous m'avez toujours témoignée pour croire que vous vous soyez engagé à assister de votre personne et de votre armée ceux que vous savez bien qui ont mauvaise intention contre moi, après vous avoir fait accorder les choses que vous m'avez fait connoître que vous souhaitiez le plus.

Néanmoins je vous ai voulu faire cette lettre pour vous souvenir de la parole précise que vous m'avez donnée tant de fois et si solennellement depuis peu, qu'en quelque état que vous pussiez être, vous considéreriez toujours mes intérêts préférablement à tous les autres. Je ne vous écris pas ceci pour l'extrême nécessaire, mais pour ma satisfaction, et pour vous assurer de plus en plus de mon affection, me remettant surtout au sieur de Brégy.   ANNE.

(*Archives des affaires étrangères.*)

LVII.

M. DE CHATEAUNEUF A LA REINE.

3 juin 1652 à minuit.

Madame, M. de Lorraine m'a fait l'honneur de venir céans me voir pour me dire qu'il savoit le respect qu'il debvoit à Vos Majestés et tesmoigner le déplaisir qu'il avoit d'estre entré en cette ville publiquement ; que sa pensée n'avoit esté que de venir incognu et veoir Monsieur et Madame sa sœur ; mais que Monsieur lui estant venu en rencontre l'avoit mesné publiquement, dont il supplioit Vos Majestés luy vouloir pardonner et qu'il ne sortiroit jamais du respect et de l'obéissance qu'il leur devoit; me priant de vouloir faire entendre à Vos Majestés ses très-humbles submissions. Ensuite après quelques civilités dont il luy a plu me qualifier, il m'a dit : je ne suis point engagé avec Monsieur..... J'attends des nouvelles de la cour que l'on ne m'a point fait savoir. Durant ce temps-là, Monsieur se voyant pressé de la prise de ses troupes dedans Étampes, m'a prié de m'advancer, ce que j'ai fait, sans traité et sans luy avoir encore rien promis. Il me pressa de passer la Marne et la Seine. Je croy que pour mon honneur je suis obligé de faire l'un et l'autre, et crois de pouvoir jeudi ou vendredi passer la Seine à Villeneuve-Saint-Georges. Messieurs les Princes ont désiré que je fisse avancer quelques troupes..... Je le refuse et ne les séparerai point, ni ne les donnerai à commander à personne. Si le roy n'a point forcé Étampes entre cy et là, et qu'il désire faire retirer ses troupes, je vous promets à l'instant quelque part que je sois, de me retirer en tel lieu de la frontière qu'il plaira au roy, et moy, s'il plaît au roy me le permettre sur la parole de la reine, je l'irai trouver pour lui faire des propositions de la paix générale et faire veoir aux Espagnols que je la desire, et cependant j'entendrai à mon traicté particulier et promets de servir le roi avec toutes mes troupes contre les Princes, et peut estre contre les Espagnols pour peu d'occasion qu'il m'en donne. Je vous prie de l'escrire à la reine, et qu'il soit tenu secret, même de Monsieur auquel nous dirons que je ne vous ai parlé que de faire mes excuses d'estre entré publiquement à Paris, et parlé de la levée du siége d'Étampes..... Sus cela je lui ai dit puisqu'il vouloit traiter en son particulier et se déclarer dès maintenant contre les Princes, qu'il ne seroit pas besoin de parler du siége d'Étampes; que son traité seroit fait dedans vingt-quatre heures, et s'il vouloit avec son consentement..... Il m'a dit que ce seroit se deshonorer, estant si advancé; mais à cela il ne va que de huit jours,

car quand je me serai retiré, vous les battrez toujours quelque part qu'ils aillent ; ainsi chacun aura son compte. Il m'a
prié de dépêcher promptement à V. M. sans le sceu des
Princes ni de qui que ce soit afin qu'il reçoive des commandements au plus tôt. Le siége d'Étampes levé, il témoigne
grand desir de baiser les mains à Vos Majestés et d'aller à la
cour, et si j'ose hasarder mes sentiments, je ne dis point
sur Étampes, car ce n'est pas de mon métier, et je ne sais
pas en quel estat sont les choses, mais que M. de Lorraine
aille trouver Votre Majesté, je le trouve très advantageux
pour son service quoi qu'il en puisse résulter. Cela peut produire beaucoup de changement et de jalousie entre les
Princes, et ne voie point qu'il en puisse arriver aucun mal
au bien de leur service. Le secret est très important et d'a-
voir bientôt la réponse. J'aurai l'honneur de voir demain
matin Monsieur qui m'a déjà mandé de le venir trouver, et
adviserai avec M. de Lorraine du lieu et du moyen de lui
faire savoir la réponse qu'il plaira à V. M. me faire.

(*Archives des affaires étrangères*). — Collection France.

LVIII.

ARTICLES ACCORDÉS ENTRE M. LE MARQUIS DE CHATEAUNEUF
GARDE DES SCEAUX DE FRANCE POUR LE ROY, ET M. LE DUC
DE LORRAYNE.

6 juin 1652.

Le sieur de Chasteauneuf promet pour le roy que S. M.
fera retirer de devant Étampes dans lundi prochain toute
son armée à 4 lieues de ladite ville.

M. de Lorraine promet moyennant ce de demeurer avec
toute son armée sur la rivière de Seine, sauf les gardes nécessaires au delà de ladite rivière pour la garde de son
poste, lesquelles ne pourront faire aucune course.

Et ensuite de ce, accorde du jour de la levée du siége une suspension d'armes entre les deux armées durant six jours, pendant lesquels les deux armées ne pourront s'approcher l'une de l'autre plus près de 4 lieues, ce que M. de Lorraine promet de faire accepter par M. et M. le Prince, ou bien se retirer et séparer d'eux sans leur donner aucune assistance.

S. M. promet en outre à M. de Lorraine de lui donner toute sûreté tant pour sa personne que pour son armée durant 15 jours pour se retirer hors du royaume, selon la route dont on conviendra, durant laquelle marche S. A. de Lorraine promet de ne commettre aucuns actes d'hostilité, soit que les choses se portent à un accommodement général, tant dedans que dehors le royaume comme il est désiré de S. M. et de M. de Lorraine qui offre de s'y employer; ce que S. M. a très agréable.

Le sieur de Chasteauneuf promet fournir lettres de ratification du roy pour les présents articles dans demain vendredi, 7 du mois.

Fait et arrêté à Paris, 6 juin, à 10 heures du matin.

(Archives des affaires étrangères.)

LIX.

BILLET SANS DATE DU DUC DE LORRAINE A LA REINE.

(Paraît devoir être du mois de juin 1652, probablement entre le 6 et le 15 juin).

Au lieu de vous rendre un million de grâces de tout se que vous m'avés escript, et faict dire, il faut que je m'en plaigne, puisque je suis dans une confusion si grande pour n'y pouvoir respondre, qu'il faut que j'aye recours à ce porteur pour m'en tirer et pour vous dire que depuis que vous m'avés vu dans le monde, je n'ay pas esté moins résolûment et avec moins de passion que je le suis esté à la journée de B., mais moins heureux et vous moins soigneuse et moins bonne à me procurer de vous servir. Il est vray qu'il ne s'en faut mesler que pour le faire comme il le faut, et sy à l'advenir vous continués à avoir besoin de vos véritables domestiques et petits serviteurs, il n'y en aura point qui y marchent sy brusquement ny fidèlement que moy. Il ne faut que bien vouloir, et tout ira, selon votre satisfaction toute entière.   CHARLES DE LORRAINE.

(Archives des affaires étrangères.)

LX.

LA REINE A M. DE LORRAINE.

Melun, 7 juin 1652.

Ayant veu ce que vous avez arrêté avec le milord Jemyn, j'ay fait réponse à Montaigu, lui déclarant que le roi donne les mains à ce que vous souhaitez à l'égard d'Étampes. Étant assurée que vous exécuterez ponctuellement ce que vous avez promis en ce cas. Vous donnerez entière confiance à ce porteur que je vous ai voulu dépêcher exprès, afin que vous ne vous engagiez pas à passer la Seine, puisque la trêve vous exempte de vous approcher davantage d'Étampes. On a écrit au milord Montagu, afin que par le moyen du roy d'Angleterre vous sussiez que le roi a consenti à ladite trêve pour 8 jours. J'ay une grande impatience de vous voir, et je vous prie que ce soit le plus tôt qu'il sera possible.

(Archives des affaires étrangères.)

LXI.

M. DE LORRAINE AU CARDINAL.

Juin 1652 (probablement après le départ de Villeneuve-Saint-George
et avant le retour en France).

Monsieur,

L'état des affaires présentes semble favoriser V. E. dans le bon dessein qu'elle a de conclure la paix generalle. Pour moy qui n'y peux donner autre poids que de solliciter avec chaleur de part et d'autre à convenir des points qui semblent estre le plus controversés, et aporter dans toutes ces rencontres le plus de douceur aux choses qui se présentent, ainsy que le sieur Bartet peut tesmoigner à V. E. que je n'ay rien oublié pour cela, estant obligé de lui confesser naïvement que ses soings, son adresse et sa vigilance font ce que 24,000 hommes n'eussent su faire qu'avec beaucoup de peine et de hasard. Je souhaite....

CHARLES DE LORRAINE.

(*Archives des affaires étrangères.*)

LXII.

ARTICLES A INSÉRER DANS LE TRAITÉ AVEC M. DE LORRAINE.

4 juillet 1652.

Que tous les États seront rendus au duc de Lorraine pour les posséder comme ses prédécesseurs les ont possédés, et que les droits des partis et toutes choses seront rétablies comme elles étaient au commencement de la guerre, sans que ce qui s'est passé depuis les derniers traités faits avec ses prédécesseurs puisse faire préjudice à ce qui a été fait par le roi et par les commissaires de S. M. en France ou en Lorraine, et par ledit Duc.

Que le roi s'oblige, pendant la guerre des rebelles, d'as-

sister autant qu'il pourra ledit Duc pour recouvrer les places
qui sont entre leurs mains, et que S. M. ne fera aucun accommodement avec eux.

Que premièrement il ne soit satisfait sur la restitution
des places de façon ou d'autre, dans le temps qu'on conviendra.

Que S. M. lui cède et donne dès à présent et pour jamais
la souveraineté de Vic, et ses dépendances, mettant aussi
le fort de Moyen-Vic entre ses mains comme dépendant
dudit Duc [1].

Que ledit Duc servira S. M. de sa personne comme il sera
convenu, et de ses troupes contre les rebelles de la France,
et qu'elle ne l'obligera pas à servir contre l'Espagne [2].

Que S. M. s'oblige, pendant le temps que ledit Duc la
servira, de le maintenir contre tous en ses États et biens,
tant en guerre qu'à la conclusion de la paix.

Que l'on remettra entre les mains des Suisses catholiques
la ville et citadelle de Nancy, lesquels feront serment de
les rendre dans un an au Duc.

LXIII.

LE DUC DE LORRAINE A LA REINE.

8 juillet 1652.

Je vay me raprochant, espérant de voir une personne qui
ne troublera pas mon repos, comme ceux que vous m'avez

[1] On est d'accord de cet article, bien entendu que M. le duc de Lorraine donnera les terres qu'il a offertes au roi, afin qu'il ait un passage en Alsace, et pour
les dépendances, on s'ajustera avec ledit sieur Duc, en sorte qu'il sera content.

2. Pour la fin de cet article, on trouvera bon de le mettre dans le traité, comme
il est, pourvu que par un article secret signé le même jour, il soit dit que nonobstant
ce qui est porté par l'article inséré dans ledit traité, M. le duc de Lorraine promet
qu'en cas que dans trois mois la paix générale entre les deux couronnes ne soit
conclue comme il espère par la permission que le roi lui donne de s'y employer,
il servira S. M. envers tous et contre tous sans aucune réserve, et sans excepter les
Espagnols.

Et pour ce qui est de servir à présent contre les rebelles, on expliquera que si
des troupes d'Espagne se joignent en France avec les rebelles, S. A. les combattra
sans aucune distinction.

envoié à Villeneuve, et que là l'on trouveroit le chemin de
Saint-Denis ouvert. Cela estant il me semble que tout le
monde et même Notre-Dame de Paris seront tous sans condition ny réserve atachés à vos intérêts. J'ay grande joie
que Dieu m'a faict la grâce, en dépist de tout le monde,
que je n'ay rien faict contre vous, quoyque l'on vous
puisse dire au contraire, et quand il a été prêt d'en venir
aux mains, je ne puis céler que rien ne me choqua davantage. Ce n'est pas que la justice ne m'oblige à toute autre
chose. Vous l'avouerez un jour, et que je suis plus que personne du monde, c'est beaucoup dire, tout à vous éternel-
ment.   CHARLES DE LORRAINE.

(*Archives des affaires étrangères.*)

' LXIV.

LETTRE DE M. DE LORRAINE A LA REINE OU AU CARDINAL.

Ce mercredi (doit être du mois de juillet 1652).

Toute la croyance estant entièrement et parfaitement sur
celuy qui vous doit rendre cest lettre, je n'adjousterai rien
à ce qu'il vous dira de tout ce qu'il a vu et entendu sur les
choses présentes. Son abord a esté merveilleux, aiant coupé
l'armée de Flandre en deux pour venir prendre la mienne
qui ne l'attendoit pas si promptement. Il s'en est démeslé de
merveille, et va vous dire que cette paix générale dont on
parle tant est souhaitée de toute la terre. Sacrifiez pour
l'avenir de tous les chrétiens quelques choses de plus que
vos conseils et vos raisonnements ne vous suggèrent, et croiez
qu'il n'y a créature qui en oze jamais contre-dire, pour
parvenir à ce bust tant désiré, qui fera désespérer vos ennemis et les forcera avec vos serviteurs de vous louer et
bénir le roy éternellement. Deux ou trois places ne le feront
pas moins puissant, et je ne croiray à un entier repos et
dans la satisfaction entière que si on la reçoit. Vous aurés

donné pleine satisfaction, et osterez tout prétexte à l'envie;
et donnerés lieu à vos serviteurs de sacrifier tout pour vous.

CHARLES DE LORRAINE.

(*Archives des affaires étrangères.*)

LXV.

LE DUC DE LORRAINE AU CARDINAL.

Sans daté.

Monsieur,

Avec beaucoup de joye j'ai reçu les assurances qu'il a
plu à V. E. me donner par le sieur Bartet et en recevray
toujours une parfaite, quand je pourray la servir. J'ose me
flatter que le temps me donnera moien de luy en donner
des marques, et que V. E. me fera cest grâce qu'elle prendra cette croiance de moi qui suis véritablement

Votre très-humble serviteur. CHARLES DE LORRAINE.

LXVI.

LE CARDINAL MAZARIN A M. LETELLIER.

Château-Thierry, le 23e aoust 1652.

Un peu après est arrivé M. de Joyeuse avec une lettre de
créance de M. de Lorraine pour moy en explication de
laquelle il m'a dict que S. A. persiste tousjours dans la
pensée de s'attacher aux intérestz de vostre couronne et de
conférer avec moy en tel lieu que je voudray, qu'il n'a plus
aucun engagement avec les Vittembergs, que la Boulaye,
d'hier de retour de Paris auprès de luy, luy avoit aporté
deux lettres de Madame par lesquelles elle le conjure de
venir à son secours, luy faisant coignoistre que M. le duc
d'Orléans et elle ont plus d'adversion que jamais pour M. le
Prince, et ne souhaictent rien tant que de sortir de sa tiran-

nie, qu'ils ne peuvent suporter d'aventage les reproches et
les menaces continuelles qu'il faict à M. le duc d'Orléans, et
qu'il luy proteste à tous propos qu'il se veult retirer en
Espagne et planter là S. A. R. pour reverdir. Ce sont les
propres termes des lettres qui portent en outre au raport
du mesme M. de Joyeuse, que S. A. R. avoit donné ordre
à la Boulaye de prier M. de Lorraine de faire son accommodement luy remettant ses intérestz. Mais que M. de Chavigny et M. Goulas estant survenus là-dessus l'avoient faict
changer en ung quart d'heure par la crainte que M. le
Prince en aiant le vent ne le previnst et ne le perdist. M. de
Joyeuse adjouste que la raison pour laquelle Madame presse
M. de Lorraine d'aprocher de Paris avec son armée, c'est
afin que M. le duc d'Orléans s'y pust retirer pour se remettre à couvert des violences dont M. le Prince pourroit user
dans le ressentiment de se voir abandonné par S. A. R., et
pour être en sûreté tandis que M. de Lorraine traicteroit
de son accommodement. Il dict de plus que M. de Lorraine
croit que cet expédient pourroit produire un bon effect,
mais qu'il ne s'y attache pas à cause qu'il n'est proposé que
par Madame seule qui n'est pas assez maistresse de l'esprit
de M. son mary, pour s'asseurer qu'il ne changeast pas,
qu'à la vérité, M. le duc d'Orléans venant à changer durant
la marche des trouppes de M. de Lorraine, celuy-cy en ce
cas n'hésiteroit point à aller du mesme pas à la cour pour
servir le roy et satisfaire à sa parolle, et ainsy de façon ou
d'autre la ruine de M. le Prince seroit indubitable, que
néanmoins il s'en remet toujours à ce qu'on advisera pour
le mieux; mon jugement sur tout cela est que M. de Lorraine a bonne volonté de s'accommoder avec le roy, parce
qu'il void bien que c'est son advantage, mais il voudroit
bien à son accoustumé conserver la chèvre et les choux et
contenter en mesme temps le roy, les Espagnols et M. le
duc d'Orléans, celuy-cy en satisfaisant à ce qu'il désire, les
Espagnolz, en favorisant par sa marche vers Paris la jonction des Vittembergs avec les trouppes des Princes, et Sa

Majesté, en prenant des prétextes pour faire insensiblement
les choses de concert avec elle, je feray la guerre à l'œil et
quoy qu'il en soit, Leurs Majestés peuvent s'asseurer que
je ne gasteray rien coignoissant de longue main l'esprit irrésolu, byzarre et changeant de ce Prince. J'attendz le sieur
Bartet qui est allé veoir M. de Lorraine pour ajuster le
temps et le lieu et les moiens de nostre entrevue, et M. de
Joyeuse s'en retourne auprès de luy tant pour faire la
mesme chose et m'en raporter response en cas qu'il fust
survenu quelque accident audit sieur Bartet que pour entretenir M. de Lorraine dans les bons sentiments qu'il proteste
d'avoir et l'accompagner au rendez-vous. Cependant j'estime qu'il seroit à propos de destacher quatre mil hommes
pour venir chasser les Vittembergs; la noblesse et les communautés ne demandent pas mieux que de prendre les
armes et se joindre à ce corps pour se deslivrer d'opression.
De sorte que M. de Lorraine ne se meslant plus de ces'
trouppes là, on en aura bon marché. Je m'en remets pourtant à ce qui sera advisé de là pour le plus grand bien du
service du roy.   MAZARIN.

(*Correspondance manuscrite de Mazarin à la biblioth. Mazarine.*)

LXVII.

LE CARDINAL A M. LE TELLIER.

A Chasteau-Thierry, le 26e aoust 1652.

Je pars tout présentement incertain sy j'iray à Damery ou
tout droit à Rheims sans m'arrester; j'en prendray la résolution en marchant, car nonobstant toutes les belles parolles
il fault estre bien alerte, et quelque chose que disent M. de
Joyeuse et Bartet, M. de Lorraine ne me semble pas sou-
haicter avec tant de chaleur l'entreveue quand je suis proche de luy comme lorsque j'en suis esloigné. Nous serons
bien tost éclairés de ce qui en est et s'il a véritablement envie de conclure ou de continuer encore quelque temps la

vie qu'il faict tenant nostre armée engagée pendant que
celle des Espagnolz en Flandre prendra Dunkerque et fera
d'autres progrès sans oposition favorisant les Princes, faisant subcister ses trouppes, donnant seureté à celles de
Vittemberg et tirant l'argent d'un costé et d'autre sans
obstacle, toutte ceste province estant persuadée que le roy
le trouve bon, et pour moy je persiste à croire que la marche de ce costé icy d'un corps considérable fera un merveilleux effect, car les violences cesseront, M. de Lorraine
sera forcé de déclarer son intention à l'égard de Vittemberg,
en estant certain qu'il ne veut pas combattre il faudra que
sans plus de remise il parle net sur son accommodement
avec nous.

(Correspondance manuscrite de Charles IV à la biblioth. Mazarine.)

LXVIII.

LE CARDINAL MAZARIN A M. LETELLIER.

A Rheims, le 27e aoust 1652.

Pour ce qui manque du poinct de traicté avec M. de
Lorraine qu'on donna à M. de Brégy, il viendra assez à
temps, puisque l'entrevue avec Son Altesse est remise à
une meilleure conjoncture par les raisons que le sieur
Bartet raportera en destail ainsy que tout ce qui s'est passé
dans les allés et venues que luy et d'autrès ont faict vers ce
Prince, des choses qu'il m'a demandées et des responses
que je luy ai rendues, des sollicitations que M. le duc d'Orléans et M. le Prince lui font de mener à Paris le secours,
de ses pensées et de tout ce qu'il espère obtenir du Roy
pour estre après cela plus en estat de le servir sans aucune
reserve. Je n'ay pas jugé à propos de m'aboucher avec le
dit Prince, puisque je voiois clairement de ne pouvoir rien
advancer à l'egard de la paix génералle ni conclurre et
signer son accommodement particulier attendu l'engage-

ment dans lequel il est avec les Espagnolz et auquel il ne veult pas manquer durant tout le mois prochain, et qu'en outre, nonobstant tout ce qu'on m'a dit au contraire jusqu'à mon départ de Château-Thierry, il ma fait déclarer nettement qu'il ne pouvoit pas abandonner les trouppes de Vittemberg, et que pour servir Leurs Majestez et faire retourner Fuensaldagne en Flandre, il avoit esté contraint de luy promettre qu'il ameneroit aux Princes le dit corps de Vittemberg destiné à leur secours; je luy fis dire là dessus que je ne croyois pas qu'il fust de sa réputation ny de la mienne de faire une entrevue de laquelle on attendoit quelque chose de grand, et qu'en effect elle ne produisist autre chose qu'une simple conversation...

(*Correspondance manuscrite de Mazarin à la biblioth. Mazarine.*)

LXIX.

LE CARDINAL MAZARIN AU DUC CHARLES.

Sans date (doit être de la fin d'août 1652).

Monsieur,

Je suis ravi de voir, par la lettre que M. de Joyeuse m'a rendue de la part de V. A., la satisfaction qu'elle a de son zele. C'est un gentilhomme de parfait bon sens que j'estime infiniment et en qui j'ai toute confiance, et je n'ai point douté qu'ayant l'expérience et les autres qualités qu'il possède, et agissant avec la sincérité et affection qu'il a toujours fait voir, il méritat l'approbation de V. A. au point qu'il l'a acquise. J'ay été assuré par lui plus particulièrement de la continuation des bonnes intentions de V. A. et des favorables sentiments qu'elle me fait l'honneur d'avoir pour moi. Elle pensera bien sans doute qu'en l'état où je suis, ce n'est pas à moi de résoudre les affaires dont elle lui a plu de me faire parler le sieur de Joyeuse, et dans la privation desquelles j'ai eu au moins la consolation que je ne les avais pas perdues par ma faute, et que ce que je puis est d'en écrire à la cour, et de contribuer par mon avis et mes offices à ce que LL. MM. prennent là dessus les résolutions qui peuvent être plus avantageuses au bien de l'Etat et à celui de V. A. Je la supplie de croire que je n'ai rien oublié pour cela, et que j'ay d'autant plus d'impatience que les choses soient au point que V. A. témoigne les désirer pour le repos du royaume, pour celui de la chretienté et pour sa propre satisfaction que j'ay une extrême passion de lui pouvoir rendre mes services avec une pleine liberté.

J'ay écrit par le sieur Raulin qu'il plut à V. A. m'envoyer à ***, mais je n'ai pas encore eu réponse. J'ay fait connaître aussi à M. de Joyeuse, sur ce qu'il me dit des bons sentiments de V. A., que j'aurois grande passion de l'assurer de mes humbles respects, si je savois que cela ne lui fût pas désagréable. Je ne souhaite rien tant que de lui rendre service; mais par mon malheur et par la mauvaise volonté de ceux qui ont prétendu élever leur fortune sur ma ruine. V. A. sent de quelle manière j'ai eu l'honneur de lui faire souvent parler de ma passion pour le service de V. A. Il n'y a personne qui puisse dire avec vérité autre chose, si ce n'est que je me plaignois de ma mauvaise fortune et espérois que le temps me donneroit lieu de faire connoître à V. A. qu'elle n'avoit pas de meilleur serviteur que moi, ni qui souhaitât avec plus de sincerité son contentement et de le voir plus fortement que jamais réuni avec LL. MM. En quoi toutes les personnes qui ne sont pas préoccupées conviendront que consiste son repos. Je n'ai pas pu m'empêcher de dire cela en parlant à V. A., quoique je me sois entretenu au long avec M. de Joyeuse.

(*Archives des affaires étrangères.*)

LXX.

LE CARDINAL MAZARIN A M. LETELLIER.

A Rheins, le 28e aoust 1652.

Monsieur,

Cette lette vous sera rendue par le sieur Bartet qui vous donnera part en destail de tout ce qui s'est passé avec M. de Lorraine et des instances qu'il faict à l'esgard du secours de MM. les Princes, afin de pouvoir estre après plus en estat de servir le Roy, disant beaucoup de raisons pour faire connaître què Sa Majesté recevra plustost de l'advantage que du préjudice du passage du dit secours qu'il asseure n'estre composé que de trois mil hommes. Il faudra examiner toutes les raisons et les offres que le dict Prince faict avec grande protestation de les effectuer, comme aussi le subject du voiage de son cappitaine des gardes qui est un gentilhomme très-bien disposé pour le service du Roy, vers MM. les Princes et particulièrement pour parler à S. A. R., et après luy faire sans délay une response la plus obligeante qu'il se pourra, et comme j'ai prié le sieur Bartet de porter par escrit ce que M. le duc de Lorraine demande ; aussi je crois qu'il sera à propos, renvoyant le dit Bartet, luy donner un mémoire qui contienne la response, et me remettant au dit sieur Bartet...

(Correspondance manuscrite de Mazarin à la biblioth. Mazarine.)

LXXI.

A Bouillon, le 1er septembre 1652.

Après ce que le duc Charles vient de faire au préjudice de sa parolle, je ne crois pas qu'il y ayt de considération capable d'empescher qu'on ne luy joue d'un tour partout où l'on pourra, et j'estime qu'il ne sera pas malaisé d'en venir à bout, car asseurément il demandera à se retirer, et ses troupes estant séparées de celles de Vittemberg, l'armée du Roy pourra combattre avec advantage celles qu'on voudra. Enfin il ne faut jamais faire de fondement sur quoy que puisse dire ce Prince, puisqu'il a tant de facilité à passer ainsi du blanc au noir sans se souvenir de ses promesses ny d'aucun engagement.

(*Correspondance manuscrite de Mazarin à la biblioth. Mazarine.*)

LXXII.

LETTRE DE LA REINE AU DUC CHARLES.

17 septembre 1652.

J'ay reçu les deux lettres que vous m'avez écrites depuis peu, la première par la voie de Paris, et la dernière par le sieur de Joyeuse. Il ne faut plus parler du passé. J'aurois trop de sujet de me plaindre si je voulois me souvenir des divers chagrins que vous m'avez donnés. Ceux qui nous avoient parlé de votre part nous avoient donné lieu d'espérer toute autre chose. Je n'en veux pas de meilleur juge que vous. Il est temps de prendre une bonne résolution, dans laquelle les effects ne soient plus contraires aux paroles, étant impossible que les affaires demeurent plus longtemps dans l'attitude où elles ont été jusqu'à présent. J'ay chargé le sieur *** de vous aller trouver de ma part avec le sieur de Joyeuse, afin que tous deux ensemble s'informent bien de votre intention et me puissent informer à leur retour si je dois encore attendre quelque véritable preuve de l'amitié que vous m'avez promise.....

(*Archives des affaires étrangères.*)

LXXIII.

ARTICLE SECRET AVEC M. DE LORRAINE.

18 septembre 1652.

..... Le Roi ne sauroit mieux témoigner l'affection et la bonne volonté qu'il porte à M. le duc de Lorraine et quel service il espère de son amitié, qu'en lui faisant savoir que les choses qui se sont passées n'ont rien changé en la résolution que S. M. avait prise que tout ce qui a été promis à S. A. fût exécuté de bonne foi, et que pour lui lever tout sujet d'en douter, bien que S. M. ait cet avantage d'avoir toujours très sincèrement observé ce qu'elle a promis, elle consent dès à présent de faire remettre à S. A. le fort de Moyen-Vic, pourvu que sans délai S. A. vienne à la cour et détache 4,000 hommes effectifs de son armée, et qu'il les envoie joindre celle de S. M. qui s'en pourra servir contre ses sujets rebelles et les troupes qui pourront venir en France à leur secours, et que l'autre partie de son armée, S. A. l'emploiera à prendre Marsal conjointement avec les forces qui, par ordre de M. le maréchal de La Ferté, vont pour former le blocus de la dite place. Et comme il reste encore quelques circonstances à ajouter au traité qui est désiré du Roi et de S. A., s'acheminant à la cour ainsy qu'elle l'a souvent offert, il en sera pris avec lui, à sa satisfaction, les dernières résolutions sous l'assurance qu'il donnera de n'avoir à l'avenir en considération aucuns intérêts que ceux de cette couronne.....

(*Archives des affaires étrangères.*)

LXXIV.

PROPOSITIONS QUE M. DE LORRAINE M'A ENVOYÉES PAR LE PÈRE LE TELLIER.

Le 3 octobre 1652.

L'amnistie générale accordée dans les formes que M. le duc d'Orléans la demande à la cour, S. A. consent au retour de M. le cardinal. Pourquoy il engage sa parole de laquelle S. A. de Lorraine se fait caution.

M. le Prince se tient aux termes de ladite amnistie sans parler de M. le cardinal, au retour duquel il donne néanmoins son consentement, s'il y a ajustement à faire avec mon dit sieur cardinal.

Que les choses ainsi ajustées, Leurs Altesses laissent au choix de la reine de donner à telle personne qu'il plairoit à S. M. la négociation de la paix générale, à laquelle MM. les Princes témoignent être portés, et pour laquelle procurer S. A. de Lorraine offre son entremise auprès des Espagnols. S. A. offre aussi de prendre les mémoires de la cour pour les mettre entre les mains de M. le cardinal qu'il ira joindre pour cet effet, et de là passer au comte de Fuensaldagne, pour avec lui disposer et mettre toutes choses en termes du traité ; convenir d'un lieu où il puisse le faire aboucher avec mon dit sieur le cardinal qui pourra menager la paix des deux couronnes, et à son retour l'apporter en France.

S. A. de Lorraine, pour ses intérêts, se tient aux termes du traité qui est entre les mains de M. de Joyeuse.

Ce sont les termes où on a réduit les choses et qui seront exécutées, si on les maintient par un traité qui lie les esprits et les arrête par l'espoir d'un accommodement dont l'importance doit être ordonnée par M..., promptement s'il juge être de son intérêt. Autrement il sera malaisé que l'on s'ajuste à d'autres termes. On aurait donné plutôt avis de tout, n'eût été le retardement qu'a apporté.M... à J... par l'éclipse qu'il a fait, ce porteur ayant été retenu pour ce sujet. Mon opinion est que jamais vous n'aurez sujet de retourner avec tant d'honneur ni de satisfaction. C'est pourquoi votre très-humble serviteur aura grand regret si on perd cette occasion.

Et comme la suspension d'armes est un pas nécessaire à la paix, si la reine l'accorde, on la recevra aussitôt, et servira à deux choses, l'une à donner satisfaction au public, et l'autre à ménager la retraite de S. A. de Lorraine qui a résolu de la faire aussitôt hors du royaume.

Laissant encore à considérer l'avantage que le roi peut avoir de rafraîchir son armée, qui ne se peut qu'elle ne soit fatiguée où elle est.....

(*Archives des affaires étrangères.*)

LXXV.

LETTRE CHIFFRÉE DE *** AU CARDINAL.

Bruxelles, ce 1er octobre 1653.

Je viens de recevoir commandement de faire savoir à V. E. que c'est tout de bon ce coup ci, et que si elle lui procure la satisfaction qu'il a demandée par sa dernière qu'il servira non seulement ce qu'il a de plus cher, mais que sa personne et ses troupes se rendront sur votre parole au lieu où V. E. lui destinera, et que pour marque de sa sincérité, il ne s'est point voulu engager ni avec les Espagnols ni avec le prince de Condé pour le secours de Sainte-Menehould, et qu'il dépend de V. E. de conquester ses secours à S. M. et un attachement très constant à ses intérêts.

Et pour ce qui est des bruits qui courent, les choses sont encore dans l'inexactitude. En amour et à la chasse, on ne prend pas toujours ce que l'on pourchasse. Bref, je ne l'ai jamais vu dans de meilleurs sentiments pour la France que maintenant, et j'ose vous dire par la parfaite connoissance que j'en ai qu'elle en auroit bon marché, et que sans les troupes lorraines, les Espagnols ne dureroient pas devant les Français.....

(*Archives des affaires étrangères.*)

LXXVI.

LE CARDINAL MAZARIN A FRANÇOIS DE LORRAINE.

Paris, le 12e mars 1654.

Monsieur,

L'accident qui est arrivé à M. de Lorraine est si inoui, et toutes les circonstances dont il est accompagné en rendent les auteurs si odieux, qu'encore que la conduite qu'il a toujours tenue à l'égard de cette couronne, le peu de cas qu'il a fait des bontés que Leurs Majestés ont eues pour lui n'oblige pas le roy à s'intéresser fort sensiblement en ce qui le touche, S. M. n'a pu néanmoins apprendre son malheur sans le plaindre, et sans que sa générosité eût été touchée de voir qu'un prince qui a rendu des services si considérables à l'Espagne, et à qui chacun sait qu'elle est principalement obligée de la conservation des Pays-Bas, eût été si indignement traité, et que sa fermeté pour ce parti-là, qui lui a fait refuser tant d'offres avantageuses que la France lui a faites pour l'en détacher, ne soit payé que d'une prison avec le séquestre de tout ce qu'il a conservé en Flandre. C'est le sujet du voyage de ce gentilhomme, auquel m'étant aussi expliqué très au long de mes pensées là dessus, je n'ai qu'à supplier V. A. de donner entière créance à tout ce qu'il aura l'honneur de vous en dire. J'ajouterai seulement, Monsieur, que l'on a eu de l'étonnement, et quelques inquiétudes du bruit qui court que M. de Ligneville semble adhérer aux volontés des Espagnols et vouloir servir avec les troupes qui sont sous son commandement, comme il faisoit avant la détention de son maître. Le roi a beaucoup de peine à croire qu'un gentilhomme de sa naissance, et qui s'est ac-

quis jusques ici tant d'estime, soit capable d'une semblable
pensée, n'y ayant point de raisons qui puissent colorer la
lâcheté qu'il commettrait de demeurer attaché aux intérêts
et au service de ceux mêmes qui viennent de faire un si
grand outrage à son Prince, à son général et à son bienfai-
teur. Car il serait ridicule qu'il prétendît se justifier sur la
lettre que l'on dit que l'Archiduc et Fuensaldagne lui ont
envoyée de M. de Lorraine par laquelle il lui ordonne de
continuer à servir comme auparavant, tout le monde sachant assez que des escrits de ceste nature étant faits par
un homme en prison ne doivent avoir aucune force, parce
qu'on pense bien qu'ils peuvent être extorqués, n'étant
guère vraisemblable que si M. de Lorraine étoit en état de
pouvoir s'expliquer avec liberté, il voulût continuer à agir
à l'avantage de ceux par qui il vient d'être emprisonné.
L'on ne voudrait donc pas croire que le sieur de Ligneville
puisse s'être porté à une chose si contraire à la pureté et
au désintéressement qui ont paru dans toutes ses actions.
Mais quand les Espagnols auraient eu assez d'artifice pour
l'ébranler, S. M. est persuadée qu'employant l'autorité
qu'elle doit avoir en lui pour le retenir, il ne suivra que
des sentiments conformes à son devoir et à son honneur,
et à ses intérêts. Du reste, l'intention du roy dans cette
conjoncture est de joindre ses troupes à celles de M. de Lorraine pour aller conjointement contraindre l'Archiduc à
le mettre hors de prison. On a déjà envoyé les ordres nécessaires là dessus à M. le marquis de Fabert, et S. M. agit
en cela par un principe si noble et si généreux qu'elle ne
veut acheter son assistance pour M. le Duc par aucunes
conditions; mais en cas qu'elle lui puisse procurer sa
liberté, elle lui laissera celle de prendre ensuite tel parti
et telle résolution que bon lui semblera, et V. A. étant
un des princes de la première branche de la maison de
Lorraine, se trouve par conséquent un des plus intéressés
à en soutenir l'éclat, et à témoigner du ressentiment de
l'injure qu'elle a reçue en la personne de son chef, et

S. M. ne doute point que par votre naissance et votre mérite, vous ne soyez fort accrédité dans les troupes lorraines,
et elle a d'ailleurs toute confiance et toute affection pour cet
état ; elle serait fort aise si vous vouliez aller dans l'armée
lorraine pour tâcher de s'en rendre le chef, et s'entendre
là dessus avec M. le marquis de Fabert qui aura ordre de
faire entièrement ce qu'ils désirent de lui, et par ce moyen
vous servant de l'assistance d'un grand roi, pour aller délivrer un prince qui vous est si proche, du moins de ceux qui
ont fait une violence si injuste, vous vous acquitteriez en
même temps d'un devoir de bienséance et de proximité ; et
vous acquerriez une gloire qui couronnerait tout ce que
vous avez pu faire jusqu'à présent.....

(Archives des affaires étrangères.)

LXXVII.

LE CARDINAL A Mme LA DUCHESSE DE LORRAINE.

De Sedan, le 15 juillet 1654.

Madame,

L'abbé de Sainte-Catherine ayant été un des principaux
instruments de l'emprisonnement de M. de Lorraine, et
M. le duc François se trouvant à présent par la liaison qu'il
a faite avec les Espagnols plus intéressé que personne à
empêcher la liberté de M. son frère, V. A. jugera bien
que l'envoi dudit abbé en Espagne a plutôt pour fin d'amuser les officiers de l'armée lorraine ou de les entretenir dans
le service par l'espérance de la liberté de leur maître que
de la lui procurer effectivement. Aussi, Madame, le passe-
port que V. A. demande ne pouvant rien produire qui ne
soit contraire aux intérêts de M. de Lorraine et au service
du roi, je m'assure qu'elle ne trouvera pas mauvais que
S. M. n'ait point donné l'ordre de l'expédier. Quand V. A.
m'honorera des siens, il n'y aura que l'impossibilité seule

qui m'empêchera de lui obéir et de lui faire connaître que
je suis avec autant de respect que de sincérité.....

MAZARIN.

(Archives des affaires étrangères.)

LXXVIII.

INSTRUCTIONS POUR M. L'ABBÉ DE SAINTE-CATHERINE ENVOYÉ .DE LA PART DE S. A. M. LE DUC VERS LE ROY CATHOLIQUE [1].

Sans date.

..... En la première audience, il fera connoître généralement les motifs de son envoi : rapportés à deux chefs principaux. L'un d'assurer le roi de la part de S. A. de son entier
attachement aux intérêts de S. M., l'autre d'implorer la
continuation de son assistance royale pour le rétablissement
de la maison de Lorraine, ce qui se peut faire aux termes de
la substance des articles suivants :

Que sans doute le roi sera déjà bien informé de quelle
façon S. A. le duc reçut l'avis du malheur de S. A. son
frère, et avec quelle promptitude elle résolut à l'instant
même sans hésitation ni répugnance de passer comme il a
fait à Bruxelles avec messeigneurs ses enfants, afin de
soumettre entièrement et sans réserve à la disposition de
S. M. leurs personnes et leur fortune.

Qu'il auroit souhaité pouvoir faire par lui-même et con-
signer de sa propre main entre celles de S. M. les plus chers
gages de sa dévotion pour elle, si sa personne n'avoit été
jugé plus nécessaire dans l'armée et dans le voisinage de la
Lorraine pour y relever les espérances d'un favorable changement, et fomenter les bons sentiments que cette nation a
toujours eus pour le service de S. M.

---

1. Ce papier a été trouvé parmi ceux du sieur ***, secrétaire du duc François de Lorraine lorsque nous l'avons (fait prisonnier), et le bagage des ennemis
pris.

Qu'à ce défaut, et par l'avis de Mgr l'Archiduc, de M. le comte de Fuensaldagne, et autres ministres principaux, il a dépêché ledit envoyé vers S. M. avec charge de lui protester d'une parfaite résignation à ses volontés, et de faire connoître par cette démonstration publique à toute l'Europe, et particulièrement aux ennemis communs que rien n'est capable d'altérer ou de diminuer la passion qu'il a de la servir, ni la confiance qu'il a toujours eue en sa générosité pour le rétablissement d'une maison qui a l'honneur de lui appartenir de si près.

Touchant quoi, y ayant beaucoup de choses importantes à traiter, dont la pluspart demande une prompte exécution, il suppliera très humblement S. M. de lui présenter les personnes auxquelles elle trouvera bon qu'il s'adresse, et les voies qu'il devra tenir dans la suite de cette négociation.

Laquelle étant ouverte, il protestera devant toute chose de la part de M. le duc François, qu'encore que les déportements de S. A. en son endroit aient toujours été d'un ennemi déclaré plutôt que d'un frère, il n'a laissé pourtant de conserver pour elle, comme il conservera toute sa vie les tendresses et soumissions et respects dont un bon naturel peut être capable, et que si sa liberté pouvoit être compatible avec le bien de la religion et de l'État, il tâcheroit de la procurer par tous moyens possibles jusqu'à l'engagement de la sienne propre.

Mais qu'il se sent obligé de représenter au roi quoique avec une douleur extrême que dès les premières années du gouvernement de S. A. on remarquoit déjà dans son esprit les troubles et les désordres qui en ont tant causé depuis dans sa conduite. Quelques-uns les attribuent à l'impétuosité d'une jeunesse bouillante, et les mieux sensés à une sorte d'aversion pour Mme la duchesse sa femme, laquelle, après avoir vécu longtemps en bonne intelligence, il n'a cessé depuis de persécuter par toute sorte d'outrages contre la maison de Lorraine dont il abhorre le nom et la grandeur, et contre ses vassaux, à l'amour desquels il n'a répondu que par le mépris et les oppressions, bien qu'il passât jusqu'à la dévotion.

Ce qui possible n'ayant été du commencement que l'effet d'une aliénation vague et incertaine se changea par après en un dessein formé, lorsque s'étant absolument assujetti aux charmes de la comtesse de Cantecroix, femme artificieuse et violente, et en ayant eu des enfants sous la couverture d'un sacrement profane, il servoit aveuglément toutes ses suggestions, qui furent d'achever la ruine de sa maison, offensée au dernier point par cette action, établir ses dits enfants dans l'état et à l'exclusion des successeurs légitimes, le détacher du parti de S. M., et l'engager dans celui de France, où elle espéroit trouver plus d'appui et protection pour ce prétendu mariage, d'où s'ensuivit l'accommodement honteux de 1641, et ce qui est le plus déplorable, menacer le saint-siége de se soustraire à son obéissance au cas qu'il ne voulût pas approuver ou dissimuler cet attentat, etc., etc....

(Archives des affaires étrangères.)

LXXIX.

ARTICLES ET CONDITIONS, QUE LE ROI A TROUVÉ BON D'ACCORDER, PAR L'ENTREMISE DU SIEUR LE TELLIER, CONSEILLER SECRÉTAIRE D'ÉTAT ET DES COMMANDEMENTS DE S. M., AYANT LE DÉPARTEMENT DE LA GUERRE, AUX SIEURS DE REMNECOURT ET DE MAULÉON, COLONELS CHACUN D'UN RÉGIMENT DE CAVALERIE DE L'ARMÉE LORRAINE, VENANT SE RENDRE AU SERVICE DE S. M. AVEC LES RÉGIMENTS QU'ILS COMMANDENT.

3 janvier 1655.

Qu'il leur sera donné présentement et sans délai quartiers d'hiver pour loger leurs deux régiments composés chacun de six compagnies.

Que lesdits colonels se rendant au service de S. M. pour venger l'injuste emprisonnement et détention faite par les

Espagnols .de M. le duc de Lorraine, il leur sera loisible, aussitôt qu'il sera en liberté, de l'aller trouver avec leurs troupes, et lui rendre leur service, comme par le passé : sans qu'alors ils puissent être retenus par S. M. pour quelque cause et occasion que ce puisse être ; à la charge que, cependant, ils feront serment à la première montre et revue qui en sera faite, de bien et fidèlement servir S. M. envers et contre tous, hors ledit sieur Duc et jusqu'à ce qu'il soit en liberté.

Qu'étant lesdits colonels dans le service de S. M. en cas que les Espagnols ou ceux de leur parti, aux mains desquels ils pourraient tomber, ne voulussent pas les traiter comme prisonniers de guerre, et leur faire bon quartier, S. M. fera faire un traitement tout pareil à celui qui leur sera fait aux prisonniers qui.tomberont en son pouvoir des armées ennemies, soit des Espagnols soit des autres de leur parti.

Que lesdits deux régiments seront payés et traités en toutes choses, comme les autres régiments étrangers qui servent S. M.

Que les officiers et cavaliers qui sont dans lesdits régiments, qui auront été dans d'autres troupes étant au service de S. M. ne pourront être rejetés par qui que ce soit tant et si longuement qu'ils serviront S. M. dans lesdits régiments.

Que les mêmes articles et conditions que dessus seront accordés par S. M. aux autres colonels et officiers tant d'infanterie que de cavalerie, de ladite armée de Lorraine, qui voudront se rendre au service de S. M. avec leurs troupes.

Fait et arrêté entre ledit sieur Le Tellier, de la part de S. M., ledit sieur de Remnecourt et le sieur de Seramchamps, lieutenant colonel dudit régiment de Hamburg, ayant pouvoir de son colonel, le 2ᵉ janvier 1653.

Signé : Le Tellier, Remnecourt, Seramchamps.

(*Archives des affaires étrangères.*)

LXXX.

ARTICLES ET CONDITIONS ACCORDÉES ENTRE LE ROY ET Mme LA
DUCHESSE DE LORRAINE, AGISSANT TANT AU NOM DE M. LE DUC
SON MARI, QU'AU SIEN PROPRE, COMME AYANT L'ADMINISTRATION
DES BIENS DUDIT SIEUR DUC PENDANT SA DÉTENTION PAR LES
ESPAGNOLS, ET SUIVANT L'AVIS ET CONSEIL DES PRINCES DE SA
MAISON.

3 avril 1655.

S. M. désirant contribuer par tous les moyens possibles à
la liberté dudit sieur Duc, et ayant été suppliée à cette fin
par Mme la duchesse de Lorraine d'accorder la suspension
d'armes aux places de Bitche, Hombourg, Landshut, Nancy
et autres lieux en dépendant tenus au nom et par les armes
dudit sieur Duc, S. M. l'a eu agréable aux conditions suivantes :

Qu'il y aura suspension et cessation d'armes de la part de
S. M. et de tous les gens de guerre envers les gouverneurs
ou commandants des villes, les gens de guerre qui y sont
et seront ci-après et les habitants desdits lieux et pays en
dépendant, à la charge que la même suspension d'armes
sera ponctuellement gardée et observée par les gouverneurs ou commandants desdites places envers les gens de
guerre et sujets de S. M., comme aussi ils ne remettront
pas lesdites places ni aucune d'icelles à qui que ce soit,
quand même ils en auraient ordre dudit sieur Duc, si ce
n'est après qu'il sera en pleine et entière liberté, et hors la
puissance des États de la couronne d'Espagne, qu'ils donneront sûr et véritable passage et toutes sortes d'assistance
aux troupes de S. M. lorsqu'ils en seront requis, sans néanmoins préjudicier à la sûreté desdites places qu'ils garderoit
sous l'autorité et en l'obéissance de ladite dame Duchesse,
pendant ledit temps. De toutes lesquelles choses lesdits gouverneurs ou commandants, et les officiers majors des places
et ceux des troupes qui y seront en garnison feront un ser-

ment solennel ès-mains de ladite dame duchesse ou de celui ou de ceux qui auront charge d'elle ; duquel serment ladite dame sera tenue de mettre l'acte en bonne forme dans un mois aux mains de S. M., moyennant quoi S. M. consent dès à présent ladite suspension d'armes, et que lorsque ledit sieur Duc sera en liberté, et hors des États d'Espagne, il soit louable auxdits gouverneurs et commandants de lui rendre obéissance et service tout ainsi qu'ils ont fait avant sa détention.

2° Que si cependant ledit temps de la détention dudit sieur Duc, et de la demeure dans les États du roi catholique ledit roi ou ceux de son parti venaient à attaquer quelques-unes desdites places, S. M. lui fera donner le secours qui lui sera nécessaire tout ainsi qu'elles le donneront à ses propres places.

3° Que les lieutenants-généraux pour S. M. en ses armées, gouverneurs des provinces et places, intendants en icelles et autres officiers de S. M., n'exigeront aucune contribution des habitants desdites places de Bitche, Hombourg, Landshut et Mussy, lieux et pays en dependants. S. M. consentant que ladite dame ou ceux qui auront charge d'elle pendant la détention dudit sieur Duc jouissent des domaines desdits lieux, leurs appartenances et dépendances, et qu'ils reçoivent les contributions selon et ainsi que le tout a été payé dans lesdites places jusques à présent, à condition toutefois que ladite dame ou ceux qui auront charge d'elle, feront entretenir lesdites places, les garnisons d'icelles et tout ce qui est nécessaire pour leur défense et bon état, et qu'il ne pourra être désormais tiré aucune contribution en deniers ou denrées des villages de campagnes et des évêchés de Toul, Metz et Verdun.

Fait et arrêté avec ladite dame duchesse de Lorraine, par M. le comte de Brienne et Le Tellier, secrétaires d'état, ayant commission et pouvoir du roi, à cet effet, en date du 27 du présent mois.

(*Archives des affaires étrangères.*)

LXXXI.

LE CARDINAL A LA MARQUISE D'HARAUCOURT.

26 juin 1655.

Madame, M. de Lorraine désirant que le papier ci-joint écrit et signé de sa main soit rendu à M. le comte de Ligneville, auquel il s'adresse, et que cela se fasse par le moyen de M. le marquis d'Haraucourt votre mari, en qui je sais que S. A. a une entière confiance, comme en une personne de condition, d'honneur, et incapable de manquer à son devoir, je ne doute point que vous et lui ne soyez ravis de cette occasion qui est comme décisive de son bonheur ou de son malheur, pour signaler d'autant plus votre zèle et votre attachement pour tout ce qui le regarde. C'est ce qui m'a donné sujet de vous envoyer cet exprès avec ce paquet où vous trouverez deux lettres de M. de Lorraine dans l'une desquelles adressée à M. le marquis d'Haraucourt est le papier, et l'autre au comte de Ligneville avec une du sieur de Saint-Martin au même comte, vous suppliant de dépêcher incontinent un homme qui porte le tout à M. votre mari, avec la sûreté requise, parce que M. de Lorraine ne pouvant pas toujours faire savoir ses intentions, et ne l'ayant fait, comme il dit, en ce rencontre, que par une espèce de miracle. il serait très préjudiciable pour lui, et très fâcheux pour vous, s'il y arrivoit inconvénient. Au reste, je ne m'étendrai pas ici sur la part que le roi prend à tout ce qui peut regarder la liberté de S. A., presque tout le monde sait de quelle façon il s'est employé pour tâcher de la lui procurer avec sincérité et sans aucune condition. Je vous assurerai toujours que S. M. saura bien reconnaître la manière dont M. votre mari servira M. de Lorraine, en cette affaire, et que moi je serai ravi de vous protester qu'il n'y a personne qui le considère davantage et qui lui soit plus dévoué.

MAZARIN.

(*Archives des affaires étrangères.*)

LXXXII.

LE DUC FRANÇOIS A M. DE LA FERTÉ-SENNETERRE.

Valenciennes, 12 juillet 1655.

Monsieur,

Je ferai toujours à votre nation toutes les civilités qui me seront possibles et au delà même de ce qui se peut souhaiter, mais de faire un cartel pour des perfides et pour des criminels de lèse-majesté, je ne le puis et ne le ferai jamais, et quand j'en aurais la pensée, toute l'armée s'y opposerait, parce qu'il y a grande différence entre des gens d'honneur et d'infâmes déserteurs. Nous avons fait justice d'un séducteur; vous ne l'avez pas d'un innocent. Je sais bien que c'est par raison d'État que le roi très catholique les a mis sous sa protection, et la fin ne tend qu'à la destruction des troupes de S. A. mon frère; mais la même cause qui lui a porté m'oblige de m'y opposer vigoureusement, et vous dire, Monsieur, que puisque vous n'y voulez point apporter de différences et que vous avez donné le commencement de représailles si injustement sur un lieutenant de cavalerie de condition noble, que je suis résolu de faire passer par le même genre de mort M. le comte de La Feuillade avec un enseigne, et cornette des gardes que je tiens. Ce ne pourra être que par une répugnance horrible que j'en viendrai à cette extrémité. Et puisque vous avez fait mettre les fers aux pieds et aux mains du lieutenant colonel Du Châtelet qui est une cruauté indigne d'un maréchal de France sur une personne de cette condition, j'ai commandé que le même s'effectuât sur vos prisonniers. Que si S. M. vouloit employer ces déserteurs ailleurs que contre nous, elle donneroit lieu de conclure avec nous un bon et raisonnable cartel, et à faire la guerre en chrétiens, et non en Turcs. Je m'assure que vous y ferez quelque réflexion, et que tous les officiers de votre armée y prendroient grand

intérêt. C'est ma dernière résolution, et que je serois ravi
de vous témoigner en toute autre rencontre que je suis par
une estime particulière de votre personne,

. Votre serviteur,

FRANÇOIS DE LORRAINE.

(*Archives des affaires étrangères.*)

LXXXIII.

RELATION DU VÉRITABLE SUJET QUI NOUS A MENÉ ET OBLIGÉ DE NOUS
RETIRER DES PAYS-BAS AVEC L'ARMÉE DE S. A.

. 25 décembre 1655.

Le marquis d'Haraucourt s'étant à notre insçu retiré de
Flandres et jeté en France avec la brigade des quatre régiments de cavalerie qu'il commandoit, les ministres du roi
catholique aux Pays-Bas, sans autre discussion du fait prirent résolution de s'en prendre à nous, à notre pur et privé
nom, et de se porter à la dernière extrémité contre le reste
des troupes de S. A., si nous ne partions nous-mêmes
promptement pour nous rendre à l'armée; afin de la retenir
dans le service de S. M. catholique, à l'effet de quoi nous
fûmes prié par M. l'Archiduc de nous y rendre en diligence
nous ayant fait dire qu'il y alloit notablement du service du
roi, et même de notre réputation. A quoy nous nous dispo-
sâmes au même instant pour témoigner de la sincérité de
nos intentions et leur ôter tout sujet de soupçon et de méfiance, et comme nous nous préparions à partir, le baron
Du Châtelet, envoyé à Madrid pour solliciter la liberté de
S. A. arriva avec lettres d'icelle tant pour nous que pour
les colonels, par lesquelles il nous donnoit part et à eux
aussi d'un traité qu'il avoit fait avec S. M. catholique qui
portoit que toutes les troupes passeroient au service du roi,
à l'exception de quatre régiments de cavalerie, des gardes
et chevau-légers, dont depuis ledit traité S. M. s'étoit relâ-
chée à la prière qui lui en avoit été faite par S. A., les

exhortoit à s'obliger audit service, et nous conjuroit de tenir
la main à ce que ses volontés fussent effectuées sincèrement,
même de leur faire prêter serment de fidélité, à condition
qu'il seroit mis en toute liberté et hors des États de S. M.,
et que l'on y rendroit tout ce qui lui a été pris et arrêté;
sans lesquelles conditions accomplies les troupes ne se tiendroient obligées, et que S. A. ne leur en ait envoyé une déclaration.

De tout quoi ayant été pleinement informé par les lettres
de S. A. écrites et signées de sa propre main, et désirant
en tout et par tout nous conformer à ses volontés, nous par-
tîmes à l'instant pour l'armée, et nous rendîmes le lendemain au quartier général au couvent de Saint-François sur
la Sambre, où nous reçûmes les lettres de Mgr l'Archiduc,
par lesquelles il nous ordonnoit de nous trouver à Fleurus; à
quoy nous satisfîmes; où peu après arriva le comte de Fuensaldagne, auxquels nous demandâmes d'abord s'ils avoient
le traité que S. A avoit fait avec S. M. catholique pour la
liberté, comme Dom Louis de Haro avoit annoncé au baron
Du Châtelet qu'il le trouveroit à Bruxelles à son arrivée. A
quoi ils répondirent que non. Le comte de Fuensaldagne y
ajoutant avec aigreur en mêmes termes : quelle apparence il
y avoit de rendre la liberté à ce prince qui continuoit toujours ses extravagances, et quelle sûreté on y pourroit trouver et qu'il vivoit à Tolède comme à Bruxelles, qu'il falloit
se résoudre dans le peu de confiance qu'on pouvoit prendre
dans les troupes de leur faire prêter le serment de fidélité;
qu'ainsi bien il avoit avis de la cour que S. M. les avoit ven-
dues au roi, qui est tout ce qu'il avoit appris du traité...
Nous étant ainsi séparés et nous retournés au quartier,
Mgr l'Archiduc nous écrivit sur les six heures du soir, qu'il
falloit commander un rendez-vous pour le lendemain matin,
qu'il y enverroit des commandants pour faire prêter serment en la forme qu'il lui envoyoit et qu'il feroit bien d'y
disposer les troupes. Cette forme étoit que tous les officiers
et soldats jureroient à Dieu de bien et fidèlement servir le

roi sous nos ordres. A quoi tous les colonels assemblés
repliquèrent qu'ils étoient prêts à prêter le serment de fidé-
lite pour le roi, à condition que S. A. seroit mise en liberté
conformément au traité qu'il en avoit fait avec S. M. catholique, et ce qui en étoit porté par l'instruction du baron Du
Châtelet, et qu'en tout cas, ils ne se tiendroient obligés que
pour deux mois, qui étoit le temps que les Espagnols deman-
doient pour avoir nouvelle du traité de S. A. qu'ils ignoroient
ou feignoient d'ignorer. Dans cette contestation, nous trou-
vâmes bon d'envoyer le baron Du Châtelet vers le comte de
Fuensaldagne pour lui demander les quatre régiments de
réserve pour S. A. avec les gardes et chevau-légers pour
les mener aux places de son obéissance, selon les ordres
qu'il en avoit, ce que bien loin d'obtenir, le comte lui répondit en colère et avec mille imprécations : « qu'ils s'en aillent
tous à tous les diables », et opiniâtra à leur faire prêter serment à la réserve des gardes et chevau-légers. A quoi ils
furent contraints pour éviter une plus grande extrémité,
ayant été avertis que tous les gués étoient occupés, qu'il avoit
été mis en délibération de tailler toutes les troupes en pièces,
et que le comte de Fuensaldagne s'étoit moqué hautement
de ce traité, et qu'il avoit dit publiquement qu'on vouloit
désarmer ce prince et toute sa maison, et l'affaiblir au point
de ne lui pas laisser le moindre pouvoir, que l'on ne pouvoit
plus du tout se fier à notre personne, que nous n'avions plus
rien à faire dans l'armée, puisqu'elle étoit au roi, qu'il nous
falloit demeurer à Bruxelles et prendre de nouvelles assurances de nous qui ne pouvoient être autres que de s'assurer
de notre personne, et de celles des princes nos enfants. Si
bien que dans cette rencontre, le seul parti que nous avons
pu prendre pour la sûreté de notre personne et des princes
nos enfants et de l'armée, a été de venir chercher la conservation auprès du roi sur la bonne foi duquel nous espérons
trouver protection et nous donner temps d'attendre les ordres de S. A. pour les exécuter....

(Archives des affaires étrangères.)

LXXXIV.

COPIE D'UNE LETTRE DE MONSEIGNEUR LE DUC FRANÇOIS AU DUC DE LORRAINE.

2 décembre 1655.

Monseigneur, j'envoie le sieur de la Chaussée pour assurer S. A. que je n'ai jamais rien souhaité avec tant de passion que sa liberté, que je n'ay goutte de sang ni vie que je ne sacrifie pour l'obtenir. J'espère qu'elle me fera la justice d'en être persuadée, et de la passion avec laquelle je suis, etc.

FRANÇOIS.

(Archives des affaires étrangères.)

IN DES PIÈCES JUSTIFICATIVES DU TOME DEUXIÈME.

TABLE DES CHAPITRES

CHAPITRE XIII. — Charles IV envoie par toute la Lorraine des protestations que ses partisans affichent jusque dans Nancy. — Il échappe aux embûches de M. d'Arpajon, et se rend de Besançon à Milan. — Il passe les Alpes avec l'armée espagnole, et assiste au siége de Ratisbonne. — Il reçoit le commandement des troupes de l'armée catholique. — Il joint ses forces à celles du cardinal Infant et du roi de Hongrie. — Il marche avec eux contre les armées suédoises commandées par Gustave Horn et le duc de Weimar. — Bataille de Nordlingen. — Charles IV défait le duc de Weimar, et fait prisonnier Gustave Horn et le général Cratz. — Sa courtoisie envers ses captifs... 1

CHAPITRE XIV. — Conséquences de la victoire de Nordlingen. — Les armées alliées se séparent. — Charles veut pénétrer en France avec l'appui du duc d'Orléans, réfugié à Bruxelles. — Le duc d'Orléans traite secrètement avec le cardinal de Richelieu. — Détails au sujet de ce prince et de son entourage. — Il abandonne sa femme, Marguerite de Lorraine, et retourne en France. — Les partisans de Charles IV s'agitent à Nancy et dans toute la Lorraine. — Mesures prises contre eux. — Institution d'une cour souveraine à Nancy. — Prestation du serment de fidélité au roi de France. — De Nordlingen Charles s'avance vers l'Alsace, à la poursuite du rhingrave Otho. — Il passe l'hiver en Allemagne. — Au commencement du printemps de 1635, il pénètre dans les Vosges.— Il prend Remiremont et Épinal. — M. de Lenoncourt s'empare de Saint-Mihiel. — Arrivée du prince de Condé en Lorraine. — Ses prescriptions sévères contre les gentilshommes lorrains et les habitants du pays. — L'arrière-ban de la noblesse française convoqué pour faire la guerre en Lorraine. — Louis XIII vient faire le siége de Saint-Mihiel. — Reddition de la ville. — Sévérité du roi à l'égard de la garnison lorraine. — Il retourne à Paris. — Charles IV se rend de nouveau à Besançon... 18

CHAPITRE XV. — Charles se rend à Bruxelles. — Fêtes et divertissements à la cour de l'Infant. — Plans et préparatifs pour la prochaine campagne. — Invasion des Espagnols du côté de l'Artois et de la Picardie. — Manque absolu de grands généraux du côté de la France. — Incapacité militaire du cardinal de La Valette.— Il laisse le duc de Lorraine passer en Franche-Comté.— Charles marche au secours de Dôle assiégé par le prince de Condé, et délivre cette ville. — Manifestations de la reconnaissance des Francs-Comtois envers le prince lorrain.— Il se joint à Gallas et pénètre dans le duché de Bourgogne.—Siége de Saint-Jean-de-Losne par les Espagnols et les Lorrains réunis.—Le siége échoue. — Gallas se retire en Allemagne. — Charles reprend plusieurs villes de la Lorraine. — Résultats de la campagne de 1636............................ 48

CHAPITRE XVI. — État intérieur de la Lorraine depuis l'occupation. — Les autorités françaises débutent par la douceur. — Aux premiers troubles, M. de Brassac proscrit les principaux seigneurs du pays. — Résultats de cette mesure.

— Des bandes armées parcourent le pays au nom du duc Charles. — Pillage commis par les soldats suédois du duc de Weymar. — Dévastation du bourg Saint-Nicolas. — Croates et leurs excès. — Désolation affreuse de la Lorraine attestée par les écrits contemporains. — Le P. Caussin et Mlle de La Fayette reprochent à Louis XIII les malheurs de ses sujets lorrains. — Leur disgrâce. — La ruine de la Lorraine faisait partie du système de Richelieu, qui voulait obliger Charles à échanger ses états contre la province d'Auvergne. — Négociations à ce sujet. — Saint Vincent de Paul s'émeut du sort de la Lorraine. — Quelle était sa situation à la cour. — Il envoie des secours abondants en Lorraine et institue des commissions de charité pour subvenir aux besoins des Lorrains réfugiés en France.................. 66

CHAPITRE XVII. — Charles est attiré à Besançon par son amour pour Béatrix de Cusance, princesse de Cantecroix. — Erreurs commises par le duc de Saint-Simon au sujet de cette dame, et de son mariage avec Charles IV. — Détails sur Mlle de Cusance. — Sa beauté. — Charles l'avait déjà rencontrée à Besançon et demandée en mariage avant qu'elle épousât le prince de Cantecroix. — Mort de M. de Cantecroix. — Consultation de plusieurs théologiens sur la validité de l'union antérieure de Charles IV et de Nicole. — Charles épouse Béatrix. — Elle le suit à la guerre. — Genre de vie que mène Charles IV. — Anecdotes à ce sujet. — Béatrix le pousse à faire la paix avec la France. — Arrivée de Mme de Chevreuse à Bruxelles. — Elle entreprend de réconcilier le duc de Lorraine avec Richelieu. — Elle emploie à cet effet Mme du Hallier. — Charles mécontent des Espagnols se laisse persuader d'aller à Paris. — Signature du traité du 2 avril. — Charles proteste en secret. — Cérémonie de la prestation de foi et hommage pour le Barrois. Subterfuge de Charles IV en prononçant le serment. — Retourné à Bar, il proteste de nouveau contre le traité. — Il va chercher Mme de Cantecroix à Épinal, et s'approche avec elle de Nancy. — Joie des Lorrains en revoyant leur prince. — Leur accueil enthousiaste ....'.. 96

CHAPITRE XVIII. — Charles cherche à ne pas exécuter son traité. — Il reprend possession des villes qui lui sont remises par les Français, mais ne veut pas se rendre en Champagne pour joindre son armée à celle de M. de Châtillon. — Ménagements de Richelieu envers le prince lorrain. — Il consent à accorder la neutralité de la Lorraine. — Différend entre le duc Charles et les seigneurs de l'ancienne chevalerie qui réclament le rétablissement du tribunal des Assises. — Leur protestation. — Combat de la Marfée et mort du comte de Soissons. — Embarras de Charles IV. — Il sort de la Lorraine, et va trouver les Espagnols. Ressentiment de Richelieu. — Il reprend possession des places de la Lorraine, à l'exception de la Mothe. — Richelieu insiste à Rome pour faire déclarer nul le mariage de Charles et de Béatrix. — Le duc de Lorraine est excommunié. — Il reprend sa vie errante. — Il pénètre de nouveau en Lorraine, défait M. Duhallier, et vient prendre position jusqu'auprès de Nancy.................... 129

CHAPITRE XIX. — Richelieu tourne l'effort principal des armes françaises du côté des frontières d'Espagne. — Ses infirmités l'empêchent de se rendre avec le roi au siège de Perpignan. — Il semble tombé en disgrâce. — La découverte de la conspiration du grand écuyer Cinq-Mars le remet en faveur. — Conférence entre le roi et son ministre. — Résultat de cette conférence. — Exécution de Cinq-Mars et de M. de Thou. — Louis XIII devient de plus en plus isolé et souffrant. — Mort du cardinal de Richelieu. — Mazarin le remplace. — Retour de la plupart des exilés. — La mémoire de Richelieu tombée en grand discrédit. — Pourquoi. — En Lorraine et à l'étranger on s'attend à la paix. — Elle est également souhaitée en France. — Le système de politique extérieure suivi par Richelieu court risque d'être brusquement changé à l'ouverture du prochain règne. — Il est maintenu par l'entente secrète de la reine avec le cardinal Mazarin. 147

CHAPITRE XX. — Origine et débuts de Jules Mazarin. — Il entre au service du Saint-Siége comme officier. — Il est employé dans les affaires d'Italie. — Sa conduite à Casal. — Sa première entrevue avec Richelieu. — Il s'attache aux intérêt français. — Il est nommé nonce extraordinaire à Paris pour traiter des affaires de Lorraine. — Comment il s'acquitte de cette commission. — Richelieu lui fait avoir le chapeau de cardinal. — Il passe au service de France. — Il entre au conseil, et s'occupe exclusivement de diplomatie. — Richelieu le désigne à Louis XIII pour le remplacer à la présidence du conseil. — Position de Mazarin à la cour après la mort de Richelieu. — Il ménage également les passions du roi mourant et les intérêts de la future régente. — Anne d'Autriche. — Changements survenus dans son caractère. — Détails sur le petit cercle de personnes qui l'entourent. — La perspective du prochain pouvoir inspire à la reine des sentiments tout français. — Elle incline à conserver Mazarin aux affaires. — Elle lui fait parvenir de secrètes ouvertures. — Comment elles sont reçues. — Entente mystérieuse et complète entre la reine et Mazarin. — Mort de Louis XIII. — Mazarin déclaré chef du conseil. — Étonnement causé par cette nomination. — Désappointement des anciens serviteurs de la reine, et leur dépit. — Pourquo il faut se défier des mémoires des contemporains et des histoires écrites peu de temps après la Fronde...................................... 172

CHAPITRE XXI. — Rapports entre la cour de France et la maison de Lorraine après la mort de Louis XIII. — Service célébré par ordre de Charles IV en l'honneur du feu roi. — Échange de lettres entre le duc et la reine. — Accueil fait en France à la princesse Marguerite. — Victoire de Rocroi. — Elle rend le gouvernement français plus exigeant. — La campagne en Allemagne est moins brillante. — Bataille de Tutelingen gagnée par Charles IV. — Il envoie des propositions de paix à Paris par quelques-uns de ses prisonniers. — Instructions remises par Mazarin à MM. de Maugiron et Du Maurier. — Lettres de la reine et du cardinal au duc Charles. — Réponses de ce dernier. — Ses protestations de dévouement à la reine. — Envoi de M. Duplessis-Besançon près du duc de Lorraine. — Charles est tout près de quitter le service d'Espagne, et de s'engager avec la France. — Il change d'avis au dernier moment. — Le duc d'intelligence avec la duchesse de Chevreuse. — Détails sur le retour de Mme de Chevreuse en France. — Mme de Chevreuse entre en lutte avec Mazarin. — Ses tenta es inutiles contre le crédit du cardinal. — Elle songe à s'en défaire violemment. — Rôle qu'elle destinait au duc Charles. — Elle est reléguée à Dampierre, puis à Tours. — Elle se sauve de France. — Charles et Mme de Chevreuse à la cour de l'Infant d'Espagne à Bruxelles...................................... 199

CHAPITRE XXII. — État intérieur de la Lorraine. — M. de La Ferté-Senneterre nommé gouverneur. — Son avarice. — Siége de la ville de La Mothe. — Son énergique résistance. — Elle est entièrement dévastée malgré les termes de la capitulation. — Retour de Charles à Bruxelles. — Il se sépare de Mme de Cante-

croix. — Il s'éprend d'une simple demoiselle de Bruxelles. — Ses galanteries
avec elle. — Il lui promet mariage, et n'en est pas écouté. — Il veut se réconcilier avec la duchesse Nicole. — Hésitation de Nicole. — Charles retourne avec
Mme de Cantecroix. — Mariage de Mme de Phalsbourg avec le marquis de Sallerio. — Congrès de Munster. — Détails sur les intérêts de la France, des Espagnols et de l'Empire. — Attitude prise au début des négociations par chacune
de ces puissances, au sujet de la Lorraine. — L'Empereur commence par exiger
la restitution de la Lorraine à son souverain légitime. — Réponse de la France.
— Mazarin, d'abord incertain, repousse absolument toute idée de restitution. —
Il propose d'indemniser pécuniairement le duc de Lorraine. — Le duc de Lorraine se montre, au début, indifférent à ce qui se passe aux conférences. — Il
agit quand il est trop tard. — Il proteste, et se plaint de la maison d'Autriche.
— Les Collèges d'Allemagne déclarent que l'Empire et les Électeurs ne s'occuperont pas de la question de la Lorraine. — Le duc de Lorraine est abandonné
par l'Empereur. — Ses lettres à Mazarin. — Il est plus mécontent de l'Empire
que de la France. — Sa conduite à l'égard des Espagnols. — Il pense à se faire
élire empereur, puis à passer en Angleterre pour remettre Charles Ier sur le
trône 236

CHAPITRE XXIII. — Situation de Mazarin à la cour. — Embarras financiers. —
État misérable des habitants des campagnes et des classes inférieures de la population des villes. — Mesures fiscales de l'intendant d'Émery. — Réprobation
qu'elles soulèvent dans le parlement. — Sédition de Paris. — Mazarin obligé de
se mettre sous la protection de Condé. — Il lui donne en souveraineté les villes
de Dun, Jamets, Clermont et Stenay. — Protestation de la duchesse Nicole. —
Mazarin traite avec Charles IV directement au moyen de la reine, et indirectement par Mme de Chevreuse. — Retour de cette dame en France. — Ses dispositions raisonnables. — Elle sert sincèrement et utilement Mazarin. — Arrestation des princes. — Joie qu'elle cause au duc Charles. — Succès des armées
lorraines. — M. de Ligneville reprend possession d'une partie de la Lorraine.
— Charles attend son rétablissement plutôt de la négociation que de la guerre.
— Il espère rentrer en possession de sa souveraineté tout entière. — M. de Ligneville battu à Rethel en même temps que M. de Turenne. — Mazarin délivré
des princes et réconcilié avec les Frondeurs, ne veut plus restituer la Lorraine.
— Les princes mis en liberté. — Mazarin arrive en fugitif à l'armée du duc de
Lorraine. — Accueil qu'il y reçoit. — Situation des partis en France. — Mazarin
souhaite vivement la paix générale, et conseille un accommodement particulier
avec Charles IV. — Ce prince est sollicité par le duc d'Orléans de se joindre au
parti du parlement et des princes. — Il traite à la fois avec tout le monde. —
Il n'est de bonne foi avec personne, et personne n'est de bonne foi avec lui.
— Il se rend avec son armée sous les murs de Paris. — Son entrée dans la capitale. — Ovation dont il est l'objet. — Il inspire une curiosité universelle. — Il
refuse de s'expliquer sur ses intentions et raille tout le monde. — Il traite avec
la cour par le moyen de M. de Châteauneuf et de Mme de Chevreuse. — Il fait
lever le siége d'Étampes à l'armée royale, et promet de se retirer du royaume.
— Ses hésitations au dernier moment. — M. de Turenne l'oblige à remplir son
traité. — Il abandonne ses positions de Villeneuve-Saint-Georges, et se retire
hors de France... 278

CHAPITRE XXIV. — Interprétations diverses données à la retraite de Charles IV en Flandre. — Ses réponses aux reproches du parti des princes. — Efforts tentés à Bruxelles, par le duc de Lorraine, afin d'amener une paix générale. — Il y échoue. — Il se met pour deux mois au service d'Espagne et s'engage à conduire trois mille Wurtembergeois au secours des princes. — Turenne lui ferme les chemins de Paris. — Charles entre en négociation avec Mazarin, et demande que le cardinal laisse passer les troupes wurtembergeoises. — Mazarin y consent. — La reine et ses ministres s'y refusent. — Pendant les pourparlers, Charles se glisse à travers l'armée de Turenne. — Il arrive à Paris; détails sur son second séjour dans la capitale. — Il se lie avec les princes, et négocie avec la cour. — Ascendant du parti royal à Paris. — Charles s'engage de plus en plus avec les princes. — Son intimité avec Condé. — Il tâche de procurer l'accommodement de ce Prince avec la cour.—Rupture des négociations. — Rentrée du roi à Paris. — Charles retourne en Flandre avec le prince de Condé. — Détail sur la situation et les dispositions actuelles du prince de Condé. — Pourquoi il s'était épris de la façon de vivre indépendante du duc de Lorraine. — Il ne peut s'entendre avec le duc de Lorraine. — Il prétend commander ses troupes, et ne lui donner aucune part dans les conquêtes à faire sur les Français. — Désappointement de Charles IV. — Il se plaint au roi catholique. — Il est dénoncé à Madrid par Condé.— Fuensaldaña fait arrêter Charles IV à Bruxelles. —Effet produit par cette arrestation sur les troupes lorraines. — Leur indignation est contenue par l'arrivée du duc François. — Caractère de ce prince. — Il s'engage au service d'Espagne. — Translation de Charles, d'Anvers à Tolède. — La duchesse Nicole s'emploie à lui procurer la liberté. — Elle somme les colonels lorrains de quitter le service d'Espagne. — Leur hésitation. — Envoi de MM. Du Châtelet et Dubois de Riocour à Madrid. — Traité fait par Charles IV avec les Espagnols afin de leur céder complétement ses troupes. — Répugnance du duc François à exécuter ce traité. — Les troupes lorraines passent en France. — Charles demeure prisonnier à Tolède............................ 350

APPENDICE.

NOTE A. — Des Mémoires de Richelieu............................... 411

NOTE B. — Des documents relatifs à la Fronde, qui se trouvent aux archives des affaires étrangères.................................... 413

DOCUMENTS HISTORIQUES ET PIÈCES JUSTIFICATIVES.

I. — Placard affiché sur les murs à Nancy par les agents de Charles IV.... 417

II. — M. de Brassac à M. de Bouthillier............................. 419

III. — Lettre écrite par la princesse Claude à Mme la duchesse de Lorraine, sa sœur, pour la convier à sortir de France....................... 420

IV. — A. M. d'Arpajon.. 421

V. — M. d'Arpajon à M. Bouthillier.—Mesures pour arrester M. de Lorraine. 421

VI. — Pour M. le Maréchal de la Force.............................. 422

VII. — M. de Brassac au cardinal de Richelieu....................... 423

VIII. — Instructions pour M. le Prince.. 424

IX. — Mémoire pour M. de Fontenay pour l'accommodement 426

X. — Mémoire en réponse aux propositions de Salins de la part du duc de Lorraine.. 428

XI. — Lettre du prince de Condé au cardinal de Richelieu................ 429

XII. — Extrait de l'information faite par le président Vignier de la sortie de Mme de Chevreuse hors de France.................................. 430

XIII. — Marguerite de Lorraine au cardinal de Richelieu................. 434

XIV. — Marguerite de Lorraine à Monsieur.............................. 435

XV. — La princesse Marguerite à Monsieur............................. 437

XVI. — Le roi au cardinal de Richelieu.................................. 438

XVII. — Charles de Lorraine au cardinal................................ 438

XVIII. — Le cardinal à M. de Lorraine................................... 439

XIX. — Le roi au cardinal.. 440

XX. — Le cardinal au duc de Lorraine................................... 440

XXI. — M. de Richelieu au duc de Lorraine.............................. 441

XXII. — Le duc de Lorraine à M. Chavigny.............................. 442

XXIII. — Le duc de Lorraine au roi...................................... 442

XXIV. — Le duc François de Lorraine à Mazarin........................ 443

XXV. — La reine au duc de Lorraine..................................... 444

XXVI. — Le cardinal Mazarin au duc de Lorraine....................... 445

XXVII. — Le duc de Lorraine au cardinal de Mazarin................... 446

XXVIII. — Charles de Lorraine à la reine................................ 446

XXIX. — Le duc de Lorraine au cardinal de Mazarin.................... 447

XXX. — L'état et les sentiments où se trouve le duc Charles de Lorraine.... 448

XXXI. — Le sieur du Plessis-Besançon au cardinal...................... 449

XXXII. — Lettre du duc Charles de Lorraine, à ce que l'on ait égard à ses intérêts, au traité de la paix générale.............................. 451

XXXIII. — Le duc Charles au cardinal Mazarin.......................... 453

XXXIV. — Propositions de la France pour le duc Charles................ 454

XXXV. — Mazarin au duc Charles.. 456

XXXVI. — Note des plénipotentiaires de France au sujet du duc Charles... 456

XXXVII. — Extrait des escrypts donnés et reçus dans la négociation de la paix entre la France et l'Espagne................................... 457

XXXVIII. — La reine à M. de Lorraine................................... 459

XXXIX. — M. de Lorraine à la reine..................................... 460

XL. — Lettre de M. de Lorraine à Mme de Chevreuse................... 461

XLI. — Le cardinal Mazarin à M. de Lorraine.......................... 462

XLII. — Lettre de Mme de Chevreuse à M. le duc de Lorraine.......... 463

XLIII. — M. de Lorraine à Mme de Chevreuse........................ 465

XLIV. — Charles IV au cardinal Mazarin............................. 466

XLV. — Le cardinal au duc Charles............. 466

XLVI. — Le cardinal Mazarin à la princesse de Phalsbourg............ 467

XLVII. — Le cardinal Mazarin au maréchal Duplessis................. 470

XLVIII. — M. Raulin au cardinal Mazarin.................. 471

XLIX. — Projet de traité entre le roy et M. de Lorraine................ 472

L. — M. Raulin au cardinal Mazarin................................. 475

LI. — Billet (chiffré) du duc de Lorraine à la reine.................... 476

LII. — Minute du billet de la reine au duc Charles.................... 477

LIII. — Propositions de M. de Lorraine............................. 478

LIV. — Mémoire touchant le duc de Lorraine.........................479

LV. — La reine à M. de Lorraine.................................... 481

LVI. — La reine à M. de Lorraine.................................... 482

LVII. — M. de Châteauneuf à la reine............................... 482

LVIII. — Articles accordés entre M. le marquis de Châteauneuf garde des sceaux de France pour le roy, et M. le duc de Lorrayne................ 484

LIX. — Billet sans date du duc de Lorraine à la reine.................. 485

LX. — La reine à M. de Lorraine................................... 486

LXI. — M. de Lorraine au cardinal................................. 487

LXII. — Articles à insérer dans le traité avec M. de Lorraine........... 487

LXIII. — Le duc de Lorraine à la reine.............................. 488

LXIV. — Lettre de M. de Lorraine à la reine ou au cardinal........... 489

LXV. — Le duc de Lorraine au cardinal............................. 490

LXVI. — Le cardinal Mazarin à M. Letellier......................... 490

LXVII. — Le cardinal à M. Le Tellier............................... 492

LXVIII. — Le cardinal Mazarin à M. Letellier....................... 493

LXIX. — Le cardinal Mazarin au duc Charles........................ 494

LXX. — Le cardinal Mazarin à M. Letellier.......................... 496

LXXI.. 496

LXXII. — Lettre de la reine au duc Charles.......................... 497

LXXIII. — Article secret avec M. de Lorraine........................ 498

LXXIV. — Propositions que M. de Lorraine m'a envoyées par le Père Le Tellier. 499

LXXV. — Lettre chiffrée de *·* au cardinal.......................... 500

XXVI. — Le cardinal Mazarin à François de Lorraine................ 501

LXXVII. — Le cardinal à Mme la duchesse de Lorraine.............. 503

LXXVIII. — Instructions pour M. l'abbé de Sainte-Catherine envoyé de la part de S. A. le duc vers le roy catholique. 504

XXIX.—Articles et conditions, que le roi a trouvé bon d'accorder, par l'entremise du sieur Le Tellier, conseiller secrétaire d'État et des commandements de S. M., ayant le département de la guerre, aux sieurs de Rennecourt et de Mauléon, colonels chacun d'un régiment de cavalerie de l'armée Lorraine, venant se rendre au service de S. M. avec les régiments qu'ils commandent.. 506

LXXX. — Articles et conditions accordées entre le roy et Mme la duchesse de Lorraine, agissant tant au nom de M. le duc son mari, qu'au sien propre, comme ayant l'administration des biens dudit sieur duc pendant sa détention par les espagnols, et suivant l'avis et conseil des princes de sa maison.. 508

XXXI. — Le cardinal à la marquise d'Haraucourt...................... 510

LXXXII. — Le duc François à M. de La Ferté-Senneterre.............. 511

LXXXIII. — Relation du véritable sujet qui nous a mené et obligé de nous retirer des Pays-Bas avec l'armée de S. A............................ 512

LXXXIV. — Copie d'une lettre de monseigneur le duc François au duc de Lorraine.. 515

FIN DE LA TABLE DES CHAPITRES DU TOME DEUXIÈME.